《翁同龢日记》勘误录

附：甲午日记

仲伟行　编著

上海古籍出版社

图书在版编目（CIP）数据

《翁同龢日记》勘误录：附：甲午日记/仲伟行编著.
—上海：上海古籍出版社，2010.10
ISBN 978-7-5325-5670-0

Ⅰ.①翁··· Ⅱ.①仲··· Ⅲ.①翁同龢（1830～1904）
—日记②史料—中国—清代 Ⅳ.①K250.6②K827=52

中国版本图书馆 CIP 数据核字（2010）第 155801 号

《翁同龢日记》勘误录
——附：甲午日记
仲伟行 编著
上海世纪出版股份有限公司
上 海 古 籍 出 版 社 出版
（上海瑞金二路272号 邮政编码 200020）
(1)网址：www.guji.com.cn
(2)E-mail: guji1@guji.com.cn
(3)易文网网址：www.ewen.cc
上海世纪出版股份有限公司发行中心发行经销
上海颛辉印刷厂印刷
开本 787×1092 1/16 印张 32.25 插页 2 字数 500,000
2010 年 10 月第 1 版 2010 年 10 月第 1 次印刷
印数:1-1,500
ISBN 978-7-5325-5670-0
K·1316 定价：98.00 元
如发生质量问题，读者可向工厂调换

目　　录

序 …………………………………………………………………… 钱文辉　(1)

引言 ……………………………………………………………………(1)

咸丰八年—咸丰十一年(1858—1861) ……………………………(1)

同治元年—同治十三年(1862—1874) ……………………………(17)

光绪元年—光绪三十年(1875—1904) ……………………………(127)

军机处日记 ……………………………………………………………(425)

附录：甲午日记 ………………………………………………………(449)

后记 ……………………………………………………………………(505)

序

钱文辉

翁同龢是中国近代史上著名的政治家、重要的思想家。先后任同治、光绪两朝帝师，历官刑部、工部、户部尚书及协办大学士、都察院左都御史、军机大臣、总理各国事务衙门大臣等。他的一生，与许多风云变幻的重大历史事件有关。青年时代的翁同龢，二十七岁便殿试一甲一名，状元及第；在维新运动中，他积极提倡并支持变法，被推尊为“中国维新第一导师”；在个人修养方面，除尊为帝师之外，他的诗文简练凝重，还工画擅书。其书法纵横跌宕，沉雄苍劲，被誉为“乾嘉以后一人”。

翁同龢从1858年至1904年病逝以前，每天坚持写日记，长达46年之久，其中包含了朝野见闻、人物评论、政治经济、文化教育、古事史料、社会风俗、治学论文、古物考据、书画鉴赏、朋僚交游、家族情况、家庭生活以及天象星变等自然现象的记载，内容十分丰富。又因身为天子近臣、朝廷要员，记载了一些军国大事、外交交涉、宫闱秘事以及刑部的审理狱讼、工部的陵寝工程、户部的度支奏销等。他记录了历史上很多重大事件、重要人物和政权核心事典，这是一般官宦所无法亲历亲见的。

翁同龢的日记突出优点是叙事真切准确，言简意赅，得其要领；记载作者见闻及感悟，亲切真挚，犹如通往一扇心灵的窗户；所记文字达数百万言，积四十余年心力，铢积寸累；所载可以和档案相印证，其时间、地点、事实确凿无误。因此，他的日记是可信性强的第一手资料，有很高的历史价值，为近代史研究者所重视。

1925年《翁文恭公日记》手稿影印本问世，1970年台湾成文出版社出版了由赵中孚整理的排印本。自1989年至1998年陆续由中华书局出版陈义杰整理的《翁同龢日记》排印本，2006年又出版《翁同龢日记》重印本，成为近代史研究者必备的参考工具书。特别在翁同龢研究领域，这一重大成果给予学界的帮助可谓极大。

但是，在使用过程中人们不断发现《翁同龢日记》存在着一些疏误。《翁文恭公日记》手稿，篇幅宏大，记事繁杂，通篇用简练的文言旧体，用词造句，有翁氏自己的习惯，其书法既体现了翁氏书法特色的演变轨迹，又饱含了书写时的性情意态，因此有时便很容易出现辨认及标校的错误，需要有人认真地加以勘误。这是十分必要和迫切的，也是非常有意义的学术工作。

仲伟行女士是常熟市图书馆研究馆员，曾任庞薰琹美术馆馆长，被翁同龢研究会聘为常务理事。现为常熟书法家协会副秘书长、常熟妇女书协会长、常熟书画艺术研究院副院长。她对文史颇有研究，书法上颇有功底，退休后花了两年多时间，发挥自己的特长，致力于《翁同龢日记》勘误工作，踏踏实实，不畏艰难，真是做了件苦事、好事、实事。在当今学术浮躁、急功近利的情势下，能甘愿坐冷板凳、钻故纸堆、默默无闻地做这样校勘工作的人并不多，这样的人也许还会被人嗤为“傻”。我倒是十分欣赏这种“傻”劲，当今社会就是太缺少这种“傻”劲了！

《〈翁同龢日记〉勘误录》即将问世，愿人们一册在手，找回学术研究的本色。是为序。

引　言

翁同龢(1830—1904)，字声甫，号叔平、瓶生、韵斋等，晚号瓶庐、松禅，江苏常熟人。自咸丰六年(1856年)中状元后，历官刑、工、户三部尚书、左都御史、总理各国事务衙门大臣、军机大臣、协办大学士等职，先后为同治、光绪两帝之师，在朝达四十余年，以清正廉明、忠君爱国著闻。在中法战争、中日甲午战争和戊戌变法时期都有重要活动。他对外主张抵抗帝国主义侵略，对内主张变法图强，被康有为誉为"中国维新第一导师"。光绪二十四年四月二十七日(1898年6月15日)被开缺回籍。戊戌政变后，又被即行革职，永不叙用，交地方官严加管束。光绪三十年(1904年)赍志以殁。宣统一年(1909年)诏复原官，后又追谥"文恭"。著有《翁文恭公日记》、《翁文恭公军机处日记》、《瓶庐诗稿》、《瓶庐丛稿》等。

《翁文恭公日记》在1925年由涵芬楼影印问世。这部四十册的巨著，起自咸丰八年六月二十一日(1858年7月31日)，迄于光绪三十年五月十四日(1904年6月27日)逝世前六天，这部日记，记录了作者在四十六年间亲历的许多重大历史事件及宫廷见闻、朝章掌故、官场酬答与自己的思想演变，被誉为晚清四大日记之首，是治中国近代史的必读之书。

《翁同龢日记》是由陈义杰(三人合作整理的署名)对《翁文恭公日记》整理时重新起的名称。整理本以1925年影印本为底本，对之加以辨认、校订、标点，做了大量艰苦工作，并且将翁同龢另有自光绪九年二月初一日(1883年3月9日)至光绪十年三月十一日(1884年4月6日)期间所写的《军机处日记》一并加以整理，编入该书。全书约300多万字，分为六册，第一册于1989年出版，第六册于1998年出版，期间相隔近十年时间。

可能由于非一人整理，且由于对常熟一地的方言、地名、人名等不熟悉，又由于对行草书体文字的识别易出差错，因此导致对翁同龢日记稿本中一些字词的辨认，疏误不少。字句脱漏、衍误亦复不少。在执行标点、断句等原则上前后有很大不同之处。原稿中注释性内容用小号字，而不少地方对此未加以字号区别。全书运用标准简化字出版，但又常有一些繁体字、异体字混杂其间，对于通用字等的校订也较为混乱。下面举一些具体例子来说明：

脱句如例：

[52页倒7行]咸丰十年三月廿九日(1860年5月19日)日记内容与三十日日记内容合并在一天里，脱失三月三十日(5月20日)一天日记。"晴。拜客。得三兄书，亦摺弁来。源侄略愈，湖北杨君诊云，水不涵木，法当滋阴。夜偕陆表兄诣福兴居小饮。"应该记载为：廿九

日:“晴。拜客。得三兄三月廿日书,摺弁来。”三十日:“晴。复得三兄书,亦摺弁来。源侄略愈,湖北杨君诊云,水不涵木,法当滋阴。夜偕陆表兄诣福兴居小饮。”

又如:[60页倒9行]咸丰十年六月廿四日(1860年8月10日)“……访蓉丈,未晤。”“未晤”后脱:“三兄报定远小捷,闻江阴、嘉定、平望复失。”

再如:[2573页1行]光绪十八年十一月廿九日(1893年1月16日)“夜牙疼止而耳仍痛,不得眠。”“夜”字前脱一句:“昨夕牙疼耳疼,彻夜不安,疑牛汁太热,又新换羊皮小袄故也。”

再如:[2974页倒9行]光绪二十三年正月十二日(1897年2月13日)“未初施鬼来,所要求者百色铁路也,三省开矿也。”“三省”前脱一句:“云南通路也。”

再如:[1299页12行]光绪三年七月初八日(1877年8月16日)“检画箱,竟潮霉如渥。筹儿来缮摺。”“竟潮霉如渥”与“筹儿来缮摺”之间脱“晚访沈中堂,知今日谕及臣龢乞假事,已允许矣。”

漏字如例:

[817页11行]同治九年十一月初九日(1870年12月30日)“……此必近侍挟制,盖恐其调护失宜耳。”“恐”字后漏“责”字。一字之漏,意思全然不同。

又如:[3141页倒4行]光绪二十四年五月廿四日(1898年7月12日)“凌晨起呼小舟出南门,至所谓五老峰者有荷花,花虽无多,风景绝胜。”此句既有误字,又有漏字。“有荷花”应为“看荷花”;“五老峰者”后脱“(水乡,在小东门外)”。

又如:[3151页1行]“……宝贤堂尚旧,钱选人持示看。”此句既有漏字,又有错字,故原句无法理解。应为“……宝贤堂书尚旧,钱选人物可看。”

又如:[3182页倒3行]“……为伊处葬分金,亦相地也。”“亦”字后漏“为余”两字,说明是为翁同龢自己相看坟地风水。

又如:[3238页4行]“金门言钱幼楞今午厝其于石虎滨。”此句中“其”字后漏一字。金门与钱幼楞两个都是活人,翁同龢原稿即漏了“妻”字,这是从其前几日日记内容判断,应改正为“厝其〈妻〉”。而“石虎浜”的“浜”,是因不熟悉水乡常熟的地名常以“某某浜”命名所致,往往识读成“滨”。

衍字如例:

[447页倒6行]“巳初三刻进讲‘金哀宗都察太后敕救止荆王论罪’一节,……”“敕”字衍。又如“二场题:日月丽时雨若”,应为“二场题:日丽时雨若”,“月”字衍。

又如:[3076页10行]光绪二十三年十二月初九日(1898年1月1日)“余等力持南岸归中,北岸归德,诲不允,则让齐伯山予彼,而我占陈家岛,不允。”“诲不允”之“诲”字衍。

又如:[3157倒13行]光绪二十四年七月廿六日(1898年9月11日)“许表侄联桂,海防试用县臣。从吴越追至……”“海防试用县臣”,原稿本上无此6字,应为衍字。

错字如例:

[102页倒11行]“于是孙家泰号引恬搜来苗练数人……”“来”应为“杀”字。[340页倒4行]同治三年七月十七日(1864年8月18日)“……杜喜请葺秫楷短墙。”“楷”应为“秸”字。[2449页11行]光绪十七年五月初八日(1891年6月14日)“昨不得寐,今极赢困,写扇。”“赢”应为“羸”字。[3156页倒8行]光绪二十四年七月廿五日(1898年9月10日)“薄暮涉

山脊，望德公船不到。”“涉”应为“陟”字。

此类字形易于混淆所造成的错字甚多。如“慨”误为“概”、“慄”误为“慓”、“梦魇”误为“梦魔”、“桔红”误为“桂红”、“补褂”误为“补褂”、“《开母庙碑》”误为“《开毋庙碑》”、“饭后诣三兄”误为“饭店诣三兄”、“张蜕庵”误为“张悦庵”、“费幼亭”误为“费功亭”、“林颖叔”误为“林颖叔”、“阴云四塞”误为“阴云四寒”、“各种纱七卷”误为“各种沙七卷”、“鲫鱼汤少许”误为“鲫血汤少许”、“晤文秋瀛，约明日赴署”误为“晤文秋瀛，均明日赴署”、“并奏明工竣验收”误为“并奏明工竢验收”等等。

另如：“月星明穊”误为“月星明概”，“穊”与“概”，一字之错，稠稀意思大殊。

又如：[3024页11行]“左颊上牙又堕其一”误为“左额上牙又堕其一”，额上如何长牙？再如：“郑小渟，新放宣化府，乙酉同年。”“乙酉”应为“己酉”，相差一字，前者(1825年)翁同龢尚未出生，后者(1849年)，当可对应“同年”之谊。

又如：[217页倒2行]“允代写礼对三十付。”原稿本未用“三十”，而是用“卅”，简体汉字有此“卅”字，应尊重原著，改为“允代写礼对卅付。”同样，对“廿”字，整理者也往往自行改用“二十”。

又如：[446页倒10行]同治五年正月三十日(1866年3月16日)“……碣曰‘常熟翁氏殇子琦孙’盖伤之也。”应为“……碣曰‘常熟翁氏殇子琦孙墓’，伤之也。”这里将一个“墓”字错用为“盖”字，便令人费解了。

又如：[1728页3行]光绪九年二月廿九日(1883年4月6日)“常熟黄泥桥族人……来，……而言其不得以曾字排行。”其中“言”字应为“令”字，是翁同龢“令”其不得以曾字排行，错用“言”后，则主语变了。

又如：[3141页6行]光绪二十四年五月廿一日(1898年7月9日)“……借婿丁郎同来见。”应为“……偕婿丁郎同来见。”

又如：[3321页9行]“……鲍为环林之舅母。”“舅母”应为“母舅”，两字颠倒了，性别便出现差错。

而书法字体的辨认错误，则经常出现。诸如：草书“巨”字误为“已”、“可”字误为“为”、“递”误为“涕”、“甫”误为“肃”、“碓”误为“堆”、“覲”误为“观”、“元”误为“之”、“考”误为“老”、“晚”误为“晓”、“四”误为“回”、“向”误为“问”、“挂”误为“桂”、“谷”误为“如”，等等。

日记中经常出现常熟的一些地名、人名等，且带有乡土味的称谓，这些常熟人了解，也许其他地方人士并不知晓，故整理者在书法文稿辨认中，往往搞错。如：“叶君杨库人，讲经学者也。”其地名应为“杨库”。又如“谢家滨”应为“谢家浜”，常熟西门外翁氏丙舍附近的村名。“秀家山甚可用”应为“季家山甚可用”，季家山为常熟虞山北麓的山峦名。又如“登岸看阁老坊李家祠堂、青龙桥。……镇澜桥。”“镇澜桥”应为“锁澜桥”。又如“至山庐种松于盆，四、西厅移来。”应为“至山庐种松于盆，四面厅移来。”又如“李松耘”应为“季松耘”，此人为常熟铁琴铜剑楼校勘古籍者。又如“于含英阁见麓台、石如、寿平及黄尊古画册”“石如”应为“石谷”。

当然，翁同龢在日记稿本中，也难免会有极个别处用错别字，如：[1855页倒11行]光绪十年六月廿九日(1884年8月19日)“南洋电：淡水、基隆皆无事，……”这里的“基隆”，翁同龢是写成“鸡笼”的，整理者直接将原稿改为“基隆”，应改成“鸡笼[基隆]”。又如：[2421页5

行]光绪十六年十二月廿五日(1891 年 2 月 3 日)"退时晤福公……已奉俞旨矣。"此处"俞"字与谕旨的"谕"是不通假的。应改成"……已奉俞[谕]旨矣。"

因为《翁同龢日记》有其治史之重要性,已经成为研究晚清史的"工具书",行销甚广,而且 2006 年中华书局又推出了第二版(第一版的重印本),扩大流传,势必也增加了以讹传讹的机会。笔者用两年多时间,将《翁文恭公日记》(以下简称"稿本")与《翁同龢日记》(以下简称"陈本")作了对照勘误,发现了近七千多处疏误,今将其整理成秩,形成表格式对照表,以便学界有一纠错的底本,在运用《翁同龢日记》时可以作必要的改正。或许,对再版"陈本"可资修订。书名定为《〈翁同龢日记〉勘误录》(以下简称"勘误录")。

"勘误录"中,对"陈本"中出现的"□"字,尽量从"稿本"中辨认,如[2433 页倒 10 行]"大慰老□矣。"可读出"老掔";又如[2343 页 11 行]"仆人王炳辞归江南□□镇道黄处。"可读出"江南旧常镇道";又如[3153 页 6 行]"饭每客十,□住日每日一元二角。"可读出"若住";又如[3452 页 12 行]"其兄□南,捐中书赴京当差。"可读出"其兄痌南";又如[3454 页 10 行]"即写即寄饮马□",可读出"饮马桥",等等。

"勘误录"中,对"陈本"全书的标点错误已经无法逐条列出,因为实在太多了,仅仅对有碍理解文义的地方,举出了很小部分。例如:[34 页倒 9 行]"门如洞城,堞全圮。"应标点为"门如洞,城堞全圮。"

又如:[98 页倒 9 行]"柳"下"惠"下字缺首笔,泐去故也。应该标点为:"柳下惠","下"字缺首笔,泐去故也。

又如:[877 页倒 4 行]"日暮侍安舆城,松出、筹皆往。"这里,松出变成与筹并列的人物。其实这里的"出"字移位了,应在"城"字前。而松与筹是翁同龢的两亲侄,筹又是他的嗣子,应该标点为"日暮侍安舆出城,松、筹皆往。"

又如:[938 页 6 行]"延董浜、徐少章来诊,处方极和平。"董浜并非人名,而是常熟的乡镇名称。应标点为"延董浜徐少章来诊,处方极和平。"

又如:"县令孔宪璜,泾石,行一,辛卯举。等来见,扶风令白楷,正之,行一,小山先生孙,维清子。来迓。"此句标点改为"县令孔宪璜泾石,行一,辛卯举等来见,扶风令白楷正之,行一,小山先生孙,维清子来迓。"此类标点之误,多不胜数。

又如:[2563 页 6 行]"近支王公、御前大臣、四人军机、四人内务府、五人毓庆宫、三人南书房、一人,席次如此。凡廿九人。"此句标点应为:"近支王公、御前大臣四人、军机四人、内务府五人、毓庆宫三人、南书房一人,席次如此。凡廿九人。"

又如:[3141 页倒 11 行]"调卿夫人、(侯氏)金门夫人、(钱三小姐)张姑奶奶、(老宅五小姐)严姑奶奶、(老宅六小姐)咏春妇,(严氏)锡少奶奶、(五大小姐)吴儒卿来,年八十二矣。"这里,吴儒卿成了"五大小姐"了。应标点为"调卿夫人(侯氏)、金门夫人(钱三小姐)、张姑奶奶(老宅五小姐)、严姑奶奶(老宅六小姐)、咏春妇(严氏)、锡少奶奶(五大小姐)。吴儒卿来,年八十二矣。"

另,"陈本"中对书名号标注不严格,现对不加标注则有碍文意理解的书名号一律标出。如:[1061 页倒 6 行]"作五古一首,郭熙秋山平远图。未初一刻毕,传明日改诗。"此句标点改为"作五古一首,郭熙《秋山平远图》,未初一刻毕,传明日改诗。"又如:"借所书姚姬传评点诸书札记。”此句标点改为“借所书《姚姬传评点诸书札记》。”

“陈本”中不少地方对“稿本”注释性小号字未加区别，如：[1650页倒12行]“……孙谷庭翼谋接两淮盐运使。”应改为“……孙谷庭翼谋授两淮盐运使。”这句里既有小号字未标出，又有错字“接”，应为“授”。

又如：“寄彭、涂：所办迅速，准其择尤酌保，失察地方官也应参处。前饬拿匪王觉一，著上紧辑拿。”前句中“也应”应为“亦应”，后句中“前饬拿匪王觉一，著上紧辑拿。”应为小号字。

又如：[1730页倒1行]会试题：……“花开鸟鸣晨”。应改为“会试题：……《花开鸟鸣晨Δ》。”此句除标点外，“Δ”是诗题的韵脚，这种“Δ”符号在“稿本”中经常出现，但“陈本”未能给予注明，此有违于保持“稿本”原貌的原则，故“勘误录”中一概按“稿本”予以补全。

在“陈本”第六册中所附的《军机处日记》中，也存在同样乖误之处260多条，仅脱漏就有不少。如[3542页2行]“发下封奏二件。都察院，楼誉普。”前脱一节：“游百川摺。察看黄河酌拟治法三条：一疏通河道，用舢板混江龙数具；一分减黄流，先徒骇，次马颊，次鬲津；一亟筑缕隄（缕隄即民埝）。共需银二百四五十万，请简大臣督办。”又如[3548页5行]“……出此重案，尤应及早讯究，免生枝节。”后脱一句：“旨：崇绮奏查办吉林案内知府刘光煜，著沿途督抚催令迅赴奉天。”又如[3559页倒9行]“旨：敬信奏右翼正额无亏云云。”后脱一句：“旨：阿克敦等奏南城副指挥陈福绪著即革职。”又如[3595页倒6行]“片。严禁烟馆赌局，三月报一次。”后脱一句：“寄步、顺、五：辇毂重地，岂容有烟馆赌局，著严禁。”等等。

“陈本”用简体字排列，但有不少繁体字、简体字混用现象。如字义作馀意的余，简体字（余）与繁体字（馀）混用，今“勘误录”作余（馀）处理。又如，字义作重复的复，简体字（复）与繁体字（覆）混用，今对“覆”字作如下处理：在该用重复义的地方，改为简体字“复”，用作“覆盖”、“颠覆”义的地方仍用“覆”字。又如，字义作奏摺的折，简体字（折）与繁体字（摺）混用，今对“摺”字作如下处理：在该用折（转折、折断等）义的地方，改为简体字“折”，用作“奏摺”义的地方用“摺”字。例：[122页倒7行]“言到邢台始奉摺回之命。”应改为“言到邢台始奉折回之命。”[1291页倒11行]“……广西司发黑铅摺价奏稿，余不画也。”应改为“……广西司发黑铅折价奏稿，余不画也。”[128页9行]“尚须俟吏部批折回方能到署也。”应改为“尚须俟吏部批摺回，方能到署也。”

“陈本”中有大量异体字，“勘误录”将此类异体字作如下处理：将简化字作为注释字，置于[　]内，而异体字仍保留。如枏[楠]、濬[浚]、穉[稚]、卹[恤]、竢[俟]、堃[坤]、邨[村]、抄[挲]、簷[檐]，等等。对某字同某字者，将通用字或通用字的简体字置于[　]内。如“塗”字，它是“涂”的繁体字，但通“途”字，因此，除仍用稿本中的原字外，将“途”置于[　]内。又如：盦[庵]、谘[咨]、覯[遘]、材[才]、轝[舆]等等，作同样处理。对某字通或亦作某字者，如“钞”通“抄”，“直”通“值”、“豫”通“预”、“黻”通“绂”、“倍”通“背”、“沈”通（亦作）“沉”、“赴告”亦作“讣告”等等，则仍用“稿本”中的原字。

“陈本”对于人名，也是简化字、异体字、繁体字杂用。如“昆冈、崑冈、崑岡、昆岡”杂用，“徐楠士、徐枏士”杂用，“杨昌濬、杨昌浚”杂用，“荣陞、荣升”杂用，“杨艺芳、杨蓺芳”杂用，“孙谷庭、孙穀庭”杂用。按惯例，为尊重起见，人名中的繁体字、异体字应仍保留。现为方便读者，在人名的繁体字、异体字后的[　]内标明其简体字。

翁万戈先生编辑的《翁同龢文献丛编》(台湾台北市:艺文印书馆,2003年11月初版)中,第五辑《甲午战争》时间跨度为1894—1895年,其中有不少"关键性的第一手资料"(戚其章:《翁同龢文献丛编·甲午战争》序第1页)。翁同龢曾经两度进入军机处,他的《军机处日记》是否有第二部存在?这一直是一个历史文献之谜。此集收录了翁同龢自甲午六月十三日(1894年7月15日)迄于乙未正月二十七日(1895年2月21日)第二次入值军机处时的专门日记,它的体例与所记规则,与已经面世的《军机处日记》非常相似。戚其章先生认为,本集中的《日记》就是翁同龢的第二部《军机处日记》,谜案终于破解。其重要意义在于它提供了研究甲午战争时期清廷内部情况的前所未有的宝贵史料,对甲午战争研究的开拓和深化必将产生极大的推动力。因为这"第二部《军机处日记》"有其特殊的历史价值和意义,此次,笔者用《翁同龢文献丛编》专辑中的原稿影印稿译成专文。考虑到"陈本"中未收录此日记,故本书在表式勘误之后,作为附录收入这部分内容,以方便学界利用。

当然,笔者才疏学浅,校勘之处可能仍存在疏误,敬请行家指正为感。

仲伟行2009年10月28日于怡文轩灯下

咸丰八年—咸丰十一年

（1858—1861）

注：表格栏中“陈本”为陈义杰整理本简称；“稿本”为翁同龢日记影印本简称。

误、正对照词、句均用下划线标示。

农历年月日	内容		陈本册数 页码行数	稿本卷数 页码行数
公历年月日	误	正		
咸丰八年戊午 七月十二日 (1858.8.20)	知县汪鸣和苏州人差接,其侄某来见。	知州汪鸣和苏州人差接,其侄某来见。	第一册 2页8行	第一卷戊午年 二页十行
同日	县令朱华襄差接。	县令朱华衮差接。	2页9行	二页十二行
十四日 (8月22日)	始以縴翼舆。	始以縴[纤]翼舆。	2页14行	
廿一日 (8月29日)	食雨度镇,镇之何氏望族也。	食两度镇,镇之何氏,望族也。	3页倒7行	
廿九日 (9月6日)	"遡黄卷以济潼"即此水矣。	"遡[溯]黄卷以济潼"即此水矣。	5页6行	
八月朔 (9月7日)	竭岳帝像……阁南对立女峰……	谒岳帝像……阁南对玉女峰……	5页13行、14行	七页六行
初二日 (9月8日)	有留侯、午阳侯庙。	有留侯、舞阳侯庙。	5页倒5行	七页十四行
同日	即华清宫大华殿故址也。	即华清宫九华殿故址也。	5页倒4行	七页十五行
同日	洞额刻"骊山之下温水出处"……	洞额刻"骊山之下温水出焉"……	5页倒2行	八页一行
初四日 (9月10日)	作论帖与办差者……为章嵘……画扇。	作论帖与一办差者……为章嵘……书扇。	6页倒10行、倒9行	九页三行
初九日 (9月15日)	徐寿衔师督学闽中。	徐寿衡师督学闽中。	7页倒2行	
十三日 (9月19日)	勉强著韡。	勉强著韡[靴]。	8页13行	
十六日 (9月22日)	送繙译题,余未出。	送繙[翻]译题,余未出。	8页倒8行	
廿一日 (9月27日)	履地则有气从小腹下乘入髀……	履地则有气从少[小]腹下乘入髀[腿]……	9页5行	十二页十四行
廿八日 (10月4日)	阅顺天乡试题。	闻顺天乡试题。	9页倒4行	十三页十三行
九月初五 (10月11日)	方伯、廉访办至……	方伯、廉访亦至……	10页13行	十四页十行
十一日 (10月17日)	水夫先生子……	木夫先生子……	10页倒4行	十五页五行

十二日 (10月18日)	公讌,余未去。	公讌[宴],余未去。	10页倒2行	
十七日 (10月23日)	作家书并皮箣托带。	作家书并皮箣[筒]托带。	11页14行	
廿三日 (10月29日)	阎廼兢……	阎廼[乃]兢……	12页7行	
廿四日 (10月30日)	晤者……谭凤山高能……	晤者……谭凤山能高……	12页11行	十七页四行
同日	崇绶,裕秀若子。	崇绶,裕秀岩子。	12页12行	十七页五行
十一月初二 (12月6日)	马伏波在西门外五里许。	马伏波墓在西门外五里许。	16页倒12行	二十三页一行
廿三日 (12月27日)	阅武童覆试……	阅武童复试……	18页3行	
同日	夜饮朱升庵寓中。	夜饮朱升庵斋中。	18页4行	二十五页六行
廿七日 (12月31日)	食复行……饬提调加木版……	食后行……饬提调加木板……	19页2行、6行	二十六页十二行
廿九日 (1859.2.1)	明日是賸……	明日是賸[剩]……	21页倒3行	
咸丰九年己未 正月十一日 (1859.2.13)	新任放景其濬……	新任放景其濬[浚]……	第一册 24页5行	第一卷己未年
十四日 (2月16日)	邨民醵钱赛神……	邨[村]民醵钱赛神……	24页13行	
十八日 (2月20日)	璚惢序、吟啸缤山……	璚惢庐、吟啸缤山……	25页1行	三页九行
二月初十日 (3月14日)	蔡梅盦前辈来,下榻斋中。	蔡梅盦[庵]前辈来,下榻斋中。	26页倒6行	
十一日 (3月15日)	与梅盦谈……	与梅盦[庵]谈……	26页倒4行	
十二日 (3月16日)	梅盦前辈往泾阳。	梅盦[庵]前辈往泾阳。	27页2行	
三月初四日 (4月6日)	愈走愈陡。	愈行愈陡。	29页倒2行	九页十四行
同日	夜至庙后岩崖上独立……	夜至庙后崖石上独立……	30页8行	十页六行
初七日 (4月9日)	饭后答……顾古生,生子寿桢祖香,行一出见。	饭后答……顾古生,古生子寿桢祖香,行一出见。	31页倒11行	十二页四行

十三日 (4月15日)	东连太行,西极峨嵋,其下为绛水。	东达太行,西极峨嵋,其下为绛水。	32页倒4行	十三页十六行
十七日 (4月19日)	门如洞城,堞全圮。	门如洞,城堞全圮。	34页倒9行	十六页七行
廿九日 (5月2日)	到此申正。	到时申正。	38页倒4行	二十二页二行
咸丰十年庚申 正月初八日 (1860.1.30)	犀盦……蒋徵蒲……	犀盦[庵]……蒋徵[征]蒲……	第一册 42页2行、4行	第一卷庚申年
十六日 (2月7日)	犀盦……	犀盦[庵]……	42页倒9行	
廿一日 (2月12日)	至是覆奏……	至是复奏……	43页2行	
廿九日 (2月20日)	诣新屋看裱餬。	诣新屋看裱糊。	44页4行	
二月廿九日 (3月21日)	夜作书答王静盦、李莲士。	夜作书答王静盦[庵]、李莲士。	46页倒8行	
三月廿六日 (4月16日)	可袷衣。……春意卷卷。	可袷[夹]衣。……春意盎盎。	49页倒5行、倒4行	十一页十四行
闰三月廿八日 (5月18日)	脉数而絃……	脉数而絃[弦]……	52页倒9行	
廿九日 (5月19日)	晴。拜客。得三兄书,亦摺弁来。源侄略愈,湖北杨君诊云,水不涵木,法当滋阴。夜偕陆表兄诣福兴居小饮。	晴。拜客。得三兄三月廿日书,摺弁来。	52页倒7行	十五页七行
三十日 (5月20日)	(注:此日漏编)	晴。复得三兄书,亦摺弁来。源侄略愈,湖北杨君诊云,水不涵木,法当滋阴。夜偕陆表兄诣福兴居小饮。		十五页八行
四月初三日 (5月23日)	归途至花王寺小坐。	归途至花之寺小坐。	53页1行	十五页十二行
初六日 (5月26日)	是日常雩,上亲诣行礼毕还园。	是日常雩,上亲诣行礼,礼毕还园。	53页10行	十六页三行
十一日 (5月31日)	皖中两摺弁来见,一张姓者,了了人也。	皖中两摺弁来,见一张姓者,了了人也。	53页倒9行	十六页九行

廿一日 (6月10日)	匆匆赶海岱门	忽忽[匆匆]赶海岱门	54页倒2行	十八页二行
五月廿三日 (7月11日)	弔祁相国之兄……殊无晴，直谚云……	弔[吊]祁相国之兄……殊无晴意，谚云……	57页倒7行、倒8行	二十一页十一行
廿四日 (7月12日)	……陪弔	……陪弔[吊]	57页倒5行	
廿八日 (7月15日)	辰正三刻接奉摺留中……半邨居以东大雨。	辰正三刻接事摺留中……半邨[村]居以东大雨。	58页9行、10行	二十二页七行
六月十五日 (8月1日)	尽繙其大厅所庋书籍。	尽繙[翻]其大厅所庋书籍。	59页倒12行	
十七日 (8月3日)	遇汪芾邨。	遇汪芾邨[村]。	60页1行	
廿四日 (8月10日)	访蓉丈，未晤。 (注：以下漏句)	访蓉丈，未晤。三兄报定远小捷，闻江阴、嘉定、平望复失。	60页倒9行	二十五页十一行
三十日 (8月18日)	晚偕孱盦访杏农……	晚偕孱盦[庵]访杏农……	61页倒12行	
七月初三日 (8月19日)	奈不知经法何？	奈不知活法何？	62页2行	二十七页六行
初八日 (8月24日)	弔倪世兄人垓祖母之丧。	弔[吊]倪世兄人垓祖母之丧。	62页倒5行	
初十日 (8月29日)	枪炮用丈委弃无数……	枪炮甲丈委弃无数……	63页13行	二十九页二行
二十日 (9月5日)	中有一骈……	中有一联……	65页4行	三十页十八行
廿五日 (9月10日)	明白登覆，以宝鋆主稿覆奏。	明白登复，以宝鋆主稿复奏。	66页13行	
廿八日 (9月13日)	六部九卿都察院各省连衔封奏……	六部九卿都察院各有连衔封奏……	67页倒10行	三十四页九行
八月初一日 (9月15日)	人言昨有夷兵四十名到通州面议，和局已成。	人言昨日有夷兵四十名到通州面议，和局已成。	68页7行	三十五页七行
初七日 (9月21日)	人心汹汹。	人心洶洶[汹汹]。	70页1行	三十七页十二行
十一日 (9月25日)	有船数十支装载箱笼。	有船数十只装载箱笼。	71页1行	三十九页三行

九月十一日 (10月24日)	西直门外居民失火。	西直门外民居失火。	78页8行	四十八页六行
十六日 (10月29日)	王畊娱……	王畊[耕]娱……	79页10行	
十七日 (10月30日)	夜访访价人……	夜访价人……	79页13行	
二十日 (11月2日)	谒沈阳〔朗〕亭师。	谒沈朗亭师。	80页3行	五十页十二行
廿九日 (11月11日)	弔吴柳堂丁内艰。	弔[吊]吴柳堂丁内艰。	81页9行	五十二页四行
十月四日 (11月16日)	即一点一画皆有三道笔,不特波磔为然。	即一点一画皆有三过笔,不特波磔为然。	81页倒4行	五十二页十三行
同日	锋成则临摹甚易。	中锋成则临摹甚易。	81页倒2行	五十二页十四行
十二日 (11月24日)	病在太阴膀胱……	病在太阳膀胱……	83页12行	五十五页三行
同日	子刻进黄米汤,头痛稍止。	子刻进苦米汤,头痛稍止。	83页倒13行	五十五页四行
二十日 (12月2日)	每月轮班前往。	每○月轮班前往。	84页倒10行	五十六页十五行
十一月初四日 (12月15日)	弔华孟埙,赙以六金。	弔[吊]华孟埙,赙以六金。	85页倒3行	
十九日 (12月30日)	‘汝尊比邱欲求寂静’一段内……	‘○汝尊比邱欲求寂静’一段内……	87页倒1行	六十页十七行
十二月初七 (1861.1.17)	覆刻……于积古堂帖铺见《停云》、《墨地》二帖,皆旧。	复刻……于积古堂帖铺见《停云》、《墨池》二帖,皆旧。	90页2行	六十三页九行
十二日 (1月22日)	筹侄助余募帖。	筹侄助余摹帖。	90页倒12行	六十四页一行
十三日 (1月23日)	松、筹两侄来助募帖。	松、筹两侄来助摹帖。	90页倒9行	六十四页四行
十六日 (1月26日)	覆刻不然。	复刻不然。	90页倒3行	
廿一日 (1月31日)	见乾隆《淳化》复拓本……	见乾隆《淳化》淡拓本……	91页7行	六十四页十八行
除夕 (2月9日)	刘台扬……袁廷寿……	刘久扬……袁廷梼……	92页10行、11行	六十六页十三行
同日	虽益所不能……	曾[增]益所不能……	92页13行	六十六页十七行

咸丰十一年辛酉 正月初二日 (1861.2.11)	午到濒面处谈。	午到濒石处谈。	第一册 93页4行	第二卷 一页九行
初七日 (2月16日)	薄阳,白日晖晖。	薄阴,白日晖晖。	94页3行	二页七行
初八日 (2月17日)	又谕,二月廿五日临御经筵。	又谕,二月二十五日临御经筵。	94页10行	二页十五行
二月朔 (3月11日)	……孙榖庭并松坪五人。	……孙榖[谷]庭并松坪五人。	97页倒12行	
同日	二行□横裂文。	二行意横裂文[纹]。	97页倒6行	八页三行
同日	一行"迴"下四行□下裂文半寸许。	一行"迴"下四行,行下裂文[纹]半寸许。	97页倒1行	八页七行
同日	九行"唇"字微泐。	九行"忱"字微泐。	98页7行	八页十一行
同日	"通"下四行横裂。	"通"下四行并横裂。	98页8行	八页十三行
同日	《波谲井帖》,"无"字下横裂。	《彼盐井帖》,"欲"字下横裂。	98页10行	八页十四行
同日	四行"□"字下、五行"艺"字横裂。	四行"臣"字下、五行"羲之"字横裂。	98页12行	八页十六行
同日	《行五帖》,"□"字下泐,下行同。	《行五帖》,"絃"字下泐,下行同。	98页倒14行	九页一行
同日	《适无□帖》……	《适无遣帖》……	98页倒13行	九页一行
同日	《法畲帖》,"后"字泐,下二行同。	《法畲帖》,"复"字泐,下二行同。	98页倒12行	九页二行
同日	"柳"下"惠"下字缺首笔,泐去故也。	"柳下惠","下"字缺首笔,泐去故也。	98页倒9行	九页四行
同日	《创故不若帖》	《创故不差帖》	98页倒7行	九页六行
十一日 (3月21日)	不能覼缕,言曹和卿……	不能覼缕矣,曹和卿……	100页14行	十二页三行
十七日 (3月27日)	余皆标"之位"。	余皆称"之位"。	102页2行	十三页七行
十九日 (3月29日)	于是孙家泰号引恬搜来苗练数人……	于是孙家泰号引恬搜杀苗练数人……	102页倒11行	十五页十四行
廿一日 (3月31日)	题亦项格……	题亦顶格……	103页3行	
廿三日 (4月2日)	起巳迟。巳式古堂……	起巳逮巳,式古堂……	103页12行	十七页五行

三月初三日 (4月12日)	林颖叔……	林颖叔……	105页倒10行	二十页十四行
初七日 (4月16日)	殆似虞永兴……与此无豪发异。	绝似虞永兴……与此无毫发异。	106页倒11行、倒10行	二十二页六行
初八日 (4月17日)	每卷标题下均有"汉王著模"四字……	每卷标题下均有"臣王著模"四字……	106页倒6行	二十二页十行
十二日 (4月21日)	董京兆酝卿……	董京兆醞[酝]卿……	107页倒8行	二十四页一行
二十日 (4月29日)	……汪堃等迎击阵亡。	……汪堃[坤]等迎击阵亡。	109页6行	
廿二日 (5月1日)	十六日于套洼子地方……	十六日于窑洼子地方……	109页13行	二十六页十五行
三十日 (5月9日)	馀也平平(实不佳)。	余(馀)亦平平(实不佳)。	110页倒3行	二十九页二行
同日	……迥非行世本之狂草可此。	……迥非行世本之狂草可比。	111页2行	
四月初五 (5月14日)	……薙发称绅士……家书约略书言如是。	……薙[剃]发称绅士……家书约略言如是。	111页倒5行、倒4行	三十页十行
初九日 (5月19日)	雨沥沥半时许……	雨洒洒半时许……	112页倒11行	三十一页十二行
十四日 (5月23日)	借……陆氏寄一宿……郑铁盦借住彼。	借……陆氏寓一宿……郑铁盦[庵]借住彼。	113页8行、10行	三十二页十三行
十七日 (5月26日)	饭后答尹、顺两君,晤尹。	饭后答尹、陆两君,晤尹。	114页4行	三十四页四行
二十日 (5月29日)	李滋圃年丈在坐。	李滋园年丈在坐。	114页倒9行	三十五页四行
同日	并称捻匪已回窜亳州。	并称捻已回窜亳州。	114页倒7行	三十五页六行
廿二日 (5月31日)	今者散落者甚多矣。	今则散落者甚多矣。	115页5行	三十七页六行
端五日 (6月12日)	剿办泗洲……	剿办泗州……	117页10行	三十九页十一行
初六日 (6月13日)	祝潘绂庭大寿。	祝潘绂庭丈寿。	117页12行	三十九页十二行
十一日 (6月18日)	交刘源灏查明县奏。	交刘源灏查明具奏。	118页13行	
十五日 (6月22日)	故命日潮孙……	故命曰潮孙……	119页7行	四十二页九行

十九日 （6月26日）	夜容洲……	夜蓉洲……	119页倒9行	四十三页三行
廿一日 （6月28日）	今日作覆书……	今日作复书……	120页1行	
廿五日 （7月2日）	左宗棠补营正。	左宗棠补常正。	120页倒6行	四十四页十三行
廿七日 （7月4日）	星愈高，其稍敛。	星愈高，芒稍敛。	121页3行	四十五页六行
廿八日 （7月5日）	午阴，傍晚晴。	午前阴，傍晚晴。	121页8行	四十五页十二行
六月初四 （7月11日）	得曾禧自袁蒲来书……	得曾禧自袁浦来书……	122页4行	四十六页十五行
初七日 （7月14日）	到厂与炳蔚堂洽书价。	到厂与炳蔚堂论书价。	122页倒13行	四十七页八行
同日	得旨，	得〇〇旨，	122页倒12行	四十七页九行
初八日 （7月15日）	言到邢台始奉摺回之命。	言到邢台始奉折回之命。	122页倒7行	四十七页十三行
廿三日 （7月30日）	银价减至二十六吊。	银价减至廿六吊。	125页倒10行	五十二页四行
廿五日 （8月1日）	道员黄淳熙等生擒何国梁正法。	道员黄淳熙等生擒何国樑正法。	126页1行	五十二页十三行
七月初三日 （8月8日）	与……史琴生嵩秀两同年同饭。	与……史琴生崧秀两同年同饭。	127页1行	五十四页八行
初五日 （8月10日）	日光澹澹……	日光淡淡……	127页7行	
初六日 （8月11日）	奏旨升叙有差。	奉旨升叙有差。	127页倒9行	五十五页四行
初十日 （8月15日）	尚须俟吏部批折回方能到署也。	尚须俟吏部批摺回，方能到署也。	128页9行	五十五页十六行
十九日 （8月24日）	令通行各省衙门，嗣后奏摺件……	令通行各省各衙门，嗣后陈奏摺件……	129页倒4行	五十八页十二行
廿八日 （9月2日）	或寿州、如皋……	或泰州、如皋……	132页2行	六十二页九行
同日	甘肃巩泰阶道陈晋恩补。	甘肃巩秦阶道陈晋恩补。	132页3行	六十二页十行
八月朔 （9月5日）	外间藉藉，余末见也。	外间藉藉，余未见也。	132页倒9行	六十三页十行

初四日 (9月8日)	素服廿七月。	素服二十七月。	133页7行	六十四页七行
初五日 (9月9日)	(顺天杨式榖……河南景其浚……)	(顺天杨式榖[谷]……河南景其濬[浚]……)	133页倒13行	六十四页书眉注
初六日 (9月10日)	见彭氏所藏景佑《建康志》抄本,甚精。	见彭氏所藏景祐《建康志》抄本,甚精。	133页倒9行	六十四页十五行
同日	毋得借病推诿。	毋得藉病推诿。	133页倒2行	六十五页五行
十二日 (9月16日)	潭廷襄奏……	谭廷襄奏……	134页倒6行	六十六页八行
十七日 (9月21日)	吊李翔卿希邨之丧。	吊李翔卿希郊之丧。	135页倒4行	六十八页七行
十九日 (9月23日)	日光澹澹……	日光澹澹[淡淡]……	136页9行	
廿三日 (9月27日)	昨芍亭宿彼……	昨日芍亭宿彼……	137页1行	七十页四行
廿四日 (9月28日)	续邨、叔云皆在。	续邨[村]、叔云皆在。	137页8行	
廿五日 (9月29日)	吊孙榖庭翼谋丁外艰。	吊孙榖[谷]庭翼谋丁外艰。	137页倒12行	
廿八日 (10月2日)	是日王公大臣仍服缟来。	是日王公大臣仍服缟素。	138页5行	
九月朔 (10月4日)	……索十金。	……索千金	138页13行	七十二页九行
初三日 (10月6日)	经部文驳斥……	经部臣驳斥……	138页倒2行	七十三页九行
初四日 (10月7日)	尹挈眷送其长嫂亦到芝山镇……	伊挈眷送其长嫂亦到芝山镇……	139页5行	七十三页十六行
同日	怀弟则夫妇俱殉难。	怀弟则夫媍[妇]俱殉难。	139页7行	七十四页二行
初七日 (10月10日)	厢房二,价四十五吊,厨房一间。	厢房二间,价四十五吊,厨房一间。	139页倒4行	七十五页二行
十四日 (10月17日)	晤其郎君锡纬卿。	晤其郎君锡讳卿。	141页13行	七十七页十二行
同日	至是始定在德胜门关庙恭迎圣驾。	至是始定在德胜门关厢恭迎圣驾。	141页倒13行	七十七页十三行
十五日 (10月18日)	都司奚仁杰懦怯失机……	都司奚仁杰恇怯失机……	142页2行	七十八页十三行

十六日 (10月19日)	月色澹澹。	月色澹澹[淡淡]。	142页3行	
十七日 (10月20日)	旨著来京候部议。	旨著来京听候部议。	142页倒11行	七十九页九行
廿三日 (10月26日)	日色澹薄,风萧萧然。	日色澹[淡]薄,风萧萧然。	143页14行	
同日	山东团练事宜谭廷襄督省绅士妥办。	山东团练事宜谭廷襄督同该省绅士妥办。	143页倒11行	八十一页五行
廿八日 (10月31日)	尚何可望!	尚何可言!	144页倒1行	八十三页五行
廿九日 (11月1日)	御道之正东向……	御道之西,东向……	145页7行	八十三页十一行
同日	(盖泰西本也。)	(盖泰西书也。)	145页倒12行	八十三页下方小字
十月朔 (11月3日)	嗣经各国事务衙门王大臣等将各国应办事宜妥的经理……	嗣经各国事务衙门王大臣等将各国应办事宜妥为经理……	146页4行	八十五页三行
同日	总以外国情形反覆,力排众论。	总以外国情形反复,力排众论。	146页6行	
初四日 (11月6日)	(是日大学士等议皇太后垂帘议于内阁。)	(是日大学士等议皇太后垂帘仪于内阁。)	148页11行	八十八页初四日上方小字
同日	《万寿岁谱》、明抄。	《万岁寿谱》明抄、	148页倒12行	八十八页十二行
同日	悖逆情形实堪发指……	悖逆情形寔[实]堪发指……	148页倒4行	八十九页五行
初十日 (11月12日)	日光澹澹。	日光澹澹[淡淡]。	152页倒8行	
十一日 (11月13日)	户部五字钞票各案株连太甚。	户部五宇钞票各案株连太甚。	153页8行	九十五页十三行
十二日 (11月14日)	……薙发归诚……	……薙[剃]发归诚……	153页倒11行	
十四日 (11月16日)	周煦徵。	周煦征。	154页3行	
十五日 (11月17日)	《帝鉴图说》未得。	《帝鉴图说》得之。	154页5行	九十七页二行
十七日 (11月19日)	孙稼生来。家穀……练总皆薙发;……兖州府知府孙家穀补。	孙稼生来。家穀[谷]……练总皆薙[剃]发;……兖州府知府孙家穀[谷]补。	154页倒6行、倒5行、倒4行	九十八页三行、四行

十八日(11月20日)	以阅看宗室覆试卷未到……	以阅看宗室复试卷未到……	155页5行	
十九日(11月21日)	……核实覆议。	……核实复议。	155页14行	九十九页四行
廿一日(11月23日)	以睿亲王仁寿等前议郊祀典礼与廷臣歧异……	以睿亲王仁寿等前议郊配典礼与廷臣歧异……	156页8行	一百页九行
廿二日(11月24日)	王蓉丈、曹单如来。	王蓉丈、曹卓如来。	156页11行	一百页十一行
同日	前任太常寺少卿李棠阶学□邃深，方正老成。	前任太常寺少卿李棠阶学盖邃深，方正老成。	156页14行	一百页十三行
同日	……学问优良，著即来京听候简用。……毋庸郊祀……	……学问优长，著即来京听候简用。……毋庸郊配……	156页倒10行、倒6行	一百页十六行、一百一页五行
同日	即将寓所赀财查抄……	即将寓所赀[资]财查抄……	156页倒2行	一百一页八行
廿四日(11月26日)	闻张诗翁疾。	问张诗翁疾。	157页9行	
同日	繙译正考官……通晓繙译之张二私带入闱。	繙[翻]译正考官……通晓繙[翻]译之张二私带入闱。	157页10行、11行	
廿五日(11月27日)	百官庶民均薙头。	百官庶民均薙[剃]头。	157页倒10行	
廿六日(11月28日)	省陈棣珊于江右乡祠。	看陈棣珊于江右乡祠。	157页倒4行	一百二页十五行
同日	安徽汪君，名季龄，号椒生，己未举。	安徽汪君名耆龄，号椒生，己未举、	157页倒2行	一百二页十六行
廿九日(12月1日)	梅子恂仲瑜在彼，五兄亦来。	杨子恂仲瑜在彼，五兄亦来。	158页倒3行	一百四页十行
同日	兵部奏派武英殿执事官，龢奉派弥封官。	兵部奏派武殿试执事官，龢奉派弥封官。	159页2行	一百四页十四、十五行
十一月初二日(12月3日)	访沈彤竹……	访沈似竹……	159页倒13行	一百五页九行
初三日(12月4日)	是日见礼臣等连衔议上皇太后垂帘礼节。	是日见礼王等连衔议上皇太后垂帘礼节。	159页倒4行	一百六页四行
初四日(12月5日)	……三大节均仍呈进皇上贺表。	……三大节均仍呈进〇〇皇上贺表。	159页倒1行	一百六页七行

同日	应查明进缴云云。	应查明追缴云云。	160页3行	一百六页十行
同日	五字钞票一案……接律定拟……	五宇钞票一案……按律定拟……	160页10行、11行	一百七页一行、二行
同日	并举荐字商之罗祟象均办理不慎……	并举荐宇商之罗万象均办理不慎……	160页倒9行	一百七页八行
初五日（12月6日）	武英殿试一甲一名马鸿图……	武殿试一甲一名马鸿图……	161页5行	一百八页五行
初六日（12月7日）	洛阳县任□……	洛阳县任精……	161页倒12行	一百八页十六行
初八日（12月9日）	单友莲并禧公两子皆乾清门侍卫。也。	卓友莲并禧公两子皆乾清门侍卫也。	162页3行	一百九页十四行
初十日（12月11日）	……将繙译乡会试照旧制……	……将繙［翻］译乡会试照旧制……	162页11行	
十一日（12月12日）	陈濬……	陈濬［浚］……	162页倒1行	
同日	借逞私忿……各种公事往往受其箝制……如工部彩紬库一案……	藉逞私忿……各部公事往往受其箝制……如工部彩紬［绸］库一案……	163页2行、3行	一百十一页十二行、十三行
十二日（12月13日）	繙译副考官……吏部覆带京察……鄂堃……	繙［翻］译副考官……吏部复带京察……鄂堃［坤］……	163页10行、11行	
十五日（12月16日）	至是文煜覆奏……	文煜复奏……	164页12行	
十七日（12月18日）	继格转补左庶子衔……	继格转补左庶子衔……	164页倒8行	一百十四页八行
二十日（12月21日）	昨夜辗侧不能寐。	昨晚辗侧不能寐。	165页10行	一百十五页十一行
同日	其舆骄什物即改用铁镀金，以昭节俭。	其舆轿什物即改用铁镀金，以昭节俭。	165页13行	一百十五页十四行
廿六日（12月27日）	无论举员生监及布衣，□□均据实保奏，候旨征召。	无论举贡生监及布衣市带均据实保奏，候旨征召。	167页倒10行	一百十九页十一行
廿七日（12月28日）	辰初到阁……	辰刻到阁……	167页倒7行	一百十九页十三行
同日	所遗步政使以吴棠补授……	所遗布政使以吴棠补授……	167页倒1行	一百二十页二行
十二月初一日（12月31日）	俟病愈听候简用。	俟病痊听候简用。	169页1行	一百二十页七行

同日	伏匿莘、冠一带，穷蹙已极，匪首由占考等挽本地绅民乞命……	伏匿莘、冠一带，穷蹙已极，匪首由占考等浼[挽]本地绅民乞命……	169页3行	一百二十二页一行、二行
初三日 (1862.1.2)	……徐宗幹……严树森覆奏……	……徐宗幹[干]……严树森复奏……	169页13行	
初四日 (1月3日)	太城县民人李云禄……	大城县民人李云禄……	169页倒6行	一百二十三页四行
初六日 (1月5日)	……薙发投诚……	……薙[剃]发投诚……	170页11行	
初八日 (1月7日)	兵部是日京察拆封……	兵部是〈日〉京察拆封……	170页倒9行	一百二十四页十行
初九日 (1月8日)	(袁午桥九百里加紧报……)	(袁午桥六百里加紧报……)	170页倒2行	一百二十五页书眉
同日	钟佩贤请严查衙蠹仓役，以清弊源。	御使钟佩贤请严查衙蠹仓役，以清弊源。	171页2行	一百二十五页四行
初十日 (1月9日)	晤子颖……言十一月廿八日过临淮。	晤子颖……言十一月廿六日过临淮。	171页5行、6行	一百二十五页八行
十二日 (1月11日)	并进剿皖捻连获胜仗。	并迎剿皖捻连获胜仗。	171页倒5行	一百二十六页九行
同日	仍照违例治罪。	仍照违制例治罪。	171页倒4行	一百二十六页十一行
十三日 (1月12日)	两广总督……	两广总〈督〉……	172页3行	一百二十七页一行
十四日 (1月13日)	查明捐修热河园庭银未交齐之员，开单请奖。	查明捐修热河园庭工程银未交齐之员，开单请奖。	172页倒11行	一百二十七页十四行
廿四日 (1月23日)	日光澹薄……谒筠巢师。	日光淡薄……谒筠师。	175页倒5行	一百三十三页三行
同日	黄经家人夏龙飞捐参将；	黄经家人夏云龙捐参将；	176页2行	一百三十三页十行
廿九日 (1月28日)	又参工部主事……张载堃……	又参工部主事……张载堃[坤]……	177页倒11行	

同治元年—同治十三年
（1862—1874）

注：表格栏中“陈本”为陈义杰整理本简称；“稿本”为翁同龢日记影印本简称。
误、正对照词、句均用下划线标示。

农历年月日	内容		陈本册数页码行数	稿本卷数页码行数
公历年月日	误	正		
同治元年壬戌 正月甲申朔 (1862.1.30)	随到景运门恭俟……	随到景运门恭竢[俟]……	179页4行	第三卷 一页六行
初二日 (1月31日)	日色澹澹。	日色澹澹[淡淡]。	179页9行	
初三日 (2月1日)	晚大风彻夜,向晚止。	昨大风彻夜,向晚止。	179页11行	一页十五行
同日	而彭处所备黄面白摺也。	而彭处所备乃黄面白摺也。	179页12行	一页十六行
初七日 (2月5日)	午起风……	午风起……	180页7行	二页十五行
同日	今日喧传上海于十二月二十二日失守。	今日喧传上海于十二月廿二日失守。	180页倒13行	三页四行
初九日 (2月7日)	入夜风大,星斗烂然。	入夜大风,星斗烂然。	180页倒3行	三页十四行
初十日 (2月8日)	饬内外各官谘访具奏……	饬内外各官谘[咨]访具奏……	181页5行	
十二日 (2月10日)	康熙丙辰年作……	康熙丙申年作……	181页13行	四页十二行
十五日 (2月13日)	午刻到横街上供。祝许师母寿。	午到横街上供。祝许母寿。	182页5行	五页十八行
十六日 (2月14日)	巳刻抵家叩见,堂上喜极涕零。二更复侍大人回中街。	巳刻抵家,叩见堂上,喜极涕零。二更后侍大人回中街。	182页12行	六页七行
二月初二 (3月2日)	后闻定远一节……	复闻定远一节……	185页2行	十页十五行
廿二日 (3月22日)	著有《诗管见》卷……	著有《诗管见》……卷……	187页倒6行	十五页二行
同日	陕西门生杨树鼎来见。	陕西门生杨澍鼎来见。	187页倒4行	十五页四行
三月初三 (4月1日)	谓有奇才,年将七十矣。	谓有奇材[才],年将七十矣。	189页4行	十六页十七行
初四日 (4月2日)	以"寰海镜清为方隅砥平"为韵。	以"寰海镜清方隅砥平"为韵。	189页7行	十七页三行

初六日 (4月4日)	户部郎中刘堃……内收管……	户部郎中刘堃[坤]……内收掌……	189页倒8行、倒2行	十八页十行
初七日 (4月5日)	十五房刘堃古山……	十五房刘堃[坤]古山……	190页11行	
初八日 (4月6日)	日光澹薄……	日光澹[淡]薄……	190页倒11行	十九页十一行
初十日 (4月8日)	风味屡啜潼……学术况研窻……	风味屡啜潼……学术况研窻[窗]……	191页6行、7行	二十页三行四行
十三日 (4月11日)	珠拾捌直隶……	珠拾八[捌]直隶……	192页9行	二十一页十行
十五日 (4月13日)	湖北问叁陆……	湖北洞叁陆……	193页1行	二十三页四行
十八日 (4月16日)	残梦空依簷葡林……	残梦空依簷[檐]葡林……	194页11行	二十六页三行
十九日 (4月17日)	于十八人中取二名……	于十八人中取中二名……	194页倒12行	二十六页七行
二十日 (4月18日)	因偶有舛误……	因偶有舛错……	194页倒4行	二十七页六行
同日	则即见六英处发刻文也……	则即所见六英处发刻文也……	194页倒4行	二十七页六行
廿五日 (4月23日)	可袷衣。	可袷[夹]衣。	196页6行	
廿六日 (4月24日)	遂将河南茂陆壹一卷加阅补荐……	遂将河南茂陆壹一卷加圈补荐……	196页11行	二十八页十八行
同日	同人皆以为哭……	同人皆以为笑……	196页14行	二十九页三行
同日	意謇于词藻,掩其骨正,如朔管夕引……	意謇于词藻,掩其骨,正如朔管夕引……	196页倒12行	二十九页三行
四月朔 (4月29日)	午后晴风。	午后晴,风。	198页10行	三十一页八行
初二日 (4月30日)	夜雨声点滴有声,甚快人意。	夜雨点滴有声,甚快人意。	198页倒8行	三十一页十六行
初四日 (5月3日)	盖林颖叔有种花聚会经堂前之饮……余与同人聚谈。	盖林颖叔有种花聚会经堂前之愿……与同人聚谈。	199页7行、8行	三十二页八行、十行
初六日 (5月4日)	并写誊录卷面共四十多名……	并写誊录卷面共四十名……	199页倒10行	三十二页十八行
同日	前所见鹤生处直隶肆柒卷……	前所见鹤生处形直隶肆柒卷……	199页倒5行	三十三页四行

初八日 (5月6日)	至正午二刻一百名毕……	至午正二刻一百名毕……	200页11行	三十三页十七行
十一日 (5月9日)	袷衣犹汗。	袷[夹]衣犹汗。	201页倒9行	
二十日 (5月18日)	"浆"字作"浆"……	"浆"字书作"浆"……	203页7行	三十七页四行
同日	吴存义拟取张丙炎卷……	吴存义拟取之张丙炎卷……	203页8行	三十七页五行
廿三日 (5月21日)	惟慕慈鹤尤挺秀,真佳士也。	惟慕慈鹤尤秀挺,真佳士也。	203页倒4行	三十七页十四行
廿六日 (5月24日)	夜招芾邨、芍亭饭。徐颂阁来,欲于二十八日下榻吾斋。	夜招芾邨[村]、芍亭饭。徐颂阁来,欲于廿八日下榻吾斋。	204页倒12行	三十八页十三行
廿七日 (5月25日)	闻第一名王珊诗中有"翠沾泥融马"之句。	闻第一名王珊诗中有"翠蘸泥融马"之句。	205页5行	三十九页七行
廿八日 (5月26日)	(考者二十人。)	(考者廿人。)	205页9行	三十九页上眉
廿九日 (5月27日)	礼部以二十五日上册宝……	礼部以廿五日上册宝……	205页倒10行	三十九页十四行
五月朔 (5月28日)	直压卷矣,为之静阅两次。	真压卷矣,为之静阅两次。	205页倒2行	四十页二行
同日	雨亭亦免讹字,写作均可。	雨亭亦不免讹字,写作均可。	205页倒1行	四十页三行
十一日 (6月7日)	一等三十六名……	一等卅六名……	207页倒7行	四十一页十六行
廿二日 (6月18日)	正绵宜,副王堃。	正绵宜,副王堃[坤]。	208页倒2行	
廿五日 (6月21日)	是日大人及诸王……	是日大人暨诸王……	209页8行	四十三页九行
同日	自廿三日起斋戒三日。	自廿三起斋戒三日。	209页10行	四十三页十一行
廿六日 (6月22日)	王玉梒来见。	王玉挹来,未见。	209页13行	四十三页十三行
廿八日 (6月24日)	得"清"字,五言八韵。	得"佳"字,五言八韵。	209页倒3行	四十四页四行
六月朔 (6月27日)	有瓜客人先定也。	有西瓜客人先定也。	210页8行	四十四页十一行

初十日 （7月6日）	林颖叔……	林颍叔……	211页倒9行	
十二日 （7月8日）	夜五兄招徐季侯及诸同乡饭，季侯将赴山西……	夜五兄招徐李〔季〕侯及诸同乡饭，李〔季〕侯将赴山西……	212页4行	四十六页十五行
十四日 （7月10日）	用从重问拟字样；	用从重问拟等字样；	212页13行	四十七页六行
同日	并以……事事苛刻，从前办理五字案有意周内……	并以……事事苛刻，从前办理五宇案有意周内……	212页倒11行	四十七页七行
同日	志和等师生回避，交部议处。	志和等注师生回避，交部议处。	212页倒9行	四十七页八行
十八日 （7月14日）	日晌午即归寺，不复到馆矣。	日向午即归寺，不复到馆矣。	213页10行	四十八页五行
廿四日 （7月20日）	是日大人及寿阳相国……	是日大人暨寿阳相国……	214页12行	四十九页十行
七月朔 （7月27日）	杨春腹泻出城，令刘升来暂替。	杨春腹洩（泄）出城，令刘升来暂替。	216页1行	五十一页十二行
初二日 （7月28日）	仍小坐……	仍少坐……	216页5行	五十一页十四行
同日	余共给二十八吊，不允。	余共给廿八吊，不允。	216页6行	五十一页十六行
同日	庸医如是耳。	庸医如是之。	216页10行	五十二页一行
初四日 （7月30日）	昨日同乡恭请庞宝生前辈……	昨日同乡公请庞宝生前辈……	216页倒11行	五十二页七行
初十日 （8月5日）	允代写礼对三十付。	允代写礼对卅付。	217页倒2行	五十四页二行
十一日 （8月6日）	十柄送仇竹平为余代书。	十柄送仇竹平，为余代书。	218页4行	五十四页六行
十六日 （8月11日）	或云前日西南落一大星……	或云前夜西南落一大星……	218页倒3行	五十五页四行
十八日 （8月13日）	晌晚阴，蒸热如昨。	向晚阴，蒸热如昨。	219页4行	五十五页八行
十九日 （8月14日）	共一百二十吊。	共一百廿吊。	219页9行	五十五页十二行
廿三日 （8月18日）	知府街直隶州，蓝翎。	知府衔直隶州，蓝翎。	220页3行	五十六页十四行
廿五日 （8月20日）	定州南北柳荫夹道，不知何人所栽。	定州南北柳阴夹道，不知何人所栽。	220页倒8行	五十七页十行

廿六日 (8月21日)	巳初次伙城驿……	巳初次伏城驿……	220页倒3行	五十七页十三行
廿八日 (8月23日)	寅郇,行一……	寅郇[村],行一……	221页13行	
廿九日 (8月24日)	未至平定廿里西郊郇茶尖……	未至平定廿里西郊郇[村]茶尖……	221页倒5行	
八月初七 (8月31日)	尽先候补同知高奎……	侭先候补同知高奎……	224页4行	六十一页十三行
初十日 (9月3日)	午正始放头排……	午正始闻放头排……	225页12行	六十三页七行
十一日 (9月4日)	"上九自天佑之吉无不利"……	"上九自天祐之吉无不利"……	225页倒4行	六十三页十六行
十七日 (9月10日)	阅二十七本。	阅廿七本。	226页倒4行	六十五页五行
十八日 (9月11日)	收荐卷州卅七本,阅三十二本。	收荐卷卅七本,阅三十二本。	227页1行	六十五页七行
廿三日 (9月16日)	不知能不得力……	不知能否得力……	227页倒7行	六十六页四行
廿五日 (9月18日)	晨起腹泻数次……	晨起腹洩(泄)数次……	227页倒1行	六十六页十一行
闰八月朔 (9月24日)	是日腹泻九次……	是日腹泄九次……	228页倒11行	六十七页九行
初二日 (9月25日)	腹泻不止……	腹泄不止……	228页倒9行	六十七页十行
初八日 (10月1日)	将中卷按名归入箱鐍钥。	将中卷按名归束入箱鐍鈅。	229页10行	六十八页八行
同日	平定州中二十余人……	平定州中廿余人……	229页倒13行	六十八页十一行
初十日 (10月3日)	得八月二十五日家信……	得八月廿五日家信……	229页倒6行	六十八页十八行
廿四日 (10月17日)	遇之于涂……	遇之于塗[途]	232页1行	七十一页十三行
廿七日 (10月20日)	曹大俊心榖……	曹大俊心榖[谷]……	232页倒2行	七十二页十六行
廿九日 (10月22日)	县令马河图柳宣,陈县人。来见。	县令马河图柳宣,陈州人来见。	233页10行	七十三页七行
九月朔 (10月23日)	食伙城驿。	食伏城驿。	233页倒9行	

初四日（10月26日）	被贼掳，漏及脱归……	被贼掳，漏刃脱归……	234页12行	七十四页十二行
同日	心农有友严赞卿……	心农之友严赞卿……	234页13行	七十四页十三行
十三日（11月4日）	座师每处十二两，门八吊；房师三十二两……	每座师十二两，门八吊；房师卅二两……	235页倒3行、倒2行	七十六页十一行
十九日（11月10日）	笔法浑厚。	篆法浑厚。	236页倒11行	七十七页十行
十月朔（11月22日）	午刻到横街上供……	午到横街上供……	237页倒3行	七十九页十行
同日	偏考作外官□一七年候命混帐了事。	偏考作外官心知一七年候命混帐了事。	239页6行	八十一页四行
同日	先帝顾命诏谓何？	先帝顾命谓何？	240页4行	八十二页六行
同日	速已学（学当是草）成……已而见二逆杀胡贵人事……	疏已学（“学”当是“草”）成……已又见二逆杀胡贵人事……	240页8行、9行	八十二页九行、十行
同日	做官尽好作功德……	做官侭好作功德……	240页倒10行	八十二页十八行
同日	终不至杀人盈城……	能不至杀人盈城……	240页倒4行	八十三页五行
同日	另省可托者……	别有可托者……	241页9行	八十三页十四行
同日	忠甚惧，日与同党谋公……	忠贤甚惧，日与同党谋公……	242页倒6行	八十五页三行
同日	忠列公其同此征尚乎？	忠列其同此征尚乎？	243页12行	八十五页十七行
初三日（11月24日）	雪后寒气剡骨。	雪后寒气刺骨。	244页10行	八十七页三行
初五日（11月26日）	寅正起……	寅初起……	244页倒12行	八十七页八行
初七日（11月28日）	宏德殿……宏德殿……	弘德殿……弘德殿……	245页1行	
初九日（11月30日）	此君精鉴牌板……梁小舟跋推重殊甚……	此君精鉴碑板……梁山舟跋推重殊甚……	245页12行、倒12行	八十八页十六行
十二日（12月3日）	赴赵价人约……	赴赵介人约……	246页6行	八十九页十五行
十六日（12月7日）	裤袄各一百件。	裤袄各一百件。	246页倒4行	九十页十一行
十七日（12月8日）	冥中有流本……	冥中有流传本……	247页7行	九十一页一行

廿二日 (12月13日)	字三寸许……	字二寸许……	247页倒1行	九十二页二行
廿七日 (12月18日)	傍晚源朗去。	傍晚源郎去。	248页倒6行	九十三页三行
十一月朔 (12月21日)	间数有魏徵、褚遂良……	间数有魏徵[征]、褚遂良……	249页8行	九十三页十四行
初二日 (12月22日)	骨节皆痛……	骨节皆疼……	249页12行	九十三页十八行
初五日 (12月25日)	姜春帆来亦与之周旋数语,神气渐清。	姜春帆来亦与周旋数语,神气渐清。	251页倒9行	九十七页十二行
十二月初六 (1863.1.24)	诊两手脉皆无矣……	诊两手脉均无矣……	254页12行	一百二页一行
十七日 (2月4日)	贤良寺住持吴乐铭来。	贤良祠住持吴乐铭来。	255页倒10行	一百三页十四行
同治二年癸亥 正月初六日 (1863.2.23)	侄辈释缟素,薙发。	侄辈释缟素,薙[剃]发。	第一册 257页8行	第四卷
二月十二日 (3月30日)	邹汴生自文登来……	邵汴生自文登来……	259页倒3行	四页十四行
十五日 (4月2日)	释缟素,薙发。	释缟素,薙[剃]发。	260页6行	
十九日 (4月6日)	午后三兄尊旨赴狱具呈报到。	午后三兄尊旨赴狱具呈投到。	260页倒9行	五页十五行
同日	此次直东交界之贼仍张玉怀……	此次直东交界之贼乃张玉怀……	261页3行	六页五行
三月初四日 (4月21日)	可服袷衣矣。	可服袷[夹]衣矣。	262页5行	
初七日 (4月24日)	何以至今不到,甚为悬之。	何以至今不到,甚为悬悬。	262页倒5行	八页六行
初九日 (4月26日)	借价人《切韵指掌图》转借黄寿臣。	借价人《切韵指掌图》转借黄寿臣。	263页2行	八页十行
十三日 (4月30日)	"尽徵角"二句。	"左征留"二句。	263页倒5行	九页五行
廿六日 (5月13日)	又颜公"祭侄文"墨迹……	又《颜公祭侄文》墨迹……	266页2行	十二页二行
廿九日 (5月16日)	访杨湘云宝臣未晤。	访杨缃云宝臣未晤。	266页倒11行	十二页十六行
同日	徐之铭自称署云贵总督……	徐之铭自称兼署云贵总督……	266页倒7行	十三页一行

四月朔 (5月18日)	太仓克服……	太仓克复……	267页2行	十三页九行
初二日 (5月19日)	……邨。又云前月……	……邨[村]。又言前月……	267页8行	十三页十五行
同日	见孙渠田前辈……	见孙蕖田前辈……	267页10行	十三页十八行
初三日 (5月20日)	辰刻孙渠田至庙谒奠……	辰刻孙蕖田至庙谒奠……	267页倒12行	十四页五行
同日	通饬言官……	饬言官……	267页倒8行	十四页九行
初四日 (5月22日)	喧哄杂乱……	喧阗杂乱……	268页14行	十五页十一行
初九日 (5月26日)	侯微騃气。……关津均应搜索……	侯微騃[呆]气。……开津均宜搜索……	269页11行、倒11行	十六页十七行
初十日 (5月27日)	五兄偕彭氏兄弟到吕邨相地,归已上灯。	五兄偕彭氏兄弟到吕邨[村]相地,归已上灯。	269页倒3行	
十六日 (6月2日)	月色皎洁,清见毛发,凄慄不能胜矣。	月色皎洁,清见垂发,凄慄[栗]不能胜矣。	271页1行	十八页十四行
二十日 (6月6日)	丑正三刻源侄起……	丑正二刻源侄起……	271页倒6行	十九页十二行
廿一日 (6月7日)	清晨起,送彭讷生南行……三刻馀源侄出场。	清晨送彭讷生南行……三刻余源侄出场。	271页倒5行、倒1行	十九页十三行、十六行
廿二日 (6月8日)	今邀先人馀荫得与廷试。	今邀先人余(馀)荫得与廷试。	272页5行	二十页四行
廿三日 (6月9日)	内称在江西学政时舟过。滩触石……	内称在江西学政时舟过〇滩触石……	272页13行	二十页十一行
同日	逐页整治……馀皆覃溪同时人题跋。	逐葉[页]整治……余(馀)皆覃溪同时人题跋。	272页倒13行、倒11行	二十页十一行、十三行
廿四日 (6月10日)	刘升为马踢伤右足。	刘升为马踢伤左足。	272页倒2行	二十一页五行
廿五日 (6月11日)	龚淑浦……	龚叔甫……	273页3行	二十一页九行
廿六日 (6月12日)	傍晚访吾山未值,经过厂肆,无所见。	傍晚访吾山未值,因过厂肆,无所见。	273页6行	二十一页十一行
廿八日 (6月14日)	唐明皇五日宴群臣诗下句:……	唐明皇《五日宴群臣》诗,下句:……	273页倒11行	二十二页二行

五月初三 (6月18日)	右仆射右字描,一毁一字描。	"右仆射","右"字描,"一毁","一"字描。	274页12行	二十三页三行
初五日 (6月20日)	余亦四肢作热……	余亦四支[肢]作热……	274页倒8行	二十三页九行
初六日 (6月21日)	盖其家惊恐之馀遂至死丧也。	盖其家惊恐之余(馀)遂至死丧也。	274页倒2行	二十三页十五行
初九日 (6月24日)	到厂以贱直得董文敏书《太史藏》长卷,甚佳。	到厂以贱直得董文敏书《太史箴》长卷,甚佳。	275页倒9行	二十四页十二行
同日	山西韩秋光用知县。	山西韩耀光用知县。	275页倒8行	二十四页十三行
十一日 (6月26日)	访孙渠田前辈。	访孙蕖田前辈。	275页倒2行	二十五页一行
同日	渠田以其族祖……	蕖田以其族祖……	275页倒2行	二十五页二行
十二日 (6月27日)	林颖叔……	林颍叔……	276页10行	
十五日 (6月30日)	后有程松园二跋……群字双杈笔,示见世略可辨。	后有程松圆二跋……"群"字双杈笔,"示见世"略可辨。	276页倒3、倒1行	二十六页九行、十一行
十六日 (7月1日)	以谢帖膳牌托源侄代书。	以谢摺膳牌托源侄代书。	277页4行	二十六页十五行
同日	仿李营邱"渔村晚渡图"……	仿李营邱《渔村晚渡图》……	277页6行	二十六页十六行
十七日 (7月2日)	龛中已满。	中龛已满。	277页倒5行	二十七页十五行
廿一日 (7月6日)	柩停观音院斋坐……	柩停观音院斋堂……	278页倒6行	二十九页二行
廿四日 (7月9日)	连日阅宋四六选……	连日阅《宋四六选》……	279页8行	二十九页十一行
同日	见考国子监学政名单……	见考国子监学正名单……	279页倒6行	三十页五行
同日	庞保生转礼左,仍署吏右;吴和甫调吏右……	庞宝生转礼左,仍署吏右;吴和甫调礼右	279页倒5行	三十页六行七行
廿八日 (7月13日)	临宋四六选评点。	临《宋四六选》,评点。	279页倒3行	三十页九行
同日	沈启南罨画溪卷,王虚舟临东方讃,皆佳。	沈启南《罨画溪卷》、王虚舟临《东方赞》,皆佳。	279页倒2行	三十页十行

廿九日 (7月14日)	连夜皆有恶梦。	连夜皆有噩梦。	280页3行	三十页十三行
六月初八 (7月23日)	……小时许止。	……半时许止。	281页5行	三十页十六行
初十日 (7月25日)	凉甚,可袷衣。	凉甚,可袷[夹]衣。	281页倒12行	
十二日 (7月27日)	访孙渠田……	访孙蕖田……	281页倒5行	三十一页十七行
十三日 (7月28日)	四月生擒石达开,全股歼除。	四川生擒石达开,全股歼除。	282页3行	三十三页一行
十六日 (7月31日)	御史寻銮炜奏查办唐杨氏一案……	御史寻銮炜奏查办员杨氏一案……	282页倒12行	三十三页十二行
十八日 (8月2日)	不似停云所刻。	不如停云所刻。	282页倒7行	三十三页十七行
七月初七日 (8月20日)	得荣侄六月廿五日通州书	得荣侄六月五日通州书	285页1行	
初八日 (8月21日)	祝其姐七十寿,三辞未获,勉应之。	祝其姊七十寿,三辞弗获,勉应之。	285页8行、9行	三十七页二行
十二日 (8月25日)	得濒石信,巳到通州矣。	得濒石信,已到通州矣。	285页倒2行	
十九日 (9月1日)	袁甲三病故,优旨赐恤。	袁甲三病故,○○优旨赐恤。	286页倒4行	三十九页五行
廿三日 (8月5日)	文宗梓宫在殡……	以文宗梓宫在殡……	287页9行	三十九页十六行
廿四日 (9月6日)	访孙渠田未晤。	访孙蕖田未晤。	287页12行	四十页一行
三十日 (9月12日)	是日响午时云中隆隆有声……	是日晌午时云中隆隆有声……	288页4行	四十页十四行
八月初八日 (9月20日)	"竹露泻清响"。	《竹露滴清响》。	288页倒2行	四十一页上注
十日 (9月22日)	摹帖数页	摹帖数葉[页]	289页5行	四十一页十八行
十一日 (9月23日)	陆氏所见书画录载此卷。	陆氏《所见书画录》载此卷。	289页9行	四十二页二行
十六日 (9月28日)	孙渠田……	孙蕖田……	289页倒4行	四十二页十四行
同日	但须细香,如有些黑子……	但须细看,如有些子黑子……	290页1行	四十二页十七行

廿一日 (10月3日)	因言为学之道首从躬行……	因言为学之道首在躬行……	290页倒6行	四十三页十八行
同日	与松侄所修三册均彭躬庵家物……	与松侄所收三册均彭躬庵家物……	290页倒2行	四十四页三行
廿三日 (10月5日)	冯君只为定温中养荣之剂……	冯君为定温中养营之剂……	291页8行	四十四页十行
廿四日 (10月6日)	一日约十余次……	一日约十次……	291页10行	四十四页十二行
九月初五 (10月17日)	晤树南于坐。	晤树南于座。	292页倒9行	四十六页三行
初七日 (10月19日)	不多覯也。	不多覯[遘]也。	292页倒1行	
初九日 (10月21日)	彩衣堂后几层均不堪入目……	綵[彩]衣堂后几层均不堪入目……	293页5行	四十六页十四行
十八日 (10月30日)	偕其孙世兄往黄邨	偕其孙世兄往黄邨[村]	294页3行	
廿二日 (11月3日)	(此今年新鲜样,由刑部拟八字进呈,以定予勾不予勾。)(注:以下漏句)奉旨:翁某仍牢固监禁。	(此今年新鲜样,由刑部拟八字进呈,以定予勾不予勾。此摺闻撤去,并援案声明可名牌放减等。)奉旨:翁某仍牢固监禁。	294页倒11行	四十八页十行
廿九日 (11月10日)	茔前河水交会。	茔前沙水交会。	295页倒5行	四十九页十五行
十月初二 (11月12日)	饭店谐三兄处……杨湘云	饭后谐三兄处……杨缃云……	296页1行	五十页四行
十五日 (11月25日)	孙渠田……渠田……	孙蕖田……蕖田……	297页倒9行、倒8行	五十二页四行
廿一日 (12月1日)	书法清挺,授诏品化城喻品凡九千三百字。	书法清挺,校记亦化城喻品,凡九千三百字。	298页13行	五十三页五行
同日	得二姐九月十八日清江书。	得二姊九月十八日清江书。	298页13行	五十三页六行
十一月朔 (12月11日)	送杨湘云。宝臣,河东道。	送杨缃云宝臣,河东道。	299页倒1行	五十四页十八行
初五日 (12月15日)	馀升叙有差……连破贼垒廿四座……馀升叙有差……	余(馀)升叙有差……连破贼垒二十四座……余(馀)升叙有差……	300页倒13行、倒12行、倒10行	五十五页十三行、十四行、十六行

初九日 (12月19日)	彩衣堂略有损伤，尚有十之八九。	綵[彩]衣堂略有损伤，尚有十之八九。	301页6行	五十六页十二行
初十日 (12月20日)	第一卷有鹘不佳，第七卷有裹鲊者，宝贤堂帖也。此册有裹鲊而无鹘不佳，……	第一卷有“鹘不佳”，第七卷有“裹鲊”者，宝贤堂帖也。此册有“裹鲊”而无“鹘不佳”，……	301页13行、14行	五十六页十八行、五十七页一行
同日	即如大令饧，大佳帖内“柳下”……	即如大令《饧大佳帖》内“柳下”……	301页倒11行	五十七页三行
十二日 (12月22日)	往九里山庙……	住九里山庙……	301页倒1行	五十七页十行
廿四日 (1864.1.3)	孙渠田……	孙蕖田……	303页倒8行	
廿五日 (1月4日)	以西法推之当加一刻十分……	以西法推之当加一刻十分算……	303页倒3行	六十页四行
廿八日 (1月7日)	碑碚……	碑踣……	304页7行	六十页十三行
同日	饭后策蹇到官蹇观大柏……	饭后策蹇到官窑观古柏……	304页9行	六十页十四行
十二月初三 (1月11日)	访孙渠田。	访孙蕖田。	304页倒8行	六十一页六行
初五日 (1月13日)	访孙渠田。	访孙蕖田。	304页倒2行	六十一页十一行
初七日 (1月15日)	孙渠田来，未晤。	孙蕖田来，未晤。	305页6行	六十一页十七行
初十日 (1月18日)	访孙渠田……	访孙蕖田……	305页倒13行	六十二页五行
十一日 (1月19日)	……遇渠田于座。	……遇蕖田于座。	305页倒9行	六十二页七行
同日	万启琛号节轩。	万启琛号篪轩。	305页倒6行	六十二页十行
十三日 (1月21日)	晚访姚伯澄光海。	晚访姚伯澄光悔。	305页倒1行	六十二页十七行
十五日 (1月23日)	为蔡少农题乃祖书册。	为叶少农题乃祖书册。	306页5行	六十三页二行
十九日 (1月27日)	以廿八金购官窑屋二间……	以廿八金购官窑屋三间……	306页倒9行	六十三页十三行
廿三日 (1月31日)	孙渠田来晤。	孙蕖田来晤。	307页5行	六十四页七行
廿五日 (2月2日)	稍顷朱寿来云，昨日三更始得信……	少顷朱寿来云，昨日二更始得信……	307页11行	六十四页十三行

廿六日 (2月3日)	晤孙渠田。	晤孙蕖田。	307页倒8行	六十五页三行
廿九日 (2月6日)	价人、渠田、童薇研来。	价人、蕖田、童薇研来。	307页倒2行	六十五页十行
除夕 (2月7日)	先公闭目趺坐……	先公闭目趺坐……	308页13行	六十六页十行
同治三年甲子 正月初五日 (1864.2.12)	访孙渠田不值。	访孙蕖田不值。	第一册 309页倒8行	第四卷甲子 一页九行
初七日 (2月14日)	孙渠田言团练通匪事……	孙蕖田去岁言团练通匪事……	309页倒5行	一页十一行
初八日 (2月15日)	访渠田,未见。	访蕖田,未见。	309页倒2行	一页十五行
初九日 (2月16日)	曹心穀同年大浚,文安知县。来。	曹心穀[谷]同年大浚,文安知县来。	310页10行	
初十日 (2月17日)	访曹心穀及孙穀庭前辈。	访曹心穀[谷]及孙穀[谷]庭前辈。	310页13行	
十一日 (2月18日)	较……而觉幅式又缩……	较……而幅式又缩……	310页倒10行	二页十三行
十五日 (2月22日)	许师母、灵香荪皆系今日寿辰……	许师母、灵香荪师皆系今日寿辰……	310页倒4行	三页一行
十七日 (2月24日)	黄澹霞……	黄澹[淡]霞……	311页2行	
二十日 (2月27日)	访孙渠田……	访孙蕖田……	311页11行	三页十四行
廿二日 (2月29日)	黄澹霞……	黄澹[淡]霞……	311页倒10行	
廿三日 (3月1日)	兵部具呈移送军机处。	兵部据呈移送军机处。	311页倒8行	四页三行
廿四日 (3月2日)	孙渠田……来。	孙蕖田……来。	311页倒6行	四页四行
同日	夜送孙渠田……数页	夜送孙蕖田……数棊[页]	311页倒5行、倒4行	四页五行、六行
廿九日 (3月7日)	疑是向拓《绛帖》十二卷本,不佳。	疑是响拓,《绛帖》十二卷本,不佳。	312页13行	五页四行
二月初七 (3月14日)	《唐韵集略》、《广韵韵谱》。	《唐韵辑略》、《广声韵谱》。	313页7行	六页二行
初九日 (3月16日)	始知今日……	始知近日……	313页倒12行	六页八行

十二日 (3月19日)	较函史所刻为胜。	较海史所刻为胜。	313页倒2行	六页十六行
十五日 (3月22日)	二十五里……	又十五里……	314页11行	七页十七行
十六日 (3月23日)	晚宿坝州城外魏家营。	晚宿霸州城外魏家营。	314页13行	七页十行
十七日 (3月24日)	曹心穀……号心穀……行六,行五。	曹心穀[谷]……号穀[谷]心……行六,行伍。	314页倒10行、倒8行、倒4行	七页十六行
同日	帐房:戴相奎星垣。征比:蔡苑芳柏香。	帐房:戴相奎星恒。征比:蔡苑芳柏香(不常来)。	314页倒2行	七页下注
十八日 (3月25日)	为易穀心阅文数首……	为易穀[谷]心阅文数首……	315页1行	
十九日 (3月26日)	夜心穀邀余饭……	夜心穀[谷]邀余饭……	315页6行	
二十日 (3月27日)	饭成即行……北临玻璃河……	饭后即行……北临琉璃河……	315页8行、10行	八页六行
廿一日 (3月28日)	则公本生父母也。	则其本生父母也。	315页倒12行	八页十一行
廿二日 (3月29日)	盖……也。	盖……也。大顺局。	315页倒7行	八页十五行
同日	舜亦终不复,尧德至无名。	舜迹终不复,尧德至无名。	316页2行	
同日	李纯客……纯客……艰难馀一死,……	李莼客……莼客……艰难余一死,……	316页8行、9行	九页十三行、十四行
廿三日 (3月30日)	并饮梨汁加桔红少许。	并饮梨汤加桔红少许。	316页倒11行	十页二行
廿四日 (3月31日)	惟饮食尚少。	惟饮食仍少。	316页倒10行	十页五行
廿五日 (4月1日)	胸口乃板。	胸口仍板。	316页倒4行	十页上注
三月朔 (4月6日)	答侯季芳亲家。晟,云南道台祥侄岳父。	答侯季方亲家。晟,云南道台祥侄岳丈。	317页10行	十一页二行
初四日 (4月9日)	作书致祥侄。	作书与祥侄。	317页倒1行	十一页十六行
初八日 (4月13日)	噫!亦奇矣哉。(注:以下脱句)	噫!亦奇矣哉。夜五兄邀侯季方饭。董画一幅佳。始见黄花鱼荐新。	318页10行	

十一日 (4月16日)	桃李华开过……	桃李华[花]开过……	319页1行	十三页四行
十三日 (4月18日)	馀杭县城……	余(馀)杭县城……	319页9行	十三页十一行
同日	荐伊继美……	荐尹继美……	319页10行	十三页十二行
十七日 (4月22日)	可笑,	可笑,可笑!	319页倒2行	十四页六行
十九日 (4月24日)	李鸿章报阳舍接仗胜。	李鸿章报阳舍接仗获胜。	320页7行	
同日	闻贼窜江西建抚一带,南丰县失守。	闻贼窜江西建、抚一带,南丰县失守。	320页8行	十四页十四行
廿一日 (4月26日)	熙麟攻破贼垒……	熙麟报攻破贼垒……	320页倒12行	十四页十八行
廿七日 (5月2日)	巳刻松侄归至新店……	巳刻松侄归自新店……	321页8行	十五页十三行
同日	《史晨》、《前后孔宙》……	《史晨》前后、《孔宙》……	321页11行	十五页十五行
同日	(又《灵通禅师碑》一册,后有覃溪跋)	(又《高丽灵通禅师碑》一册,有覃溪跋)	321页13行	十五页上注
四月朔 (5月6日)	馀不见……堃来……	余(馀)不见……堃[坤]来……	322页1行	十六页十行
同日	每百副廿八吊	每百付廿八吊	322页5行	十六页十四行
初六日 (5月11日)	初六日	初五〈六〉日,晴。	322页倒10行	十七页七行
同日	御史……系该道授意等,传至军机处问询……	御史……系该道授意等语,传至军机问询……	322页倒8行	十七页九行
初七日 (5月12日)	答王芷汀堃,……号寿堂。不值。	答王芷汀堃[坤],……号寿棠。不值。	322页倒4行	十七页十二行
初八日 (5月13日)	吕书堂新自安徽来……	吕画堂新自安徽来……	322页倒1行	十七页十三行
初九日 (5月14日)	并郑铁盦致麟熙一函……,犹一无所就如此,是可叹也。	并郑铁盦[庵]致麟熙一函……,犹一无所就若此,是可叹也。	323页4行、7行	十八页二行
初十日 (5月15日)	伊製全家避难至彼也。	伊挈全家避难至彼也。	323页9行	十八页四行
十二日 (5月17日)	惜作事戆而騃近耳。	惜作事戆而近騃[呆]耳。	323页倒8行	十八页十行

十四日 (5月19日)	以旧疾未愈……	以旧疾未痊……	324页3行	十九页二行
甲子四月二十日 (5月25日)	以克服丹阳赏冯子材、富明阿黄马褂。	以克复丹阳赏冯子材、富明阿黄马褂。	325页8行	二十一页一行
廿三日 (5月28日)	贺程覃叔子完婚,未下车。	贺程覃叔子完姻,未下车。	325页倒3行	二十一页十五行
同日	萧得升来称……	萧德升来,称……	325页倒2行	二十一页十五行
廿四日 (5月29日)	付萧得升京平足银六十四两八钱……	付萧德升京平足银六十四两八钱……	326页3行	二十二页一行
廿五日 (5月30日)	方濬颐授运使。	方濬[浚]颐授运使。	326页8行	
廿八日 (6月2日)	黄澹霞。澹霞,怀来典史……	黄澹[淡]霞。澹[淡]霞,怀来典史……	326页倒8行	
五月初一日 (6月4日)	慈谿人	慈谿[溪]人	327页3行	
初六日 (6月9日)	……范博九帮头班。	……范搏九帮头班。	327页倒7行	二十三页十四行
初八日 (6月11日)	旁征史实作为讲义……	旁征史事作为讲义……	328页2行	二十四页四行
初九日 (6月12日)	官文报护军总领舒保战没……	官文报护军统领舒保战没……	328页7行	二十四页七行
初十日 (6月13日)	王赏钦……	王赞卿……	328页13行	二十四页十一行
十三日 (6月16日)	晚挈筹郎至榆树林吃茶,看落日。	晚挈筹郎至榆树林吃茶,看落日。	328页倒2行	二十五页三行
廿一日 (6月24日)	傍晚雷电往来,食顷止。	傍晚雷电往来,微雨,食顷止。	330页5行	二十六页十三行
廿四日 (6月27日)	见《钟鼎款识》秦禧所集之本。紬素摹本……	见《钟鼎款识》秦熺所集之本。紬[绸]素摹本……	330页倒10行	二十七页七行
廿七日 (6月30日)	可虑矣。	可虑可虑。	331页8行	二十八页三行
六月朔 (7月4日)	战栗不支……	战慄[栗]不支……	332页2行	二十九页三行
初二日 (7月5日)	午后皆极惓……	午后极惓……	332页10行	二十九页九行
初七日 (7月10日)	照前法加苁蓉。	照前法加从容[苁蓉]。	333页2行	三十页五行

初八日 (7月11日)	昨服苁蓉姜……	昨服从容[苁蓉]姜……	333页6行	三十页九行
同日	不然岂馀邪尚伏乎?	不然岂余(馀)邪尚伏乎?	333页8行	三十页十一行
初十日 (7月13日)	酉初睡醒忽又战慄……	酉正睡醒忽又战慄[栗]……	333页倒11行	三十页十六行
十二日 (7月15日)	误汗误补而馀邪未退……略得眠。是日……	误汗误补而余(馀)邪未退……略得眠。当止。是日……	334页3行、5行	三十一页九行、十行
十五日 (7月18日)	余数日未甘寝……	余数夕未甘寝……	334页倒9行	三十二页三行
廿三日 (7月26日)	云仲侄病系馀之症。	云仲侄病系余(馀)之症。	335页倒6行	三十三页七行
廿八日 (7月31日)	还董香光书册八页……每页……	还董香光画册八葉[页]……每葉[页]……	336页倒13行、倒12行	三十四页三行
七月朔 (8月2日)	李秀成一犯……馀赏世职。	李秀城[成]一犯……余(馀)赏世职。	337页2行、7行	三十四页十六行、三十五页三行
初三日 (8月4日)	京口副都统给云骑尉;	京口副都统魁玉给云骑尉;	337页倒2行	三十六页二行
同日	加八旗兵丁一月粮饷;	加八旗兵丁一月钱粮;	338页1行	三十六页四行
初五日 (8月6日)	河南昆岗正……	河南崑[昆]冈正……	338页倒6行	
初十日 (8月11日)	询吴年伯母近况。	询吴年伯母近状。	339页倒13行	三十八页二行
十一日 (8月12日)	杜云皋……	杜芸皋……	339页倒10行	三十八页四行
十三日 (8月14日)	吴廷栋授户部左侍。	吴廷栋授户左侍。	339页倒3行	三十八页十行
十四日 (8月15日)	杜云皋来。	杜芸皋来。	339页倒1行	三十八页十二行
十七日 (8月18日)	遥望黄瓦掩映山谷,可见十一处。(注:以下脱句)	遥望黄瓦掩映山谷,可见十一处。思陵在西南山涧外望不见。	340页倒8行	三十九页中缝
同日	(谒明陵诗。……种树村民馀匠民)	(谒明陵。……种树村民,余(馀)匠民)	340页倒9行	三十九页书眉上注
同日	距陵十馀里为卡子门。	距陵十余(馀)〈里〉为卡子门。	340页倒6行	三十九页十行

同日	杜喜请葺秫楷短墙,未之许也。	杜喜请葺秫稭短墙,未之许也。	340页倒4行	三十九页十一行
廿二日 (8月23日)	仲泉年伯子,号和之。	锺泉年伯子,号和之。	341页倒13行	四十页八行
同日	致龙兰簃、伍绍堂慰书。	致龙兰簃、伍绍棠慰书。	341页倒12行	四十页九行
廿五日 (8月26日)	孙如僅丁忧缺。	孙如僅[仅]丁忧缺。	342页7行	四十一页八行
廿六日 (8月27日)	齐永彦授总宪。	齐承彦授总宪。	342页11行	四十一页十二行
廿八日 (8月29日)	杨岳斌、沈葆桢报克服……	杨岳斌、沈葆桢报克复……	342页倒5行	四十二页五行
廿九日 (8月30日)	吊柏师母,本是侧室,子钟濂,户部员外。	吊柏师母,本是侧室,子钟濂,户部员外。	342页倒4行	四十二页六行
三十日 (8月31日)	借所书姚姬传评点诸书札记。	借所书《姚姬传评点》诸书札记。	343页1行	四十二页八行
八月初六日 (9月6日)	崔穆之、编。郭从矩、编	崔穆之编、李祉编、郭从矩编、	344页3行	四十三页十五行
初十日 (9月10日)	惟三艺后半稍扩宽耳。	惟三艺后半稍扩实耳。	344页倒4行	四十四页十四行
十五日 (9月15日)	素月流天,亲见毛发。	素月流天,亲见垂发。	345页倒2行	四十五页十八行
十七日 (9月17日)	亦未梦魇,以为是李若农药力……	亦未梦魇,以为得李若农药力……	346页6行	四十六页六行
廿二日 (9月22日)	以曹秉濬为福建学政。	以曹秉濬[浚]为福建学政。	346页倒2行	四十七页五行
廿六日 (9月26日)	竟转犹豫也。	竟转犹豫矣。	347页倒8行	四十七页十八行
廿七日 (9月27日)	送贡义山世兄。	送贡又山世兄。	347页倒4行	四十八页三行
廿九日 (9月29日)	晤龚书雨前辈……	晤龚叔雨前辈……	348页6行	四十八页十行
九月朔 (10月1日)	遇一老僧曰宽相与论法……	遇一老僧曰……宽,相与论法……	348页13行	四十八页十七行
初五日 (10月5日)	送庄忻园茨曾。	送庄忻园羡曾。	349页2行	四十九页十行
初十日 (10月10日)	慰借之。	慰藉之。	349页倒4行	五十页十行

十七日 (10月17日)	见石如临古册……	见石谷临古册……	350页倒7行	五十一页十一行
十九日 (10月19日)	夜黄序东来。	夜黄东序来。	351页2行	五十一页十六行
十月朔 (10月30日)	二日共三十吊	两日共三十吊	352页倒7行	五十三页十六行
三日 (11月1日)	五额驸思谆病卒。	五额驸思醇病卒。	353页8行	五十四页十行
初五日 (11月3日)	到厂得《郁阁颂》原刻本。	到厂得《郙阁颂》原刻本。	353页13行	五十四页十四行
十一日 (11月9日)	馀贼歼夷殆尽。	余(馀)贼歼夷殆尽。	354页10行	五十五页十六行
十三日 (11月11日)	封浙总督左宗棠一等伯爵……	封浙提督左宗棠一等伯爵……	354页倒7行	五十六页六行
同日	予记名按察使席宝田骑尉世职……馀升赏有差。	予记名按察使席宝田云骑尉世职……余(馀)升赏有差。	354页倒4行、倒3行	五十六页十行
二十日 (11月18日)	沉阴渗澹,寒甚。	沉阴渗澹[淡],寒甚。	356页1行	
廿二日 (11月20日)	额中数刃。	头中数刃。	356页8行	五十八页六行
同日	其酋……数万名投诚……	其酋……数千名投诚……	356页11行	五十八页八行
廿三日 (11月21日)	夜治馔为五兄饯行,忽忽不乐。	夜治具为五兄饯行,忽忽不乐。	356页倒11行	五十八页十四行
廿四日 (11月22日)	浙江运使杨昌濬补。	浙江运使杨昌濬[浚]补。	356页倒2行	
廿七日 (11月25日)	王爱棠……	林爱棠……	357页11行	五十九页十四行
十一月朔 (11月29日)	得闽板苏批《孟子》甚精;	得闵板苏批《孟子》甚精;	357页倒1行	六十页十行
初三日 (12月1日)	卞颂臣京兆来……	卞颂臣京尹来……	358页4行	六十页十三行
初八日 (12月6日)	李鸿章请于江苏立昭忠祠。	李鸿章请于苏州立昭忠祠。	358页倒5行	六十一页十二行
初九日 (12月7日)	此次倭相主之,盖新样也。	此次倭相国主之,盖新样也。	359页1行	六十一页十六行
十六日 (12月14日)	日色澹薄,有雪意。	日色澹[淡]薄,有雪意。	360页1行	

十七日 (12月15日)	汤宅仆人张福曾有银一百七十两寄余处……	汤宅仆人张福曾有银一百七两寄余处……	360页6行	六十三页九行
廿八日 (12月26日)	黄澹霞自怀来到京……闻胡小渠由四川赴湖南查办案件。	黄澹[淡]霞自怀来到京……闻胡小蕖由四川赴湖南查办案件。	361页12行、倒13行	六十四页十五行
十二月初四日 (1865.1.1)	并晤澹霞……	并晤澹[淡]霞……	362页12行	
十一日 (1月8日)	作楹联	作楹帖	363页3行	六十六页八行
十三日 (1月10日)	此先君于三十年前所尝授书者也。	此先君于三十年前所尝授读者也。	363页倒12行	六十七页一行
十五日 (1月12日)	夜澹月，仍飘雪花。	夜澹[淡]月，仍飘雪花。	363页倒6行	
十八日 (1月15日)	梁檩圃放庶子。……通饬州县不得延搁致死。	梁檀圃放庶子。……通饬州县不得延阁[搁]致死。	364页6行、7行	六十七页十七行
廿一日 (1月18日)	甲子举	甲午举	364页12行	六十八页二行
同日	家字秋字有覃溪先生藏本。	“家”字“秋”字有，覃溪先生藏本。	364页倒12行	六十八页五行
廿三日 (1月20日)	以在制，客来皆不请。	慈亲寿辰以在制，客来者皆不请。	364页倒5行	六十八页十行
廿四日 (1月21日)	甚悬之也。	甚悬悬也。	365页1行	六十八页十三行
廿五日 (1月22日)	诣核桃原墓次。	诣核桃园墓次。	365页3行	
除夕 (1月26日)	凡百馀金始了私款。	凡百余(馀)金始了私款。	365页倒4行	六十九页十一行
同治四年乙丑 正月初六日 (1865.2.1)	馀未详。	余(馀)未详。	第一册 367页倒4行	第五卷 一页十七行
十一日 (2月6日)	得杨湘云宝臣书，寄余炭金二十两。	得杨缃云宝臣书，寄余炭金二十两。	368页13行	二页十一行
十七日 (2月12日)	访曹星縠同年未值。	访曹星縠[谷]同年未值。	369页5行	
十八日 (2月13日)	夜招曹星縠饭。	夜招曹星縠[谷]饭。	369页9行	

廿九日 (2月24日)	是夕源侄复两次发病呕吐。	是夕源郎复两次发病呕吐。	371页6行	五页十六行
二月初六日 (3月3日)	冠缀缨青褂……	冠缀缨青袿……	372页11行	七页九行
初八日 (3月5日)	前日到报国寺扶乩……	前日在报国寺扶乩……	372页倒2行	八页二行
初九日 (3月6日)	已刻诣何宅陪宾……	已初诣何宅陪宾……	373页3行	八页五行
初十日 (3月7日)	今殁而为神……	今没而为神……	373页10行	八页十行
同日	惊人秘籍也……亦不易觏之本。	惊人秘笈也……亦不易觏[遘]之本。	373页11行、14行	八页十一行
十七日 (3月14日)	称书院创自元泰宝二年……	称书院创自元泰定二年……	374页倒2行	十页四行
十八日 (3月15日)	赵君思镳、雪军,行二。	赵君恩镳雪年,行二。	375页13行	十页十六行
十九日 (3月16日)	镇南北均有长桥,北圮而南完。	镇南北皆有长桥,北圮而南完。	375页倒6行	十一页四行
廿三日 (3月20日)	余亦追念曾侄不能不泛澜也。	余亦追念曾侄不能不汍澜也。	376页倒9行	十二页五行
廿九日 (3月26日)	王毓……乙未举。新到,并晤之。	王毓……己未举。新到,并晤之。	377页倒4行	十三页十四行
三月初六日 (4月1日)	可袷衣。	可袷[夹]衣。	378页倒3行	
初七日 (4月2日)	同访傧石。	同访滨石。	379页6行	
初八日 (4月3日)	先是讲起居注官……越数日复劾奏恭亲王……。	先是日讲起居注官……越数日后疏劾恭亲王……。	379页倒13行	十五页十七行十八行
同日	疏入奉硃笔谕内臣大臣等同看。	疏入奉硃笔谕内廷大臣等同看。	379页倒8行	十六页四行
初九日 (4月4日)	馀皆俸深编检,蔡寿祺其一也。	余(馀)皆俸深编检,蔡寿祺其一也。	380页7行	十六页十五行
初十日 (4月5日)	见其文皆沉思妙虑,美材也。	见其文皆沉思眇虑,美材[才]也。	380页倒4行	十七页十一行
十二日 (4月7日)	其另摺胪列八条……	其另摺胪陈八条……	381页倒8行	十八页十二行
十三日 (4月8日)	本乏乏,本末笔亦短。	"本乏乏","本"末笔亦短。	381页倒2行	十八页十七行

十五日 (4月10日)	宏德殿……偕价人游天宁寺……	弘德殿……偕价人游天凝[宁]寺……	382页2行、9行	十九页八行
十六日 (4月11日)	前据惇亲王、……恭亲王虽经获咎……	前据惇亲王、……恭亲王曾经获咎……	383页2行	二十页八行
同日	兹览王、大臣、学士等奏……	兹览王公、大臣、学士等奏……	383页倒8行	二十一页一行
十九日 (4月14日)	三跪九叩……	三跪九跪〔叩〕……	384页12行	二十一页十七行
同日	还瑞芝堂更朝服补褂……	还瑞芝堂更朝珠补褂……	384页12行	二十一页十八行
二十日 (4月15日)	徐光传……	徐先传……	384页倒7行	二十二页上注
廿二日 (4月17日)	办理事物未闻有昭著劣迹……	办理事务未闻有昭著劣迹……	385页7行	二十二页十六行
廿六日 (4月21日)	海裳将落,丁香正开。	海棠将落,丁香正开。	386页倒5行	
廿七日 (4月22日)	浙江十二名……	浙江十三名……	387页5行	二十五页二行
四月朔 (4月25日)	答蔡槑盦,未见。	答蔡槑[梅]盦[庵],未见。	387页倒8行	二十五页十四行
初二日 (4月26日)	复曹心穀书……	复曹心穀[谷]书……	388页4行	
初三日 (4月27日)	延方镜湖胗疾……	延方镜湖胗[诊]疾……	388页6行	二十六页六行
初五日 (4月29日)	旧宝贤堂帖残本二册……	旧《宝贤堂帖》残本二册……	388页倒1行	二十七页二行
初八日 (5月2日)	购得《孔宙碑》及旧宝贤堂帖……	购得《孔宙碑》及旧《宝贤堂帖》……	389页13行	二十七页十二行
十九日 (5月13日)	彭君穀……谢甫墀……	彭君穀[谷]……谢辅墀……	392页4行、5行	三十页十四行
二十日 (5月14日)	曹心穀调东安令……其妻父汪啸盦之款,故多周折。	曹心穀[谷]调东安令……其妻父汪啸盦[庵]之款,故多周折。	392页10行、12行	
同日	有旨表明曾国藩、骆秉章功迹。	有旨表明曾国藩、骆秉章功绩。	392页倒13行	三十一页二行
廿四日 (5月18日)	筹儿至彰义门外而别。	筹儿至彰仪门外而别。	393页10行	三十一页十八行
同日	探花杨霁,建候胞侄。传胪牛煊。河南人。	探花杨霁,建侯胞侄,传胪乐煊,河南人。	393页11行	三十二页一行

同日	晤瑞睦庵……	晤瑞睦莽[庵]……	393页倒8行	三十二页八行
廿五日(5月19日)	汪啸盦丈……	汪啸盦[庵]丈……	393页倒4行	
廿九日(5月23日)	同乡吴人傑……	同乡吴人杰……	395页1行	三十三页十六行
晦日(5月24日)	(僧邸灵柩到京……)	(僧邸灵櫬到京……)	395页3行	三十四页上注
五月初二(5月26日)	余取百金而却其馀。	余取百金而却其余(馀)。	396页1行	三十五页一行
同日	其侧室某夫人病殇也。	其侧室某夫人病殉也。	396页6行	三十五页六行
初八日(6月1日)	连日书白摺数页……	连日书白摺数葉[页]……	397页13行	三十六页十六行
十一日(6月4日)	以贾臻、裘德俊交……	以贾臻、裘德俊等交……	398页7行	三十七页十五行
十二日(6月5日)	送唐秉廉幼如。	送唐秉廉幼如。	398页11行	三十七页十八行
廿一日(6月14日)	署浙江提督高连陞……	署浙江提督高连陞[升]……	399页倒1行	
同日	达冲阿勇号,馀升叙有差。	达冲河勇号,余(馀)升叙有差。	400页1行	四十页一行
廿四日(6月17日)	木炽,江苏道……	尔炽,江苏道……	400页倒11行	四十页十三行
闰五月朔(6月23日)	景其濬……	景其濬[浚]……	401页9行	
初三日(6月25日)	盛称周稚堂词……	盛称周稚生词……	401页倒7行	四十一页十七行
同日	直接张悦庵,并述稚堂先生语……	直接张蜕庵,并述稚生先生语……	401页倒7行、倒6行	四十一页十七行、十八行
初四日(6月26日)	云气四寒,微透日光。	云气四塞,微透日光。	401页倒3行	四十二页三行
同日	晚晤裕之。	晚访裕之。	401页倒1行	四十二页五行
十一日(7月3日)	寄君山茶十馀瓶。	寄君山茶十余(馀)瓶。	402页倒1行	
廿一日(7月13日)	确以鸡毫作书,转指都见,然是赝本。	确以弱毫作书,转指都见,然是肥本。	404页倒13行、倒12行	四十五页七行
同日	通州李衢亨之堂弟。	通州李衢亨之堂弟。	404页倒12行	四十五页八行
同日	是日僧邸灵柩入城。	是日僧邸灵櫬入城。	404页倒11行	四十五页九行

廿六日（7月18日）	甘肃……放孙家穀。	甘肃……放孙家穀[谷]。	405页倒3行	
六月初十日（8月1日）	馀差均留。	余(馀)差均留。	407页倒4行	四十九页十四行
十一日（8月2日）	武额隆报塔尔巴哈台……领队博罗果素均被害。	武额隆报嗒尔巴哈台……领队博勒果素均被害。	408页4行、5行	五十页一行、二行
十二日（8月3日）	吊杨牧臣松兆。	吊杨枚臣松兆。	408页10行	五十页七行
同日	御史贾铚劾奏……	御史贾铧劾奏……	408页13行	五十页九行
十四日（8月5日）	钦差灵桂、贺寿慈讯结西陵工项员……	钦差灵桂、贺寿慈讯结一西陵工项员……	409页3行	五十一页六行
十六日（8月7日）	见宝晋斋帖二册二王、铁保物。	见《宝晋斋帖》二册二王、铁保物。	409页倒12行	五十一页十五行
十九日（8月10日）	得五兄闰月二十日长沙书……	得五兄闰月廿日长沙书……	410页5行	五十二页十行
廿四日（8月15日）	得三兄闰月二十一日函……	得三兄闰月廿一日函……	410页倒7行	五十三页四行
廿八日（8月19日）	见文秋山文俊、	见文秋山丈俊、	411页9行	五十三页十七行
七月初二日（8月22日）	赞吴春海之弟完姻。	贺吴春海之弟完姻。	411页倒2行	
十五日（9月4日）	以多闻则写之……	以多闻则守之……	413页倒3行	五十七页三行
同日	吴人傑……	吴人杰……	414页倒1行	五十七页五行
十八日（9月7日）	并寄观过斯知仁矣时艺一首……	并寄《观过斯知仁矣》时艺一首……	414页13行	五十七页十五行
同日	连日胃气作痛。	连日胃气作疼。	414页倒13行	五十七页十五行
廿一日（9月10日）	曾经谕令……	当经谕令……	414页倒2行	五十八页十六行
八月初八（9月27日）	共言切实，无外官习气。	其言切实，无外官习气。	418页9行	六十二页五行
十一日（9月30日）	著即革旨；……馀革职发遣有差。	著即革职；……余(馀)革职发遣有差。	418页倒2行、419页1行	
十三日（10月2日）	为庞宅邀……	为庞处邀……	419页10行	六十三页九行

同日	云此证难治,不用补药。	云此症难治,不用补药。	419页12行	六十三页十行
十四日(10月3日)	至彭家乞得干姜食之……	至彭家乞得干姜含之……	419页倒11行	六十三页十三行
十五日(10月4日)	观月赋诗一章,用东坡中秋观月寄子由韵。	观月赋诗一章,用东坡《中秋观月寄子由》韵。	419页倒8行、倒7行	六十四页一行
十八日(10月7日)	梁灏子……	梁颢子……	420页3行	六十四页九行
二十日(10月9日)	得五兄七月廿七日长沙书……	得五兄七月廿七长沙书……	420页9行	六十四页十三行
廿六日(10月15日)	致书杨湘云……	致书杨缃云……	420页倒1行	六十五页十四行
三十日(10月19日)	曹心穀来……	曹心穀[谷]来……	421页倒11行	
九月初二日(10月22日)	答曹心穀。	答曹心穀[谷]。	422页2行	
十一日(10月30日)	送徐季侯夫人归葬不及事,遂访颂阁。	送徐李〔季〕侯夫人归葬不及事,遂访颂阁。	423页3行	六十八页一行
十八日(11月6日)	十里马神庙……	十里马神桥……	423页倒2行	六十九页一行
廿日(11月8日)	廿日	二十日	424页5行	六十九页八行
廿三日(11月11日)	又有野老服黄冠……	又有野老草服黄冠……	425页倒13行	七十页十三行
廿四日(11月12日)	筹儿发病,曾卧三日。	筹儿黄病,曾卧三日。	425页倒9行	七十页十六行
廿九日(11月17日)	复昌平州牧童畊叔坊书。	复昌平州牧童畊[耕]叔坊书。	426页10行	七十一页十二行
十月朔(11月18日)	访童畊叔州牧……	访童畊[耕]叔州牧……	426页倒12行	七十一页十八行
初三日(11月20日)	祝汪渔庄母寿。	祝汪渔庄母寿。	426页倒5行	七十二页六行
十二日(11月29日)	到馆,匆匆归。	到馆,怱怱[匆匆]归。	427页倒7行	七十三页十二行
十六日(12月3日)	到馆,匆匆出,诣长春寺。	到馆,怱怱[匆匆]出,诣长春寺。	428页9行	七十四页六行
廿日(12月7日)	廿日	二十日	428页倒5行	七十五页二行

廿三日（12月10日）	遂留宿一日。	遂留宿一夕。	429页9行	七十五页十一行
廿六日（12月13日）	贺张香涛，谈良久。	访张香涛，谈良久。	429页倒9行	七十六页一行
十一月初三日（12月20日）	馀部无病。	余（馀）部无病。	430页倒13行	七十七页二行
初八日（12月25日）	馀不足观。	余（馀）不足观。	431页1行	七十七页十二行
十一日（12月28日）	是日臣龢蒙恩命在弘德殿行走……	是日同龢蒙恩命在弘德殿行走……	431页10行	七十八页二行
十三日（12月30日）	寅正起……	五更寅正起……	431页倒1行	七十八页十八行
同日	奕馀斋庆……盖上以感冒十馀日……方镜湖云肺中馀邪不清。	奕馀[余]斋庆……盖上以感冒十余（馀）日……方镜湖云肺中余（馀）邪不清。	432页1行、2行、7行	七十九页一行、三行、九行
十五日（1866.1.1）	暖	暝	432页倒9行	八十页一行
十七日（1月3日）	奕馀斋云……	奕馀[余]斋云……	432页倒1行	八十页七行
二十日（1月6日）	廿日	二十日	433页11行	八十页十六行
同日	血痢七十馀日……	血痢七十余（馀）日……	433页倒12行	八十一页二行
廿五日（1月11日）	心疼，呻吟达旦。	心痛，呻吟达旦。	434页7行	八十二页三行
十二月初二日（1月18日）	二日	〈初〉二日	434页倒3行	八十二页十六行
初十日（1月26日）	馀人可暂退，……馀人无容侍坐也。	余（馀）人可暂退，……余（馀）人无容侍坐也。	435页倒6行、倒5行	八十五页一行
十四日（1月30日）	唐玄宗尚能容纳，颇蒙垂听。	唐元[玄]宗尚能容纳，颇蒙垂听。	436页倒12行	八十五页一行
十九日（2月4日）	赏大卷江紬袍褂料一联……	赏大卷江紬[绸]袍袿料一联……	437页9行	八十六页八行
廿日（2月5日）	廿日	二十〈日〉	437页11行	八十六页十行
廿五日（2月10日）	因忌辰貂褂不挂珠。	因忌辰，貂袿不挂珠。	438页14行	八十八页二行

廿七日 (2月12日)	望之屋三十馀间无恙。	望之屋三十余(馀)间无恙。	439页2行	八十八页十四行
同治五年丙寅 正月初二日 (1866.2.17)	诣汤宅拜朔。	诣汤宅拜影。	441页6行	第六卷 一页六行
初四日 (2月18日)	访长老宝□不值，禅房有座性和尚，颇朴诚。	访长老宝首不值，禅堂有座性和尚，颇朴诚。	441页9行	一页八行
初八日 (2月22日)	徐季侯……	徐李[季]侯……	442页13行	二页十二行
同日	惟摧痛之馀余中气下坠耳。	惟摧痛之余(馀)中气下坠耳。	442页倒13行	二页十四行
同日	都司衔蓝翎尽先守备……蓝翎尽先守备……	都司衔蓝翎儘(尽)先守备……蓝翎儘(尽)先守备……	442页倒11行、倒10行	二页十五行、十六行
同日	六品蓝翎尽先把总……	六品蓝翎儘(尽)先把总……	442页倒9行	二页十七行
同日	六品蓝翎尽先经制……	六品蓝翎儘(尽)先经制……	442页倒6行	三页三行
同日	六品蓝翎尽先把总……	六品蓝翎儘(尽)先把总……	442页倒5行	三页四行
初十日 (2月24日)	念三十馀年无与兄共杯酒之日。	念三十余(馀)年无与兄共杯酒之日。	443页6行	三页十五行
十四日 (2月28日)	治世兄麟，景秋评先生之子……遇曹心縠。	治世兄麟，景秋坪先生之子……遇曹心縠[谷]。	443页倒5行	四页十六行
十六日 (3月2日)	欲购王船山子评五种未果也。	欲购王船山《子评五种》未果也。	444页3行	五页四行
廿二日 (3月8日)	是日始穿正褂。	是日始穿正袿。	445页2行	六页十一行
廿五日 (3月11日)	十年执戟侍金门……	十年振戟侍金门……	445页倒7行	七页十一行
廿九日 (3月15日)	……而馀热不清。	……而余(馀)热不清。	446页8行	八页六行
三十日 (3月16日)	碣曰"常熟翁氏殇子琦孙"，盖伤之也。	碣曰"常熟翁氏殇子琦孙墓"，伤之也。	446页倒10行	八页十四行
二月初二日 (3月18日)	上御补褂。	上御补袿。	447页1行	九页九行

初五日 (3月21日)	出到天宁寺……	出到天凝〔宁〕寺……	447页倒11行	十页三行
初六日 (3月22日)	进讲"金哀宗都察太后敕救止荆王论罪"一节……	进讲"金哀宗都察太后救止荆王论罪"一节……	447页倒6行	十页七行
初七日 (3月23日)	虽无惰容……	绝无惰容……	448页4行	十页十七行
初九日 (3月25日)	徐季侯、钱少甫也。	徐李〔季〕侯、钱少甫也。	448页倒13行	十一页九行
初十日 (3月26日)	煤炸胡同……	煤炸[楂]胡同……		
十二日 (3月28日)	是日始易……珠皮褂。	是日始易……珠皮袿。	448页倒1行	十二页二行
十五日 (3月31日)	然因是遇余亦侮慢矣。	然因是过,余亦侮慢矣。	449页倒13行	
十七日 (4月2日)	慈亲是日至天宁寺……	慈亲是日至天凝〔宁〕寺……	450页3行	十三页十二行
廿日 (4月5日)	廿日	二十日	450页10行	十四页三行
廿三日 (4月8日)	余……不能自己也。	余……不能自已也。	451页9行	十五页十一行
廿五日 (4月10日)	仍小毛褂,白袖。	仍小毛袿,白袖。	451页倒4行	十六页六行
廿七日 (4月12日)	闻捻匪边马窜及曹考。(注:以下脱句)	闻捻匪边马窜及曹考。广东巡抚郭嵩焘来京,另用蒋益澧为广抚。	452页13行	十六页十三行
廿八日 (4月13日)	(上补褂到书房。)	(上补袿到书房。)	452页倒13行	十七页上注
同日	甫交午刻退。	甫交午正退。	452页倒11行	十七页三行
廿九日 (4月14日)	是日上换棉褂……	是日上换棉袿……	452页倒7行	十七页八行
三月朔 (4月15日)	见明人金画普门径甚佳……	见明人金画《普门经》甚佳……	453页1行	十七页十四行
初二日 (4月16日)	须俟十日后一併交出也……出到天宁寺,哭于三兄灵前。	须俟十日后一併[并]交出也……出到天凝〔宁〕寺,哭于三兄灵前。	453页7行、10行	十八页五行
初八日 (4月17日)	晴,□凉。……出偕李、徐两公载鹤峰师及明善妻丧。	晴,稍凉。……出偕李、徐两公吊载鹤峰师及明善妻丧。	454页10行、11行	十九页十二行

十二日 (4月26日)	接着第二次进书。	接看第二次进书。	455页9行	二十页十七行
十三日 (4月27日)	馀皆顺利。	余(馀)皆顺利。	455页11行	
十六日 (4月30日)	馀略如昨。	余(馀)略如昨。	455页倒2行	
十九日 (5月3日)	是日读完立政篇……	是日读完《立政篇》……	456页倒11行	二十二页十四行
廿日 (5月4日)	廿十日	二十日	456页倒9行	二十二页十五行
廿三日 (5月7日)	(袍褂料……)	(袍袿料……)	457页4行	二十三页上注
廿四日 (5月8日)	弔丁芥帆之父	弔[吊]丁芥帆之父	457页倒8行	二十四页二行
廿九日 (5月13日)	卯正豫备,寅正起……	丑正豫备,寅正起……	458页倒3行	二十五页十二行
四月十一日 (5月24日)	奕馀斋未及站班。	奕馀[余]斋未及站班。	460页倒7行	
廿一日 (6月3日)	无纤亦。	无纤云。	462页倒10行	三十页十四行
廿二日 (6月4日)	阴云四寒……几成窠旧矣。	阴云四塞……几成窠臼矣。	462页倒5行、倒4行	三十一页一行
廿六日 (6月8日)	读胜作。	读胜昨。	463页倒10行	三十二页一行
同日	以上皆遇缺题,奏奖赏。	以上皆遇缺题,奏并赏。	464页2行	三十二页九行
同日	张观凖……	张观凖[准]……	464页11行	三十三页二行
廿七日 (6月9日)	杨树鼎……	杨澍鼎……	464页倒7行	三十三页九行
廿八日 (6月10日)	智果堂一册似《阁帖》,所刊尚旧。	智果书一册似《阁帖》,所刊尚旧。	464页倒2行	三十三页十五行
同日	赏宫紬袍褂料一联,帽纬一匣。	赏宫紬[绸]袍袿料一联,帽纬一匣。	464页倒1行	三十三页十六行
五月初三日 (6月15日)	日色正赫而无光。	日色正赤而无光。	465页倒4行	三十五页五行
初四日 (6月16日)	馀皆遣人送节敬。	余(馀)皆遣人送节敬。	466页2行	
初五日 (6月17日)	诣天宁寺……	诣天凝〔宁〕寺……	466页6行	三十五页十三行

初七日（6月19日）	晚微露光……	晚微露日光……	466页13行	三十六页三行
初十日（6月22日）	连日……二刻馀。	连日……二刻余（馀）。	467页5行	
十一日（6月23日）	侍从……不穿褂……	侍从……不穿袿……	467页倒11行	三十七页十二行
十四日（6月26日）	中暑乾顺而泄。	中暑咽干而泄。	468页9行	三十八页十四行
廿五日（7月7日）	寿君曾赠人参于之兄……	寿君曾赠人参于三兄……	470页4行	四十一页一行
廿七日（7月9日）	清晨微雨，旋止。	凌晨微雨，旋止。	470页倒13行	四十一页十行
六月初六日（7月17日）	三更雷雨，半晌止。	二更雷雨，半晌止。	472页11行	四十四页一行
初九日（7月20日）	随同行礼……蟒袍补褂，……蟒袍补褂。	随同行礼……蟒袍补袿，……蟒袍补袿。	472页倒8行	四十四页八行
十二日（7月23日）	馀皆散热之品。	余（馀）皆散热之品。	473页8行	
十六日（7月27日）	观……灵交大士像。	观……灵变大士像。	473页倒1行	四十六页五行
同日	……饿鼠鸣古屋。……一饱不愿馀。	……饥鼠鸣古屋。……一饱不愿余（馀）。	474页倒9行、倒10行	
廿三日（8月3日）	馀斋三人耳。	馀[余]斋三人耳。	475页倒3行	
廿四日（8月4日）	徐季侯妻舅……	徐李[季]侯妻舅……	476页2行	四十八页十六行
廿五日（8月5日）	发兴勾摩……	发兴钩摩……	476页11行	四十九页七行
廿九日（8月9日）	卯正入内恭候。	卯正入内恭俟。	476页倒5行	四十九页十八行
七月朔（8月10日）	卯初二刻馀入，未至辰刻退。	卯初二刻余（馀）入，未至辰初退。	477页1行	五十页五行
初四日（8月13日）	退巳午初矣。	退已午初矣。	477页12行	五十页十五行
初七日（8月16日）	后知此房乃官工，未尝与彼。	后知此屋乃官工，未尝与彼。	478页10行	五十二页四行
十二日（8月21日）	有殿有皇极殿……曰宁德……	有殿曰皇极殿……曰凝德……	479页3行、4行	五十三页一行、二行

同日	天气晴朗。	天气晴明。	479 页 10 行	五十三页八行
十六日 (8 月 25 日)	宏德殿差使……	弘德殿差使……	480 页 3 行	五十四页五行
十七日 (8 月 26 日)	御青长袍褂，诸臣皆素食。	御青长袍褂，诸臣皆素食。	480 页 7 行	五十四页十行
十九日 (8 月 28 日)	辰正二刻毕。	辰初二刻毕。	480 页倒 11 行	五十四页十八行
廿七日 (9 月 5 日)	曹心穀来，未见。	曹心穀[谷]来，未见。	482 页 4 行	
三十日 (9 月 8 日)	七刻馀毕。	七刻余(馀)毕。	482 页倒 13 行	
八月朔 (9 月 9 日)	亦问年龄官爵……	亦问年齿官爵……	482 页倒 4 行	五十八页七行
十五日 (9 月 23 日)	(赏月饼十馀个。)	(赏月饼十余(馀)个。)	485 页 4 行	
十六日 (9 月 24 日)	养已四月矣。……馀皆同邑。	盖已四月矣。……余(馀)皆同邑。	485 页 11 行	六十一页十六行、十七行
十七日 (9 月 25 日)	备言……耕九馀三之法。……其实不过十馀叶。	备言……耕九余(馀)三之法。……其实不过十余(馀)叶。	485 页倒 10 行、倒 7 行	六十二页四行、七行
二十日 (9 月 28 日)	而此不变，非计也。	率此不变，非计也。	486 页 5 行	六十二页十八行
廿五日 (10 月 3 日)	后附管仲侄一札。	后附管仲姬一札。	486 页倒 1 行	六十四页一行
廿八日 (10 月 6 日)	到奕馀斋处……	到奕馀[余]斋处……	487 页 12 行	
三十日 (10 月 8 日)	馀斋亦至。	馀[余]斋亦至。	487 页倒 6 行	
九月初二日 (10 月 10 日)	慷慨议论，少年美材也。	慷慨论议，少年美材[才]也。	488 页 3 行	六十五页十一行
初七日 (10 月 15 日)	满字仍六刻外，未初退。	满书仍六刻外，未初退。	489 页 3 行	
初九日 (10 月 17 日)	(绒领棉袍褂。)	(绒领棉袍褂。)	489 页 12 行	六十七页上注
十一日 (10 月 19 日)	读微动，宕至……	读微动宕，至……	489 页倒 4 行	六十七页十一行
十三日 (10 月 21 日)	遇九江道景君后号介臣。于坐。	遇九江道景君福，号介臣于坐。	490 页 6 行	六十八页二行

十四日 (10月22日)	余等八,至未正退。	余等入,至未正退。	490页9行	六十八页五行
十五日 (10月23日)	是日三起,未讲书。	(注:此句重复,删去!)	490页14行	六十八页九行
十七日 (10月25日)	屡舞僊僊……	屡舞僊僊[仙仙]……	490页倒6行	六十八页十五行
十九日 (10月27日)	满字五刻。	满书五刻。	491页4行	
二十日 (10月28日)	其侄瑞徵保举。	其侄瑞徵[征]保举。	491页11行	
廿四日 (11月1日)	夜寒大风起,雨止。	夜大风起,雨止。	492页5行	七十页十行
廿五日 (11月2日)	馀却好。	余(馀)却好。	492页10行	
廿九日 (11月6日)	(珠毛袍褂。)	(珠毛袍袿。)	492页倒2行	七十一页上注
十月初五日 (11月11日)	(上换灰鼠褂。)	(上换灰鼠袿。)	494页4行	七十三页上注
初七日 (11月13日)	诣杨同年莱本……	诣杨同年菁本……	494页倒12行	七十三页十行
初九日 (11月15日)	伯孟之妹以疾卒……	伯孟之妹以疾卒……	494页倒3行	
十三日 (11月19日)	其馀应背者……	其余(馀)应背者……	495页倒11行	七十四页十七行
十四日 (11月20日)	访王静盦……	访王静盦[庵]……	495页倒6行	
十九日 (11月25日)	(洋灰鼠褂。)	(洋灰鼠袿。)	496页倒7行	七十六页上注
同日	凌竞殊甚。	凌兢殊甚。	496页倒6行	七十六页九行
二十日 (11月26日)	馀皆平平,未正二刻馀草草毕。	余(馀)皆平平,未正二刻余(馀)草草毕。	496页倒1行	七十六页十三行
廿一日 (11月27日)	馀亦好。	余(馀)亦好。	497页5行	七十六页十六行
廿五日 (12月1日)	访王静盦……	访王静盦[庵]……	497页倒4行	
廿六日 (12月2日)	(上换白风毛褂。)	(上换白风毛袿。)	497页倒1行	七十七页上注

廿八日 (12月4日)	天馀戬毂……	天余(馀)戬毂[谷]……	498页12行	七十八页九行
廿九日 (12月25日)	多吃罗卜及柿。	多吃萝卜及柿。	498页倒10行	七十八页十三行
十一月初一日 (12月7日)	上御貂褂……	上御貂袿……	498页倒6行	七十八页上注
同日	午正三刻毕。	午正二刻毕。	498页倒4行	七十八页十七行
初二日 (12月8日)	王静盦……	王静盦[庵]……	499页7行	
初八日 (12月14日)	奕馀斋……	奕馀[余]斋……	500页6行	
初九日 (12月15日)	访晤王静盦观察,……夜静盦来辞行。	访晤王静盦[庵]观察,……夜静盦[庵]来辞行。	500页12行	
初十日 (12月16日)	馀皆好……为静盦书条幅。	余(馀)皆好……为静盦[庵]书条幅。	500页倒12行	八十一页二行
十二日 (12月18日)	上题于慈禧皇太后御笔画一幅……玉池观赏……	上题于慈禧皇太后御笔画幅……玉池靓赏……	500页倒4行	八十一页七行
十五日 (12月21日)	馀皆可……奕馀斋……	余(馀)皆可……奕馀[余]斋……	501页11行、13行	八十一页十八行、二十行
十六日 (12月22日)	馀皆好。	余(馀)皆好。	501页倒11行	
十七日 (12月23日)	卯初三刻起……	卯初二刻起……	501页倒7行	八十二页十一行
廿四日 (12月30日)	今日阴云重重……	今日阴云垂垂……	502页倒2行	八十四页三行
廿五日 (12月31日)	近年每日……	近来每日……	503页6行	八十四页八行
廿七日 (1867.1.2)	学圣贤克己功夫。	学圣贤克己工夫。	503页倒5行	八十五页四行
廿八日 (1月3日)	今忽观此未损本……	今忽觏[遘]此未损本……	504页5行	八十五页十一行
十二月朔 (1月6日)	尘气四寒……右手火烙两泡,一破一平。	尘气四塞……右手火烙两炮[泡],一破一平。	504页倒10行、倒8行	八十六页五行、七行
同日	写字悟古人用笔丰左之诀……得五兄十月廿六日长沙函。	写字悟古人用笔丰右之诀……得五兄十月廿八日长沙函。	504页倒7行、倒6行	八十六页九行

初六日 (1月11日)	头尤痛也。看貂褂,还直不售。	头犹痛也。看貂袿,还直不售。	505页倒9行	八十七页十二行
初十日 (1月15日)	长春曼寿、景运日升、宝命凝厘、式禔百福……	长春曼寿、景运日升、宝命凝厘、式禔百福……	506页倒7行	八十八页十八行
同日	禧祚长隆、宜民受禄……	禧祚长隆、宜民受禄……	506页倒6行	八十九页一行
十三日 (1月18日)	将加疏浚……	将加疏濬[浚]……	507页13行	八十九页十六行
十四日 (1月19日)	辰初入内用饭……	辰初入内同饭……	507页倒11行	九十页三行
十七日 (1月22日)	姑表丈六表兄也。	姑表丈,亦表兄也。	508页7行	九十页十六行
十九日 (1月24日)	(褂料三个……)	(袿料三个……)	508页13行	九十一页上注
廿六日 (1月31日)	其弟焦坪……	其弟蕉坪……	510页2行	九十三页二行
同日	吊杜寄园师及芸皋,其弟焦坪,病尚未愈。为之长恸	吊杜寄园师及芸皋,为之长恸。其弟蕉坪,病尚未愈。	510页2行	九十三页二行、三行
廿七日 (2月1日)	(赏……貂一只。)	(赏……貂两只。)	510页5行	九十三页上注
廿八日 (2月2日)	蟒袍补褂……	蟒袍补袿……	510页9行	九十三页九行
除夕 (2月4日)	蟒袍貂褂……	蟒袍貂袿……	510页倒5行	九十四页四行
同治六年丁卯 元日 (1867.2.5)	貂褂……	貂袿……	511页2行	第七卷 一页三行
初四日 (2月8日)	一日三泽未易得也。	一日之泽未易得也。	511页倒8行	二页一行
初九日 (2月13日)	更以老骡,因早起数刻……从者皆补褂。	更以老羸,因早起数刻……从者皆补袿。	512页13行	三页二行、四行
初十日 (2月14日)	馀雪未消。	余(馀)雪未消。	512页倒8行	三页十行
十二日 (2月16日)	竟日雪化霏微……过厂肆,归甚倦。	竟日雪花霏微……过厂,归甚倦。	513页1行、3行	三页十八行
十七日 (2月21日)	古文难质……	古文虽质……	514页4行	五页十行

十八日 (2月22日)	手检爰书共谘议。	手检爰书共谘[咨]议。	514页倒11行	
二十日 (2月24日)	是日换玄貂褂。	是日换去貂袿。	514页倒2行	六页上注
廿二日 (2月26日)	馀俱好……	余(馀)俱好……	515页8行	
廿三日 (2月27日)	馀照旧供职。	余(馀)照旧供职。	515页倒13行	
廿九日 (3月5日)	馀亦好。	余(馀)亦好。	516页倒9行	
二月初四 (3月9日)	是日换去白风毛褂。赏春灯。	是日换去白风毛袿。赏春橙。	517页10行	九页上注
同日	退时因与倭、徐两公坐待汪啸盦于报房……	退时因与倭、徐两公坐待汪啸盦[庵]于报房……	517页倒13行	
初六日 (3月11日)	珠毛羊皮褂,次日灰鼠褂。	珠毛羊皮袿,次日灰鼠袿。	516页倒6行	十页上注
十二日 (3月17日)	至天宁寺……	至天凝[宁]寺……	519页3行	十一页十六行
同日	临方长卷……	临方方壶长卷……	519页5行	十一页十八行
二十日 (3月25日)	届时上御龙褂乾清宫行礼展视……	届时上御龙袿乾清宫行礼展视……	520页倒3行	十四页十一行
同日	奏为文皇帝敬造《龙华碑》……	奉为文皇帝敬造《龙华碑》……	521页2行	
廿一日 (3月26日)	馀皆可……	余(馀)皆可……	521页5行	
廿四日 (3月29日)	满书二刻……	满书三刻……	521页倒5行	十五页十二行
廿六日 (3月31日)	馀可……均在廷中请安。	余(馀)可……均于廷中请安。	522页6行、7行	十六页四行
廿八日 (4月2日)	见王石如……	见王石谷……	522页倒5行	十六页十七行
三月朔 (4月5日)	馀斋一人伺候	馀[余]斋一人伺候	523页12行	十七页十二行
初六日 (4月10日)	珠毛褂	珠毛袿	524页8行	十八页上注
初七日 (4月11日)	上换棉袍褂	上换棉袍袿	524页倒13行	十九页上注
同日	复到小园看花。	复至小园看花。	524页倒11行	十九页四行

初九日(4月13日)	梨及樱花烂然盈野,食丙舍中。	梨及樱桃花烂然盈野,食丙舍中。	524页倒3行	十九页十二行
同日	给杜喜茶水、柴火京大钱一千零……	给杜喜茶水、柴火京大钱一千零……	524页倒2行	十九页十二行
十二日(4月16日)	馀事雄奇……	余(馀)事雄奇……	525页倒7行	二十页十三行
十三日(4月17日)	满书二刻,理堂阅军政来到。	满书二刻,理堂阅军政未到。	526页1行	
十六日(4月20日)	(上夹袍棉褂。)	(上夹袍棉袿。)	526页倒6行	二十一页上注
十八日(4月22日)	馀俱极好。	余(馀)俱极好。	527页8行	
同日	出城贺徐季侯嫁女。	出城贺徐李〔季〕侯嫁女。	527页10行	二十二页十二行
十九日(4月23日)	(上换夹棉褂。)	(上换夹棉袿。)	527页12行	二十二页上注
同日	馀皆好。	余(馀)皆好。	527页倒13行	
廿一日(4月25日)	馀皆好。	余(馀)皆好。	528页4行	
廿二日(4月26日)	午未间传脱外褂。	午未间传脱外袿。	528页12行	二十四页一行
廿三日(4月27日)	(万寿节赏如意、袍褂料……磁瓶与□。)	(万寿节赏如意、袍袿料……磁瓶与罏。)	528页倒12行、倒11行	二十四页五行书眉
同日	……有顷传脱褂。	……有顷传脱袿。	528页倒8行	
二十六日(4月30日)	膳后传脱褂。	膳后传脱袿。	529页9行	二十五页上注
二十七日(5月1日)	此毕已未正矣。	比毕已未正矣。	529页倒9行	二十五页十三行
四月朔(5月4日)	疾势至重也。	疾势甚重也。	530页倒12行	二十六页十四行
初三日(5月6日)	表里馀热未净,……	表里余(馀)热未净,……	530页倒2行	
初四日(5月7日)	酬……之劳也。	酬……之功也。	531页7行	二十七页十三行
初五日(5月8日)	又有大学义……	又有《大学义》……	531页13行	二十七页十七行
初六日(5月9日)	昨服参朮……	昨服参术……	531页倒9行	二十八页三行

十二日 (5月15日)	坠地伤面……	坠地败面……	532页倒11行	二十九页五行
十三日 (5月16日)	膳后脱褂子。	膳后脱袿子。	532页倒6行	二十九页十一行
廿二日 (5月25日)	满书三刻……	满书二刻……	534页倒13行	三十一页十行
同日	皇太后、皇上皆在……,从弘德殿……	皇太后、皇上皆至……,从宏〈弘〉德殿……	534页倒12行、11行	三十一页十二行
廿七日 (5月30日)	西为平安宫……	西为平安室……	535页倒12行	三十二页十八行
廿八日 (5月31日)	(上换芸纱袍褂。赏袍褂料一连、各种沙七卷、帽纬二匣。)	(上换芸纱袍袿。赏袍袿料一连、各种纱七卷、帽纬二匣。)	535页倒11行	三十三页上注
同日	"缘人情而制礼,依人情而作仪论"……	"缘人情而制礼,依人性而作仪论"……	535页倒6行	三十三页五行
五月初三日 (6月4日)	馀斋犹甚……	馀[余]斋犹甚……	536页11行	
初七日 (6月8日)	减十馀号……	减十余(馀)号……	537页6行	
初十日 (6月11日)	天容惨淡……竟柄烛始能见物……	而天容惨淡……竟炳烛始能见物……	537页倒8行	三十五页十二行
十二日 (6月13日)	房玄龄、唐俭两碑尚旧。	《房元龄》、《唐俭》两碑尚旧。	538页4行、5行	三十六页五行
十四日 (6月15日)	视……于燎炉……视徵。	视……至燎炉……视征。	538页倒2行、倒1行	三十七页六行
廿六日 (6月27日)	赏赉。	赏赉之。	541页10行	四十页九行
廿七日 (6月28日)	多读十馀号。	多读十余(馀)号。	541页12行	
六月初三日 (7月4日)	馀通畅。	余(馀)通畅。	542页倒13行	
初五日 (7月6日)	满书五刻静……忘带补褂。	满书五刻,静……忘带补袿。	542页倒2行	四十二页十行
十一日 (7月12日)	郑惕庵谈巳亥初方去。	郑惕庵谈,已亥初方去。	544页6行	四十四页五行
十八日 (7月19日)	馀俱完。	余(馀)俱完。	545页9行	

十九日 （7月20日）	请馀斋……携肴榼……	请馀[余]斋……携肴核……	545页倒11行	四十五页十六行
廿一日 （7月22日）	惟馀属对而已。	惟余（馀）属对而已。	545页倒3行	
廿三日 （7月24日）	行至箭斋遇雨疾走……	行至箭亭遇雨疾走……	546页7行	四十六页十三行
廿九日 （7月30日）	约寸馀矣。	约寸余(馀)矣。	547页倒12行	
七月初二日 （8月1日）	惟馀写字……	惟余(馀)写字……	547页倒5行	
七月初九日 （8月8日）	(……上蓝袍青褂，早晨至清宫拈香。)	(……上蓝袍青褂，早晨至〈乾〉清宫拈香。)	548页倒1行	四十九页书眉
初十日 （8月9日）	满书三刻……	满书二刻……	549页5行	四十九页十七行
十二日 （8月11日）	巳而放晴……	已而放晴……	549页12行	五十页四行
十五日 （8月14日）	景其濬奏……	景其濬[浚]奏……	549页倒5行	
十六日 （8月15日）	惟馀写字。	惟余(馀)写字。	549页倒1行	
廿一日 （8月20日）	清晨表停已误	清晨表停几误	550页倒6行	五十一页十六行
廿四日 （8月23日）	馀尚可。	余(馀)尚可。	551页7行	
廿九日 （8月28日）	邻人惠昌号徵五，曾充旗下官三品顶戴。	邻人惠昌号征五，曾充旗下官三品顶戴。	551页倒1行	
八月初九日 （9月6日）	生平未尝此味，可叹可叹！	平生未尝此味，可叹可叹！	553页倒12行	五十五页五行
初十日 （9月7日）	石上泉声带雨秋	石上泉声带雨秋△	553页倒6行	五十五页十二行
十二日 （9月9日）	竟有微雨……	竟日微雨……	553页倒1行	五十五页十七行
十三日 （9月10日）	馀尚可，未初二刻退。	余（馀）尚可，未初三刻退。	554页5行、6行	五十六页三行
十七日 （9月14日）	可服袷衣薄棉。	可服袷[夹]衣薄棉。	554页倒9行	
十八日 （9月15日）	广寿派繙译乡试卷。	广寿派繙[翻]译乡试卷。	554页倒5行	

二十日 (9月17日)	今日温书……	今日起温书……	555页7行	五十七页五行
廿二日 (9月19日)	巳初二来……	巳初三来……	555页12行	五十七页九行
廿五日 (9月22日)	未出城。	出城。	556页2行	五十八页四行
廿七日 (9月24日)	常服褂珠。卯正到书房,读甚好,至辰二刻书全完,并写字亦毕。	常服挂珠。卯正到书房,读甚好,至辰正二刻书全完,并写字亦毕。	556页8行、9行	五十八页十行
同日	得广东陈宏书。	得广东教官陈宏书。	556页12行	五十八页十三行
九月初二日 (9月29日)	(注:此日脱漏)	初二日,晴朗。照常入直,读虽倦而尚奋力。巳正来,满书五刻。午正二刻退。住城寓。	556页倒2行	五十九页八行、九行
初三日 (9月30日)	(赏食重阳花饼。)	(赏食重阳花糕。)	556页倒1行	五十九页上注
初九日 (10月6日)	李云麟请拨给喇嘛棍噶札勒参游牧地……	李云麟请拨给喇嘛棍噶扎勒参游牧地……	558页8行	
同日	是日醇邸与恭邸议不甚合,醇邸……	是日惇邸与恭邸议不甚合,惇邸……	558页10行	六十一页四行
十一日 (10月8日)	访胡铁盦谈……	访胡铁盦[庵]谈……	558页倒10行	
十六日 (10月13日)	巳初三刻来……	巳初二刻来……	559页7行	六十二页四行
同日	"鸾翔凤翥众仙下"。	《鸾翔凤翥众仙△下》。	559页9行	六十二页六行
十七日 (10月14日)	巳初一刻来……	巳初二刻来……	559页11行	六十二页七行
廿三日 (10月20日)	问汪啸盦疾……一为邵继三……	问汪啸盦[庵]疾……一为郑继三……	560页5行、6行	六十三页五行
廿八日 (10月25日)	松侄以猪胆炒黄莲二小匙予之。	松侄以猪胆炒黄连二小匙予之。	561页5行	六十四页八行
廿九日 (10月26日)	十月初三行矣。	十月初三日行矣。	561页12行	六十四页十四行
十月初五日	壬子繙译翰林……奕馀斋长者也。……殷松樵。	壬子繙[翻]译翰林……奕馀[余]斋,长者也。……殷秋樵。	562页12行、13行、倒12行	六十六页二行、四行

初六日(11月11日)	按行走次序余在先,……	行走次序余在先,……	562页倒9行	六十六页七行
同日	方管……汪啸盦先生……	方□管……汪啸盦[庵]先生……	562页倒4行、倒2行	六十六页九行
初七日(11月2日)	竟以癫疾,然久病更症,终非吉事。	竟似癫疾,然久病变症,终非吉事。	563页4行	六十六页十三行
初十日(11月5日)	乔麦……	荞麦……	563页倒9行	六十七页七行
十三日(11月8日)	(上换灰鼠褂。)	(上换灰鼠袿。)	564页4行	六十七页上注
十四日(11月9日)	午热	向午热	564页7行	六十七页十七行
同日	为致书费功亭……汪啸盦遗摺上……	为致书费幼亭……汪啸盦[庵]遗摺上……	564页10行、11行	六十八页二行
十七日(11月12日)	巳初二来……访馀斋。	巳初三来……访馀[余]斋。	564页倒4行	六十八页十一行
十八日(11月13日)	……壬戌乡试内廉。	……壬戌乡试内帘。	565页3行	六十八页十六行
二十日(11月15日)	旬馀……馀光如练……尚馀金线。	旬余(馀)……余(馀)光如练……尚余(馀)金线。	565页11行、12行、13行	
廿一日(11月16日)	谈十刻而毕。	读十刻而毕。	565页倒8行	六十九页九行
廿三日(11月18日)	戍正始毕,乏甚。	戌正始毕,乏甚。	566页5行	七十页一行
廿六日(11月21日)	读睿庙圣训五册。	读睿庙《圣训》五册。	566页倒6行	七十页十三行
廿八日(11月23日)	恭读世宗圣训毕。	恭读世宗《圣训》毕。	567页3行	七十一页三行
三十日(11月25日)	神机营……	神机兵……	567页倒13行	七十一页十一行
十一月初二日(11月27日)	饮烧刀融寒气……	饮烧刀触寒气……	567页倒7行	七十一页十六行
初四日(11月29日)	孙家毂加二品衔、花翎……	孙家毂[谷]加二品衔、花翎……	568页7行	
初五日(11月30日)	江西,□第世兄,河南知府。	江西,等第世兄,河南知府。	568页12行	七十二页十二行
初六日(12月1日)	玉牒馆于四月开未及……	玉牒馆于四月始开,未及……	568页倒9行	七十二页十七行

初八日 (12月3日)	余到讲书尚好……	余等讲书尚好……	569页1行	七十三页七行
十一日 (12月6日)	馀斋今日请训。	馀[余]斋今日请训。	569页倒9行	
十五日 (12月10日)	余等人讲书两次而已,退时午正。	余等人,讲书两次而已,退时午正。	570页8行	七十四页十六行
十六日 (12月11日)	是日……进本纪……	是日……进《本纪》……	570页倒13行	七十五页三行
同日	讲书后动意气,余极力解之……	讲书复动意气,余竭力解之……	570页倒12行	七十五页五行
同日	见《张晴岚画册》,有翁照题。	见张晴岚画册,有翁照题。	570页倒10行	七十五页六行
十八日 (12月13日)	恐为清狂之疾。	终恐为清狂之疾。	570页倒3行	七十五页十二行
十九日 (12月14日)	馀皆妥。	余(馀)皆妥。	571页2行	
廿七日 (12月22日)	四执事之服冠……	四执事之冠服……	572页9行	七十七页七行
廿九日 (12月24日)	……而留馀饷作赏。	……而留余(馀)饷作赏。	573页6行	
十二月初四日 (12月29日)	图章曰江□。	图章曰江蟹(蛮?)。	574页3行	七十九页七行
初八日 (1868.1.2)	生民之什。	生民之计。	574页倒4行	
初九日 (1月3日)	吃黎柿而不下。	吃梨柿而不下。	575页4行	八十页九行
初十日 (1月4日)	馀皆同邑……慈亲胃气作痛。	余(馀)皆同邑……慈亲胃气作疼。	575页12行	八十页十五行
十四日 (1月8日)	官文报枭首……	官文报枭匪……	576页5行	八十一页十三行
十五日 (1月9日)	住城城寓。	住城寓。	576页8行	
十九日 (1月13日)	(赏袍褂料两身……蟒袍貂褂。)	(赏袍袿料两身……蟒袍貂袿。)	576页倒3行、倒1行	八十二页上注、十三行
廿三日 (1月17日)	伯寅、纬人即去。……馀皆未清。	伯寅、偲人即去。……余(馀)皆未清。	577页倒7行	八十三页十四行、十五行
同日	馀加衔……曹幼亭	余(馀)加衔……费幼亭	577页倒5行	八十三页十六行、十七行

同治七年戊辰 正月十四日 (1868.2.7)	遂偕松侄驰至天宁寺……	遂偕松侄驰至天宁[凝]寺……	第四册 583页15行	第八卷 四页三行
同日	见彰义门鞘负枪兵南去。	见彰仪门鞘负枪兵南去。	583页18行	四页六行
十七日 (2月10日)	童圯山……	童屺山……	584页14行	五页八行
十九日 (2月12日)	曹心榖同年……仲举常县徐稚榈……	曹心榖[谷]同年……仲举常悬徐稚榈……	585页3行	六页七行
廿二日 (2月15日)	吊曹心榖。	吊曹心榖[谷]。	585页14行	
廿七日 (2月20日)	留读诗、写属对。于膳后余先退。	留读诗,属对于膳后,余先退。	586页倒7行	八页六行
廿八日 (2月21日)	仅进烧饼盖一片、粥数汤匙。	仅进烧饼盖一片、粥汤数匙。	587页3行	八页十四行
二月初三日 (2月25日)	黎明雪花作……巳正三来……	黎明雪作……巳初三来……	588页1行、2行	十页二行
初七日 (2月29日)	连日肝火极旺。	连日肝火极王[旺]。	589页6行	十一页十行
十八日 (3月11日)	(是日始以纯羊毫写仿。)	(注:此句应注于十九日)	591页11行	十四页十一行
廿四日 (3月17日)	往东华门小寓……	住东华门小寓……	592页14行	十五页十二行
三月廿二日 (4月14日)	伶人衣服破如蛱蝶……	伶人衣服破如蛺蝶……	598页4行	二十二页十四行
廿九日 (4月21日)	盖前数日羊角疯屡发也。	盖前数日羊角风屡发也。	599页14行	二十四页八行
四月朔 (4月23日)	昨夜雨,今晨止。	昨夜雨,晨止。	599页倒7行	二十四页十五行
初二日 (4月24日)	岵存先生之子也。	岵存先生之子。	599页倒2行	二十四页末行
初十日 (5月2日)	是日复带秀女十二人,仍记名候选。	是日复带秀女十二人,仍记名候挑。	601页倒8行	二十七页三行
十三日 (5月5日)	访阎生迺毓……	访阎生迺[乃]毓[侁]……	602页4行	
廿一日 (5月13日)	二十一日	廿一日	603页倒7行	
廿四日 (5月16日)	听绍秋皋言站于中槅西柱下……	听绍秋皋言,站于中槅扇西柱下……	604页13行	三十页八行

闰四月朔 (5月22日)	闰月朔	闰〈四〉月朔	605页倒6行	
初七日 (5月28日)	近来属对景物尤难……	近来属对景物者尤难……	606页倒4行	三十三页五行
初九日 (5月30日)	阎迺铣、慕荣干皆庶常……	阎迺[乃]铣[侁]、慕荣干皆庶常……	607页10行	
十一日 (6月1日)	……六里报。	……六〈百〉里报。	607页倒6行	
十四日 (6月4日)	退直后饱餐非养生之法。	退直后饱餐非养身之法。	608页10行	三十四页末行
二十日 (6月10日)	夜孙琴西前辈以所撰先公墓志铭见示。	夜孙琴西前辈以所撰先公墓志稿见示。	609页倒10行	三十六页十二行
廿二日 (6月12日)	讲书改膳前……	惟讲书改膳前……	609页倒4行	三十六页十六行
廿七日 (6月17日)	托延一幕客’	托延一幕客,	610页倒8行	
同日	于其座识长沙曹君。	于其坐[座]识长沙曹君。	610页倒6行	三十七页十七行
廿八日 (6月18日)	以高君语告之。	以高君语告。	611页2行	三十八页四行
五月初三日 (6月22日)	余等乃力言是非之当辨。	余等人,乃力言是非之当辨。	611页倒2行	三十九页七行
同日	贺荫轩及其次郎君。	贺荫轩及其郎君。	612页1行	三十九页九行
初十日 (6月29日)	讲《孟子》,讲生书。	讲《孟子》,讲读生书。	613页12行	四十一页一行
廿九日 (7月18日)	清晨功课仍迟退,时辰正二刻退。	清晨功课仍迟,退时辰正二刻〔退〕。	617页14行	四十六页六行
三十日 (7月19日)	熟书略好,昨日起余带诗……	熟书略好,自昨日起余带诗……	617页倒1行	四十六页七行
六月初五日 (7月24日)	高槐老柳,櫹椮蔽日。	高槐老柳,椮櫹蔽日。	619页6行	四十七页末行
初六日 (7月25日)	怱怱读生书……	怱怱[匆匆]读生书……	619页倒9行	四十八页十一行
十一日 (7月30日)	贾秋槩阁帖……	贾秋壑阁帖……	620页倒10行	四十九页十七行
十八日 (8月6日)	东西大通一望汪洋。	东西大道一望汪洋。	621页倒2行	五十一页十行

七月初三日 (8月20日)	满刻不及四刻全毕。	满刻[书]不及四刻全毕。	624页8行	五十四页九行
同日	并捡张总愚之弟葵儿正法。	并捡[擒]张总愚之弟葵儿正法。	624页17行	五十四页十七行
十三日 (8月30日)	殷兆镛礼左……	殷兆镛调礼左……	626页倒6行	五十七页十五行
廿三日 (9月9日)	惟先兄葬期须十月十七日,均属到苏商之于何之泰。	惟先兄葬期须十月十七日,均属到苏商之于何之永。	628页倒9行	六十页四行
廿四日 (9月10日)	棺木左墙与底合缝处漆裂一二分……	棺左墙与底合缝处漆裂一二分……	628页倒7行	六十页五行
八月初四日 (9月19日)	武清有马号换夫,摧夫不齐……	武清有马号换夫,催夫不齐……	631页6行	六十三页十行
初五日 (9月20日)	其父昂光,禄署正袁厚安之父翁也。	其父昂,光禄署正袁厚安之妇翁也。	631页10行	六十三页十四行
初六日 (9月21日)	终恨舵楼高……	终恨柁楼高……	631页18行	六十四页一行
初九日 (9月24日)	雨止天晴。	雨止天清。	632页倒6行	六十五页四行
初十日 (9月25日)	王心农送菜,受之;又送干菜,却之。	王心农送菜,受之,又送干菜。	633页6行	六十五页十二行
中秋日 (9月30日)	不知身在何许也。	不知此身在何许也。	635页8行	六十七页十四行
十六日 (10月1日)	甲辰举人。大挑子,辛酉举,敦敏	甲辰举人大挑,子辛酉举,敦敏。	635页15行	六十七页末行
十七日 (10月2日)	许表兄言……	许表兄言云……	635页倒5行	六十八页五行
二十日 (10月5日)	设马头篷座彭吹……	设马头篷座鼓吹……	636页倒1行	六十九页九行
同日	副将金升高……	副将全升高……	637页1行	六十九页十行
廿三日 (10月8日)	众官迎于砦门外……	众官迎于寨门外……	638页2行	七十页十三行
同日	曾任李傅带队……	曾随李傅带队……	638页3行	七十页十四行
廿五日 (10月10日)	主簿王灿……来代祭	主簿汪灿……来代祭	638页倒1行	七十一页十四行
同日	及至途中,未见一骑,云与我相左,恐未然也。	及至途中,未见一骑,云与吾相左,恐未然也。	639页2行	七十一页十六行

廿六日(10月11日)	小平太船……	小太平船……	639页7行	七十二页二行
同日	陪合营官兵行礼……	陪合营官行礼……	639页12行	七十二页七行
廿七日(10月12日)	东西皆巨浸。将至戴家庙水清……	东西皆巨浸。然尚非大溜,溜在戴庙。将至戴家庙水清……	640页5行	七十三页三行
廿八日(10月13日)	居者同姓有数百家……	居者吾姓有数百家……	640页15行	七十三页十行
廿九日(10月14日)	汶上县令张锡纶设马,预备夫,差人来接。	汶上县令张锡纶设马头,备夫,差人来接。	640页倒3行	七十三页十六行
同日	十五里分水龙王庙,汶上东来……	十五里分水龙王庙,汶水东来……	640页倒2行	七十三页十七行
三十日(10月15日)	赵炳元、辅臣,行一,从前识之,今从陈帅、……	赵炳元辅臣,行一,山西县丞,从前识之,今从陈帅、……	641页9行	七十四页八行
九月朔(10月16日)	有圩有闸,两岸西家,镇店在西。	有圩有闸,两岸人家,镇店在西。	641页倒7行	七十四页十五行
初二日(10月17日)	居民皆作蛙龟……	居民皆作蛙黾……	641页倒1行	七十五页一行
初三日(10月18日)	……循闸河纤缆行。	……循闸河牵缆行。	642页2行	七十五页三行
初五日(10月20日)	此地距峄县尚六里也。	此地距峄县尚六十里也。	642页倒8行	七十五页十五行
初十日(10月25日)	长、淮涨则洪泽溢……	长、淮涨而洪泽溢……	644页15行	七十七页十四行
十一日(10月26日)	淦青,行二……	淦青,行二,福建人……	644页倒2行	七十八页三行
十九日(11月3日)	以为丑时吉……	以为用丑时吉……	648页6行	八十二页二行
二十日(11月4日)	客来吊者路绎……	客来吊者络绎……	648页15行	八十二页十行
同日	两邑首来吊……	两邑尊来吊……	648页16行	八十二页十行
廿五日(11月9日)	诸亲友及总兵熊登式……	诸亲友及总兵熊登武……	649页倒4行	八十四页三行
廿八日(11月12日)	钱绥卿、曾仲醇……	钱绥卿、曾仲醇来……	650页倒6行	八十五页十行
同日	同研习者两年。	同研席者两年。	650页倒5行	八十五页十一行

十月初二日（11月15日）	坟丁鱼发八十二矣。	坟丁鱼发八十三矣。	651页14行	八十六页九行
同日	□漫踏成	海漫踏成	651页倒10行	八十六页十一行
初七日（11月20日）	蹑履遍行……	蹑屐遍行……	652页11行	八十七页九行
初十日（11月23日）	归诣伯伟处夜饭，座皆熟人。	归诣伯伟处夜饭，坐皆熟人。	653页8行	八十八页十行
十四日（11月27日）	清晨叩辞神堂……	晴。清晨叩辞神堂……	653页倒2行	八十九页六行
同日	二鼓抵斋门，入门楼饮茶，灯火凄然。	二鼓抵齐门，入市楼饮茶，灯火凄然。	654页1行、2行	八十九页九行
十七日（11月30日）	得见所藏世沫堂韩集、宋刊《毛诗要义》，皆精刊，以新刊地图见赠。	得见所藏世沫堂《韩集》、宋椠《毛诗要义》，皆精刊，以新椠地图见赠。	654页17行	九十页一行
同日	到王营二十三元。	到王营廿三元。	654页20行	九十页四行
十八日（12月1日）	新建阁楼……	新建楼阁……	655页3行	九十页十行
廿一日（12月4日）	晚松侄、劬庵两船皆行。	晚松侄、劬庵两船皆到。	655页倒10行	九十一页二行
廿五日（12月8日）	晨食市楼一饱。	晨起，食市楼一饱。	656页13行	九十二页二行
同日	拜史忠公衣冠墓……	拜史忠正公衣冠墓……	656页倒10行	九十二页四行
同日	昨日兵勇于抄关门外殴抢钱铺两处。	昨日兵勇于钞关门外殴抢钱铺两处。	656页倒8行	九十二页七行
廿六日（12月9日）	乃觅一舟前导。	乃觅一小舟前导。	656页倒2行	九十二页十二行
廿九日（12月12日）	得蟹极美……	蟹极美……	657页倒6行	九十三页十五行
三十日（12月13日）	顶风纤缆……	顶风牵缆……	657页倒4行	九十三页十五行
十一月朔（12月14日）	梦登九层楼，所见非人间也。	梦登九层楼，所见非人世间。	658页8行	九十四页六行
初二日（12月15日）	程人煨、袁长青	程人煨、袁长清	658页9行	九十四页七行
同日	钱甥登，记子阶……	钱甥登，号子阶……	658页10行	九十四页八行
初四日（12月17日）	离王营五里渡河……	离王营五里渡□河……	659页3行	九十四页十八行

初六日 (12月19日)	马队接送,甚整齐。	马队接送,甚齐整。	659页倒9行	九十五页十一行
十一日 (12月24日)	奇暖。	晴,奇暖。	660页倒2行	九十七页五行
同日	自嶅阳至翟家庄四十五里……	自嶅阳至翟庄四十五里……	660页倒1行	九十七页六行
同日	仆人任福车覆折辙。	仆人任福车覆折辕。	661页1行	九十七页六行
十四日 (12月27日)	垫台北石土参半……	垫台以北石土参半……	661页倒4行	九十八页八行
十六日 (12月29日)	寒尤甚,坚冰在须。	寒尤甚,坚冰在帻。	662页11行	九十九页一行
十九日 (1869.1.1)	又二十里高家林……	又廿里高家林……	663页12行	一百页三行
二十日 (1月2日)	稍阻洳……	稍沮洳……	663页倒10行	一百页六行
同日	从县令张君恩煦索驺铃两人送哲卿进省……	从县令张君恩煦索驺铃两人送张哲卿进省……	663页倒8行	一百页九行
廿一日 (1月3日)	东安囤属容县。	东安囤属容城。	664页1行	一百页十六行
同日	即前日断轴者也。	即前日折轴者也。	664页7行	一百一页二行
廿七日 (1月9日)	诣宝生处饭,座皆同乡。	诣宝生处饭,坐皆同乡。	665页8行	一百二页七行
廿八日 (1月10日)	升公座,四听六堂参见,出位三叩。	升公座,四厅六堂参见,出位三叩。	665页14行	一百二页十三行
廿九日 (1月11日)	内侍传上微觉喉痛。	内侍传,上微觉喉疼。	665页倒10行	一百二页末行
同日	相国前月断胶,意颇颓唐。	相国于前月断胶,意颇颓唐。	665页倒6行	一百三页四行
十二月朔 (1月13日)	肯堂将赴密云。	肯堂将往密云。	666页6行	一百三页十五行
初二日 (1月14日)	闻饮食正常。	闻饮食照常。	666页8行	一百三页十七行
初五日 (1月17日)	祭英西林中函尊人于西直门外宝禅寺。	祭英西林中丞尊人于西直门外宝禅寺。	666页倒10行	一百四页六行
初六日 (1月18日)	照常上,至于廷中,叩头谢。	照常入,至于廷中,叩头谢。	666页倒6行	

初七日 (1月19日)	辰巳初还宫。	巳初还宫。	666页倒2行	一百四页十四行
十七日 (1月29日)	有风，后晴朗。	有风，复晴朗。	668页11行	一百六页十行
廿三日 (2月4日)	钱晓梅……	钱晓楞……	669页10行	一百七页十五行
廿五日 (2月6日)	钱晓梅饮……	钱晓楞饮……	669页倒7行	一百八百五行
同治八年己巳 正月朔 (1869.2.11)	有雪气，午后晴。	有云气，午后晴。	第二册 671页1行	第九卷 一页一行
初六 (2月16日)	夜邀同邑诸君陪郑先生开饭，……	夜邀同邑诸君陪郑先生开馆，……	672页2行	二页七行
初七日 (2月17日)	……用唐诗阶蓂、七叶，新意。……是日醇邸等会议覆奏上，未召见。	……用唐诗“阶蓂”、“七叶”，新意。……是日醇邸等会议复奏上，未召见。	672页5行、6行	二页十行、十一行
二十日 (3月2日)	……盖数日典礼多，不无动神也。	……盖数日典礼多，不无劳神也。	674页1行	五页二行
廿二日 (3月4日)	……生书移于膳前，熟留三号于膳后，……	……生书移于膳前，熟书留三号于膳后，……	674页10行	五页十行
廿三日 (3月5日)	新任山西学政王小岩昕辛亥世兄也，……伊理堂始销假。	新任山西学政王小岩昕，辛亥世兄也，……伊理堂始销假。	674页倒11行	五页十六行
廿四日 (3月6日)	晴，风如昨日，照常入，……	晴，风如昨，照常入，……	674页倒9行	五页十七行
廿五日 (3月7日)	《潭帖》一部，馀皆礼货，杨氏所藏也。	《潭帖》一部，余(馀)皆礼货，杨氏所藏也。	674页倒1行	
二月初三日 (3月15日)	午初一刻来，满书五刻馀，……	午初一刻来，满书五刻余(馀)，……	676页9行	
二月初四日 (3月16日)	观石鼓于戟门，摩挱法物概叹不已。	观石鼓于戟门，摩挱[挲]法物概叹不已。	676页倒9行	
初六日 (3月18日)	偕诸臣到荫轩处贺。	偕诸君到荫轩处贺。	677页9行	九页十一行
同日	……奉旨交部议奏，……	……奉旨交该部议奏，……	677页10行	九页十四行

初七日 (3月19日)	……午未间云阴解驳,晴色灿然。	……午未间云阴解驳,晴色烂然。	677页14行	九页十六行
同日	又《石空和尚碑》绝佳……馀真赝相杂,……有千馀字。	又《不空和尚碑》绝佳……余(馀)真赝相杂,……有千余(馀)字。	677页倒8行、倒7行、倒6行	十页四行
十一日 (3月23日)	学生背书极多,申初多先散。	学生背书者极多,申初多先散。	678页倒10行	十一页七行
十三日 (3月25日)	访顾肯堂,甫从密云回京。	访晤顾肯堂,甫从密云回京。	679页3行	十一页十六行
十四日 (3月26日)	连日读诗心不专,今日尤甚,……	连日读时心不专,今日尤甚,……	679页4行	十一页十八行
十五日 (3月27日)	……馀亦未见迅速,巳初二刻退。	……余(馀)亦未见迅速,巳初二刻退。	679页13行	
十八日 (3月30日)	……作诗极迟,三刻馀得两句,……	……作诗极迟,三刻余(馀)得两句,……	680页8行	
同日	若农云董帖在前,不可以墨纸为优劣也。	若农云董拓在前,不可以墨纸为优劣也。	680页14行	十三页十五行
廿二日 (4月3日)	……应付诗亦难极,如何之,未正二刻退。	……应付诗亦难极,如何如何!未正二刻退。	681页2行	十四页九行
三月朔 (4月12日)	辰正二刻到署,即点名考,到者八人,轮余出题。	辰正二臣到署,即点名,考到者八人,轮余出题。	682页12行	十六页十行
同日	……凡到者五十八人,未正二刻先散。	……凡到五十八人,未正二刻先散。	682页倒12行	十六页十二行
初二日 (4月13日)	为吴春海书其祖望先公家传,不能成,殊恨。	为吴春海书其祖望仙公家传,不能成,殊恨。	682页倒10行	十六页十四行
初四日 (4月15日)	……内吾邑先贤有十馀人焉,亟奉以归。头疼,体尤软。	……内吾邑先贤有十余(馀)人焉,亟奉以归。头疼,体犹软。	683页3行	十七页八行
初八日 (4月19日)	馀功课皆平平,未正退。	余(馀)功课皆平平,未正退。	683页倒1行	
同日	……王百穀四家亦佳。	……王百穀[谷]四家亦佳。	684页3行	十八页十三行
十一日 (4月22日)	是日起温前廿馀号生书。	是日起温前廿余(馀)号生书。	684页13行	

同日	……称其酋曰君主，称其官为某公某侯某大臣。	……称其酋曰君主，称其官曰某公某侯某大臣。	684 页倒 11 行	十九页五行
十五日 (4 月 26 日)	又将外班补云三十馀名，……	又将外班补云三十余(馀)名，……	685 页 13 行	
十六日 (4 月 27 日)	未申间激雨一阵，既而雷电，然无雨也。	未申间微雨一阵，既而雷电，然无雨也。	685 页倒 6 行	二十页十一行
十九日 (4 月 30 日)	三起，江西巡抚刘坤一、直臬史念祖。	三起，江西[巡]抚刘坤一、直臬史念祖。	686 页 10 行	二十一页七行
二十日 (5 月 1 日)	……巳初三刻退，留书五本，迟极矣。	……巳初三退，留书五本，迟极矣。	686 页 13 行	二十一页十行
廿二日 (5 月 3 日)	卯正三刻到景运门会斋，……	卯正二刻到景运门会齐，……	686 页倒 5 行	二十一页十七行
廿四日 (5 月 5 日)	起甚迟，连日迟，连日腰脚不支也。	起甚迟，连日腰脚不支也。	687 页 8 行	二十二页九行
廿五日 (5 月 6 日)	减生书一号，馀草草……	减生书一号，余(馀)草草……	687 页倒 12 行	
廿六日 (5 月 7 日)	……纸墨尚旧，南熏殿宝及张潜印、……	……纸墨尚旧，有"南熏殿宝"及"张潜印"、……	687 页倒 4 行	二十三页三行
廿六[七]日 (5 月 8 日)	减去古文，馀亦草草……	减去古文，余(馀)亦草草……	688 页 4 行	二十三页九行
廿八日 (5 月 9 日)	缪心如嘉榖	缪心如嘉榖[谷]	688 页 9 行	
四月朔 (5 月 12 日)	今日户部奏大婚用款拟案《会典》所载加十馀倍以百万为率并请饬内务府指明用项以备考核一摺，还报。	今日户部奏大婚用款拟案《会典》所载加十余(馀)倍以百万为率，并请饬内务府指明用项以备考核一摺，不报。	689 页 1 行、2 行	二十四页十一行、十二行
初四日 (5 月 15 日)	……馀礼皆未收。	……余(馀)礼皆未收。	689 页 14 行	
十一日 (5 月 22 日)	仅读生书五号，六刻讲书毕，先退。	仅读生书五号，已六刻，讲书毕，先退。	690 页倒 9 行	二十六页十四行
同日	今日兰孙于帘前奏书房功课每限时刻，……	今日兰孙于帘前奏书房功课每限于时刻，……	690 页倒 7 行	二十六页十六行
十二日 (5 月 23 日)	……背诵，馀皆未读。	……背诵，余(馀)皆未读。	690 页倒 3 行	

十三日 (5月24日)	兰翁邀余语于殿庐,以为率此不更,恐无所补,……	兰翁邀余语于殿庐,以为率此不变,恐无所补,……	691页3行	二十七页七行
同日	奖者二人,稍优者二人,馀记优记先者各数人。	奖者二人,稍优者二人,余(馀)记优记先者各数人。	691页6行	
同日	是日复送秀女,凡五十七人,……	是日复选秀女,凡五十七人,……	691页7行	二十七页十一行
十七日 (5月28日)	有持《郑固碑》及《郑季宣碑》阴来者,……	有持《郑固碑》及《郑季宣碑阴》来者,……	692页2行	
同日	购得缪鸿初所藏《百石卒史碑》,价廿六金,残卅一字。	购得缪鸿初所藏《百石卒史碑》,价廿六金,残失卅一字。	692页5行	二十八页十四行
廿一日 (6月1日)	瞻仰云汉’如何如何。	瞻仰云汉,如何如何。	692页倒7行	
廿三日 (6月3日)	生书六刻毕,馀皆从容,……	生书六刻毕,余(馀)皆从容,……	693页7行	
廿五日 (6月5日)	午初三刻来,午正三刻入,……	午初二刻来,午正三刻入,……	693页倒12行	三十页六行
同日	……去年曾见于东昌,即觉其言切实。	……去年曾见于东昌,即觉其言语切实。	693页倒10行	三十页八行
廿九日 (6月9日)	晴,午初大风扬尘。	晴,午后大风扬尘。	694页9行	三十一页六行
五月朔 (6月10日)	始购定两汉碑,价极昂矣,自叹省衣缩食为此枯蟫耳。	始购定两汉碑,价极昂矣,自笑省衣缩食为此枯蟫耳。	694页倒12行	三十一页十一行
初六日 (6月15日)	商量佽助之举	商量佽[资]助之举	695页6行	三十二页十一行
初八日 (6月17日)	得五兄四月廿七日函,……	得五兄四月廿七函,……	695页倒10行	三十三页三行
十九日 (6月28日)	减生书及作诗,馀亦读而未背,……	减生书及作诗,余(馀)亦读而未背,……	697页6行	
二十日 (6月29日)	晴,日色暄妍,馀润袭人。	晴,日色暄妍,余(馀)润袭人。	697页9行	
同日	故老尚思祠名父,小生竟欲吏朱云。	故老尚思祠召父,小生竟欲吏朱云。	697页14行	三十五页十二行
同日	三千里外家何在?十八盘顿日未曛。	三千里外家何在?十八盘头日未曛。	697页倒12行	三十五页十三行

同日	犹馀白发通家子，来过先生画舫轩。	犹余(馀)白发通家子，来过先生画舫轩。	697页倒9行	
廿一日(6月30日)	巳初三刻退。	巳初三退。	697页倒5行	三十五页十八行
廿二日(7月1日)	生书一时许，馀皆滞。	生书一时许，余(馀)皆滞。	698页2行	
同日	……所患精情[神]不属，所系匪浅也。	……所患神情不属，所系匪浅也。	698页4行	三十六页八行
六月初六日(7月14日)	兰孙传谕，今日起半工课。	兰孙传谕，自今日起半工课。	700页6行	三十九页七行
十一日(7月19日)	内有福懋者十二岁，背四书，两经尚好，馀皆平平。	内有福懋者十二岁，背四书，两经尚好，余(馀)皆平平。	701页11行	
十三日(7月21日)	桂莲舫赠山参三枚，拟购帖酬之。	桂莲舫赠山参三枝，拟购帖酬之。	701页倒8行	四十一页十行
十七日(7月25日)	是日亡妻忌日是，设奠。	是日亡妻诞日，设奠。	702页13行	四十二页九行
廿四日(8月1日)	……何所见之不广欤。	……何所见之不广耶?	704页1行	四十四页九行
廿六日(8月3日)	偕震甫同邀十刹海，……	偕震甫同游十刹海，……	704页8行	四十四页十五行
廿七日(8月4日)	……盖玉河桥无一点雨也。	……盖玉河桥南无一点雨也。	704页12行	四十四页十七行
同日	得五兄六月初六函，并"栈道纪行"日记，置身陈仓、凤岭间矣。	得五兄六月初六日函，并《栈道纪行》日记，置身陈仓、凤岭间矣。	704页13行	四十五页一行
廿九日(8月6日)	宝生、灵生、价人在坐。	宝生、云生、价人在坐。	704页倒7行	四十五页六行
三十日(8月7日)	是日孟秋时享，前期上诣太庙行礼，……	是日孟秋时享前期，上诣太庙行礼，……	704页倒4行	四十五页九行
同日	大臣以国是为荣辱，奈何争此不足轻重之名欤，噫！此贤者之过也。	大臣以国是为荣辱，奈何争此不足重轻之名耶？噫！此贤者之过也。	705页3行	四十五页十四行
七月初九日(8月16日)	闻文百川太夫人疾。……讲极匆促……	问文百川太夫人疾。……讲极匆促……	706页11行、12行	四十七页五行
十一日(8月18日)	苍凉成往迹，蹭蹬惜才名。	苍凉成往迹，蹭蹬惜才名。	706页倒4行	四十七页十五行

十三日(8月20日)	晴,午后阴,有雨意。	晴,午后阴,不得雨意。	707页4行	四十八页四行
十四日(8月21日)	……玉殿趁班午夜兴。	……玉殿趁[趋]班午夜兴。	707页14行	四十八页十四行
同日	……来自空蒙有无际。	……来自空濛有无际。	707页倒8行	四十八页十八行
同日	由来忠考根性情,……	由来忠孝根性情,……	707页倒4行	四十九页四行
同日	骅骝俯仰属斗前,……	骅骝俯仰属车前,……	707页倒2行	四十九页六行
十八日(8月25日)	"魏徵论"	《魏徵[征]论》	708页倒8行	
廿三日(8月30日)	余与荫轩改论未成,可叹也。	余与荫轩改论未成,可笑也。	709页11行	五十一页二行
同日	请陈继生惟和代笔书启,……托剑泉为先容。	请陈继生惟和代笔书启,……托剑泉为先客。	709页13行	五十一页三行
廿四日(8月31日)	作诗一首,"清泉石上流"。	作诗一首,尚可,"清泉石上流"。	709页倒11行	五十一页五行
廿六日(9月2日)	余以肄业中山东副贡独有七十馀名,……	余以肄业中山东副贡独有七十余(馀)名,……	710页2行	
廿八日(9月4日)	读如昨,生书尤迟,熟书毕已巳初三矣,……	读如昨,生书尤迟,读熟书毕已巳初三矣,……	710页9行	五十二页四行
八月初一日(9月6日)	惟肄业生随班行礼者未全到。	惟肄业生随班行礼者未到全。	710页倒8行	五十二页十二行
初二日(9月7日)	住酒屋,看小课卷。	住酒寓,看小课卷。	711页1行	五十二页十八行
初三日(9月8日)	志和调礼部,……	志和调京礼部,……	711页6行	五十三页四行
初六日(9月11日)	晨读生书难,馀平平……	晨读生书难,余(馀)平平……	711页倒9行	
初八日(9月13日)	归倦卧,景鉴泉,宝生来。	归倦卧,景鉴泉来,宝生来。	712页倒10行	五十四页十四行
十二日(9月17日)	读生书一时毕,馀皆好,巳初三退。	读生书一时毕,余(馀)皆好,巳初三退。	713页10行	
十三日(9月18日)	阴,微雨,午间闻雷。	阴,微雨,午晴闻雷。	713页14行	五十五页十六行

二十日 (9月25日)	读生书迟,馀可,巳初三退。	读生书迟,余(馀)可,巳初三退。	714页倒7行	
廿七日 (10月2日)	馀皆生书工夫矣,未正三退。	余(馀)皆生书工夫矣,未正三退。	716页4行	
廿八日 (10月3日)	归寓写彭师谕祭文,极拙,拟重写。	归寓写彭师谕祭碑文,极拙,拟重写。	716页9行	五十九页六行
廿九日 (10月4日)	……今晨仍热,起犹见残月,异哉!	……今晨仍热,晓起犹见残月,异哉!	716页10行	五十九页七行
九月朔 (10月5日)	……教习三两,而厨役转十二两,可叹也。	……教习三两,而厨役转十二两,可笑也。	716页倒9行	五十九页十四行
初二日 (10月6日)	晴,热,秋行夏令,可怪,至是尚单衣,向来所无也。	晴,热,秋行夏令,可怪可怪,至是尚单衣,向来所无也。	716页倒7行	五十九页十五行
同日	上西向立,去侯十馀步,……	上西向立,去侯十余(馀)步,……	716页倒5行	
初七日 (10月11日)	有谕旨一道,并命与八月一日明发纂入宫中现行则例。	有谕旨一道,并命与八月十一日明发纂入宫中现行则例。	717页倒2行	六十一页六行
初八日 (10月12日)	特自锤损九字,如犹是九字未捐者云云。……董文敏用宋牋纸拓以去。	特自锤损九字,此犹是九字未损者云云。……董文敏用宋牋[笺]纸拓以去。	718页8行、9行	六十一页十三行
同日	康熙戊戌,新建裘鲁清在京师见淘沟者得片石,……	康熙戊戌,新建裘鲁青在京师见淘沟者得片石,……	718页10行	六十一页十五行
初十日 (10月14日)	"秋菊有清色"。……	"秋菊有佳色"。……	718页倒5行	六十二页八行
二十日 (10月24日)	午初三来,满书翻绎甚速,三刻而毕。	午初三来,满书翻绎[译]甚速,三刻而毕。	720页倒8行	六十四页十一行
廿三日 (10月27日)	余不愿遽发亏空事,……	余不欲遽发亏空事,……	721页9行	六十五页九行
廿四日 (10月28日)	巳初三刻退。	巳初三退。	721页13行	六十五页十一行
同日	宝振甫来谈衙门公事,意在辽援之。	宝振甫来谈衙门公事,意在辽缓之。	721页倒12行	六十五页十四行
廿五日 (10月29日)	读极涩,……馀尚可,……	读极涩,……余(馀)尚可,……	721页倒11行	

廿六日 (10月30日)	行廷参礼,……入台三辑。	行廷参礼,……入室三辑。	722页1行	六十六页八行
廿九日 (11月2日)	……又闻新来换约之奥〇〇〇国照会中自称“大奥大皇帝”,……	……又闻新来换约之澳〇〇〇国照会中自称“大澳大皇帝”,……	722页倒6行、倒5行	六十七页十一行
三十日 (11月3日)	卯正预备,值日者补褂站班。	卯正预备,值日者补袿班。	722页倒1行	六十七页十六行
十月初三日 (11月6日)	(珠皮褂白袖头,羊皮冠,黑绒领。)	(珠皮袿白袖头,羊皮冠,黑绒领。)	723页倒9行	六十八页十五行书眉
同日	慈宁宫起居尚未康复,……	慈宁起居尚未康复,……	723页倒7行	六十八页十七行
初七日 (11月10日)	读《左传》甚好,馀平平,……	读《左传》甚好,余(馀)平平,……	724页12行	
同日	余曰若如此太板矣,……	余曰若如此亦太板矣,……	724页14行	六十九页十五行
初十日 (11月13日)	……辰初敬竢于门外,……	……辰初敬竢[俟]于门外,……	725页1行	七十页八行
同日	得五兄九月廿四日函。	得五兄九月廿四函。	725页5行	七十页十二行
十二日 (11月15日)	自六月来服药百馀剂矣。	自六月来服药百余(馀)剂矣。	725页13行	
十五日 (11月18日)	始议先偿四百金,馀准陆续报销;不能不迁就也。	始议先偿四百金,余(馀)准陆续报销,不能不迁就也。	726页1行	
同日	山东运使方浚撤任,赴广东清算盐务。	山东运使方浚颐撤任,赴广东清算盐务。	726页2行	七十一页十三行
十七日 (11月20日)	退,同人偕到余寓。	退,同人皆到余寓。	726页13行	七十二页六行
二十日 (11月23日)	晴,六街化冻。未入直,尚无书房消息。	晴,六街化冻。未入内,尚无书房消息。	727页2行	七十三页三行
廿一日 (11月24日)	瑞龄已交银四百两,馀则报修南学,……	瑞龄已交银四百两,余(馀)则报修南学,……	727页5行	
廿二日 (11月25日)	巳初到朝房坐,本衙门直日也。	巳初到朝房坐,本衙门值日也。	727页9行	七十三页十行
廿三日 (11月26日)	……古驿指山斜。	……古驿控山斜。	727页倒9行	七十三页十八行

廿五日(11月28日)	始上生书,馀工课皆未减,……	始上生书,余(馀)工课皆未减,……	728页6行	
同日	"重岭秀孤松,千岭皆落叶,独自而三冬"。	"冬岭秀孤松,千岭皆落叶,独自而三冬"。	728页8行	七十四页十五行
廿七日(11月30日)	午初二刻来,书毕午正二矣。	午初二刻来,满书毕午正二矣。	728页14行	七十五页二行
同日	童华放工右,彭久馀放付宪,……	童华放工右,彭久余(馀)放付宪,……	728页倒12行	
十一月初二日(12月4日)	早起风稍定,寒感发矣。……馀皆顺利。	早起风稍定,寒感发矣。……余(馀)皆顺利。	729页7行	七十六页二行
初五日(12月7日)	……成锦龙道钟峻龠劣各款原摺,……	……成锦龙道钟峻贪劣各款原摺,……	729页倒4行	七十六页十五行
初九日(12月11日)	古文尚好,馀平平,未正二散。	古文尚好,余(馀)平平,未正二散。	730页倒12行	
同日	李相复查吴棠原摺。	见李相复查吴棠原摺。	730页倒11行	七十七页十二行
初十日(12月12日)	退值时遇太医李德立,云日日值宿请诊视,现服乩方,……	退直时遇太医李德立,云日日值宿请诊,现服乩方,……	730页倒8行	七十七页十五行
十五日(12月17日)	各省通计共一万三千馀,……	各省通计共一万三千余(馀),……	731页倒4行	
同日	又解监照费一千,真景星庆云矣。	又解监照费一千来,真景星庆云矣。	731页倒1行	七十九页九行
十九日(12月21日)	晴,未出门。连日阁肄业生卷,……	晴,未出门。连日阅肄业生卷,……	732页14行	八十页五行
廿一日(12月23日)	第四幅拜受祇戏,诸家释作筵字,误。	第四幅"拜受祇従[从]",诸家释作"筵"字,误。	733页7行	八十一页五行
廿三日(12月25日)	见石如《尚湖泛舟图》卷,为恒山作,……	见石谷《尚湖泛舟图》卷,为恒山作,……	733页14行	八十一页十二行
廿七日(12月29日)	入东华门特早,卯正至,上至,……	入东华门特早,卯正上至,……	734页2行	八十二页七行
同日	两起,引见者六十馀,又一起,……满书三刻,……余等散时未正二刻耳。	两起,引见者六十余(馀),又一起,……满书二刻,……余等散时未初二刻耳。	734页4行	八十三页十行
三十日(1870.1.1)	午初来,满书至午正,……	午初来,满书毕午正,……	734页倒7行	八十三页一行

同日	慈亲昨日发热,……胃疼,仍作热。	慈亲昨日发热,……胃疼,今日仍作热。	734页倒5行	八十三页四行
十二月朔 (1月2日)	卒以自殊,愚至此欤。……不能无敞惟之感耳。	卒以自殊,愚至此耶。……不能无敞帷之感耳。	735页6行、7行	八十三页十四行、十五行
初三日 (1月4日)	到署,饭罢过堂,二刻毕,……	到署,饭罢始过堂,二刻毕,……	735页倒8行	八十四页八行
初六日 (1月7日)	……以寄物件交来。	……以寄带物件交来。	736页倒8行	八十五页十二行
初八日 (1月9日)	……停药一日。[注:以下脱句]	……停药一日。山东粮道放周恒祺。	737页9行	八十六页三行
初十日 (1月11日)	左宗棠奏雷振[正]绾、刘松山会师金积堡,……	左宗棠奏雷振[正]绾、刘松山会师薄金积堡,……	737页倒8行	八十六页十八行
十一日 (1月12日)	小春速闰议时和。是年闰十月。	小春速闰识时和。是年闰十月。	738页6行	八十七页十五行
十三日 (1月14日)	熟书又迟,賸六号而退。	熟书又迟,剩六号而退。	739页2行	八十八页十六行
十四日 (1月15日)	又有内务府官某俟捐复员外后以某官尽先补用者,尤新样也。	又有内务府官某俟捐复员外后以某官儘(尽)先补用者,尤新样也。	739页10行	八十九页五行
十七日 (1月18日)	搴茭揵竹亘长堤,……	搴茭揵竹亘长堤,……	740页6行	九十页六行
十九日 (1月20日)	夜赴宗雪帆昆季招观鹤舞,赏麓台、石谷画,……	夜赴宗雪帆弟季招观鹤舞,赏麓台、石谷画,……	740页倒10行	九十页十六行
二十日 (1月21日)	减去讲书一号,馀功草草,未正二散直。	减去讲书一号,余(馀)功草草,未正二散直。	740页倒3行	
同日	艮峰先生曰:“凡事瞻先顾后,必成乡愿。”……	艮峰先生曰:“凡事瞻前顾后,必成乡愿。”……	740页倒2行	九十一页四行
廿二日 (1月23日)	减生书五号,讲书一号,……	减生书五号,熟书五号,讲书一号,……	741页6行	九十一页十一行
同治九年庚午 元日 (1870.1.31)	入朝,辰正一刻长信门外行礼,……	入朝,辰初一刻长信门外行礼,……	第二册 743页2行	第十卷 一页二行
十一日 (2月10日)	午初来,满书毕时午正三刻,同退。	午初来,满书毕时午初三刻,同退。	745页1行	三页十五行

十二日 (2月11日)	背书极散，馀亦然，已初三退。	背书极散，余(馀)亦然，已初三退。	745页8行	
十五日 (2月14日)	……晤其弟家穆。号篠楼，行十一，稼生同年之胞弟也。	……晤其弟家穆。号篠猗，行十一，稼生同年之胞弟也。	745页倒5行	四页十六行
十六日 (2月15日)	……出所收王石如《松乔园图》，……	……出所收王石谷《松乔园图》，……	745页倒2行	五页一行
同日	……客即顷同坐诸人也。	……客即顷同坐诸公也。	746页4行	五页六行
十七日 (2月16日)	明日拟请王芷汀诸公，亦作函改期。	明日拟请王芷汀诸公，亦作函告改期。	746页11行	五页十一行
同日	……延烧二十馀间，天明后熄，……	……延烧二十余(馀)间，天明后熄，……	746页13行	
十九日 (2月18日)	汝石残辟者，国初在分守河南道署中。	石残碎者，国初在分守河南道署中。	747页8行	六页十三行
同日	我家汤阴本，……销尽劫馀灰。	我家汤阴本，……销尽劫余(馀)灰。	747页11行	
同日	此本旧蟫藏新安汪氏蟫藻阁。	此本旧藏新安汪氏蟫藻阁。	747页12行	六页十七行
二十日 (2月19日)	未上生书，馀照全功矣，巳初三退。	未上生书，余(馀)照全功矣，巳初三退。	747页倒11行	
廿三日 (2月22日)	(馀悉照旧供职。)	(余(馀)悉照旧供职。)	748页4行	
廿五日 (2月23日)	十五日祈谷坛行礼时灯竿皆吹倒，棕□飞舞。	十五日祈谷坛行礼时灯竿皆吹倒，棕炎飞舞。	748页倒11行	八页五行
同日	读古文即作诗，东风解冻。	读古文即作诗，《东△风解冻》。	748页倒9行	八页七行
廿七日 (2月26日)	读第一号极难，馀皆速。	读第一号极难，余(馀)皆速。	749页6行	
同日	朱肯堂以寿叙节略求为文，并拜客。	朱肯堂以寿叙节略求为散体文，并拜客。	749页8行	九页一行
廿八日 (2月27日)	……昨夜大风，几于飘瓦，天明止。	……昨夜大风，几于飘瓦，天将明止。	749页14行	九页五行
同日	是日外馆在黄寺，蒙古年班所居。火，毙二一名，烧屋四间。	是日外馆在黄寺，蒙古年班所居火，毙人一名，烧屋四间。	749页倒9行	九页九行

二月朔 (3月2日)	午正二刻,满书四刻,……	午初二刻,满书四刻,……	750页14行	十页九行
同日	姚延之自河南以书索致李中丞函为其子说项,婉复之,……	姚延之自河南以书索致李中丞函为其两子说项,婉复之,……	750页倒11行	十页十一行
初二日 (3月3日)	……馀悉照常,巳正退。……馀亦吃力,	……余(馀)悉照常,巳正退。……余(馀)亦吃力,	750页倒8行、倒7行	
初三日 (3月4日)	……先读满书,二刻毕,……	……先读满书,三刻毕,……	750页倒3行	十一页一行
初五日 (3月6日)	……郑重然犀一炷红。	……郑重然犀一炬红。	751页倒10行	十一页十八行
同日	上齐相约不贺年有诗纪事。凤城春动至河源,……曳裙谁说布衣尊。	上斋相约不贺年有诗纪事。凤城春动玉河源,……曳裾谁说布衣尊。	751页倒9行、倒8行	十二页一行、二行
同日	若更文侯还命驾,故应干木早逾垣。	若使文侯还命驾,故应干木早逾垣。	751页倒7行	十二页三行
同日	宛宛擢孤颖,笼笼吐芳甤。	宛宛擢孤颖,茏茏吐芳甤。	751页倒1行	十二页八行
同日	阳和敷众卉,大造岂有私。	阳和旉众卉,大造岂有私。	752页1行	十二页九行
同日	晻波炎海植,……	睠波炎海植,……	752页2行	十二页十行
同日	每于鼎家初,取戒六四颐。	每于鼎象初,取戒六四颐。	752页4行	十二页十二行
同日	……一溉尚可医。	……一溉倘可医。	752页5行	十二页十三行
初七日 (3月8日)	而杏仁、桑片微解,似甚妥也。	而杏仁、桑叶微解,似甚妥也。	752页倒11行	十三页二行
初十日 (3月11日)	……用旋覆花新绛蜜枳壳,馀如前方。	……用旋复花、新绛蜜、枳壳,余(馀)如前方。	753页12行	十四页三行
十三日 (3月14日)	……今日温前数号甚快,馀亦好,巳正二退。	……今日温前数号甚快,余(馀)亦好,巳正二退。	754页5行	
同日	此等儿戏事者有志者弗为也,识以自儆。	此等儿戏事有志者弗为也,识以自儆。	754页8行	十五页七行
十五日 (3月16日)	艮翁径代荫轩带生书,馀皆好,照常退。	艮翁径代荫轩带生书,余(馀)皆好,照常退。	754页倒11行	

十六日 (3月17日)	余深韪之,商诸同仁,亦为首肯。得梁蒲贵次谷,昭文知县。函并四十金,复之。	余深韪之,商诸同人,亦为首肯。得梁蒲贵次谷,昭文知县。函并四十金,即复之。	755页3行、4行	十六页八行、九行
十七日 (3月18日)	……闻八咏不以为然也。	……闻八咏不为然也。	755页12行	十六页十六行
十八日 (3月19日)	……九刻毕,馀皆可,照常退。	……九刻毕,余(馀)皆可,照常退。	755页14行	
同日	而文思殊涩,所作皆片语,……	而文思殊涩,所作皆泛语,……	755页倒12行	十七页一行
廿一日 (3月22日)	……最后读生书前二号。	……最后又读生书前二号。	756页8行	十七页十八行
廿三日 (3月24日)	……论题"从谏则圣",先塞后通,……	……论题《□庆?从谏则圣》,先塞后通,……	756页倒10行	十八页八行
同日	未正二刻退。	未正一刻退。	756页倒8行	十八页九行
同日	惟"播"字不可识,馀皆可辨,……	惟"播"字不可识,余(馀)皆可辨,……	756页倒6行	
廿四日 (3月25日)	连前共留牌一百馀人。	连前共留牌一百余(馀)人。	756页倒1行	
廿五日 (3月26日)	拜谭竹厓夫人寿,即行。见旧拓,……	拜谭竹厓夫人寿,即行。□□见旧拓,……	757页4行	十八页十八行
廿六日 (3月27日)	……又一刻馀始入,……	……又一刻余(馀)始入,……	757页9行	
廿八日 (3月29日)	巳正二来,满书四刻馀,……	巳正二来,满书四刻余(馀),……	758页1行	
三月朔 (4月1日)	"春山半是云"。	《春山半是云△》。	758页倒9行	二十页十七行
初五日 (4月5日)	"晴烟和草色"。	《晴烟△和草色》。	759页14行	二十二页五行
初九日 (4月9日)	写论,其馀功课尚从容,……	写论,其余(馀)功课尚从容,……	760页10行	
初十日 (4月10日)	读生书三号,而作诗"深山何处钟"。	读生〈书〉三号,即作诗《深山何处钟》。	760页倒10行	二十三页十三行
十一日 (4月11日)	与同仁商南学事,……	与同人商南学事,……	760页倒6行	二十三页十六行
十二日 (4月12日)	……生书十刻,馀皆好。	……生书十刻,余(馀)皆好。	761页1行	

同日	得五兄二月廿日函,摺弁来。	得五兄二月廿……日函,摺弁来。	761 页 5 行	二十四页六行
十四日(4月14日)	午正始来,满书毕未初一刻馀矣,……	午正始来,满书毕未初一刻余(馀)矣,……	761 页倒 12 行	
十五日(4月15日)	……巳初点名,到者二百馀人。……与同仁商酌南学章程摺,……	……巳初点名,到者二百余(馀)人。……与同人商酌南学章程摺,……	761 页倒 6 行	二十五页二行
十六日(4月16日)	有人语余云:"诗题虽好,不如'梨花寒时东风雨'。"	有人语余云:"诗题虽好,不如'梨花寒食东风雨'。"	762 页 1 行	二十五页七行
十七日(4月17日)	……馀同膳后即到书房。	……余(馀)同膳后即到书房。	762 页 7 行	
十九日(4月19日)	……而耽误两刻始得人,……	……而耽延两刻始得人,……	762 页倒 6 行	二十六页六行
廿二日(4月22日)	卯正三刻到东华门,……	卯正二刻到东华门,……	763 页 6 行	二十六页十五行
廿六日(4月26日)	……演剧凡二十馀出。	……演剧凡二十余(馀)出。	763 页倒 5 行	
三十日(4月30日)	午初二来,满书五刻多。……已午正矣。	午初二刻来,满书五刻多。……已未正矣。	764 页 13 行	二十八页五行、六行
四月初二日(5月2日)	……今日即竭?不能耳,况后此欤。	……今日即竭蹶不能耳,况后此耶?	765 页 4 行	二十九页二行
初五日(5月5日)	一日获见鲁公双迹,幸可!	一日获见鲁公双迹,可幸可幸!	765 页倒 3 行	三十页二行
初八日(5月8日)	……生书九刻未完,馀皆局促。	……生书九刻未完,余(馀)皆局促。	766 页 9 行	
同日	"柱关赐布"。毕时未正。	"拒关赐布"。毕时未正。	766 页 10 行	三十页十三行
同日	庞钟璐升总宪,彭久馀升吏右。	庞钟璐升总宪,彭久余(馀)升吏右。	766 页 12 行	
初九日(5月9日)	……馀尚好,照常退,无起。	……余(馀)尚好,照常退,无起。	766 页 14 行	
十一日(5月11日)	……比退犹未读毕熟书也,讲亦不听。	……比退时犹未读毕熟书也,讲亦不听。	767 页 1 行	三十一页十一行
十二日(5月12日)	功课如此,同人意见如何,奈何奈何!	功课如此,同人意见如此,奈何奈何!	767 页 9 行	三十一页十八行

十五日 (5月15日)	……吏右彭久馀拟题:"旧令尹之政"至"忠矣";	……吏右彭久余(馀)拟题:"旧令尹之政"至"忠矣";	768页4行	
十八日 (5月16日)	又借得杏农所购石谷册,杂临,纸大小不一,……	又借得杏农所购石谷册,杂临,纸小大不一,……	768页倒9行	三十三页十六行
二十日 (5月20日)	……一切照荫轩旧观,……	……一切照荫轩旧规,……	769页6行	三十四页十二行
同日	诗尚可,"鱼戏新荷动"。	诗尚可,《鱼戏新荷△动》。	769页9行	三十四页十四行
廿二日 (5月22日)	……兰孙未至。	……兰翁未至。	769页倒8行	三十五页四行
廿五日 (5月25日)	诗题"绿树长荫夏日浓",……	诗题《绿树荫长△夏日浓》,……	770页5行	三十五页十六行
廿九日 (5月29日)	……未及读诗,仅抄论题而已。	……未及读诗,仅抄论而已。	771页10行	三十七页八行
同日	然则从前读古文仅两刻反不促欤,……	然则从前读古文仅两刻反不促耶?……	771页11行	三十七页九行
五月初一日 (5月30日)	到酒肆小憩。	到酒寓小憩。	771页10行	三十七页十四行
同日	辗转不能眠,苦甚苦甚!	辗转不能寐,苦甚苦甚!	771页倒8行	三十七页十六行
初五日 (6月3日)	谈燕极乐,傍晚同游善果、报国两禅林而归。	谈讌[宴]极乐,傍晚同游善果、报国两禅林而归。	772页7行	三十八页十二行
初六日 (6月4日)	丹麓年六十馀,……	丹麓年六十余(馀),……	772页11行	
初九日 (6月7日)	背熟书两号已六刻矣,馀亦不佳。	背熟书两号已六刻矣,余(馀)亦不佳。	773页1行	
初十日 (6月8日)	……六刻生书毕,馀亦顺,退时留书五号。	……六刻生书毕,余(馀)亦顺,退时留　书五号。	773页6行	
同日	四刻乃就,"槐夏午阴清"。不甚佳。	四刻乃就,《槐夏午阴清△》。不甚佳。	773页7行	三十九页十八行
十一日 (6月9日)	……真莫能测也,馀尚好,……	……真莫能测也,余(馀)尚好,……	773页11行	
十二日 (6月10日)	熟书稍好,馀皆不佳。	熟书稍好,余(馀)皆不佳。	773页倒11行	
十四日 (6月12日)	……以倍诵为度,馀皆减去,……	……以倍诵为度,余(馀)皆减去,……	774页5行	

十五日(6月13日)	"门向远山开"。	《门向远山开△》。	774页9行	四十一页九行
十六日(6月14日)	而退时午正二也。	而退时未正二也。	774页14行	四十一页十四行
十七日(6月15日)	……昨夜半热作,呻吟达旦,……	……昨夜半热作,呻吟彻旦,……	774页倒10行	四十一页十八行
廿五日(6月23日)	"松凉□健人"。读《左传》、……	《松凉△夏健人》。读《左传》、……	776页2行	四十三页十四行
同日	……又杀其类十馀人,……	……又杀其类十余(馀)人,……	776页8行	
廿六日(6月24日)	……凡五寸馀。	……凡五寸余(馀)。	776页14行	
廿九日(6月27日)	……五刻毕,馀亦然。	……五刻毕,余(馀)亦然。	777页3行	
三十日(6月28日)	晨读前两号涩极,馀尚可,六刻毕,照常退。	晨读前两号涩极,余(馀)尚可,六刻毕,照常退。	777页11行	
同日	"夏雨生众绿。"偶错一字平仄,馀有意而未切,……	《夏雨生△众绿》。偶错一字平仄,余(馀)有意而未切,……	777页13行	四十五页十三行
六月朔(6月29日)	晨读前两号仍极涩,馀通利,六刻毕。	晨读前两号仍极涩,余(馀)通利,六刻毕。	777页倒7行	
初二日(6月30日)	未及六刻生书毕,馀亦可,照常退。	未及六刻生书毕,余(馀)亦可,照常退。	778页5行	
初四日(7月2日)	古文五刻,馀匆匆,未正二退。	古文五刻,余(馀)匆匆,未正二退。	778页倒12行	
初五日(7月3日)	遂作诗,"蝉鸣高树间"。	遂作诗,《蝉△鸣高树间》。	778页倒7行	四十七页六行
初九日(7月7日)	得五兄上朋廿一函,……	得五兄上朋廿一日函,……	779页倒7行	四十八页十二行
初十日(7月8日)	晨读五刻毕生书,馀亦可,照常退。	晨读五刻毕生书,余(馀)亦可,照常退。	779页倒4行	
同日	先作诗,"山川出云"。	先作诗,《山川出云△》。	779页倒3行	四十八页十六行
十二日(7月10日)	江西考官彭久馀、杨书香,……	江西考官彭久余(馀)、杨书香,……	780页倒11行	

十四日（7月12日）	奉慈亲及三嫂游二闸，赵介人及其女同游，秀姑娘亦从。	奉慈亲及三嫂游二闸，赵介人夫人及其女同游，秀姑娘亦从。	780页倒3行	五十页九行
十七日（7月15日）	甚通畅，馀平平，……	甚通畅，余（馀）平平，……	781页倒8行	
十九日（7月17日）	初上生书，五刻毕，馀亦平顺，巳初三退。	初上生书，五刻毕，余（馀）亦平顺，巳初三退。	782页10行	
二十日（7月18日）	平仄又误，"荷芰水亭开"。	平仄又误，《荷芰水亭开△》。	782页倒7行	五十三页四行
同日	……定应仙侣归真骑鹤同看猴岭月；……	……定应仙侣归真骑鹤同看缑岭月；……	782页倒1行	五十三页九行
廿三日（7月21日）	是日军机起极长，四刻馀。	是日军机起极长，四刻余（馀）。	783页倒8行	
廿五日（7月23日）	诗亦平顺，"夏云多奇峰"。	诗亦平顺，《夏云多奇峰△》。	784页6行	五十四页十五行
同日	董恂曰此时不知天津又作何局面，……	董恂曰此时未知天津又作何局面，……	785页2行	五十六页二行
廿六日（7月24日）	晨读好，生书五刻馀，稍减，……	晨读好，生书五刻余（馀），稍减，……	785页8行	
七月朔（7月28日）	即作诗写论写字，馀工悉减，……	即作诗写论写字，余（馀）工悉减，……	786页8行	
初四日（7月31日）	生书五刻馀，匆忙写论，……	生书五刻余（馀），匆忙写论，……	786页倒5行	
初五日（8月1日）	作诗"多竹夏生寒"。……徐君幹，号小勿，……	作诗《多竹夏生寒△》。……徐君干号小勿，……	786页倒1行	五十八页十四行
初六日（8月2日）	生书五刻，馀平平，巳初三退。	生书五刻，余（馀）平平，巳初三退。	787页4行	
初七日（8月3日）	古文生书辰初二毕，馀未佳，……	古文生书辰初二毕，余（馀）未佳，……	787页8行	
初八日（8月4日）	巳初一毕，改妥未能誊清巳三刻矣。	巳初一毕，改妥未能誊清已三刻矣。	787页14行	五十九页十行
初九日（8月5日）	生书五刻，馀亦平平，巳初三退。	生书五刻，余（馀）亦平平，巳初三退。	787页倒9行	
十一日（8月7日）	于馀庆堂请客，到者仅四人，……	于馀[余]庆堂请客，到者仅四人，……	788页1行	
同日	戏雕西爪灯以娱堂上，尚是廿年前光景。	戏雕西瓜灯以娱堂上，尚是廿年前光景。	788页5行	

十二日 (8月8日)	(是日慈安太后圣节。寅初立秋。)	(是日慈安太后圣寿节。寅初立秋。)	788页6行	六十页九行书眉
同日	辰初行礼,传卯正三。	辰初行礼,传卯正二。	788页7行	六十页八行
十四日 (8月10日)	生书五刻多,馀亦然,照常退。午正三来,……	生书五刻多,余(馀)亦然,照常退。巳正三来,……	788页倒2行	六十一页九行
十六日 (8月12日)	馀亦平常,照常退。	余(馀)亦平常,照常退。	789页7行	
十九日 (8月15日)	晨读可,生书五刻,馀平平,总之精神少而心口不应,……	晨读可,生书五刻,余(馀)平平,总之精神少而心口不应,……	789页倒3行	
廿一日 (8月17日)	……馀少精神,照常退。	……余(馀)少精神,照常退。	790页8行	
廿二日 (8月18日)	晨读好,五刻。馀平平,……	晨读好,五刻。余(馀)平平,……	790页倒12行	
同日	虽加体貌而不合以去,……	虽加礼貌而不合以去,……	790页倒7行	六十四页二行
廿三日 (8月19日)	邓廷枬为广东藩司,……	邓廷枏[楠]为广东藩司,……	791页3行	六十四页十一行
廿五日 (8月21日)	荫轩来,读至午正同饭。	荫轩来,谈至午正同饭。	791页9行	六十四页十六行
廿六日 (8月22日)	……六刻始毕,馀亦少精神,照常退。	……六刻始毕,余(馀)亦少精神,照常退。	791页14行	
廿七日 (8月23日)	晨读可,馀亦平平。	晨读可,余(馀)亦平平。	791页倒9行	
廿九日 (8月25日)	……气候迁移如是之速欤。	……气候迁移如是之速耶。	791页倒3行	六十五页十一行
同日	陆铁云屡次来信诉苦。	陆铁云屡次信来诉苦。	792页5行	六十五页十七行
三十日 (8月26日)	上偶伤风,……馀亦不佳。	上偶伤风,……余(馀)亦不佳。	792页8行	
八月朔 (8月27日)	馀功亦然,五刻倍熟书五号而已。	余(馀)功亦然,五刻倍熟书五号而已。	792页12行	
同日	江苏彭久馀,……	江苏彭久余(馀),……	792页倒12行	

初二日 (8月28日)	……馀功亦然,照常退。	……余(馀)功亦然,照常退。	792页倒4行	
初三日 (8月29日)	晨读顺,生书七刻,馀平平,照常退。	晨读顺,生书七刻,余(馀)平平,照常退。	793页3行	
初四日 (8月30日)	晴,更热。	晴热,更热。	793页倒14行	六十七页十二行
初五日 (8月31日)	六刻毕,馀尚好,照常退。	六刻毕,余(馀)尚好,照常退。	793页倒10行	
初七日 (9月2日)	……六刻赶完,馀却顺,……	……六刻赶完,余(馀)却顺,……	794页3行	
初八日 (9月3日)	……馀平平,照常退。	……余(馀)平平,照常退。	794页9行	
同日	……松侄名在五十馀牌,入时申正。	……松侄名在五十余(馀)牌,入时申正。	794页11行	
初十日 (9月5日)	作诗"清露滴荷珠"。亦可。	作诗《清露滴荷珠△》,亦可。	794页倒7行	六十九页七行
十一日 (9月6日)	晨读不聚,七刻。馀尚可,然总总不肯用心用力,奈何奈何。	晨读不聚,七刻。余(馀)尚可,然总之不肯用心用力,奈何奈何。	795页1行	六十九页十四行
十二日 (9月7日)	晨读前四号好,馀散。	晨读前四号好,余(馀)散。	795页4行	
十三日 (9月8日)	……馀亦速,照常退,书已全毕。	……余(馀)亦速,照常退,书已全毕。	795页11行	
十七日 (9月12日)	……馀极好,熟书极顺,书毕退。	……余(馀)极好,熟书极顺,书毕退。	796页1行	
十八日 (9月13日)	晨读顺畅,六刻。馀极好。	晨读顺畅,六刻。余(馀)极好。	796页6行	七十一页十行
十九日 (9月14日)	晨读奋,六刻。馀亦可,……	晨读奋,六刻。余(馀)亦可,……	796页14行	
二十日 (9月15日)	晨读爽极,五刻。馀亦极畅,……	晨读爽极,五刻。余(馀)亦极畅,……	796页倒9行	
同日	午初二到来,未初余等人'诗题"小山丛桂",……	午初二刻来,未初余等人,诗题《小山丛△桂》,……	796页倒8行	七十二页一行
同日	且果杀津民,以后焉能华夷相安,……	且果杀津民,以后乌能华夷相安,……	797页1行	七十二页八行
廿一日 (9月16日)	余等于午正多人,来正三退。	余等于午正多人,未正三退。	797页4行	七十二页十一行

廿三日 (9月18日)	……手数青钱付酒炉。	……手数青钱付酒垆。	797页倒9行	七十三页八行
同日	早行诗句知无数,唐宋于今几笔传。	早行诗句知无数,唐宋于今几辈传。	797页倒6行	七十三页十一行
廿四日 (9月19日)	馀却好,照常退,无军机起。	余(馀)却好,照常退,无军机起。	797页倒3行	
同日	讲书三刻,古文四刻,馀功未能从容也,……	讲书二刻,古文四刻,余(馀)功未能从容也,……	797页倒2行	七十三页十六行
廿五日 (9月20日)	晨读散如昨,七刻。馀可。	晨读散如昨,七刻。余(馀)可。	798页2行	
同日	……题为"秋光先到野人家",……馀亦清妥,……馀功悉减。	……题为《秋光先△到野人家》,……余(馀)亦清妥,……余(馀)功悉减。	798页3行	七十四页二行
同日	曾报获犯情形,十馀人供认,……请总署向洋人以十馀人论抵,……	曾报获犯情形,十余(馀)人供认,……请总署向洋人以十余(馀)人论抵,……	798页8行	
廿六日 (9月21日)	晨读稍通畅,六刻多,馀亦可。	晨读稍通畅,六刻多,余(馀)亦可。	798页倒11行	
廿七日 (9月22日)	稍开展矣,六刻多。馀甚好。	稍开展矣,六刻多。余(馀)甚好。	798页倒8行	
廿八日 (9月23日)	七刻。馀平平,……	七刻。余(馀)平平,……	798页倒3行	
廿九日 (9月24日)	……此非法也,七刻。馀亦散。	……此非法也,七刻。余(馀)亦散。	799页4行	
九月朔 (9月25日)	饭后人城贺卢香荪师嫁女,……	饭后人城贺灵香荪师嫁女,……	799页8行	七十五页十二行
初二日 (9月26日)	六刻多毕,馀平,……	六刻多毕,余(馀)平,……	799页11行	
初三日 (9月27日)	馀亦涩,巳初二退,……	余(馀)亦涩,巳初二退,……	799页倒9行	
初四日 (9月28日)	……馀亦好,照常退。	……余(馀)亦好,照常退。	799页倒2行	
初六日 (9月30日)	余讲书争多论寡,馀尚可,未正三退。	余讲书争多论寡,余(馀)尚可,未正三退。	800页8行	
初七日 (10月1日)	馀亦未佳,照常退。	余(馀)亦未佳,照常退。	800页10行	

同日	……同人送公礼一分，约四金馀，……	……同人送公礼一分，约四金余(馀)，……	800页12行	
初十日(10月4日)	读熟书毕即作诗，"菊花天气迤新霜"。	读熟书毕即作诗，《菊花天气迤新霜△》。	801页1行	七十七页十七行
十一日(10月5日)	又一刻入，诸事皆草，申初退。……阅今日刑部奏天津府县罪名也。	又一刻入，诸事草草，申初退。……闻今日刑部奏天津府县罪名也。	801页5行、6行	七十八页三行
同日	馀犯军流各有差。	余(馀)犯军流各有差。	801页11行	
十二日(10月6日)	晨读稍通而意气，七刻毕，馀尚好，照常退。	晨读稍通而有意气，七刻毕，余(馀)尚好，照常退。	801页12行	七十八页十一行
十四日(10月8日)	馀亦可，无起。	余(馀)亦可，无起。	801页倒5行	
十五日(10月9日)	晴，热。晨读如昨，馀平平。	晴，热。晨读如昨，余(馀)平平。	801页倒2行	
十六日(10月10日)	计亦穷矣，馀平平。	计亦穷矣，余(馀)平平。	802页3行	
十七日(10月11日)	转觉稍振，馀平平，无军机起。	转觉稍振，余(馀)平平，无军机起。	802页7行	
十八日(10月12日)	……"月傍九霄多"。	……《月傍九霄多△》。	802页倒11行	八十页一行
十九日(10月13日)	馀平平，未正二退。	余(馀)平平，未正二退。	802页倒8行	
二十日(10月14日)	七刻毕，馀未佳，留三号。	七刻毕，余(馀)未佳，留三号。	802页倒4行	
廿一日(10月15日)	馀平平，照常退。	余(馀)平平，照常退。	803页2行	
廿二日(10月16日)	七刻多，馀草草。	七刻多，余(馀)草草。	803页6行	
廿三日(10月17日)	亦如昨耳，馀平平。	亦如昨耳，余(馀)平平。	803页2行	
同日	磨勘出第二名查某与第十八名王振珠第三艺雷同，……	磨勘出第二名查某与十八名王振珠第三艺雷同，……	803页13行	八十一页一行
廿四日(10月18日)	然甚用力，馀亦好。	然甚用力，余(馀)亦好。	803页倒10行	
廿五日(10月19日)	六刻毕，馀亦好。	六刻毕，余(馀)亦好。	803页倒7行	

同日	"秋水共长天一色"。有"谁念滕王阁,波风咏赋篇",……	《秋水共长天△一色》。有"谁念滕王阁,临风咏赋篇",……	803页倒6行	八十一页八行
廿六日(10月20日)	过厂,见董思翁临大卷,……	过厂,见董思翁临古卷,……	803页倒1行	八十一页十三行
廿七日(10月21日)	馀则毫无精神,照常退。	余则毫无精神,照常退。	804页3行	
廿八日(10月22日)	晨读如昨,馀亦可,熟书全毕。午初二来,……	晨读如昨,余(馀)亦可,熟书全毕。午初来,……	804页6行	八十一页十七行
十月朔(10月24日)	晴,犹狭衣,近年所无也。	晴,犹袂[夹]衣,近年所无也。	804页倒12行	八十二页八行
初二日(10月25日)	读生书好,馀亦可,照常退。	读生书好,余(馀)亦可,照常退。	805页2行	
初三日(10月26日)	馀亦可照常退。	余(馀)亦可,照常退。	805页8行	
同日	此次仅留四十馀人,馀皆撩牌。	此次仅留四十余(馀)人,余(馀)皆撩牌。	805页13行	
初五日(10月28日)	诗题"满山黄叶雨声来",……	诗题《满山黄叶雨声△来》,……	805页倒8行	八十三页十七行
初六日(10月29日)	馀平平,照常退。	余(馀)平平,照常退。	805页倒5行	
初八日(10月31日)	颇好,馀平平,……	颇好,余(馀)平平,……	806页4行	
初九日(11月1日)	至树筠庵,坐谏草堂读唐、宋人诗,……	至松筠庵,坐谏草堂读唐、宋人诗,……	806页10行	八十四页十二行
十二日(11月3日)	馀却好,照常退。	余(馀)却好,照常退。	806页倒6行	
十三日(11月5日)	心力总不聚也,馀亦然。	心力总不聚也,余(馀)亦然。	806页倒1行	
同日	乘车出城,车辙深几尺矣。	乘马出城,车辙深几尺矣。	807页2行	八十五页十行
十五日(11月7日)	作诗"水始冰"。	作诗《水始冰△》。	807页10行	八十五页十六行
十六日(11月8日)	生书七刻多,馀亦无力,真无如何也。	生书七刻多,余(馀)亦无力,真无如何也。	807页12行	
十七日(11月9日)	生书七刻,馀亦可。	生书七刻,余(馀)亦可。	807页倒10行	

二十日 (11月12日)	生书八刻,馀尚可。	生书八刻,余(馀)尚可。	808页8行	
同日	"十月先开岭上梅",诗滞。	《十月先△开岭上梅》,诗滞。	808页10行	
廿一日 (11月13日)	七刻毕,馀甚好。	七刻毕,余(馀)甚好。	808页12行	
廿四日 (11月16日)	今日云脉息弦滑,作热喉痛,……	今日云脉息弦滑,作热咽痛,……	809页5行	八十八页四行
廿六日 (11月18日)	过厂,见沈云林画帧至佳。	过厂,见倪云林画帧至佳。	809页倒8行	八十八页十八行
廿九日 (11月21日)	易设津海关道一缺,……	另设津海关道一缺,……	810页13行	九十页一行
闰十月朔 (11月23日)	闰月朔	闰十月朔	810页倒6行	
初二日 (11月24日)	未上生书,馀无精神,専衍完工。	未上生书,余(馀)无精神,専[敷]衍完工。	811页4行	九十页十六行
初三日 (11月25日)	兰孙以疾未入,馀功亦好。	兰孙以疾未入,余(馀)功亦好。	811页8行	
初四日 (11月26日)	兰孙仍未入,馀功未佳。	兰孙仍未入,余(馀)功未佳。	811页11行	
初五日 (11月27日)	作诗,"烟开叠嶂明"。	作诗,《烟开叠嶂明△》。	811页倒11行	九十一页九行
初六日 (11月28日)	晨读费事,七刻毕,馀却好,照常退。	晨读费事,七刻毕,余(馀)却好,照常退。	811页倒4行	九十一页十五行
初七日 (11月29日)	晨读尚可,六刻多。馀亦好,照常退。	晨读尚可,六刻多。余(馀)亦好,照常退。	812页1行	
初九日 (12月1日)	晨读甚好,馀亦可。	晨读甚好,余(馀)亦可。	812页10行	
同日	住城寓,目疾涩甚。	住城寓,目疾激甚。	812页11行	九十二页十行
初十日 (12月2日)	晨读尚可,六刻多,馀亦好。	晨读尚可,六刻多,余(馀)亦好。	812页13行	
同日	熟书毕作诗,"霜蹄千里骏"。	熟书毕作诗,《霜△蹄千里骏》。	812页14行	九十二页十三行
十三日 (12月5日)	生书七刻,馀尚可。……	生书七刻,余(馀)尚可。……	812页倒2行	
十四日 (12月6日)	尤费口舌,馀亦然,……	尤费口舌,余(馀)亦然,……	813页5行	

十五日 (12月7日)	读极速，生书六刻多。馀亦可，……	读极速，生书六刻多。余亦可，……	813页11行	
同日	"寒梅著花末"。	"寒梅△著花未"。	813页13行	九十三页十七行
十六日 (12月8日)	馀亦好，巳初三退。午初三来，午正三入，……	余(馀)亦好，巳初三退。午初二来，午正三入，……	813页倒12行	九十四页二行
十七日 (12月9日)	馀功亦然。	余(馀)功亦然。	813页倒9行	
十八日 (12月10日)	晨读尤好，馀亦奋发，照常退。	晨读尤好，余(馀)亦奋发，照常退。	813页倒6行	
十九日 (12月11日)	馀亦可。	余(馀)亦可。	813页倒1行	
二十日 (12月12日)	读毕作诗，"小春"。	读毕作诗，《小春△》。	814页5行	九十四页十三行
廿一日 (12月13日)	馀尚可，兰孙未入，照常退。	余(馀)尚可，兰孙未入，照常退。	814页7行	
廿二日 (12月14日)	晨读尚顺，六刻。馀平平。……访福老六馀庵，……	晨读尚顺，六刻。余(馀)平平。……访福老六余(馀)庵，……	814页12行、13行	
廿三日 (12月15日)	馀则平平，无起。	余(馀)则平平，无起。	814页倒8行	
廿四日 (12月16日)	馀亦然，然精神不聚。	余(馀)亦然，然精神不聚。	814页倒4行	
廿五日 (12月17日)	馀亦可，照常退。	余(馀)亦可，照常退。	814页倒1行	
廿六日 (12月18日)	馀甚好，照常退，无起。	余(馀)甚好，照常退，无起。	815页6行	
同日	待福馀庵、佛莲峰尔恭阿，理藩院司官。……据芍庭、馀庵云良材也，……	待福馀[余]庵、佛莲峰尔恭阿，理藩院司官。……据芍庭、馀[余]庵云良材[才]也，……	815页7行、8行	
廿九日 (12月21日)	……馀亦然。	……余(馀)亦然。	815页倒6行	
十一月朔 (12月22日)	书毕作诗，"数点梅花天地心"。	书毕作诗，《数点梅花天地心△》。	815页倒1行	九十七页二行
初三日 (12月24日)	前数行尚可，馀稍乱，未正三退。	前数行尚可，余(馀)稍乱，未正三退。	816页10行	

初五日 (12月26日)	诗题"甘雪应时",极清妥,申初退。	诗题《甘雪应时△》,极清妥,申初退。	816页倒3行	九十八页三行
初七日 (12月28日)	馀涩,无起,……	余(馀)涩,无起,……	817页3行	
初八日 (12月29日)	馀亦然,照常退。	余(馀)亦然,照常退。	817页6行	
初九日 (12月30日)	此必近侍挟制,盖恐其调护失宜耳。	此必近侍挟制,盖恐责其调护失宜耳。	817页11行	九十八页十五行
同日	得许诚夫书表兄函,述苦况告帮。	得许诚夫表兄函,述苦况告帮。	817页14行	九十八页十八行
初十日 (12月31日)	诗题"积雪为小山",……	诗题《积雪为小山△》,……	817倒10行	九十九页二行
同日	绍彭告其子福馀庵,故今日为休息计,可虑也。	绍彭告其子福余(馀)庵,故今日为休息计,可虑也。	817页倒9行	
十一日 1871年 (1月1日)	晨读尢涩,生书八刻。馀尚好。	晨读尢涩,生书八刻。余(馀)尚好。	817页倒3行	
十二日 (1月2日)	馀亦好。无起。	余(馀)亦好。无起。	818页1行	
十三日 (1月3日)	仅作论,馀功悉减去,……	仅作论,余(馀)功悉减去,……	818页6行	
同日	乾隆五玺。	乾隆玉玺。	818页9行	
十四日 (1月4日)	馀亦然,无起。……馀亦龃龉,……并晤福馀庵。	余(馀)亦然,无起。……余(馀)亦龃龉,……并晤福馀[余]庵。	818页13行、14行	
同日	丁黄赵陈邓,选擅画书诗。	丁黄赵陈邓,并擅画书诗。	818页倒8行	一百页十行
同日	先生古曾闵,题表盛称其事继母孝。馀事及冰斯。	先生古曾闵,题者盛称其事继母孝。余(馀)事及冰斯。	818页倒7行	一百页十一行
十五日 (1月5日)	晨读略好,馀亦然。	晨读略好,余(馀)亦然。	818页倒5行	一百页十三行
十六日 (1月6日)	生书八刻,馀亦难。	生书八刻,余(馀)亦难。	818页倒5行	
十八日 (1月8日)	……馀未知何事。	……余(馀)未知何事。	819页倒11行	
十九日 (1月9日)	……馀亦可。	……余(馀)亦可。	819页倒7行	

二十日 (1月10日)	未初一作诗,"山意冲寒欲放梅"。	未初一作诗,《山意冲△寒欲放梅》。	819页倒2行	一百二页三行
廿一日 (1月11日)	馀极好。无起。	余(馀)极好。无起。	820页1行	
廿二日 (1月12日)	晨读如昨,馀亦好。	晨读如昨,余(馀)亦好。	820页6行	
廿三日 (1月13日)	晨读甚速,馀亦好,……	晨读甚速,余(馀)亦好,……	820页13行	
同日	得五兄前月廿日函,承差来,以唐碑百种见寄。	得五兄前月廿……日函,承差来,以唐碑百种见寄。	820页倒12行	一百二页十七行
廿五日 (1月15日)	诗题"山明望松雪",……	诗题《山明△望松雪》,……	820页倒6行	一百三页二行
廿九日 (1月19日)	晨读如昨,馀仍无精神,巳初二退。	晨读如昨,余(馀)仍无精神,巳初二退。	821页9行	
三十日 (1月20日)	诗题"山水有清音",不能妥惬,……	诗题《山水有清音△》,不能妥惬,……	821页倒12行	一百四页一行
十二月初四日 (1月24日)	赐福寿字,无扁额,同付都统富明有扁额。	赐福寿字,无扁[匾]额,同付都统富明有扁[匾]额。	822页4行	一百四页十三行
初五日 (1月25日)	诗题"松月夜窗虚",诗尚好,未正一退。	诗题《松月夜窗虚△》,诗尚好,未正一退。	822页10行	一百五页一行
初六日 (1月26日)	馀亦然,巳初一退。	余(馀)亦然,巳初一退。	822页13行	
初七日 (1月27日)	(赏燕窝、藏香,二束。即日碰头。)	(赏燕窝、藏香,二束。即日磕头。)	822页倒11行	一百五页五行书眉
初八日 (1月28日)	晨读涩甚,馀亦然。	晨读涩甚,余亦然。	822页倒6行	
初十日 (1月30日)	未讲书即作诗,……	未讲书即做诗,……	823页4行	一百五页十五行
十二日 (2月1日)	请改复繙译乡会试……	请改复繙[翻]译乡会试……	823页倒9行	
十四日 (2月3日)	晨读可,馀亦佳。	晨读可,余(馀)亦佳。	823页倒4行	
同日	见黄秋盦手拓武梁祠画像精本长卷。	见黄秋盦[庵]手拓武梁祠画像精本长卷。	823页倒1行	

十七日 (2月6日)	讲书犹不能奋发，馀尚静。	讲书犹不能奋发，余(馀)尚静。	824页12行	
二十日 (2月9日)	诗题“诗家清景在新春”，大致平稳，……尚切。	诗题《诗家清景在新△春》，大致平稳，……似尚切。	824页倒3行	一百八页一行、二行
廿二日 (2月11日)	……并晤其子福馀盦。	……并晤其子福馀[余]盦[庵]。	825页8行	
同日	仰见慈颜悦豫，举家欢忭。	仰见慈颜悦豫，举家欣抃。	825页9行	一百八页十一行
廿五日 (2月14日)	驰归已未初矣，……	驰归已未初二矣，……	825页倒8行	一百八页十八行
同治十年辛未 正月初三日 (1871.2.21)	赵曾重伯远，余亚婿也，岵存先生孙，其父名继元，巳酉同年，新庶常。	赵曾重伯远，余亚婿也，岵存先生孙，其父名继元，己酉同年，新庶常。	第二册 827页10行	第十一卷 一页十一行
初四日 (2月22日)	……到厂肆，殊寂寂，遂归。	……到厂，殊寂寂，遂归。	827页11行	一页十二行
初五日 (2月23日)	张哲卿从南通州来。	张哲卿从通州来。	827页倒8行	一页十五行
初九日 (2月27日)	“愿读书乎，愿学贾?”	“愿读书乎? 愿学贾乎?”	828页11行	二页十五行
十四日 (3月4日)	振甫云《忠义堂帖》有翻刻，……其南城本仍伪书耳。	振甫云《忠义堂帖》有翻刻，……其南城本乃伪书耳。	829页倒4行	四页十八行
十六日 (3月6日)	……宋拓《娑罗树碑》，精妙如手书。	……宋拓《娑罗树碑》，精妙如手书。	830页10行	五页十三行
十七日 (3月7日)	……茂绩消沉四卌年，里居名字总茫然，……	……茂绩锁沉百卌年，里居名字总茫然，……	830页倒6行	六页六行
十八日 (3月8日)	竟日写应酬字，并将《李翕颂》用墨钩填蛀损处。	竟日写应酬字，并将旧《李翕颂》用墨钩填蛀损处。	831页1行	六页十一行
十九日 (3月9日)	……，循年例外蔬食，徐研云期而不至，即前日操琴者。	……，循年例作蔬食，徐研云期而不至，即前日操琴者。	831页8行	六页十七行
廿三日 (3月13日)	廿三	廿三日	832页倒1行	八页四行
廿六日 (3月16日)	筹妇所患未消，连十夕不得寐，脉云左尺最虚，馀皆洪软，心脉尤散，……	筹妇所患未消，连十夕不得寐，脉之左尺最虚，余(馀)皆洪软，心脉尤散，……	832页倒1行	九页七行

廿八日 (3月18日)	午正二入,未正一刻退。	午正二入,未正一退。	833页11行	九页十八行
同日	桂侍郎以石如画册见示,乃《虞山图》也,欲以他物易之。	桂侍郎以石谷画册见示,乃《虞山图》也,欲以他物易之。	833页14行	十页二行
廿九日 (3月19日)	读生书犹可,馀则倦不可支,……	读生书犹可,余(馀)则倦不可支,……	833页倒11行	十页五行
三十日 (3月20日)	……讲摺仍嬉笑,不解其故,馀忙促,申初一散。	……讲摺仍嬉笑,不解其故,余(馀)忙促,申初一散。	833页倒4行	十页十一行
同日	明日春分。颇觉疲乏,衰象日见耶。	明日春分。颇觉疲乏,衰象日见矣。	833页倒2行	十页十二行
二月初三日 (3月23日)	午初来,满书五刻,改论毕午初二矣。	午初来,满书五刻,改论毕未初二矣。	834页14行	十一页十行
同日	诗题"春省耕",亦未做妥,……	诗题《春省耕△》,亦未做妥,……	834页倒12行	十一页十行
初四日 (3月24日)	……马化隆及其弟子皆就戮,馀众安插各处,……一千馀件。……馀黄马衬褂、封典、巴图鲁名号极夥。	……马化隆及其弟子皆就戮,余(馀)众安插各处,……一千余(馀)件。……余(馀)黄马衬褂、封典、巴图鲁名号极夥。	834页倒7行、倒6行、倒5行	十一页十六行、十七行
初六日 (3月26日)	数日来无精神时则倦,有精神时则嬉笑,……	数日来无精神时则倦,有精神则嬉笑,……	835页6行	十二页十行
初七日 (3月27日)	……前臣马新贻照阵亡例赐恤,于江宁省建祠。	……前督臣马新贻照阵亡例赐恤,于江宁省建祠。	835页倒12行	十三页三行
初九日 (3月29日)	是日复选秀女,凡留十人,备六人,馀皆撂牌。	是日复选秀女,凡留十人,备六人,余(馀)皆撂牌。	836页6行	
十一日 (3月31日)	午正入,未初一始毕熟书,馀盖草草,申初一退。	午正入,未初一始毕熟书,余(馀)盖草草,申初一退。	836页倒12行	
十二日 (4月1日)	晨读涩,生书一刻。无起。……	晨读涩,生书一刻。无起。……	836页倒10行	十四页十行
同日	山西通家贾执钧、身长,侯宾周来见,皆山西人。	山西通家贾执钧,长身、侯宾周来见,皆山西人。	836页倒6行	十四页十三行

十三日 (4月2日)	午正入,诗题"抑塘春水漫",……	午正入,诗题《抑塘△春水漫》,……	836页倒3行	十四页十六行
十五日 (4月4日)	晨读尚好,馀如昨。	晨读尚好,余(馀)如昨。	837页6行	
十六日 (4月5日)	谚云"清明刮起墓前土,直要刮到四十五。"	谚云"清明刮起坟前土,直要刮到四十五。"	837页倒12行	十五页十六行
十八日 (4月7日)	午正一入,诗题"花发上林",亦平钝,申初始退。	午正一入,诗题《花发上林△》,亦平钝,申初始退。	837页倒3行	十六页九行
十九日 (4月8日)	……至上生书时始好,馀工皆可。	……至上生书时始好,余(馀)工皆可。	838页4行	
廿三日 (4月12日)	……诗题"好雨知时节",……	……诗题《好雨知时△节》,……	838页倒3行	十七页十六行
廿四日 (4月13日)	巳正二来,午初二入,申正退,塞责而已。	巳正二来,午初二入,申初一退,塞责而已。	839页2行	十八页二行
廿五日 (4月14日)	晨读散极,馀亦然。	晨读散极,余(馀)亦然。	839页9行	
廿六日 (4月15日)	晨读益不如昨,……馀亦不佳。	晨读益不如昨,……余(馀)亦不佳。	839页倒12行	
廿七日 (4月16日)	晨读尚好,馀尚可。	晨读尚好,余(馀)尚可。	839页倒10行	
廿八日 (4月17日)	诗题"夜雨长溪痕",甚细切,……	诗题《夜雨长溪△痕》,甚细切,……	840页1行	十九页九行
廿九日 (4月18日)	彭芍庭到酒肆谈,因共访冯赓庭于亮谷厂,……	彭芍庭到酒肆谈,因共诣冯赓廷于亮谷厂,……	840页9行	二十页一行
三月朔 (4月20日)	晨读仍费事,馀尚可。	晨读仍费事,余(馀)尚可。	840页倒8行	
同日	荣侄小恙,今日愈矣。	荣侄小恙,今已愈矣。	840页倒4行	二十页十四行
初三日 (4月22日)	湛然清绝款沙弥,眉宇中含一段奇,气与天龙瓶钵水,要渠洗尽海棠诗。	湛然清绝款沙弥,眉宇中含一段奇。乞与天龙瓶钵水,要渠洗尽海棠诗。	841页9行	二十一页八行
初四日 (4月23日)	晴,无风,甚暖,可夹衣。	晴,无风,暖甚,可夹衣。	841页11行	二十一页八行
初五日 (4月24日)	同人议集赀助伊侍郎家,为作募启一通。	同人议集赀[资]助伊侍郎家,为作募启一通。	841页倒10行	

初八日(4月27日)	诗题"以祈甘雨",将及申初脱,……	诗题《以祈甘△雨》,将及申初脱,……	842页6行	二十二页九行
同日	第二联是原本,馀似一气。	第二联是原本,余(馀)似一气。	842页10行	二十二页十四行
同日	……江南八百馀人,可谓多矣。	……江南八百余(馀)人,可谓多矣。	842页13行	二十二页十七行
十一日(4月30日)	……极有嘻笑情形,馀可,申初一退。	……极有嘻笑情形,余(馀)可,申初一退。	842页倒5行	
同日	至是南城押二人来,据云德祥即德庆。	至是南城押二人来求,据云德祥即德庆。	843页4行	二十三页十七行
同日	晨读稍振,六刻连上生书,馀亦好。	晨读稍振,六刻连上生书,余(馀)亦好。	843页8行	
十二日(5月1日)	晨读振得起,而唇舌费矣,七刻。	晨读振得起,而唇舌费尽矣,七刻。	843页12行	二十四页五行
同日	……讲书讲摺尚好,馀不然,未正三毕。	……讲书讲摺尚好,余不然,未正三毕。	843页13行	二十四页六行
十三日(5月2日)	二场题:"日月丽时雨若";……	二场题:《日萧时雨若》;……	843页倒5行	二十四页十一行
十四日(5月3日)	晨读先上生书,尚速,馀亦好。	晨读先上生书,尚速,余(馀)亦好。	843页倒2行	
十五日(5月4日)	晨读亦可,馀平平。	晨读亦可,余(馀)平平。	844页4行	
十九日(5月8日)	……康熙四十四年又五月雨窗,……丰筋多力攫秋鸾,……	……康熙四十四年五月雨窗,……丰筋多力攫秋鹰,……	845页4行、5行	二十六页七行、九行
同日	自跋谓到欧波。	自跋谓僧到欧波。	845页6行	二十六页十行
廿二日(5月11日)	天未明,兰生来书,嘱勿入内,……	天未明,兰生书来,嘱勿入内,……	845页倒5行	二十七页七行
廿三日(5月12日)	……群臣行礼立班。立班之际微雨适至,站地皆湿。	……群臣行礼,立班之际微雨适至,站地皆湿。	846页3行	二十七页十四行
廿四日(5月13日)	王弼庭贤辅来见。弼庭为源侄诊脉……	王弼廷贤辅来见。弼廷为源侄诊脉……	846页12行	
廿五日(5月14日)	与福馀庵长谈。归家写应酬字。	与福馀[余]庵长谈。归家写应酬字。	846页倒7行	二十八页十三行

廿七日（5月16日）	……讲书顺，馀平平，将至申初散直。……闻倭相痛增剧。	……讲书顺，余（馀）平平，将至申初散直。……闻倭相病增剧。	847页1行	二十九页二行
同日	是日起举人大挑，凡三日，共二千馀人。	是日起举人大挑，凡三日，共二千余（馀）人。	847页2行	
廿八日（5月17日）	……诗题"横琴倚高松"。	……诗题《横琴△倚高松》。	847页5行	二十九页五行
同日	诗首句结句可，馀未工，申初散。……延烧十馀间。	诗首句、结句可，余（馀）未工，申初散。……延烧十余（馀）间。	847页6行、7行	
廿九日（5月18日）	亥初归小寓，午初就枕，乏极矣。	亥初归小寓，子初就枕，乏极矣。	847页13行	二十九页十四行
四月朔（5月19日）	王弼庭为源侄治病，称有把握，可感也！	王弼廷为源侄治病，称有把握，可感也！	847页倒11行	
初二日（5月20日）	晨读虽散，尚能收敛，七刻。馀皆可。	晨读虽散，尚能收敛，七刻。余（馀）皆可。	847页倒4行	
初三日（5月21日）	诗题"麦天晨气润"，未及祇候也。	诗题《麦天△晨气润》，未及祇候也。	848页2行	三十页九行
初四日（5月22日）	晨读总倦，不免大声疾呼，馀总倦，照常退。	晨读总倦，不免大声疾呼，余（馀）总倦，照常退。	848页10行	
同日	……今六十馀矣，忽来应试，……	……今六十余（馀）矣，忽来应试，……	848页14行	
初五日（5月23日）	晨读涩甚，七刻。馀亦然。	晨读涩甚，七刻。余（馀）亦然。	848页倒10行	
初六日（5月24日）	晨入即动意气，须臾转好，仍七刻，馀却可。	晨入即动意气，须臾转好，仍七刻，余（馀）却可。	848页倒7行	
初七日（5月25日）	馀皆可，照常退，有引见，军机一起。	余（馀）皆可，照常退，有引见，军机一起。	848页倒2行	
同日	巳正二来，未初始入，甚散漫，申初退。	巳正二来，未初始入，甚散涣，申初退。	848页倒1行	三十一页十四行
初八日（5月26日）	午正入，先作诗，"江城如画里"。首两句妥，一字失粘。	午正入，先作诗，《江城△如画里》。有两句妥，一字失粘。	849页4行	三十一页十七行

初九日(5月27日)	……毫不能动,生书七刻。馀亦不佳,……	……毫不能动,生书七刻多。余(馀)亦不佳,……	849页9行	三十二页四行
初十日(5月28日)	晨读甚勉励,馀亦然。	晨读甚勉励,余(馀)亦然。	849页倒8行	
十三日(5月31日)	诗题"青山郭外斜",大致尚妥,申初一散。	诗题《青山郭外斜△》,大致尚妥,申初一散。	850页11行	三十四页二行
同日	索余书托恩竹桥谋书局馆也。	索余书托恩竹桥谋书局馆也。	850页倒10行	
十四日(6月1日)	……不免耽阁工夫,七刻多。馀尚好。……讲摺不好,馀平平,申初一退。	……不免耽阁工夫,七刻多。余(馀)尚好。……讲摺不好,余(馀)平平,申初一退。	850页倒5行	
十五日(6月2日)	晨读奋勉,七刻,馀平平,巳初二退。	晨读奋勉,七刻,余(馀)平平,巳初二退。	851页4行	
十五日(6月2日)	(新进复试,"吾岂若使是君"两句"阴阴夏木嘲黄鹂"。)	(新进士复试,"吾岂若使是君"两句,《阴阴夏木啭黄△鹂》。)	851页7行	三十四页十五行书眉
十六日(6月3日)	晨读奋,七刻。馀亦可。	晨读奋,七刻。余(馀)亦可。	851页11行	
十七日(6月4日)	……讲摺亦好,馀平平,申初一退。	……讲摺亦好,余(馀)平平,申初一退。	851页倒12行	
十八日(6月5日)	午正始入,改论毕未初三矣。	午正二始入,改论毕未初三矣。	851页倒3行	三十五页十行
同日	诗题"严陵钓台",末二句"谁念桐江景,临风慕逸才"却好,申初一退。……候张海峤,上灯久矣。	诗题《严陵钓台△》,末二句"谁念桐江景,临风慕逸才"却好,申初一退。……候张海峤出,上灯久矣。	851页倒2行、倒1行	三十五页十一行、十二行
廿三日(6月10日)	……东边上房拆去窗隔及砖瓦,直同马厩矣,……	……东边上房拆去窗槅及砖瓦,直同马厩矣,……	853页倒7行	三十八页四行
廿五日(6月12日)	恭竢毕诣懋勤殿,午正军机下,……	恭俟毕诣懋勤殿,午正军机起下,……	854页4行	三十八页十三行

廿七日 (6月14日)	……疑内侍中必有以书房琐事上闻者。	……疑内侍中必有以书房琐屑事上闻者。	854页倒5行	三十九页十三行
同日	前蒙古王锦丕勒多济尔参福济以仓库饷贼,……	前蒙古王锦丕勒多尔济参福济以仓库饷贼,……	854页倒3行	三十九页十六行
廿八日 (6月15日)	诗题:……"雨后山光满郭青",……	诗题:……《雨后山光满郭青△》,……	855页3行	四十页三行
同日	朝考题:……"细雨荷锄立"。	朝考题:……《细雨荷锄△立》。	855页6行	四十页六行
三十日 (6月17日)	……熟书仍倍不好,馀亦倦,申初一刻退。	……熟书仍倍不好,余(馀)亦倦,申初一刻退。	855页13行	四十页十二行
五月初三日 (6月20日)	诗题"名园依绿水",亦不佳,……	诗题《名园△依绿水》,亦不佳,……	856页4行	四十一页八行
初七日 (6月24日)	读尚出力,未上生书,馀照常,熟书毕退。	读尚出力,未上生书,余(馀)照常,熟书毕退。	856页倒2行	
初九日 (6月26日)	晨读奋,馀亦可,……	晨读奋,余(馀)亦可,……	857页8行	
十一日 (6月28日)	……熟书颇耽阁,馀未能功课。	……熟书颇耽阁[搁],余(馀)未能功课。	857页倒4行	
十三日 (6月30日)	诗题"殿阁生微凉",亦能通畅,但未切耳。	诗题《殿阁生微凉△》,亦能通畅,但未切耳。	858页7行	四十四页七行
同日	未正三退膳,写已无错落。	未正三退,缮写已无错落。	858页8行	四十四页八行
十五日 (7月2日)	晨读好而无力,馀亦然。……申初二退。	晨读好而无力,余(馀)亦然。……申初二始退。	858页倒11行	四十四页十七行
十六日 (7月3日)	晨读好,馀亦可,照常退。	晨读好,余(馀)亦可,照常退。	858页倒9行	
十七日 (7月4日)	晨读竭力鼓舞始振,馀平平。	晨读竭力鼓舞始振,余(馀)平平。	858页倒5行	
二十日 (7月7日)	晨读又涩,奈何!馀亦不佳。	晨读又涩,奈何!余(馀)亦不佳。	859页10行	
同日	……毁世忠寓所赀财……	……毁世忠寓所赀[资]财……	859页13行	

廿一日 (7月8日)	……此病一发,非数日所能了也,馀亦然,无起。	……此病一发,非数日所能了也,余(馀)亦然,无起。	859页倒10行	
廿二日 (7月9日)	晨读舒畅,馀亦可,照常退。	晨读舒畅,余(馀)亦可,照常退。	859页倒6行	
廿三日 (7月10日)	诗题"留竹夏生寒",……	诗题《留竹夏生寒△》,……	859页倒1行	四十六页十二行
廿四日 (7月11日)	胡家玉擢吏左,……馀多调转,……	胡家玉擢吏左,……余(馀)多调转,……	860页6行	
廿七日 (7月14日)	晨雨止,郁热,湿云低风,午后大雨,……	晨雨止,郁热,湿云低飞,午后大雨,……	860页倒8行	四十七页十行
廿八日 (7月15日)	改论毕作诗,题为"雨息云犹渍",……	改论毕作诗,题为《雨息云△犹渍》,……	861页1行	四十七页十八行
三十日 (7月17日)	策骑冒雨而行,三刻多抵家,……	策骑冒微雨而行,三刻多抵家,……	861页倒12行	四十八页十二行
六月朔 (7月18日)	……生书一号,已五刻馀矣。馀不免忙促,……	……生书一号,已五刻矣。余(馀)不免忙促,……	861页倒8行	
同日	言彼处太平、思恩、南宁等处贼虽出没,……	言彼处太平、思恩、南宁等处贼踪出没,……	861页倒5行	四十九页一行
初三日 (7月20日)	昨日出论题"慎厥修身思永",……	昨日出论题《慎厥身修思永》,……	862页5行	四十九页九行
初四日 (7月21日)	……故数号即占五刻,馀匆忙,未看摺。	……故数号即占五刻,余匆忙,未看摺。	862页9行	
初五日 (7月22日)	……作诗一首"远山晴更多",甚为妥洽,……	……作诗一首《远山晴△更多》,甚为妥洽,……	862页倒10行	五十页四行
初八日 (7月25日)	其言曰:"傲为恶德,其病在于骄且吝,"……	其言曰:"傲为恶德,其病根在于骄且吝,"……	863页13行	五十一页五行
初十日 (7月27日)	诗题"海上生明月",思路甚滞,改未毕退。	诗题《海上生△明月》,思路甚滞,改未毕退。	863页倒5行	五十一页十五行
同日	满书繙译又迟,六刻始毕。	满书繙[翻]译又迟,六刻始毕。	863页倒4行	
十五日 (8月1日)	读可,诗题"淮蔡成功",有佳句,……	读可,诗题《淮蔡成△功》,有佳句,……	865页3行	五十三页十二行

十六日 (8月2日)	晨读无力,馀皆然,……	晨读无力,余皆然,……	865页7行	五十三页十六行
二十日 (8月6日)	晨读好,诗题"雨裹红蕖冉冉香",……	晨读好,诗题《雨裹红蕖冉冉香△》,……	866页2行	五十四页十六行
廿四日 (8月10日)	……退时已正一,午刻正二刻同散直。……	……退时巳正一,午正二刻同散直。……	866页倒7行	五十五页十三行
同日	是日考优贡:"恭而安";"树里南湖一片明"。	是日考优贡,《恭而安》;《树里南湖一片明△》。	866页倒6行	五十五页十五行
廿五日 (8月11日)	(退时见太常□蝶于□门,桂侍郎呼之,□□道即集,承之以扇,不动良久,翩然而去。)	(退时见太常伯蝶于辛门,桂侍郎呼之为君道,即集承之以扇,不动良久,翩然而去。)	867页2行	五十五页、五十六页脚注
廿八日 (8月14日)	……遂费唇舌,丑正一刻暂退,无起。	……遂费唇舌,巳正一刻暂退,无起。	867页12行	五十六页十行
七月朔 (8月16日)	谈甚奋,诗题"庭树得秋初"……	读甚奋,诗题《庭树得秋△初》……	867页倒6行、倒5行	五十七页一行
初三日 (8月18日)	……次作以马喻人,竟作两股,时丈尚可,改未毕退。午初来,午二正入,写毕未初。	……次作以马喻人,竟作两股时文,尚可,改未毕退。午初来,午正二入,写毕未初。	868页3行、4行	五十七页八行
初四日 (8月19日)	晨读涩甚,馀皆然,巳正退。	晨读涩甚,余(馀)皆然,巳正退。	868页7行	
初五日 (8月20日)	读仍不奋,诗尚可,"泉韵杂松声"。……	读仍不奋,诗尚可,《泉韵杂松凉》丽。……	868页倒13行	五十八页一行
初七日 (8月22日)	于是南海九十二乡之众死者五百馀人,……	于是南海九十二乡之众死者五百余(馀)人,……	869页2行	
同日	……其嗣主贤能,其国相毛奇者贤士也,……	……其嗣主贤能,其国相毛奇者奇士也,……	869页6行	五十八页十八行
同日	……死者数百万,为古今战籍所未有云云。	……死者数百万,为古今载籍所未有云云。	869页11行	五十九页五行
初九日 (8月24日)	(整工)早凉,晚热。	(整工)晴,早凉,晚热。	869页倒10行	五十九页十行
同日	……一百廿千,猪羊各一,纸录四。	……一百廿千,猪羊各一,纸锞四。	869页倒7行	五十九页十二行

初十日 (8月25日)	……作诗"微云淡河汉"。尚可,申初退。	……作诗《微云淡河△汉》,尚可。申初退。	869页倒3行	五十九页十六行
十一日 (8月26日)	……巳初入船,由二闸换船,至高碑店,食于野寺中。	……巳初入船,由二闸换舟,至高碑店,食于野寺中。	870页2行	六十页一行
十二日 (8月27日)	树南至酒寓,同入,……	树南至酒店,同入,……	870页6行	六十页四行
十四日 (8月29日)	……言明以修为典,十年为限,外准产主备修费赎回,……	……言明以修为典,十年为限,次外准产主备修费赎回,……	870页倒9行	六十页十五行
十五日 (8月30日)	到稽察房,见协同批本□刘镌山,有铭告以不能批本,遂出。	到稽察房,见协同批本至,刘镌山有铭告以不能批本,遂出。	870页倒4行	六十一页三行
同日	连夜不眠,经水行二十馀日,壮热不止,两脉皆数。	连夜不眠,经水行二十余(馀)日,壮热不止,两脉皆数。	870页倒1行	
十六日 (8月31日)	午正来,未正入,申初二退。	午正来,未初入,申初二退。	871页3行	六十一页九行
十七日 (9月1日)	巳正一到来,先读满书,……	巳正一刻来,先读满书,……	871页9行	六十一页十五行
十八日 (9月2日)	"山色湖光共一楼"。写字	《山色湖光共一楼△》。写字	871页14行	六十二页一行
廿一日 (9月5日)	慈亲仍困倦头眩,馀证皆平,稍进粥饼。	慈亲仍困倦头眩,余(馀)证皆平,稍进粥饼。	872页4行	
廿三日 (9月7日)	诗题"诗情又入早秋天"。	诗题《诗情又入早秋天△》。	872页10行	六十三页三行
同日	又命景濂带兵复乌鲁木齐;……	又命景廉带兵复乌鲁木齐;……	872页13行	六十三页六行
廿四日 (9月8日)	薄暮仍热。……馀尚可,巳初二退。……馀平平,申初二退。	薄阴仍热。……余(馀)尚可,巳初二退。……余(馀)平平,申初二退。	872页倒12行	六十三页八行
廿九日 (9月13日)	……减遍数就合之,馀尚可。	……减遍数就合之,余(馀)尚可。	873页13行	六十四页十一行
三十日 (9月14日)	……生书一时,馀亦然。	……生书一时,余(馀)亦然。	873页倒8行	

八月初一日 (9月15日)	……生书只上六行也,馀亦可。	……生书只上六行也,余(馀)亦可。	873页倒2行	
初二日 (9月16日)	晨读又微涩,馀亦未佳。……馀益草草,……	晨读又微涩,余(馀)亦未佳。……余(馀)益草草,……	874页2行、3行	
初三日 (9月17日)	天雨竟日是,无顷刻停,……	大雨竟日是,无顷刻停,……	874页5行	六十五页八行
同日	诗题"石上泉声带雨秋"。	诗题《石上泉声带雨秋△》。	874页7行	六十五页九行
初四日 (9月18日)	晨读又难,馀亦然。	晨读又难,余(馀)亦然。	874页14行	
初五日 (9月19日)	晨读稍可,亦殊吃力,馀尚好。	晨读稍可,亦殊吃力,余(馀)尚好。	874页倒10行	
初七日 (9月21日)	晨读可,馀亦然。	晨读可,余(馀)亦然。	874页倒3行	
初八日 (9月22日)	诗题"月中桂"香,亦未佳,……	诗题《月中桂香△》,亦未佳,……	875页3行	六十六页十四行
初十日 (9月24日)	午初二来,午正二人,精神尚好,申初三退。	午初二来,午正二入,精神尚好,申初三退。	875页9行	六十七页四行
十一日 (9月25日)	晨读尚可,惟神气总不属,馀亦然。	晨读尚可,惟神气总不属,余(馀)亦然。	875页13行	
十二日 (9月26日)	……正熟书毕,馀皆极潦草,申初三退。	……正熟书毕,余(馀)皆极潦草,申初三退。	875页倒10行	
同日	……彩紬棕毯等请裁减。	……彩紬[绸]棕毯等请裁减。	875页倒8行	
同日	……奏请加关税盈馀供内廷之用,	……奏请加关税盈余(馀)供内廷之用,	875页倒7行	六十七页十四行
十四日 (9月28日)	张哲卿患湿温,发热十馀日矣。	张哲卿患湿温,发热十余(馀)日矣。	875页倒1行	
十七日 (10月1日)	……读古文,讲《史记》,馀功尽减,……如此遂为例矣'……	……读古文,讲《史记》,余(馀)功尽减,……如此遂为例矣,……	876页8行	
十八日 (10月2日)	诗题"吴越王射潮",论系自作,……	诗题《吴越王射潮△》,论系自作,……	876页11行	六十八页九行
同日	……申正一退,尚是忽迫。	……申正一退,尚是匆迫。	876页12行	六十八页十行

二十日 (10月4日)	读极难,精神惝恍,馀仅可。	读极难,精神惝恍,余(馀)仅可。	876页倒9行	
廿一日 (10月5日)	……未正勉强毕,馀工草草,……	……未正勉强毕,余(馀)工草草,……	876页倒5行	
廿二日 (10月6日)	晨读涩,馀亦然,生书一时多。	晨读涩,余(馀)亦然,生书一时多。	876页倒2行	
廿三日 (10月7日)	……乃作一诗,"秋山瘦益奇"。	……乃作一诗,《秋山瘦益奇△》。	877页4行	六十九页九行
廿四日 (10月8日)	午初二来,午正一入,申初正退,……	午初二来,午正一入,申正退,……	877页9行	六十九页十三行
廿五日 (10月9日)	晨读涩,馀亦然。	晨读涩,余(馀)亦然。	877页13行	六十九页十六行
廿六日 (10月10日)	晨读极顺,馀亦可,讲书费力。	晨读极顺,余(馀)亦可,讲书费力。	877页倒12行	
廿八日 (10月12日)	……日暮侍安舆城,松出、筹皆往。	……日暮侍安舆出城,松、筹皆往。	877页倒4行	七十页九行
廿九日 (10月13日)	未初邀修伯、……心泉傅饮,……	未初邀修伯、……心泉传饮,……	877页倒1行	七十页十一行
九月朔 (10月14日)	晨读好,馀平平,无起。	晨读好,余(馀)平平,无起。	878页2行	
同日	洞庭浮空大圆镜,乃嶷刬天剑铓净。	洞庭浮空大圆镜,九嶷刬天剑铓净。	878页4行	七十页十七行
初四日 (10月17日)	(赏燕窝。自是日起廷中设鹄,每射五枚。)	(赏燕窝。自是日起廷中设鹄,每射五枝。)	878页倒4行	七十二页书眉
同日	作诗一首,"采菊东篱下"。	作诗一首,《采菊东篱△下》。	878页倒2行	七十二页四行
十一日 (10月24日)	早间读即无精神,馀亦然。	早间读即无精神,余(馀)亦然。	880页1行	
十二日 (10月25日)	晨读可,馀亦然……申初散退,兰孙先退。	晨读可,余亦然……申初三退,兰孙先退。	880页6行	七十三页十三行
十三日 (10月26日)	论题"询于莒荛",……	论题《询于刍荛》,……	880页9行	七十三页十六行
十六日 (10月29日)	晨读费力,尚奋,馀亦然。……得马四百,骆驼千馀。	晨读费力,尚奋,余(馀)亦然。……得马四百,骆驼千余(馀)。	880页倒5行、倒3行	
廿一日 (11月3日)	……与兰孙极力开说,遂稍顿起,退颇早。	……与兰孙极力开说,遂稍振起,退颇早。	881页倒6行	七十五页七行

十月初二日 (11月14日)	晨读好,馀亦然,……	晨读好,余(馀)亦然,……	883页倒12行	
初四日 (11月16日)	晨读散,馀亦然,……	晨读散,余(馀)亦然,……	883页倒8行	
初七日 (11月19日)	读极好,馀亦可。	读极好,余(馀)亦可。	884页3行	
廿五日 (12月7日)	读甚好,馀亦速。	读甚好,余(馀)亦速。	886页倒11行	
廿七[六]日 (12月8日)	谕中未言明收复月日,盖隐之也。	谕中未明言收复月日,盖隐之也。	886页倒7行	八十一页十二行
廿七日 (12月9日)	三兄忌日,……遗籍未刊,能无惆乎?	三兄忌日,……遗籍未刊,能无恫乎?	886页倒3行	八十一页十四行
十一月初一日 (12月12日)	(貂褂)	(貂袿)	887页8行	八十二页书眉
初三日 (12月14日)	赵朗甫未诊。延四太太来。	赵朗甫来,未诊。延四太太来。	888页4行	八十三页十行
初四日 (12月15日)	……稍烦躁火升,肝刺疼,夜眠甚不稳。	……稍烦躁火升,肝又刺疼,夜眠甚不稳。	888页8行	八十三页十四行
初五日 (12月16日)	余犹未决,董研秋来,则曰可服之,……	余犹未决,顷董研秋来,则曰可服之,……	888页倒12行	八十四页三行
初六日 (12月17日)	元君曾受业陈修园之弟春圃先生,……	元君云曾受业陈修园之弟春圃先生,……	888页倒2行	八十四页十三行
初七日 (12月18日)	……处方略同,元君用酒军,未之从也。	……处方略同元君而用酒军,未之从也。	889页5行	八十四页十七行
初八日 (12月19日)	今日情形是热象退尽,神气妥帖,……	今日情形是热象退尽,神气安帖,……	889页倒12行	八十五页九行
十三日 (12月24日)	细察病情,实是脾阴不运,……	细察病情,实是脾阳不运,……	890页倒10行	八十六页十四行
十四日 (12月25日)	腹中有转失气,而烦燥特甚。	腹中有转矢气,而烦燥特甚。	890页倒4行	
十五日 (12月26日)	……鲫血汤少许。	……鲫鱼汤少许。	891页5行	八十七页七行
廿二日 1872年 (1月2日)	……舌极泽,盖热侵营分之象。	……舌极绛,盖热侵营分之象。	892页倒11行	八十九页六行
廿六日 (1月6日)	树南至,则云仍须下,馀热未净也。	树南至,则云仍须下,余(馀)热未净也。	893页倒7行	

廿七日 (1月7日)	……呼吸稍和,夜服甚安。	……呼吸稍和,夜卧甚安。	894页1行	九十一页五行
十二月初三日 (1月12日)	……瓜蒌三钱,生甘二钱、……	……瓜蒌仁三钱,生甘二钱、……	895页3行	九十二页十行
初六日 (1月15日)	……疑馀热未净,改用复脉加海参等。	……疑余(馀)热未净,改用复脉加海参等。	895页倒6行	
初七日 (1月16日)	少顷即起,得大便约三寸许,两颗干,馀润,……云下后当辨有馀邪与否,如有馀邪,……如无馀邪,则以旋运脾阳为急,……	少顷即起,得大便约三寸许,两颗干,余(馀)润,……云下后当辨有余(馀)邪与否,如有余(馀)邪,……如无余(馀)邪,则以旋运脾阳为急,……	896页1行、4行	
初十日 (1月19日)	……脾胃大虚,馀脉却好,……	……脾胃大虚,余(馀)脉却好,……	896页倒2行	
十六日 (1月25日)	吃小米粥少许而已。	吃小米汤少许而已。	898页14行	九十六页十六行
二十日 (1月29日)	自晨至未,在喉作声,未初饮药稍安。	自晨至未,痰在喉作声,未初饮药稍安。	899页倒11行	九十八页五行
廿一日 (1月30日)	屡次起解。	屡欲起解。	900页1行	九十八页十三行
注:廿四日起至廿八日止,影印稿记载于一二册				
同治十一年壬申 正月廿三日 (1872.3.2)	昔子贡丧,孔子曰:"敬为上,哀次之,瘠为下。"	昔子贡问丧,孔子曰:"敬为上,哀次之,瘠为下。"	第二册 903页4行	第十二卷上 四页一行
二月初九日 (3月17日)	施第四漆,用漆十一两。	施第四次漆,用漆十一两。	904页12行	五页十五行
十一日 (3月19日)	辰巳晴,寒。	辰巳晴,寒。	904页倒11行	
十二日 (3月20日)	岂料今日儿欲闻謦咳不可得耶。	岂料今日儿欲闻謦欬不可得耶。	904页倒6行	六页五行
廿四日 (4月1日)	循例释缟素……,齐衰期服本应如此,非拘古礼也。	循例释缟素……,斋衰期服本应如此,非拘古礼也。	906页7行	七页十五行
三月初四日 (4月11日)	陆云生、徐李侯……	陆云生、徐季侯……	907页14行	

初八日 (4月15日)	李廷钰、宝楚翘、……先后来。	李廷献?、宝楚翘、……先后来。	908页3行	十页一行
同日	得荣侄二月十八函。	得荣侄二月十八日函。	908页5行	十页三行
十三日 (4月20日)	……浓墨而直喷，观者甚多，……	……浓黑而直喷，观者甚多，……	908页倒8行	十页十五行
十九日 (4月26日)	胡铁盦……来。	胡铁盦[庵]……来。	909页6行	
四月初四日 (5月10日)	神福等每次三千五百，六次。饮食每位八十文。	神福等每次三千五百，六次。饭食每位八十文。	910页倒9行	十三页三行
十九日 (5月25日)	……并令周牧石君来以说情形。	……并令周牧石君来口说情形。	912页倒8行	十五页十二行
同日	……顾辑庭、卢季瀛禄、……	……顾辑庭、承季瀛禄、……	912页倒7行	十五页十三行
二十日 (5月26日)	客来二十馀人，不能记矣。	客来二十余(馀)人，不能记矣。	913页5行	
廿一日 (5月27日)	……清晨炫雨不下，……	……清晨衔雨不下，……	913页11行	十六页九行
同日	通州牧王堃云舫上祭，搭马头。	通州牧王堃[坤]云舫上祭，搭马头。	913页倒11行	
廿五日 (5月31日)	……署运使恩福蓉峰，曾任户部，三品衔。	……署运使恩福云(蓉)峰，曾任户部，三品衔。	914页8行	十七页十行
廿九日 (6月4日)	黄昏时泊，纤夫伛偻，有中暑者。	黄昏时泊，纤夫伛偻，有中暍者。	915页5行	十八页十行
五月初六日 (6月11日)	又廿里德州，……黄兆昇排队接。	又廿余里德州，……黄兆昇[升]排队接。	916页倒8行	二十页八行
初八日 (6月13日)	阴，寒，数日可袷衣，……	阴，寒，数日可袷[夹]衣，……	917页4行	二十一页一行
初九日 (6月14日)	县令方鸣皋一，庚申即用，七年任寿张。	县令方鸣皋鹤亭，一，庚申即用，七年任寿张。	917页11行	二十一页七行
同日	典史高锦江从前识面。行礼，……	典史高锦江从前识面行礼，……	917页13行	二十一页八行
十一日 (6月16日)	……蓬座设厨传极丰腆。	……蓬座设厨侍极丰腆。	918页2行	二十二页五行
十二日 (6月17日)	州牧王敬斋来长谈。	州牧王敬斋来谈。	918页11行	二十二页十二行

十四日 (6月19日)	十二里豆官屯,十馀(里)徐家庙,……	十二里豆官屯,十余(馀)(里)徐家庙,……	918页倒6行	
十五日 (6月20日)	通判王建衡、莘农,……人率直。蓝沂华卸事堂邑令。梦题	通判王建衡莘农,……人率真。蓝沂华梦题,卸事堂邑令。	919页5行	二十三页十二行
同日	唁函、赙百金来,作书复之。	唁函、赙百金来,作书谢之。	919页6行	二十三页十四行
十六日 (6月21日)	阳谷县令郑纪略协吾,已丙、壬子,又余荐卷,……	阳谷县令郑纪略协吾,已丙[己酉?]、壬子,又余荐卷,……	919页11行	二十三页十七行
十七日 (6月22日)	三十馀里鱼山,山在河以北,……	三十余(馀)里鱼山,鱼山在河以北,……	919页倒9行	二十四页六行
十八日 (6月23日)	调黄中大渡口船不至,彻夜未眠睡,……	调黄中大渡口船不至,彻夜未睡,……	920页7行	二十四页十八行
二十一日 (6月26日)	三十里济宁州南门泊,……	三十五里济宁州南门泊,……	921页1行	二十五页十六行
廿二日 (6月27日)	质明入州学门,无人焉,……	质明入州学门,无人焉,……	921页8行	二十六页三行
同日	日出回舟,洳河厅同知沈公麟定生,……	日出回舟,洳河同知沈公麟定生,……	921页12行	二十六页六行
廿六日 (7月1日)	……则知为汉画像(注:后脱一句)西一石仅见其背,……	……则知为汉画像,因寻阁东一石亦刻画像,西一石仅见其背,……	922页5行	二十七页二行
廿八日 (7月3日)	舟过各闸尚平稳,馀船未能如是之速。	舟过各闸尚平稳,余(馀)船未能如是之速。	923页1行	二十八页三行
六月初一日 (7月6日)	距城二里所。	距城二里许。	923页倒13行	
初四日 (7月9日)	(……山东蔡哨官步送到清河,送四两;勇二十馀,八千。……)	(……山东蔡哨官步送到清河,又送四两;勇二十余,八千。……)	924页5行	二十九页书眉
初五日 (7月10日)	……清流懋畅,……	……清流极畅,……	924页倒3行	三十页二行
同日	质夫情意极殷,另派二炮船送,……	质夫情意极殷,又派二炮船送,……	924页倒1行	三十页五行
初六日 (7月11日)	知府存葆、秀岩,……到江南廿馀年矣。	知府存葆秀岩,……到江南廿余(馀)年矣。	925页4行	

初七日 (7月12日)	县令知府衔直州。陈鹏翰仙,……白髭。	县令陈鹏翰仙,……白髭,知府衔直州。	925页11行	三十页十二行
同日	大风起而热不解,头痛,如坐釜甑中。	大风起而热不解,头疼,如坐釜甑中。	925页13行	三十页十四行
初十日 (7月15日)	三十里扬州东关,绕城十馀里,大马头泊。……钱孙观龄号灏圃来上祭,……扬州府英杰、士良,二品衔道员。……	三十里扬州东关,绕城十余(馀)里,大马头泊。……钱甥观龄号灏圃来上祭,……扬州府英杰士良,三品衔道员。……	926页7行	三十一页十一行、十二行
十四日 (7月19日)	……四刻许入京口,船壅滞不得前。	……四刻许入京口,舟壅滞不得前。	927页5行	三十二页十五行
同日	扬子江淤,南北不过三里,……	扬子口淤,南北不过三里,……	927页10行	三十三页二行
十五日 (7月20日)	丹阳城周二十馀里,修筑尚坚,……	丹阳城周二十余(馀)里,修筑尚坚,……	927页倒6行	
十六日 (7月21日)	雨暂止,微凉。	雨渐止,微凉。	928页6行	三十四页三行
十八日 (7月23日)	是日行七十馀里。	是日行七十余(馀)里。	928页倒9行	
十九日 (7月24日)	……中书总办牙厘何其慎修子永来行礼,……	……中书总办牙厘何慎修子永来行礼,……	929页2行	三十五页二行
七月初二日 (8月5日)	常熟田九十七万,而此时仅报九十三万。	常熟田凡九十七万,而此时仅报九十三万。	930页倒11行	三十六页十七行
初三日 (8月6日)	致亲友共二百二十馀元,赏下人约三十元。	致亲友共二百二十余(馀)元,赏下人约三十元。	930页倒9行	
初四日 (8月7日)	具衣冠偏拜之,坐八桌。	具衣冠遍拜之,坐八桌。	930页倒5行	三十七页四行
十六日 (8月19日)	屈兰坡承榦、潘子昭欲仁、屈泰徵吉人先后来。	屈兰坡承榦[干]、潘子昭欲仁、屈泰徵[征]吉人先后来。	932页7行	
十八日 (8月21日)	叶君杨库人,讲经学者也,……	叶君杨库人,讲经学者也,……	932页14行	三十九页十行
廿五日 (8月28日)	助以赀令重装……	助以赀[资]令重装……	933页12行	
廿六日 (8月29日)	五更大雨,顷盆者三次,早晴。	五更大雨,倾盆者三次,早晴。	933页14行	

廿八日 (8月31日)	饭后从五兄……秀才福堃观所收书画……	饭后从五兄……秀才福堃[坤]观所收书画……	933页倒7行	
八月初一日 (9月3日)	俞成甥兄弟来,杨厍叶君有馆不能来,……延本家朗生在新宅□数,……	俞成甥兄弟来,杨厍叶君有馆不能来,……延本家朗生在新宅知?数,……	934页倒5行、倒4行	四十二页十五行、十六行
初二日 (9月4日)	……而继之曰有右骇可愕事,终莫能释矣。	……而继之曰有右骇可愕事,疑莫能释矣。	935页1行	四十三页二行
初四日 (9月6日)	大约每疋须捐五文,乡民病之。	大约每疋[匹]须捐五文,乡民病之。	935页12行	
十二日 (9月14日)	吴世兄兰徵……	吴世兄兰徵[征]……	936页8行	
十五日 (9月17日)	风帆沙鸟,擴傫然者者以目。	风帆沙鸟,擴[扩]傫然者之心目。	936页倒3行	四十五页十行
廿三日 (9月25日)	延董浜、徐少章来诊,处方极和平。	延董浜徐少章来诊,处方极和平。	938页6行	
廿七日 (9月29日)	饭后乘舟敬诣鸽峰茔次,……将以为丙舍之用,惟坊基旁馀地周及水口上间地陈合式。	饭后乘舟敬诣鸽峰茔次,……将以为丙舍之用,惟坊基旁余(馀)地周及水口上间地陈合式。	938页倒10行	
九月初二日 (10月3日)	安、寿两孙近颇委顿,转觉头痛。	安、寿两孙近颇委顿,转觉头疼。	939页4行	四十八页九行
初三日 (10月4日)	是日头痛特甚,晤本家少章。	是日头疼特甚,晤本家少章。	939页7行	四十八页十一行
初七日 (10月8日)	坟旁馀地周氏不肯售,来辞。	坟旁余(馀)地周氏不肯售,来辞。	939页倒3行	
初九日 (10月10日)	……府学则俞钟款也。	……府学则俞钟颖也。	940页5行	五十页一行
十三日 (10月14日)	寅正三刻天宇清朗,有光曄然如火龙,……	寅正三刻天宇清朗,有光晔然如火龙,……	940页13行	五十页八行
十四日 (10月15日)	夜微雨。五兄痔痛。	夜微雨。五兄痔疼。	941页3行	五十一页六行
十七日 (10月18日)	五兄痔更作疼,昨夜发热,……	五兄痔更作痛,昨夜发热,……	941页倒12行	
廿一日 (10月22日)	两邑并合城官路祭,……	两邑暨合城官路祭,……	942页8行	五十三页一行

廿三日（10月24日）	……余家茔地即北堂馀地，……	……余家茔地即北堂余（馀）地，……	943页3行	
廿五日（10月26日）	汤伯述与其兄子澄来，侍我三日矣，……	汤伯述与其兄子澄来，待我三日矣，……	943页倒12行	五十四页十七行
同日	屋基价今日付。	屋基价今日付清。	943页倒8行	五十五页四行
廿七日（10月28日）	晚陆权文来。	晚陆叔文来。	943页倒3行	五十五页八行
三十日（10月31日）	晤恂如父子，值其上冢，总总数语。	晤恂如父子，值其上冢，匆匆数语。	944页5行	五十五页十五行
十月初五日（11月5日）	晴热，可袷衣。	晴热，可袷［夹］衣。	944页倒6行	
初八日（11月8日）	夜祀先，以祭馀款帐房诸君，……	夜祀先，以祭余（馀）款帐房诸君，……	945页倒12行	
十五日（11月15日）	寿官：虚里不合，先宜扶上调荣，后再进补。	寿官：虚里不和，先宜扶上调荣，后再进补。	947页倒3行	六十一页二行
十八日（11月18日）	……而余携孙入金阊，游元妙观，……	……而余携寿孙入金阊，游元妙观，……	948页倒10行	六十一页十七行
同日	归舟日加未，往还廿馀里，脚力尚健。	归舟日加未，往还廿余（馀）里，脚力尚健。	948页倒7行	
十九日（11月19日）	……并见其太夫人，馀客不多，……	……并见其太夫人，余（馀）客不多，……	948页倒2行	
二十日（11月20日）	罗嘉述南汇县，少耕。来晤，昨遇诸涂也。	罗嘉述南汇县，少耕。来晤，昨遇诸塗［途］也。	949页4行	六十二页十三行
同日	馀晤者吴培卿、……	余（馀）晤者吴培卿、……	949页6行	
二十一日（11月21日）	二十一日	廿一日	949页9行	
	二十二日 二十三日 二十四日 二十五日 二十六日 二十七日 二十八日 二十九日	廿二日 廿三日 廿四日 廿五日 廿六日 廿七日 廿八日 廿九日	949页14行 949页倒8行 949页倒3行 950页1行 950页4行 950页13行 950页倒11行 950页倒8行	
廿二日（11月22日）	午初过吴塔，由此处有港往木城，出木门塘桥可避湖荡。	午初过吴塔，由此处有港经木城，出木门塘桥可避湖荡。	949页倒12行	六十三页六行
廿三日（11月23日）	昨归得筹儿九月二十三日函，……	昨归得筹儿九月廿三日函，……	949页倒5行	六十三页十一行

廿六日 (11月26日)	铁盦公所撰也。	铁盦[庵]公所撰也。	950页11行	
十一月十一日 (12月11日)	遂谒宝岩之地不可用,其旁一区尚可,馀不合式。新阡,……	遂谒宝岩之地不可用,其旁一区尚可,余(馀)不合式。新阡,……	951页倒7行	
十八日 (12月18日)	午正到山,鱼翅一桌,暖锅两只,□□二千。	午正到山,鱼翅一桌,暖锅两只,四力,二千。	952页倒11行	六十七页五行
二十日 (12月20日)	夜祀明日冬至节。先,凡六桌。	夜祀先,明日冬至节。凡六桌。	952页倒5行	
十二月初三日 (1873.1.1)	晴,甚暖。	晴,暖甚。	954页1行	六十八页十五行
同治十二年癸酉 正月初三日 (1873.1.31)	晤者宗兄、龙兄、文兄,……俞调甥、及其母夫人、……	晤者宗兄、龙兄、文兄,……俞调甥、俞金甥及其母夫人、……	第二册 957页6行	第十二卷下 一页六行
初七日 (2月4日)	翁巳兰庆龙,原名琳,馀姚翁玉泉之子,……	翁巳兰庆龙,原名琳,余(馀)姚翁玉泉之子,……	957页倒8行	
廿八日 (2月25日)	……访同宗崇义号亦泉者,呼余为叔,平望人,洞庭分出,布店。	……访同宗荣义号亦泉者,呼余为叔,平望人,洞庭分出,布店。	959页倒2行	五页十一行
廿九日 (2月26日)	……老梅一株,临泉吐芬。山茶一,高山檐,花极烂漫。	……老梅一株,临泉吐芬。山茶一,高出檐,花极烂漫。	960页倒5行	六页十六行
二月朔初二日 (2月28日)	廿里八拆,村在官塘,塘东有厘卡。二十里平望市,……	廿里八拆,村在官塘之东,有厘卡。廿里平望市,……	961页倒8行	八页三行
初三日 (3月1日)	循而西南,风转,牵缆行。	循而南,风转,牵缆行。	961页倒1行	八页八行
初五日 (3月2日)	四挑,共一千二百。轿二,二人,八百六十。	四挑,共一千二百。轿二,二人,八百六十。	962页9行	八页十六行
初六日 (3月4日)	……味腴昆季。	……味腴昆季。	962页倒11行	九页四行
初八日 (3月6日)	……饭于东山村丙舍,乘轿子上越王峥,……	……饭于东山村丙舍,乘椅子上越王峥,……	962页倒2行	九页十二行
初九日 (3月7日)	坐兜子直上香炉峰,路皆鸟道,……	坐兜子直上香炉峰,路皆鸟道,……	963页7行	十页二行
初十日 (3月8日)	入辞于外姑,偏辞诸汤,……	入辞于外姑,遍辞诸汤,……	963页12行	十页五行

十一日 (3月9日)	残梅璨然矣,坐啸良久,……	残梅璨然,坐啸良久,……	963页倒3行	十页十六行
十二日 (3月10日)	傍晚张开再觅,始以巨价获一舟,……	傍晚张升再觅,始以巨价获一舟,……	964页3行	十一页二行
同日	至万安桥下登舟,遣张开回萧山。	至万安桥下登舟,遣张升回萧山。	964页4行	十一页四行
十四日 (3月12日)	屋廿馀间,丛筱奇石尚在,有御碑亭两处。	屋廿余(馀)间,丛筱奇石尚在,有御碑亭两处。	964页倒9行	
同日	……是日行一百二十里。	……是日行一百廿里。	964页倒8行	十一页十八行
十五日 (3月13日)	(今由松江则又走南黄浦。)	(今由松江则必走南黄浦。)	964页倒6行	十二页书眉
同日	廿七里泊五库,亥正二刻矣,雨止见月。……至五库益阔,即黄浦江也。	廿七里泊五厍,亥正二刻矣,雨止见月。……至五厍益阔,即黄浦江也。	964页倒2行、倒1行	十二页五行、六行
同日	五库村落在南岸,人家不多,小浜而已。	五厍村落在南岸,人家不多,小浜而已。	965页1行	十二页六行
十六日 (3月14日)	浜外兵船十馀只,轮船三只,闻土人云是凤凰山洋枪队,……	浜外兵船十余(馀)只,轮船三只,问土人云是凤凰山洋枪队,……	965页4行	十二页八行
同日	河亦宽,有缆路。	河亦宽,有縴[纤]路。	965页11行	十二页十五行
十七日 (3月15日)	周围约廿馀里矣。	周围约廿余(馀)里矣。	965页倒8行	
廿二日 (3月20日)	复行,廿里泊巴澄镇。	复行,廿四里泊巴澄镇。	967页2行	十五页二行
廿九日 (3月27日)	晴朗,虽暖而觉馀寒袭人,……牙痛,诸事尽废。	晴朗,虽暖而觉余(馀)寒袭人,……牙疼,诸事尽废。	967页倒5行、倒4行	十六页一行、二行
三月初五日 (4月1日)	针眼微痛,值冒风作热。	针眼微疼,值冒风作热。	968页13行	十七页二行
初十日 (4月6日)	先祠之毁十馀年矣,……	先祠之毁十余(馀)年矣,……	969页14行	
十六日 (4月12日)	程天焘,尹流,木排库人。和平;	程天焘尹流,木排库人。和平;	970页14行	二十页三行
同日	陆凤池者,妾陆氏之父也,……	陆夙池者,妾陆氏之父也,……	970页倒8行	

十八日(4月14日)	晴朗。正室忌日，设奠。	晴朗。亡室忌日，设奠。	971页3行	二十一页一行
二十日(4月16日)	觉喉中不适，吐血两日，从鼻间来，色殷红也。	觉喉中不适，吐血两口，从鼻间来，色殷红也。	971页13行	二十一页十一行
四月初五日(5月1日)	张子和先生家祖坟馀地。	张子和先生家祖坟余(馀)地。	973页倒8行	
初七日(5月3日)	唁林岵瞻母丧。	唁林岵瞻母丧函。	974页3行	二十五页四行
初八日(5月4日)	寒甚，蚕棉犹不觉暖。	寒甚，重棉犹不觉暖。	974页5行	二十五页五行
廿一日(5月17日)	退诣袁孟皋，值其出，坐待良久，……	退诣袁孟皋，值其出，坐待久之，……	975页倒7行	二十七页五行
五月朔(5月26日)	……闻老者语不了了。	……问老者语不了了。	977页11行	二十九页十二行
同日	又闻翁星垣乃卢家桥翁家湾人，……	又问翁星垣，乃卢家桥翁家湾人，……	977页倒5行	二十九页十四行
初四日(5月29日)	钓船港族人，梅岑公后也，前月无意中访得之，今日来，尚能言其祖名字，可喜也。	钓船港族人，梅岑公后也，前日无意中访得之，今日来，尚能言其祖名字，可喜也。	978页8行	三十页九行
六月廿四日(7月18日)	本家少山同钊来，告以尚书公后在常熟者虽君一人，宜湔洗少年结习，痛自刻厉。	本家少山同钊来，告以尚书公后在常熟者惟君一人，宜湔洗少年结习，痛自刻厉。	984页倒12行	三十八页十三行
廿五日(7月19日)	大风五七日，至今日始稍息，……	大风五七日，至今日而稍息，……	984页倒11行	三十八页十五行
廿八日(7月22日)	闻闽、广试差。广东夏家镐、周冠，广西陈……闽马恩溥。	闻闽、广试差。广东夏家鎛、周冠，广西陈……闽马恩溥。	984页倒2行	三十九页六行
闰六月初三日(7月26日)	清晨唁曾伯伟妻丧。未拜，坐良久。	清晨唁曾伯伟妻丧。未拜，坐谈良久。	985页8行	三十九页十六行
十一日(8月3日)	午后又雨，约二寸馀，……	午后又雨，约二寸余(馀)，……	986页12行	四十一页九行
同日	发十四号京信。	发第十四号京信。	986页13行	四十一页十一行
十六日(8月8日)	至书英西林，为七侄曾佑候选府经历。略绰一提。	至书英西林，为七侄曾祐候选府经历。略绰一提。	987页2行	四十二页六行

七月十三日 (9月5日)	宝生尚书以先集见还。第一本约十馀签。	宝生尚书以先集见还。第一本约十余(馀)签。	990页1行	四十六页八行
十七日 (9月8日)	得筹儿闰月二十九日十八号函。	得筹儿闰月廿九日十八号函。	990页12行	四十六页十八行
廿二日 (9月13日)	竟日雨断续,寒甚,可袷衣。	竟日雨断续,寒甚,可袷[夹]衣。	991页4行	四十七页十六行
廿八日 (9月19日)	皆候于彼,得见所藏宋椠诸本。易疏,易王弼注,毛诗巾箱本,读诗记大字八行,金刊书经蔡传,书疏,公羊何注,史记集解北宋本,前后汉,旧唐书不全与文本同,列子极精,管子,礼部韵略,龙龛手鉴,九家注杜诗大字,陶渊明集,曹子建集,朱晦庵全集,司马文正集,如游群玉,目不给览矣。	皆候于彼,得见所藏宋椠诸本。《易疏》,《易》王弼注,《毛诗》巾箱本,《读诗记》大字八行,金刊《书经》、《蔡传》,《书疏》,《公羊》何注,《史记集解》北宋本,前后汉,《旧唐书》不全与文本同,《列子》极精,《管子》,《礼部韵略》,《龙龛手鉴》,九家注《杜诗》大字,《陶渊明集》,《曹子建集》,《朱晦庵全集》,《司马文正集》,如游群玉,目不给览矣。	991页倒3行	
八月初三日 (9月24日)	得筹儿七月十五函,腰痛未止。	得筹儿七月十五函,腰疼未止。	992页倒6行	五十页四行
初四日 (9月25日)	发十八号京信。……故此为十八号。	发第十八号京信。……故此为十八[号]。	992页倒4行	五十页六行
十四日 (10月5日)	"以天下养"二句;"波光摇海月"。	"以天下养"二句;《波光摇海月△》。	994页10行	五十二页八行
十八日 (10月9日)	……作箑面六,……	……作箑[扇]面六,……	994页倒3行	五十三页五行
廿一日 (10月12日)	恽寿平、王烟容廉州题,为石谷作。	恽寿平、王烟客廉州题,为石谷作。	995页9行	五十三页十六行
廿四日 (10月16日)	穷龟长鱼,百灵翊朝。	穹龟长鱼,百灵翊朝。	996页2行	五十四页十六行
同日	良工写图,须肩甚古。	良工写图,须眉甚古。	996页6行	五十四页十八行
廿七日 (10月18日)	发十九号京信。	发第十九号京信。	996页倒12行	五十五页十行
九月初八日 (10月28日)	送昭文令孙幹卿,……	送昭文令孙幹[干]卿,……	997页倒3行	
初九日 (10月29日)	九日	〈初〉九日	997页倒1行	

十五日(11月4日)	是夜月蚀十四分四秒,余卧未起。	是夜月食十四分四秒,余卧未起。	999页1行	五十八页十五行
十六日(11月5日)	……长者七八尺,多至千馀种,二万棵。	……长者七八尺,多至千余(馀)种,二万棵。	999页3行	
同日	……俞绶卿等十馀人杂坐花中,壶觞大举。	……俞绶卿等十余(馀)人杂坐花中,壶觞大举。	999页5行	
十九日(11月8日)	……其宝严少兰夫人能诗画,故名之曰鲽。	……其宝严少蓝[兰]夫人能诗画,故名之曰鲽。	999页倒10行	五十九页十三行
同日	惟觉上气未动耳,推其原故,总由遗精旧疾作,或少饮,或食辛辣,……	惟觉上气未动耳,推原其故,总由遗精旧疾作后,或少饮,或食辛辣,……	999页倒5行	五十九页十八行
廿一日(11月10日)	昨见浙江题名而伯述不与,……	昨日见浙江题名而伯述不与,	1000页7行	六十页十行
三十日(11月19日)	……而总督左公以年老昏鄙核之,……一参将,一从九,馀读书。……读《暴书杂记》。	……而总督左公以年老昏鄙劾之,……一参将,一从九,余(馀)读书。……读《曝书杂记》。	1001页10行、11行	六十一页十六行、十七行
十月初五日(11月24日)	惟帐房有人,馀无客。……使者四十馀人矣。	惟帐房有人,余无客。……使者四十余(馀)人矣。	1001页倒1行	
初七日(11月26日)	次侯、君梅及候补同知罗少畊嘉杰均待于赵氏丙舍,……	次侯、君梅及候补同知罗少畊[耕]嘉杰均待于赵氏丙舍,……	1002页10行	
初八日(11月27日)	奇暖,晴朗,可袷衣。	奇暖,晴朗,可袷[夹]衣。	1002页倒12行	
十五日(12月4日)	汤虚舟先生致书如冠九,托营海运一差。	汤虚舟先去。致书如冠九,托营海运一差。	1003页14行	六十四页十六行
廿二日(12月11日)	王本秀水新塍人,庄名馀新。	王本秀水新塍人,庄名馀[余]新。	1005页1行	
三十日(12月19日)	……同至兴福地定地盘布灰样,……	……同至兴福新地定地盘、布灰样,……	1005页倒2行	六十八页二行
十一月初五日(12月24日)	题邑人黄宽盦《皈佛图照》。	题邑人黄宽盦[庵]《皈佛图照》。	1006页倒6行	
初八日(12月27日)	明年三月十五日或廿三日皆可。指葬而言。	明年三月十五或廿三皆可。指葬而言。	1007页4行	六十九页十六行

十六日 1874年 (1月4日)	得筹儿十月廿二日函,阜康来。又得廿四日函。信局来。	得筹儿十月廿二函,阜康来。又得廿四函。信局来。	1008页11行	七十一页九行
十八日 (1月6日)	早餐毕诣庞宅,步行至寺前,……	早食毕诣庞宅,步行至寺前,……	1008页倒12行	七十一页十三行
廿一日 (1月9日)	又至诒安堂小座,饭于西庄。	又至诒安堂小坐,饭于西庄。	1009页10行	七十二页三行
十二月初四日 (1月21日)	历藏文徵明及……	历藏文徵[征]明及……	1011页4行	
同日	米文篆题,……□保钧、王家相均题跋或观款。	米文篆题,……许保钧、王家相均题跋或观款。	1011页9行	七十五页七行
初五日 (1月22日)	重写碑四十八字,字大如斗。	重写碑四十八字,字大如盆。	1011页13行	七十五页九行
初七日 (1月24日)	……得所谓周解元坟馀地,……因托其问其家墓道馀地。	……得所谓周解元坟余(馀)地,……因托其问其家墓道余(馀)地。	1011页倒8行、倒6行	
十一日 (1月28日)	兄与朗生晚饭后归,馀人先往,……	兄与朗生晚饭后归,余(馀)人先往,……	1013页1行	
十二日 (1月29日)	……则巨石如屋者皆纵横坠落岩谷,……	……则巨石如屋者皆纵横坠落崖谷,……	1013页5行	七十八页一行
廿一日 (2月7日)	……吾家帐房阴主之,故断断不肯售馀地,……	……吾家帐房阴主之,故断断不肯售余(馀)地,……	1015页倒11行	
廿五日 (2月11日)	……答以此系馀地,不能归入。	……答以此系余(馀)地,不能归入。	1015页倒1行	
三十日 (2月16日)	……旁附绂卿侄及年位、桂保位,共一桌。	……旁附绂卿侄及年保、桂保位,共一桌。	1016页倒2行	八十三页八行
同治十三年甲戌 正月初四日 (1874.2.20)	夜梦汤夫人持金叶呻吟而示余。	夜梦汤夫人持金叶呻吟而示予。	第二册 1017页8行	第十三卷 一页十行
初七日 (2月23日)	浼其补押。	浼[挽]其补押。	1017页倒3行	
初八日 (2月24日)	乘舟诣古里邨,……	乘舟诣古里邨[村],……	1018页4行	
十三日 (3月1日)	出石颠跌,雨滑故也。	出穴颠跌,雨滑故也。	1019页4行	四页四行

十五日 (3月3日)	夜逍寒小集,惟赵次侯在苏州未到,……	夜逍寒小集,惟赵次侯在苏[州]未到,……	1019页倒11行	四页十七行
十九日 (3月7日)	舟移至木渎市稍,谓之黄亭雇轿凡七,廿二人每人三百,三主四仆。	移舟至木渎市稍[梢]谓之黄亭,雇轿凡七,廿二人,每人三百,三主四仆。	1020页8行	六页一行
二十日 (3月8日)	十里善人桥,十馀里光福镇市,……	十里善人桥,十余(馀)里光福镇市,……	1020页倒3行	六页十六行
廿一日 (3月9日)	……丑初雷过仍不止。宝翁舟先归。	……丑初雷过雨仍不止。宝翁舟先归。	1021页倒8行	七页十七行
廿四日 (3月12日)	士吉之子宜孙府试初覆列第一。	士吉之子宜孙府试初复列第一。	1022页8行	八页十三行
廿八日 (3月16日)	午前乘舟过烧香洪浜催石工,诣丙舍。	午前乘舟过烧香浜催石工,诣丙舍。	1022页倒5行	九页九行
二月朔 (3月18日)	余与曹升亲督役甚勤。至夜梦二姐及楞仙……	余与曹升亲督役甚勤至。夜梦二姐及楞仙……	1023页4行	九页十八行
初二日 (3月19日)	……又闻宜孙覆试仍第一。	……又闻宜孙复试仍第一。	1023页8行	
十六日 (4月2日)	代五兄覆金梅生安清都转书,……	代五兄复金梅生安清都转书,……	1025页倒8行	
同日	……数年中仅报解数千,馀则以媚他帅,其行事大率类此。	……数年中仅报解数千,余(馀)则以媚他帅,其行事大率类此。	1025页倒4行	
十八日 (4月4日)	种梅花九十八棵,此后院三十八,馀地六十。	种梅花九十八棵,此后院三十八,余地六十。	1026页12行	
十八日 (4月4日)	种梅花九十八棵……扶踈可爱。	种梅花九十八棵……扶踈[疏]可爱。	1026页13行	
二十日 (4月6日)	九崖叔以细故与士中忿争,……	九崖叔以细故与士申忿争,……	1026页倒2行	十五页十八行
廿七日 (4月13日)	……《阁帖》四册皆伪,馀苏、米墨迹极可笑,……	……《阁帖》四册皆伪,余(馀)苏、米墨迹极可笑,……	1027页倒1行	
廿八日 (4月14日)	谒湖桥。	谒湖桥祖茔。	1028页4行	十七页九行
三月初四日 (4月19日)	……馀田悉归先兄文勤一房管业,……	……余(馀)田悉归先兄文勤一房管业,……	1029页3行	

初九日 (4月24日)	……庵西曰璇洲，此三百年前旧巢矣，人家十馀皆王姓。	……庵西曰璇洲，此三百年前旧巢矣，人家十余(馀)皆王姓。	1029页倒3行	
初十日 (4月25日)	晚谒金门甥，……	晚诣金门甥，……	1030页5行	二十页九行
十五日 (4月30日)	晴。黄家桥黄姓，富户也，……	晴，热。黄家桥黄姓，富户也，……	1030页倒5行	二十一页七行
十六日 (5月1日)	致书宝生乞捣樟镑花五十馀斤。	致书宝生乞捣樟镑花五十余(馀)斤。	1031页3行	
廿二日 (5月7日)	客来十馀人，五兄率子侄来，……	客来十余(馀)人，五兄率子侄来，……	1032页6行	
廿九日 (5月14日)	是日蔡孟云送席，钱稚庵兄弟送席，故分饷客也。	是日蔡孟云送席，钱稚庵兄弟送席，故分以饷客也。	1033页倒4行	二十五页七行
同日	“孟子曰君仁莫不仁”一句。	“孟子曰君仁莫不仁”二句。	1033页倒3行	二十五页八行
同日	……焚夷楼廿馀间，一夕喧阗，几致酿成大事，……	……焚夷楼廿余(馀)间，一夕喧阗，几致酿成大事，……	1034页1行	
四月朔 (5月16日)	雇独轮车登殿山，即福山，土人呼小阜曰福山，此曰殿山。	雇独轮车登殿山，即福山，而土人呼小阜曰福山，此曰殿山。	1034页13行	二十六页四行
同日	至正十三年沙门△△题。	至正十四年沙门△△题。	1034页倒12行	二十六页六行
初三日 (5月18日)	……坟丁晏三年五十馀，……	……坟丁晏三，年五十余(馀)，……	1035页2行	
十二日 (5月27日)	访卫静澜廉访。	晤卫静澜廉访。	1037页4行	三十页四行
十三日 (5月28日)	汪堃安斋……	汪堃[坤]安斋……	1037页倒2行	
十五日 (5月30日)	访侯子庚、杨瀛士耦芳兄弟，皆晤之。	访侯子庚、杨瀛士藕芳兄弟，皆晤之。	1038页8行	三十一页八行
二十日 (6月4日)	……贼所筑外城直至大殿，目殿为门矣。	……贼所筑外城直至大殿，因殿为门矣。	1039页倒5行	三十三页十一行
同日	晚从兄步至江上看火轮来往，叹息江天点污。	晚从兄步至江上看火轮船来往，叹息江天点污。	1039页倒4行	三十三页十二行
廿一日 (6月5日)	……盖江游之后西面皆成平陆。	……盖江淤之后西面皆成平陆。	1040页5行	三十四页二行

廿四日(6月8日)	……方濬(灝),子箴,申辰前辈,子臻大。	……方濬[浚]灝子箴,申辰前辈,子臻大。	1040页倒5行	
廿八日(6月12日)	二船五千六百,三船三千六百,……始勉应承,……	二船五千六百,三船二千八百,……始勉强应承,……	1042页5行、6行	三十七页十四行、十五行
同日	里河厅王宗幹,慕柳,招呼过闸。	里河厅王宗幹[干]慕柳,招呼过闸。	1042页11行	
五月初二日(6月15日)	……连日闸河水长,共四尺馀矣。	……连日闸河水长,共四尺余(馀)矣。	1043页9行	
初三日(6月16日)	诘闸官之家人赵姓者,又诘里河厅家人某,又令饶差官至三闸催,……	诘闸官之家人赵姓者,又责里河厅家人某,又令饶差官至二闸催,……	1043页倒12行	三十九页十八行
同日	……先催夫,次盘缆,……头闸卅,约每车四人,在闸招呼者廿馀人。	……先催夫,次盘缆,……头闸三十,约每车四人,在闸招呼者廿余(馀)人。	1044页9行	
初七日	薄暮泊九龙庙,极荒凉,十馀家而已。	薄暮泊九龙庙,极荒凉,十余(馀)家而已。	1045页10行	
初九日(6月22日)	是日行六十馀里。	是日行六十余(馀)里。	1045页倒4行	
初十日(6月23日)	……一船而有廿馀人,……	……一船而有廿余(馀)人,……	1046页4行	
十二日(6月25日)	过此四闸,至韩庄尚十馀里也。	过此四闸,至韩庄尚十余(馀)里也。	1046页13行	
十八日(7月1日)	以一炮艇带一船,须臾便廿馀里,殊快,……	以一炮艇带一船,须臾便廿余(馀)里,殊快,……	1047页5行	
十九日(7月2日)	纤行廿里即泊珠梅闸,……	纤行二十里即泊珠梅闸,……	1047页13行	四十四页十八行
廿一日(7月4日)	马口至南阳五十,湖行四十馀里。	马口至南阳五十,湖行四十余(馀)里。	1048页2行	
廿三日(7月6日)	看船,仅有红船三只愿去,馀则一太平船,不愿去。	看船,仅有红船三只愿去,余(馀)则一太平船,不愿去。	1048页倒7行	
廿四日(7月7日)	只此一行,在五胜街,馀皆车店。	只此一行,在五胜街,余(馀)皆车店。	1048页倒1行	
廿八日(7月11日)	过此顺水,水不甚旺,浅处二尺馀,……	过此顺水,水不甚旺,浅处二尺余(馀),……	1049页倒7行	

同日	……较之粮船经行处为近，且避北岸纤挽之险，……薄暮泊靳口牐。	……较之粮船经行处为近，且避北岸牵挽之险，……薄暮泊靳口牐[闸]。	1049页倒3行、倒1行	四十八页六行、八行
同日	……郑溥，恬生，……原籍慈谿，……东平州同濬坤。	……郑溥恬生，……原籍慈谿[溪]，……东平州同濬[浚]坤。	1050页1行、3行	四十八页九行、十一行
廿九日（7月12日）	彻夜肺热，呻吟苦楚。	彻夜壮热，呻吟苦楚。	1050页8行	四十八页十六行
六月初二日（7月15日）	（香茹四钱，六一散四钱，……霍香一钱）	（香茹一钱五分，六一散四钱，……霍香一钱五分，）	1051页3行	五十页书眉
初四日（7月17日）	炮船哨官副将姚德云，□勇巴图鲁。	炮船哨官副将姚德云，锐勇巴图鲁。	1052页2行	五十一页六行
同日	黄昏黑云如墨，雨数与，……	黄昏黑云如墨，雨数点，……	1052页5行	五十一页九行
初八日（7月21日）	孙宝贵，汉阳人，廿馀岁。	孙宝贵，汉阳人，廿余(馀)岁。	1052页倒4行	
初九日（7月22日）	……仍令哨官觅舟带两小艇并水摸炮勇十馀人再往。	……仍令哨官觅舟带两小艇并水摸炮勇十余(馀)人再往。	1053页3行	
初十日（7月23日）	是日行二十五里。	是日行廿五里。	1053页倒11行	五十三页七行
十二日（7月25日）	上距砖河廿五里。	上距砖河瀛廿五里。	1053页倒2行	五十三页十四行
十六日（7月29日）	……西望渺瀰，……	……西望渺弥，……	1054页倒10行	
同日	尚三息而泊天津府北门茶口店，亦称火神庙。	尚三息而泊天津府北门茶店口，亦称火神庙。	1054页倒9行	五十四页十六行
十九日（8月1日）	……吾特思上水疾行之法造舟象鱼，姑识于此。	……吾将思上水疾行之法造舟象鱼，姑识于此。	1055页倒3行	五十七页一行
廿二日（8月4日）	……计四刻馀天明矣。	……计四刻余(馀)，天明矣。	1056页13行	
廿八日（8月10日）	……嗣后送务百金，两家下人各八金，另费一百馀吊。	……嗣后送务百金，两家下人各八金，另费一百余(馀)吊。	1057页倒10行	
七月初二日（8月13日）	同坐荫轩、兰生也。	同坐荫轩、兰孙也。	1057页倒3行	六十页三行

初八日 (8月19日)	晤景观察福于殿庐,……	晤景观察福于殿庐,……	1058页倒7行	六十一页十行
初九日 (8月20日)	午初饭,即至昭仁殿廊下敬候。	午初饭,即至昭仁殿廊下敬俟。	1058页倒1行	六十一页十六行
十四日 (8月25日)	徐小田斡来,……	徐小田斡[干]来,……	1059页倒9行	
十七日 (8月28日)	近来遇此等日,皆无书房。	近来遇此等日,皆传无书房。	1060页1行	六十三页十二行
二十日 (8月31日)	终日写应酬字,极忙,甚于入直,……	终日写应酬字,极忙,转甚于入直,……	1060页倒8行	六十四页十五行
廿二日 (9月2日)	孙莱山请开缺,得俞允,……	孙莱山请开缺,得俞[谕]允,……	1061页3行	六十五页八行
廿七日 (9月7日)	作五古一首,郭熙秋山平远图。	作五古一首,郭熙《秋山平远图》。	1061页倒6行	
廿九日 (9月9日)	……语甚多,上领之。其馀大略诟责言官,……	……语甚多,上领之。其余(馀)大略诟责言官,……	1062页9行	
同日	上曰,待十年或二十年四海平定、库项充裕时,园工可许再举手?	上曰,待十年或二十年四海平定、库项充裕时,园工可许再举乎?	1062页12行	六十七页十二行
八月初七日 (9月17日)	诸臣于景运门后左门阶下,面西。磕头,……	诸臣于景运门内后左门阶下,面西。磕头,……	1063页倒3行	六十九页十六行
初八日 (9月18日)	浼若农书扇……	浼[挽]若农书扇……	1064页4行	
二十日 (9月30日)	新考御史引见,记者二十馀人,第二未记。	新考御史引见,记者廿余(馀)人,第二未记。	1065页9行	七十二页六行
九月初五日 (10月14日)	杨濒石来,抵暮始归。	杨濒石亦来,抵暮始归。	1066页倒2行	七十四页十四行
十四日 (10月23日)	云自今日至十六日皆无书房。	云自今日至十六皆无书房。	1068页4行	七十六页十行
十八日 (10月27日)	……兄留用之。每匹须四十馀金。	……兄留用之。每匹须四十余(馀)金。	1068页倒10行	
廿三日 (11月1日)	……寺僧沉浸于烟,问"青松红杏"卷,……	……寺僧沉浸于烟,问《青松红杏》卷,……	1069页7行	
廿六日 (11月4日)	……绍彭及余兄弟为濒石钱行,薄暮散。……犹棉袍褂也。	……绍彭及余兄弟为滨石钱行,薄暮散。……犹棉袍袿也。	1069页倒12行	七十八页十行

三十日（11月8日）	初九日起，云南提督马如龙亦与。	初九日起，云南提督马如龙亦得与。	1069页倒2行	七十八页十八行
十月朔（11月9日）	二更梦先母如平生，呼号而醒，因身省愆尤，达旦未合眼。……赐明年新历并奶并、……	二更梦先母如平生，呼号而醒，因内省愆尤，达旦未合眼。……赐明年新历并奶饼、……	1070页2行、3行	七十九页四行、五行
初五日（11月13日）	奏事处八两，懋勤殿抬送盘子二两。	奏事处八两，懋勤殿搭送盘子二两。	1070页倒3行	八十页八行
初十日（11月18日）	特旨复宝贵官职，同办三海工程。	特旨复贵宝官职，同办三海工程。	1071页倒12行	八十一页八行
同日	（袍袿、如意、古铜彝、手炉、帽纬。）	（袍褂、如意、古铜彝、手炉、帽纬。）	1071页倒11行	八十一页九行书眉
十一日（11月19日）	和伯寅听戏恭记诗七律。	和伯寅听戏恭纪诗七律。	1071页倒8行	八十一页十一行
十一月初二日（12月10日）	昨旦方亦同，芦根、元参、……	昨方亦同，芦根、元参、……	1074页5行	八十五页三行
初三日（12月11日）	……得眠，咽痛亦减。	……得眠，咽疼亦减。	1074页11行	八十五页九行
同日	芦根、牛蒡、……馀不记，引用蚯蚓。	芦根、牛蒡、……余（馀）不记，引用蚯蚓。	1074页倒11行	
初四日（12月12日）	……一切极顺，欣忭无已。	……一切极顺，欣抃无已。	1074页倒5行	八十六页一行
初五日（12月13日）	辰初三刻方下，脉案云，……	辰初三刻方下，脉按云，……	1075页2行	八十六页七行
同日	题绍彭所藏全城图。	题绍彭所藏《全城图》。	1075页6行	八十六页十行
初六日（12月14日）	今日方始下，脉案云，天花七日渐已行浆，……	今日方始下，脉按云，天花七日渐已行浆，……	1075页9行	八十六页十二行
初七日（12月5日）	方下，脉案极言初起时蒙头锁咽种种系重险之候，……	方下，脉按极言初起时蒙头锁咽种种系重险之候，……	1075页倒11行	
初八日（12月16日）	……论及奏摺等事，裁决披览，上既未能恭亲，……	……论及摺奏等事，裁决披览，上既未能恭亲，……	1076页4行	八十八页一行
同日	……圣恭正值喜事，一切奏章及必应请旨之事，……	……圣恭正值喜事，一切章奏及必应请旨之事，……	1076页9行	八十八页七行

同日	是日李德立等按脉,九日之期,浆渐苍老,……	是日李德立等脉按,九日之期,浆渐苍老,……	1076页14行	八十八页十四行
初九日(12月17日)	上首谕恭亲王:"吾语无多,天下事不可一日稍懈,……"	上首谕恭亲王:"吾语甚多,天下事不可一日稍懈,……"	1076页倒1行	八十九页十行
同日	……惟言音哑胸堵诸症尚未全愈,……馀毒未清。	……惟音哑、胸堵诸症尚未全愈,……余(馀)毒未清。	1077页6行、7行	八十九页十六行
初十日(12月18日)	上今日脉气更好,见昨西方,……	闻上今日脉气更好,见昨西方,……	1077页12行	九十页三行
同日	……再三吁恳两宫太后俯念朕躬正资调养,……	……再三吁恳两宫皇太后俯念朕躬正资调养,……	1077页倒8行	九十页十二行
十三日(12月21日)	……串气胀痛,由于心肾交亏,……	……串气胀疼,由于心肾交亏,……	1078页倒6行	九十二页二行
十四日(12月22日)	脉案云,痂结串气已止。	脉按云,痂结串气已止。	1079页2行	九十二页八行
十五日(12月23日)	酉刻脉案则云馀毒未清,……此系减凉停食之症,……	酉刻脉案则云余(馀)毒未清,……此系感凉停食之症,……	1079页14行	九十三页三行
同日	药有生耆、当归,馀皆凉血发散。	药有生耆、当归,余(馀)皆凉血发散。	1079页倒12行	
十八日(12月26日)	见昨日卯时脉案,云脉息浮数,……腰痛腿痠筋挛。	见昨日卯时脉按,云脉息浮数,……腰疼腿痠筋挛。	1080页10行、11行	九十四页十行、十一行
十九日(12月27日)	……腰腿重痛,便秘筋挛,……	……腰腿重疼,便秘筋挛,……	1080页倒10行	九十四页十七行
同日	奕馀斋来,均晤谈良久。	奕馀[余]斋来,均晤谈良久。	1080页倒8行	九十四页十八行
二十日(12月28日)	……头眩发热均惟馀毒乘虚袭入筋络,……腰间肿痛作痈流脓,……	……头眩发热均惟余(馀)毒乘虚袭入筋络,……腰间肿疼作痈流脓,……	1080页倒5行	九十五页三行
廿一日(12月29日)	……而馀毒在腰,重痛漫肿流汁,……	……而余(馀)毒在腰,重疼漫肿流汁,……	1081页1行	九十五页八行
同日	……腰间有二小块溃痛特甚也。	……腰间有二小块溃疼特甚也。	1081页3行	九十五页十行

廿二日 (12月30日)	……按云腰痛重软,……	……按云腰疼重软,……	1081页7行	九十五页十三行
廿四日 (1875.1.1)	……系馀湿盛所致,……	……系余(馀)湿盛所致,……	1081页倒4行	
廿五日 (1月2日)	照常人,看昨方,……	照常人,看昨日方,……	1082页3行	九十六页十七行
廿六日 (1月3日)	辰初到东华门,事已下,辰正二刻到内府,……	辰初到东华门,事已下,辰正二到内府,……	1082页8行	九十七页二行
同日	……小便一昼夜十馀次,……荫轩来长谈。	……小便一昼夜十余(馀)次,……荫轩来谈。	1082页12行、13行	九十七页七行、八行
廿七日 (1月4日)	……而每日流至一茶盅有馀,……	……而每日流至一茶盅有余(馀),……	1082页倒10行	九十七页十二行
廿八日 (1月5日)	今日脉案,云脉息弦数,……	今日脉按,云脉息弦数,……	1083页5行	九十八页八行
同日	出城赴伯寅招,新得岐山宋氏盂鼎,重二百馀斤。	出城赴伯寅招,新得岐山宋氏盂鼎,重二百余(馀)斤。	1083页9行	
三十日 (1月7日)	……姑用滋阴化毒化,大致用前日方,……	……姑用滋阴化毒法,大致如前日方,……	1084页7行	一百页六行
十二月初二日 (1月9日)	元参、银花、连翘、酒连等,……	元参、银花、连翘、酒连、花粉等,……	1085页5行	一百一页十行
同日	……所下尽是馀毒,……	……所下尽是余(馀)毒,……	1085页12行	
同日	散门即去。兰孙来,出城回寓。	散门即出。兰孙来,出城回寓。	1085页14行	一百二页一行
初三日 (1月10日)	……系阳亢火炎,胃有馀热,……	……系阳亢火炎,胃有余(馀)热,……	1085页倒5行	一百二页八行
初四日 (1月11日)	……馀皆凉药,茯苓。	……余(馀)皆凉药,茯苓。	1086页6行	
初五日 (1月12日)	苡米粥五次半碗馀,……	苡米粥五次半碗余(馀),……	1086页倒10行	
同日	……未醒忽传急召,驰入内尚无一人也,时日方落。	……未醒忽传急召,驰入尚无一人也,时日方落。	1086页倒7行	一百三页十二行
初六日 (1月13日)	上乾清宫西南阶,仅有内务府人扶护行。	上乾清宫西南阶,仅有内务人扶护行。	1087页13行	一百五页四行

同日	退至乾清宫,……	退至乾清门,……	1087页倒12行	一百五页七行
同日	未正三刻毕。进喇嘛转咒。	未正二刻毕。进喇嘛转呪。	1087页倒10行	一百五页十行
初七日(1月14日)	暖。卯正三刻入,……	晴暖。卯正三刻入,……	1087页倒3行	一百五页十七行
初十日(1月17日)	余具疏责其大义,并请留神机营差使以资弹压。	余具疏责以大义,并请留神机营差使以资弹压。	1088页倒3行	一百七页八行
十七日(1月24日)	自辰自申恭检遗稿,劳与痛并,不能支矣。	自辰洎申恭检遗稿,劳与痛并,不能支矣。	1090页倒11行	一百十页七行
十九日(1月26日)	……其馀书皆存懋勤殿。	……其余(馀)书皆存懋勤殿。	1090页倒1行	
同日	又以各种字迹敬请焚化。	又以各种字迹敬谨焚化。	1091页1行	一百十一页五行
廿一日(1月28日)	升大昇轝……	升大昇[升]轝[舆]……	1091页8行	
廿二日(1月29日)	饭后再往,中初复往,……	饭后再往,申初复往,……	1091页倒7行	

光绪元年—光绪三十年
（1875—1904）

注：表格栏中陈义杰整理本，简称“陈本”；翁同龢日记影印本称“稿本”。有出入处用下划线标示。

农历年月日	内容		陈本册数页码行数	稿本卷数页码行数
公历年月日	误	正		
光绪元年乙亥 元月初一日 (1875.2.6)	午祭后诣贤良祠光公位前行礼,……	午祭后诣贤良祠先公位前行礼,……	第三册 1095页4行	第十四卷 一页七行
十一日 (2月16日)	骽酸气弱肝痛。	骽[腿]痠气弱肝痛。	1096页倒11行	三页十六行
十二口 (2月17日)	详谕相度之宜,大略意非正向不可用。问臣龢以详精于堪舆,……	详谕相度之宜,大略言非正向不可用。问臣龢以精于堪舆,……	1097页1行、2行	四页十四行
十四日 (2月19日)	三河以西皆高原,以西稍沮汝矣。	三河以西皆高原,以西稍沮洳矣。	1097页倒10行	五页十二行
同日	午正后行,策骑看山,……	午正复行,策骑看山,……	1097页倒9行	五页十三行
同日	……大字题曰"草地北至"。弘治十五年立。	……大字题曰"草地北至"。宏[弘]治十五年立。	1097页倒6行	五页十六行
同日	……路人指山顶曰此云罩寺也。	……路人指山顶曰此即云罩寺也。	1097页倒5行	五页十七行
同日	推轝订诗顽,……	推轝[舆]订诗顽,……	1098页3行	
十五日 (2月20日)	……已而大汗,大汗之后大泄,盖感寒也,……	……已而大汗,大汗后大泄,盖感寒也,……	1098页10行	六页十三行
十六日 (2月21日)	……可立辛山乙问,上吉地也,……	……可立辛山乙向,上吉地也,……	1098页倒5行	七页八行
十九日 (2月24日)	廖公宅偏下。癸丁正向。	廖公定偏下。癸丁正向。	1099页倒8行	
廿四日 (3月1日)	是日行一百十里,路润,天渐长,……	是日行一百十里,路阔,天渐长,……	1101页3行	十一页二行
廿五日 (3月2日)	……语称太和二年定光佛所遗舍利云云。	……语称太和二十八年定光佛所遗舍利云云。	1101页倒12行	十一页十三行
同日	从五泄山灵默大师薙发,……	从五泄山灵默大师薙[剃]发,……	1104页4行	
同日	鹿。松鼠。小者通身行文。	鹿。松鼠。小者通身码文。	1104页14行	十五页十九行

廿八日（3月5日）	未刻内务府笔帖式广某送大行皇帝遗念御用龙袍一袭，小帽一顶，……	未刻内务府笔帖式广某送大行皇帝遗念御用龙袍褂一袭，小帽一顶，……	1105页4行	十七页四行
同日	……上书房惟黄倬独元，似后补入。	……上书房惟黄倬独无，似后补入。	1105页7行	十七页六行
廿九日（3月6日）	策骑诣神机营，在煤炸△△。	策马诣神机营，在煤[楂]△△。	1105页10行	
二月朔（3月8日）	折而西入田畴中，皆高原矣，迂回登颠，望见西北诸山。	折而西入田畴中，皆高原矣，迂回登顿，望见西北诸山。	1106页2行	十八页十行
初二日（3月9日）	本厂恒和、祥茂预备床舍，与荣侍郎隔院，中可来往。	木厂恒和、祥茂预备床舍，与荣侍郎隔院，中可往来。	1106页9行、10行	十八页十七行、十八行
初五日（3月12日）	是日廖与张、高赴酸枣沟，云石多亦可用。	是日廖与张、高赴酸枣沟，云石多不可用。	1106页倒3行	十九页十八行
初七日（3月14日）	留待地一区。无甚气，多石，稍前，幸只五尺耳。	留待地一区。无甚气，多石，稍前，幸低五尺耳。	1107页倒7行	二十一页六行
十一日（3月18日）	……帮茶炉二人二吊。带道外委李兆山二两，……	……帮茶炉二人二吊，厨子两吊，带道外委李兆山二两，……	1109页5行	二十三页八行
十二日（3月19日）	……且右水不会。画图交州官，禁刨土而不必禁坟墓。	……且右水不会。画图处州官禁刨土而不必禁坟墓。	1109页12行	二十三页十五行
同日	半壁店到刘景村。五里。	半壁店至刘景村。五里。	1109页倒11行	二十三页十八行
同日	夜风大。	夜大风。	1109页倒3行	二十四页七行
十三日（3月20日）	……娄居逌撰，发花剥蚀。……乖南丰碑，乃王廷筠撰书，……	……娄居逌[乃]撰，苔花剥蚀。……乖南丰碑，乃王廷筠撰书，……	1110页2行、3行	二十四页十一行
同日	偏历蔬圃松径，登佛阁，四望苍然。	遍历蔬圃松径，登佛阁，四望苍然。	1110页7行	二十四页十五行
十五日（3月22日）	……迂回十馀里，巳初抵家。	……迂回十余(馀)里，巳初抵家。	1110页倒6行	二十五页十一行
廿一日（3月28日）	枢廷退，乃与恭邸同等人，见于西暖阁。	枢廷退，乃与恭邸等同人，见于西暖阁。	1111页倒6行	二十七页一行

同日	馀皆论嘉顺皇后病情,不能悉记,二刻退。	余(馀)皆论嘉顺皇后病情,不能悉记,二刻退。	1111页倒2行	二十七页七行
廿二日 (3月29日)	是日奉旨,定双山峪吉地名惠陵,……	是日奉懿旨,定双山峪吉地名"惠陵",……	1112页8行	二十七页十八行
廿五日 (4月1日)	忽雨忽晴,殊凄惨。	忽雨忽晴,殊阴惨。	1112页倒9行	二十八页十一行
同日	……李兰孙以为不要,遂易此稿,其实亦空言耳。	……李兰孙以为不妥,遂易此稿,其实亦空言耳。	1112页倒7行	二十八页十三行
同日	……醇邸来阅亦以为然,……馀则不痛不痒,……	……惇邸来阅亦以为然,……余(馀)则不痛不痒,……	1112页倒4行、倒3行	二十八页十五行、十六行
同日	划稿而出,真是儿戏。	画稿而出,真是儿戏。	1112页倒2行	二十八页十七行
同日	练兵:……与云、贵、川省相连;	练兵:……与云、贵、川省连;	1113页5行	二十九页五行
同日	用人:水师将材……	用人:水师将材[才]……	1113页倒9行	
同日	又请将指陈各款发往各口看视如何。	又请将指陈各款发往各口看视何如。	1113页倒6行	二十九页二十一行
同日	又言撤沪器局,归并闽船局。	又言撤沪机器局,归并闽船局。	1113页倒1行	二十九页二十六行
同日	……提四成洋税及部库另存之三百馀万,……	……提四成洋税及部库另存之三百余(馀)万,……	1114页11行	三十页十一行
同日	去兵改勇,以西选将。	去兵改勇,以西法选将。	1114页倒9行	三十页十八行
同日	大略以修政事造人材为本……	大略以修政事造人材[才]为本……	1115页2行	
同日	裁绿营兵领,化兵为勇。	裁绿营兵额,化兵为勇。	1115页倒12行	三十一页二十一行
同日	杨昌濬摺……造船:……馀如李奏。	杨昌濬[浚]摺……造船:……余(馀)如李奏。	1116页7行	三十二页十四行
廿七日 (4月3日)	馀皆依议,帑项如此,乌能支巨工乎?	余(馀)皆依议,帑项如此,乌能支巨工乎?	1117页倒11行	三十五页八行
廿八日 (4月4日)	延之之四子。	延之之第四子。	1117页倒7行	三十五页十二行

三月初四日(4月9日)	黎明发,骑行十馀里。	黎明发,骑行十余(馀)里。	1118页倒12行	三十六页十五行
初四日(4月9日)	定誌桩……	定誌[志]桩……	1119页4行	
初八日(4月13日)	于魁处见式样匠雷思起,……	于魁处见样式匠雷思起,……	1119页9行	三十七页十六行
初九日(4月14日)	……辰初抵定陵,敬竢于东朝房,……	……辰初抵定陵,敬竢[俟]于东朝房,……	1119页13行	三十八页二行
同日	敬诣宝城周览。礓礤极斗削,高数丈。	敬诣宝城周览。礓礤极斗削,高数丈。	1119页14行	三十八页五行
十二日(4月17日)	毕至誌椿前用金镵银镐起吉土,……	毕至誌[志]椿[桩]前用金镵银镐起吉土,……	1120页4行	
同日	遂至孝陵七五孔桥下,……	遂至孝陵七孔桥下,……	1120页8行	三十九页八行
十四日(4月19日)	赋"温泉行"一首。	赋《温泉行》一首。	1120页倒4行	
廿一日(4月26日)	又云,若钱粮过钜则亦可不必,又有只需地宫坚实,馀亦可轻之谕。	又云,若钱粮过钜[巨]则亦可不必,又有"只需地宫坚实,余(馀)亦可轻"之谕。	1122页14行	四十二页十一行
同日	……以鲜姜贴之良已晚,精神甚好。	……以鲜姜贴之良已,晚精神甚好。	1122页倒10行	
廿二日(4月27日)	而吴子儁为之典守者也。	而吴子儁[俊]为之典守者也。	1122页倒1行	
廿三日(4月28日)	皆芻灵也。……讹言东陵掘得石碣,有谶文,……	皆芻[刍]灵也。……讹言东陵掘地得石碣,有谶文,……	1123页2行、7行	四十三页十四行
廿六日(5月1日)	《草堂图》,亦晚年精到之笔,长七八尺高五尺,……	《草堂图》,亦晚年精到之笔,长七八尺高尺五,……	1123页倒12行	四十四页三行
四月初一日(5月5日)	赛中堂于前月廿四病卒,将日遗摺上,无邺典。	贾中堂于前月廿四病卒,将日遗摺上,无邺[恤]典。	1124页6行	
初二日(5月6日)	是日卯正三立夏。	是日卯正立夏。	1124页10行	四十五页六行
初三日(5月7日)	到厂,见玉印一,文曰"关佑真君之宝"。	到厂,见玉印一,文曰"灵佑真君之宝"。	1124页14行	四十五页九行
初七日(5月11日)	……近日又查猪仔地方与班国理论。……	……近日又查猪仔地方欲与班国理论。……	1125页8行	四十六页九行

初十日 (5月14日)	……于四家监督各派一人,延君与焉。	……于四家监督中各派一人,延君与焉。	1125页倒2行	四十七页八行
十九日 (5月23日)	无客来,略处置与赢事。	无客来,略处置马赢事。	1127页10行	四十九页七行
同日	……每一念及,为之心酸。	……每一念及,为之心醉。	1127页倒10行	四十九页十三行
同日	余于翁之图虽未见之,……	余于翁之图虽未之见,……	1127页倒4行	五十页一行
同日	今阅此卷,手泽尤新,……	今阅此卷,手泽犹新,……	1128页7行	五十页九行、十行
同日	……晋卿得之,馀皆长物云云。	……晋卿得之,余(馀)皆长物云云。	1128页11行	五十页十三行
同日	晴窗展玩,凡数十卷,舒不能释手矣,惜乎无力购致。	晴窗展玩,凡数十卷舒,不能释手矣,惜乎无力购致。	1128页倒11行	
廿七日 (5月31日)	丑正三刻起,寅初二抵朝房尚早,无一人也。	丑正三起,寅初二抵朝房尚早,无一人也。	1130页8行	五十三页二行
同日	郑田孙溥来。	郑田荪溥来。	1130页10行	五十三页五行
同日	"所宝惟贤论";"赋得十风五雨岁丰穰"……景其濬……	《所宝惟贤论》;《赋得:十风五雨岁丰穰》……景其濬[浚]……	1130页12行	五十三页九行
廿八日 (6月1日)	……馀事惟余与荫轩任之,……	……余(馀)事惟余与荫轩任之,……	1130页倒6行	五十三页十八行
五月朔 (6月4日)	醇邸赠朱榻字。	醇邸赠朱拓字。	1131页9行	五十四页十二行
初三日 (6月6日)	……兄寄齐砖研并香合十,极可爱。	……兄寄齐砖研并香合子,极可爱。	1131页13行	五十四页十五行
初四日 (6月7日)	编修陈翼、叶火焯,……	编修陈翼、叶大焯,……	1131页倒6行	五十五页六行
同日	馀皆罚俸。	余(馀)皆罚俸。	1131页倒1行	五十五页十一行
十二日 (6月15日)	辰初三刻诣永思殿,是日恭上孝哲毅皇后尊谥。	辰初二刻诣永思殿,是日恭上孝哲毅皇后尊谥。	1133页2行	五十七页二行
同日	访晤吴子儁……	访晤吴子儁[俊]……	1133页10行	
十九日 (6月22日)	孙子授来、杨协卿来。(注:以下脱句)味腴有赠,……	孙子授来、杨协卿来。汤伯述之内弟周味腴冕从萧山来,得伯述书,味腴有赠,……	1134页5行	五十八页十八行

二十日 (6月23日)	晚答丁雨生,访晤庆馀斋。	晚答丁雨生,访晤庆馀[余]斋。	1134页9行	五十九页三行
廿二日 (6月25日)	(四川潘斯谦、温宗翰,……)	(四川潘斯濂、温宗翰,……)	1134页倒12行	五十九页八行书眉
廿六日 (6月29日)	乏甚,不欲入城,遂住外城。	乏甚,不欲入城,遂住城外。	1135页4行	六十页一行
廿七日 (6月30日)	……午正止,计二寸有馀,入夏快雨此为第一矣。雨过日光澹澹,颇和适。	……午正止,计二寸有余(馀),入夏快雨此为第一矣。雨过日光淡淡,颇和适。	1135页6行	六十页三行
六月初五日 (7月7日)	黑云南来,有雷,殷地大雨一阵止。	黑云南来,有雷殷地,大雨一阵止。	1136页12行	六十二页一行
十二日 (7月14日)	(湖北:朱厚[福]基、恽彦彬)	(湖北:朱厚基、恽彦彬)	1137页11行	六十三页五行书眉
十七日 (7月19日)	山东解饷委员从九刘士贵者,与宝斋相识,……	山东解饷委员从九刘士贵者,与赵宝斋相识,……	1138页7行	六十四页七行
同日	……至所闻外费五十两,请再结问云云。	……至所闻外费五十两,请再诘问云云。	1138页13行	六十四页十二行
同日	徐、延两君来'面语之。	徐、延两君来,面语之。	1138页14行	
十九日 (7月21日)	徐阴轩来。	徐荫轩来。	1138页倒8行	六十四页十八行
廿一日 (7月24日)	则费不增而人材可得……	则费不增而人材[才]可得……	1139页4行	
廿二日 (7月24日)	知折差到,赍有家信,……	知摺差到,赍有家信,……	1139页10行	六十五页十七行
廿四日 (7月26日)	……会奏吁止躬送一折。	……会奏吁止躬送一摺。	1139页倒7行	六十六页九行
同日	申正赵仲华之招,……	申正赴仲华之招,……	1139页倒5行	六十六页十一行
同日	是日奉上谕,仍恭奉两宫皇太后送往福隆寺,……	是日奉上谕,仍恭奉两宫皇太后送往隆福寺,……	1139页倒3行	六十六页十四行
廿七日 (7月29日)	吴子儁、桂莲舫先后来。	吴子儁[俊]、桂莲舫先后来。	1140页10行	
廿八日 (7月30日)	得六月十三日楚中信,贺折折差赍来,作函即交之。	得六月十三日楚中信,贺摺摺差赍来,作函即交之。	1140页倒8行	六十七页十四行

七月朔 (8月1日)	是日孝哲毅皇后诞辰,永恩殿齐集,雨甚不克入。	是日孝哲毅皇后诞辰,永思殿齐集,雨甚不克入。	1141页1行	六十八页五行
初八日 (8月8日)	折差云保定北水过马腹。	摺差云保定北水过马腹。	1142页5行	六十九页十八行
初十日 (8月10日)	候选道廷彦。子俊,行大,文治庵子,……	候选道廷彦子俊,行大,文治庵子……	1142页倒6行	七十页十五行
同日	刑部笔帖式铭勋。……浮动。△	刑部笔帖式铭勋。……浮动。△⊙	1143页3行	七十一页二行
同日	侭先员外郎刑部遇缺即补主事范国栋。……浮躁。	侭先员外郎刑部遇缺即补主事范国栋。……浮躁。⊙	1143页5行	七十一页三行
十二日 (8月12日)	不鸣赞,蟒袍补褂一日,……	不鸣赞,蟒袍补袿一日,……	1143页倒12行	七十一页十三行
十三日 (8月13日)	……见何子贞《瘗鹤铭)稍可观。	……见何子贞《瘗鹤铭》稍可观。	1143页倒5行	七十一页十八行
十五日 (8月15日)	少顷诣永恩殿,仍青袍褂,冠摘缨。	少顷诣永思殿,仍青袍袿,冠摘缨。	1144页3行	七十二页九行、十行
廿一日 (8月21日)	袁小午到京,寓于西郊庙内,遣人问候。	袁小午到京,寓于西邻庙内,遣人问候。	1145页9行	七十四页五行
廿三日 (8月23日)	绍彭以染豹皮褂来,价三十五两,云价廉也。	绍彭以染豹皮袿来,价三十五两,云价廉也。	1145页倒11行	七十四页十行
廿六日 (8月26日)	看吉林、黑龙江筹防折。	看吉林、黑龙江筹防摺。	1146页4行	七十五页五行
同日	松、筹两人来,携两稚子到贡院。	松、筹两人来,偕两稚子到贡院。	1146页5行	七十五页七行
卅十日 (8月30日)	卅十日 样式房雷思超父子……	三十日 样式房雷思起父子……	1147页6行	
八月初八日 (9月7日)	……告知京档房明日递安折牌子。不用复命折。	……告知京档房明日递安摺牌子。不用复命摺。	1149页4行	八十页三行
初九日 (9月8日)	阴。寅正八东华门,……	阴。寅正入东华门,……	1149页8行	八十页七行
同日	作楚中家信,交折弁去。	作楚中家信,交摺弁去。	1149页倒8行	八十一页二行
十三日 (9月12日)	……又闻须补褂挂珠,因寿皇殿行礼。	……又闻须补袿挂珠,因寿皇殿行礼。	1150页14行	八十二页四行

十四日（9月13日）	……晤庆馀斋。潘伯寅来。	……晤庆余（馀）斋。潘伯寅来。	1150页倒8行	八十二页十一行
十五日（9月14日）	景其濬及臣龢。	景其濬［浚］及臣龢。	1151页1行	
十九日（9月18日）	秋审处奏更正蒙古偷窃牲畜逾贯拟流折底，……	秋审处奏更正蒙古偷窃牲畜逾贯拟流摺底，……	1151页倒11行	八十四页十六行
二十日（9月19日）	卯初诣永恩殿，……	卯初诣永思殿，……	1151页倒6行	八十五页四行
廿一日（9月20日）	……刘城发两起由实改缓，酌缓归于会奏。……监修文琦……来阅折。	……刘城发两起由实改缓，酌缓归入会奏。……监修文琦……来阅摺。	1152页3行	八十五页十行、十一行
廿二日（9月21日）	其子新中举人，具折陈谢也。	其子新中举人，具摺陈谢也。	1152页7行	八十五页十四行
廿四日（9月23日）	题醇邸藏朱相国史牍。	题醇邸藏朱相国尺牍。	1152页倒9行	八十六页七行
廿五日（9月24日）	……即恭写折片，……装折匣递上，……	……即恭写摺片，……装摺匣递上，……	1152页倒5行、倒4行	八十六页十一行、十二行
同日	……“赋得晴云稍卷寒岩树”。	……《赋得：晴云稍卷寒岩树》。	1153页2行	
九月初四日（10月2日）	……总理各国事务衙门奏申明各国条约请饬各省遵行一折。	……总理各国事务衙门奏申明各国条约请饬各省遵行一摺。	1155页倒7行	九十页十六行
同日	……以安内外而杜衅端。钦此。	……以安中外而杜衅端。钦此。	1156页1行	九十一页六行
十二日（10月10日）	去年此日，赋菊影之日也。抵触感怆。	去年此日，赋菊影之日也。怅触感怆。	1156页5行	九十一页九行
十三日（10月11日）	是日永恩殿六满月祭，未能往。	是日永思殿六满月祭，未能往。	1156页9行	九十一页十三行
十六日（10月14日）	……工次据醇邸来函，宝城前礓礤等加四尺折，清单四分。	……工次据醇邸来函，宝城前礓礤等加四尺摺，清单四分。	1156页倒3行	九十二页十行
十七日（10月15日）	辰正赴观德殿、永恩殿行祖奠礼，……	辰正赴观德殿、永思殿行祖奠礼，……	1157页3行	九十二页十五行
十八日（10月16日）	酉正大轝至……	酉正大轝［舆］至……	1157页11行	

十九日 (10月17日)	酉初大轝到……	酉初大轝[舆]到……	1157页倒6行	
二十日 (10月18)	大轝至……	大轝[舆]至……	1158页1行	
廿一日 (10月18)	午初大轝到……用縴翼而上……	午初大轝[舆]到……用縴[纤]翼而上……	1158页8行	
廿九日 (10月27日)	工程处奏月折报销,……	工程处奏月摺报销,……	1160页倒2行	九十七页十六行
十月初四日 (11月1日)	"赋得风竹含疏韵"。	《赋得:风竹含疏韵》。	1161页倒2行	
初九日 (11月6日)	送玉生骈体文并广东新刊古经解汇函八套。	送玉生骈体文并广东新刊《古经解汇》函八套。	1162页倒6行	一百页九行
初十日 (11月7日)	寅正入内敬竢,……群臣蟒袍补褂,……	寅正入内敬竢[俟],……群臣蟒袍补袿,……	1162页倒4行、倒3行	一百页十一行、十二行
十二日 (11月9日)	(江獭冠,插尖领,银灰鼠褂,黑袖头。)	(江獭冠,插尖领,银灰鼠袿,黑袖头。)	1163页5行	一百一页书眉
二十日 (11月17日)	(白毛凤褂,貂冠。)	(白毛凤袿,貂冠。)	1165页倒10行	一百四页书眉
同日	……吴君馀杭人也,为杨乃武称冤,不期而遇,亦异矣哉。	……吴君余(馀)杭人也,为杨乃武称冤,不期而遇,亦异矣哉。	1165页倒5行	一百四页十六行
廿七日 (11月24日)	……彭久馀、兴林皆年过七十。……	……彭久馀[余]、兴林皆年过七十。……	1167页3行	一百六页十二行
三十日 (11月27日)	工程处奏月折报销,……	工程处奏月摺报销,……	1167页14行	一百七页五行
十一月初六日 (12月3日)	云南总督刘岳昭革职,……	云贵总督刘岳昭革职,……	1168页倒7行	一百九页二行
初八日 (12月5日)	(缺襟袍,马褂。……)	(缺襟袍,马袿。……)	1169页6行	一百九页书眉
同日	未初雪止,积二寸馀。	未初雪止,积二寸余(馀)。	1169页8行	一百九页十五行
同日	……曰西枣林,二曰文塘三处。	……曰西枣林,二曰六塘三处。	1169页10行	一百九页十六行
初九日 (12月6日)	辰刻二刻始行……	辰刻[初?]二刻始行……	1169页倒10行	

十三日 (12月10日)	吴子儁……竟夜得一寸馀。	吴子儁[俊]……竟夜得一寸余(馀)。	1171页6行、7行	一百十二页二行
十八日 (12月15日)	……肝火王而血分亏,……	……肝火王[旺]而血分亏,……	1171页倒1行	一百十二页十八行
二十日 (12月17日)	寅正二起,卯正一抵东华门,起巳下矣。	寅正二起,卯正一抵东华门,起巳下矣。	1172页10行	一百十三页九行
廿五日 (12月22日)	……察其词色近俗,恐非任大事者。	……察其词气近俗,恐非任大事者。	1173页5行	一百十四页十二行
廿六日 (12月23日)	……丑正至内阁恭捧。貂褂花衣。	……丑正至内阁恭捧。貂褂花衣。	1173页9行	一百十四页十八行
同日	礼部文蟒袍补褂。……桑公必欲浼余相助也。	礼部文:蟒袍补褂。……桑公必欲浼[挽]余相助也。	1173页12行、13行	一百十五页二行
廿七日 (12月24日)	是日考笔帖式,绍秋皋出题,凡二十馀人,……	是日考笔帖式,绍秋皋出题,凡三十余(馀)人,……	1173页倒10行	一百十五页六行
廿八日 (12月25日)	……值日者皆站班,补褂蓝袍。	……值日者皆站班,补褂蓝袍。	1173页倒7行	一百十五页十行
十二月朔 (12月28日)	派出……内阁及小九卿等共二十馀人。	派出……内阁及小九卿等共二十余(馀)人。	1174页5行	一百十六页五行
初三日 (12月30日)	恒和、祥茂备饭于此。	恒和、祥茂备馆于此。	1174页倒12行	一百十六页十四行
十三日 (1876.1.9)	黎明出,点稿十馀件。	黎明出,点稿十余(馀)件。	1176页10行	一百十九页八行
同日	封门密定等第,十五日早起摺封。	封门密定等第,十五日早起拆封。	1176页13行	一百十九页十行
同日	昨夜未眠,诸事纷集,中心摇摇。	昨夜未眠,诸事坌集,中心摇摇。	1176页倒11行	一百十九页十四行
十四日 (1月10日)	湖北折差带家信来,见之,尚未见信也。	湖北摺差带家信来,见之,尚未见信也。	1176页倒3行	一百二十页六行
十五日 (1月11日)	陈培之倬同年来辞工程,盖真此中麟凤矣。	陈培之倬同年来辞工程差,其此中麟凤矣。	1176页倒2行	一百二十页八行
十七日 (1月13日)	得倪豹岭书,四十。即复之。	得倪豹岑书,四十。即复之。	1177页8行	一百二十页十六行
十八日 (1月14日)	……三单共二百馀件,……	……三单共二百余(馀)件,……	1177页12行	一百二十一页二行

同日	睡片时,乏极。	睡片时,极乏。	1177页14行	一百二十一页四行
十九日 (1月15日)	(赏線绉袍料一匹,褂一件,帽纬一匣。)	(赏线绉袍料一匹,袿一件,帽纬一匣。)	1177页倒8行	一百二十一页十一行书眉
廿二日 (1月18日)	李文焕文以李材同年信并馈金来,却之。	李丈焕文以李材同年信并馈金来,却之。	1178页13行	一百二十二页十三行
廿七日 (1月23日)	王静盦溥各有函,皆四十,复之。	王静盦[庵]溥各有函,皆四十,复之。	1179页4行	
廿九日 (1月25日)	忆吾先世式篋用享事,……子孙何事可以承世泽者哉! (注:后脱原稿上一印)	忆吾先世式篋用享事,……子孙何事可以承世泽者哉! (注:全卷最后页上钤一方印,文曰"翁子印信",朱文。 印翁 信子 陈义杰本上印文用的是"中山寿王",两码事也。)	1179页上半页	一百二十四页
光绪二年丙子 正月初四日 (1876.1.29)	……吊奕馀斋失偶,……	……吊奕馀[余]斋失偶,……	第三册 1181页11行	第十五卷 一页十五行
初十日 (2月4日)	……就中威妥吗最沉鸷,赫德最狡桀,馀皆庸材也。	……就中威妥吗最沉鸷,赫德最狡桀,余(馀)皆庸材也。	1182页倒7行	三页九行
同日	十一点钟,……璧立南。	十一点钟,……璧利南。	1183页2行	三页十六行
同日	两点半钟,……以上原单皆称大臣。十四日来。	两点半钟,……以上原单皆称大臣。来者二人,十四日来。	1183页12行	四页十二行
同日	三点钟,……于中事极熟,能京话。	三点钟,……于中事熟极,能京话。	1183页13行	四页十四行
同日	三点半钟,……近騃。	三点半钟,……近騃[呆]。	1183页14行	四页十六行
十二日 (2月6日)	……灵香翁有起,向前日相见事。	……灵香翁有起,问前日相见事。	1183页倒3行	五页七行
十九日 (2月13日)	……是日开印,蓝袍,补褂,朝珠。	……是日开印,蓝袍,补袿,朝珠。	1185页3行	七页三行

廿三日 (2月17日)	……李、左两相优叙,余照旧供职。厂家以麓台立轴来,极佳。	……李、左两相优叙,余(馀)照旧供职。厂客以麓台立轴来,极佳。	1185页倒6行	八页三行、四行
廿八日 (2月22日)	……董临徐季海书张曲江告身卷亦妙。	……董临徐季海书张曲江《告身》卷,亦妙。	1186页倒10行	九页八行
廿九日 (2月23日)	钱法监督徐景福来。	钱法监督许景福来。	1186页倒4行	九页十三行
三十日 (2月24日)	……去岁杪一汗而卒,老母八十馀,止一子,可悲也。	……去岁岁杪一汗而卒,老母八十余(馀),止一子,可悲也。	1186页倒1行	九页十五行、十六行
同日	雪花飘洒,急驰归,六花无缝矣。……计一寸馀。	雪花微洒,急驰归,六花无缝矣。……计一寸余(馀)。	1187页1行、2行	九页十七行、十八行
二月初二日 (2月26日)	……常服挂珠,拜印时补挂,无它礼节。	……常服挂珠,拜印时补褂,无它礼节。	1187页9行	十页十一行
十四日 (3月9日)	奉派偕彭侍郎久馀、潘大理祖荫、……	奉派偕彭侍郎久馀[余]、潘大理祖荫、……	1189页13行	十三页十三行
十五日 (3月10日)	……俄而传鼓开门矣。都老爷意以为不可发出,……	……俄而传鼓开门。言都老爷意以为不可发出,……	1190页2行	十四页十行
十八日 (3月13日)	……签曰恭徽御章书籍。	……签曰恭缴御章书籍。	1190页倒10行	十五页八行
三月初六日 (3月31日)	……赵字秋声赋卷,石庵头陀寺碑小字卷,香光梅花诗卷,皆佳,永宝斋。	……赵字《秋声赋》卷,石庵《头陀寺碑》小字卷,香光《梅花诗》卷,皆佳,永宝斋。	1195页11行、12行	二十二页十行、十一行
同日	正考官董恂,……黄绰。	正考官董恂,……黄倬。	1195页倒11行	二十二页十四行
初八日 (4月2日)	是日入场实数共五千五百十名。	是日入场实数共五千五百……十……名。	1196页5行	二十三页十二行
十四日 (4月8日)	……南国《探梅》图卷,为健夫作,……	……南田《探梅图》卷,为健夫作,……	1197页9行	二十五页四行
十六日 (4月10日)	瘖不语而泪满衣,可叹也。	瘖[喑]不语而泪满衣,可叹也。	1197页倒6行	
十八日 (4月12日)	过厂肆,见李晞古《伯夷叔齐》图卷、……	过厂肆,见李晞古《伯夷叔齐图》卷、……	1198页10行	二十六页十一行

二十日 (4月14日)	晴,热极,袷衣犹挥汗也。	晴,热极,袷[夹]衣犹挥汗也。	1198页倒12行	二十六页十六行
廿一日 (4月15日)	……懿旨云讲书时刻似促,故今日微迂缓之,……	……懿旨云讲书时刻似促,故今日微辽缓之,……	1199页1行	二十七页十三行
同日	又杨忠愍告天图小像、……杨图归郑盦……	又杨忠愍《告天图》小像、……杨图归郑盦[庵]……	1199页3行、4行	二十七页十五行
廿二日 (4月16日)	吊崇峻峰侍郎。戴崇,刑部同官也。	吊崇峻峰侍郎。载崇,刑部同官也。	1199页10行	二十八页三行
廿九日 (4月23日)	……李梁溪集残本三十馀卷,……	……《李梁溪集》残本三十余(馀)卷,……	1200页13行	二十九页十六行
四月初二日 (4月25日)	……烧十馀间,子正始息。	……烧十余(馀)间,子正始息。	1200页倒5行	三十页七行
十七日 (5月10日)	派阅新贡士复试卷,……彭久馀、……	派阅新贡士复试卷,……彭久馀[余]、……	1203页倒7行	三十四页十一行
同日	殷李尧、七。钱禄泰。六十七。	殷季尧七、钱禄泰六十七。	1204页6行	
十八日 (5月11日)	辰初至午门前礼部朝房复勘新贡士复试卷,声明赵曾重是姻亲,据礼部司官云:只有新子弟回避,馀皆否。	辰初至午门前礼部朝房复勘新贡士复试卷,声明赵曾重系姻亲,据礼部司官云:只有新子弟回避,余(馀)皆否。	1204页倒12行	三十五页十五行
十九日 (5月12日)	得见麓台仿古十二幅,名曰《夜萃》,……	得见麓台仿古十二幅,名曰《液萃》,……	1204页倒2行	三十六页八行
同日	宝生尚书患肝癕,甚剧,……	宝生尚书患肝痈,甚剧,……	1205页1行	三十六页九行
廿九日 (5月22日)	客来,晤者福馀庵、……	客来,晤者福馀[余]庵、……	1208页4行	四十一页二行
五月初三日 (5月25日)	……未用药洗,盖筋受热则浮漫又收也,……英西林送丸药。	……未用药洗,盖筋受热则浮漫不收也,……英西林送药丸。	1208页倒8行、倒7行	四十二页一行、二行
十五日 (6月6日)	汉书五、六刻,读熟书不愿,馀皆可。	汉书五、六刻,读熟书不愿,余(馀)皆可。	1210页倒2行	四十五页五行
同日	与考字约二百五、六十人。	与考者约二百五、六十人。	1211页3行	四十五页九行
十六日 (6月7日)	颇就榘矱。	颇就榘[矩]矱。	1211页13行	

十九日 (6月10日)	……微觉不愿温熟书,馀却好,退时巳初二。	……微觉不愿温熟书,余(馀)却好,退时巳初二。	1211页倒9行	四十六页五行
廿三日 (6月14日)	照常入,生书极好,馀则力稍不足,一时退。	照常入,生书极好,余(馀)则力稍不足,一时退。	1212页11行	四十七页五行
同日	京兆报得雨一寸馀,将谁欺耶?	京兆报得雨一寸余(馀),将谁欺耶?	1212倒11行	四十七页十行
廿四日 (6月15日)	……生书不能读,因减去此号,馀亦未佳,九刻退。	……生书不能读,因减去此号,余(馀)亦未佳,九刻退。	1212页倒5行	四十七页十六行
廿五日 (6月16日)	……盖多方鼓舞也,馀平平,巳初一退。	……盖多方鼓舞也,余(馀)平平,巳初一退。	1212页倒1行	四十八页一行
同日	……伯述著《意林》一书,自理学至训诂凡十馀卷,……	……伯述著《意林》一书,自理学至训诂凡十余(馀)卷,……	1213页1行	四十八页三行
廿六日 (6月17日)	……读生书难,馀好,巳初二退。	……读生书难,余(馀)好,巳初二退。	1213页4行	四十八页四行
廿八日 (6月19日)	……写字极好,馀皆平平,如何如何!	……写字极好,余(馀)皆平平,如何如何!	1213页倒9行	四十九页三行
廿九日 (6月20日)	读极顺利,盖转机矣,馀亦可,退时巳初。……铜暖盌。	读极顺利,盖转机矣,余(馀)亦可,退时巳初。……铜暖盌[碗]。	1213页倒2行、倒1行	四十九页十行
闰五月初二日 (6月23日)	是日来极晚,生书极顺,馀平平,……	是日来极晚,生书极顺,余(馀)平平,……	1214页14行	五十页五行
初四日 (6月25日)	……生书微涩,馀尚好,十刻许退。	……生书微涩,余(馀)尚好,十刻许退。	1214页倒6行	五十页十行
初五日 (6月26日)	于宝名斋得见石谷访道图,纸本,……自题为晋侯所收十馀年后重见,……	于宝名斋得见石谷《访道图》,纸本,……自题为晋侯所收十余(馀)年后重见,……	1214页倒2行、倒1行	五十页十四行、十五行
同日	麓台春山暖翠卷二丈许,……□沧苇家物。	麓台《春山暖翠》卷二丈许,……季沧苇家物。	1215页1行、2行	五十页十六行、十七行
初九日 (6月30日)	辰初一来,生书极好,馀亦平平,辰正二退食。	辰初一来,生书极好,余(馀)亦平平,辰正二退食。	1215页倒7行	五十一页十六行

初十日 (7月1日)	……省城水深丈馀及数尺不等，现办抚恤。	……省城水深丈余(馀)及数尺不等，现办抚恤。	1216页1行	五十二页五行
十二日 (7月3日)	……与仆辈尤烦躁，当戒口过。	……与仆辈尤烦琐，当戒口过。	1216页12行	五十二页十七行
十五日 (7月6日)	……在坐者李兰孙、景秋坪、……张雪斋也。	……在坐者李兰孙、景秋坪、……张霁斋也。	1216页倒1行	五十三页十行
十六日 (7月7日)	诣署，是日稿本多，加以俸饷文书八百馀件，……	诣署，是日稿本多，加以俸饷文书八百余(馀)件，……	1217页11行	五十四页三行
十八日 (7月9日)	……生书涩，馀皆可，巳初二退。	……生书涩，余(馀)皆可，巳初二退。	1217页倒3行	五十四页十六行
十九日 (7月10日)	余等人，生书涩，馀皆好，巳初退食。	余等人，生书涩，余(馀)皆好，巳初退食。	1218页2行	五十五页二行
同日	……起视良久，丑初渐止，约尺馀矣，……	……起视良久，丑初渐止，约尺余(馀)矣，……	1218页5行	五十五页五行
二十日 (7月11日)	天明尚淅涩，旋止，……	天明尚淅沥，旋止，……	1218页7行	五十五页七行
廿六日 (7月17日)	……写字亦无力，馀尚可，巳初二退。	……写字亦无力，余(馀)尚可，巳初二退。	1219页8行	五十六页十五行
廿七日 (7月18日)	生书极爽，能分读矣，馀亦可，辰正三即退。	生书极爽，能分读矣，余(馀)亦可，辰正三即退。	1219页12行	五十七页一行
廿八日 (7月19日)	馀勉强，平平而已，巳初三退。	余(馀)勉强，平平而已，巳初三退。	1219页倒8行	五十七页七行
六月朔 (7月21日)	筹儿来，以银七两收得合乐图卷，尚旧。	筹儿来，以银七两收得《合乐图》卷，尚旧。	1220页6行	五十八页二行
初三日 (7月23日)	……卯正二至，站班，衣禯皆湿，……	……卯正二至，站班，衣禯[袜]皆湿，……	1220页倒12行	五十八页十一行
初六日 (7月26日)	……静以持之始转圜，馀平平，巳初三退。	……静以持之始转圜，余(馀)平平，巳初三退。	1221页1行	五十九页五行
同日	……又催发淘炼馀铜例价，坐良久。	……又催发淘炼余(馀)铜例价，坐良久。	1221页2行	五十九页六行
初八日 (7月28日)	……令中官用扇，顿觉舒畅，……	……令中官用扇，顿觉慄[栗]畅，……	1221页12行	五十九页十四行

初九日(7月29日)	从前些日不到书房,故无例可援,……	从前此日不到书房,故无例可援,……	1221页倒9行	
十三日(8月2日)	见石谷仿董画卷、南田江帆图卷,皆佳。	见石谷仿董画卷、南田《江帆图》卷,皆佳。	1222页倒12行	六十一页七行
十九日(8月8日)	……读甚好,馀平平,……	……读甚好,余(馀)平平,……	1223页11行	六十二页八行
二十日(8月9日)	以董香光摹米潇湘图立轴寄五兄。	以董香光摹米《潇湘图》立轴寄五兄。	1223页倒11行	六十二页十二行
廿四日(8月13日)	《穆宗御制集》刊成,臣亦得拜CI……	《穆宗御制集》刊成,臣亦得拜赐,……	1224页3行	六十三页六行
廿五日(8月14日)	……合银八百馀,……	……合银八百余(馀),……	1224页11行	六十三页十一行
廿七日(8月16日)	……莲舫先至,树南、绍彭继之,徜徉之流,……	……莲舫先至,树南、绍彭继之,徜徉中流,……	1224页倒6行	六十四页三行
廿八日(8月17日)	坐懋勤廊下,不到此者一年馀矣。	坐懋勤廊下,不到此者一年余(馀)矣。	1225页2行	六十四页十行
七月朔(8月19日)	阅校朴盦稿……	阅校朴盦[庵]稿……	1225页倒10行	
初三日(8月21日)	……维时捧玉册,王宝之大臣各捧册宝由中阶升,……	……维时捧玉册、玉宝之大臣各捧册宝由中阶升,……	1225页倒1行	六十五页十三行
同日	各退竣于阶下,鸣赞,……	各退俟于阶下,鸣赞,……	1226页2行	六十五页十七行
初五日(8月23)	阴,天红始霁。……字好,馀平平,饭后退。	阴,午后始霁。……字好,余(馀)平平,饭后退。	1226页12行、13行	六十六页十一行
初八日(8月26日)	……认生字二十三遍即熟,巳初二退。	……认生字二十,三遍即熟,巳初二退。	1227页倒3行	六十七页二行
十二日(8月30日)	子和伉直,稍粗疏,与雨生大不对意。	子和伉直,稍粗疏,与雨生大不对矣。	1227页倒6行	六十八页五行
十四日(9月1日)	送黄孝侯,孝侯患难之交,今归,……	送黄孝侯,孝侯患难之交也,今归,……	1228页6行	六十八页十六行
十六日(9月3日)	……画钱粮文八百馀件,……	……画钱粮文八百余(馀)件,……	1228页14行	六十九页五行
同日	近日咳犹未止,馀无病也。	近日咳犹未止,余(馀)无病也。	1228页倒12行	六十九页七行

十七日 (9月4日)	……估银三百馀。	……估银三百余(馀)。	1229页1行	六十九页十八行
十八日 (9月5日)	照常入,读极佳,馀平平,巳正退。	照常入,读极佳,余(馀)平平,巳正退。	1229页3行	七十页一行
十九日 (9月6日)	寒雨竟日,气象殊晦塞。	寒雨竟日,气象殊晦蹇。	1229页6行	七十页四行
二十日 (9月7日)	马十馀匹。	马十余(馀)匹。	1229页14行	七十页十一行
同日	……且拟于八条外别有要挟也。(注:以下脱句)	……且拟于八条外别有要挟也。(伯王住班,有旨入对)不确。	1229页倒11行	七十页十一行
廿二日 (9月9日)	照常入,读不佳,馀亦平平,……	照常入,读不佳,余(馀)亦平平,……	1229页倒6行	七十页十七行
廿三日 (9月10日)	……读极顺,馀亦好,讲尤畅,巳初二退。	……读极顺,余(馀)亦好,讲尤畅,巳初二退。	1230页5行	七十一页八行
廿四日 (9月11日)	御史娄誊普奏考差人员有分带《佩文韵府》等弊。	御史娄誊普奏考差人员有分带《佩文韵府》等弊。	1230页10行	七十一页十三行
廿六日 (9月13日)	照常入,读极静,字好,馀平,巳正退。	照常入,读极静,字好,余(馀)平,巳正退。	1230页倒10行	七十二页一行
廿八日 (9月15日)	……或百斤,或百馀,或百数十斤。	……或百斤,或百余(馀),或百数十斤。	1231页6行	七十二页十六行
廿九日 (9月16日)	照常入,读生书不愿,馀均可,巳正退。	照常入,读生书不愿,余(馀)均可,巳正退。	1231页8行	七十三页十行
三十日 (9月17日)	讹言炮击洋船数只,有顷始知其非,……	讹言炮击洋船数只,有顷始知其非实,……	1231页倒4行	七十三页十五行
八月朔 (9月18日)	……读写皆好,馀稍有倦色。	……读写皆好,余(馀)稍有倦色。	1232页倒11行	七十五页一行
同日	四川谭宗浚、……	四川谭宗复、……	1232页倒1行	七十五页十一行
初二日 (9月19日)	读甚好,一切均好,巳正退。	读甚好,一切皆好,巳正退。	1233页1行	七十五页十三行
初六日 (9月23日)	……读生书涩,馀则皆好,……	……读生书涩,余(馀)则皆好,……	1233页倒7行	七十六页十二行
初九日 (9月26日)	照常入,倍诵不熟,稍为难,馀极好,巳正退。	照常入,倍诵不熟,稍为难,余(馀)极好,巳正退。	1234页倒12行	七十七页十四行

初十日(9月27日)	令出单集赀。	令出单集赀[资]。	1234页倒6行	
十四日(10月1日)	捷报处单有左、金六百里。(注:以下脱句)开发节帐极纤屑,……	捷报处单有左、金六百里。(科、乌两处亦均有六百里,未解何故。)开发节帐极纤屑,……	1235页倒12行	七十九页二行
十七日(10月4日)	晴,热,袷衣犹汗,……	晴,热,袷[夹]衣犹汗,……	1235页倒2行	七十九页十四行
廿二日(10月9日)	馀好,写字未经在旁指点却写得好,已正多退。	余(馀)好,写字未经在旁指点却写得好,已正多退。	1236页倒3行	八十页十八行
廿四日(10月11日)	……倍一号同,馀极好,已正退。	……倍一号同,余(馀)极好,已正退。	1237页5行	八十一页六行
廿五日(10月12日)	……武举过堂凡一千六百馀人,……	……武举过堂凡一千六百余(馀)人,……	1237页9行	八十一页十一行
同日	晚诣绍彭看手卷四十卷,……	晚诣绍彭看手卷四十余(馀),……	1237页11行	八十一页十三行
廿六日(10月14日)	归,写仿格十馀叶,总不惬意,如何如何!	归,写仿格十余(馀)叶,总不惬意,如何如何!	1237页倒12行	八十一页十六行
九月朔(10月17日)	读生书微有龃龉,馀皆极好,……	读生书微有龃龉,余(馀)皆极好,……	1238页6行	八十二页十二行
初二日(10月18日)	前日所炼者得净铜一百二十馀斤,……	前日所炼者得净铜一百二十余(馀)斤,……	1238页14行	八十三页二行
初三日(10月19日)	得荣侄八月十八日函,……	得荣侄八月十八函,……	1238页倒4行	八十三页十一行
初五日(10月21日)	馀写应酬字、日已西矣。	余(馀)写应酬字,日已西矣。	1239页1行	八十三页十四行
初六日(10月22日)	本擢至兵部,因糊蓬遂未往。	本拟至兵部,因糊蓬遂未往。	1239页5行	八十四页一行
初八日(10月24日)	……运员潘志平再请准卖馀铜,以原呈还之,盖馀铜只有八万五千,今呈内已三万馀,……	……运员潘志平再请准卖余(馀)铜,以原呈还之,盖余(馀)铜只有八万五千,今呈内已三万余(馀),……	1239页倒8行、倒7行	八十四页十三行、十四行
初十日(10月26日)	……仍欲减遍数,馀极好,已正散。子松来,始得闻闱墨,亦平平耳。	……仍欲减遍数,余(馀)极好,已正散。子松来,始得阅闱墨,亦平平耳。	1240页3行	八十五页三行、四行

十二日 (10月28日)	晴,热极。……其馀极好,已正三退。	晴,极热。……其余(馀)极好,已正三退。	1240页13行	八十五页十三行
同日	夜访绍彭,……	夜诣绍彭,……	1240页14行	八十五页十四行
十三日 (10月29日)	寿儿来。……	筹儿来。……	1240页倒8行	八十五页十七行
十八日 (11月3日)	黎明来,生书一号难,馀可。	黎明来,生书一号难,余(馀)可。	1241页倒11行	八十六页十七行
廿日 (11月5日)	……右脉洪而数,不解其何故。	……右脉洪而数,不解何故。	1242页2行	八十七页十行
廿二日 (11月7日)	晴,晨无风而寒,……	(立冬)晴,晨无风而寒,……	1242页13行	八十八页二行
同日	读不如昨,而馀皆好,……	读不如昨,而余(馀)皆好,……	1242页14行	八十八页二行
廿三日 (11月8日)	读尚好,馀皆倦,未审何故。	读尚好,余(馀)皆倦,未审何故。	1242页倒10行	八十八页五行
廿四日 (11月9日)	读生书即不顺,馀则一号难于一号,……筹而来宿此。	读生书即不顺,余(馀)则一号难于一号,……筹儿来宿此。	1242页倒7行、倒4行	八十八页八行
廿五日 (11月10日)	读极顺,字未佳,馀皆可,已正退。……支一煖炕。	读极顺,字未佳,余(馀)皆可,已正退。……支一煖[暖]炕。	1242页倒2行、倒1行	八十八页十二行
廿六日 (11月11日)	……馀均好。	……余(馀)均好。	1243页3行	八十八页十六行
廿八日 (11月13日)	汪福安,前常熟县,有交情,耕馀,今捐道。	汪福安,前常熟县,有交情,耕馀[余],今捐道。	1243页倒7行	八十九页十三行
廿九日 (11月14日)	出城拜客,晤汪耕馀、……	出城拜客,晤汪耕馀[余]、……	1243页倒2行	八十九页十七行
十月朔 (11月16日)	)赏宪书,……等。晴,暖。)是日卯正二刻吃肉。	(赏宪书,……等。)晴,暖。是日卯正二刻吃肉。	1244页4行	
初四日 (11月19日)	……读生书极难,馀皆可,……	……读生书极难,余(馀)皆可,……	1244页倒8行	九十页十八行
初六日 (11月21日)	……读生书一号涩,馀可。	……读生书一号涩,余(馀)可。	1244页倒2行	九十一页四行
同日	……著人再往干请,颇璅碎也。	……著人再往干请,颇璅[琐]碎也。	1244页倒1行	九十一页六行
初七日 (11月22日)	来时将明,读极好,馀亦佳,已正三退。	来时将明,读极好,余(馀)亦佳,巳正三退。	1245页3行	九十一页八行
同日	……余陪之,馀事未问,可笑也。	……余陪之,余(馀)事未问,可笑也。	1245页6行	九十一页十二行

初八日 (11月23日)	……与黄同年凤林晤,并与活佛同座,殊杂乱也。	……与员同年凤林晤,并与活佛同座,殊杂乱也。	1245页10行	九十一页十六行
初十日 (11月25日)	……客为汪耕馀福安、……	……客为汪耕馀[余]福安、……	1245页倒7行	九十二页七行
十二日 (11月28日)	因是慓然自念,吾先人有此安居乎?	因是慄然自念,吾先人有此安居乎?	1246页5行	
十三日 (11月28日)	……季士周、汪耕馀、……	……季士周、汪耕馀[余]、……	1246页9行	九十三页四行
十六日 (12月1日)	……读生书差涩,馀皆可,……	……读生书差涩,余(馀)皆可,……	1246页倒6行	九十三页十三行
十七日 (12月2日)	晨读极佳,馀亦好,巳正三退。	晨读极佳,余(馀)亦好,巳正三退。	1246页倒3行	九十三页十六行
十八日 (12月3日)	……听其诊,其洞见垣一方者,殆良医也。	……听其诊,真洞见垣一方者,殆良医也。	1247页5行	九十四页五行
十九日 (12月4日)	……读生书极好而熟书忽不愿,馀又好,午初退。	……读生书极好而熟书忽不愿,余(馀)又好,午初退。	1247页8行	九十四页七行
廿四日 (12月9日)	……幸鼓荡得起,馀书极佳,字稍逊。	……幸鼓荡得起,余(馀)书极佳,字稍逊。	1248页5行	九十五页十一行
廿六日 (12月11日)	午初二退,绍彭遣人要余过彼,……与绍彭同出城>访>之,读片刻。	午初二退,绍彭遣人要予过彼,……与绍彭同出城访之,读片刻。	1248页倒7行、倒6行	九十六页六行
廿八日 (12月13日)	……满书生书一号可,馀又不顺。	……汉书生书一号可,余(馀)又不顺。	1249页5行	九十六页十六行
廿九日 (12月14日)	……多方鼓动始可,馀工亦佳。	……多方鼓动始可,余(馀)工亦佳。	1249页倒12行	九十七页六行
十一月初二日 (12月17日)	……总之不欲此廿遍耳,即十遍亦不愿也,奈何奈何!	……总之不欲此廿遍耳。非廿遍,即十遍亦不愿也,奈何奈何!	1250页4行	九十八页二行
初三日 (12月18日)	……盍俟《论语》毕再下座乎?余回可。	……盍俟《论语》毕再下座乎?余曰可。	1250页9行	九十八页七行
初四日 (12月19日)	……以今日为第一日矣,馀皆可。	……以今日为第一日矣,余(馀)皆可。	1250页14行	九十八页十一行

初五日(12月20日)	……下坐再来稍好,馀皆急促,……则佛郁转甚,出门尚乌乌不止也,……	……下坐[座]再来稍好,余(馀)皆匆促,……则佛郁特甚,出门尚乌乌不止也,……	1250页倒8行	九十八页十五行、十六行
同日	……是日冬至前一日,先祭,祭毕仍入城。不肖子孙无补于国,……	……是日冬至前一日,祭先,祭毕仍入城。不肖子无补于国,……	1250页倒6行	九十八页十八行
初六日(12月21日)	……与其性情有关,孰若规矩稍踈手?	……与其性情有失,孰若规矩稍踈[疏]乎?	1250页倒3行	九十九页二行
初七日(12月22日)	……徐徐解之,馀皆高兴。	……徐徐解之,余(馀)皆高兴。	1251页3行	九十九页六行
初八日(12月23日)	山东司会议奉天练军摺内称奉饷本八十馀万,……晚间得其复话,颇含糊也。	山东司会议奉天练军摺内称奉饷本八十余(馀)万,……晚间得其复语,颇含糊也。	1251页7行、8行	九十九页十行、十一行
初九日(12月24日)	一切皆好,惟稍总遽。	一切皆好,惟稍匆遽。	1251页13行	九十九页十五行
初十日(12月25日)	(赏鹿尾一,野鸡二,内条二。……)	(赏鹿尾一,野鸡二,肉条二。)……	1251页倒11行	九十九页十八行书眉
同日	……综合度支摺,……	……综核度支摺,……	1251页倒6行	一百页五行
十一日(12月26日)	御史交章言非民之罪,……	御史共交章言非民之罪,……	1252页4行	一百页十二行
十二日(12月27日)	……上为之首肯,馀功皆佳。	……上为之首肯,余(馀)功皆佳。	1252页9行	一百页十八行
十六日(12月31日)	……入署,标到约八百馀件,……	……入署,标到约八百余(馀)件,……	1253页6行	一百二页三行
十七日1877年(1月1日)	……馀自读之例,再前一号勉读五遍,……	……余(馀)自读之例,再前一号勉读五遍,……	1253页10行	一百二页七行
同日	……馀工亦静定,是转机矣。午初退,归得醇邸出,……	……余(馀)工亦静定,是转机矣。午初退,归得醇邸函,……	1253页13行	一百二页九行
同日	得五兄十月廿九出,武场甫毕,自初三至廿八。	得五兄十月廿九函,武场甫毕,自初三至廿八。	1253页倒12行	一百二页十二行

十八日 (1月2日)	写字好,由余判定,绝不争执,可喜也,馀亦好。	写字好,由余判定,绝不争执,可喜也,余(馀)亦好。	1253页倒8行	一百二页十六行
同日	得五兄函,两呈使带来。	得五兄函,两星使带来。	1253页倒6行	一百二页十八行
廿四日 (1月8日)	晨读仍有一阵,馀皆好,几成例矣。	晨读仍有一阵,余(馀)皆好,几成例矣。	1254页倒2行	一百四页十行
同日	……青袿或轴穿袿。	……青袿或曲穿袿。	1254页倒1行	一百四页十二行
同日	……徐荫轩月选过堂。	……徐荫轩月选过堂也。	1255页6行	一百四页十七行
同日	……副梅会礼,其馀陪者约七八人,……馀国皆设席。	……副梅会礼,其余(馀)陪者约七八人,……余(馀)国皆设席。	1255页11行	一百五页九行
廿五日 (1月9日)	……考奏留三员,王获培、郭子幹(同年廉贞子)、……	……考奏留三员,王获培、郭子幹[干](同年廉贞子)、……	1255页倒12行	一百五页十四行
同日	申刻始交卷,无大疵颣也。	申刻始交卷,无大疵类也。	1255页倒11行	一百五页十五行
同日	著御前大臣伯彦诺莫祜、……	著御前大臣伯彦诺莫祜、……	1255页倒10行	
廿七日 (1月11日)	……意绪不佳,不寒而栗也。	……意绪不佳,不寒而慄[栗]也。	1255页倒2行	一百六页六行
同日	江西司司员朱景钱又递禀,以四事发议论,大抵皆瑣事,……	江西司司员朱景钱又递禀,以回事发议论,大抵皆瑣[琐]事,……	1255页倒1行	一百六页六行
同日	……请拨江南冬漕一万备赈。……山东漕折各五万赈济矣。	……请拨江南冬漕一万备赈。……山东漕摺各五万赈济矣。	1256页1～3行	一百六页七行、八行
十二月朔 (1月14日)	……馀升赏甚多,此九月廿一日事。	……余(馀)升赏甚多,此九月廿一日事。	1256页倒9行	一百七页五行
初二日 (1月15日)	读尚好,较昨相仿,馀亦佳。	读尚好,较昨相仿,余(馀)亦佳。	1256页倒7行	一百七页七行
初三日 (1月16日)	……东厂则王振基、韩宾皆劣,韩尤怀,……	……东厂则王振基、韩宾皆劣,韩尤坏,……	1257页3行	一百七页十五行
初四日 (1月17日)	……读有一阵不佳,馀可。	……读有一阵不佳,余(馀)可。	1257页8行	一百七页十八行

同日	臣穌偕伯彦诺莫祐、……	臣穌偕伯彦诺莫祜、……	1257页8行	
同日	退时则内侍等皆阖门,不可久留,……	退时则内侍等即阖门,不可久留,……	1257页10行	一百八页三行
初五日(1月18日)	晨起北向叩头,抚时痛感,竟日愦愦。	晨起北向叩头,抚时感痛,竟日愦愦。	1257页倒8行	一百八页十三行
初六日(1月19日)	……馀尚佳,午初二退,……	……余(馀)尚佳,午初二退,……	1257页倒6行	一百八页十四行
初七日(1月20日)	读尚好,以朱笔两色画《天人交战图》,……	读尚好,以朱墨两色画《天人交战图》,……	1257页倒3行	一百八页十八行
初九日(1月22日)	……即入署治事,撤东厂大使福培,……轇轕久矣。	……即入署治事,遇庆公。撤东厂大使福培,……轇轕[胶葛]久矣。	1258页7行	一百九页八行
初十日(1月23日)	……亦可喜也,馀亦可,午初退食。	……亦可喜也,余(馀)亦可,午初退食。	1258页倒12行	一百九页十五行
同日	尾语仍俟行查到日再销。	尾语仍俟行查到日再销。	1258页倒11行	一百九页十六行
十三日(1月26日)	……共四百四十馀万,内有华商本二百万。已得俞旨矣。	……共四百四十余(馀)万,内有华商本二百万。已得谕旨矣。	1259页4行	一百十页十一行
十四日(1月27日)	……写字时忽不顺,馀皆好。	……写字时忽不顺,余(馀)皆好。	1259页9行	一百十页十五行
十六日(1月29日)	……令由内监口奏讫。	……令内监口奏讫。	1259页倒6行	一百十一页八行
同日	……入署时将封印预画之稿每日二百馀件画三日,……	……入署时将封印预画之稿每日二百余(馀)件,画三日,……	1259页倒5行	一百十一页十行
二十日(2月2日)	……摹补一百六十馀字,……	……摹补一百六十余(馀)字,……	1260页倒6行	一百十二页十五行
廿二日(2月4日)	……顺天报三寸有馀,……	……顺天报三寸有余(馀),……	1261页4行	一百十三页五行
同日	饭银处来回兵部拨银事。只许一半,可笑也。	饭银处来回兵、刑拨银事。止许一半,可笑也。	1261页7行	一百十三页七行
廿五日(2月7日)	……良久始平,馀可。	……良久始平,余(馀)可。	1261页倒10行	一百十三页十七行
廿七日(2月9日)	……醇邸来尚好,馀工皆可。	……醇邸来尚好,余(馀)工皆可。	1262页9行	一百十四页十五行

廿九日 (2月11日)	……夜祀先，感怆为怀。	……夜祀先，感怆难为怀。	1262页倒6行	一百十五页六行
光绪三年丁丑 正月朔 (1877.2.13)	相约不贺年，而恭、醇两邸处不能不往，醇邸亦来矣。	相约不贺年，而恭、醇两邸处不能不往，醇邸亦来也。	第三册 1263页5行	第十六卷 一页九行
初五日 (2月17日)	……春如此，……	……入春如此，……	1263页倒1行	二页七行
初六日 (2月18日)	汉书亦好，即上生书一首，(《泰伯起章》)……	汉书亦好，即上生书一首，(《泰伯》章起)……	1264页7行	二页十三行书眉
同日	子松云流民有盗遣之例，……	子松云流民有资遣之例，……	1264页11行	二页十八行
初七日 (2月19日)	辰初到书房，略减数遍，馀均如常。	辰初到书房，略减遍数，余(馀)均如常。	1264页倒11行	三页五行
同日	……始以《养正图解》进呈，请第一段。	……始以《养正图解》进呈，讲第一段。	1264页倒10行	三页六行
十二日 (2月24日)	余幼兰、管先生、……	俞幼兰、管先生、……	1265页倒7行	四页十六行
十八日 (3月2日)	回横街，得仲渊等腊月十日出，云斌孙于新正初八左右起程也。	回横街，得仲渊等腊月十日函，云斌孙于新正初八左右起程也。	1266页倒11行	六页二行
十九日 (3月3日)	若照收帖，几至四百馀，不清楚也。	若照收帖，几至四百余(馀)，不清楚也。	1267页1行	六页十三行
同日	……传得三十五人，馀众已归伍，……	……传得三十五人，余(馀)众已归伍，……	1267页5行	六页十九行
二十日 (3月4日)	是日初进《实录》第十五卷，六年正月上。	是日初进《实录》第十五卷，元年正月上。	1267页7行	七页二行
同日	……两人合看，殊总总也。	……两人合看，殊怱怱[匆匆]也。	1267页8行	七页二行
廿一日 (3月5日)	……云于初八日窜入山东乐陵。……	……云于初八日窜入山东乐陵境。……	1267页14行	七页八行
廿五日 (3月9日)	(发《实录》第十一卷，一签。)	(发《实录》第十八卷，一签。)	1268页5行	八页五行书眉
二月朔 (3月15日)	晴，顿暖。读不佳，馀却极好。	晴，顿暖，无风。读不佳，余(馀)却极好。	1269页9行	九页十二行

初五日 (3月19日)	……许方走气,而吃松侄方。	……许方走气,分吃松侄方。	1270页4行	十页十三行
同日	啜薄弱一小碗而已。	啜薄粥一小碗而已。	1270页6行	十页十四行
初六日 (3月20日)	寿官携来士吉、吉复、瑾甫、……各函。	寿官携来士吉、士复、瑾甫、……各函。	1270页12行	十一页二行
十二日 (3月26日)	(3月6日)	(3月26日)	1271页倒11行	
同日	巡抚杨昌濬不能查出冤情……	巡抚杨昌濬[浚]不能查出冤情……	1272页14行	
十八日 (4月1日)	读甚好,字稍拂意,馀极好,巳正二退。	读甚好,字稍拂意,余(馀)极好,巳正二退。	1272页倒2行	十四页五行
二十日 (4月3日)	读如昨而费唇舌,昨日馀波也,……	读如昨而费唇舌,昨日余(馀)波也,……	1273页11行	十四页十六行
廿二日 (4月5日)	……昨铜短八千馀斤也。	……昨铜短八千余(馀)斤也。	1273页倒3行	十五页十二行
廿三日 (4月6日)	读尚好,写字时倦,馀尚可,午初退。	读尚好,写字时倦,余(馀)尚可,午初退。	1274页2行	十五页十六行
廿四日 (4月7日)	……退时午初一矣。	……退时午初一刻矣。	1274页7行	十六页二行
廿七日 (4月10日)	吊柳生长庵丁外艰。	吊柳生长庚丁外艰。	1274页倒4行	十六页十六行
三十日 (4月13日)	……馀可,午初散。	……余(馀)可,午初散。	1275页12行	十七页十二行
同日	……颇得其友王霞举之绪馀,……	……颇得其友王霞举之余(馀)绪,……	1275页14行	十七页十四行
三月朔 (4月14日)	……上于乾清宫东暖阁者长袍褂行礼毕,西暖阁更龙褂,……	……上于乾清宫东暖阁青长袍褂行礼毕,西暖阁更龙褂,……	1275页倒10行、倒9行	十八页二行
同日	……乃于堂中北向卯首。	……乃于堂中北向叩首。	1275页倒8行	十八页四行
同日	……晤邑中诸孝廉,……馀皆后辈矣,凡十八人。	……晤邑中诸孝廉,……余(馀)皆后辈矣,凡十八人。	1275页倒4行	十八页八行
初二日 (4月15日)	晴,热甚,可袷衣。	晴,热甚,可袷(夹)衣。	1276页2行	十八页十四行

初十日 (4月23日)	……晚霁,尤垂垂也。	……晚霁,犹垂垂也。	1277页倒11行	二十页十七行
同日	刘善初馀庆来,……	刘善初馀[余]庆来,……	1277页倒9行	二十一页一行
十二日 (4月25日)	……未至前门而返,惮此泥涂也,……	……未至前门而返,惮此泥塗[途]也,……	1278页1行	二十一页九行
十五日 (4月28日)	……归而乏极,……	……归门乏极,……	1278页倒7行	二十二页八行
十六日 (4月29日)	……磨垆尚精,馀平平,……	……磨垆尚精,余(馀)平平,……	1278页倒3行	二十二页十二行
十八日 (5月1日)	……学古入□论。……	……学古入管论。……	1279页7行	二十三页二行
廿一日 (5月3日)	读不如昨,馀皆可,巳正二刻散。	读不如昨,余(馀)皆可,巳正二刻散。	1279页倒5行	二十三页十五行
廿二日 (5月5日)	……现住苏州城内仓口,急切请援,奈何!	……现住苏[州]城小仓口,急切请援,奈何!	1280页1行	二十四页二行
廿五日 (5月8日)	……则为地甚宽,据云四十丈。	……则为地甚宽,据云十四丈。	1280页倒12行	二十四页十八行
四月朔 (5月13日)	……农阴,东南风。	……浓阴,东南风。	1281页12行	二十六页七行
初四日 (5月16日)	闻雨声两次,馀瞢腾矣。	闻雨声两次,余(馀)瞢腾矣。	1282页9行	二十七页十行
初六日 (5月18日)	见石田"江山秋色"轴,极佳。……吴子儁	见石田《江山秋色》轴,极佳。……吴子儁[俊]	1282页倒9行、倒2行	
初十日 (5月22日)	吴子儁来……是日会客:……王心耔修。	吴子儁[俊]来……是日会客:……王心耔修。	1283页12行、倒10行	二十九页六行
十七日 (5月29日)	……因论西师未可遽停,而台事岂宜中止。	……因论西师未可遽停,即台事岂宜中止。	1284页倒5行	三十页十六行
同日	阅卷:沈桂芬、彭久馀、……	阅卷:沈桂芬、彭久余(馀)、……	1284页倒2行	三十一页一行
十八日 (5月30日)	吴子儁、夏子松、曾君表也。	吴子儁[浚]、夏子松、曾君表也。	1285页2行	
廿四日 (6月5日)	……万、徐加点,馀尖圈也。	……万、徐加点,余(馀)尖圈也。	1286页7行	三十二页十六行

廿五日 (6月6日)	叶大焯出名具柬称世再侄。	叶大焯出名具奏称世再侄。	1286页13行	三十三页四行
廿八日 (6月9日)	是日散馆引见，同邑殷李尧留馆。	是日散馆引见，同邑殷季尧留馆。	1286页倒4行	
五月初五日 (6月15日)	晤张香涛、潘伯寅、吴子儁。	晤张香涛、潘伯寅、吴子儁[俊]。	1287页倒5行	
初六日 (6月16日)	以八十金购得旧拓《阁帖》十册。	以八十金购旧拓《阁帖》十册。	1288页5行	三十五页十行
初七日 (6月17日)	午后闻雷数次，云阴往来而无雨，夜晴。	晴，午后闻雷数次，阴云往来而无雨，夜晴。	1288页6行	三十五页十一行
初八日 (6月18日)	晚闻雷。……	晴，晚闻雷。……	1288页11行	三十五页十五行
十四日 (6月24日)	……大雨数次，约二寸馀矣。	……大雨数次，约二寸余(馀)矣。	1289页倒5行	三十七页十二行
十五日 (6月25日)	未初多安孙出。……	未初多安孙出场。……	1289页倒2行	三十七页十五行
十七日 (6月27日)	徐寿蘅师来谈至十馀刻，……	徐寿蘅师来谈至十余(馀)刻，……	1290页13行	三十八页十行
十八日 (6月28日)	清晨凉，午热。	晴，晨凉午热。	1290页倒12行	三十八页十二行
廿二日 (7月2日)	访张香涛。……	访晤张香涛。……	1291页2行	三十九页五行
廿五日 (7月5日)	……广西司发黑铅摺价奏稿，余不画也。	……广西司发黑铅折价奏稿，余不画也。	1291页倒11行	三十九页十六行
廿六日 (7月6日)	请截留京饷赈衈，……	请截留京饷赈衈[恤]，……	1291页倒4行	
廿八日 (7月8日)	……岂细故哉，奈何而已。	……岂细故哉，呼奈何而已。	1292页2行	四十页八行
六月初二日 (7月12日)	……五月十六得透雨，……	……五月十六、七透雨，……	1292页倒6行	四十一页十行
初四日 (7月14日)	……盖范监极意周旅，……	……盖范监极意周旋，……	1293页6行	四十二页一行
初八日 (7月18日)	熯干可虑，毒热不可当。	暵干可虑，毒热不可当。	1293页倒1行	四十三页二行
十一日 (7月21日)	得楚信，五月廿六日发，……	得楚信，五月廿六发，……	1294页倒11行	四十三页十六行
十三日 (7月23日)	先祖母张太夫忌日……	先祖母张太夫人忌日……	1294页倒2行	

十六日 (7月26日)	归寓静憩,而荐卷门潘玉璿东湖,……	归寓静憩,而荐卷门生潘玉璿东湖,……	1295页10行	四十四页十五行
十八日 (7月28日)	巳初一退,退即偃卧,……	巳初一刻退,退即偃卧,……	1295页倒5行	四十五页九行
十九日 (7月29日)	……巳初即退,不免总促。	……巳初即退,不免匆促。	1295页倒1行	四十五页十行
廿五日 (8月4日)	(是日起百官綵服,……)	(是日起百官綵[彩]服,……)	1297页1行	
七月初三日 (8月11日)	晴。晨起可袷衣,……	晴。晨起可袷[夹]衣,……	1298页9行	四十八页十六行
初四日 (8月12日)	……遂同饭。饭罢,五簋而已。同游后湖,……	……遂同饭。五簋而已。饭罢,同游后湖,……	1298页倒12行	四十九页三行
丁丑七月七日 (8月15日)	宋伟度祖骏来辞行,不晤十馀年矣,……	宋伟度祖骏来辞行,不晤十余(馀)年矣,……	1299页7行	五十页六行
初八日 (8月16日)	检画箱,竟潮霉如渥。(注:以下脱句)筹儿来缮摺。	检画箱,竟潮霉如渥。晚访沈中堂,知今日谕及臣龢乞假事,已允许矣。筹儿来缮摺。	1299页12行	五十页十行
十一日 (8月19日)	仰见体卹下情无微不至,不觉感涕。	仰见体卹[恤]下情无微不至,不觉感涕。	1299页倒2行	
十四日 (8月22日)	写字,料理俗务,尚未能闲,可怜可怜。	写字,料理俗务,尚未能闲,可怪?可怪?。	1300页倒10行	五十二页六行
十七日 (8月25日)	天明装车,桂莲舫送行,……	天明装车,桂莲舫来送行,……	1301页8行	五十三页五行
十八日 (8月25日)	二刻许过,少选复雷雨,……	二刻许过,少选?复雷雨,……	1301页倒8行	
十九日 (8月27日)	促移舟紫竹林,总总解维,……	促移舟紫竹林,怱怱[匆匆]解维,……	1301页倒3行	五十三页十八行
廿二日 (8月30日)	……亦缘燕台装煤四百趸,……	……亦缘燕台装煤四百磅,……	1303页7行	五十五页九行
廿四日 (9月1日)	……账房杨子湖、黄子文,未见。	……账房杨子湖,黄子文,(未见。)	1303页倒5行	五十五页十八行
同日	……偃仰转觉馀晕。	……偃仰转觉余(馀)晕。	1303页倒3行	五十六页二行

同日	偕斌孙坐小车入城,得日本人批《荀子》十册,赵注《孟子》四册。	偕斌孙坐小车入城,得日本人批《荀子》十册世德堂复刻、赵注《孟子》四册。	1304页1行	五十六页四行
廿六日(9月3日)	……余即易舟径赴鸽峰墓次。……伏谒痛哭,……	……余即易舟径赴鸽峰墓次。……乃伏谒痛哭,……	1304页倒8行	五十七页二行
廿七日(9月4日)	次顶山,钱百蝠,朱小五,恶劣;陶松大。	次顶山,钱百福,朱小五,恶劣;陶松大。	1304页倒3行	五十七页八行
同日	秦坡石起步须修,可展长一丈馀则平坦,……	秦坡石起步须修,可展长一丈余(馀)则平坦,……	1305页1行	五十七页十一行
八月朔(9月7日)	是日集子侄告祭先祠,黎明起写祝文。	是日集子姓告祭先祠,黎明起写祝文。	1305页8行	五十八页一行
初二日(9月8日)	次老鹳石,遂归。魏葆卿、蔡孟云来,余见孟云,不禁灌然。遂归,热甚。	次老鹳石,遂归,热甚。魏葆卿、蔡孟云来,余见孟云,不禁灌然。	1305页倒10行	五十八页十行
初三日(9月9日)	谒祭西山墓,子侄来者:雨峰、士敏、三官、瑾甫之子。……	谒祭西山墓,子姓来者:雨峰、士敏、三官、瑾甫之子。……	1305页倒4行	五十八页十四行
初四日(9月10日)	汤伯述自苏来,不便留之,语以总促之故,送菜两次。	汤伯述自苏来,不便留之,语以匆促之故,送菜两次。	1306页4行	五十九页二行
同日	入舟北行至石崔公墓,岂字圩。	入舟北行至石崖公墓,岂字圩。	1306页6行	五十九页四行
初五日(9月11日)	吴灌罂。甫从江阴来。次侯约灌罂为余写照,以事敏[繁]辞之,抵家日落。……得中七月廿八日信,皆平安,可喜也。	吴灌罂。甫从江阴来。次侯约灌罂为余写照,以事繁辞之,抵家日落。……得中七月廿六日信,皆平安,可喜也。	1306页倒12行	五十九页十一行
初八日(9月14日)	先合祭,后诸位入前楼下,吊客约百馀,皆参拜之。	先合祭,后请位入前楼下,吊客约百余(馀),皆参拜之。	1307页7行	六十页十一行
初十日(9月16日)	……官舱一间,十八两。馀六人每人五十两,……	……官舱一间,十八两。余(馀)六人每人五十两,……	1308页3行	六十一页十二行
十四日(9月20日)	……精神日旺也,呜呼天呼。	……精神日旺也,呜呼!天乎!	1309页14行	六十三页十二行

十六日 (9月22日)	……晤李少荃、……	……晤李小荃、……	1309页倒10行	六十三页十五行
十六日 (9月26日)	晴,仍热。蒯□范蘸衣、何子涛两观察,……	晴,仍热。蒯子范蘸衣、何子涛两观察,……	1310页4行	六十四页八行
廿四日 (9月30日)	照巡抚例赐卹,长孙奎孙赏给举人。	照巡抚例赐卹[恤],长孙奎孙赏给举人。	1310页倒7行	
九月朔 (10月7日)	……凡十人来:……史斡甫、……	……凡十人来:……史斡[干]甫、……	1312页3行	六十七页四行
初四日 (10月10日)	……萧然寒意矣,换服棉衣。	……萧然寒意矣,顿服棉衣。	1312页倒9行	六十七页十八行
初五日 (10月11日)	……松云诊脉换方,馀客未见。	……松云诊脉换方,余(馀)客未见。	1312页倒1行	六十八页六行
同日	子京赠小铜手垆,羊毫,华百川送二爨碑,皆受,馀一概却也。	子京赠小铜手垆,羊毫,华百川送《二爨碑》,皆受,余(馀)一概却也。	1313页2行	六十八页八行
初九日 (10月15日)	更下则积布矶南、牛兰矶北两山,东流江水势湍急。	更下则积布矶南、牛关矶北两山,东江水势湍急。	1314页10行	六十九页十八行
同日	补:黄州府英启绩村、……知县陈树楠、王祐。	补:黄州府英启绩村、……知县陈树楠、王祜。	1314页14行、倒11行	七十页四行、七行
初十日 (10月16日)	梦奇。(注:以下脱句,原稿置括号中)……	梦奇。(九江道沈保靖品莲遣人送幛)……	1314页倒4行	七十页十四行
十一日 (10月17日)	彭泽县城带山,在四山中,一面临江。	彭泽县城带山,在四山中,一面距江。	1314页倒2行	七十页十五行
十二日 (10月18日)	和州直隶阎炜。……	和州直隶州阎炜。……	1315页12行	七十一页十三行
十三日 (10月19日)	行十馀里风稍起,……	行十余(馀)里风稍起,……	1315页倒6行	七十二页二行
同日	……船小而所举之三号船特大故也。	……船小而所带之三号船特大故也。	1315页倒3行	七十二页五行
十六日 (10月22日)	一片榛莽,破屋数处,……	一片榛莽,破屋数处而已,……	1316页倒11行	七十三页四行
同日	首县有事亦未来,吴元汉东园、……	首县有事亦未来,吴元汉乐园、……	1316页倒7行	七十三页八行
十七日 (10月23日)	……凡两时许始毕,日落乃回船。	……凡两时许始毕,日已落乃回船。	1317页4行	七十四页四行

同日	……余问李君及泣讯无锡船人,知浅处在丹阳东西两桥,尚有二尺馀水也。	……余问李君及泛讯无锡船人,知浅处在丹阳东西两桥,尚有二尺余(馀)水也。	1317页7行	七十四页六行、七行
十九日(10月25日)	……西门之马桥,东门七里桥,……	……西门之马桥,东门之七里桥,……	1318页倒12行	七十六页一行
二十日(10月26日)	午正乘车回船,到时未正二矣。	午正乘车回船,到时未二刻矣。	1318页倒1行	七十六页十行
廿三日(10月29日)	……晚稻初划,秕者甚多,……	……晚稻初刈,秕者甚多,……	1320页倒7行	七十八页八行
廿四日(10月30日)	午初执事等齐集,灵舆登岸入南门,……	午初执事等齐集,奉灵舆登岸入南门,……	1320页倒7行	七十八页十八行
廿九日(10月30日)	次侯来,以《长江图》示之,为题蝯盦额。	次侯来,以《长江图》示之,为题蝯盦[庵]额。	1322页3行	
十月初三日(11月7日)	……写字十馀幅,……	……写字十余(馀)幅,……	1322页倒8行	八十一页十七行
同日	……勇三十二两,马褂料,……	……勇三十二两,马桂料,……	1322页倒4行	八十二页二行
初四日(11月8日)	雨作竟日,到彩衣堂与各房话别,仲渊发病犹未起。	雨作竟日,到綵[彩]衣堂与各房话别,仲渊发病犹未起。	1322页倒1行	八十二页五行
同日	……戌正一刻抵陆家滨。……	……戌正一刻抵陆家浜泊。……	1323页6行	八十二页十一行
初七日(11月11日)	书画船主人……张子祥熊,平湖人,……七十馀矣。	书画船主人……张子祥熊,平湖人,……七十余(馀)矣。	1324页1行	八十三页十行
初八日(11月12日)	……其馀五万例价实不敷办。	……其余(馀)五万例价实不敷办。	1324页倒1行	八十四页十三行
同日	此行余与妾陆外,老姬一人,新添婢一人……	此行余与妾陆外,老妪一人,新添婢一人……		
十二日(11月16日)	……甫入口而西北风起矣,凡七十馀湾,……	……甫入口而西北风起矣,凡七十余(馀)湾,……	1325页倒2行	八十五页十四行
十三日(11月17日)	(赏招商局:茶四两,……下人七两,搬行李二两。)	(赏招商局:茶四两,……下人六两,七老户下人二两,搬行李二两。)	1326页8行	八十六页书眉

十七日 (11月21日)	近日廿遍者改至一遍,馀皆一遍,且无声也。是日读书廿遍,……	近日廿遍者改至一遍,余(馀)皆一遍,且无声也。是日读生书二十遍,……	1327页12行	八十七页十行
十八日 (11月22日)	……巳正二刻退。……顿委特甚,……	……巳正三刻退。……填委特甚,……	1327页倒7行	八十七页十七行
廿五日 (11月29日)	……极闷。	……极闷闷。	1328页倒8行	八十八页十八行
廿七日 (12月1日)	……极贫者加赈四个月,馀以次递减。	……极贫者加赈四个月,余(馀)以次递减。	1329页1行	八十九页七行
三十日 (12月4日)	李菊圃来。用清,将往山西办赈。	李菊圃来。用清,将归山西办赈。	1329页12行	八十九页十七行
十一月初三日 (12月7日)	晴。读极好,午初一退。	晴。读极好极好,午初一退。	1329页倒8行	九十页五行
初九日 (12月13日)	……适来请驾,乃返,归寓才巳正多耳。	……适来请驾,乃退,归寓才巳正多耳。	1330页13行	九十一页七行
十一日 (12月15日)	沉阴,入夜濒雨,……	沉阴,入夜微雨,……	1330页倒6行	九十一页十四行
十三日 (12月17日)	晤贾湛田、吴子儁而日已落。	晤贾湛田、吴子儁[俊]而日已落。	1331页6行	
十四日 (12月18日)	……楚中人来,不觉感怆,……	……楚中人来,余不觉感怆,……	1331页9行	九十二页十行
廿一日 (12月25日)	读好,正授书而眩转,出户思呕,偃卧,……	读好,正授书而眩转,出户则思呕,偃卧,……	1332页9行	九十三页十二行
廿三日 (12月27日)	……次言河南京协本有留支之无馀,……	……次言河南京协本有留支之无余(馀),……	1332页倒7行	九十四页五行
廿四日 (12月28日)	……无可改矣。写信。	……无可改矣。写南信。	1332页倒1行	九十四页十一行
廿六日 (12月30日)	……允之,又吁恳山东借三十万,……	……允之,又吁恳饬山东借三十万,……	1333页9行	九十四页十八行
廿七日 (12月31日)	闻庆星阶疾,水鼓,恐难治也。	问庆星阶疾,水鼓,恐难治也。	1333页12行	九十五页三行
十二月初二日 1878年 (1月4日)	……发直隶、云南、贵州、广西各讣信。	……发直隶、云南、贵州、广西各赴信。	1333页倒1行	九十五页十七行
初四日 (1月6日)	……生书发倦,馀皆可,午初退。	……生书发倦,余(馀)皆可,午初退。	1334页8行	九十六页六行

初五日 (1月7日)	……荣安较钟邸浮销三万馀,嘻,可怪也。见较友仁五洲烟雨图卷长而高不过二寸余,……	……荣安较钟邸浮销至三万余(馀),嘻,可怪也。见米友仁《五洲烟雨图》卷,长,而高不过二寸余,……	1334页14行	九十六页十一行
初七日 (1月9日)	……岌岌乎藩蓠破矣,午初二刻过始退。	……岌岌乎藩蓠破矣,午初二刻足始退。	1334页倒6行	九十六页十七行
同日	……寄陕西四川讣函。	……寄陕西、四川赴函。	1334页倒5行	九十六页十七行
十四日 (1月16日)	(赏冰鱼蝌)辰初一刻到书房,……	(赏冰鱼、蟹)辰初一到书房,……	1335页倒9行	九十七页十七行
十六日 (1月18日)	阳曜门前叩头,谢赏福寿字。	阳曜门叩头,谢赏"福"、"寿"字。	1335页倒2行	九十八页四行
十七日 (1月19日)	……往俄国拜年,……其馀分二次,一日毕。	……往俄国拜年,……其余(馀)分二次,一日毕。	1336页6行	九十八页十行
二十日 (1月22日)	出城访祁子禾,谈山西流民留卷事。	出城访祁子禾,谈山西流民留养事。	1336页倒12行	九十八页十六行
廿一日 (1月23日)	是日钦天监有奏事,未知何语,或云十五日四鼓西北流星有尾如小盌。	是日钦天监有封事,未知何语,或云十五日四鼓西北流星有尾如小盌[碗]。	1336页倒8行	九十九页一行
廿三日 (1月25日)	先母诞日,午设奠横街寓寝,仍入城也。	先母诞日,午设奠于横街寓寝,仍入城也。	1336页倒2行	九十九页六行
廿八日 (1月30日)	饭后拜客,晤庆馀斋、桂莲舫。	饭后拜客,晤庆馀[余]斋、桂莲舫。	1337页倒8行	一百页六行
廿九日 (1月31日)	……回横街饭,祈神。	……回横街饭,祀神。	1337页倒5行	一百页八行
三十日 (2月1日)	……复傅青馀函,有赠,却之。	……复傅青馀[余]函,有赠,却之。	1338页1行	一百页十四行
光绪四年戊寅 正月十一日 (1878.2.12)	……截江南漕九万;借直隶平粜三万;……部议不过闻诸外省耳。	……截江安漕九万;借直隶平粜三万;……部议不过问诸外省耳。	第三册 1340页倒2行、倒1行	第十七卷 三页十二行
十三日 (2月14日)	未入直,自是日起十六止。	未入直,自是日起十六日止。	1341页7行	四页一行
十四日 (2月15日)	……历芳字、□字、日字库、宣字库,……	……历芳字、□字库、日字库、宁字库,……	1341页11行	四页五行
十五日 (2月16日)	晴,暖甚。……复访吴子儁……	晴,甚暖。……复访吴子儁[俊]……	1341页倒12行、倒11行	四页八行

同日	……小民熙熙，岂知物力益艰，火灾可惧乎！	……小民熙熙，岂知物力益艰，大灾可惧乎！	1341 页倒 9 行	四页十一行
廿二日(2月23日)	……到地即化，傍晚止，不过数分耳。	……到地即化，傍晚止，不过数分耳。	1342 页倒 8 行	五页十八行
廿三日(2月24日)	发山西、湖南、福建讣信。	发山西、福建、湖南赴信。	1342 页倒 2 行	六页五行
廿七日(2月28日)	……而礼部诸君龂龂事之，不可能也。	……而礼部诸君龂龂事之，不可解也。	1343 页 13 行	六页十七行
二月朔(3月4日)	是日上吃肉，……	晴。是日上吃肉，……	1343 页倒 2 行	七页十行
初八日(3月11日)	……千回百折始毕一册，馀尚可，……	……千回百折始毕一册，余(馀)尚可，……	1345 页 3 行	九页一行
同日	是日祭社坛而风势不止，……	是日祭社稷坛而风势不止，……	1345 页 7 行	九页五行
十一日(3月14日)	晴，甚暖。	晴，暖甚。	1345 页倒 12 行	九页十二行
十二日(3月15日)	今日上补褂贺两宫喜，拜佛，中官皆补褂蟒袍。	今日上补挂贺两宫喜，拜佛，中官皆补挂蟒袍。	1345 页倒 3 行	十页五行、六行
十三日(3月16日)	……刘锦棠加男爵，馀则累幅不能尽，……	……刘锦棠加男爵，余(馀)则累幅不能尽，……	1346 页 4 行	十页十行
十七日(3月20日)	……云京信五函并到，则冬间则不去信矣。	……云京信五函并到，则冬间则不走信矣。	1346 页倒 6 行	十一页八行
二十日(3月23日)	读先好后涩，馀皆好，……	读先好后涩，余(馀)皆好，……	1347 页 14 行	十二页七行
廿一日(3月24日)	……丑正大风动地来，沉梦为之摇兀。	……丑正大风动地来，魂梦为之摇兀。	1347 页倒 7 行	十二页十四行
廿五日(3月28日)	……十六日发报，廿一到。	……十六日发报，廿一日到。	1348 页 8 行	十三页九行
廿七日(3月30日)	……又商人等不得混入禁门。	……又商贾人等不得混入禁门。	1348 页倒 5 行	十四页二行
廿八日(3月31日)	夜访绍彭。	夜诣绍彭。	1349 页 6 行	十四页十二行
廿九日(4月1日)	……在总理衙门语言举止为众论诋訾，……	……在总理衙门语言举止颇为众论诋訾，……	1349 页 14 行	十五页二行

三十日 (4月2日)	子松来此候吴子儁……子儁来商酌事件,……	子松来此候吴子儁[俊]……子儁[俊]来商酌事件,……	1349页倒8行、倒7行	
三月初三日 (4月5日)	得筹儿二月廿二日函,……	得筹儿二月廿二函,……	1350页12行	十六页六行
初六日 (4月8日)	致书方子颖荐王济之蓉洲之孙。书局。	致书方子颖荐王济之蓉洲之孙书局。发南信。	1350页倒2行	十六页十六行
初七日 (4月9日)	……拟将钉椿及凿打山石两项附片声明,……	……拟将钉椿[桩]及凿打山石两项附片声明,……	1351页2行	十七页三行
初八日 (4月10日)	醇邸有起,不出者四十馀日矣。	醇邸有起,不出者四十余(馀)日矣。	1351页6行	十七页六行
同日	……又请加兵米一段亦驳,……	……又请加兵米一成亦驳,……	1351页7行	十七页八行
同日	……拟删钉椿凿打两项也。	……拟删钉椿[桩]凿打两项也。	1351页8行	十七页九行
初十日 (4月12日)	……饬将椿打一项删除。	……饬将椿[桩]打一项删除。	1351页倒12行	十七页十四行
十四日 (4月16日)	入署见恩旨,令江、浙、两湖、粤、……为晋、豫两省赈需。	入署见恩旨,令江、浙、安、两湖、粤、……为晋、豫两省赈需。	1352页4行	十八页十一行
同日	……算房来,统实银十万矣。	……算房来,约实银十万矣。	1352页5行	十八页十二行
十五日 (4月17日)	适吴子儁在彼……	适吴子儁[俊]在彼……	1352页8行	
十六日 (4月18日)	是日复奏勘估事正,工部知道,……	是日复奏勘估事正摺,工部知道,……	1352页倒11行	十九页四行
十七日 (4月19日)	晴,月如金盆,馀润犹在。……	晴,月如金盆,余(馀)润犹在。……	1352页倒9行	十九页六行
同日	……馀可,午正退。吊庆星阶。到极国寺,亡妻廿周年诵经也,……张子和、程老五卓山送祭席,……	……余(馀)可,午正退。吊庆星阶。到报国寺,亡妻廿周年诵经也,……张子和并程老五卓山送祭席,……	1352页倒8行、倒7行	十九页七行、八行
二十日 (4月22日)	……仍于廿四亲诣大高殿,……	……仍于廿四日亲诣大高殿,……	1353页10行	二十页四行
廿一日 (4月23日)	……退时忽不适。	……退时忽一不适。	1353页倒11行	二十页九行

廿三日 (4月25日)	入城访晤夏子松，其第二字厚庵。	入城访晤夏子松，其弟，二，字厚庵。	1353页倒1行	二十一页二行
廿四日 (4月26日)	……呜呼，不肖岂有隐疚欤！	……呜呼，不肖其有隐疚欤？	1354页5行	二十一页八行
廿六日 (4月28日)	敏生、子儁来，……	敏生、子儁[俊]来，……	1354页倒10行	
四月初二日 (5月3日)	……又有旱干之象矣。	……又有暵干之象矣。	1355页10行	二十三页三行
初六日 (5月7日)	是日乙酉巳正初五刻五分登位。	是日乙酉巳正初刻五分登位。	1355页倒1行	二十三页十八行
初七日 (5月8日)	……二千馀赏之。	……二千余（馀）赏之。	1356页7行	二十四页七行
十三日 (5月14日)	……明日不能出城。……	……明日不能出城也。……	1357页10行	二十五页十三行
廿一日 (5月22日)	读一起即不佳，百万鼓荡不起，……	读一起即不佳，百方鼓荡不起，……	1358页倒2行	二十七页十六行
廿五日 (5月26日)	……讲昨郭崇矩摺，令范予到军机处领取。	……讲昨郭崇矩摺，今晨予到军机处领取。	1359页倒7行	二十八页十六行
三十日 (5月31日)	……而掖庭屡见若有人在屋然，数惊，故禁军皆设备。	……而掖庭屡见若有人在屋望，数惊，故禁军皆设备。	1360页倒12行	二十九页十六行
五月初四日 (6月4日)	……费尽口舌，馀可，……	……费尽口舌，余（馀）可，……	1361页4行	三十页十二行
初五日 (6月5日)	乃来商顺天府撤粥厂稿。	乃来商顺天府撤粥厂稿。	1361页7行	
初八日 (6月8日)	彭儁之肯堂……来见，老学究也。	彭儁[俊]之肯堂……来见，老学究也。	1361页倒5行	
十一日 (6月11日)	……王安斋者两方，未服。（注：以下脱句）黄昏大解，……	……王安斋者两方，未服。议论纷然，夜稍安。黄昏大解，……	1362页10行	三十二页七行
十二日 (6月12日)	……服后觉爽，继称腹痛，……	……服后觉爽，继称腹疼，……	1362页倒10行	三十二页十一行
廿三日 (6月23日)	闻吴子儁昨夕病故，为之呜咽，赠以五十金。	闻吴子儁[俊]昨夕病故，为之呜咽，赠以五十金。	1363页倒4行	
六月朔 (6月30日)	安孙友痧而脉不调，似有蕴热。	安孙发痧而脉不调，似有蕴热。	1364页倒4行	三十五页四行

初三日(7月2日)	读尚好,来时退,午正一始退。……周世堃……	读尚好,来时迟,午正一始退。……周世堃[坤]……	1365页2行、6行	三十五页十二行
初五日(7月4日)	辰正奠,巳初发行,……	辰正奠,巳初发引,……	1365页9行	三十五页十七行
初七日(7月6日)	……与余同辈者延见之,才十数人耳,馀客则松侄辈主之……	……与余同辈者延见之,才十数人耳,余客则松侄辈主之……	1365页倒8行	三十六页八行
十二日(7月11日)	是日半工起,熟书读半倍半,……馀如故。	是日半工起,熟书读半倍半,……余如故。	1366页12行、13行	三十七页七行、八行
同日	哭吴子儁,……	哭吴子儁[俊],……	1366页倒12行	
十四日(7月13日)	读极顺,来时早,退时才巳正耳。	读极顺,来时阒早,退时才巳正耳。	1366页倒5行	三十七页十七行
十五日(7月14日)	云从北来,微雨细雷。	云从北来,微雷细雨。	1367页3行	三十八页五行
十七日(7月16日)	吊吴子儁之丧。	吊吴子儁[俊]之丧。	1367页9行	
十九日(7月18日)	……题咏甚富,又旧榻《大观帖》,方宜田旧物也。	……题咏甚富,又旧拓《大观帖》,方宜田旧物也。	1367页13行	三十八页十七行
二十日(7月19日)	贺恭声云,鑛,由京畿道放定池道。	贺恭声云,鑛,由京畿道放宁池道。	1367页倒11行	三十九页二行
廿六日(7月25日)	见吴子儁两侄皆佳。	见吴子儁[俊]两侄皆佳。	1368页倒6行	
七月初三日(8月1日)	老者如此,何以为怀耶!	老夫如此,何以为怀耶!	1369页倒5行	四十二页二行
初七日(8月5日)	……两日晚皆头痛,馀热未消清。	……两日晚皆头痛,余(馀)热未消清。	1370页倒10行	四十二页十八行
初十日(8月8日)	读甚好,读甚好。……叫号悲泣,身如腾空,……	读甚好……叫号悲泣,身若腾空,……	1370页倒1行	四十三页十行
十一日(8月9日)	夜卧始安,小腹作热。	夜卧始安,子复作热。	1371页6行	四十三页十五行
十三日(8月11日)	略举筯而已,……	略举筯[箸]而已,……	1371页14行	四十四页五行
十六日(8月14日)	都察院值日,奏事两件。	都察院值日,奏事三两件。	1371页倒2行	四十四页十五行
廿二日(8月20日)	得恽松云函,知襄河漫溢成灾处甚多。	得恽松云函,知襄河漫溢成灾,处所甚多。	1373页2行	四十六页九行

同日	……谟公及御前大臣暨余等于阳曜门请安。	……谟公及御前大臣暨余等于阳曜门请圣安。	1373 页 3 行	四十六页十一行
廿六日 (8 月 24 日)	何福堃……王绰，失押官韵；……	何福堃[坤]……王倬，失押官韵；……	1373 页倒 1 行	四十七页十二行
廿七日 (8 月 25 日)	阅馆课卷，竟错批一卷，王绰未尝失官韵也。	阅馆课卷，竟错批一卷，王倬未尝失官韵也。	1374 页 4 行	四十七页十四行
八月初二日 (8 月 29 日)	……接见京畿、江南、福建三道，京畿四人，馀五人。	……接见京畿、江南、福建三道，京畿四人，余(馀)五人。	1374 页倒 8 行	四十八页十一行
初五日 (9 月 1 日)	……驳稿略摭四库提要存目中语，……	……驳稿略摭《四库提要存目》中语，……	1375 页 10 行	四十九页八行
十一日 (9 月 7 日)	入特早，……	阴。入特早，……	1376 页 4 行	五十页八行
十六日 (9 月 12 日)	……今日收呈湖南柜书某控入陷坑。	……今日收呈湖南柜书某控人陷坑。	1377 页 2 行	五十一页十三行
十八日 (9 月 14 日)	……购得彭尺木所藏古刻东毅小字《麻姑》册，……	……购得彭尺木所藏古刻《乐毅》小字、《麻姑》册，……	1377 页 9 行	五十二页二行
二十日 (9 月 16 日)	读一来不佳，馀极顺，午正一退。	读一来不佳，余(馀)极顺，午正一退。	1377 页倒 9 行	五十二页十二行
廿四日 (9 月 20 日)	……皆揭阳人郭主事绍唐、琴舫，一。携来。	……皆揭阳人郭主事绍唐，琴舫，一携来。	1378 页 10 行	五十三页十行
廿七日 (9 月 23 日)	……安山及获鹿者尚四万馀也。	……安山及获鹿者尚四万余(馀)也。	1378 页倒 7 行	五十四页一行
廿八日 (9 月 24 日)	……到署同仁皆集，……	……到署同人皆集，……	1378 页倒 2 行	五十四页六行
廿九日 (9 月 25 日)	曾劼刚来辞行，将往英法充公使矣，其意以伊犁当弃，……	曾劼刚来辞行，将往英法充公使矣，其言以伊犁当弃，……	1379 页 3 行	五十四页九行
九月初六日 (10 月 1 日)	……阴，微有风，热甚。	……晴，微有风，热甚。	1379 页倒 2 行	五十五页十二行
同日	……仅馀数十字，而叹美不已，……	……仅余(馀)数十字，而叹美不已，……	1380 页 2 行	五十五页十五行
十二日 (10 月 7 日)	来时早，读不佳，午正二退，……	来时早，读不佳不佳，午正二退，……	1380 页倒 7 行	五十六页十三行
十三日 (10 月 8 日)	……无计去此病痛，馀却佳，……	……无计去此病痛，余(馀)却佳，……	1380 页倒 4 行	五十六页十五行

十五日 (10月10日)	……钱伯垌尾跋，定为宋本，较吾斋所藏精神回出也。	……钱伯垌屡跋，定为宋本，较吾斋所藏精神迴出也。	1381页7行	五十七页七行
十七日 (10月12日)	退后小息半时，……	退后小息片时，……	1381页倒11行	五十七页十五行
同日	……本朝人画册四十馀人，册大观也。	……本朝人画册四十余人册，大观也。	1381页倒12行	五十七页十六行
廿一日 (10月16日)	访醇邸祝生日，未入也，径归。	诣醇邸祝生日，未入也，径归。	1382页9行	五十八页十四行
廿二日 (10月17日)	何福堃	何福堃[坤]	1382页倒11行	
廿七日 (10月22日)	晴，地湿如沐，盖雾又潮蒸也。	晴，地湿如沐，盖雾气又潮蒸也。	1383页10行	六十页四行
三十日 (10月25日)	……值日者皆站班，蓝袍补褂。同人皆集。先至书房恭竢，未站回班。	……值日者皆站班，蓝袍补袿。同人皆集。先至书房恭竢[俟]，未站回班。	1384页1行	六十一页三行、四行
十月初二日 (10月27日)	……欲读二十行也，馀悉佳，午正二退。	……欲读二十行也，余(馀)悉佳，午正二退。	1384页13行	六十二页十七行
初四日 (10月29日)	吊庆馀斋，归乏极。	吊庆馀[余]斋，归乏极。	1384页倒6行	六十二页五行
初五日 (10月30日)	……老病废事，馀生几何，……	……老病废事，余(馀)生几何，……	1384页倒2行	六十二页八行
初六日 (10月31日)	……馀皆好，午正三退。	……余(馀)皆好，午正三退。	1385页2行	六十二页十行
初八日 (11月2日)	(江獭冠，黑袍。)	(江獭冠，黑袖。)	1385页9行	六十二页十八行书眉
十一日 (11月5日)	得鹿侄九月廿九日函，皆安。	得鹿侄九月廿九函，皆安。	1385页倒2行	六十三页十五行
十六日 (11月10日)	……廿遍竟未如数，馀亦极将就，……	……廿遍竟未如数，余(馀)亦极将就，……	1386页倒12行	六十四页十二行
廿一日 (11月15日)	已半年矣，并以董书葆光卷、藏香廿枝答之。	已半年矣，并以董书《葆光卷》、藏香廿枝答之。	1387页13行	六十六页二行
廿三日 (11月17日)	又南田鸡雏，亦好。	又南田《鸡雏》，亦好。	1387页倒4行	六十六页十行
廿五日 (11月19日)	石谷画幅四十金可得，而囊无馀资，只得割爱矣。	石谷画幅四十金可得，而囊无余(馀)资，只得割爱矣。	1388页4行	六十六页十七行

十一月朔（11月24日）	读极顺，每参用新法，……	读极顺，亦参用新法，……	1388页倒8行	六十七页十三行
初三日（11月26日）	读生书如昨，迟至九刻，馀皆可，……	读生书如昨，迟至九刻，余（馀）皆可，……	1388页倒1行	六十七页十八行
初六日（11月29日）	……倍诵迟徊久之，馀皆好，午正二刻退。	……倍诵迟徊久之，余（馀）皆好，午正二刻退。	1389页12行	六十八页十一行
初八日（12月1日）	……午正三刻五毕。	……午正二刻五毕。	1389页倒8行	六十八页十七行
初十日（12月3日）	访张振轩中丞今日起后有起。	访张振轩中丞今日起，复有起。	1390页1行	六十九页七行
十一日（12月4日）	请筑隄濬河，如所议。	请筑隄［堤］濬［浚］河，如所议。	1390页8行	
十五日（12月8日）	读好，一切照常，午正一刻多退。	读好，一切照常矣，午正一刻多退。	1390页倒4行	七十页十行
十九日（12月12日）	……胸次如物有梗塞。	……胸次如有物梗塞。	1391页13行	七十一页八行
二十日（12月13日）	读前半极好，微有顿挫，少有转圜。	读前半极好，微有顿挫，妙有转圜。	1391页倒9行	七十一页十二行
廿三日（12月16日）	问沈相疾，稍愈，续假二十日。	问沈相疾，稍愈，续假廿日。	1392页3行	七十二页五行
晦日（12月23日）	……午正二刻馀勉强毕。	……午正二刻余（馀）勉强毕。	1393页3行	七十三页十一行
同日	……用生地一两，三七□钱、泡姜五分也。	……用生地一两，三七……钱、泡姜五分也。	1393页4行	七十三页十二行
十二月初二日（12月25日）	……覃叔批本未到，馀皆到。	……覃叔批本未到，余（馀）皆到。	1393页14行	七十四页三行
同日	昨阅定馆课卷六本，全日送全师。	昨阅定馆课卷六本，今日送全师。	1393页倒12行	七十四页四行
同日	何福堃。拙极。	何福堃［坤］。拙极。	1393页倒8行	
初三日（12月26日）	归后复出，访子松倾吐一切。	归后复出，访晤子松倾吐一切。	1393页倒6行	七十四页十行
初六日（12月29日）	入署折封，……	入署拆封，……	1394页8行	七十五页六行
初十日 1879年（1月2日）	再看大痴轴，私以为奇绝，不知世眼光何如，……	再看大痴轴，私以为奇绝，不知世俗眼光何如，……	1395页9行	七十七页一行

十三日 (1月5日)	……午正二毕,累极。	……午正二毕,累极累极。	1395页倒7行	七十七页十二行
十四日 (1月6日)	徐季来和谈。	徐季和来谈。	1395页倒2行	七十七页十八行
十五日 (1月7日)	闻彩衣堂十一月廿五日信,俱平安。	闻綵[彩]衣堂十一月廿五信,俱平安。	1396页4行	七十八页六行
同日	谕旨饬停各处捐输。	谕旨饬停各省捐输。	1396页5行	七十八页七行
十六日 (1月8日)	夜访绍彭未直。	夜访绍彭未值。	1396页8行	七十八页九行
廿一日 (1月13日)	次停捐事,次各省度支,……	次停捐事,次各省皮支,……	1397页5行	七十九页五行
同日	晤文秋瀛,均明日赴署。	晤文秋瀛,约明日赴署。	1397页8行	七十九页十八行
光绪五年己卯 正月初二日 (1879.1.23)	二日	〈初〉二日	第三册 1399页7行	第十八卷 一页九行
初三日 (1月24日)	三日	〈初〉三日	1399页11行	一页十二行
同日	作南信。夜卧不安。	作南信。夜卧亦安。	1399页倒10行	一页十三行
初四日 (1月25日)	四日	〈初〉四日	1399页倒9行	一页十四行
初五日 (1月26日)	五日	〈初〉五日	1399页倒5行	一页十八行
初六日 (1月27日)	是日始入值,……	是日始入直,……	1400页1行	二页五行
初八日 (1月29日)	出西华门吊张淑云丈之丧,……	出西安[华]门吊张淑云丈之丧,……	1400页12行	二页十六行
同日	见南信,斌孙家事不能用功,闷甚闷甚。	见南信,斌孙以家事不能用功,闷甚闷甚。	1400页13行	二页十八行
初九日 (1月30日)	……遂减去,馀皆写意,午初退。	……遂减去,余(馀)皆写意,午初退。	1400页倒9行	
十二日 (2月2日)	……旧雨温燖,恍然似梦,亥初散。	……旧雨温浔,恍然疑梦,亥初散。	1401页3行	三页十八行
十五日 (2月5日)	……礼应应谢春帖子赏,竟未及思,误甚误甚。	……礼应谢春帖子赏,而竟未及思,误甚误甚。	1401页12行	四页九行

十八日 (2月8日)	…… 意 甚 惨 戚。 (注：以下脱句)	…… 意 甚 惨 戚。晤张子禾。	1401页倒1行	五页三行
十九日 (2月9日)	……熟书颇费事，馀皆好，午初一退。	……熟书颇费事，余(馀)皆好，午初一退。	1402页1行	五页四行
二十日 (2月10日)	(换正穿褂)……	(换正穿褂)……	1402页5行	五页八行书眉
同日	午初二退，……仅留书六号，……	午初二刻退，……仅留熟书六号，……	1402页6行	五页九行、十行
同日	……定方用附姜连芩桂枝归芎等药不能决。	……定方用附、姜、连、芩、桂枝、归芎等药不能决。	1402页8行	五页十二行
廿五日 (2月15日)	……凤梧冈在彼，因定此方，冀有转机也。	……凤梧冈在彼，因定服此方，冀有转机也。	1403页4行	六页十五行
二月初七日 (2月·27日)	入署，调福建司主稿章万畲为奉天司主稿，……	入署，调福建司主稿章乃畲为奉天司主稿，……	1405页7行	九页十六行
十三日 (3月5日)	……归尚见日，而俗事全集，竟无稍暇之时。	……归尚见日，而俗事坌集，竟无稍暇之时。	1406页5行	十一页四行
十四日 (3月6日)	定计四月十九办祝官喜事，……	定计四月十九日办祝官喜事，……	1406页10行	十一页八行
廿五日 (3月17日)	生书一波旋平，馀可，未初三退。	生书一波旋平，余(馀)可，未初三退。	1407页倒4行	
廿六日 (3月18日)	……《诗经》起波甚大，馀可，未正退。	……《诗经》起波甚大，余(馀)可，未正退。	1408页3行	
三十日 (3月22日)	读熟书时一波，馀平，未正退。	读熟书时一波，余(馀)平，未正退。	1408页14行	
三月初二日 (3月24日)	得荣侄二月二十三日上海函，……	得荣侄二月廿三日上海函，……	1408页倒3行	十四页十五行
初六日 (3月28日)	退后访荫轩，如知荫轩欲住议所留帐房而口难发也，……	退后访荫轩，始知荫轩欲住议所留帐房而口难发也，……	1409页11行	十五页七行
同日	……非买书之时。	……旨以演车非买书之时。	1409页13行	十五页九行
初十日 (4月1日)	归后阅江西现审一件，答至数十处，……	归后阅江西现审一件，签至数十处，……	1410页4行	十六页六行
十三日 (4月4日)	得铁云函，即覆之，现署行唐县。	得铁云函，即复之，现署行唐县。	1410页倒8行	十七页三行

十九日 (4月10日)	……晴旭雪消,檐垂冰筋。	……晴旭雪消,檐垂冰筋[箸]。	1411页13行	十八页六行
廿一日 (4月12日)	……遂诣宫门敬竢,……	……遂诣宫门敬竢[俟],……	1411页倒4行	十八页十六行
同日	王姓农家也,由祥茂厂定先妥。	王姓农家也,由祥茂厂先定妥。	1412页3行	
廿三日 (4月14日)	巳正壕门小憩,到此换青长袍褂。	巳正壕门小憩,到此换青长袍袿。	1412页12行	十九页十七行
同日	……坐门帐房,旋上坡敬竢。内廷站坡上,六部站坡下,……	……坐门帐房,旋上坡敬竢[俟]。内廷站坡上,六部站坡下,……	1412页13行	十九页十八行
同日	……军机、南斋及余三人,馀皆近支王公,……	……军机、南斋及余三人,余(馀)皆近支王公,……	1412页倒12行	
廿四日 (4月15日)	……平明入敬竢。	……平明入敬竢[俟]。	1412页倒5行	二十页十行
同日	步行至兴隆口十馀里。乘骑从,……小升轝至隆恩门外……	步行至兴隆口十余(馀)里。乘骑从,……小升轝[舆]至隆恩门外……	1412页倒1行 1413页1行	二十页十三行
廿五日 (4月16日)	……子腾已到,同上宫门敬竢。……工部进小升轝,	……子腾已到,同上宫门敬竢[俟]。……工部进小升轝[舆],	1413页8行、13行	二十一页五行
廿六日 (4月17日)	……三跪九叩,读视后三叩,又三跪九叩。	……三跪九叩,读祝后三叩,又三跪九叩。	1413页倒6行	二十二页四行
同日	上送至御碑亭前,群臣皆退。	上送至碑亭前,群臣皆退。	1413页倒3行	二十二页九行
廿七日 (4月18日)	……恩承[承恩]宫保衔,……	……恩承宫保衔,……	1414页7行	二十二页十八行
同日	是日覆奏隆福寺五里外失火之李三拟杖一百。	是日复奏隆福寺五里外失火之李三拟杖一百。	1414页13行	二十三页八行
廿八日 (4月19日)	……此两日上旨诣黄幄夕奠,……	……此两日上皆诣黄幄夕奠,……	1414页倒9行	二十三页十四行
廿九日 (4月20日)	……安孙在此,意殊萧瑟。	……安孙在此,意思殊萧瑟。	1414页倒2行	二十四页二行
闰三月初二日 (4月22日)	卯初诣大清门外敬竢,……	卯初诣大清门外敬竢[俟],……	1415页4行	二十四页十一行
初三日 (4月23日)	……生书极好,馀亦可,……	……生书极好,余(馀)亦可,……	1415页13行	

初五日 (4月25日)	散署访廖穀似未晤,……	散署访廖穀[谷]似未晤,……	1415页倒6行	二十五页十一行
初六日 (4月26日)	得荣孙侄函,廿三知斌孙于廿五启行,……	得荣侄函廿三,知斌孙于廿五启行,……	1415页倒2行	二十五页十四行
初九日 (4月29日)	访颂阁,后邀同廖穀似编修到新宅相度,薄暮归。	访颂阁,后邀同廖穀[谷]似编修到新宅相度,薄暮归。	1416页10行	二十六页七行
同日	……何必添此动费乎。	……何必添此劳费乎。	1416页11行	二十六页八行
初十日 (4月30日)	闻吴柳堂可读于马仲桥逆旅服毒自尽,……	闻吴柳堂可读于马伸桥逆旅服毒自尽,……	1416页倒11行	二十六页十二行
十一日 (5月1日)	……增寿浙藩,孙家穀擢浙臬,……边宝瑔擢陕臬。	……增寿浙藩,孙家穀[谷]擢浙臬,……边宝瑔擢陕臬。	1416页倒1行	二十七页四行
十七日 (5月7日)	……称外间议论殊不然云云,一笑置之。	……称外间议论殊泛泛不然云云,一笑置之。	1417页倒6行	二十八页七行
廿一日 (5月11日)	……匆如洋人之抵住胸骨者。	……勿如洋人之抵住胸骨者。	1418页倒11行	二十九页十一行
四月初一日 (5月21日)	……然往还颇费词矣,……	……然往还颇费辞矣,……	1420页11行	三十二页五行
初七日 (5月27日)	……其祖郭开勋曾送先祖柩还里,……	……其祖郭开勋曾送先祖柩还里,……	1421页13行	三十三页十二行
初八日 (5月28日)	……论久未决,太旨谓原拟并无错误,……	……论久未决,大旨谓原拟并无错误,……	1421页倒11行	三十三页十五行
十一日 (5月31日)	……吴可读原摺一件,共五件二□片。	……吴可读原摺一件,共五件二旨片。	1422页7行	三十四页十二行
十四日 (6月3日)	系赦后犯事而挪至赦前,从尸格看出。	系赦后犯事而挪至赦前,从尸格看出。	1422页倒11行	
十六日 (6月5日)	……此本二十年前见之延古香处,……	……此本廿年前见之延古香处,……	1422页倒1行	三十五页十二行
十八日 (6月7日)	卧于客厅,竟夕不安。闻有赐寿信。	卧于客厅,竟夕不安。是日闻有赐寿信。	1423页9行	三十六页四行
廿四日 (6月14日)	访晤沈幼舟制军长谈。	访晤沈幼丹制军长谈。	1424页9行	三十七页十行

廿六日(6月15日)	……正使武备院卿文璧、副使兆、文。	……正使武备院卿文璧、副使兆△△、文△△。	1424页14行	三十七页十五行
廿七日(6月16日)	……具摺陈谢。花衣补褂,闻之于戈什爱班,云当如此。	……具摺陈谢。花衣补褂,问之于戈什爱班,云当如此。	1424页倒7行	三十八页三行
同日	……馀客皆松侄张罗,奎、斌两孙陪拜。	……余(馀)客皆松侄张罗,奎、斌两孙陪拜。	1424页倒6行	
五月十三日(7月2日)	屠兄宗增来,未晤。	屠世兄宗增来,未晤。	1427页5行	四十一页十六行
十六日(7月5日)	……申初雷,其中上间露日光,……	……申初雷,其中亦间露日光,……	1427页倒11行	四十二页九行
廿二日(7月11日)	读不佳,屡有齟齬,却无无端也,大奇大奇。	读不佳,屡有齟齬,却无端也,大奇大奇。	1428页11行	四十三页十三行
六月初二日(7月20日)	晴,晚阴轻雷,微雨旋止,稍凉。	晴,晚阴轻雷,微雨旋过,稍凉。	1430页6行	四十六页二行
初六日(7月24日)	……晤兰孙长谈,闻潘绂丈疾。	……晤兰孙长谈,问潘绂丈疾。	1430页倒2行	四十七页三行
初九日(7月27日)	宝延参贺寿慈不应复用,旨著开缺。	宝廷参贺寿慈不应复用,旨著开缺。	1431页10行	四十七页十四行
十二日(7月30日)	……于初五日辰正安抵沪,惟黑水洋遇雨耳,……	……于初五日辰正安抵沪岸,惟黑水洋遇雨耳,……	1432页2行	四十八页十二行
十四日(8月1日)	吴生树梅来,新放江西主式也。	吴生树梅来,新放江西主试也。	1432页倒12行	四十九页六行
十九日(8月6日)	朱叔彝自通州来,已酉半矣,申正散。	朱叔彝自通州来,巳犹半矣,申正散。	1433页4行	五十页三行
廿三日(8月10日)	竟日大雨,真成漏天,转凉矣,……	竟日大雨,真成漏天,稍凉矣,……	1433页7行	五十页十六行
同日	读尚佳,字则不佳。	读尚佳,字则不佳。连日如此。	1433页倒6行	五十页十七行
廿六日(8月13日)	(……赏二首领二两,……、香盒、……)	(……当宫首领二两,……、香合、……)	1434页11行	五十一页十七行书眉
同日	卯正二刻乾清宫行礼蟒袍补褂,不宣表。	卯正二刻乾清宫行礼蟒袍补袿,不宣表。	1434页倒12行	五十一页十七行
廿八日(8月15日)	竟日沈阴,颇凉矣。	竟日沈[沉]阴,颇凉矣。	1434页倒7行	五十二页四行

七月初六日 (8月23日)	……鲁余戊午门生也。	……鲁，余戊午门人也。	1435 页倒 2 行	五十三页十八行
初七日 (8月24日)	(花衣起，整功课)晴。是日整功课，……	(花衣起，整功起。)晴。是日整功，……	1436 页 1 行	五十四页一行、书眉
同日	看《国志》。	看《三国志》。	1436 页 3 行	
初八日 (8月25日)	……六月廿五日书，廿七日发。	……六月廿五书，廿七日发。	1436 页 8 行	五十四页八行
十一日 (8月28日)	安、寿两宫出城去。	安、寿两宫出城去。	1436 页倒 7 行	五十四页十六行
十二日 (8月29日)	诣慈宁门恭竢。	诣慈宁门恭竢[俟]。	1436 页倒 5 行	五十五页二行
十八日 (9月4日)	入署而归。写字，无一客，颇清适。	入署即归。写字，无一客，颇清适。	1437 页倒 1 行	五十六页十一行
廿四日 (9月10日)	忽雨忽止，夜复沈阴，……	忽雨忽止，夜复沈[沉]阴，……	1439 页 3 行	五十八页四行
八月朔 (9月16日)	是日五兄忌日，匆匆两年，能无感恸。	是日五兄忌日，忽忽两年，能无感恸。	1440 页 8 行	五十九页十六行
同日	……昆冈福建，张沄卿浙江，馀熟人甚稀。	……昆冈福建，张沄卿浙江，余(馀)熟人甚稀。	1440 页 9 行	
初三日 (9月18日)	……并奏明工竢验收。	……并奏明工竣验收。	1440 页倒 10 行	六十页七行
初六日 (9月21日)	读书生仍一波，何也，……	读生书仍一波，何也？……	1441 页 3 行	六十页十八行
同日	……程音溪画十二页，皆佳，……	……程青[清]溪画十二页，皆佳，……	1441 页 4 行	六十一页三行
初九日 (9月24日)	……今日又十馀口，……廿三号。	……今日又十余(馀)口，……廿二号。	1441 页倒 10 行、倒 9 行	六十一页十四行、十五行
初十日 (9月25日)	……少仲云吐血不可服药，且一味藕当饭即能止；……	……少仲云吐血不可服药，但一味藕当饭即能止；……	1441 页倒 4 行	六十二页三行
十四日 (9月29日)	到西台商明日奏孔宪瀛诉其父昭锏被戕事。	到西台商明日奏孔宪瀛诉伊父昭锏被戕事。	1442 页倒 8 行	六十三页七行
二十日 (10月5日)	客来不断，其意可知。	客来不断，其言可知。	1443 页 14 行	六十四页六行
九月朔 (10月15日)	是日拆天蓬，不入值。	是日拆天蓬，不入直。	1444 页倒 2 行	六十六页二行

初二日 (10月16日)	……馀无办法，诸君酌之，……	……余（馀）无办法，诸君酌之，……	1445页8行	
初三日 (10月17日)	此两日秋朝审，均未能班也。	此两日秋朝审，均未能到班也。	1445页倒6行	六十六页十五行
同日	晨大雾，咫尺不可辩……	晨大雾，咫尺不可辨……	1446页1行	
初五日 (10月19日)	读尚佳，总思动，何也，未正三刻退。	读尚佳，然总思动，何也？未正三刻退。	1446页2行	六十七页三行
初八日 (10月22日)	……总之不沈静，未正二退。	……总之不沈[沉]静，未正二退。	1446页14行	六十七页十四行
同日	……余前闻孟河马培之子诩亭翰，经马松重聘来津，……	……余前闻孟河马培之子诩亭翰，经马松圃重聘来津，……	1446页倒11行	六十七页十七行
十三日 (10月27日)	晤孙婿季朗。	晤孙婿季郎。	1447页14行	六十九页二行
十四日 (10月28日)	……又闻王懿荣得中，皆可喜也，馀未闻，闷闷。	……又闻王懿荣得中，皆可喜也，余（馀）未闻，闷闷。	1447页倒9行	
同日	……仇则补黄姬水诗，为凤州先生；……	……仇则补黄姬水诗，为凤洲先生；……	1447页倒7行	六十九页八行
廿四日 (11月7日)	……为朱榕谋差使。文正之玄孙，晴旨之子。	……为朱榕谋差使。文正之元[玄]孙，晴旨之子。	1449页12行	七十一页十四行
廿五日 (11月8日)	……尚非溏泄，令加意体以，……	……尚非溏泄，令加意体认，……	1449页倒12行	七十一页十七行
廿六日 (11月9日)	（黑袖关，灰鼠褂）	（黑袖头，灰鼠褂）	1449页倒10行	七十二页书眉
廿七日 (11月10日)	……曰凉药冶[治]吐血百无一生何也，……	……曰凉药治吐血百无一生，何也？……	1449页倒6行	七十二页四行
三十日 (11月13日)	读未佳，生书即滞，馀亦然，未初二先退。	读未佳，生书即滞，余（馀）亦然，未初二先退。	1451页5行	七十四页三行
十月初三日 (11月16日)	……马君用石膏一钱，任来去三钱。余如归，……	……马君用石膏一钱，任来去三钱。余如旧，……	1451页倒4行	七十五页四行
初四日 (11月17日)	……伊则总以馀血未净为言，……	……伊则总以余（馀）血未净为言，……	1452页3行	七十五页十行

同日	马又欲为恭邸留此兼为验看等事，而赀无所出……	马又欲为恭邸留此兼办验看等事，而赀[资]无所出……	1452页4行	七十五页十一行
初五日 （11月18日）	答胡礼园同年。王坦，安徽臬。访绍彭送行。	答胡礼园同年。王坦，安徽臬。未晤。诣绍彭送行。	1452页9行	七十五页十六行
初六日 （11月19日）	同知验看部费一百五十，印结五百有馀，合计须七百金。	同知验看部费一百五十，印结五百有余（馀），合计须七百金。	1452页13行	七十六页二行
初九日 （11月22日）	……马君将登车，总总数语。	……马君将登车，怱怱[匆匆]数语。	1452页倒5行	七十六页九行
同日	……同伴扬州王，松江耿伯齐。	……同伴扬州王△△，松江耿伯斋。	1452页倒4行	七十六页十行
十四日 （11月27日）	读生书未稳，馀好，未正二退。	读生书未稳，余（馀）好，未正二退。	1453页倒10行	
十九日 （12月2日）	鼻寒声重，……	鼻塞声重，……	1454页11行	
廿一日 （12月4日）	……苒年相从归里者也。	……前年相从归里者也。	1454页倒9行	七十九页三行
廿五日 （12月8日）	……日落归，而钱笣先来长谈，饭而去，……	……日落归，而钱笣仙来长谈，饭而去，……	1455页6行	七十九页十六行
廿七日 （12月10日）	……大抵昨夜受炭气耳，闻呕吐数次也。	……大抵昨夜受炭气耳，间呕吐数次也。	1455页倒12行	八十页七行
十一月初二日 （12月14日）	荣侄寄洋松两株，毛龟四枚，可喜可喜，馀食物不少。	荣侄寄洋松两株，毛龟四枚，可喜可喜，余（馀）食物不少。	1456页倒6行	八十二页八行
初八日 （12月20日）	读甚佳，朱笔写福寿字赐臣，意欣欣也，未正退。	读甚佳，硃[朱]笔写"福"、"寿"字赐臣，意欣欣也，未正退。	1457页11行	八十三页六行
初九日 （12月20日）	中宫来请驾……	中官来请驾……	1457页倒13行	
十一日 （12月23日）	入署，定潘谟卿所遣各缺，潘新选肇罗道。	入署，定潘谟卿所遗各缺，潘新选肇罗道。	1457页倒5行	八十三页十六行
十二日 （12月24日）	……饮罢看画，日落散罢去。	……饮罢看画，日落草草罢去。	1457页倒1行	八十四页二行
十三日 （12月25日）	……□仓监督王同年应学出力指麾，……至少者一百三十斤。	……西仓监督王同年应学出力指麾，……至少一百三十斤。	1458页3行	八十四页七行

十七日 (12月29日)	豹岑来,待于小斋,于石田长巷不甚许可,……	豹岑来,待于小斋,于石田长卷不甚许可,……	1458页倒7行	八十五页五行
廿五日 (1880.1.6)	……其人疲黑。	……其人瘦黑。	1460页3行	八十七页三行
廿六日 (1月7日)	……余先行文,申刻退值后前往,……阒然矣。	……余先行文,申刻退直后前往,……阒然矣。	1460页10行	八十七页十二行
廿八日 (1月9日)	……仅晤万家宰,言此[无]事,恭邸亦尝托其寻余辈商量也。	……仅晤万家宰,言此事,恭邸亦尝托其寻余辈商量也。	1460页倒9行	八十八页三行
十二月初二日 (1月13日)	……此衅一开,后不可向矣,真恼人哉。	……此衅一开,后不可问矣,真恼人哉。	1461页12行	八十九页五行
初四日 (1月15日)	……未见其效也,勉强毕,馀却佳,……	……未见其效也,勉强毕,余(馀)却佳,……	1461页倒6行	
初五日 (1月16日)	王漱兰、李芯国端棻议大略宜修战备。	王漱兰、李苾国端棻议大略宜修战备。	1462页4行	九十页六行
初六日 (1月17日)	……未正雪花飘洒,积或不多,晚又露晴色矣,……	……未正雪花飘洒,积者不多,晚又露晴色矣,……	1462页12行	九十页十五行
初七日 (1月18日)	……并请严修守备,以安宗社。	……并请严修守之备,以安宗社。	1463页3行	九十一页十五行
初九日 (1月20日)	……熟书仍起波折,表则复滞矣,……	……熟书仍起波折,表则复带矣,……	1463页13行	九十二页八行
初十日 (1月21日)	……诣内务府庐敬竢。	……诣内务府庐敬竢[俟]。	1463页倒8行	九十二页十三行
十一日 (1月22日)	……《论语》又滞,二三刻间始开口,……	……《论语》又滞,二三刻始开口,……	1464页14行	九十三页十七行
廿一日 (2月1日)	满书大不佳,生书一阵,馀可,午初二退。	满书大不佳,生书一阵,余(馀)可,午初二退。	1465页倒4行	
廿四日 (2月4日)	(赏春帖、子湖笔)……	(赏春帖子、湖笔)……	1466页6行	九十五页十六行书眉
廿八日 (2月8日)	岁华荏苒,向发萧疏,感涕不已,……	岁华荏苒,白发萧疏,感涕不已,……	1466页倒2行	九十六页十四行
光绪六年庚辰 正月初十日 (1880.2.19)	读好,生书末一波,馀皆无疵,……	读好,生书末一波,余(馀)皆无疵,……	第三册 1470页倒7行	第十九卷三页十行

十一日 (2月20日)	……尚思残年得一瞻拜而竟不能,悲夫。	……尚思残年得一瞻拜而竟不待,悲夫。	1471页4行	四页一行
十二日 (2月21日)	小饮,谈至西初乃散,稍舒郁结。	小饮,谈至酉初乃散,稍舒郁结。	1471页6行	四页三行
十五日 (2月24日)	遂先至殿中敬竢,……一叩,进茶一叩,……	遂先至殿中敬竢[俟],……进茶一叩,……	1471页倒7行、倒6行	四页十五行、十八行
十六日 (2月25日)	……满东汉西,循南路行至戏毯旁鱼贯立。	……满东汉西,循甬路行至戏毯旁鱼贯立。	1472页2行	五页七行
同日	赐元宵一品。……	赐元宵一器。……	1472页8行	五页十三行
廿一日 (3月1日)	旨饬大学士、六部、九卿、督、抚等保举人材。	旨饬大学士、六部、九卿、督、抚等保举人材[才]。	1473页倒9行	
廿七日 (3月7日)	赴童薇研前辈招,在座孙燮臣、……	赴童薇研前辈招,在坐孙燮[臣]、……	1474页倒12行	八页十二行
二月朔 (3月11日)	……卯初二刻到朝房敬竢。	……卯初二刻到朝房敬竢[俟]。	1475页8行	九页十一行
初七日 (3月17日)	……孙燮臣同往,催事甚繁。	……孙燮臣同往,商榷事甚繁。	1476页8行	十一页二行
初九日 (3月19日)	药中有苍术、厚朴、香草。	药中有苍术、厚朴、木香辈。	1476页倒8行	十一页十三行
初十日 (3月20日)	仍敬问于閤门。	仍敬问于閤[阁]门。	1476页倒6行	
十一日 (3月21日)	……再看永宝斋《张迁碑》巴俊堂𦊆藻阁物,程瑶田题。	……再看永宝斋《张迁碑》巴俊堂蟫藻阁物,程瑶田题。	1477页2行	十二页三行
十九日 (3月29日)	……肩重腰酸,饮食少味,……	……肩重腰痠,饮食少味,……	1478页5行	十三页十二行
廿一日 (3月31日)	……方云心脾未复而胸辣不寐,腿痛如故。	……方云心脾未复而胸辣不寐,腿疼如故。	1478页14行	十四页二行
廿三日 (4月2日)	周经之来未晤,……	周维之来,未晤,……	1478页倒2行	十四页十一行
廿五日 (4月4日)	拜客,晤汤厚初孝廉学坚,其人敬笃,……	拜客,晤汤厚初孝廉学坚,其人敦笃,……	1479页8行	十五页二行
廿六日 (4月5日)	联绶、郑锡敬来。	联绶、郑锡敞来。	1479页倒12行	十五页九行
三月朔 (4月9日)	午后大风起,微寒。	阴,午后大风起,微寒。	1480页5行	十六页五行

初四日 (4月12日)	读生书未佳,馀尚好,……	读生书未佳,余(馀)尚好,……	1480页倒11行	十六页十四行
初五日 (4月13日)	(逐条准驳,一专条(驳),一专条附(索白逆),一陆路十七条(准驳。)	逐条准驳,一专条(驳),一专条附(索白逆),一陆路十七条(准驳。)	1480页倒5行	十七页二行
四月十四日 (5月22日)	偕潘伯寅同诣阁门请安……	偕潘伯寅同诣阁[阁]门请安……	1481页5行	
同日	……礼部六堂对之,馀皆在下。	……礼部六堂对之,余(馀)皆在下。	1481页13行	十八页十二行
十五日 (5月23日)	到书房恭竢。	到书房恭竢[俟]。	1481页倒7行	十九页一行
十六日 (5月24日)	照常入,诣阁门。……馀多未出房也。	照常入,诣阁[阁]门。……余(馀)多未出房也。	1481页倒4行、倒1行	十九页六行
十七日 (5月25日)	归见中式诸君凡九十四人,……其馀亦受二拜答一拜,……	归见新中式诸君凡九十四人,……其余(馀)亦受二拜,答一拜,……	1482页2行、3行	十九页八行、九行
十八日 (5月26日)	……穿林自种茶。	……穿林自种茶△。	1482页12行	十九页十六行
十九日 (5月27日)	照常入,诣阁门起居。	照常入,诣阁[阁]门起居。	1482页13行	
廿四日 (6月1日)	是日约新贵来见,共四十馀人。	是日约新贵来见,共四十余(馀)人。	1483页倒12行	二十一页七行
廿八日 (6月5日)	朝考题:……芳郊花柳遍。	朝考题:……芳△郊花柳遍。	1484页14行	二十二页十二行
廿九日 (6月6日)	门生来见十馀人,终日夜冠候之,殊苦。	门生来见十余(馀)人,终日衣冠候之,殊苦。	1484页14行	二十二页十四行
五月朔 (6月8日)	诣阁门请安……饭后访刘岘庄制军,此人朴纳有道气,……	诣阁[阁]门请安……饭后访刘岘庄制军,此人朴讷有道气,……	1484页倒4行、倒3行	二十三页四行
初二日 (6月9日)	约新贵未见者来见,共三十馀人。	约新贵未见者来见,共二十余(馀)人。	1485页3行	二十三页九行
初三日 (6月10日)	……云丰顺进口,次日可次开行,……	……云丰顺进口,次日可以开行,……	1485页9行	二十三页十四行

初四日 （6月11日）	诣阁门起居……坐至酉正方散，腰腿酸楚，殊无谓也，归寓曛黑。	诣阁［阁］门起居……坐至酉正方散，腰腿痠楚，殊无谓也，归寓曛黑。	1485页10行、12行	二十三页十七行
初六日 （6月13日）	得鹿卿四月廿八日信，言已移家荷香馆，……	得鹿卿四月廿八信，言已移家荷香馆，……	1485页倒3行	二十四页十行
初七日 （6月14日）	黎明疾雷一声，雨随至，或继或续，……	黎明疾雷一声，雨随至，或断或续，……	1485页倒1行	二十四页十三行
初八日 （6月15日）	……未初二退。	……未初三退。	1486页4行	二十四页十七行
初九日 （6月16日）	顺天府报雨四寸馀。	顺天府报雨四寸余（馀）。	1486页6行	二十四页十八行
十三日 （6月20日）	黄漱兰、宋敏生来商事。	黄漱兰、朱敏生来商事。	1486页倒1行	二十六页四行
十五日 （6月22日）	（是夜月食十四分有奇，戌正初六，子初复圆）	（是夜月食十四分有奇，戌正初亏，子初复圆。）	1487页14行	二十七页书眉
廿二日 （6月29日）	司官霍翔骞甫，一，庐江人，巳卯举。	司官霍翔骞甫，一，庐江人，己卯举。	1488页倒5行	
廿四日 （7月1日）	读熟书有波，书正始用膳，膳后好未初二退。	读熟书有波，午正始用膳，膳后好未初二退。	1489页2行	二十九页四行
廿六日 （7月3日）	饭后访晤汤厚初、……夏松孙，疾犹未愈，亟欲南归也。	饭后访晤汤厚初、……夏松孙，松孙疾犹未愈，亟欲南归也。	1489页倒12行	二十九页十六行
廿八日 （7月5日）	沈阴，雾，有时细雨。	沈［沉］阴，雾，有时细雨。	1489页倒9行	三十页二行
六月初一日 （7月7日）	晨小雨，竟日沈阴，风来如秋，……	晨小雨，竟日沈［沉］阴，风来如秋，……	1489页倒3行	三十页十行
初二日 （7月8日）	……气象沈晦，可怕，……	……气象沈［沉］晦，可怕，……	1490页5行	三十页十六行
同日	入署，路极险难，寒甚，可棉衣者。	入署，路极险难，寒甚，可棉衣。	1490页7行	三十页十八行
初五日 （7月11日）	药用神麯、泽泻等味。	药用神麯［曲］、泽泻等味。	1490页倒9行	
初九日 （7月15日）	得荣侄五月廿九日函，家乡亢旱，……	得荣侄五月廿九函，家乡亢旱，……	1491页10行	三十二页九行

初十日 (7月16日)	路极难行,几于复辙矣。	路极难行,几于覆辙矣。	1491页倒2行	
初十日 (7月16日)	……吾谓去积水潭私种稻之土埂则门西城根积潦自消,……	……吾谓去积水潭私种稻田之土埂则门西城根积潦自消,……	1491页倒8行	三十二页十八行
十三日 (7月19日)	云又云虽痳不安,虽食不化。	方又云虽痳不安,虽食不化。	1492页4行	三十三页十行
十五日 (7月21日)	晴,热甚,始换夏衣。	晴,热甚,始服夏衣。	1492页12行	三十三页十七行
十六日 (7月22日)	(冯一梅,慈溪举人。吴承志,杭州举人。此皆博学好古,徐生云。)	(冯一梅,慈溪举人。吴承志,杭州举人。此皆博学好古,徐生云。)(注:此句应移至十五日之最后)	1492页倒10行	三十页二行书眉
同日	晚闻雷,微雨即过。……经生中通材也。	晴,晚闻雷,微雨即过。……经生中通材[才]也。	1492页倒9行、倒6行	三十四页三行
十九日 (7月25日)	……闻驻俄副使邵君有电报。到船十馀只。	……闻驻俄副使邵君有电报。到船十余(馀)只。	1493页10行	三十五页二行
二十日 (7月26日)	读初好,继而起波,……	读初好,既而起波,……	1493页11行	三十五页三行
廿一日 (7月27日)	……门人范金镛今始来谒,谢入未晤。	……门人范金镛今始来谒,谢之未晤。	1493页倒7行	三十五页十三行
廿三日 (7月29日)	……黑云如山,几乎晦冥而无雨,光景甚异。	……黑云如山,几于晦冥而无雨,光景甚异。	1494页7行	三十六页七行
同日	……薛今日京,……	……薛今日到京,……	1494页9行	三十六页十行
廿四日 (7月30日)	……减生书廿遍,倍书数遍,……馀照常,……	……减生书廿遍,倍书数遍,……余(馀)照常,……	1494页13行	三十六页十四行
廿五日 (7月31日)	闻昨总署奏俄国铁甲有廿五只分布五海口矣。	闻昨总署奏俄国铁甲有廿五只分布各海口矣。	1495页3行	三十七页十三行
廿七日 (8月2日)	晨沈阴,已而放晴,……	晨沈[沉]阴,已而放晴,……	1495页9行	三十八页三行
同日	……同坐者礼、怡、肃三邸,馀多识面不忆其名,共三桌。	……同坐者礼、怡、肃三邸,余(馀)多识面不忆其名,共三桌。	1495页12行	三十八页六行

廿八日 (8月3日)	……辰刻邀徐荫轩、李兰孙、广绍彭饭,……	……辰刻邀徐荫轩、李兰孙、广绍彭饮,……	1495页倒12行	三十八页九行
同日	……安孙于此十六七仍吐血十馀口。	……安孙于此十六、七仍吐血十余(馀)口。	1495页倒10行	三十八页十二行
三十日 (8月4日)	方云肤微热,……馀如昨。	方云肤微热,……余(馀)如昨。	1495页倒1行	三十九页一行
七月初五日 (8月10日)	宝廷昨封奏,不知其详。	宝廷昨封奏,不知其详。	1497页9行	四十页十八行
初九日 (8月14日)	晴,晨凉,午后太热。	晴,晨凉,午后大热。	1498页倒11行	四十二页十二行
十一日 (8月16日)	邀数客饮,朱丈、凤梯、梧岗。	邀数客饮,朱丈、凤梯、梧冈。	1498页倒1行	四十三页一行
十二日 (8月17日)	出西安门拜数客。	出西长安门拜数客。	1499页4行	四十三页六行
十三日 (8月18日)	……饭后无侣,匆思为二闸之游,……	……饭后无俚,忽思为二闸之游,……	1499页13行	四十三页十五行
十六日 (8月21日)	文□、邓承修各封奏。	文锡、邓承修各封奏。	1500页4行	四十四页十三行
十八日 (8月23日)	……宋拓《圣教序》,王苏斋题,……	……宋拓王《圣教序》,苏斋题,……	1500页10行	四十五页三行
同日	康熙中水拓《葬鹤铭》见示,灯下摹下抄之,……	康熙中水拓《瘗鹤铭》见示,灯下摹抄[挲]之,……	1500页11行	四十五页三行、四行
廿一日 (8月26日)	读倦,熟书累坠,馀尚可,未初二退。	读倦,熟书累坠,余(馀)尚可,未初二退。	1500页倒4行	四十五页十五行
廿二日 (8月27日)	城外接南信,知安孙外感发热,七日患疟疾,馀无它,……	城外接南信,知安孙外感发热,七日患疟疾,余(馀)无它,……	1501页5行	四十六页五行
廿三日 (8月28日)	访潘纬如霨,由鄂抚丁尤被荐来京诊视。长谈,……今日由内务府代奏请假十日也,……	访潘纬如霨,由鄂抚丁忧被荐来京诊视长谈,……今日内务府代奏请假十日也,……	1501页8行	四十六页七行
廿六日 (8月31日)	……至背凉,乃督脉病,已十馀年,……	……至背凉,乃督脉病,已十余(馀)年,……	1501页倒6行	四十六页十八行
廿七日 (9月1日)	司员耆绅、沈守帘、成桂皆在焉。	司员耆绅、沈守廉、成桂皆在焉。	1502页5行	四十七页十行

廿八日(9月2日)	……余遂出视，捧书赴龙亭，……	……余遂出视，捧书入龙亭，……	1502页8行	四十七页十二行
同日	醇王、怡王在门内西向跪，馀无人焉。	醇王、怡王在门内西向跪，余(馀)无人焉。	1502页10行	四十七页十四行
廿九日(9月3日)	得士吉函，苏州书局撤去廿馀人，伊亦在内。	得士吉函，苏州书局撤去廿余(馀)人，伊亦在内。	1502页倒1行	四十八页十四行
八月朔(9月5日)	读可，未初二总总退。	读可，未初二怱怱[匆匆]退。	1503页6行	四十九页三行
初五日(9月9日)	昨梦中得句，云"夜灯无雨乱山秋"，甚奇。	昨梦中得句，云"夜灯无语乱山秋"，甚奇。	1504页7行	五十页十一行
初七日(9月11日)	钱宝帘调吏右，……	钱宝廉调吏右，……	1504页倒9行	五十一页五行
初八日(9月12日)	巳初一刻上始到书房，撤去生书，馀照常，……	巳初一刻上始到书房，撤去生书，余(馀)照常，……	1504页倒6行	五十一页七行
十二日(9月16日)	林小飃洄淑，文思之孙。来谈，……	林小飃[帆]洄淑，文忠之孙来谈，……	1505页倒11行	五十二页十一行
同日	……修内不第在船炮，当尽地利、讲水利、……又方言其弟泰。甫自英国习水战归，……	……修内不第在船炮，当尽地力、讲水利、……又方言其弟泰……。甫自英国习水战归，……	1505页倒9行	五十二页十三行
十四日(9月18日)	沉阴，巳刻微雨，傍晚止。未看房。	沉阴，巳刻微雨，傍晚止。未看方。	1506页1行	五十三页二行
十八日(9月22日)	臣则陈述速弃。	臣则陈速弃。	1507页9行	五十五页二行
同日	馀人则未开口。	余(馀)人则未开口。	1507页12行	五十五页五行
同日	凡历六刻，汗不能支，馀语极多不能记，……著东三省大员带兵备旅顺口而已。	凡历六刻，汗不能支，余(馀)语极多不能记，……著东三省带兵大员备旅顺口而已。	1507页倒12行、倒11行	五十五页八行、九行
十九日(9月23日)	加班递夏摺。	加班递复摺。	1507页倒7行	
廿四日(9月28日)	盖新立一木，曰内省录，将以记过也，……	盖新立一木，曰"内省录"，将以记过也，……	1509页6行	五十七页十二行

廿五日 (9月29日)	……见八百根可用,短至一万一千馀,……	……见八百根可用,短至一万一千余(馀),……	1509页6行	五十八页二行
廿六日 (9月30日)	……昨程春藻方云脾血久亏,心肾亦虚,……	……昨程春藻方云肝血久亏,心肾亦虚,……	1509页倒11行	五十八页五行
廿七日 (10月1日)	复游厂肆,得见陆放翁铭方研,尤物也。	复游厂肆,得见陆放翁铭方研,尤物也。	1509页倒4行	五十八页十行
九月朔 (10月4日)	安孙按节吐红十馀口,惟胃口尚好。	安孙按节吐红十余(馀)口,惟胃口尚好。	1510页倒10行	五十九页十三行
初四日 (9月7日)	……呼仆人以轿车车来,即出。	……呼仆人以轿车来,即出。	1510页倒1行	六十页三行
	初二日(9月5日) (注:自初二日(9月5日至初七日(9月10日)均将10月错为9月。)	初二日(10月5日) (以下类推)	1510页至1512页	
同日	是安孙行吉礼,……	是日安孙行吉礼,……	1511页1行	六十页四行
初六日 (10月9日)	……条约万不可许者勿许,其馀斟酌行之。	……条约万不可许者勿许,其余(馀)斟酌行之。	1511页倒12行	六十一页一行
初八日 (10月11日)	福志来,今日军机交片,闻部中火药铅丸赶紧添造。	福志来,今日军机交片,问部中火药铅丸赶紧添造。	1512页8行	六十一页十八行
初十日 (10月13日)	……《诗经》一波,馀尚好,未初二退。	……《诗经》一波,余(馀)尚好,未初二退。	1512页倒8行	六十二页十二行
十二日 (10月15日)	斌孙出城去,盖议城将南归也。	斌孙出城去,盖议将南归也。	1513页4行	六十三页四行
十三日 (10月16日)	又检台规,知引二条在辨诉门内,……	又检台规,知所引二条在辨诉门内,……	1513页10行	六十三页十行
十四日 (10月17日)	……□□谓臣不谙洋务,试将从曾国藩摺阅之云云。	……使臣谓臣不谙洋务,试将从曾国藩摺阅之云云。	1513页倒10行	六十三页十七行
同日	即拟奏片一件,发下云云张摺与历次电寄适符;……	即拟奏片一件,发下云张摺与历次电寄适符;……	1513页倒8行	六十四页一行
同日	……宜力争西汉一条,馀可争则争,……	……宜力争西汉一条,余(馀)可争则争,……	1513页倒5行	六十四页三行

十五日(10月18日)	……何必援引论争乎。	……何必援引争论乎。	1514页6行	六十四页十四行
十六日(10月19日)	……半夏,馀不能悉记。	……半夏,余(馀)不能悉记。	1514页11行	六十四页十七行
十七日(10月20日)	……庙谈众论皆重于此,何以不遵电谕而以北洋电言为主,……	……庙谈众论皆重于此,何以不遵次日电谕而以北洋电言为主,……	1514页倒2行	六十五页十三行
同日	是日上到书房迟,又感冒手凉,……馀悉减去,……	是日上到书房迟,又感冒手凉,……余(馀)悉减去,……	1515页3行	六十五页十六行
二十日(10月23日)	……是日上来迟,未读生书,馀皆可,饭后先退。	……是日上来迟,未读生书,余(馀)皆可,饭后先退。	1515页倒4行	六十六页十八行
廿一日(10月24日)	……三里许抵彩棚前,司官十馀人咸集,……彩棚无彩紬……	……三里许抵彩棚前,司官十余(馀)人咸集,……彩棚无彩紬[绸]……	1516页5行、6行	六十七页十行
廿二日(10月25日)	……持册宝王公及礼、工二部堂官恭请先出朝阳门安奉于彩棚。	……捧册宝王公及礼、工二部堂官恭请先出朝阳门安奉于彩棚。	1516页11行	六十八页二行
同日	圣容、圣训、实录棚内行礼。	圣容、实录、圣训棚内行礼。	1516页12行	六十八页四行
同日	……同龢乘马先诣朝阳门外恭竢,……	……同龢乘马先诣朝阳门外恭竢[俟],……	1516页14行	六十八页五行
同日	……王公大臣惇、醇二邸,六部到者过半,刑部无人。	……王公大臣惇、醇二邸,六部到者过半,惟刑部无人。	1516页倒11行	六十八页八行
初六日(11月8日)	方如昨,在肋滂串,五味血沫,加肉桂。	方如昨,左肋滂串,五味血沫,加肉桂。	1520页4行	七十三页十二行
初九日(11月11日)	……转购得到石庵册,可恠可怪。	……转购得到石庵册,可怪可怪。	1520页倒10行	七十四页八行
初十日(11月12日)	辰初上诣慈宁宫率王公大臣行礼。	辰初上诣慈宁门率王公大臣行礼。	1520页倒6行	七十四页十三行
十三日(11月17日)	力辨松花稍松口……	力辩松花稍松口……	1521页10行	
十五日(11月17日)	兰孙信来,请留米厂胡同作伊小寓。	兰孙信来,请留此米厂胡同屋作伊小寓。	1522页5行	七十六页六行

十六日 (11月18日)	忽发道念，此身习染深矣，当痛湔除之。	忽发道念，知此身习染深矣，当痛湔除之。	1522页5行	七十六页九行
十八日 (11月20日)	到新屋，松侄来，搬书初完矣。	到新屋，松侄来，搬书粗完矣。	1522页倒8行	七十七页五行
二十日 (11月22日)	……玻璃未动，馀纱槅炉条而已。	……玻璃未动，余(馀)纱槅炉条而已。	1523页3行	七十七页十五行
廿六日 (11月28日)	闻盛京副都统富英[陞]劾侍郎棉[绵]宜饮酒狎侮事，并言典礼未峻遽先公宴云云。	闻盛京副都统富英[升]劾侍郎棉[绵]宜饮酒狎侮事，并言典礼未竣遽先公宴云云。	1524页11行	七十九页九行、十行
廿七日 (11月29日)	……礼亲王等差务未峻遽行宴食，亦有不合，……富陞以狎亵之词登诸奏牍，……	……礼亲王等差务未竣遽行宴食，亦有不合，……富陞[升]以狎亵之词登诸奏牍，……	1524页倒11行、倒10行	七十九页十五行、十六行
廿八日 (11月30日)	……一时难复，馀症进退不定。	……一时难复，余(馀)症进退不定。	1524页倒6行	八十页二行
廿九日 (12月1日)	……西边席锡卿，今日单内只开两人也。	……西边锡席卿，今日单内只开两人也。	1524页倒2行	八十页六行
十一月初三日 (12月4日)	刘省三赠虢季子槃打本并其诗一册，比武人中名士也。	刘省三赠《虢季子槃》打本并其诗一册，此武人中名士也。	1525页倒9行	八十一页十六行
初五日 (12月6日)	……各署皆有帐房，工部转无，噫，异矣。	……各署皆有帐房，工部独无，噫，异矣。	1525页倒1行	八十二页六行
初七日 (12月8日)	先人忌日，仍入值。……未初一刻馀毕，……	先人忌日，仍入直。……未初一刻余(馀)毕，……	1526页7行、8行	八十二页十三行、十四行
十一日 (12月12日)	吏部议礼亲王等差事未竢遽行公宴，……	吏部议礼亲王等差事未竣遽行公宴，……	1527页4行	八十三页十六行
十八日 (12月19日)	倍、熟书忽潸然，莫测其故。膳前讲书时又来，不罢动声色，……	倍熟书忽潸然，莫测其故。膳前讲书时又来，不免动声色，……	1528页13行	八十五页十五行
廿一日 (12月22日)	……敬持之不敢忽也，馀可，未初二退。入署。归检严定架木章程稿付朱少桐，……	……敬持之不敢忽也，余(馀)可，未初二退。入署。归检严定架木章程奏稿付朱少桐，……	1529页1行	八十六页十行、十一行

廿二日(12月23日)	读尚佳,几起波澜,古书生也,……	读尚佳,几起波澜,生书生也,……	1529页6行	八十六页十五行
同日	昨日前门东鲜鱼口失火,延烧廿馀家。	昨日前门东鲜鱼口失火,延烧廿余(馀)家。	1529页7行	八十六页十六行
廿五日(12月26日)	……盖有此奏而余等公赔可邀免云。	……盖有此奏而余等分赔可邀免云。	1529页倒5行	八十七页十四行
廿七日(12月28日)	未读生书,馀照旧,皆好,未初三三退。	未读生书,余(馀)照旧,皆好,未初三退。	1530页2行	八十七页十八行
十二月初二日	初二日(1月1日)	初二日(1881年1月1日)	1531页1行	
初二日(1881.1.1)	往返廿馀里,颇倦,坐冰床一段。	往返廿余(馀)里,颇倦,坐冰床一段。	1531页5行	八十九页十一行
初三日(1月2日)	……旋总管来传懿旨云下书房,……	……旋总管来传懿旨下书房,……	1531页12行	八十九页十八行
初五日(1月4日)	……照部议均革职,其馀皆降、革、留。	……照部议均革职,其余(馀)皆降、革、留。	1532页3行	九十页十八行
初七日(1月6日)	……人参、苓、术、香附、……	……参、苓、术、香附、鳖甲……	1532页10行	九十一页五行
同日	……将首犯杖一百流三千里折圈,馀犯皆减。	……将首犯杖一百流三千里折圈,余(馀)犯皆减。	1532页12行	九十一页八行
初十日(1月9日)	……一仲田者美少年也,亦甚钦余,……馀尚有四五人。	……一仲田姓者,美少年也,亦甚钦余,……余(馀)尚有四五人。	1533页8行	九十二页十二行
十一日(1月10日)	读生书好,馀皆极倦,……	读生书好,余(馀)皆极倦,……	1533页13行	九十二页十六行
十二日(1月11日)	……生书背不上也,馀可,未初二退。	……生书背不上也,余(馀)可,未初二退。	1533页倒10行	九十三页二行
同日	见松雪老子像、九龙山人关山雪霁长卷,皆佳。	见松雪《老子像》、九龙山人《关山雪霁》长卷,皆佳。	1533页倒9行	九十三页四行
十四日(1月13日)	……因到时迟也,馀尚可,未初二退。	……因到时迟也,余(馀)尚可,未初二退。	1533页倒3行	九十三页十行
同日	得见董文敏双画卷,一仿烟江叠嶂,绢本。	得见董文敏双画卷,一仿《烟江叠嶂》绢本。	1533页倒1行	九十三页十二行

十六日 (1月15日)	……西圣近体总是心脾不足,溏泄酸软,……	……西圣近体总是心脾不足,溏泄痠软,……	1534页11行	九十四页五行
十八日 (1月17日)	晨雾、晴,已而阴云四合,……	晨雾,晴,已而阴云四合,……	1534页倒11行	九十四页九行
十九日 (1月18日)	(赏袍料一匣,褂一件,帽纬一匣。)	(赏袍料一连,褂一件,帽纬一匣。)	1534页倒4行	九十四页十七行书眉
同日	读尚好,同人云意欲临帖,然未说也,……	读尚好,同人云盖欲临帖,然未说也,……	1534页倒2行	九十五页一行
二十日 (1月19日)	方云心脾久虚,一切如昨。……谢紬缎赏。	方云心脾久虚,一切如昨。……谢紬[绸]缎赏。	1535页2行、3行	九十五页四行
同日	……今日始临《多宝塔帖》也,未初即退。	……今日始临《多宝塔》帖也,未初即退。	1535页4行	九十五页六行
廿一日 (1月20)	馀皆好,午初毕,饭后退。	余(馀)皆好,午初毕,饭后退。	1535页6行	九十五页九行
廿二日 (1月21日)	……改奏稿,令将旧科添补。	……改奏稿,令将旧料添补。	1535页13行	九十五页十七行
廿七日 (1月26日)	……闻山海关大雪尺馀。	……闻山海关大雪尺余(馀)。	1536页5行	九十六页十七行
廿九日 (1月28日)	得了稚璜函,周福陔函。	得丁稚璜函,周福陔函。	1536页倒8行	九十七页十一行
除夕 (1月29日)	……驰往哭之,清慎勤三字公可无愧色,……	……驰往哭之,"清、慎、勤"三字,公可无愧色,……	1536页倒5行	九十七页十四行
同日	上性开敏,日进无疆,回非去岁之比。	上性开敏,日进无疆,迥非去岁之比。	1536页倒1行	九十八页三行
光绪七年辛巳 正月初八日 (1881.2.6)	……诃子仁、砂仁、禹馀粮、姜、桂元肉。	诃子仁、砂仁、禹余(馀)粮、姜、桂元肉。	第三册 1538页倒5行	第二十卷 三页十五行
十一日 (2月9日)	苏抚亟言宜拒,浙抚亟言宜抚也。	苏抚极言宜拒,浙抚极言宜抚也。	1539页倒7行	五页三行
同日	伯寅即合两稿成一篇,悤悤定议,俟明写递。……一则谕旨即有通商原可推行,……	伯寅即合两稿成一篇,悤悤[匆匆]定议,俟明写递。……一则谕旨既有通商原可推行,……	1539页倒1行	五页九行、十行
同日	……转以球祀作为馀事,……	……转以球祀作为余(馀)事,……	1540页1行	五页十一行

同日	……已致函伯寅,请其少迟再写,……	……已致函伯寅,请其少迟再写,……	1540页3行	五页十三行
十二日 (2月10日)	……并言圣意不欲用人参。	……并云圣意不欲用人参。	1540页12行	六页二行
同日	得醇邸函。……俞佐澜、邵子安。	得醇邸函。……俞佐澜、邵子安。	1540页倒11行	六页七行
十三日 (2月11日)	借到田芝亭所抄大事档,……	借得田芝亭所抄大事档,……	1540页倒8行	六页十行
同日	于含英阁见麓台、石如、寿平及黄尊古画册,……已四十馀日矣,委顿可虑。	于含英阁见麓台、石谷、寿平及黄尊古画册,……已四十余(馀)日矣,委顿可虑。	1540页倒7行	六页十一行、十二行
十四日 (2月12日)	……勉下数籤缴之,……	……勉下数籤[签]缴之,……	1541页1行	六页十七行
十五日 (2月13日)	……方按云昨大解不甚浓,……	……方按云昨大解不甚溏,……	1541页5行	七页三行
同日	在朝房敬竢,辰正上御保和殿延宴□正外藩,……	在朝房敬竢[俟],辰正上御保和殿延宴朝正外藩,……	1541页7行	七页五行
同日	……臣等一叩首,饮毕一叩首,赐茶一叩。	……臣等一叩首,饮毕一叩,赐茶一叩。	1541页10行	七页八行
同日	赐奉酒者酒,彼跪饮叩,馀不叩。	赐奉酒者酒,彼跪饮叩,余不叩。	1541页12行	七页十行
十六日 (2月14日)	(赏玉如意一,……大卷袍褂一,……)	(赏玉如意一,……大卷袍褂一连,……)	1541页倒6行	八页书眉
同日	……药用党参、於术、茯苓、……	……药用党参、於[于]术、茯苓、……	1541页倒5行	八页四行
同日	……午初一偕入,……	……午初一传入,……	1541页倒3行	八页六行
十八日 (2月16日)	……党参、於术、赤石脂、……	……党参、於[于]术、赤石脂、……	1542页倒11行	九页八行
十九日 (2月17日)	……党参、於术、补骨脂、……	……党参、於[于]术、补骨脂、……	1542页倒6行	九页十二行
二十日 (2月18日)	黄气回寒,似阴非阴,夜又晴。	黄气四塞,似阴非阴,夜又晴。	1542页倒1行	九页十六行
廿二日 (2月20日)	生书尚好,馀俱动,……	生书尚好,余(馀)俱动,……	1543页倒8行	十页十八行
廿五日 (2月23日)	夜邀燮臣晚饭,吃全师所送麻糖。	夜邀燮臣晚饭,吃全师所送麻屠。	1544页13行	十二页二行

廿六日 (2月24日)	方云便溏一次,馀渐好,加升麻三分。	方云便溏一次,余(馀)渐好,加升麻三分。	1544页14行	十二页三行
廿七日 (2月25日)	……信笺简五十,郑穆(康熙年间人)摹碑一,……	……信笺简五十,郑穆(康熙年间人)篆碑一,……	1544页倒5行	十二页十行
廿九日 (2月27日)	方又溏泄四次,脉虚软,於术、茅木并用。	方又溏泄四次,脉虚软,於[于]术、茅术并用。	1545页6行	十三页二行
二月朔 (2月28日)	薄暮挥毫,差不俗。见临本鹊华秋色卷,尚可玩。	薄醉挥毫,差不俗。见临本《鹊华秋色》卷,尚可玩。	1545页倒10行	十三页十四行
初二日 (3月1日)	高丽正使任应准号澹斋来拜,……	高丽正使任应准号澹[淡]斋来拜,……	1545页倒4行	十四页二行
初五日 (3月4日)	恐多轕轇	恐多轕轇[胶葛]	1546页倒10行	
同日	五侄妇稍愈,宁官亦愈,抵暮入城。	五侄妇稍愈,留官亦愈,抵暮入城。	1546页倒9行	十五页八行
初十日 (3月9日)	方神力渐发云云,药照旧。	方神力渐长云云,药照旧。	1547页13行	十六页十一行
同日	月下樵夫澹斋之弟,……澹斋清居任公属。	月下樵夫澹[淡]斋之弟,……"澹斋清居"任公属。	1547页倒11行	十六页十四行
同日	见麓合画幅,仿梅道人,真是妙迹。	见麓台画幅,仿梅道人,真是妙迹。	1547页倒9行	十六页十五行
十一日 (3月10日)	联少甫观察来谒,绶,本部屯田司堂印,……	联少甫观察来谒,绶,本部屯田司掌印,……	1547页倒5行	十七页一行
十五日 (3月14日)	以土物送任澹斋。……嘉定紬全匹……澹斋诗来,即和之,……	以土物送任澹[淡]斋。……嘉定紬[绸]全匹……澹[淡]斋诗来,即和之,……	1548页12行、13行	十七页十八行、十八页二行
廿一日 (3月20日)	晴暖无风。	(春分。)晴暖无风。	1549页倒11行	十九页十行书眉
廿二日 (3月21日)	读尚好,以严家庙两册进。	读尚好,以颜《家庙》两册进。	1549页倒2行	二十页一行
廿三日 (3月22日)	(御史李映、编修韦景祥,户部郎龙……)	(御史李映、编修韦业祥,户部郎龙……)	1550页5行	二十页六行书眉
同日	方云圣仍软,食少难化,……	方巳酉仍软,食少难化,……	1550页9行	二十页八行
廿五日 (3月24日)	……党参、鹿茸、……於术、补骨脂等。	……党参、鹿茸、……於[于]术、补骨脂等。	1550页倒8行	二十页十七行

廿九日 (3月28日)	米□卷诗,忆先文勤兄告余,曾在卓鹤鹤溪家,……	米□吉诗,忆先文勤兄告余,曾在卓鹤溪家,……	1551页倒5行	二十二页九行
三十日 (3月29日)	读生书甚好,其馀皆不精神,……	读生书甚好,其余(馀)皆不精神,……	1551页倒2行	二十二页十三行
同日	入署,积五日,事稍多,经归,归不复出。	入署,积五日,事稍多,径归,归不复出。	1552页1行	二十二页十五行
同日	……换去棉衣袴犹躁,……	……换去棉衣袴[裤]犹躁,……	1552页3行	二十二页十七行
三月初二日 (3月31日)	……今早五刻五侄妇长逝矣,……	……今日午刻五侄妇长逝矣,……	1552页14行	二十三页十二行
初五日 (4月3日)	……生书屡次对付,云头痛,右边。	……生书屡次对付,云头疼,右边。	1553页5行	二十四页十行
初六日 (4月4日)	五更微雨湿地,黎明止,旋又作,……	五更微雨湿地,黎晴[明]止,旋又作,……	1553页13行	二十五页一行
同日	……写南信,明日发。	……写南信,六号,明日发。	1553页倒9行	二十五页七行页脚
初七日 (4月5日)	……写大字数十,馀皆未办,……	……写大字数十,余(馀)皆未办,……	1553页倒4行	二十五页十二行
初八日 (4月6日)	……党参,於术、鹿茸、补骨脂。	……党参,於[于]术、鹿茸、补骨脂。	1554页3行	二十五页十八行
同日	上仍倦,生书勉强读一半,馀皆未办,……	上仍倦,生书勉强读一半,余(馀)皆未办,……	1554页4行	二十六页一行
同日	……定郎中一缺,点朱仪洲正,陈钦铭陪。	……定郎中一缺,点朱仪训正,陈钦铭陪。	1554页6行	二十六页三行
初九日 (4月7日)	未读《诗经》,馀皆默诵,未及未初而退。	未读《诗经》,余(馀)皆默诵,未及未初而退。	1554页13行	二十六页十行
同日	写字悟屋漏症之法,懒不可医矣。	写字悟屋漏痕之法,懒不可医矣。	1554页14行	二十六页十一行
初十日 (4月8日)	夜眠不安,子初忽闻呼门,苏拉李明枯、王定祥送信,……	夜眠不安,子初忽闻呼门,苏拉李明柱、王定祥送信,……	1554页倒4行	二十七页四行
十一日 (4月9日)	午正复入,青长袍褂,……	午正复入,青长袍袿,……	1555页倒11行	二十八页八行
同日	未正二刻大敛毕,……	未正三刻大敛毕,……	1555页倒5行	二十八页十五行

同日	……今日五百里寄信,然在昌平,计九十馀里,一时未易到。	……今日五百里寄信,然在昌平,计九十余(馀)里,一时未易到。	1555页倒1行	二十九页一行
同日	两日一夜,昏愦悲恸不可支。	两日一夜,昏愦悲恸不可支。	1556页1行	二十九页二行
十三日 (4月11日)	师季瞻送点心。	师季瞻送点心。	1556页倒6行	三十一页二行
同日	进食时内宫持奶茶浇于地,……	进食时内宫持奶茶浇于地,……	1557页1行	三十一页七行
同日	……命近支王公、御前大臣、军机大臣、……	……命近支王公、御前大前[臣]、军机大臣、……	1557页3行	三十一页九行
十四日 (4月12日)	……头晕口干,腰酸腿软,……	……头晕口干,腰瘦腿软,……	1557页7行	三十一页十三行
十五日 (4月13日)	……大牡蛎、於术、茯苓、……	……大牡蛎、於[于]术、茯苓、……	1557倒12行	三十二页三行
同日	燮臣来同饮,……	燮臣来同饭,……	1557页倒10行	三十二页五行
十六日 (4月14日)	饮食颇佳,运化稍迟,馀如昨,加鹿茸。	饮食颇佳,运化稍迟,余(馀)如昨,加鹿茸。	1557页倒1行	三十二页十四行
同日	据称尚稳,饬明早再演,颁赏饽饽散子半桌,共四桌分。	据称尚稳,饬明早再演,颁赏饽饽散子半桌,共四桌分。	1558页9行	三十三页五行
十七日 (4月15日)	……系翰林编修唐景崶,不诸当差,误上台阶,……	……系翰林编修唐景崶,不谙当差,误上台阶,……	1558页倒8行	三十三页十五行
同日	(廿五日议上,罪俸九个月,私罪。)	(廿五日议上,罚俸九个月,私罪。)	1558页倒1行	三十四页三行页脚
十八日 (4月16日)	见所拟奏摺及恭加上字样,钦肃敬恪仪天祐圣中二忌之希天膗圣,……余抗言曰贞字乃始封嘉名、安字亦廿年徽号,此二字不可改。……余又言端康昭王四字两宫所同,似宜避去,……宝相仍欲以贞字拟第二,以钦字居首,余与伯寅申之曰,贞者正也,……余曰贞字文宗所锡,慈安二字穆宗所崇,……宜敬称曰孝贞慈安裕庆和敬仪天佑圣显皇后,……	见所拟奏摺及恭加上字样,"钦肃敬恪仪天祐圣中二忌之希天膗圣",……余抗言曰:"'贞'字乃始封嘉名,'安'字亦廿年徽号,此二字不可改。"……余又言:"'端康昭王'四字两宫所同,似宜避去,"……宝相仍欲以"贞"字拟第二,以"钦"字居首,余与伯寅申之曰,"贞"者正也,……余曰:"'贞'字文宗所赐,'慈安'二字穆宗所崇,……宜敬称曰:'孝贞慈安裕庆和敬仪天佑圣显皇后'",……	1559页6行~14行	

十九日(4月17日)	略好,惟倦怠。	略好,惟怠倦。	1559页倒7行	三十五页八行
同日	……凡楞处皆用黄紬面布裹薄木片……“臣意每杠祭皆当举哀,……”	……凡楞处皆用黄紬[绸]面布裹薄木片……“臣意每祭皆当举哀,……”	1560页4行、6行	三十六页三行
二十日(4月18日)	……届时寅初二刻内侍进杠,而灵师未来,……	……届时寅初二刻内传进杠,而灵师未来,……	1560页13行	三十六页十行
同日	……四角用紬垫曰素垫;金棺上横搭两黄紬条曰搭背……	……四角用紬[绸]垫曰素垫;金棺上横搭两黄紬[绸]条曰搭背……	1560页倒12行	
同日	恭舁小升轝[舆]……上大升轝[舆],……上步行,且哭且立,竢出西华门四刻,……	恭舁小升轝[舆]……上大升轝[舆],……上步行,且哭且立,竢[俟]出西华门四刻,……	1560页倒8行、倒7行、倒5行	三十七页一行、三行
同日	……余则或中路小憩,或间道前趋矣。	……余则或中路少憩,或间道前趋矣。	1560页倒2行	三十七页六行
同日	……奉宸苑直宿单。	……奉宸苑递直宿单。	1561页13行	三十八页四行
廿三日(4月21日)	归,夒臣来,有远□。	归,夒臣来,有远虑。	1562页倒11行	四十页一行
同日	现在住班轮子,每五日一轮,……醇亲王、灵相、余。	现在住班轮子,每五日一轮,……惇亲王、灵相、余。	1562页倒7行	四十页九行
廿四日(4月22日)	暖。照常入,看方。……馀尚好,夜得睡。	晴,暖。照常入,看方。……余(馀)尚好,夜得睡。	1562页倒5行	四十页十行
廿六日(4月24日)	画缎一,前端分十桌,每桌百端。	画缎一,首端分十桌,每桌百端。	1563页12行	四十一页八行
廿七日(4月25日)	晨入内看方。酣寐三时,惟串热未愈。	晨入内看方。酣寝三时,惟串热未愈。	1563页倒9行	四十一页十二行
同日	……卯正二刻祭,恭邸、……同到。	……卯正二刻绎祭,恭邸、……同到。	1563页倒9行	四十一页十三行
同日	……培之告病得请,并赏医费六百两。	……培之告病得请,并赏盘费六百两。	1563页倒5行	四十一页十七行
廿八日(4月26日)	……是日焚化较多,旛竿旛及引旛均即焚化。	……是日焚化较多,旛竿旛架及引旛均即焚化。	1564页2行	四十二页五行
同日	工部于磁库领出交掌仪司,却未焚也。	工部于磁库领出交掌仪司,却未焚也。	1564页3行	四十二页六行

廿九日 (4月27日)	灵师与余换一班，余今日往宿。	灵师与余换一班，余今日住宿。	1564页8行	四十二页十一行
同日	……启朝帘，开宫门，在宫外阶下偏东碰头，……	……启朝帘，开宫门，在宫门外阶下偏东碰头，……	1564页13行	四十二页十七行
四月初二日 (4月29日)	(监视漆师工部堂司名单交敬事房递，以后每次皆然。)	(漆开工。监视漆师工部堂司名单交敬事房递，以后每次皆然。)	1564页倒5行	四十三页九行书眉
同日	……用水岿单盖之，然后放水岿单毕。	……用水宼单盖之，然后放水宼单毕。	1565页2行、4行	四十三页十五行、十六行
初三日 (4月30日)	……最后苏拉言语未当，大挥斥而出。	……最后苏拉言语未当，大挥斥而去。	1565页倒7行	四十四页十六行
同日	今日稍愈。(放风。)	今日稍愈。	1565页倒5行	
初四日 (5月1日)	晴朗，暖。	(放风。)晴朗，暖。		四十四页十八行
同日	起四面水岿工部事。	起四面水宼工部事。	1565页倒2行	四十五页三行
初六日 (5月3日)	浓阴，未入。	(漆通灰。)浓阴，未入。	1566页12行	四十五页十七行书眉
初七日 (5月4日)	有云气，是日系二十七日择服之期，……	有云气。是日系二十七日释服之期，……	1566页倒10行	四十六页五行
同日	……薛云西圣是骨蒸，当用地皮等折之，再用溶补。	……薛云西圣是骨蒸，当用地骨皮等折之，再用溶补。	1566页倒6行	四十六页十行
初八日 (5月5日)	微阴。入内请安。	(立夏。放风。)微阴。入内请安。	1566页倒4行	四十六页十二行书眉
初九日 (5月6日)	晨小雨，午止晚晴。	(满布。)晨小雨，午止晚晴。	1567页4行	四十六页十八行书眉
同日	以家中所有诸其转托洪中书一看。	以家中所有请其转托洪中书一看。	1567页8行	四十七页四行
同日	余与师君带进，惇邸在视，立至八刻馀毕。	余与师君带匠，惇邸在视，立至八刻余毕。	1567页9行	四十七页五行、六行
十二〈三〉日 (5月10日)	……明日禅僧径起。	……明日禅僧经起。	1568页11行	四十八页十五行
十四日 (5月11日)	……僧众排阶下，转口兄毕一僧执疏升阶宣读，……	……僧众排阶下，转咒毕一僧持疏升阶宣读，……	1568页倒4行	四十九页八行

十八日 (5月15日)	伊服沈文隶,而极言其戚吴仲翔(薇云)坏船政局事。	伊服沈文肃,而极言其戚吴仲翔(薇云)坏船政局事。	1569页倒3行	五十页十六行
同日	甘凉道郑仲远锡敞,工部郎中新选。来见。	甘凉道郑仲远锡敞,工部郎中新选来见。	1570页2行	五十一页三行
十九日 (5月16日)	晴,更热。	(放风。)晴,更热。	1570页4行	五十一页四行书眉
二十日 (5月17日)	廿日。晴,大热如伏天。	二十日。(压布。)晴,大热如伏天。	1570页8行	五十一页七行
同日	写贴,寺居热无可避。复刘子良书。	写帖,寺居热无可避。复刚子良书。	1570页9行	五十一页八行
同日	是日早祭后带进漆饰押布灰,四刻毕。	是日早祭后带匠漆饰押布灰,四刻毕。	1570页10行	五十一页九行
廿二日 (5月19日)	晴,寒。	(放风。)晴,寒。	1570页14行	五十一页十三行书眉
廿四日 (5月21日)	竟日阴,清晨微雨,……	(满布。)竟日阴,清晨微雨,……	1570页倒5行	五十二页三行书眉
廿五日 (5月22日)	……托恩露圃明早、午代余班。	……托恩露圃明日早、午代余班。	1571页7行	五十二页十四行
廿七日 (5月24日)	晴,风较前二日稍弱,顿热。	(放风。)晴,风较前二日稍弱,顿热。	1571页倒12行	五十三页四行书眉
同日	赵伯远赠潜山天生术人寿金鉴书。	赵伯远赠《潜山天生术》、《人寿金鉴》书。	1571页倒7行	五十三页九行
廿八日 (5月25日)	伊到总办任,将欠硝八十馀万于稿内销去,……	伊到总办任,将欠硝八十余(馀)万于稿内销去,……	1571页倒1行	五十三页十五行
同日	……童华等兴修畿辅水利,先议章程。	……童华等兴修畿辅水利,先议章程。	1572页2行	五十三页十七行
三十日 (5月27日)	(风)晴,郁热。	(放风。)晴,郁热。	1572页8行	五十四页五行书眉
同日	……西配殿茶房廿千.放风。	……西配殿茶房廿千。	1572页11行	
五月朔 (5月28日)	徐生琪寄食物并蒋生沐复刻《英光群玉残帖》,甚妙。	徐生琪寄食物并蒋生沐复刻《英光群玉》残帖,甚妙。	1572页倒9行	
初二日 (5月29日)	晴,无风热极。	晴,无风极热。	1572页倒7行	五十四页十八行
初三日 (5月30日)	初日三。	初三日。	1572页倒2行	

初八日（6月4日）	右御前大臣，次礼部堂官，偏西读祝左恭邸，次大学士，次礼部堂官赞引二人，夹持。	（注：① 图示下端缺两黑点，为赞行二人所站位置。② 图示下说明文字应从左至右读，故顺序需颠倒一下：）赞行二人夹持，左恭邸、次大学士、次礼部堂官，右御前大臣、次礼部堂官，偏西读祝。（注：图最好重拍）	1574页倒4行	五十五页
同日	……又将杷莲木灵并挪用于殿角，地势始开展，册宝案南向矣。	……又将把莲木灵并挪用于殿角，地势始开展，册宝案南向矣。	1574页4行	五十六页十八行
初十日（6月6日）	此斋戒日如此缟素则镐必绕隆宗门。	此斋戒日如此缟素则镐素必绕隆宗门。	1575页9行	五十八页二行
同日	……并桌张八十馀及近支王公所进廿四桌，……	……并桌张八十余（馀）及近支王公所进廿四桌，……	1575页13行	五十八页六行
同日	大侄妇抵京平安，余调卿随来，并庞劬庵絅堂夫人家眷、……	大侄妇抵京平安，俞调卿随来，并庞劬庵、絅堂夫人家眷、……	1575页倒10行	五十八页十行
十一日（6月7日）	晴，有云，热。上诸观德殿早祭……	（压布。）晴，有云，热。上诣观德殿早祭……	1575页倒6行	五十八页十三行书眉
同日	……读尚静，即而不悦，……	……读尚静，既而不悦，……	1575页倒5行	五十八页十四行
十三日（6月9日）	卯初册宝至观德殿，余青袍褂，冠摘缨，执事者皆如之。	卯初册宝至观德殿，余青长袍褂，冠摘缨，执事者皆如之。	1576页7行	五十九页十行
十七日（6月12日）	雨止。是日上诣观得殿早祭，……	（放风。）雨止。是日上诣观德殿早祭，……	1577页倒10行	六十一页十一行书眉
十八日（6月14日）	再诣观德殿，与劻公同上。	再诣观德殿，申祭与劻公同上。	1577页倒2行	六十二页一行
十九日（6月15日）	晴，大热。	（压布。）晴，大热。	1578页2行	六十二页五行书眉
二十日（6月16日）	廿日……嗓仍坠。	二十日……嗓仍坠。	1578页6行	六十二页九行

廿一日 (6月17日)	……霹雳震地,四刻始退。	……霹雳震地,四刻始过。	1578页12行	六十二页十五行
同日	……疲倦背热,嗓津下坠皆如故,……	……疲倦背热,嗓津下坠皆如故,……	1578页13行	六十二页十五行
同日	托内务内直班主事恒启、文广文熙查田村起于何年。	托内务府直班主事恒启、文广、文熙查田村起于何年。	1578页倒11行	六十二页十八行
廿三日 (6月19日)	辰正二刻到书房,……	辰正二到书房,……	1578页倒5行	六十三页七行
廿五日 (6月21日)	晴,晨凉。	(放风。夏至。)晴,晨凉。	1579页9行	六十三页十八行书眉
廿六日 (6月22日)	晴热,申初闻雷,……	(压布。)晴热,申初闻雷,……	1579页倒12行	六十四页五行书眉
廿八日 (6月24日)	晴,热。	(放风。)晴,热。	1579页倒2行	六十四页十四行书眉
廿九日 (6月25日)	程尃南复车伤愈来见。	程尃南覆车伤愈来见。	1580页11行	六十五页八行
六月初二日 (6月27日)	凉热尚串,消化稍迟,健忘较甚。	凉热尚串,消化稍迟,健忘较甚。	1580页倒2行	六十六页四行
初五日 (6月30日)	……展之则廿八日梦中所见者,大奇大奇。	……展之则廿八日梦中所见者也,大奇大奇。	1581页倒10行	六十七页四行
十二日 (7月7日)	御史邓廷相封奏。	御史邓廷相[楠]封奏。	1583页9行	六十九页十一行
十三日 (7月8日)	……恭邸先上,徐臣二次上。	……恭邸先上,余(徐)臣二次上。	1583页14行	六十九页十五行
同日	生书未上,徐工未减,未正始退,到庙。	生书未上,余(徐)工未减,未正始退,到庙。	1583页倒12行	六十九页十六行
十四日 (7月9日)	晴热,……	(满布。)晴热,……	1583页倒5行	七十页五行书眉
十七日 (7月12日)	十二,子正坐六甲,光过回辅,……	十二,子正坐六甲,光过四辅,……	1584页倒6行	七十一页十三行
同日	此同文馆所测,云十七日当天。见醇邸钦天监星图,……	此同文馆所测,云十七日当灭。见惇邸《钦天监星图》,……	1584页倒4行、倒3行	七十一页十五行、十六行
同日	出六甲,《宋史·天文志》女主出政令。……	出六甲,《宋史·天文志》女主出政令。	1584页倒2行	七十一页十七行

廿三日 (7月18日)	……勾陈慧星距为弦约六度馀,……	……勾陈慧星距为弦约六度余(馀),……	1586页倒7行	七十四页八行
廿四日 (7月19日)	晴,极热。	(放风。)晴,极热。	1586页倒3行	七十四页十行书眉
廿五日 (7月20日)	(压布头。)	(压布灰。)	1587页4行	七十四页十五行书眉
同日	……内宫皆进膳递如意,廷臣幸未附和。	……内宫皆进膳递如意,廷臣幸未附和。	1587页9行	七十四页十七行
廿六日 (7月21日)	晴,极热。……不上祭,两缨冠,……	晴,热极。……不上祭,雨缨冠,……	1587页11行	七十五页四行
同日	……丰公、果公皆任班,……	……丰公、果公皆住班,……	1587页13行	七十五页五行
同日	……叩而入,一刻馀行礼,……	……叩而入,一刻余(馀)行礼,……	1587页14行	七十五页七行
同日	昨日有旨宣谕慈躬太安,……	昨日有旨宣谕慈躬大安,……	1587页倒10行	七十五页十二行
同日	薄暮雷电大雨,继以微雨,凉气一瞬即过。	薄暮雷电大雨,继以微雨,凉气一霎即过。	1587页倒7行	七十五页十四行
廿七日 (7月22日)	晴有风,热。上以间七日百日后起恭谒几筵仍服缟素早奠,……	(放风。)晴有风,热。上以间七日百日后起恭诣几筵仍服缟素早奠,……	1587页倒6行	七十五页十五行书眉、十六行
廿八日 (7月23日)	阴,巳正雨,……	(满布。)阴,巳正雨,……	1587页倒1行	七十六页三行书眉
三十日 (7月25日)	二十六日行礼时罗胎唱补褂挂珠;……	二十六日行礼时罗胎帽补褂挂珠;……	1588页倒12行	七十六页十八行
七月初三日 (7月28日)	……出城回横街,行色总总矣。	……出城回横街,行色怱怱[匆匆]矣。	1589页5行	七十七页十五行
初四日 (7月29日)	晴朗,仍热稍爽。	(放风。)晴朗,仍热稍爽。	1589页9行	七十八页一行书眉
初五日 (7月30日)	晴,毒热。是日闻七日上诣筵前行礼之期,……	(满布。)晴,毒热。是日闻七日上诣几筵前行礼之期,……	1589页倒10行	七十八页九行书眉、十一行
初六日 (7月31日)	余必其人会齐来回,……	余必其会齐来回,……	1589页倒1行	七十八页十八行
初七日 (8月1日)	小山行色总总矣,不胜感触。	小山行色怱怱[匆匆]矣,不胜感触。	1590页倒9行	七十九页十四行
初八日 (8月2日)	晴热。	(放风。)晴热。	1590页倒5行	七十九页十七行书眉

十一日(8月5日)	晴,照旧热不能当。	(放风。)晴,照旧热不能当。	1591页12行	八十页十六行书眉
同日	……谨择于本年九月初九日孝贞显皇后梓宫奉移普祥裕定东陵,……	……谨择于本年九月初九孝贞显皇后梓宫奉移普祥裕定东陵,……	1591页倒11行	八十一页二行
同日	……著令各该衙门及直隶总督敬谨预备。	……著各该衙门及直隶总督敬谨预备。	1591页倒9行	八十一页四行
同日	……放薛福辰为广东遣缺道,曾纪泽副宪。	……放薛福辰[为]广东遣缺道,曾纪泽副宪。	1591页倒6行	八十一页九行
同日	……遂赴衡州住,余于明日到通州送行。	……遂赴衡州任,余于明日到通州送行。	1591页倒3行	八十一页十行
十二日(8月6日)	阴欲雨。	(满布。)阴欲雨。	1591页倒1行	八十一页十二行书眉
同日	……先向继恕堂借定。快风活水,一爽心目,三里二牐,十二里庆丰牐,三里花儿牐,十里普济牐,……	……先向继恕堂借定。快风活水,一爽心目,三里二牐[闸],十二里庆丰牐[闸],三里花儿牐[闸],十里普济牐[闸],……	1592页3行	
十五日(8月9日)	……桌张一百馀矣,分四次焚化,好在雨大也。	……桌张一百余(馀)矣,分四次焚化,好在雨大也。	1593页9行	八十三页十六行
十六日(8月10日)	(布压。)晴,日光照耀,秋禾转机矣。	(压布灰。)晴,日光照耀,秋禾转机矣。	1593页13行	八十四页二行书眉
同日	素、沈、景到庙,与谈假印事,层层告之,令设法。	素、沈、景到庙,与谈假印事,层层告知,令设法。	1593页倒11行	八十四页五行
十八日(8月12日)	阴,微雨燥热,早晚凉。	(放风。)阴,微雨燥热,早晚凉。	1593页倒1行	八十四页十五行
同日	……午初二退,极总忙也。……夜景君来见。	……午初二退,极怱[匆]忙也。……夜景君来未见。	1594页1行、2行	八十四页十六行、十七行
廿二日(8月16日)	晨又雾,辰刻旋开,……	(放风。)晨又雾,辰刻旋开,……	1594页倒7行	八十五页十七行书眉
廿六日(8月20日)	馀亦倦,午初二退,到小寓闷坐。	余(馀)亦倦,午初二退,到小寓闷坐。	1595页倒3行	八十七页九行

同日	……挤之得若泥土者数块，微痛而已。	……挤之得若泥土者数块，微疼而已。	1596页1行	八十七页十二行
廿九日 （8月23日）	卯正二刻上诣观德殿行礼，……馀皆好。	卯正二刻上诣观德殿行礼，……余（馀）皆好。	1596页倒8行	八十八页十行
同日	拜客未晤，总总到庙，……	拜客未晤，怱怱[匆匆]到庙，……	1596页倒7行	八十八页十二行
三十日 （8月24日）	（上于前四日罗胎帽，……）早晨雨湿地，旋止，仍阴凉。	（上于前四日罗胎帽，……）（压布灰，起线。）早晨雨湿地，旋止，仍阴凉。	1596页倒2行	八十八页五行书眉
同日	……午祭灵帅来，……	……午祭灵师来，……	1596页倒1行	八十八页十六行
同日	……盐涂之破，出血极多，可怕也。（压布灰起线。）诸司事来回事。	……盐涂之破，出鲜血极多，可怕也。诸司事来回事。	1597页3行	八十八页十八行
闰七月初一日 （8月25日）	……仍上生书，减熟书十馀遍，总总传膳。	……仍上生书，减熟书十余（馀）遍，怱怱[匆匆]传膳。	1597页6行	八十九页三行
同日	传言钱司成将所留一千，百金付票号起息，……	传言钱司成将所留一千……百金付票号起息，……	1597页10行	八十九页七行
初二日 （8月26日）	辰正入，生书尚好，馀亦可，……	辰正入，生书尚好，余（馀）亦可，……	1597页13行	八十九页十行
同日	昨日黄世兄在申，……浙江候补县丞，海运。来见，……	昨日黄世兄在申，……浙江候补县丞，海运来见，……	1597页倒11行	八十九页十三行
初三日 （8月27日）	……今又南移矣。日行三度馀。	……今又移南矣。日行三度余（馀）。	1597页倒2行	九十页二行
初八日 （9月1日）	……写字一刻，馀亦减。	……写字一刻，余（馀）亦减。	1599页3行	九十一页十二行
同日	黄耕莘来辞，留伊一日，与调甥结伴。	黄莘耕[耕莘]来辞，留伊一日，与调甥结伴。	1599页6行	九十一页十四行
十一日 （9月4日）	……奉旨暂缓修理。	……奉旨暂缓修理。	1599页倒6行	九十二页八行
十二日 （9月5日）	辰正二刻入，生书四刻馀，……	辰正三刻入，生书四刻余（馀），……到庙，……	1599页倒5行、倒4行	九十二页九行、十行
十七日 （9月10日）	赵伯远来，后孙燮臣来看西屋。	赵伯远来，约孙燮臣来看西屋。	1600页倒4行	九十三页十六行

二十日 (9月13日)	午灵师、醇邸来,晚勔贝勒来。	午惇邸、灵师来,晚勔贝勒来。	1601页倒11行	九十四页十七行
同日	夜卧梦在彩衣堂旧宅侍母将迁,……	夜卧梦在綵[彩]衣堂旧宅侍母将迁,……	1601页倒10行	九十四页十八行
同日	游百川奏,钟简各封奏。	游百川、秦钟简各封奏。	1601页倒9行	九十五页二行
廿一日 (9月14日)	闻近日言者……郑溥元是也。	闻近日言者……郑溥元皆是也	1601页倒3行	九十五页六行
同日	……鹿卿寄吕祖赐解温莲子一粒。	……鹿卿寄吕祖赐辟瘟莲子一粒。	1601页倒2行	九十五页七行
廿四日 (9月17日)	……勒兵责令村民缚献也。	……勒兵责令村人缚献也。	1602页14行	九十六页三行
廿七日 (9月20日)	……读生书停顿,馀尚好,午正三退。	……读生书停顿,余(馀)尚好,午正三退。	1603页1行	九十六页十二行
同日	……自廿一日起收拾西院房屋。	……自廿一起收拾西院房屋。	1603页3行	九十六页十四行
廿八日 (9月21日)	……同皆至,三刻多毕,看□□皆绳索,……	……同[人]皆至,三刻多毕,看涩履管绳索,……	1603页倒10行	九十七页一行
八月初二日 (9月24日)	……有礼亲王联衔吁请恳停止躬送摺。	……有礼亲王联衔吁恳停止躬送摺。	1603页倒10行	九十七页十三行
初三日 (9月25日)	……检点二十馀年未忍见之物,……	……检点二十余(馀)年未忍见之物,……	1603页倒6行	九十七页十六行
同日	……管挑四十人,……	……管绳四十人,……	1603页倒1行	九十八页三行
初五日 (9月27日)	……约三千馀金。	……约三千余(馀)金。	1604页10行	九十八页十二行
初八日 (9月30日)	……额附之兄景丰卒荆州将军任。	……额附之兄景丰卒于荆州将军任。	1605页4行	九十九页十二行
十三日 (10月5日)	湘抚李明墀来京,以涂宗瀛代之。	湘抚李明墀来京,以涂宗瀛代之。	1606页10行	一百一页七行
十七日 (10月9日)	感风头痛喉痒,……	感风头疼喉痒,……	1607页4行	一百二页八行
二十日 (10月12日)	午正通州北边西人和店尖。亦名栅栏居。	午正通州北边西人和店尖。亦名栅栏店。	1607页倒5行	一百三页九行
同日	通州人和居,京票十一吊二百,……	通州人和店,京票十一吊二百,……	1607页倒1行	一百三页十三行

廿一日(10月13日)	……其西一间甚大。雨如尘,稍寒。	……其西一店甚大。雨如尘,稍寒。	1608页7行	一百三页十六行
廿三日(10月15日)	诣昭西陵及大红门两处恭谒,昨日行文知照。	诣昭西陵及大仁门两处恭谒,昨日行文知照。	1608页倒9行	一百四页八行
同日	……约三刻梓匣由原车出,瞬息出隧门。	……约三刻梓匣由原车出,瞬息即出隧门。	1608页倒3行	一百四页十六行
同日	申正三刻再到宫门,……	申正三刻再到宫门,……	1608页倒1行	一百四页十七行
廿四日(10月16日)	寅初起,总总上,……	寅初起,怱怱[匆匆]上,……	1609页4行	一百五页三行
同日	……恐于宝床不无痕迹。	……恐于宝床面不无痕迹。	1609页10行	一百五页十行
同日	……道经垫可通车,陡处究险,下马绕行,……	……道虽垫可通车,陡处究险,下马徒行,……	1609页12行	一百五页十一行、十二行
廿九日(10月21日)	……昨膳后读六十四篇,本太多。讲书两次已未初矣,……杨昌濬补甘藩……	……昨膳后读六十四遍,本太多。讲书两次已未初三矣,……杨昌濬[浚]补甘藩……	1610页倒7行、倒6行、倒2行	一百七页九行、十行
卅日(10月22日)	……生书尚好,熟书午刻未开口,……	……生书尚好,熟书五刻未开口,……	1611页3行	一百七页十七行
九月朔(10月23日)	城内道路不过一丈、五六尺也道宽。	城内道路不过一丈、道宽五六尺也。	1611页倒10行	一百八页十六行
初二日(10月24日)	……余等无事不带集,故未到,四品以上却多齐集。	……余等无事不带臬,故未到,四品以上却有齐集。	1611页倒4行	一百九页二行、三行
同日	是日司官演杠至大乔,凡十馀刻。	是日司官演杠至大乔,凡十刻余(馀)。	1611页倒1行	一百九页三行
初五日(10月27日)	巳正一刻到书房,云头尚晕,……	巳正一到书房,云头尚晕,……	1612页倒8行	一百十页六行
初八日(10月30日)	……晚祭后供果桌,辞灵毕还宫。	……晚祭后供果桌,上辞灵毕还宫。	1613页13行	一百十一页十行
初九日(10月31日)	晴朗无风,月星明概。	晴朗无风,月星明概。	1613页倒9行	一百十一页十五行
同日	……升大升轝……食毕至五十一班恭竢,……	……升大升轝[舆]……食毕至五十一班恭竢[俟]……	1613页倒5行、倒1行	一百十二页八行
初十日(11月1日)	本日有旨赏请小升轝……	本日有旨赏请小升轝[舆]……	1614页倒6行	

十一日 (11月2日)	……策马随杠十馀里，渐放晴。	……策马随杠十余(馀)里，渐放晴。	1615页1行	一百十三页十四行
同日	有顷小杠头廿馀名亦来，……	有顷小杠头廿余(馀)名亦来，……	1615页9行	一百十四页四行
同日	夹杠七十名，每人一两重银锞一杖，由工部领发。大杠二千两由直隶领发，每班三十两，共一千八百，馀二百小夫头、庄夫分之。	夹杠七十名，每人一两重银锞一枚，由工部领发。大杠二千两由直隶领发，每班三十两，共一千八百，余[馀]二百小夫头、庄夫分之。	1615页11行至13行	一百十四页六行
十三日 (11月4日)	大升轝止，换小升轝縴翼……供抱莲宝床，毕已正午矣，……	大升轝[舆]止，换小升轝[舆]縴[纤]翼……供把莲宝床，毕已正午矣，……	1615页倒2行、倒1行	一百十四页十八行
同日	申祭八人皆集。今日本备午祭，因过时刻故撤去。	申祭八人皆集。(进饽饽桌，此与寻常小异。)今日本备午祭，因过时刻，故撤去。	1616页3行	一百十五页三行
十五日 (11月6日)	……再令李唐下盘定向，其馀恭理六人竟先散矣。	……再令李唐下盘定向，其余(馀)恭理六人竟先散矣。	1617页3行	一百十六页十一行
十六日 (11月7日)	请小升轝出殿下阶……芦殿小升轝……	请小升轝[舆]出殿下阶……芦殿小升轝[舆]……	1617页12行、倒4行	
十七日 (11月8日)	……穿护履，敬竢于芦殿门外，……屈时启黄布帘，……	……穿护履，敬竢[俟]于芦殿门外，……屈时启黄布帘，……	1618页8行	一百十八页二行、三行
同日	……撤黄缎凤罩工部人撤，选内务府。……摩抄卧佛。	……撤黄缎凤罩工部人撤，送内务府。……摩抄[挲]卧佛。	1618页倒11行	一百十八页十二行
十九日 (11月10日)	丑正起，寅初行，卯正一刻抵栅栏店，……	丑正起，寅初行，卯初一刻抵栅栏店，……	1619页11行	一百十九页十七行
二十日 (11月11日)	皆照单所开，惟景沣去一四字及二品衔耳。	皆照单所开，惟景澧去一“四”字及“二品衔”耳。	1620页4行	
廿二日 (11月13日)	巳正二刻神牌黄舆至，尚书董恂等跪迎。约四十馀人。	巳正二刻神牌黄舆至，尚书董恂等跪迎。约四十余(馀)人。	1620页14行	一百二十一页十三行
同日	恭代王升祔礼，……	恭代王行升祔礼，……	1620页倒11行	一百二十一页十六行

同日	礼成戌正二刻馀矣。	礼成戌正二刻余(馀)矣。	1620 页倒 10 行	一百二十一页十七行
廿三日 (11 月 14 日)	……馀皆膳后补完,……前此十馀日中功课颇有减也。	……余(馀)皆膳后补完,……前此十余(馀)日中功课颇有减也。	1620 页倒 5 行	一百二十二页五行
廿四日 (11 月 15 日)	卯正三刻上到书房,……	卯正二刻上到书房,……	1620 页倒 2 行	一百二十二页十行
廿五日 (11 月 16 日)	夜得鹿卿本月十四日函,……馀皆安,……	夜得鹿卿本月十四函,……余(馀)皆安,……	1621 页 9 行	一百二十三页三行、四行
廿六日 (11 月 17 日)	……福联不得四字,馀皆形于词色也。	……福联不得四字,余(馀)皆形于词色也。	1621 页倒 10 行	一百二十三页十一行
十月初一日 (11 月 22 日)	卯正坤宁宫吃肉,先候肉于朝房。	卯正坤宁宫吃肉,先候于朝房。	1622 页倒 5 行	一百二十六页二行
初四日 (11 月 25 日)	今年彗,占曰天子废图史,能不惧哉。	今年彗,占曰天子废图史,能无惧哉。	1623 页倒 9 行	一百二十七页八行
初五日 (11 月 26 日)	……局员廿馀人皆集无礼节。	……局员廿余(馀)人皆集无礼节。	1623 页倒 4 行	一百二十七页十四行
同日	……看青松红杏卷,以八金助其装潢,又看训鸡图卷,……王觉斯静观,字重开失笔意。	……看《青松红杏》卷,以八金助其装潢,又看《训鸡图》卷,……王觉斯"静观"字,字重开失笔意。	1624 页 1 行、2 行	一百二十七页十八行 一百二十八页一行、二行
同日	阅《申报》九月十七日西人测得水星过日,午初始过。	阅《申报》知九月十七日西人测得水星过日,午初始过。	1624 页 4 行	一百二十八页四行
十一日 (12 月 2 日)	得南信,知仲渊寒热已止,虎官开愈,……	得南信,知仲渊寒热已止,虎官亦愈,……	1625 页 6 行	一百二十九页十三行
十三日 (12 月 4 日)	满书勉强,生书却好,馀粗可,未初二毕,入署。……改为七千馀两。	满书勉强,生书却好,余(馀)粗可,未初二毕,入署。……改为七千余(馀)两。	1625 页 13 行、14 行	一百三十页一行、二行
十四日 (12 月 5 日)	一通州关税似短九百馀,……	一通州关税似短九百余(馀),……	1625 页倒 8 行	一百三十页七行
同日	是日御史引见。记名廿人,殷李尧与焉。	是日御史引见。记名二十人,殷季尧与焉。	1625 页倒 4 行	一百三十页十一行

十五日 (12月6日)	……此老情长多古趣,极欵洽。	……此老情长多古趣,极款洽。	1626页5行	一百三十一页四行
十六日 (12月7日)	致刘岘庄书,昨寄导淮书稿来。	致刘岘庄书,昨寄导淮疏稿来。	1626页14行	一百三十一页十一行
十七日 (12月8日)	生书尚好,馀亦未少,……	生书尚好,余(馀)亦未少,……	1626页倒11行	一百三十一页十三行
十九日 (12月10日)	……路遇苏州人王姓引到此,嘻!异哉。	……路遇苏州人王姓引到此,嘻!异矣。	1627页7行	一百三十二页十三行
廿一日 (12月12日)	来时早,生书倦极,馀亦浮,未初退。	来时早,生书倦极,余(馀)亦浮,未初退。	1627页倒12行	一百三十三页二行
廿三日 (12月14日)	来时早,生书好,馀平,未初退。	来时早,生书好,余(馀)平,未初退。	1627页倒4行	一百三十三页七行
廿四日 (12月15日)	看虞邑稗官,因以自省,可畏哉。	看《虞邑稗官》,因以自省,可畏哉。	1628页1行	一百三十三页十二行
廿五日 (12月16日)	……遂未能上生书,馀功却好,……致书廖縠似寿丰。	……遂未能上生书,余(馀)功却好,……致书廖縠[谷]似寿丰。	1628页4行、6行	一百三十三页十五行
廿六日 (12月17日)	生书亦不佳,馀尚可,……	生书亦不佳,余(馀)尚可,……	1628页9行	一百三十四页二行
廿八日 (12月19日)	……余首允,乃写字,熟书又以气弱减去,……	……余首允,乃写字,既而熟书又以气弱减去,……	1628页倒6行	一百三十四页十四行
十一月朔 (12月21日)	……惟熟书滞,馀却好,未初退。	……惟熟书滞,余(馀)却好,未初退。	1629页3行	一百三十五页六行
初三日 (12月23日)	……近日在宫中点《读史论略》一叶也。	……近日在宫中日点《读史论略》一叶也。	1629页11行	一百三十五页十三行
初四日 (12月24日)	廖縠似皆未晤。	廖縠[谷]似皆未晤。	1629页倒11行	
初五日 (12月25日)	……并将擅请之杨昌濬申饬。	……并将擅请之杨昌濬[浚]申饬。	1629页倒7行	
初六日 (12月26日)	早寒午暖,无风。	晴,早寒午暖,无风。	1629页倒6行	一百三十六页三行
初九日 (12月29日)	……生书好,馀却倦,……	……生书好,余(馀)却倦,……	1630页4行	一百三十六页十一行
初十日 (12月30日)	访李兰孙,遇廖縠似观察……	访李兰孙,遇廖縠[谷]似观察……	1630页9行	

十七日 (1882.1.6)	……馀尚顺,欲传懋勤殿寻祈雨文,……晤汤于久学炎……	……余(馀)尚顺,欲传懋勤殿寻祈雨文,……晤汤子久学炎……	1631页11行、12行	一百三十八页八行、九行
十九日 (1月8日)	巳初到书房,巳初余等上,……	巳初到书房,巳正余等上,……	1631页倒9行	一百三十八页十六行
廿一日 (1月10日)	来时晨初二,生书极好,馀皆可,未初三退。	来时辰初二,生书极好,余(馀)皆可,未初三退。	1632页6行	一百三十九页九行
同日	……翻译者十二人,一等六,二等六,馀写履历。	……翻译者十二人,一等六,二等六,余(馀)写履历。	1632页7行	一百三十九页十行
廿九日 (1月18日)	……甚顺利,未初三刻多退。访绍彭,……御案旁校《道德经》一册,亦奇事也,内府所藏《道德真经集解》,唐岷山道士张君相撰。	……甚顺利,未初三刻多退。御案旁校《道德经》一册,亦奇事也,内府所藏《道德真经集解》,唐岷山道士张君相撰。访绍彭,……	1633页9行~11行	一百四十页十九行
三十日 (1月19日)	……京查事,略言各衙门一等人员。……	……京察事,略言各衙门一等人员。……	1633页倒12行	一百四十一页六行
十二月朔 (1月20日)	……考到点名,廿馀人。……凡过堂者三十馀员,……	……考到点名,廿余(馀)人。……凡过堂者三十余(馀)员,……	1633页倒8行、倒7行	一百四十一页十行、十一行
初二日 (1月21日)	……俄顷地白,极欢忭,……	……俄顷地白,极欣忭,……	1633页倒3行	一百四十一页十四行
同日	三十日慈宁殿脊失云铜链八条,……	三十日慈宁宫殿脊失云铜链八条,……	1634页1行	一百四十一页十八行
初五日 (1月24日)	……复显竹城函四十。	……复顾竹城函四十。	1634页倒9行	一百四十二页十六行
初七日 (1月26日)	……生书甚好,馀皆倦,未正退。	……生书甚好,余(馀)皆倦,未正退。	1634页倒3行	一百四十三页四行
十二日 (1月31日)	夜检遗书,与斌孙记录手册,呜呼!	夜检遗书,与斌孙记录于册,呜呼!	1635页倒7行	一百四十四页八行
十七日 (2月5日)	……恭王传旨赏穿带嗉貂褂,敬聆而退,……	……恭王传旨赏穿带嗉貂袿,敬聆而退,……	1636页13行	一百四十五页九行
同日	内务府衣库毛作司库毓恩候补,无品级,司匠。来开尺寸。	内务府衣库毛作司库恩毓候补,无品级,司匠来开尺寸。	1636页倒11行	一百四十五页十二行
同日	谢摺头:本月十七日蒙恩赏穿带嗉貂褂,钦此。	谢摺头:本月十七日蒙恩赏穿带嗉貂袿,钦此。	1636页倒10行	一百四十五页十三行

十九日 (2月7日)	……且极倦也,馀如旧,膳后余先退。	……且极倦也,余(馀)如旧,膳后余先退。	1636页倒1行	一百四十六页一行
二十日 (2月8日)	偷窃铜链宝匣窃犯袁大马等三名斩决,……馀四人斩候,……	偷窃铜链宝匣贼犯袁大马等三名斩决,……余(馀)四人斩候,……	1637页8行、9行	一百四十六页十一行
廿一日 (2月9日)	上亦伤风咳嗽,略减书,不及午刻即退。归仍头痛胸堵,……	上亦伤风咳嗽,略减书,不及午初即退。归仍头疼胸堵,……	1637页14行	一百四十六页十八行
廿四日 (2月12日)	祁世长吏右仍署刑左,许庚身礼右,周家楣署副宪。	祁世长吏右仍署刑左,许庚身礼右,周家楣署副宪。	1638页3行	一百四十七页十六行
廿五日 (2月13日)	……廿八日复奏请将宝匣、铜链、铜字、铜瓦择要修理,陆续再办。	……廿八日复奏请将宝匣、铜链、铜字、铜瓦择要修理,余陆续再办。	1638页7行	一百四十八页一行
廿六日 (2月14日)	是日内务府官将御赐貂褂送来。有托,未作成。	是日内务府官将御赐貂褂送来。有托,未做成。	1638页11行	一百四十八页五行
廿七日 (2月15日)	……馀客未见。稍开发年帐。	……余(馀)客未见。稍开发年帐。	1638页13行	一百四十八页八行
光绪八年壬午 正月初一日 (1882.2.18)	晴,有风。寅初起,焚香告天,至西朝房坐待。军机一起。卯正三慈宁门外行礼……	晴,有风。寅初起,焚香告天,至西朝房坐待。军机一起。卯正三慈宁门外行礼……	第三册 1639页2行	第二十一卷 一页一行
同日	夜大风起。军机一起。	夜大风起。	1639页6行	一页一行
初二日 (2月18日)	(2月18日)	(2月19日)	1639页9行	一页十二行
同日	遂诣国子监貂褂,同人未到,独坐敬思堂。	遂诣国子监貂褂,同人未到,独坐敬思堂。	1639页9行	一页十三行
初三日 (2月20日)	……缺十馀页,发兴抄补,……	……缺十余(馀)页,发兴抄补,……	1639页倒6行	二页四行
初十日 (2月27日)	……读左氏第一本廿一遍,馀功课亦稍减矣。	……读《左氏》第一本廿一遍,余(馀)功课亦稍减矣。	1641页3行	三页十八行
上元日 (3月4日)	夜祀先,于真容前行礼,供圆消。	夜祀先,于真容前行礼,供圆[元]消[宵]。	1642页5行	五页十四行

廿一日 (3月10日)	辰初刻卯正二到书房,读仍倦,午初退。	卯正二刻到书房,读仍倦,午初退。	1643页1行	六页十七行
廿二日 (3月11日)	见李竹朋书画鉴影,索八十金,博古斋物。	见李竹朋《书画鉴影》,索八十金,博古斋物。	1643页7行	七页五行
廿三日 (3月12日)	读好,馀如昨,……	读好,余(馀)如昨,……	1643页10行	七页八行
廿四日 (3月13日)	题世锡之勋,内府郎中。所收《阁帖》第九卷一册,……	题世锡之勋,内府郎中所收《阁帖》第九卷一册,……	1643页倒10行	七页十七行
廿八日 (3月17日)	……余等入至殿庭中碰头,志和倾跌,掖之起。	……余等入至殿廷中碰头,志和倾跌,掖之起。	1644页12行	九页四行
同日	……仅上生书一本,馀未办,……	……仅上生书一本,余(馀)未办,……	1644页13行	九页五行
廿九日 (3月18日)	看公事及判例。	看公事及则例。	1644页倒10行	九页十行
二月初一日 (3月19日)	……晤瞿子久子士及汪、萧两翰林分献。	……晤瞿子久学士及汪、萧两翰林分献。	1644页倒7行	九页十四行
初二日 (3月20日)	……读虽好而倦,馀同,未初三退。	……读虽好而倦,余(馀)同,未初三退。	1645页3行	十页五行
初四日 (3月22日)	……为内府另摺请查估铜活计为数过巨,约廿馀万。	……为内府另摺请查估铜活计为数过巨,约廿余(馀)万。	1645页倒12行	十页十七行
初九日 (3月27日)	引见见老人班,一起带。	引见老人班,一起带。	1646页9行	十二页二行
十一日 (3月29日)	……读满书迟,生书可,馀亦可,未初三退。	……读满书迟,生书可,余(馀)亦可,未初三退。	1646页倒9行	十二页十二行
同日	又寄莲斋石鼓一分。	又寄莲斋《石鼓》一分。	1646页倒5行	十二页十六行
十四日 (4月1日)	题苏园清话图二首,……	题《苏园清话图》二首,……	1647页10行	十三页十二行
十八日 (4月5日)	夜写姜行本记功碑图,……	夜写姜行本《记功碑图》,……	1648页2行	十四页十二行
廿三日 (4月10日)	晤陆莽,归行园,无一事。	晤睦莽[庵],归行园,无一事。	1649页4行	十六页三行
三月朔 (4月18日)	……孙谷庭翼谋接两淮盐运使。	……孙谷庭翼谋授两淮盐运使。	1650页倒12行	十八页七行

初二日 (4月19日)	……旋止,午后晴。	……旋止,午得晴。	1650页倒9行	十八页九行
初三日 (4月20日)	发兴临文画,弄笔破寂。得鹿侄二月廿二书,将往杭州。	发兴临文画,弄笔破寂,画兰竹一小幅。得鹿侄二月廿二书,将往杭州。	1651页1行	十九页二行
初六日 (4月23日)	晚再访武孝廉书画铺,实无可观。博古斋持旧榻《开母庙碑来》,……	晚再诣武孝廉书画铺,实无可观。博古斋持旧拓《开母庙碑》来,……	1651页10行	十九页十行、十一行
初七日 (4月24日)	……太湖人,庚辰刑部,謇士也。	……太湖人,庚辰刑部,寒士也。	1651页14行	十九页十三行
初九日 (4月26日)	梁枢、陆润庠在南书房行走。	梁耀枢、陆润庠在南书房行走。	1651页倒3行	二十页七行
十五日 (5月2日)	文字百一缠,武功七二社,问何人具此奇才。	文字百一廛,武功七二社,问何人具此奇才。	1653页2行	二十一页十五行
十六日 (5月3日)	八十三年,极人世富贵尊荣,不改勤俭行素志;……	八十三年,极人世富贵尊荣,不改俭勤行素志;……	1653页6行	二十一页十八行
十七日 (5月4日)	……子青于长江万里卷击节不已也。	……子青于《长江万里卷》击节不已也。	1653页10行	二十二页三行
二十日 (5月7日)	文君光来回木仓弊窦,指天坛架木言,大约谓缮司舞弊具稿,木仓贪混报收,只檄三成,并未照稿办也。	文君光来回木仓弊窦,指天坛架木言,大约谓缮司舞弊具稿,木仓贪混报收,只缴三成,并未照稿办也。	1653页倒2行	二十二页十八行
廿二日 (5月9日)	……瑞公于余摺底去行也。	……瑞公于余摺底去一行也。	1654页5行	二十三页六行
廿四日 (5月11日)	……减去膳前熟书,馀皆好,未初一散。	……减去膳前熟书,余(馀)皆好,未初一散。	1654页13行	二十三页十五行
廿五日 (5月12日)	出城诣火药局,监造俱在。	出城诣火药局,并监造俱在。	1654页倒6行	二十四页五行
同日	永字后墙坍,馀尚好。	永字后墙坍,余(馀)尚好。	1654页倒4行	二十四页七行
廿八日 (5月15日)	晴,仍有云气,顺天府报雨三寸馀。	晴,仍有云气,顺天府报雨三寸余(馀)。	1655页7行	二十四页十六行
四月朔 (5月17日)	……近来口吃甚,……	……近来口吃殊甚,……	1655页倒12行	二十五页九行

初二日 (5月18日)	宋伟庆祖骏从河南来。以所著《八卦义》一册增。	宋伟庆(度)祖骏从河南来,以所著《八卦义》一册赠。	1655页倒5行	二十五页十五行
初四日 (5月20日)	……略减于昨,然热犹强,寒甚,……	……略减于昨,然热犹猛,寒甚,……	1655页倒2行	二十五页十八行
同日	晤国学同人谈查学事定初十日,近日御史俊乂条陈官学废弛,有旨饬国子监实力整顿。	晤国学同人谈查学事定初十日,近日御史俊乂条陈官学废弛,有旨饬国子监实力整顿。	1656页1行	二十六页二行
初八日 (5月24日)	蒯庶农来辞行。	蒯蔗农来辞行。	1656页倒10行	二十六页十七行
初十日 (5月26日)	读尚好而熟书则倦,……	读尚好而熟[书]则倦,……	1656页倒4行	二十七页六行
十二日 (5月28日)	过厂,得旧塌《张迁》。	过厂,得旧拓《张迁》。	1657页12行	
十六日 (6月1日)	阅卷:王文韶、徐桐、瑞联、潘祖荫、麟书、锡珍、祁世长、许庚身、孙家鼐、夏家镐。	阅卷:王文韶、徐桐、瑞联、潘祖荫、麟书、锡珍、祁世长、许庚身、孙家鼐、夏家镐。	1658页5行	二十九页四行
十九日 (6月4日)	……在左相处办后路粮台十馀年。得见朱拓《颜家庙》,绝奇。	……在左相处办后路粮台十余(馀)年。得见宋拓颜《家庙》,绝奇。	1658页倒10行	二十九页十四行
廿一日 (6月6日)	是日定修理沟渠银数,凡六千五百。减去四千馀。	是日定修理沟渠银数,凡六千五百。减去四千余(馀)。	1658页倒1行	三十页七行
廿四日 (6月9日)	驰访全师处,……	驰诣全师处,……	1659页倒12行	三十一页一行
廿五日 (6月10日)	李兰生云《家庙碑》非宋搨,还之,……	李兰生云《家庙碑》非宋拓,还之,……	1659页倒3行	三十一页十一行
同日	得崇侄四月十四日函,皆安。	得荣侄四月十四日函,皆安。	1659页倒2行	三十一页十二行
廿六日 (6月11日)	绍彭以宋搨《圣教序》力却之。	绍彭以宋拓《圣教序》力却之。	1660页7行	三十二页二行
廿七日 (6月12日)	……竟日昏昏,如入雾中。	……竟日惛惛,如入雾中。	1660页9行	三十二页五行
五月端五日 (6月20日)	工部值日,仍入传心殿公所与诸公晤集。	工部值日,仍入至传心殿公所与诸公晤集。	1661页倒11行	三十三页十四行

初六日 (6月21日)	读时正雷电,以一手拥护,左右而大声,……	读时正雷电,以一手拥树左右而大声,……	1661页倒5行	三十四页三行
初七日 (6月22日)	巳初二始到书房,未上生书,馀如旧,未初三退。	巳初二始到书房,未上生书,余(馀)如旧,未初三退。	1662页1行	三十四页八行
十一日 (6月26日)	上海人葛士濬……	上海人葛士濬[浚]……	1662页倒4行	三十五页十五行书眉
同日	……读次知与袁爽秋昶、朱编修一新兄弟为文字交。	……读次知与袁爽秋昶、朱编修一新兄弟为文字交。	1662页倒3行	三十五页十五行
十二日 (6月27日)	……崇礼回护掩饰交议,馀严议处。	……崇礼回护掩饰交议,余(馀)严议议处。	1663页7行	三十六页三行
十六日 (7月1日)	径归,不及到学阅卷矣,避热也。	径归,不复到学阅卷矣,避热也。	1663页倒8行	三十六页十三行
十七日 (7月2日)	……竟减却十馀号始读,未初一刻退。	……竟减却十余(馀)号始读,未初一刻退。	1663页倒5行	三十六页十七行
十九日 (7月4日)	事毕小坐而归。	事毕小坐即归。	1664页5行	三十七页七行
廿三日 (7月8日)	来时巳初多,减生书,馀照旧,……	来时巳初多,减生书,余(馀)照旧,……	1664页倒6行	三十八页四行
同日	文秀、容贵,降三级调,改留任,馀照议。	文秀、容贵,降三级调,改留任,余(馀)照议。	1664页倒3行	三十八页七行
廿六日 (7月11日)	绍彭疮不合口,如何,昨又请假十日。	绍彭疮不合口,如何,昨又请十日假。	1665页13行	三十九页四行、五行
廿七日 (7月12日)	连日饮烧酒一小钟,甚适。	连日饮烧酒一小钟[盅],甚适。	1665页倒9行	三十九页十行
六月初三日 (7月17日)	……有旨饬行。梦为福建学政,……	……有旨饬行。夜雨。梦为福建学政,……	1666页倒9行	四十一页二行
初七日 (7月21日)	……改师生称呼。写扇数柄而已。胸中若结。周给谏声涛号瀛樵来晤。	……改师生称呼。周给谏声涛,号瀛樵来晤。写扇数柄而已。胸中若结。	1667页10行	四十一页十六行
初十日 (7月24日)	……送东□一,羽扇一,桌毯一,东绸一。匆匆去。	……送东膳一,羽扇一,桌毯一,东绸一。匆匆去。	1667页倒4行	四十二页十二行
十一日 (7月25日)	方君由津到京,为车夫窃去银六十两,馀衣物数件,……	方君由津到京,为车夫窃去银六十两,余(馀)衣物数件,……	1668页3行	四十二页十七行

十三日（7月27日）	早京，卯正雨，……	早凉，卯正雨，……	1668页10行	四十三页五行
十四日（7月28日）	冯琢如同年之子来见。	冯琢如同年之子来，未见。	1668页倒12行	四十三页十一行
十九日（8月2日）	车夫何二压手腕服，幸未大伤……	车夫何二压手腕、服[腿]，幸未大伤……	1669页10行	
廿六日（8月9日）	万寿节。无起。五更即入，……	万寿节。无起。五更起即入，……	1670页10行	四十六页四行
廿七日（8月10日）	坐蒹葭楼，……	坐蒹葭簃，……	1670页倒9行	四十六页十二行
廿九日（8月12日）	……伊言指纳房费堂司皆不过问也。	……伊言捐纳房费堂司皆不过问也。	1671页5行	四十七页八行
七月初一日（8月14日）	满书已下，生书好，馀亦可，……	满书已下，生书好，余(馀)亦可，……	1671页倒12行	四十八页一行
初三日（8月16日）	登东亦仍绕道始得归。	登车亦仍绕道始得归。	1671页倒1行	四十八页十二行
初五日（8月18日）	……腹泻数次，倦极，何也。	……腹泄数次，倦极，何也。	1672页11行	四十九页七行
初六日（8月19日）	……娟娟缺月隐云雾；……	……娟娟缺月隐云△雾；……	1672页倒10行	四十九页十二行
同日	……前月光熙首陈皖灾情形，……	……前日光熙首陈皖灾情形，……	1672页倒9行	四十九页十三行
同日	……纸二匣，□四瓶，……	……纸二匣，茶四瓶，……	1672页倒7行	四十九页十五行
初七日（8月20日）	……内《客杭日记》已刻，馀尚多。……愚公山人王馀祐隶书；御史五德仿西法画；成王题。清湘道人画卷；极奇，满纸无馀。王孟端轴；文衡山轴；小楷题。郭诃阳立轴；不真而旧。石庵大对。	……内《客杭日记》已刻，余（馀）尚多。……愚公山人王馀[余]祐隶书；御史五德仿西法画，成王题；清湘道人画卷，极奇，满纸无余(馀)；王孟端轴；文衡山轴，小楷题；郭诃阳立轴，不真而旧；石庵大对。	1673页3行、4行、5行	五十页五行、六行、七行
初十日（8月23日）	拜客，晤邑馆钱佑之，鹿苑人，其伯□敦。曾剑云伯伟之三子。	拜客，晤邑馆钱佑之，鹿苑人，其伯老敦。曾剑云伯伟之三子。	1673页倒9行、倒10行	五十一页一行
十三日（8月26日）	冯启撰、殿臣、乡试。启勋建侯。顾元亨、子善，乡试……。	冯启撰殿臣，乡试、启勋建侯，□、顾元亨子善，乡试……	1674页7行	五十一页十六行

十五日 (8月28日)	归写对极忙。	归,写对、扇极忙。	1674页倒1行	五十二页十五行
十六日 (8月29日)	燮臣腹泻未入,……	燮臣腹泄未入,……	1674页倒1行	五十二页十七行
同日	阅昨日考到卷九百五十三人,犹恐失之,我有嘉宾六句。阅卷五六十,判卷三百馀,极乏。	阅昨日考到卷九百五十三人,犹恐失之。"我有嘉宾"六句;"视民不恌"四句。阅卷五六十,判卷三百余(馀),极乏。	1675页2行	五十三页一行
同日	……云六月廿一日彗见西北,又董浜等处飞雪花,积白。	……云六月廿一彗见西北,又董浜等处飞雪花,积白。	1675页4行	五十三页三行
十七日 (8月30日)	……减去生书,馀亦勉强溥衍,……	……减去生书,余(馀)亦勉强敷衍,……	1675页6行	五十三页七行
十八日 (8月31日)	浙候补府颜钟儁彀生,行二,在浙廿二年,……	浙候补府颜钟儁[俊]彀[谷]生,行二,在浙廿二年,……	1675页倒10行	五十三页十六行
十九日 (8月31日)	颜钟儁送礼,受腿四只。	颜钟儁[俊]送礼,受腿四只。	1675页倒5行	
二十日 (9月2日)	王鲁薌观察毓藻,江苏粮道,押运来引见。	王鲁薌[芗]观察毓藻,江苏粮道,押运来引见。	1676页1行	五十四页七行
廿一日 (9月3日)	……并欲减熟书,龃龉良久,卒如其说,……	……并欲减熟书,龃龉良久,卒如臣说,……	1676页4行	五十四页十行
廿三日 (9月5日)	子京是覆到。	子京是日复到。	1676页倒10行	五十五页六行
同日	御史陈启奏核周瑞清包办云南报销。	御史陈启泰劾周瑞清包办云南报销。	1676页倒8行	五十五页八行
廿四日 (9月6日)	……余亦阅百馀卷,得一老手,置第一,……馀尚未写榜也。	……余亦阅百余(馀)卷,得一老手,置第一,……余(馀)尚未写榜也。	1676页倒5行	五十五页十行、十一行
廿五日 (9月7日)	闻高丽大院君已俘至津。	闻高丽大隐院君已俘至津。	1677页3行	五十五页十八行
廿七日 (9月9日)	昨日录科八百七十馀人,……是日阅卷百五十馀本,……	昨日录科八百七十余(馀)人,……是日阅卷百五十余(馀)本,……	1677页11行、13行	五十六页十行、十二行

同日	未知刘君以为如何。	未知刘君以为何如。	1677 页倒 12 行	五十六页十二行
廿八日(9月10日)	邀王鲁薌观察、毓藻。龚幼安太守嘉儁、颜谷生太守钟儁、……	邀王鲁薌[芗]观察毓藻、龚幼安太守嘉儁[俊]、颜谷生太守钟儁[俊]、……	1677 页倒 9 行、倒 8 行	五十六页十五行
廿九日(9月11日)	……仅读生书,馀悉减去,犹怏怏也,……	……仅读生书,余(馀)悉减去,犹怏怏也,……	1677 页倒 5 行	五十七页二行
八月初二日(9月13日)	…… 回旋登颠,……	…… 回旋登顿,……	1678 页 10 行	五十七页十六行
初三日(9月14日)	……周家楣礼左,……	……周家楣礼右,……	1678 页 13 行	五十七页十八行
初四日(9月15日)	……申初霹雳一声如主炮,……	……申初霹雳一声如巨炮,……	1678 页倒 11 行	五十八页二行
初六日(9月17日)	……微雨后大雨,已而仍晴。	……微雨复大雨,已而仍晴。	1678 页倒 2 行	五十八页十二行
同日	……张家禄、……	……张嘉禄、……	1679 页 3 行	五十八页十六行
初七日(9月18日)	马道宽十二□砖约一丈七八尺。	马道宽十二,观砖约一丈七八尺。	1679 页 13 行	五十九页九行
十二日(9月23日)	得衡州七月廿一日函。	得衡州七月廿一函。	1680 页 11 行	六十页十二行
十三日(9月24日)	子京出场早,士吉嚑黑始归。题:著之德园而神三句;……	子京出场早,士吉嚑黑始归。题:"著之德圆而神"三句;……	1680 页倒 9 行	六十页十八行
十七日(9月28日)	归写诗于扇,并写扇,热烦。	归,写诗于扇,并写扇,极烦。	1681 页 9 行	六十二页三行
廿五日(10月6日)	入署,遇三君,小玄抄摺底见示,甚空也。	入署,遇三君,小云抄摺底见示,甚空也。	1682 页倒 5 行	六十四页三行
廿六日(10月7日)	曰此等事岂不怕御史知闻之理。	则曰此等事岂不怕御史知闻之理。	1683 页 1 行	六十四页九行
廿七日(10月8日)	辰正二束,满书迟,……	辰正二来,满书迟,……	1683 页 11 行	六十四页十七行
同日	……极勉强。屡欲下泪也,馀俱减去,……	……极勉强。屡欲下泪也,余(馀)俱减去,……	1683 页 12 行	六十四页十八行
九月朔(10月12日)	彗在□柳之际,其行甚迟,……	彗在鬼、柳之际,其行甚迟,……	1684 页 11 行	六十六页十行

初四日(10月15日)	来早,读又不佳,……	来时早,读又不佳,……	1684页倒1行	六十七页六行
同日	……先收银三十馀,捐号。	……先收银三十余(馀),捐号。	1685页1行	六十七页七行
同日	湖北委员朱有宽,斯康。短平九十馀两,新例行文问本省,该委员不愿,……	湖北委员朱有宽,斯康。短平九十余(馀)两,新例行文问本省,该委员不愿,……	1685页3行	六十七页九行
同日	……而云前司尚未付之,……	……而云前司尚未付知,……	1685页5行	六十七页十行
初十日(10月21日)	问六额驸疾,请假一月馀,近开缺,派著。	问六额驸疾,请假一月余(馀),近开缺,派署。	1686页3行	六十八页十七行
同日	……初五日开船。	……初五日午开船。	1686页6行	六十八页6行
十一日(10月22日)	二起,军机、总兵。	二起,军机、一总兵。	1686页7行	六十九页三行
十四日(10月25日)	先到报房,入闻御前大臣,……到书房敬竢,……	先到报房,入问御前大臣,……到书房敬竢[俟],……	1686页倒4行、倒3行	六十九页十七行、十八行
十五日(10月26日)	……而画堂谕称以后当令住学生到斋等语,……	……而画堂谕称以后当令住学生到齐等语,……	1687页4行	七十页六行
十六日(10月27日)	杨石泉昌濬……凡收银二十一万五千,放约二万馀。	杨石泉昌濬[浚]……凡收银二十一万五千,放约二万余(馀)。	1687页11行、倒12行	七十页十七行
十七日(10月28日)	……只讲明史十馀事,……敷衍至未初二退。	……只讲明史十余(馀)事,……敷演[衍]至未初而退。	1687页倒9行、倒8行	七十一页二行、三行
廿一日(11月1日)	……坛凡两,咸正方,……	……坛凡两,成正方,……	1688页倒11行	七十二页六行
同日	算房陈铄,司员所派。又吕镛,麟派。徐荫轩来。	算房陈镤,司员所派。又吕镛,麟派。徐荫轩来。	1688页倒9行、倒8行	七十二页八行、九行
廿二日(11月2日)	……颇动声色,馀好,总是臣性气重也。	……颇动声色,余(馀)好,总是臣性气重也。	1688页倒6行	七十二页十一行
同日	入署,遏瑞、敬、徐三公。助教嵩峋来。	入署,遇瑞、敬、徐三公。助教嵩峋来。	1688页倒5行	七十二页十二行

同日	见浙闱题名，蔡济勤乂臣之子，中矣，馀皆未识，无汤伯述名也。	见浙闱题名，蔡济勤乂臣之子，中矣，余(馀)皆未识，无汤伯述名也。	1688页倒3行	七十二页十四行
廿七日(11月7日)	昨夜大风，清晨甚寒，午始止，夜仍作。	昨夜大风，清晨寒甚，午始止，夜仍作。	1689页倒8行	七十三页十五行
廿八日(11月8日)	归写扇，稍有腕力。	归，写扇，稍有魄力。	1690页8行	七十四页十三行
三十日(11月10日)	……又晤徐小云侍郎，亦粥厂首事，每年募捐者也。	……又晤徐小云侍郎，侍郎亦粥厂首事，每年募捐者也。	1690页倒8行	七十五页八行
十月初二日(11月12日)	……伊犁饷七万八千馀，……	……伊犁饷七万八千余(馀)，……	1691页4行	七十五页十八行
初三日(11月13日)	读生书欠畅，馀可，未初二退。	读生书欠畅，余(馀)可，未初二退。	1691页9行	七十六页四行
初四(五)日(11月15日)	杨石泉方伯昌濬……	杨石泉方伯昌濬[浚]……	1691页倒10行	
初十日(11月20日)	……天明诣慈宁门外恭候。	……天明诣慈宁门外恭俟。	1692页14行	七十七页十四行
同日	……长晖来回望镫杆事。	……长晖来回望灯杆事。	1692页倒9行	七十七页十八行
十二日(11月22日)	……对日本不动也，银数未定，亦非余等所应议也。……	……对日本不动也，银数未定，亦非余等所应议也。……	1693页3行	七十八页十二行
同日	……余皆持之，馀则以前四月所议各条请四位公阅，遂散。	……余皆持之，余(馀)则以前四月所议各条请四位公阅，遂散。	1693页4行	七十八页十三行
十四日(11月24日)	增子良……来谈库事，……	增子良……来见，谈库事，……	1693页12行	七十九页三行
十五日(11月25日)	三起，军机、杨昌濬、张嘉禄。	三起，军机、杨昌濬[浚]、张嘉禄。	1693页14行	
十八日(11月28日)	到署考奏留二人，……题为使民以时，六刻毕。	到署考奏留二人，……题为《使民以时》，六刻毕。	1694页2行	七十九页十八行
廿七日(12月7日)	写字一篇即退，以百孝图进呈。	写字一篇即退，以《百孝图》进呈。	1695页倒2行	八十二页十一行
廿九日(12月9日)	十馀日饮水即腹泻，……	十余(馀)日饮水即腹泻，……	1696页倒10行	八十三页十二行

十一月初五日(12月14日)	……仍上生书，馀书悉减去，……	……仍上生书，余(馀)书悉减去，……	1697页11行	八十四页十二行
初六日(12月15日)	余会伯寅同至小屋谈，俟辰正三枢廷入见，二刻毕。	余会伯寅同至小屋俟，辰正三枢廷入见，二刻毕。	1697页倒9行	八十五页二行
同日	得鹿侄函，十月廿五日发。	得鹿侄函，十月廿五发。	1698页1行	八十五页十三行
初八日(12月17日)	拟批一，……馀皆拟批，廷寄各省。	拟批一，……余(馀)皆拟批，廷寄各省。	1698页倒5行	八十六页十七行
十一日(12月20日)	谢昨赏黄紬缎，……	谢昨赏黄紬[绸]缎，……	1699页9行	
十三日(12月22日)	事下极早，到书房敬竢。	事下极早，到书房敬竢[俟]。	1699页倒6行	八十八页六行
同日	……站班后少食即到库，自午初及申初二刻毕，……放银二十万。	……站班后少食即到库，自午初至申初二刻毕，……放银二十八万。	1699页倒3行	八十八页九行、十行
十六日(12月25日)	驰访西安门内颜料库，……	驰诣西安门内颜料库，……	1700页12行	八十九页六行
同日	……不过挑称二三称，馀皆不秤。	……不过挑秤二三秤，余(馀)皆不秤。	1700页14行	八十九页八行
十七日(12月26日)	河南考城、山东曹县有八面豆、吾山携示一粒。	河南考城、山东曹县有人面豆，吾山携示一粒。	1700页倒3行	八十九页十七行
十九日(12月28日)	归写对，昨又发病矣。	归写对，昨又发病，劳矣。	1701页8行	九十页八行
二十日(12月29日)	未读书，乏极矣。连日又腹泻。	未读书，乏极矣。连日又腹泄。	1701页倒12行	九十页十五行
廿四日(1883.1.2)	明发一道，批摺一件，馀皆常事。	明发一道，批摺一件，余(馀)皆常事。	1702页7行	九十一页十三行
廿五日(1月3日)	……或系各省捐项馀平。	……或系各省捐项余(馀)平。	1702页14行	九十二页二行
廿九日(1月7日)	答铁云表兄函。	答铁云表兄书。	1703页13行	九十三页十一行
三十日(1月8日)	车夫何二有忠心，今年被车惊压，从此成疾，可怜，以廿金为买一棺，……	车夫何二有忠心，今年被车惊压，从此成痫，可怜，以二十金为买一棺，……	1703页倒9行	九十三页十六行、十七行
十二月初四日(1月12日)	午初多赴库，收十一万，放十馀万，申初二毕。	午初多赴库，收十一万，放十余(馀)万，申初二毕。	1704页10行	九十四页十七行

初六日(1月14日)	……因先读生书,馀如昨,午后先退。……紬若干……	……因先读生书,余(馀)如昨,午后先退。……紬[绸]若干……	1705页2行、3行	九十六页三行
同日	是日南书房复奏郝兰臯及其夫人王照圆所著各种经说,……	是日南书房复奏郝兰皋及其夫人王照圆所著各种经说,……	1705页8行	九十六页十行
初七日(1月15日)	……午后大风起,寒。	……午后大风起,顿寒。	1705页11行	九十六页十三行
同日	画稿逾百,脚腰皆酸,……	画稿逾百,脚腰皆痠,……	1705页14行	九十六页十六行
初九日(1月17日)	晴,四更风止,寒极矣,天明风定稍和。……刘思濬。	晴,四更风未止,寒极矣,天明风定稍和。……刘思濬[浚]。	1705页倒6行、倒5行	九十七页五行
初十日(1月18日)	早事多,比下巳辰初二矣,……	早事多,比下已辰初二矣,……	1705页倒1行	九十七页九行
十五日(1月23日)	到署,考送满御史,用翻译,凡送四人,七人考。	到署,考选满御史,用翻译,凡选四人,七人考。	1707页5行	九十九页五行
十六日(1月24日)	到库,收银四万馀,放米折,……直隶练军饷四万馀,……	到库,收银四万余(馀),放米折,……直隶练军饷四万余(馀),……	1707页11行、12行	九十九页十一行、十二行
十七日(1月25日)	……灵、李、广三公皆到,奎以在假未到。	……灵、李、广三公皆先到,奎以在假未到。	1707页倒9行	一百页一行
同日	验匠三名,以三定视其眼力。	验匠三名,以三定试其眼力。	1707页倒8行	一百页二行
十八日(1月26日)	有顷召入,诸臣皆貂褂朝珠,宣赐诸臣御书松竹并茂四大字,……	有顷召入,诸臣皆貂褂挂朝珠,宣赐诸臣御书"松竹并茂"四大字,……	1707页倒3行	一百页七行
同日	……陈上意请节劳颐养,……	……陈上意请节劳顺养,……	1707页倒2行	一百页十一行
同日	内监皆常服,似皆赏白风毛袜矣。	内监皆常服,似皆赏白风毛褂矣。	1708页4行	一百一页一行
十九日(1月27日)	(赏尺头三、袍二、袜一、帽纬一匣。)	(赏尺头三、袍二、褂一、帽纬一匣。)	1708页7行	一百一页书眉

同日	醇邸送猩唇及其他食物,并示纪恩诗。	醇邸送猩唇及[其]他食物,并示纪恩诗。	1708页10行	一百一页六行
二十日 (1月28日)	明日换小骑入朝。是日贺摺九十馀分,……	明日换小椅入朝。是日贺摺九十余(馀)分,……	1708页倒5行	一百一页十八行
廿一日 (1月29日)	昨夜竟得雪二寸许,四更转寒。	昨夜竟得雪二寸许,四更转密。	1708页倒2行	一百二页二行
廿二日 (1月30日)	昨夜三更雪五分许,四更晴矣。	昨夜二更雪五分许,四更晴矣。	1709页4行	一百二页八行
廿四日 (2月1日)	到书站班,一切极好,午初毕。	到书〈房〉站班,一切极好,午初毕。	1709页14行	一百三页二行
廿五日 (2月2日)	诣颜料库,收平铁二十八万四千五百馀斤,……	诣颜料库,收平铁二十八万四千五百余(馀)斤,……	1709页倒8行	一百三页十一行
廿六日 (2月3日)	(……年例自斋戒起来年正月初五日止,上元又三日。)	(……年例自斋戒起来年正月初五止,上元又三日。)	1709页倒2行	一百三页十六行书眉
廿七日 (2月4日)	是日蒙太后御书所贵惟贤四字,入时叩头谢。	是日蒙太后御书"所贵惟贤"四字,入时叩头谢。	1710页5行	一百四页五行
同日	丁稚璜报朱逌然十一月十一日出缺,……	丁稚璜报朱逌然于十一月十一日出缺,……	1710页8行	一百四页九行
廿九日 (2月6日)	饭后访晤兰孙,兰孙腹泻,未入直也。	饭后访晤兰孙,兰孙腹泄,未入直也。	1710页倒8行	一百五页二行
光绪九年癸未 正月初一日 (1883.2.8)	辰正一刻由西华门至寿皇殿帝孔雀房恭候。	辰正一刻由西华门至寿皇殿帝孔雀房恭竢[俟]。	第四册 1713页11行	第二十二卷 二页五行
初二日 (2月9日)	午正起飞雪,转密,至辰巳间止,仍阴,无风。	子正起飞雪,转密,至辰巳间止,仍阴,无风。	1713页倒5行	二页十四行
初八日 (2月15日)	辰初二到书房,是日初上生书,《左传》末册,熟书略读一过,甚畅适,午初一退。	辰初二到书房,是日初上生书,《左传》末册,熟者略读一过,甚畅适,午初一退。	1715页11行	五页八行
初九日 (2月16日)	卯正三刻上诣太庙行时享前期礼,臣等蓝袍补褂于乾清门西阶下站班。	卯正二刻上诣太庙行时享前期礼,臣等蓝袍补褂于乾清门西阶下站班。	1715页14行	五页十一行

初十日 (2月16日)	簷溜下矣。	簷［檐］溜下矣。	1716页倒8行	
十二日 (2月19日)	内有慎纶音、任重臣、察谠言三件，皆关涉枢臣者也，……	内有慎纶音、任重臣、察谠言三条，皆关涉枢臣者也，……	1716页4行	六页十四行
十四日 (2月21日)	无起，廷寄一，乌什通伊黎路为俄所得，请挽回。	无起，廷寄一，乌什通伊犁路为俄所得，请挽回。	1716页14行	七页四行
十五日 (2月22日)	又言阿拉善租地与俄人、法人，……若他日有事，则长驱来……	又言阿拉善租地与俄人、法人，……他日有事，则长驱来……	1717页2行	八页三行
十六日 (2月23日)	郑小渟、新放宣化府，乙酉同年。	郑小渟、新放宣化府，己酉同年。	1717页9行	八页十二行
十七日 (2月24日)	近来胃气益弱，每食辄饱张。	近来胃气益弱，每食辄饱张〈胀〉。	1717页14行	八页十八行
二十日 (2月27日)	归酣卧，向未曾有。	归酣卧，得未曾有。	1717页倒3行	九页九行
同日	大觉世尊，……写斯经卷，照日耀心，……	大觉世尊，……写斯经卷，照目耀心，……	1718页8行	九页十九行
	注：1717页倒1行至1718页13行，均应用小号字。		1717页倒1行至1718页13行	
廿六日 (3月5日)	余先去，诣国子监，晤景、治二君，……	余先出，诣国子监，晤景、治二君，……	1719页倒6行	十一页十七行
廿七日 (3月6日)	读极好，未初一退。偕孙公到署。	读极好，未初一刻退。偕孙公到署。	1720页2行	十二页七行
廿八日 (3月7日)	亦世不多觏也。	亦世不多觏［遘］也。	1720页12行	
廿九日 (3月8日)	在刑部朝房坐良久，仆辈始来。郎出城赴汴生约，……王燮石始来，……	在刑部朝房坐良久，仆辈始来。即出城赴汴生约，……王夔石始来，……	1720页倒9行、倒8行	十三页六行
二月初一日 (3月9日)	入署，遇敬、孙、徐三君，散后乏极，而江蓉生槐庭来谈宝匣事。	入署，遇敬、孙、徐三君，散后乏极，而江蓉生槐廷来谈宝匣事。	1720页倒3行	十三页十五行
同日	宝匣……四角四钉，未能启视。	宝匣……有四角四钉，未能启视。	1720页倒2行	十三页十六行
初二日 (3月10日)	归后即繙书帙，觉白日甚长。	归后闲繙［翻］书帙，觉白日甚长。	1721页5行	十四页五行

初七日(3月15日)	五色丝、五色紬……出至东华门，……以铜锤敲之，声渊然，……	五色丝、五色紬[绸]……出至东华门，……以铜锤敲之，声渊渊然，……	1722页6行、9行	十五页十八行
初八日(3月16日)	宝相初入，假三十日。	宝相初入，假二十日。	1722页13行	十六页四行
十一日(3月19日)	琉璃窑监督成月坪、管玉圃来，……	琉璃窑监督成月坪、夏玉圃来，……	1723页倒12行	十八页三行
十三日(3月21日)	魏晋桢递说帖，诉其复劾请准报销极细，……	魏晋桢递说帖，诉其复核请准报销极细，……	1723页倒2行	十八页十四行
同日	新授宁夏府继良绍廷，行三。来谒，……	新授宁夏府继良绍庭，行三来谒，……	1724页1行	十八页十六行
十四日(3月22日)	颇闲适，登楼看山，客来皆谢不见。	颇闲适，登楼看山，客来皆谢不见。	1724页6行	十九页二行
十六日(3月24日)	以荆缎一疋赠之。	以荆缎一疋[匹]赠之。	1724页倒9行	
二十日(3月28日)	署中全两、朱燮臣、程鄂南来。……	署中全雨三、朱燮臣、程鄂南来。……	1725页倒11行	二十一页二行
廿三日(3月31日)	未读生书，只熟书三遍，如因见起八刻也，未初二退。	未读生书，只熟书三遍，数因见起八刻也，未初二退。	1726页4行	二十一页十六行
廿八日(4月5日)	是日托同人代直，……麟芝庵及成均同人治舜臣、徐寿甫、……	是日托同人代直，……麟芝庵及成均同人治舜臣、徐东甫、……	1727页12行	二十四页二行
同日	迈、程二君来回今日讯潘英章情形，……	迈、程二君来回今日讯潘英章情形，……	1727页倒9行	二十四页八行
同日	点木厂司员江槐庭。	点木厂司员江槐廷。	1727页倒7行	二十四页十一行
廿九日(4月6日)	常熟黄泥桥族人曾畴从天津张都司处来，……而言其不得以曾字排行。	常熟黄泥桥族人曾畴从天津张都司处来，……而令其不得以曾字排行。	1728页3行	二十五页三行
三月初一日(4月7日)	巳初到书房，……毕竟减熟书六遍也，未初二退。	巳初到书房，……毕竟减熟书八遍也，未初二退。	1728页8行	二十五页七行
同日	今日庄子桢摺言圣学以用人行政听言为大，……	今日庄予桢摺言：圣学以用人行政听言为大，……	1728页10行	二十五页十一行

初二日 （4月8日）	上库，午初起，未初毕。	上库，午初起，未初二毕。	1728页倒9行	二十五页十九行
初三日 （4月9日）	……请伊来咒，到燮臣处邀之来，且看如何。	……请伊来咒，到燮臣处邀之来，且看何如。	1729页1行	二十六页八行
初六日 （4月12日）	丑正入，较寻常早。三刻，苏拉未到，徘徊廷中。	丑正入，较寻常早二刻。苏拉未到，徘徊廷中。	1729页13行	二十七页三行
同日	……发下与同人开看，皆径圈定矣，……	……发下与同人开看，皆经圈定矣，……	1729页倒12行	二十七页五行
同日	同考官：……章耀庭、胡泰福；	同考官：……章耀廷、胡泰福；	1729页倒2行	二十七页十七行
初八日 （4月14日）	是日将入闱各缺请派，明发十四道，廷寄二道。	是日始将入闱各缺请派，明发十四道，廷寄二道。	1730页11行	二十八页十二行
初十日 （4月16日）	会试题：……"花开鸟鸣晨"。	会试题：……《花开鸟鸣晨△》。	1730页倒1行	二十九页九行
十四日 （4月20日）	杨振甫来晤，伊前日寓中焚一堆草屋也。	杨振甫来晤，伊前日寓中焚一碓草屋也。	1732页1行	三十页十七行
十五日 （4月21日）	未读《左传》，几成例矣，未初讲习毕先退。	未读《左传》，几成例矣，未初讲摺毕先退。	1732页5行	三十一页二行
二十日 （4月26日）	……夏敦復第三。	……夏敦復[复]第三。	1733页14行	
廿一日 （4月27日）	今日游百川、陈士杰奏到治河情形，交户工两部速议也。	今日游百川、陈士杰奏到治河情形，交户、工二部速议也。	1733页倒9行	三十三页九行
廿八日 （5月4日）	军机起，恩福，某巴咱尔总管，一刻出。恭邸因昨日归后微发旧疾，今日未入直。	军机起，恩福，某巴咱尔（总管），吏部引见，一刻出。恭邸因昨日归后微发旧疾，今日未入直。	1735页12行	三十六页三行
三十日 （5月6日）	……臣等在乾清门外站班。西边与保和殿西后阶亭。	……臣等在乾清门外站班。西边与保和殿西后阶齐。	1735页倒8行	三十六页十四行
四月初三日 （5月9日）	……此后永为翁氏世业，龙氏不得预，令六房同具一纸……	……此后永为翁氏世业，龙氏不得干预，令六房同具一纸……	1736页12行	

初五日 (5月11日)	此人有材干……	此人有材[才]干……	1736页倒7行	
十三日 (5月19日)	刘荫渠来长谈,腰脚弱,……	刘荫渠来长谈,老矣,腰脚弱,……	1738页7行	四十页十二行
十七日 (5月23日)	晨入,知闱单已下,派阅复试卷,单内正有十二人也。	晨入,知闱单已下,派阅复试卷,单内止有十二人也。	1738页倒6行	四十一页七行
十九日 (5月25日)	……良久始得全单,庞劬庵列等一等末,可喜也。	……良久始得全单,庞劬庵列一等末,可喜也。	1739页15行	四十二页十二行
廿三日 (5月29日)	晚晴,郁热。无起,军机,无事。	晴,晚阴,郁热。无军机起,无事。	1740页12行	四十三页十七行
廿六日 (6月1日)	大风可怕,早寒特甚,可重棉,几于拨木发瓦矣。	大风可怕,早寒特甚,可重棉,几于拔木发瓦矣。	1741页8行	四十五页六行
廿七日 (6月2日)	答恭邸,访晤树南,谈及此次敬馆等次不甚公,……	答恭邸,访晤树南,谈及此次散馆等次不甚公,……	1741页倒11行	四十五页十六行
廿八日 (6月3日)	朝考题:"观手人文斋"论;……	朝考题《观乎人文斋论》;……	1741页倒3行	四十六页七行
五月朔 (6月5日)	是日起新进士引见,今日满、蒙、汉起至安徽,分四行,无起,引见极早。	是日起新进士引见,今日满、蒙、汉起至安徽,分四日,无起,引见极早。	1742页5行	四十六页十六行
端五日 (6月9日)	闭阁看云南案奏底。	闭閤[阁]看云南案奏底。	1743页10行	
同日	……惟完赃减二等一签以为掣动全案,不能以也。	……惟完赃减二等一签以为掣动全案,不能从也。	1743页12行	四十八页十七行
初六日 (6月10日)	以鹿茸一架、蟒袍两层一件,袍褂两身奉兰簃先生。	以鹿茸一架、蟒袍两面一件,袍褂两身奉兰簃先生。	1743页倒9行	四十九页三行
初九日 (6月13日)	……先后集余斋,商量云南报销案,……请醇邸定也。	……先后集余斋,商量云南报销案,……请惇邸定也。	1744页9行	五十页三行
十四日 (6月18日)	午设奠,先公诞日,筹儿亡日也,伤潜而已。	午设奠,先公诞日,筹儿亡日也,伤潜〈惨〉而已。	1745页1行	五十一页五行
十七日 (6月21日)	吉安府钟珂……来见,送新刊《北盟会编》一部,……泷冈阡墨拓一张。	吉安府钟珂……来见,送物受,新刊《北盟会编》一部,……泷冈阡墨拓二张。	1745页倒6行、倒5行	五十二页八行、九行

廿一日 (6月25日)	抄电报呈览,因请寄谕三道,一滇一粤,……	抄电报呈览,因请寄谕二道,一滇一粤,……	1746页倒7行	五十三页十五行
廿五日 (6月29日)	惇亲王,尔有话尽管说。	惇亲王,尔有话尽可说。	1747页倒6行	五十五页七行
同日	律例者,祖宗成法,国家宪章,且闻旧例只减一等,……	律例者,祖宗成法,国家宪章,且闻旧例原只减一等,……	1748页1行	五十五页十四行
同日	数日来惇亲王与臣见面,从未议及罪名,安得谓意见不同。	数日来惇亲王与臣等见面,从未议及罪名,安得谓意见不同。	1748页10行	五十六页九行
同日	邸曰:总宜在上前议定,否则一人焉能敌五人哉。	邸曰:总宜在上前议定,否则一人乌能敌五人哉。	1748页12行	五十六页十三行
同日	到书房,只读熟书数遍,未初二退。	到书房,止读熟书数遍,未初二退。	1748页倒11行	五十六页十七行
廿六日 (6月30日)	访阎丹初于朝房,谈良久。	访阎丹初于报房,谈良久。	1748页倒7行	五十七页二行
同日	复入,到书房,满书甫下,读照常,未初三退。	后入,到书房,满书甫下,读照常,未初三退。	1748页倒4行	五十七页五行
廿九日 (7月3日)	早事下又发下张佩纶、陈启泰摺。	早事下又发张佩纶、陈启泰摺。	1749页11行	五十八页二行
六月初三日 (7月6日)	访绍彭,绍彭日昨起患处甚痛,……	访绍彭,绍彭昨日起患处甚痛,……	1750页7行	五十九页八行
初四日 (7月7日)	发下封奏三件,外摺四件,雨题本,一缺目,事不少矣。	发下封奏三件,外摺四件,两题本,一缺目,事不少矣。	1750页11行	五十九页十三行
同日	懿旨将宫内所蓄十万予之,……	懿旨将宫内所储十万予之,……	1750页13行	五十九页十六行
同日	三十年故人也,欲往哭而头痛腹泻,逡巡久之,明日再往。	三十年故人也,欲往哭而头痛腹泄,逡巡久之,明日再往。	1750页倒11行	五十九页十九行
同日	李沧桥者文耀,丁丑回南轮船江拔图也,……	李沧桥者文耀,丁丑回南轮船江拔图也,……	1750页倒10行	六十页一行
同日	集赀至四十万……	集赀[资]至四十万……	1750页倒8行	

初五日 (7月8日)	昨夜亥正至今日申初雨未止,时小时大,约得五六寸矣,快哉!晚云犹积。	昨夜亥正至今日申初雨未止,时小时大,约可得五六寸矣,快哉!晚云犹渍。	1750页倒6行	六十页四行、五行
初六日 (7月9日)	燮臣诊脉,云是受寒,脉退而洪。又洞泄二次,……	燮臣诊脉,云是受寒,脉退而洪。又洞泻二次,……	1751页8行	六十一页二行
初十日 (7月13日)	晴,热,申酉间云阴如墨,大风。	晴,热,申酉间云阴如黑,大风。	1752页1行	六十二页六行
同日	到家即不能支,……吃西瓜渐好,……	到家即不能支,……吃西瓜暂好,……	1752页8行	六十二页十四行
十一日 (7月14日)	得见石谷册十叶……剧称要三百金,眼福而已。	得见石谷册十叶……剧跡〈迹〉要三百金,眼福而已。	1752页倒7行	六十三页十一行
十八日 (7月21日)	午正到书房,二刻上至,……	卯正到书房,二刻上至,……	1754页8行	六十五页十九行
二十日 (7月23日)	辰正三刻到书房,满书毕,……	辰正三到书房,满书毕,……	1754页倒8行	六十六页十二行
廿二日 (7月25日)	云重如山,从南来,……恐低处已潦,北河决口也。	云重如山,从南来,……恐低区已潦,北河决口也。	1755页13行	六十七页十七行
廿五日 (7月28日)	(蟒袍补褂,明日行礼时罗胎帽,余皆万丝帽。)昨夜晴,晨入时微雨,黎明后大雨。	(蟒袍补褂,明日行礼时罗胎帽,余皆万丝帽。)昨夜晴,晨入时微雨,黎明后又雨。	1756页2行	六十八页十三行
同日	辰初一刻入座,在东边门第三间,廿年来由第五间至此,……	辰初一刻入座,在东边第三间,二十年来由第五间至此,……	1756页5行	六十八页十六行
廿六日 (7月29日)	同官中有谓听戏亦系典礼不可撤者。	同官中有谓听戏亦系典礼不宜撤者。	1756页14行	六十九页五行
同日	辰初乾清门内行礼作乐如仪,……积至尺余,……	辰初乾清门门内行礼作乐如仪,……积至尺余,……	1756页倒12行	六十九页六行
同日	仆辈来往泥中,颇出力。……	仆辈往来泥中,颇出力。……	1756页倒7行	六十九页十三行
七月初七日 (8月9日)	今日所见新嘉坡所报,则两次法舟载兵约一千余,……一一陈之。	今日所见新嘉坡所报,则两次法舟载兵约一千余,……一二陈之。	1759页倒10行	七十三页十六行

十一日 (8月13日)	在子青处大雨一阵,二寸许,东边无雨也。	在子青处大雨一阵,二寸许,东边无如也。	1760页倒4行	七十五页九行
十三日 (8月15日)	军机起,延煦,事多,八明三寄。金满投诚,……	军机起,延煦,事多,八明三寄。二刻。金满投诚,……	1761页5行	七十五页十五行
十七日 (8月19日)	卯初三刻,由西华门驰诣寿皇殿直房敬俟,二王三枢臣,随同行礼,……	卯初三刻,由西华门驰诣寿皇殿直房敬俟,卯正二刻上至,二王、三枢臣,随同行礼,……	1762页6行	七十七页六行、七行
十九日 (8月21日)	兰孙因目疾腹泄未入。……住此五十余日矣……	兰孙因目疾腹泄未入。……住此五十余日矣……	1762页倒12行	七十七页十六行
二十日 (8月22日)	巳正散,是日上感冒暑热,腹泻呕水,……	巳正散,是日上感冒暑热,腹泄呕水,……	1762页倒8行	七十七页十九行
同日	画士张鸣龢,仪征人,曾到常熟,斌孙识之,延之为余写照,十得四五而已。	画士张鸣龢,仪征人,曾到常熟,斌孙识之,延伊为余写照,十得四五而已。	1762页倒5行	七十八页三行
廿五日 (8月27日)	上诣皇寿殿拈香,辰正到书房……	上诣寿皇殿拈香,辰正到书房……	1763页倒2行	七十九页十五行
廿六日 (8月28日)	为朱保之题《枫江感旧图》,士吉原题也。……电光甚?	为朱保之题《枫江感旧图》,士吉属题也。……电光甚煸。	1764页6行	八十页四行
八月初二日 (9月2日)	连日无电,而日本传来电讯与廿八日所闻同,……	连日无电,而日本传来电信与廿八日所闻同,……	1765页13行	八十一页十七行
初三日 (9月3日)	军机起,额、张同起,刘盛藻,三明三寄。	军机起,额、张同起,刘盛藻,二刻,三明三寄。	1765页倒11行	八十一页十八行
初八日 (9月8日)	(考者四人:寿庆、铭铦、玉祥、常明。)微阴,渐暖。到署,考送满御史,四人。……遂送寿庆、常明二人。	微阴,微暖。到署,考选满御史,四人。(考者四人:寿庆、铭铦、玉祥、常明。)……遂选寿庆、常明二人。	1766页倒8行、6行	八十三页十一行、十四行
同日	秋雨连旬,工程繁巨,宜如何分别修缮云云为题。	秋雨连旬,工程繁巨,宜如何分别修竣云云为题。	1766页倒5行	八十三页十五行
十六日 (9月16日)	英使巴夏里于前三日来起行。天津也。	英使巴夏礼于前三日来起行。天津也。	1768页倒10行	八十六页五行

十八日 (9月16日)	点送御史,二人,……	点选御史,二人,……	1769页5行	
廿五日 (9月25日)	余与高阳谈,……见起时申此议,上意以为然。	余与高阳谈,……见起时申此义,上意以为然。	1770页倒7行	八十九页六行
廿八日 (9月28日)	刘恩溥摺,历诋任事大臣,有过当语,不足记也。	刘恩溥摺,历诋在事大臣,有过当语,不足记也。	1771页5行	八十九页十八行
三十日 (9月30日)	到书房晚,未上生书,极倦,批摺好。……以吏部具呈报报到语告之。	到书房晚,未上生书,膳后极倦,批摺好。……以吏部具呈报到语告之。	1771页倒8行	九十页三行、四行
九月初四日 (10月4日)	倪报新约有成,……设法激动也。	倪报新约有成,……设法激劝也。	1772页倒8行	九十二页三行
初六日 (10月6日)	入署,芝庵约商满州乌布也。耆绅选河陕道。	入署,芝庵约商满州乌布也。耆绅选河陕道。	1773页5行	九十二页十三行
初八日 (10月8日)	得南中八日函。	得南中八月晦函。	1773页倒12行	九十三页五行
初九日 (10月9日)	偕兰孙同诣恭邸慰问。未行礼。	偕兰孙同诣恭邸处慰问。未行礼。	1773页倒3行	九十三页十四行
十一日 (10月11日)	晴,巳间起风数阵,顿收,潮而仍热。	晴,巳间起风数阵,顿收潮,而仍热。	1774页5行	
十二日 (10月12日)	巳初二到书房,读熟书矣,膳后功课好,未初三退。	巳初三到书房,读熟书矣,膳后功课好,未初三退。	1774页11行	九十四页八行
十五日 (10月15日)	晴,仍热。晨入即发封奏五件。军机起,灵桂,二刻,六寄二明。	晴,仍热。晨入即发封奏五件。起下后发五件。军机起,灵桂,二刻,六寄二明。	1774页倒3行	九十五页一行
二十日 (10月20日)	倪报刘退山西,大势不可恃,岑所报大略相同而更驰。	倪报刘退山西,大势不可恃,岑、唐所报大略相同而更驰。	1776页5行	九十六页十八行
同日	辰正二刻到书房,巳初二满书毕。	辰正二[刻]到书房,巳初二满书毕。	1776页7行	九十七页一行
同日	得衡州八月卅日函,皆好。	得衡州八月三十日函,皆好。	1776页11行	九十七页五行
廿二日 (10月22日)	军机起,裴荫森,谭继询。徐延旭到报……	军机起,裴荫森,谭继询。二刻。徐延旭到报……	1776页倒11行	九十七页九行

同日	到书房,仅读熟书,未正退。	到书房晚,仅读熟书,未正退。	1776页倒7行	九十七页十四行
廿九日(10月29日)	游汇东来谈河事,声泪俱下,亦实实见到,非持执一说。	游汇东来谈河事,声泪俱下,亦实实见到,非执持一说。	1778页3行	九十九页十一行
三十日(10月30日)	辰正入见,三刻三分,三寄七明。是日发下照会稿并李信,圣意深以为然,舍此无办法,语甚决断。	辰正入见,三刻三分,二寄七明。是日发下照会稿并李信,圣意深以为然,以为舍此无办法,语甚决断。	1778页8行	九十九页十四行、十五行
同日	廷谕李、左、张、岑、倪并徐,略言来侵北圻,不得不与开仗,……	廷谕李、左、张、岑、倪、唐、徐,略言来侵北圻,不得不与开仗,……	1778页9行	九十九页十五行
十月初一日(10月31日)	归坐敬思堂,……撤公项处通式,盖积痍日甚也。	归坐敬思堂,……撤公项处通武,盖积痍日甚也。	1778页倒9行	一百页六行
初四日(11月3日)	余与兰翁将排单粘定黄签讫,见起时带上面呈。彭尚书摺,……	余与兰翁将排单粘定黄签讫,见起时带上面呈。事多。彭尚书摺,……	1779页7行	一百一页四行
同日	粤东臬沈熔经芸阁,二,……即受今职,湖州,戊辰即用。来见,……	粤东臬沈镕经芸阁,二,……即授今职,湖州,戊辰即用来见,……	1779页9行	一百一页六行
同日	国子先生李枳林湛、蔡千禾庚年来,……	国子先生李枳林湛、蔡千禾广年来,……	1779页11行	一百一页九行
初五日(11月4日)	辰初上御殿传胪,臣等未入班,直房办事也。朝衣不粘班。	辰初上御殿传胪,臣等未入班,直房办事也。朝衣不站班。	1779页14行	一百一页十二行
初八日(11月7日)	仅报数件,吴大澂请赴越,不许,辰初二刻即散。	仅报数件,吴大澂请赴粤,不许,辰初二即散。	1780页4行	一百二页九行
同日	未正回寓始饭,饭罢不能提笔,倦卧,遍身作痛。	未正回寓始饭,饭罢已不能捉笔,倦卧,遍身作疼。	1780页8行	一百二页十五行
同日	新选袁州府李溶来晤。子孚,行一,文园年丈子,朴实有家风。	新选袁州府李溶来晤。子孚,行一,文园年丈子,朴质有家风。	1780页9行	一百二页十六行

十八日 (11月17日)	看屯绢胡同镶蓝护军衙门督率工程,大堂五间,档房两间,均拨正折盖。	看屯绢胡同镶蓝护军衙门督率工程,大堂五间,档房二间,均拨正拆盖。	1782页倒12行	一百六页二行
廿一日 (11月20日)	晨大雾,至巳开始。军机起,沈熔经,三刻五分。	晨大雾,至巳始开。军机起,沈镕经,二刻五分。	1783页2行	一百六页十六行
廿三日 (11月22日)	归极倦而卧。	归倦极而卧。	1783页倒7行	一百七页十六行
廿四日 (11月23日)	到书房,未读生书,膳后仍读书,未正退。……沈熔经来未见,有赠,受其半。	到书房,未读生书,膳后仍诗书,未正退。……沈镕经来未见,有赠,受其半。	1784页4行、5行	一百八页七行
廿八日 (11月27日)	询以署中利弊及人材。	询以署中利弊及人材[才]。	1784页倒1行	
十一月朔 (11月30日)	肉热因大嗽,……	肉热因大嗽[咳],……	1785页倒10行	
初五日 (12月4日)	改衡司稿一件,孟臣笔下太庸俗。	改衡司稿一件,论孟臣笔下太庸俗。	1786页倒7行	一百十二页四行
初七日 (12月6日)	唐咸仰,光甫,己酉拨即用,河南臬。先后来见。	唐咸仰光甫,己酉拔即用,河南臬,先后来见。	1787页9行	一百十三页一行
同日	夜访芝庵,斟酌各缺。朴庵书即复。	夜诣芝庵,斟酌各缺。朴庵书即复。	1787页10行	一百十三页二行
初八日 (12月7日)	到书房早,是日上初作望云诗四句,极顺……	到书房早,是日上初作《望雪》诗四句,极顺……	1787页13行	一百十三页五行
初九日 (12月8日)	但叩头谢赏紬缎耳。	但叩头谢赏紬[绸]缎耳。	1787页倒5行	
十三日 (12月12日)	孙莱山来言河工事,……且东省人议论不一,……	孙莱山来言河工事,……且东省人议论即不一,……	1788页倒8行	一百十五页四行
十五日 (12月14日)	是日侄孙女与驻防京口蒙古国氏联姻,请殷太史季尧、延主政清为大媒,……	是日侄孙女与驻防京口蒙古国氏联姻,请殷太史季垚[尧]、延主政清为大媒,……	1789页1行	一百十五页十三行
十九日 (12月18日)	是日递电报一,北洋谓越戕新君之说所无闻,……方濬师、……	是日递电报一,北洋谓越戕新君之说无所闻,……方濬[浚]师、……	1790页1行、2行	一百十七页二行

十二月初二日 (12月30日)	……遂作《祈雪书怀古》诗一首,甚好。馀功课如常。	……遂作《祈雪书怀古》诗一首,甚好。余(馀)功如常。	1792页倒4行	一百二十一页十三行
初七日 1884年 (1月4日)	是日上诣中正展行礼,辰正到书房,未作论……	是日上诣中正殿行礼,辰正到书房,未作论……	1793页倒4行	一百二十三页一行
初八日 (1月5日)	晴。军机,祯裕,蒙古王公十四人带,二刻。	晴。军机,祯裕,带蒙古王公十四人,二刻。	1793页倒1行	一百二十三页四行
初十日 (1月7日)	为蒲萄酒所醇,归倦甚,客来未见。	为蒲〈葡〉萄酒所醉,归倦甚,客来未见。	1794页倒10行	一百二十四页三行
十一日 (1月8日)	晴早间有风,雪意甚远。军机起,孙毓汶,电报二,四刻。	晴早间有风,雪意甚远。军机起,四刻,孙毓汶,电报二。	1794页倒8行	一百二十四页五行
十九日 (1月16日)	(赏紬缎两套、帽纬一匣。)	(赏紬[绸]缎两套、帽纬一匣。)	1796页倒4行	
廿四日 (1月21日)	二十四日	廿四日	1797页倒3行	
同日	是日事偏多,醇邸来直房少坐即去,散时午正。	是日事偏多,醇邸来直房小坐即去,散时午正。	1797页倒2行	一百二十八页十八行
同日	母忌日,设奠悲慕,仅见一客,颜料库司员祥霖也。	母亡日,设奠悲慕,仅见一客,颜料库司员祥霖也。	1797页倒1行	一百二十八页十九行
廿八日 (1月25日)	上前期太庙袷祭礼,诸臣站班,蟒袍补褂。	上前期太庙袷祭礼,诸臣站班,蟒袍补桂。	1798页倒8行	一百三十页一行
同日	闻汤古如之女嫁王氏者已故,可伤可伤。	闻汤大如之女嫁王氏者已故,可伤可伤。	1798页倒6行	一百三十页四行
除夕 (1月27日)	辰初传进轿,余等先出站班,貂褂。	辰初传进轿,余等先出站班,貂桂。	1799页6行	一百三十页十六行
同日	余等既先叩头后荷包赏,不再叩,诸王公及内廷诸臣、尚书等叩头。	余等既先叩头谢荷包赏,不再叩,诸王公及内廷诸臣、尚书等叩头。	1799页7行	一百三十页下七行
光绪十年甲申 正月朔 (1884.2.28)	谕以风雨调顺,今年当胜去年。监臣风从艮方起主上岁。	谕以风雨调顺,今年当胜去年。监臣风从艮方起,主上岁。	第四册 1801页5行	第二十三卷 一页七行

初二日 (1月29日)	巳初到国子监,待恩枫亭到始行礼……展下九叩,……恭诣后展行礼……	巳初到国子监,待恩枫亭到始行礼……殿下九叩,……恭诣后殿行礼……	1801页倒5行、倒4行	一页二十行 二页一行
初三日 (1月30日)	是日上诣寿皇展行礼,黎明即传散。	是日上诣寿皇殿行礼,黎明即传散。	1802页5行	二页九行
初七日 (2月3日)	是日同人先至懋勤展进春帖子,……窃纱紬陈设等物,已交慎刑司矣。	是日同人先至懋勤殿进春帖子,……窃纱紬[绸]陈设等物,已交慎刑司矣。	1803页3行、4行	三页十一行
十四日 (2月10日)	因斋戒期内,貂不褂挂珠。	因斋戒期内,貂褂不挂珠。	1804页14行	五页四行
十五日 (2月11日)	诣祝灵芗生师相七十赐寿……大卷袍褂。	诣祝灵芗生师相七十赐寿……大卷袍掛。	1804页倒2行	五页十四行
十七日 (2月13日)	太监实玉斝酒授进酒者,……众皆就垫叩头。与进酒者复由西搭渡升……	太监实玉斝酒授进酒者,……众皆就垫叩。进酒者复由西搭渡升……	1805页倒5行	六页十七行
十九日 (2月15日)	辰正书房,讲论古事,并及时事,先退。	辰正到书房,讲论古事,并及时事,先退。	1806页倒11行	七页十四行
廿二日 (2月18日)	(白出风褂。)	(白出风褂。)	1807页9行	八页十一行书眉
廿九日 (2月25日)	膳后尚好,略有前日馀波,不可解也,未正二退。	膳后尚好,略有前日余(馀)波,不可解也,未初二退。	1808页倒7行	九页十九行
二月初一日 (2月27日)	晴。军机起,边宝泉,二刻。	晴。军机起,二刻,边宝泉。	1808页倒1行	十页六行
初五日 (3月2日)	曾沅浦来,其处事治军未必有效,……	曾沅浦来谈,其处事治军未必有效,……	1810页1行	十一页十行
十八日 (3月15日)	徐谓北宁无警,又言刘扎嘉林,其言恐以刘为的也。	徐谓北宁无警,又令刘扎嘉林,其言恐以刘为的也。	1812页倒9行	十四页五行
三月十三日 (4月8日)	御前大臣、六部等满汉尚书一起,军机无起。	御前大臣、六部等满汉尚书一大起,军机无起。	1818页倒9行	二十页九行
十五日 (4月10日)	是日月食,从酉至亥,两时复圆,云阴不见。	是日月食,从酉至亥,两时多复圆,云阴不见。	1819页倒8行	二十二页七行
十六日 (4月11日)	毕道远武英展总裁,……	毕道远武英殿总裁,……	1820页4行	二十二页十四行

二十日（4月15日）	此次磺来，局中桃剔……	此次磺来，局中挑剔……	1821页7行	二十三页十七行
同日	燮臣有侄在津，两次来信，……	燮臣有侄在津，两次信来，……	1821页10行	二十三页二十行
四月初四日（4月28日）	今日始发告示，准大钱一枚折当制钱二文。	今日始发告示，准以大钱一枚折当制钱二文。	1824页12行	二十七页六行
初六日（4月30日）	奁装七十四台。	奁装七十四抬。	1824页倒6行	二十七页十四行
初十日（5月4日）	晤董醖卿长谈……	晤董醖［酝］卿长谈……	1826页13行	
十一日（5月5日）	到署，饭后拜客。归，司员等来回事，长谈。	到署饭，拜客归。司员等来回事，长谈。	1826页倒4行	二十九页十九行
十五日（5月9日）	贺其嫁女。送羊一只、酒一坛，□□加大，茶叶四合、蜡四合，余办。	贺其嫁女。送羊一只、酒一坛，幸加大，茶叶四合、蜡四合，余办。	1828页3行	三十一页三行
廿二日（5月16日）	先读满书，见起再来巳正一，入坐巳正二刻矣，……	先读满书，见起再来巳正一，入坐巳正二矣，……	1830页11行	三十三页六行
廿八日（5月22日）	……见起醇再来入坐，巳正二刻矣，……	……见起醇再来入坐，巳正二矣，……	1831页倒6行	三十四页十五行
五月初五日（5月29日）	清风，时有云气，亦洒雨数点。	微风，时有云气，亦洒雨数点。	1833页4行	三十六页五行
十三日（6月6日）	上到书房巳初三刻矣，……	上到书房巳初三矣，……	1834页倒12行	三十七页十九行
十六日（6月9日）	早晨微阴凉，昨夕无雨气润，晚放晴矣。	早晨阴，微凉，昨夕无雨气润，晚放晴矣。	1835页7行	三十八页十六行
廿五日（6月18日）	早稍阴，不甚热……	早稍阴，不甚暍热……	1836页倒7行	四十页九行
廿六日（6月19日）	左侯仍在军机大臣上行走……	左侯仍在军机大臣上行走……	1837页8行	
廿九日（6月22日）	是日传旨放凉棚，日昨奏西屋日炙不可当，故有是旨也。	是日传旨放凉棚，臣昨奏西屋日炙不可当，故有是旨也。	1837页倒5行	四十一页十二行
闰五月初一日（6月23日）	五起，……惇王有封奏。	五起，……惇有封奏。	1838页1行	四十一页十六行
同日	英廉补为马兰镇……	英廉补马兰镇……	1838页3行	四十一页十九行

初四日(6月26日)	恒珍放荆州府。	恒师放荆州府。	1838页倒4行	四十二页十七行
初八日(6月30日)	李电据西报,法死八人,伤四十馀,潘电则称伤彼千人矣。	李电据西报,法死八人,伤四十余(馀),潘电则称伤彼十人矣。	1839页倒6行	四十三页十七行
十五日(7月7日)	李凤苞电:亲晤茹相,……	李鸿〈凤〉苞电:亲晤茹相,……	1841页倒7行	四十五页十九行
廿四日(7月16日)	赫电:……令于廿七日前到沪集议,否则自取抵押。	赫电:……令于廿七日前到沪集议,否则自取押抵。	1844页2行	四十八页九行
同日	上谕:前据李鸿章与福禄诺于四月间议定简明条约第五款声明三月后将所议各节详细会议,……	上谕:前据李鸿章与福禄诺于四月间议定简明条约第五款,声明三月后将所定各节详细会议,……	1844页4行	四十八页十一行
廿七日(7月19日)	……讲古文一篇未毕,而起下请还宫矣。	……讲古文一篇未毕,而起下请上还宫矣。	1844页倒7行	四十九页三行
廿八日(7月20日)	孤拔欲先占马尾船政局与为抵押云云。……人材之一也。	孤拔欲先占马尾船政局与为押抵云云。……人材[才]之一也。	1845页10行、11行	四十九页十六行
同日	福州四轮入口,茶市停止,沪上商船无出入。	福州四轮入口,茶市停止,沪上商船亦无出入。	1845页倒11行	五十页一行
廿九日(7月21日)	左相国来长谈,……云已补上海,为沅所撤。力主战,以为王德榜、李成谋、杨明灯皆足了此也。	左相国来长谈,……云已补上海,为沅所撤。力主战,以为王德榜、李成谋、杨明镫(灯)皆足了此也。	1845页倒6行、倒5行	五十页四行、五行
六月朔(7月22日)	今日总署诸公有事,……余遂入署。	今日总署诸公有事,……余遂出,入署。	1846页5行	五十页十四行
同日	……总署游移无主,必至战败和赔,……	……总署游移无主,必至我败和赔,……	1846页10行	五十页十八行
初七日(7月28日)	回宫见起如昨,上云腹痛,且气串作痛,……	回宫见起如昨,上云腹痛,且气串作疼,……	1848页5行	五十二页十七行
十二日(8月2日)	卹款能得诵诗之数可以了局,……	卹[恤]款能得诵诗之数可以了局,……	1850页10行	

十四日 (8月4日)	南北洋电皆言巴使不欲美国调处。	南北洋电皆言巴使不欲美调处。	1850页倒4行	五十六页一行
廿一日 (8月11日)	反复言打仗是学问中事,第一气定,气定则一人可胜千百人,反是则一人驱千百人矣。	反复言打仗是学问中事,第一气定,气定则百人可胜千百人,反是则一人驱千百人矣。	1852页倒12行	五十七页十四行
廿二日 (8月12日)	拥挤中看得谕旨及覆奏稿,尚有照会八件……	拥挤中看得谕旨及复奏稿,尚有照会八件……	1852页倒7行	五十七页二十行
同日	是日会议,另奏者四十人,……叶荫昉、……	是日会议,另奏者四十人,……叶荫昉、……	1853页11行	五十八页十六行
廿五日 (8月15日)	自辰初一入座听戏,……余即在第五间坐终日。……雨如倒。	自辰初一入座听戏,……余即在〈第〉五间坐终日。……大雨如倒。	1854页9行	五十九页十八行
廿九日 (8月19日)	南洋电:淡水、基隆皆无事,……	南洋电:淡水、鸡笼[基隆]皆无事,……	1855页倒11行	六十页七行
七月初一日 (8月21日)	……臣因力陈功课无多,以后当一如半工时。	……臣因力陈时刻无多,以后当一如半工时。	1856页1行	六十一页十六行
初三日 (8月23日)	卷首吴君篆。……馀跋皆伪。	卷首吴奕篆。……余(馀)跋皆伪。	1856页倒7行	六十二页十一行
初四日 (8月24日)	入署,遇福公,申正散。	入署,遇福公,申正始散。	1857页1行	六十二页十七行
初六日 (8月26日)	旋传不到书房,即退。	旋传不到书房矣,即退。	1857页倒4行	六十三页十七行
十三日 (9月2日)	夜作函致恽淞云、心耘兄弟,慰其丁外艰。	夜作函致恽松云、心耘兄弟,慰其丁外艰。	1859页倒4行	六十六页一行
同日	详报马尾毁其三船,杀三百馀人。	详报马尾毁其三船,溺三百余(馀)人。	1859页倒1行	六十六页四行
十五日 (9月4日)	未入直,五更起,临明登车,……	未入直,五更起,监明登车,……	1860页14行	六十六页十五行
十八日 (9月7日)	五更大雾,……巳初始散。	五更大雾,……巳初始晴。	1861页10行	六十七页十三行
同日	彼伤十馀人。……杨昌濬、穆图善帮办。	彼伤十余(馀)人。……杨昌濬[浚]、穆图善帮办。	1861页倒12行	

二十日 (9月9日)	"日志并朝,俄涎吉林,皆已显露"云云,皆此电中语。	"日志并朝,俄涎吉林,皆已显露"云云,皆此电信中语。	1861页倒1行	六十八页五行
廿一日 (9月10日)	上顺成门收工,司员全雨三、……	上顺成门收工,司员全雨三、……	1862页2行	六十八页七行
廿九日 (9月18日)	写对,鲜有佳者。	写对,偶有佳者。	1864页4行	七十页十一行
八月初一日 (9月19日)	得恩官信,七月十九辰时举一男,可喜。	得恩官信,七月十九辰时举一男,可喜可喜。	1864页8行	七十页十五行
同日	廿七日福州金牌地方法兵登岸,在长门对面。华民大伤。……	「廿七日福州金牌地方法兵登岸,在长门对面。华民大伤。」……	1864页9行	七十页十七行
初二日 (9月20日)	午初二刻到库,入厢白、正蓝两旗兵饷,……	午初二到库,入厢白、正蓝两旗兵饷,……	1864页倒8行	七十一页四行
初三日 (9月21日)	得醇邸函,即覆之。	得醇邸函,即复之。	1865页5行	七十一页十四行
初八日 (9月26日)	……余曰此人殆不用恃,仍请许济川为是。	……余曰此人殆不可恃,仍请许济川为是。	1866页倒11行	七十三页六行
十五日 (10月3日)	一日无书房,黎明出门拜客,……恭邸外投一刺,……	一日无书房,黎明出门拜客,……恭邸处投一刺,……	1868页11行	七十五页十行
二十日 (10月8日)	再来巳正,一切照常,未初退。	再来巳正,一切照常,未初二退。	1869页倒8行	七十六页十七行
廿三日 (10月11日)	是日上诣皇寿殿行礼,无起。	是日上诣寿皇殿行礼,无起。	1870页4行	七十七页八行
廿五日 (10月13日)	……早晨有风,……薄暮亦大……	……早晨有风,……薄暮益大……	1870页倒11行	七十七页十六行
廿八日 (10月16日)	令库官审讯,取一供,仍勒令春秀自行清理,……集赀以敛。	令库官审讯,取一供,仍勒春秀自行清理,……集赀[资]以敛。	1871页倒6行、倒2行	七十九页三行
廿九日 (10月17日)	文正公之玄孙也,……	文正公之元孙也,……	1872页12行	七十九页十七行
九月初二日 (10月20日)	欲访戒公葬处,……祁文瑞书碑成两截……恐戒公之骨已成荠粉耳。	欲访戒公葬处,……祁文端书碑成两截……恐戒公之骨已成齑粉耳。	1873页12行、13行	八十页十八行、十九行

同日	此日之游乐哉!	此日之游乐哉乐哉!	1873页倒8行	八十一页四行
初七日 (10月25日)	……当派一乌布,佥以为然,馀则未闻也。	……当派一乌布,佥以为然,余(馀)则未问也。	1874页倒1行	八十二页十二行
同日	出东直门,……未正杜到,……	出东直门,……未正槓到,……	1875页4行	八十二页十六行
同日	夜覆刘兰洲书,并致其子数行,……	夜复刘兰洲书,并致其子数行,……	1875页5行	八十二页十七行
重九日 (10月27日)	余谢曰当熟思之。	余谢曰:当细思之。	1875页倒10行	八十三页七行
十三日 (10月31日)	其馀各营勇皆空额……肯出赀募四营,……	其余(馀)各营勇皆空额……肯出赀[资]募四营,……	1876页倒2行、倒1行	
同日	是日诸臣递覆奏摺共三十一件。	是日诸臣递复奏摺共三十一件。	1877页3行	八十五页一行
十四日 (11月1日)	留英、裕二君便饭,初更饭。	留英、裕二君便饭,初更散。	1877页7行	八十五页四行
十五日 (11月2日)	勒敏布,前蒙旗司业,今太常少卿。	勒敏布,前蒙古司业,今太常少卿。	1877页9行	八十五页六行
十八日 (11月5日)	先读后起见,……	先读后见起,……	1877页倒4行	八十五页十九行
十九日 (11月6日)	刘医再来推拿,觉稍松,似酸处仍在大脮里面。	刘医再来推拿,觉稍松,似酸处在大脮[腿]里面。	1878页12行	八十六页十一行
廿二日 (11月9日)	一、津约议行后始行将台湾兵退出海口。	一、津约议行后始将台湾兵退出海口。	1879页14行	八十七页十三行
廿三日 (11月10日)	长君出余三条,……	长君出余四条,……	1879页倒5行	八十七页二十行
廿四日 (11月11日)	晴,到乾清宫门,知传今日至廿六日皆无书房。	晴,到乾清门,知传今日至廿六日皆无书房。	1880页3行	八十八页六行
同日	呼何瑞来问,云昨日无事。	呼何瑞来问,云昨无事。	1880页8行	八十八页十行
廿五日 (11月12日)	廿五	廿五日	1880页倒11行	八十八页十七行
廿七日 (11月14日)	先读后还宫,巳正再来,申正散,膳后如式。	先读后还宫,巳正再来,未正散,膳后如式。	1881页7行	八十九页十二行

十月初三日 (11月20日)	叶叔谦自家乡来，晤之，……	叶叔谦比部自家乡来，晤之，……	1882页倒4行	九十一页八行
初五日 (11月22日)	巴雅里电彼外部，部驳云：八条相去太远。	巴雅里电彼外部，外部驳云：八条相去太远。	1883页12行	九十二页一行
初六日 (11月23日)	先读后还宫，……馀功俱减去。	先读后还〈宫〉，……余(馀)功俱减去。	1883页14行	九十二页三行
初九日 (11月26日)	辰正二刻入坐，申正二刻退。	辰正二刻入坐，申初二刻退。	1884页11行	九十三页四行
十一日 (11月28日)	……十二出，共三十一刻五分。	……十二出，共长三十一刻五分。	1885页9行	九十四页八行
十二日 (11月29日)	闻河南漕折六万批付未到，……	内河南漕折六万批付未到，……	1885页倒3行	九十五页三行
十五日 (12月2日)	携陆渔笙信来，赠地毯一张，砖茶八色，受之。	携陆渔笙信来，赠地毯一张，砖茶八包，受之。	1886页倒10行	九十五页十九行
十六日 (12月3日)	其人粥粥如老僧，盖多礼堂旧部，……	其人粥粥如老儒，盖多礼堂旧部，……	1886页倒4行	九十六页三行
廿日 (12月7日)	江西藩刘芝田信，即覆。	江西藩刘芝田信，即复。	1887页倒10行	九十六页二十行
同日	于宁寿宫演九日，馀在长春宫，宁寿宫暖篷三□。	于宁寿宫演九日，余(馀)在长春宫，宁寿宫暖篷三万。	1887页倒7行	九十七页三行
十一月初三日 (12月19日)	辰正三刻到火药局，……	辰正三到火药局，……	1890页7行	九十九页二十行
同日	……荣堃、湍多布十馀人皆集，……	……荣堃[坤]、湍多布十余(馀)人皆集，……	1890页13行	
十一日 (12月27日)	昨榎本到署，语气横极。	昨榎本到署，语气极横。	1892页倒10行	一百二页十二行
十二日 (12月28日)	何生乃莹来谈河事，以为格堤护庄埝皆不可筑。	何生乃莹来谈河事，以为格堤护庄埝皆可不筑。	1892页倒4行	一百二页十七行
十三日 (12月29日)	晴，仍有风而小，气渐和，……	晴，仍有风而小，气亦渐和，……	1892页倒1行	一百二页十九行
十五日 (12月31日)	入署，小座即行。	入署，小坐即行。	1893页10行	一百三页六行
廿一日 (1885.1.6)	是日贺各国年，午正一刻到总署，……	是日贺各国年，午正一到总署，……	1894页倒6行	一百四页十五行

廿二日（1月7日）	又晴，云意渺然矣。	又晴，雪意渺然矣。	1895页9行	一百五页八行
廿五日（1月10日）	晓尚阴，已而大风起矣，辰巳间寒甚。	晓尚阴，已而大风起矣，辰巳间晴，寒甚。	1895页倒3行	一百五页十九行
廿六日（1月11日）	入署，极烦琐，福君请假，馀皆不能治事，……	入署，极烦琐，福君请假，余（馀）皆不治事，……	1896页5行	一百六页四行
廿九日（1月14日）	感寒流涕，昨日大发遗泄症，勉支持而已。	感寒流清涕，昨日大发遗泄症，勉支持而已。	1896页倒2行	一百六页二十行
十二月初三日（1月18日）	寅臣来谈署中人材。	寅臣来谈署中人材[才]。	1897页倒6行	
初五日（1月20日）	得韩仲彀信，即覆。日高条约五条。即前所记，又二条。申明前意。	得韩仲彀信，即复。日商条约五条即前所记，又二条申明前意。	1898页7行	一百八页九行、十行
同日	廷寄饬吴等查乱党。（注：以下脱句。）	廷寄饬吴等查乱党。英豪卿赠鹿尾二，极好。	1898页8行	一百八页十五行
初七日（1月22日）	樊恭煦上疏，论徐子样处分太重，交部察议。	樊恭煦上疏，论徐子祥处分太重，交部察议。	1898页倒7行	一百八页二十行
初九日（1月24日）	是日西厂子送岁，无书房，余亦未入，国子监值日也。	是日西厂子送岁，无书房，余亦未入，国子〈监〉值日也。	1899页2行	一百九页五行
十二日（1月27日）	改覆御史汪鉴条陈摺稿，惫甚。	改复御史汪鉴条陈摺稿，惫甚。	1899页倒6行	一百十页一行
十三日（1月28日）	归后海缵庭之次子崇启号佑三，行二，……	归后海缵庭之次子崇启号佑之，行二，……	1900页1行	一百十页五行
同日	成月坪来回事。	成月坪平来回事。	1900页2行	一百十页七行
十四日（1月29日）	须俟册送吏部后，……答覆后再批准入引见。	须俟册送吏部后，……答复后再批准入引见。	1900页5行	一百十页十行
十五日（1月30日）	……系母亲宋氏二娘□疾痊除者两行，……	……系“母亲宋氏二娘妳[奶]疾痊除者”两行，……	1900页倒12行	一百十页十八行
十八日（2月2日）	正在写字，赵粹甫来长谈，客退写覆信，陕县张春浦、……	正在写字，赵粹甫来长谈，客退写复信，陕臬张春浦、……	1901页4行	一百十一页十二行

十九日 (2月3日)	(赏春帖子,赏紬缎。)	(赏春帖子,赏紬[绸]缎。)	1901页6行	
廿二日 (2月6日)	耒阳为太守建生祠,禁止未得。覆谭文卿函。	耒阳为太守建生祠,禁之未得。复谭文卿函。	1902页4行	一百十二页十三行
廿四日 (2月8日)	余先散,午设奠于寝,……覆庞省三函。	余先退,午设奠于寝,……复庞省三函。	1902页14行	一百十三页三行
廿八日 (2月12日)	阴,有云意,甚寒。是日礼部会奏议覆恩寿一摺……	阴,有雪意,甚寒。是日礼部会奏议复恩寿一摺……	1903页9行	一百十四页二行
廿九日 (2月13日)	廿九(2月13日)	廿九日(2月13日)	1903页倒10行	一百十四页六行
光绪十一年乙酉 正月初二日 (1885.2.16)	今年新例,户部出赀,京兆送信……	今年新例,户部出赀[资],京兆送信……	第四册 1905页倒11行	第二十四卷
初三日 (2月17日)	覆陈少希钦铭信。	复陈少希钦铭信。	1905页倒3行	一页九行
初五日 (2月19日)	拜客,诣祁子禾招,坐者童公、赵粹甫、孙、张两同直也,……	拜客,诣祁子禾招,在坐者童公、赵粹甫、孙、张两同直也,……	1906页13行	二页十行
初九日 (2月23日)	恽南田松枝、……朱竹垞诗。覃溪与刘崧岚名大观手扎卷、……	恽南田松枝、……朱竹垞诗。覃溪与刘崧岚名大观手札卷、……	1907页倒6行、倒5行	三页十九行、二十行
十四日 (2月28日)	得蒋文肃"塞上中秋"诗画小方……	得蒋文肃《塞上中秋》诗画小方……	1908页倒6行	四页十七行
十六日 (3月2日)	晴,早晨风止,清朗,……	晴,早晨风止,清明,……	1909页10行	五页十行
同日	内监以绿玉爵进酒,略如进酒仪,内监在一旁叩。群臣不叩。	内监以绿玉爵进酒,略如进酒仪,内监在旁一叩。群臣不叩。	1909页倒6行	五页二十行
十七日 (3月3日)	是日初有书房,……一切草草,午初一刻退。	是日初有书房,……一切草草,午初一退。	1910页6行	六页八行
三十日 (3月16日)	每逢无起日方作论,恐此后每日有起,既不能作一字矣。	每逢无起日方作论,恐此后每日有起,即不能作一字矣。	1913页2行	九页三行
二月朔 (3月17日)	是日肉遍热,遂割一脔食之,……	是日肉偏热,遂割一脔食之,……	1913页10行	九页十行

十四日 (3月30日)	赫德处回信已来，……必令我即刻撤兵，……	赫德处回信已来，……必令我刻即撤兵，……	1916页倒4行	十三页二行
十五日 (3月31日)	再来早，又讲《大学衍义》甚长，晚作论，……	再来早，又讲古今学术语，甚长，晚作论，……	1916页倒1行	十三页三行
同日	……余令子馀劝服之，又到间壁新居看喜小姐。盖一服转机矣。	……余令子馀(余)劝服之，又到间壁新居看喜小姐。盖一发转机矣。	1917页3行	十三页六行
十八日 (4月3日)	国姑爷来，言其兄今日始有转机，凉药甚投也。	国姑爷来，言其兄今日好，有转机，凉药甚投也。	1917页倒7行	十三页十九行
廿日 (4月5日)	辰正三刻通州人和店尖。……	辰正三通州人和店尖。……	1918页12行	十四页十四行
廿二日 (4月7日)	由小门登城墙，众山环拱，云气蓬然，露天色矣。	由小门登城墙，群山环拱，云气蓬然，露天色矣。	1919页10行	十五页十六行
廿三日 (4月8日)	朝食罢整装，卯正策骑入旧东口子门，今此不准走车。	朝食罢整装，卯正策骑入旧东口子门，今此门不准走车。	1919页14行	十五页十九行
廿四日 (4月9日)	下至桃源洞，……隐隐辨认“王将军到此”数字，……	下至桃源洞，……隐隐辨隶“王将军到此”数字，……	1920页12行	十七页二行
廿五日 (4月10日)	约三刻许时，雨渐大，行数武而余车亦蹶，遂徐行。	停三刻许，时雨渐大，行数武而余车亦蹶，遂徐行。	1920页倒2行	十七页十一行
廿九日 (4月14日)	归于车中鼻流血不止，……	归于车中鼻忽流血不止，……	1922页8行	十八页二十行
三月十一日 (4月25日)	晚昨诗亦顺。	晚作诗亦顺。	1925页7行	
十二日 (4月26日)	出城……吊王生子藩丕禧丁内艰。	出城……吊王生子蕃丕釐[厘]丁内艰。	1925页13行	二十二页五行
十三日 (4月27日)	晴，热甚，袷衣犹挥汗，……	晴，热甚，袷[夹]衣犹挥汗，……	1925页倒10行	二十二页八行
十七日 (5月1日)	饭后出城拜客，晤潘伟如中函，长谈。	饭后出城拜客，晤潘伟如中丞，长谈。	1926页倒12行	二十三页五行
十八日 (5月2日)	亡室忌日，未能躬奠，俛仰增憾。	亡室忌日，未能躬奠，俛[俯]仰增憾。	1926页倒5行	二十三页十二行
廿日 (5月4日)	星台子孙最多，……合女子所生者计之，凡一百三人，……	星台子孙最多，……合女子子所生者计之，凡一百三人，……	1927页9行	二十四页三行

廿二日 (5月6日)	遇徐、景、乌三君眷录覆命。	遇徐、景、乌三君眷录复命。	1927页倒6行	二十四页十一行
同日	是日到者英豪卿外门子弟七八人、亲人五六人而已。	是日到者英豪卿外门弟子七八人、亲人五六人而已。	1927页倒1行	二十四页十五行
同日	国家洗三,余未能贺。	国家洗三,余未能往贺。	1928页4行	二十四页十八行
廿六日 (5月10日)	(……明晨候之,云得睡,又明日□□发一次,无妨矣。)	(……明晨候之,云得睡,又明日小小发一次,无妨矣。)	1928页倒2行	二十六页书眉
同日	看录科章程,阅覆试八旗学生文,酉初先归。	看录科章程,阅复试八旗学生文,酉初先归。	1929页2行	二十五页十六行
廿七日 (5月11日)	早阴欲雨而晴,午后风。	早阴欲雨既而晴,午后风。	1929页4行	二十五页十七行
同日	本欲入城,而乏极不能行,遂归。	本欲出城,而乏极不能行,遂归。	1929页5行	二十五页十七行
廿九日 (5月13日)	察神气尚好,惟面目及手指微肿耳,……	察神气尚好,惟面目及手皆微肿耳,……	1929页倒4行	二十六页十四行
四月初三日 (5月16日)	归饭后思出游,乃至放生池,无所见。	归饭后复思出游,乃至放生池,无所见。	1930页14行、15行	二十七页七行、八行
同日	最后游三塔寺,土语如此,法藏寺。	最后游天塔寺,土语如此,法藏寺。	1930页倒10行	二十七页十行
同日	有碑,……寺内荒尽,佛像露立,……	有碑,……寺已荒尽,佛像露立,……	1930页倒9行	二十七页十一行
十二日 (5月25日)	见吴彬画米万钟勺园画。	见吴彬画米万钟勺园图。	1932页倒12行	二十九页六行
十五日 (5月28日)	是日上初试马于东长安街,余等亦站班敬观,从容揽辔,极可喜也。	是日上初试马于东长〈安〉街,余等亦站班敬观,从容揽辔,极可喜也。	1933页3行	二十九页十七行
同日	大者言之不出二句;一日食二句;“华月照芳池”,江淹诗。	“大者言之不出”二句;“一日食二”句;“华月照芳池△”,江淹诗。	1933页6行	二十九页十九行
十六日 (5月29日)	晚饭后访福箴亭,……	晚饭后诣福箴亭,……	1933页10行	三十页二行
十九日 (6月1日)	……迨亲政,又于北海命御前侍卫大臣及御前侍卫数人射,……不甚便云。	……迨亲政,又于北海命御前大臣及御前侍卫数人射,……不甚便也。	1934页9行	三十一页四行

二十日 (6月2日)	右有春明堂,其前一石,木变石也,文理尚在,鳞里坚然。	右有春明堂,其前一石,木变石也,文理尚在,鳞甲铿然。	1934页倒8行	三十一页十一行
同日	午正余等入,上头疼面面白,……	午正余等入,上头疼面白,……	1934页倒6行	三十一页十四行
同日	未初三命退。早间刘总管传须未正退。余呼总管等告之,不能如所传也。	未初三命退。适退,早间刘总管传须未正退。余呼总管等告之,不能如所传也。	1934页倒4行	三十一页十六行
同日	刘铭传电:……本云十三日定撤,……添兵三千……	刘铭传电:……本云十三日令撤,……添兵二千……	1935页8行、9行	三十二页七行、八行
廿三日 (6月5日)	(申正一,西正三。)	(申正二,西正三。)	1936页4行	三十三页八行书眉
廿四日 (6月6日)	出则无可坐,乃先入到书斋,……	出则无可坐,乃入先到书斋,……	1936页倒10行	三十三页十五行
同日	书房西面不准开明窗,……未初二刻退。	书房西面不准开明窗,……未初二刻即退。	1936页倒7行	三十三页十八行
廿五日 (6月7日)	……值日所站班斜对四扇门也。	……值日所站斜对四扇门也。	1937页1行	三十四页四行
廿六日 (6月8日)	是日盘查内银库及颜料、缎匹二库,……	是日起盘查内银库及颜料、缎匹二库,……	1937页9行	三十四页十行
廿七日 (6月9日)	阴,早晨雨数点,已复晴。	阴,早晨雨数点,已后晴。	1937页14行	三十四页十四行
廿八日 (6月10日)	后殿曰画舫斋,画舫斋有后隔扇,出此西行一门,北行即麓坛。由东廊宛转穿廊曰古柯庭。	后殿曰画舫斋,画舫斋有后隔扇,出此西行一门,北行即麓坛。由东廊宛转穿廊曰古柯庭。	1938页5行	三十五页十行
同日	明日覆奏。	明日复奏。	1938页12行	三十五页十七行
五月朔 (6月13日)	醇邸送蔬菜,连日皆送食物。	醇邸送蔬果,连日皆送食物。	1939页10行	三十六页十七行
初七日 (6月19日)	过厂肆论古斋,换书画数卷归,……	过厂肆论古斋,携书画数卷归,……	1940页倒11行	三十八页一行
十五日 (6月27日)	论及中国人材何以不如外国。	论及中国人材[才]何以不如外国。	1942页9行	
廿二日 (7月4日)	赵寅臣独留谈一时之久,感慨人心不古,世运之衰也……	赵寅臣独留谈一时之久,大率慨人心不古,世运之衰也……	1943页倒11行	四十一页一行

廿五日 (7月7日)	……故前日谕中有雨霑足字。二起。	……故前日谕中有霑足字。二起。	1944页5行	四十一页十四行
廿八日 (7月10日)	先传张家骧起,余令中官告案上今未能来,……	先传张家骧起,余令中官告案,上今日未能来,……	1944页倒9行	四十二页五行
六月初五日 (7月16日)	径归,写扇二柄而已。	径归,写扇三柄而已。	1946页6行	四十三页十七行
初十日 (7月21日)	入讲刻许,巳初始来,匆匆而已。	入讲刻许,巳初二始来,匆匆而已。	1947页1行	四十四页十三行
廿六日 (8月6日)	司官以孙莱山、徐小云所改覆张朗斋文来商,即画行。	司官以孙莱山、徐小云所改复张朗斋文来商,即画行。	1950页倒12行	四十八页十二行
廿七日 (8月7日)	策骑三里,至秘魔岩……僧曰心纯,年六十二,尚况静。	策骑三里,至秘魔岩……僧曰心纯,年六十二,尚沉静。	1950页倒2行	四十八页十九行
同日	谽呀中空,即所谓秘魔岩也。	谽岈中空,即所谓秘魔岩也。	1950页倒2行	
廿八日 (8月8日)	耽搁一时许。至八里庄始得车,……	耽搁一时许矣。至八里庄始得车,……	1951页倒4行	五十页一行
七月初二日 (8月11日)	仆人李全……其家有田可耕也,颇惜之。	仆人李全……其家有田可耕也,颇叹之。	1952页11行	五十页十六行
初四日 (8月13日)	工部奏请健锐、火器两营围墙,旨仍著麟书会同翁同龢前往详细覆勘。	工部奏请健锐、火器两营围墙,旨仍著麟书会同翁同龢前往详细复勘。	1952页倒4行	五十一页八行
初五日 (8月14日)	写对极怠,竟废百事也。	写对极乏,竟废百事也。	1953页2行	五十一页十二行
初九日 (8月18日)	……是日孝静成皇后忌辰,皇太后在前殿行礼,……	……是日孝静成皇后忌辰,皇太后诣前殿行礼,……	1954页8行	五十三页三行
十三日 (8月22日)	旨仍著麟某会臣翁某前往详细复勘。……	旨仍著麟某会同翁某前往详细复勘。……	1955页13行	五十四页十行
十四日 (8月23日)	在一小殿旁,丹青黯淡,能倚栏状,栏外二童子耳,本幅有七八段题识。	在一小殿旁,丹青黯淡,作倚栏状,栏外二童子耳。本幅有七、八段题识。	1956页3行	五十五页三行
同日	观大殿后倒影处,……人自此行,则全身皆见,……	观大殿后倒影处,……人自外行,则全身皆见,……	1956页8行	五十五页八行

廿一日 (8月30日)	归后看《震川集》，几如饮酒者不离杯矣。	归后看《震川集》，几如饮酒者不离杯榼矣。	1957页倒4行	五十七页七行
廿五日 (9月3日)	夜访芝庵。	夜诣芝庵。	1958页14行	五十八页二行
卅日 (9月7日)	晨风稍止，凉，……	晨风止，稍凉，……	1959页倒9行	五十九页十一行
八月初八日 (9月16日)	辰初一刻发下书籍，跪接后在正考官处拟题。	辰初一刻发下书籍到，跪接后在正考官处拟题。	1962页1行	六十二页九行
廿五日 (10月3日)	各房三首尚未齐。	各房房首尚未齐。	1964页倒12行	六十五页一行
廿九日 (10月7日)	……房首悉均归余处。	……房首卷均归余处。	1964页倒1行	六十五页十一行
九月初三日 (10月10日)	……以余卷置元，而彼卷则列二十，议遂定。	……以余卷置元，而彼卷列二十，议遂定。	1965页12行	六十六页一行
初八日 (10月15日)	检点各扇落卷批语。	检点各房落卷批语。	1966页10行	六十七页四行
十七日 (10月24日)	拜三四客而归，见新门生五七人。	拜三四客即归，见新门生五七人。	1968页倒4行	七十页三行
廿日 (10月27日)	如意一、莱点四。从鸳鸯桥策马归，甚乏，可见衰矣。	如意一、莱四点四。从鸳鸯桥策马归，甚乏，可见衰矣。	1969页倒12行	七十页十九行
廿九日 (11月5日)	（洋灰鼠一套，银灰冠。）	（洋灰鼠一套，银鼠冠。）	1971页1行	七十二页十行书眉
十月初八日 (11月14日)	夜不发热而喉痒。	夜不发热而喉疼。	1973页3行	七十四页十八行
十一日 (11月17日)	去时遵八月时去路，……真如赤壁复游矣。	去时遵八月时去路，……真如赤壁后游矣。	1973页倒9行	七十五页十一行
十五日 (11月21日)	子腾病更急，精神极倦，……予劝服去。	子腾病更急，精神极倦，……予劝服之。	1974页11行	七十六页九行
十六日 (11月22日)	年年为人草遗摺，伤已！	年年为人草遗奏，伤已！	1975页2行	七十七页四行
十七日 (11月23日)	晴，无风。一起。	晴，无风。二起。	1975页3行	七十七页五行
同日	……前一日尚坐起看书也。	……前一日尚起坐看书也。	1975页6行	七十七页七行

十八日 (11月24日)	据其仆云,早间肝风搐动,午后略静。	据其仆云,早间肝风搐动,午后略静。	1975页13行	七十七页十三行
廿日 (11月26日)	阴,辰正初风起,巳正大风,寒。	阴,辰初风起,巳正大风,寒。	1975页倒7行	七十七页十九行
同日	步四日,马二日,向例挑取后带引见,自同治始,皆未阅视也。	步四日,马二日,向例挑取后带引见,自同治年始,皆未阅视也。	1975页倒5行	七十八页一行
同日	……召见办事后传膳,膳毕午刻至紫光阁。	……召见办事后传膳,膳毕午初至紫光阁。	1975页倒4行	七十八页三行
同日	午正上至古柯庭书斋,……冒风稍凉,未作论,仅满书、温书而已。	午正上至古柯庭书斋,……冒风稍冷,未作论,仅讲书、温书而已。	1975页倒3行	七十八页四行
廿一日 (11月27日)	畏寒,不能久立,闻打更人云寅丑间尚有,五更始止。	畏寒,不能久立,闻打更人云丑寅间尚有,五更始止。	1976页倒12行	七十八页二十行
廿二日 (11月28日)	独坐无聊,燮臣同饭。	独坐无聊,燮臣至同饭。	1976页倒10行	七十九页二行
廿三日 (11月29日)	午初至书房,作诗甚涩,温书数号,照常退。	午初至书房,作诗甚涩,温书数首〈号〉,照常退。	1976页倒3行	七十九页七行
廿六日 (12月2日)	廿四日	廿六日	1977页倒10行	七十九页二十行
廿八日 (12月4日)	沉阴无风,甚有云意。	沉阴无风,甚有雪意。	1977页倒3行	八十页六行
同日	子腾之弟季良到京,送食物,子腾盖愈矣。先祖母许太夫人诞日,午奠,斌主之。	子腾之弟季良到京,送食物,子腾益愈矣。先祖母许太夫人诞日,午奠,斌主之。	1978页1行	八十页八、九行
廿九日 (12月5日)	看张子腾并晤其弟季良,……足仍软,卧椅上。	看张子腾并晤其弟季良,……仍足软,卧椅上。	1978页6行	八十页十一行
十一月初四日 (12月9日)	沉阴欲雪,稍寒。	沉阴,欲雪不雪,稍寒。	1978页倒6行	八十一页二行
初五日 (12月10日)	而汤伯述自江南来,相对如梦,……	而汤伯述从江南来,相对如梦,……	1979页2行	八十一页七行
初十日 (12月15日)	风止,薄暮风,阴,仍不冷。	风止,晴,薄暮风,阴,仍不冷。	1979页倒5行	八十一页二十行
十一日 (12月16日)	辰正事下,……咽微痛,……	辰正事下,……咽微疼,……	1980页4行	八十二页八行

同日	午后令斌及诸仆检东厅书归新安书架，竭半日之力，止得其半耳。	午后率斌及诸仆检东厅书归新安书架，竭半日之力，止得其半耳。	1980页6行	八十二页九行
十四日 (12月19日)	(注：此处脱句)写信致吴清卿，皆为伯述也。	写信致曾沅圃、李合肥，写信致吴清卿，皆为伯述也。	1980页倒5行	八十二页十一行
十七日 (12月22日)	卯初三刻到月华门，戈什爱班已看方矣。	卯初三到月华门，戈什爱班已看方矣。	1981页11行	八十三页二行
十八日 (12月23日)	……昨两次脉按云咳嗽，头痛，舌有苔，喉咽津微痛，饮食不香，……	……昨两次脉按云咳嗽，头疼，舌有苔，喉咽津微痛，榖[谷]食不香，……	1981页倒8行	八十三页十九行
廿日 (12月25日)	入内请安，……只开陈皮等四味代茶。传廿二书房。	入内请安，……只用陈皮等四味代茶。传廿二日书房。	1982页7行	八十四页八行
廿八日 (1886.1.2)	照常入，同戈什爱班到奉事处，见昨方……	照常入，同戈什爱班到奏事处，见昨方……	1983页倒5行	八十五页十六行
同日	晚赵夔臣招，……	晚赴夔臣招，……	1983页倒1行	
廿九日 (1月3日)	阎端揆，张之万协揆，恩端揆，福锟调户尚、协揆，……	阎端揆，张之万协揆，恩端揆，福锟调户尚协揆，……	1984页6行	八十六页二行
十二月廿五日 (1月29日)	饭毕传今日无书房，遂出。检书箱。	饭毕传今日无书房，遂出。检画箱。	1989页倒5行	九十一页六行
廿七日 (1月31日)	晴，稍寒。无起。	晴，稍暖。无起。	1990页2行	九十一页十行
光绪十二年丙戌 正月十一日 (1886.2.14)	神采逼人，瓌宝也。	神采逼人，瓌[瑰]宝也。	第四册 1992页倒1行	第二十五卷
十二日 (2月15日)	并见石谷为杨春岩画《秋山读书》轴，有笪在辛题，虽少作，亦佳。	并见石谷为杨青岩画《秋山读书》轴，有笪在辛题，虽少作，亦佳。	1993页9行	三页二行
卅日 (3月5日)	孙夔臣来，以进书摺畀余，明日以端木子畴所辑《读史法成录》两册一函交笔帖式定彬随摺同递，……	孙夔臣来，以进书摺畀余，明日以端木子畴所辑《读史法戒录》两册一函交笔帖式定彬随摺同递，……	1997页1行	七页一行
二月初一日 (3月6日)	讲、读如恒，午批折。	讲读如恒，午批摺。	1997页4行	七页五行

初五日 (3月10日)	门人赵致中、傅佩珩、袁□翰来见，皆顺德府人。	门人赵致中、傅佩珩、袁际翰来见，皆顺德府人。	1998页13行	八页十三行
初十日 (3月15日)	前引十人：……献爵王公。……	前引十人：……献爵王……	1999页13行	九页十行
十九日 (3月24日)	见新门生十一人。复试榜发，有四等十七人。	见新门人十一人。复试榜发，有四等十七人。	2001页6行	十页二十三行
廿五日 (3月30日)	芝庵来，河南司来事。	芝庵来，河南司来回事。	2002页11行	十一页二十四行
廿六日 (3月31日)	（灰鼠袍褂。明日换珠毛褂、白袖头、羊皮冠、黑绒领。）	（灰鼠袍褂。明日换珠毛褂、白袖头、羊皮冠、黑绒领。）	2002页13行	十二页书眉
三月初一日 (4月4日)	……验封讫，直待至巳初十分报始至。应卯刻到，迟至一时矣。	……验封讫，直待至巳初十分报始至。应卯刻到，迟过一时矣。	2003页倒1行	十三页二十二行
初二日 (4月5日)	西馆正在兴工，糊饰玻璃窗也。	西馆正在兴工，糊饰换玻璃窗也。	2004页12行	十四页十二行
初六日 (4月9日)	彻夜风，丑正雨、五更正。	彻夜风，丑正雨、五更止。	2005页14行	十五页二十一行
初七日 (4月10日)	再至帐房，又雨，少顷使有信，时雨亦止，遂立候。	再至帐房，又雨，少顷传有信，时雨亦止，遂立候。	2005页倒7行	十六页七行
十三日 (4月16日)	陶戊辰庶常，甘肃循吏也，……言报切至。	陶戊辰庶常，甘肃循吏也，……言极切至。	2007页倒8行	十八页十四行
二十日 (4月23日)	醇王及福俱赏坐杏黄轿。	醇王及福音俱赏坐杏黄轿。	2009页倒10行	二十页十五行
廿四日 (4月27日)	昨招陈太史与冋为为子馀诊脉，……	昨招陈太史与冋为子馀诊脉，……	2010页14行	二十一页十三行
四月朔 (5月4日)	……不得以吐血诊，仍用茅根、白苯、二陈等。	……不得以吐血论，仍用茅根、白术、二陈等。	2012页倒10行	二十三页二十一行
初三日 (5月6日)	乃宋榻之精者……	乃宋拓之精者……	2013页7行	
初九日 (5月12日)	此人本是辛酉拔贡世兄，又系丙子复试门人，年五十馀，……通材也。	此人本是辛酉拔贡世兄，又系丙子复试门人，年五十余(馀)，……通材[才]也。	2014页倒3行、倒2行	二十六页三行

十四日 (5月17日)	入署,本欲访子馀,斌字来云现在稍定,……	入署,本欲诣子馀[余],斌字来云:现在稍定,……	2016页4行	二十七页十行
十五日 (5月18日)	新放浙衢州府荣堃号至庭,军机二班领班。来见。	新放浙衢州府荣堃[坤]号至庭,军机二班领班来见。	2016页10行	
十八日 (5月21日)	遇斗南、吴燮臣、崔磐面谈,入书房,过九卿房,寻绍秋皋谈。	遇斗南、吴燮臣、崔磐石谈,入书房,过九卿房,寻绍秋皋谈。	2017页3行	二十八页七行
同日	约薛京兆福臣来,偕赵国宅为喜姑诊脉,……	约薛京兆福臣来,偕赴国宅为喜姑诊脉,……	2017页6行	二十八页十一行
	(注:二十一至二十四日与廿五日不统一)	廿一日、廿二日、廿三日、廿四日	2018页3行、9行、14行、倒2行	
廿一日 (5月24日)	记庚戌充实录馆详校时曾于此坐半年,今年三十七年矣。	记庚戌充实录馆详校时曾于此坐半年,今三十七年矣。	2018页8行	二十九页十一行
廿三日 (5月26日)	饭于中复处。	饭于仲复处。	2018页倒10行	
廿四日 (5月27日)	供事拆包,读卷官分判甲第名次扵卷端,顷刻而毕。	供事拆包,请读卷官分判甲第名次扵[于]卷端,顷刻而毕。	2019页9行	三十页十八行
廿五日 (5月28日)	自十二日起,未初即退,今日未初一退,敷衍久坐,所谓方便法也。	自二十日起,未初即退,今日未初一退,敷衍久坐,所谓方便法也。	2019页倒6行	三十一页九行
廿六日 (5月29日)	易笏山方伯则它出来晤。	易笏山方伯则它出未晤。	2020页1行	三十一页十四行
廿八日 (5月31日)	朝考题:"君子以类□辨物论";……	朝考题:《君子以类猶[犹]辨物论》;……	2020页13行	三十二页四行
五月初二日 (6月3日)	犹是曾文正幕客,通材也。	犹是曾文正幕客,通材[才]也。	2021页2行	
十九日 (6月20日)	晨浓阴,辰卯间微雨淅沥,至午未间上,……	晨浓阴,卯辰间微雨淅沥,至午未间止,……	2024页6行	三十五页十行
廿一日 (6月22日)	接南信,知鹿卿于十五后起身,由输船北来省余,……	接南信,知鹿卿于十五后起身,由轮船北来省余,……	2024页倒7行	三十五页二十一行

六月朔 (7月2日)	讲稍多,还宫不过二三刻耳,午先退归。归,腰舆未至,……	讲稍多,还宫不过二三刻耳,午先退归。腰舆未至,……	2026页11行	三十七页十二行
同日	是日考送军机章京,……	是日考选军机章京,……	2026页12行	
初三日 (7月4日)	……退时遣人至内阁问讯,是日内阁考选军机。	……退时遣人至内阁问讯,是日内阁考选军机章京。	2027页8行	三十八页八行
初五日 (7月6日)	……惟乾清门侍卫分一班于皇极门住班。上所居旦养性殿,后隔山曰乐寿堂,皇太后所居。	……惟乾清门侍卫分一班于皇极门住班。上所居曰"养性殿",后隔山曰"乐寿堂",皇太后所居。	2027页倒9行	三十八页十八行
同日	上紫袍龙袿,递如意。	上紫袍龙褂,递如意。	2027页倒7行	三十八页二十行
廿五日 (7月26日)	大雨如注,而廊间无地可坐,现在太后、皇上住宁寿宫,皇报门内均照内廷例……	大雨如注,而廊间无地可坐,现在太后、皇上住宁寿宫,皇极门内均照内廷例……	2033页2行	四十四页十八行
七月初九日 (8月8日)	此去而英君又来回,曰福公今日在署语又转圜,……	比去而英君又来回,曰福公今日在署语又转圜,……	2035页倒6行	四十七页十四行
同日	……惟谓以大钱之铜,铸制钱无虑不足。噫!真臆说也。	……惟谓以大钱之铜,铸制钱无虑不足。真臆说也。	2035页倒3行	四十七页十八行
十八日 (8月17日)	庆和:菜九十吊,酒粥饭共七吊饭,赏八吊,车饭等七吊。	庆和:菜九十吊,酒粥饭共七吊,赏八吊,车饭等七吊。	2037页倒4行	五十页二行
廿六日 (8月25日)	饭后贺徐荫轩娶子妇,与枏士谈户部事。……董醞卿八十寿。	饭后贺徐荫轩娶子妇,与枏[楠]士谈户部事。……董醞[醖]卿八十寿。	2039页4行、5行	五十一页十行
八月初五日 (9月2日)	余等入,首陈今日王大臣吁忌恭上皇太后徽号,……	余等入,首陈今日王大臣吁恳恭上皇太后徽号,……	2040页9行	五十二页十七行
初八日 (9月5日)	直隶报全境水灾,截留江北米五万石……	直隶府报全境水灾,截留江北米五万石……	2041页3行	五十三页十六行
初九日 (9月6日)	浙江朱续基,……旨夫子。扬州卡绪昌,柳门,颂臣子,户部小京官。……	浙江朱续基,……肯夫子。扬州下绪昌柳门,颂臣子,户部小京官。……	2041页8行、9行	五十四页一行

十四日 (9月11日)	过恩济庄……过田村,行田睦,至夏庄西头却被沟断不得入,……	过恩济庄……过田村,行田塍,至夏庄西头却被沟断不得入,……	2042页11行、12行	五十五页六行
九月十四日 (10月11日)	得蔡×臣函,知徐诚夫表兄于七月廿一日病殇。	得蔡乂臣函,知许诚夫表兄于七月廿一日病殇。	2050页11行	六十四页十六行
十五日 (10月12日)	昨夕辗转不寐,思诚夫家事,竟无长策,致书×臣并徐雯青,托其先为挪借料理。	昨夕辗转不寐,思诚夫家事,竟无长策,致书乂臣并徐雯青,托其先为挪借料理。	2050页倒12行	六十四页十八行
十九日 (10月16日)	归家摩抄书帖,遂似醉人……	归家摩抄[挲]书帖,遂似醉人……	2051页12行	
廿二日 (10月19日)	宝公今年整八十,择日宴客也,薄暮散。	宝公今年正八十,择日宴客也,落暮散。	2051页倒5行、倒4行	六十六页十行
十月初六日 (11月1日)	阎公以纪批《玉台新詠》抄本见假,颇精。	阎公以纪批《玉台新詠[咏]》抄本见假〈借〉,颇精。	2054页5行	七十页三行
初九日 (11月4日)	巳刻懋勤殿人送到皇太后颁赏御笔菊花一轴,兰花四幅大卷,……	巳刻懋勤殿人送到皇太后颁赏御笔《菊花》一轴,《兰花》四幅大卷,……	2055页13行	七十页十八行
初十日 (11月5日)	余昨感寒,偏身酸楚……	余昨感寒,遍身酸楚……	2056页2行	
十一日 (11月6日)	兔走乌飞东又西,为人切莫用心机。	兔走乌飞东又西,为人切莫用心机。	2057页11行	七十三页十一行
同日	十八年来不自由,江山做到我时休。	十八年来不自由,江山坐到我时休。	2057页14行	七十三页十六行
十七日 (11月12日)	得龚观察寄到赵价人洋务局札付,另一致鹤峰,……	得龚观察寄到赵价人洋务局札付,另一致杨鹤峰,……	2058页倒9行	七十五页三行
十八日 (11月13日)	谭文卿寄舍制纱袍褂一套,并信,六舟携来。	谭文卿寄舍制纱袍挂一套,并信,六舟携来。	2058页倒4行	七十五页八行
十一月初三日 (11月28日)	得蔡×臣书,知许诚夫家事,秋涛公墓几致湮灭,赖×臣访其家旧仆,……	得蔡乂臣书,知许诚夫家事,秋涛公墓几致湮灭,赖乂臣访其家旧仆,……	2062页7行	七十九页八行、九行
十三日 (12月8日)	见起后辰正刻到书房,讲时多,午后作诗。	见起后辰正到书房,讲时多,午后作诗。	2065页12行	八十三页七行

十四日(12月9日)	北档房延、钟两君来回闽事拟驳,……否则人谓廷视台湾为重寄,而部臣弁髦之,可乎?	北档房延、钟两君来回闽事拟驳,……否则人谓朝廷视台湾为重寄,而部臣弁髦之,可乎?	2065页倒7行	八十三页十四行
十五日(12月10日)	是仍入直,递摺牌,无奏摺。	是日仍入直,递摺牌,无奏摺。	2065页倒3行	八十四页二行
十六日(12月11日)	闻三河令赴催租甚酷。	闻三河令赵催租甚酷。	2066页8行	八十四页九行
同日	遇伯寅于邦均西,下舆数语,伦孟臣王常亦宿此。	遇伯寅于邦均西,下舆数语,伦孟臣五常亦宿此。	2066页11行	八十四页十二行
十七日(12月12日)	果楼三间折修。	果楼三间拆修。	2066页倒1行	八十五页五行
十八日(12月13日)	申止二刻蓟州西门外曹家店宿,好。	申正二刻蓟州西门外曹家店宿,好。	2067页倒12行	
廿七日(12月22日)	与豫锡之、徐柟士、盛伯曦同坐吃点心,……	与豫锡之、徐柟[楠]士、盛伯曦同坐吃点心,……	2071页4行	九十页六行
同日	……赏茶,俞宅下人共廿吊,车夫每人。二吊,灯笼二吊,……	……赏叶、俞宅下人共廿吊,车夫每人二吊,灯笼二吊,……	2071页6行、7行	九十页九行
十二月初三日(12月27日)	出城访唐鄂生炯于法源寺,未见。	出城访唐鄂生炯于法源寺,未见。	2072页5行	九十一页六行
同日	邀许筠庵、……曹再鞾新留馆。	邀许筠庵、……曹再韩新留馆。	2072页6行	九十一页八行
初六日(12月30日)	御史王赓荣……	御史王赓荣……	2072页倒7行	
初九日(1887.1.2)	夜诣颂阁,以七十五金买玄狐腿褂一件。	夜诣颂阁,以七十五金买元狐腿袿一件。	2073页8行	九十二页十三行
十二日(1月5日)	盛杏生馈岁,岁却之,作复函。	盛杏生馈岁,却之,作复函。	2073页倒5行	
十三日(1月6日)	晴,早不寒,……三起;引时。	晴,早不寒,……三起,引见。	2073页倒4行	九十三页五行
十四日(1月7日)	……今日本馆亦移移于台基厂矣。	……今日本馆亦移于台基厂矣。	2074页4行	九十三页十行
十九日(1月12日)	……引德国来因河为证,请饬译署,北洋访问试行。	……引德国来[莱]因[茵]河为证,请饬译署,北洋访问试行。	2076页2行	九十六页十九行

廿五日 (1月18日)	朱其焯者,朱文正之玄孙,朱晴佳之胞侄也……	朱其焯者,朱文正之元[玄]孙,朱晴佳之胞侄也……	2077页2行	九十六页二二行
廿六日 (1月19日)	……给钱十六千,又节赏十千,令年添给内监廿千,厨房廿千,新匠役四千。	……给钱十六千,又节赏十千,今年添给内监廿千,厨房廿千,新匠役四千。	2077页7行	九十七页四行
光绪十三年丁亥元月初七日 (1887.1.30)	未入值,巳刻出城拜客,过厂肆,萧然无所睹。	未入直,巳刻出城拜客,过厂肆,萧然无所睹。	第四册 2080页14行	第二十六卷 三页六行
同日	是日上中和殿阅祝版。蓝袍龙褂,因今日忌辰也。 ……	是日上中和殿阅祝版。蓝袍龙袿,因今日忌辰也。	2080页倒11行	三页九行
初八日 (1月31日)	未初到安徽馆九乡团拜,分廿千,……	未初到安徽馆九卿团拜,分廿千,……	2080页倒5行	三页十六行
初十日 (2月2日)	初十	初十〈日〉	2081页3行	四页七行
同日	……罗两峰为挂未谷作戴花骑象图卷。	……罗两峰为桂未谷作《戴花骑象图》卷。	2081页8行	四页十三行
十六日 (2月8日)	东边。东边额中堂、恩中堂、……	东边。额中堂、恩中堂、……	2083页11行	八页三行
同日	西边。伯王阎中堂、张中堂、徐桐、翁、毕道远、许庚身、潘祖荫。	西边。伯王阎中堂、张中堂、徐桐、翁、毕道远、许庚身、潘祖荫。	2083页12行	八页四行
廿六日 (2月18日)	……以上宗府。	……以上宗人府。	2085页倒11行	十一页五行
廿七日 (2月19日)	徐枏士来商酌收大钱,意在以米易钱也。	徐枏[楠]士来商酌收大钱,意在以米易钱也。	2085页倒3行	十一页十五行
三十日 (2月22日)	以巨金买麓台画卷,买人索钱,怒斥之,已而悔之。	以巨金买麓台画卷,贾人索钱,怒斥之,已而悔之。	2086页10行	十二页八行
二月初三日 (2月25日)	礼部派敬信,兵部派额中堂、孙家鼎。	礼部派敬信,兵部派额中堂、孙家鼐。	2086页倒1行	十三页五行
初八日 (3月2日)	孙公愢一蠹吏,何至如是。嘻!异哉。	孙公愢一蠹吏,何至如是。嘻!异矣。	2087页倒1行	十四页十行
十一日 (3月5日)	(是日上于中和殿阅祝版,昨日文昌庙。上阅祝版明日文昌庙。)	(是日上于中和殿阅祝版,昨日文昌庙。)	2088页倒10行	十五页十行书眉

同日	因无书房，又不奏事，早起即策马出门拜客。	因无书房，又不奏事，早起即策骑出城拜客。	2088页倒9行	十五页八行、九行
同日	未初诣颂处饮，……	未初诣颂阁处饮，……	2088页倒7行	十五页十一行
同日	更夫老颜，……云黄新庄即在其家可住，秋澜无处可寻屋也。	更夫老颜，……云黄新庄即其家可住，秋澜无处可寻屋也。	2088页倒3行	十五页十五行
廿六日(3月20日)	……贾至恩升豫臬。福裕升两淮运使。	……贾至恩升豫臬。今福裕升两淮运使。	2091页倒2行	二十页二行
廿八日(3月22日)	(羊皮冠，黑绒领，珠毛袍袿。)	(羊皮冠，黑绒领，珠毛袍褂。)	2092页5行	二十页书眉
廿九日(3月23日)	户部引见云南解铜委员一人，福公感冒未至，余持牌带领，……	户部引见云南解铜委员一人，福公感冒未至，余捧牌带领，……	2092页12行	二十页十四行
三月初四日(3月28日)	徐楫士来。……	徐楫［楠］士来。……	2093页倒10行	二十三页一行
初七日(3月31日)	未初二刻驾到，申初三刻皇太后驾到，皆于扵宫门外路东向西站班，……	未初二刻驾到，申初三刻皇太后驾到，皆于宫门外路东向西站班，……	2094页10行	二十四页五行
同日	上将至，传呼茶驮子到，行宫击锣。清语谓之查将蜜。	上将至，传呼茶驮子到，行宫击锣。清语谓之查啰蜜。	2094页14行	二十四页十一行
初十日(4月3日)	上谕四道：一叩阍，二赏行宫兵丁，……	上谕四道：一叩阍，一赏行宫兵丁，……	2095页12行	二十五页十五行
十一日(4月4日)	过三岔道北行，……松涛泉代为布置。	过三岔道北行，……松寿泉代为布置。	2095页倒7行	二十六页七行
十三日(4月6日)	内奏事总管王进福车复伤腿。	内奏事总管王进福车覆伤腿。	2097页5行	二十八页五行
十五日(4月8日)	骑马廿馀里大风又来……将至良乡，路旁大坑，即来时见人复车处也，……	骑马廿余(馀)里大风又来……将至良乡，路旁大坑，即来时见人覆车处也，……	2097页倒12行	二十八页十六行
同日	其兄子汝骐……侯我于门……	其兄子汝骐……候我于门……	2097页倒5行	
廿一日(4月14日)	出至申和殿，陈设农具。	出至中和殿，陈设农具。	2099页倒2行	三十一页十二行

廿三日（4月16日）	二起，伯王请假，二月回旗。	二起，伯王请假二月，回旗。	2100页倒2行	
廿四日（4月17日）	（李玉舟寄王赓保□□。）	（李玉舟寄王赓保质照。）	2101页13行	三十三页十三页脚
廿五日（4月18日）	出长安门，赴徐寿蘅师招于嵩雪草堂，……	出长安门，赴徐寿蘅师招于嵩云草堂，……	2101页倒11行	三十三页十五行
四月初五日（4月27日）	先祖诞辰，午奠，曾、荣、斌主之。	先祖诞辰，午奠，曾荣、斌孙主之。	2104页4行	三十七页一行
初七日（4月29日）	至崇效寺，……僧耀某出红杏青松卷，看之，再题名于卷尾，前题有安孙，感怆久之。	至崇效寺，……僧耀某出《红杏青松》卷，看之，再题名于卷尾，前题有安孙，感怆久之。	2104页倒10行	三十七页十三行
十四日（5月6日）	得衡州三月廿五日函，皆安。	得衡州三月廿五函，皆安。	2105页倒3行	三十九页一行
十八日（5月10日）	徐枏士、溥仲露来谈两局事，……	徐枏[楠]士、溥仲露来谈两局事，……	2107页3行	四十页十一行
二十日（5月12日）	早阴已晴。	早阴巳晴。	2107页12行	
同日	徐枏士得光少，欲留其监修而不肯。	徐枏[楠]士得光少，欲留其监修而不肯。	2107页倒12行	四十一页三行
闰四月初三日（5月25日）	上书房奏保三员，高中、曹鸿勋、王仁勘，今日召见皆用。	上书房奏保三员，高钊中、曹鸿勋、王仁勘，今日召见皆用。	2109页倒2行	四十三页十八行
十一日（6月2日）	早晨访师继瞻扵西朝房，定续估奏稿，明日上。	早晨访师继瞻扵(于)西朝房，定续估奏稿，明日上。	2111页13行	四十五页十二行
十三日（6月4日）	看其形容枯槁……	看其形容枯槁……	2111页倒4行	
十四日（6月5日）	工部司员：松寿鹤灵……皆求书扇。	工部司员：松寿鹤龄……皆求书扇。	2112页13行	四十六页十四行
廿四日（6月15日）	徐枏士来，欲请拨鸿胪寺用款，未敢应也。	徐枏[楠]士来，欲请拨鸿胪寺用款，未敢应也。	2114页倒11行	四十九页八行
廿八日（6月19日）	是日端节赏下，余等于阳曜门磕兴。	是日端节赏下，余等于阳曜门磕头。	2115页9行	五十页六行

五月初二日(6月22日)	……成均值日又注感冒，遂扵清晨出东便门，泛舟至二闸。	……成均值日又注感冒，遂扵[于]清晨出东便门，泛舟至二闸。	2115页倒5行	五十页二十行
初六日(6月26日)	巳初二刻来，……传奏散甚迟也。	巳初二刻来，……传奉散甚迟也。	2116页倒9行	五十二页一行
初十日(6月30日)	归过厂肆，携石如卷看。	归过厂肆，携石谷卷看。	2117页12行	五十三页一行
十一日(7月1日)	入署，遇丹老，改摺颇耽阁，湖广木值。	入署，遇丹老，改摺颇耽阁[搁]，湖广木植。	2117页倒11行	五十三页三行
二十日(7月10日)	阴，午后日光澹，可望雨矣，晚大风一阵，无雨。	阴，午后日光淡，可望雨矣，晚大风一阵，无雨。	2119页2行	五十四页十五行
廿一日(7月11日)	廿一	廿一日	2119页8行	五十四页二十行
同日	昨日醇面奉懿旨，大婚典礼著户部先筹画银二百万两，并外省预捐二百万两，备传办物件之用。	昨日醇邸面奉懿旨，大婚典礼著户部先筹画银二百万两，并外省预捐二百万两，备传办物件之用。	2119页13行	五十五页六行
廿五日(7月15日)	未正二入署，两相、嵩君皆在，看明时拨款摺，……	未正二入署，两相、嵩君皆在，看明日拨款摺，……	2120页8行	五十六页五行
廿九日(7月19日)	……为挽予向阎公缓颊，故访伊一谈。	……为挽余向阎公缓颊，故访伊一谈。	2121页11行	五十七页十一行
六月初二日(7月22日)	巳正二来，并讲也无暇矣。	巳正二来，并讲亦无暇矣。	2121页倒4行	五十八页二行
初四日(7月24日)	东南黑黑泼墨，客本欲过我赏画，辞之，……	东南黑云泼墨，客本欲过我赏画，辞之，……	2122页13行	五十八页十六行
初九日(7月29日)	(上诣皇寿殿、奉先殿拈香。)	(上诣寿皇殿、奉先殿拈香。)	2123页12行	六十页书眉
同日	随意画扇数葉，可笑也。	随意画扇数葉[页]，可笑也。	2123页13行	六十页二行
初十日(7月30日)	作无益事，自恨予过，可笑也。	作无益事，自恨予过，自笑也。	2123页倒6行	六十页九行
十二日(8月1日)	癸未门人熊亦奇……江西新建。来见，寒士也。	癸未门人熊亦奇……江西新进来见，寒士也。	2124页8行	六十页二十行

十四日 (8月3日)	……又待四刻,传今日书斋撤。	……又待四刻,传今日书房撤。	2124页9行	六十一页十一行
十五日 (8月4日)	是日寅初一刻二分月食。……复园卯初三刻四分。	是日寅初一刻二分月食。……复圆卯初三刻四分。	2124页倒5行	六十一页十三行
十六日 (8月5日)	芝庵茶亭联:"竹里煎茶墙头过酒,止谈风月但道桑麻。"	芝庵茶亭联:"竹里煎茶墙头过酒,止谈风月但道桑麻。"	2125页2行	六十一页十九行
十八日 (8月7日)	来时早,以热故只讲数葉史书。	来时早,以热故,只讲数葉[页]史书。	2125页9行	六十二页六行
廿日 (8月9日)	冒雨入,昨尝燕窝,今日殿中叩头。	冒雨入,昨赏燕窝,今日殿中叩头。	2125页倒6行	六十二页七行
廿六日 (8月15日)	茶包一厘,五件,梅花。扇一柄,自写。	茶包一匣,五件,梅花。扇一柄,自写。	2127页4行、5行	六十四页十一行
廿七日 (8月16日)	……两车夫沾塗出于淖,险矣。	……两车夫沾塗[涂]出于淖,险矣。	2127页10行	六十四页十六行
廿八日 (8月17日)	归后访仲复,遇诸塗,借伊所藏项氏《阁帖》十卷,……	归后访仲复,遇诸塗[途],借伊所藏项氏《阁帖》十卷,……	2127页倒6行	六十五页六行
七月朔 (8月19日)	是日日食京师八分八秒,午正一刻十分初亏,未正二刻分复圆,凡十二刻。	是日日食,京师八分八秒,午正一刻十分初亏,未正二刻……分复圆,凡十二刻。	2128页9行	六十六页一行
初二日 (8月20日)	径归。夜未发病,精神疲茶,然犹写扇十柄。	径归。夜来发病,精神疲茶,然犹写扇十柄。	2128页倒10行	六十六页八行
初三日 (8月21日)	泥涂不可行。……	泥塗[途]不可行。……	2128页倒2行	六十六页十五行
初六日 (8月24日)	雨洒洒竟日。晨不触起,请孙兄代奏。	雨潇潇竟日。晨不能起,请孙兄代奏。	2129页14行	六十七页八行
同日	宴起,……临董册两葉,目为之昏。	宴起,……临董册两葉[页],目为之昏。	2129页倒12行	六十七页九行
初七日 (8月25日)	唐林纬乾深慰帖黑燕卷文嘉周天球跋。	唐林纬乾《深慰帖》墨跡卷,文嘉、周天球跋。	2129页倒5行	六十七页十四行
同日	董画八葉一册绢。一百。	董画八葉[页]一册绢。一百。	2129页倒3行	六十七页十五行
十二日 (8月30日)	阴,欲雨,而气渐爽,澌渐收矣。	阴,欲雨,而气渐爽,潮渐收矣。	2130页11行	六十八页十三行

十八日(9月5日)	匆至月华门看之，诸君咸在，见其俛首闭目，……	匆至月华门看之，诸君咸在，见其俛[俯]首闭目，……	2131页倒8行	七十页一行
十九日(9月6日)	晴，午后阴，西南风，乍凉还热。	晴，午后阴，西南风，乍凉乍热。	2131页倒2行	七十页六行
廿一日(9月8日)	孙兄来，同邑诸公皆来，定贤良寺讽经，翰林院报厂。	孙兄来，同邑诸公皆来，定贤良寺讽经，翰林院报丁。	2132页12行	七十页十七行
廿二日(9月9日)	覆张竹晨书，托同邑严忠培。	复张竹晨书，托同邑严忠培。	2132页倒9行	七十一页二行
廿四日(9月11日)	胸次不舒，肘时刺痛，殆将病矣。	胸次不舒，时时刺痛，殆将病矣。	2133页1行	七十一页十行
廿九日(9月16日)	山城拜崇艺堂文，遇龙芝生于座，因其与盛君有违言，劝其和衷。	出城拜崇艺堂文，遇龙芝生于座，因其与盛君有违言，劝其和衷。	2134页5行	七十三页二行
八月初三日(9月19日)	卯正登车到长椿寺，蔡汉三、葉茂如已在彼矣，……	卯正登车到长椿寺，蔡汉三、葉[叶]茂如已在彼矣，……	2134页倒2行	七十四页一行
初八日(9月24日)	入署遇福、孙。归后写对。	到署遇福、孙。归后写对。	2136页3行	七十五页九行
十一日(9月27日)	得倪豹岑函，即覆之。	得倪豹岑函，即复之。	2136页倒10行	七十六页二行
十二日(9月28日)	归后成均朱赉、色克徵额来谈交银事。	归后成均朱赉、色普徵[征]额来谈交银事。	2136页倒6行	七十六页五行
十二[三]日(9月29日)	西北风起，尘土满衣，落日衔山始入便门，……	西南风起，尘土满衣，落日衔山始入便门，……	2137页4行	七十六页十三行
同日	《由二闸泛闸至花儿闸登陆，……》	《由二闸泛舟至花儿闸登陆，……》	2137页10行	七十六页十八行
十五日(10月1日)	荣侄既归，斌孙缟素不与祭，惟七保及二稚子耳，后顾怆然。……	荣侄既归，斌孙缟素不与祭，惟七保及二稚子耳，后顾怆然也。	2138页2行	七十七页十五行
十七日(10月3日)	今日提督衙门札坊役验刘二伤。	今日提督衙门扎坊役验刘二伤。	2138页14行	七十八页七行
廿一日(10月7日)	并以署中人材来告。	并以署中人材[才]来告。	2139页10行	

廿四日 (10月10日)	出西长安,至城外拜客,送葉叔谦、……	出西长安门,至城外拜客,送叶叔谦、……	2139页倒2行	八十页一行、二行
廿七日 (10月13日)	访徐君……隄工局总办。	访徐君……隄[堤]工局总办。	2140页倒9行	
九月初五日 (10月21日)	入时巳正一刻,编文极好,此进境也,午后讲书。	入时辰正一刻,编文极好,此进境也,午后讲书。	2142页倒10行	八十三页四行
初六日 (10月22日)	归后膈次不舒,欲吐者屡,吃水萝菔。	归后胸次不舒,欲吐者屡,吃水萝菔。	2142页倒1行	八十三页十四行
初九日 (10月25日)	拜曹再安编修福元,令七保从之学文也。今日往拜,贽四金。	拜曹再安编修福元,命七保从之学文也。今日往拜,贽四金。	2143页倒10行	八十四页八行
十二日 (10月28日)	是日江苏谢恩,前日拨赈,谕旨有曾国荃、嵩骏委员查赈语。	是日江苏谢恩,前日拨款发赈,谕旨有曾国荃、嵩骏委员查赈语。	2144页8行	八十五页四行
十六日 (11月1日)	归检信扎,日短力乏,不能多。	归检信札,日短力乏,不能多。	2145页10行	八十六页八行
十九日 (11月4日)	得锦湖信告穷,因托孙子授再函致张中丞,并即夕覆之。……葉茂如来省余,晤之。	得锦湖信告穷,因托孙子授再函致张中丞,并即夕复之。……葉[叶]茂如来省余,晤之。	2146页2行	八十七页四行
廿八日 (11月13日)	访徐柟士问加成事,盖伊亦尝充监修也。	访徐柟[楠]士问加成事,盖伊亦尝充监修也。	2148页5行	八十九页十一行
廿九日 (11月14日)	晴,未申间大西风起,早寒午暖,晚宜寒。	晴,未申间大西风起,早寒午暖,晚益寒。	2148页9行	八十九页十四行
十月朔 (11月15日)	寓正二刻预备……	寅正二刻预备……	2148页倒11行	
初四日 (11月18日)	初五日	初四日	2149页4行	九十页十三行
初五日 (11月19日)	……天一不过明初拓也,剪裱有伤波磔处,神物也。	……天一不过明初拓也,剪裱微有伤波磔处,神物也。	2149页14行	九十一页一行
同日	归写扁。廖氏治安堂。	归,写扁。廖氏治安堂。	2149页倒10行	九十一页四行
初八日 (11月22日)	……梁尚略有一二语,刘则昏速气促,……	……梁尚略有一二语,刘则昏迷气促,……	2150页9行	九十一页十九行

初九日 (11月23日)	晴,风未止,向仍暖。	晴,风未止,而仍暖。	2150页12行	九十二页一行
十五日 (11月29日)	入时巳正,讲不多,午后作论,文章不顺。	入时巳正,讲不多,午后作论,文气不顺。	2151页倒1行	九十三页十六行
十六日 (11月30日)	是日巳正入,掀帘后即觉上容色异平时,数语忽垂涕,问不应。	是日巳正入,掀帘后即觉上容色异平时,数语后忽垂涕,问不应。	2152页倒9行	九十四页十二行
十七日 (12月1日)	归后高勉之剑中、蒋仲仁良来见,……	归后高勉之钊中、蒋仲仁良来见,……	2153页2行	九十五页二行
十八日 (12月2日)	晚溥仲路、宝芗士来回宝源工程事,答以勉加一成,待兵部来会也。	晚溥仲路、宝芗士来回宝源工程事,答以允加一成,待兵部来会也。	2153页8行	九十五页七行
十九日 (12月3日)	入时巳正,匆匆讲数葉,午后作诗不佳。	入时巳正,匆匆讲数葉[页],午后作诗不佳。	2153页11行	九十五页九行
廿五日 (12月9日)	过厂于论古见文衡山为顾君画分邨图卷,佳。	过厂于论古见文衡山为顾君画《分邨[村]图》卷,佳。	2154页倒1行	
廿六日 (12月10日)	葉茂如来,晤之。夜访燮臣,渐愈矣。	葉[叶]茂如来,晤之。夜诣燮臣,渐愈矣。	2155页8行	九十七页十四行
十一月朔 (12月15日)	得荣侄十月廿一日函,皆安,惟稍腹鼓,饮食少;……	得荣侄十月廿一函,皆安,惟稍腹鼓,饮食少;……	2156页6行	九十八页十三行
初九日 (12月23日)	津海道周馥号玉山。来见,……其人貌似粗踈,细看甚能而滑。	津海道周馥号玉山来见,……其人貌似粗踈[疏],细看甚能而滑。	2158页5行、6行	一百一页一行
十八日 (1888.1.1)	……另开放章程六条已拟就,尚未誊清。归后隆西山斌,行三,工部京察一等,……	……另开放章程六条稿已拟就,尚未誊清。归后隆西山斌,行三,工部京察一等,……	2160页倒10行	一百三页十九行、二十行
十九日 (1月2日)	……五起。一日无书房。	……四起。一日无书房。	2160页倒6行	一百四页四行
同日	数日来皆饭于懋勤殿,天寒因移于殿北屋中,……	数月来皆饭于懋勤殿,天寒因移于殿北屋中,……	2160页倒2行	一百四页二行

廿二日 (1月5日)	见石谷画册，仿古十二葉，壬辰作。印八十有二，似差一年，壬申生帽壬辰乃八十一。	见石谷画册，仿古十二葉[页]，壬辰作。印八十有二，似差一年，壬申生帽壬辰乃八十一。	2161页12行	一百四页十八行
廿四日 (1月7日)	入署，考笔帖式，保一等考六十四人。	入署，考笔帖式，保一等者六十四人。	2161页倒6行	一百五页六行
廿六日 (1月9日)	摹得汪退谷参同契数葉，可笑也。	摹得汪退谷《参同契》数葉[页]，可笑也。	2162页8行	一百五页十六行
廿七日 (1月10日)	邀国子达……葉茂如饮，用南庖，殊土气也。	邀国子达……葉[叶]茂如饮，用南庖，殊土气也。	2162页12行	一百五页二十行
十二月初二日 (1月14日)	……嵩犊山高搏九裹题，……	……嵩犊山、高抟九裹题，……	2163页5行	一百六页十八行
初五日 (1月17日)	得见王园照临古十八葉册。	得见王园照临古十八葉[页]册。	2164页3行	一百八页二行
初八日 (1月20日)	裕受田德、福幼农……果杏树勒敏陪，……	裕受田德、福幼农……果杏村勒敏陪，……	2164页倒9行	一百八页十三行
同日	备：……松延、上二八人。	备：……松延、上二等八人。	2164页倒3行	
同日	汉一等六员：……杨廷傅、……	汉一等六员：……杨廷传、……	2164页倒1行	一百九页一行
同日	笔帖式十五员：……钟润、法灵、……	笔帖式十五员：……钟润、法龄、……	2165页4行	一百九页五行
初九日 (1月21日)	归后作闲事，评定兰亭，又作画一小幅，虽无谓，却有趣。	归后作闲事，评定《兰亭》，又作画一小幅，虽无谓，却有趣。	2165页9行	一百九页十行
同日	得鹿侄十一月十二日函，平安。	得鹿侄十一月十二函，平安。	2165页11行	一百九页十行
十二日 (1月24日)	为徐小云题汤雨生为千波作三桧图，闲弄笔墨，我思悠悠。	为徐小云题汤雨生为千波作《三桧图》，闲弄笔墨，我思悠悠。	2166页3行	一百十页五行
同日	……不敢多谈，敬为天下苍生匹夫匹妇九顿首告公强起而已。	……不敢多谈，敬为天下苍生匹夫匹妇九顿，告公强起而已。	2166页6行	一百十页八行

十五日 (1月27日)	盼南信,梦寝不安。	盼南信,梦寐不安。	2167页4行	一百十一页七行
十七日 (1月29日)	引见入,福相与余及蒿、孙二公同至养心殿抱厦71碰头。	引见入,福相与余及蒿、孙二公同至养心殿抱厦下碰头。	2167页倒12行	一百十一页十八行
十九日 (1月31日)	……初次几被攻讦,赖葉茂如调停。	……初次几被攻讦,赖葉[叶]茂如调停。	2167页倒1行	一百十二页七行
廿三日 (2月4日)	(赏冰鱼、赏春帖)	(赏鲤鱼、赏春帖)	2168页倒5行	一百十三页六行书眉
同日	白师假馆留钦,茹素未陪,炳孙陪之。	白师假馆留饮,茹素未陪,炳孙陪之。	2168页倒4行	一百十三页七行
廿七日 (2月8日)	……晴,极寒。一起。	……晴,寒极。一起。	2169页11行	一百十三页二十行
三十日 (2月11日)	晤俞、葉二君,吃点心。	晤俞、葉[叶]二君,吃点心。	2170页1行	一百十四页十八行
光绪十四年戊子 正月初四日 (1888.2.15)	早间出城拜年,问葉茂如疾。	早间出城拜年,问葉[叶]茂如疾。	第四册 2171页倒1行	第二十七卷 二页五行
初八日 (2月19日)	得斌腊月十四日函,平安,甚慰甚慰。服人乳。不见效。	得斌腊月十四[日]函,平安,甚慰甚慰。服人乳。不见客。	2172页倒4行	三页八行
初九日 (2月20日)	邀许先曹师、……葉茂如、诸君饮,……	邀许先曹师、……葉[叶]茂如、诸君饮,……	2173页1行	三页十二行
十四日 (2月25日)	……登高隼而望,银云无际。	……登高皇而望,银云无际。	2174页1行	四页十七行
同日	……麓台为其姊夫东屿作《秋林读书图》立轴,乃刻迹也,……	……麓台为其姊夫东屿作《秋林读书图》立轴,乃剧迹也,……	2174页3行	四页十八行
同日	午后习书,适葉侄孙女归。	午后习书,适葉[叶]侄孙女归。	2174页5行	五页一行
十八日 (2月29日)	写碑竟,意在学六朝,适形佻险,无复法变,……	写碑竟,意在学六朝,适形佻险,无复法度,……	2175页3行	六页三行
同日	昨日福公见起,将兵丁搭制钱奏明,……	昨福公见起,将兵丁搭制钱奏明,……	2175页4行	六页五行

十九日 （3月1日）	（正貂袿，染冠貂。）	（正貂袿，染貂冠。）	2175页6行	六页七行书眉
二十日 （3月2日）	常熟两厨坚欲南归，……并优给资川，……	常熟两厨坚欲南归，……并优给川资，……	2175页倒9行	六页十九行
廿四日 （3月6日）	是日与燮兄在南殿碰头，谢照旧供职。	是日与燮兄在书殿碰头，谢照旧供职。	2176页10行	七页十四行
廿六日 （3月8日）	余等于养心殿陛下碰头。吏部诸君亦在陛下碰头，始捧签带引见。	余等于养心殿阶下碰头。吏部诸君亦在阶下碰头，始捧签带引见。	2176页倒8行	八页一行、二行
廿九日 （3月11日）	午邀门人从外来未得晤者便饭：……	午邀门人从外来未得晤谈者便饭：……	2177页8行	八页十二行
同日	……杜庆之云蕃差还，刑部。	……杜庆元云蕃差还，刑部。	2177页10行	八页三行
二月朔 （3月13日）	上谕四月初十日恭奉皇太后驻驿西苑。	上谕四月初十日恭奉皇太后驻跸西苑。	2177页倒4行	九页七行
初二日 （3月14日）	得斌信，人行发。	得斌信六日发。	2178页1行	九页十行
初三日 （3月15日）	辰刻得常熟回电，“寿建荣复”四字，喜极。	辰刻得常熟回电“寿健荣复”四字，喜极。	2178页8行	九页十五行
初五日 （3月17日）	上诣中和殿阅祝版，复诣圣人堂行礼。余等先候于朝房，……	上诣中和殿阅祝版，后诣圣人堂行礼。余等先俟于朝房，……	2178页倒11行	十页二行、三行
同日	……欲会商诸同官，同往造焉，……	……欲会商诸同官，因往造焉，……	2178页倒6行	十页八行
初六日 （3月18日）	……坛上五色土神位，正中二座，曰大社，曰大稷。	……坛上五色土神位，正中二坐[座]，曰大社，曰大稷。	2179页7行	十页二十行
初八日 （3月20日）	……又送其弟调甫炭敬，璧之。	……又送其弟调甫炭敬，璧之。	2179页倒1行	十一页十七行
初九日 （3月21日）	……杨莘伯、蕖茂如作陪，薄暮散。	……杨莘伯、葉[叶]茂如作陪，薄暮散。	2180页3行	十一页二十行
十二日 （3月24日）	卅前曾侍先公借看，彼时即知是明复本，今乃益知其谬。	卅年前曾侍先公借看，彼时即知是明复本，今乃益知其谬。	2180页倒4行	十二页十五行

十三日 (3月25日)	入庙瞻仰,前阁塑魁星,……	入庙瞻仰,前殿塑魁星,……	2181页2行	十二页二十行
十四日 (3月26日)	写南信,并寄林霜一匣子二姊。	发南信,并寄林霜一匣子二姊。	2181页倒12行	十三页十二行
廿五日 (4月6日)	廖榖士寿年,贵臬来见。	廖榖[谷]似寿年,贵臬来见。	2183页倒6行	十六页六行
廿九日 (4月10日)	余先出,在帐房俟,辰初驾回。此次无庆成宫尝茶,……	余先出,在帐房俟,辰初驾回。此次无庆成宫赏茶,……	2185页6行	十八页一行
三月初二日 (4月12日)	并称颂阎公,谓后来者难为继,旨哉言乎。	并称颂阎公,谓后来者难为继,高哉言乎。	2186页5行	十九页七行
初三日 (4月13日)	阎成叔自陕来,未见,以新刊传□集赠。	阎成叔自陕来,未见,以新刊传家集赠。	2186页9行	十九页十行
初四日 (4月14日)	曾怀清来辞行,有赠,力却之。	曾怀清来辞行,有二赠,力却之。	2186页13行	十九页十二行
初十日 (4月20日)	……二月十二又拳一女也,竟不弄璋,奈何。	……二月十二又举一女也,竟不弄麞[璋],奈何。	2187页倒2行	二十一页五行
十一日 (4月21日)	徐孙麟送日本土物,受。	徐孙麒送日本土物,受。	2188页3行	二十一页八行
十四日 (4月24日)	访葉茂如不值,伊弟寿彭湘坡,二。捐贡,……	访葉[叶]茂如不值,伊弟寿彭湘坡,二。捐贡,……	2188页倒10行	二十一页二十行
同日	那翏轩桐,患对口几殆,今始销假。	那琴轩桐,患对口几殆,今始销假。	2188页倒8行	二十二页二行
十五日 (4月25日)	同邑程继涟士梅,葉之妹夫,来捐官者也,……	同邑程继涟士梅,葉[叶]之妹夫,来捐官者也,……	2188页倒3行	二十二页七行
十八日 (4月28日)	陈伯双来谢,仲耦卹典史部议驳,徐公主之,……优卹……	陈伯双来谢,仲耦卹[恤]典吏部议驳,徐公主之,……优卹[恤]……	2189页倒10行	二十三页四行
廿一日 (5月1日)	盛杏荪又寄人参一枝、伽楠一挂,却之。	盛杏荪又寄山参一枝、伽楠一挂,却之。	2190页9行	二十三页十九行
廿三日 (5月3日)	作诗一首,题铭鼎臣养年别墅图,用东坡铁沟行韵,甚好。	作诗一首,题铭鼎臣《养年别墅图》,用东坡“铁沟”行韵,甚好。	2190页倒11行	二十四页五行

廿四日 （5月4日）	……晤晓峰前辈及同邑程士梅继涟，葉茂如之姊夫也。	……晤晓峰前辈及同邑程士梅继涟，葉［叶］茂如之姊夫也。	2190页倒6行	二十四页十行
廿八日 （5月8日）	步隄上，过所谓双林寺者，……	步隄［堤］上，过所谓双林寺者，……	2191页13行	
四月十三日 （5月23日）	以摺稿交福公。	以摺稿交福相。	2193页倒4行	三十页十二行
十四日 （5月24日）	……昨交片郑工需款，着户部预筹一二百万候拨。	……昨交片郑工需款，着户部预筹一二百万候拨。	2196页倒12行	三十一页十一行
十六日 （5月26日）	西窗俯瞰舟行，以紬帘遮之。	西窗俯瞰舟行，以紬［绸］帘遮之。	2196页倒1行	
十七日 （5月27日）	到内大臣值班处，与麟芝庵、绍秋臬、荣仲华谈。	到内大臣值班处，与麟芝庵、绍秋皋、荣仲华谈。	2197页7行	三十二页六行
十八日 （5月28日）	坐直庐，以石渠室笈所藏宋拓《九成宫》校于石印毛本上……	坐直庐，以石渠宝笈所藏宋拓《九成宫》校于石印毛本上……	2197页倒10行	三十二页十五行
二十日 （5月30日）	无一事，葉茂如来。	无一事，葉［叶］茂如来。	2198页4行	三十三页六行
廿一日 （5月31日）	倩葉茂如代余作东，……葉湘坡寿彭于市楼小酌，……	倩葉［叶］茂如代余作东，……葉［叶］湘坡寿彭于市楼小酌，……	2198页7行、8行	三十三页十行
廿三日 （6月2日）	葉湘坡茂如之弟。来辞行，晤之。	葉［叶］湘坡茂如之弟。来辞行，晤之。	2198页倒9行	三十三页二十行
廿五日 （6月4日）	出西长安门，拜客，送葉湘坡行未晤，……伊今日且住葉处也。	出西长安门，拜客，送葉［叶］湘坡行，未晤，……伊今日且住葉［叶］处也。	2199页6行、8行	三十四页十三行、十六行
五月初二日 （6月11日）	雨未止，……终日，阴极凉，七十度。	雨未止，……终日阴，极凉，七十度。	2200页倒10行	
同日	昨三库奏……懿旨令应解颜料省分筹作解送。	昨三库奏……懿旨令应解颜料省分筹作解工。	2200页倒1行	三十六页十四行
初四日 （6月13日）	咏春侄孙今日由葉处来，下榻于此，与七保比屋。	咏春侄孙今日由葉［叶］处来，下榻于此，与七保比屋。	2201页10行	三十七页二行

十二日 (6月21日)	……一以道员发山西即补,一以本部郎中用,一主事升郎中。	……一以道员发山西即补,一以本部郎中用,一主事升郎中。延。	2203页6行	三十九页六行
十四日 (6月23日)	以宜孙监照交纳捐房,补交足库银三十六两,不用结。	以宜孙监照交捐纳房,补交足库银三十六两,不用结。	2203页倒12行	三十九页十六行
十九日 (6月28日)	得徐绍垣星槎函。香串六撮,□茶叶,桂花油。	得徐绍垣星槎函。香串六撮,拙茶叶,桂花油。	2204页倒10行	四十一页三行
廿三日 (7月2日)	晴,薄晚风,微阴。八十九分。六起,内务府大臣。	晴,薄晚风,微阴。八十七分[度]。六起,内务府大臣。	2205页5行	四十一页十七行
廿四日 (7月3日)	仺川付将李忠楷,未见,送礼,受。	今川付将李忠楷,未见,送礼,受。	2205页14行	四十二页四行
廿五日 (7月4日)	……坐公所'起下归。	……坐公所,起下归。	2205页倒11行	
六月朔 (7月9日)	……又宋利国语带补音者,杨继和物,盖元板也,剜去年月。……虎官岳文。	……又宋利国语带补音者,杨绍和物,盖元板也,剜去年月。……虎官岳父。	2206页倒8行	四十三页十一行、十二行
十一日 (7月19日)	即在彼午饭,极丰腆,陪者皆庚辰门人,……	即在彼饭,极丰腆,陪者皆庚辰门人,……	2209页10行	四十六页十一行
十二日 (7月20日)	归后忽欲临义门手批文选,挥汗写三十葉。	归后忽欲临义门手批文选,挥汗写三十葉[页]。	2209页倒10行	四十六页十六行
十三日 (7月21日)	晴,早晚郁蒸,惟午间稍爽。	晴,早晚郁蒸,惟午间略爽。	2209页倒8行	四十六页十八行
同日	先祖母张太夫人忌日,设奠,与宜炳谈先世事。	先祖母张太夫人忌日,设奠,与宜、炳谈先世事。	2209页倒6行	
同日	昨日放试差:……湖北冯光遹、殷李尧。	昨日放试差:……湖北冯光遹、殷季尧。	2209页倒3行	四十七页二行
十九日 (7月27日)	所有归政届期一切典礼事宜,各衙门敬谨酌议具奏。	所有归政届期一切应行典礼事宜,各衙门敬谨酌议具奏。	2211页倒9行	四十九页八行
廿三日 (7月31日)	径归饭,饭罢倦卧,写字,看《盐法老》。	径归饭,饭罢倦卧,写字,看《盐法志》。	2212页14行	五十页九行
同日	……又从西北径南来,电光满天,……	……又从西北往南来,电光满天,……	2212页倒10行	五十页十一行

廿四日(8月1日)	晨颂阁来,与商房事,请其便中,约燮兄来。午正黄鹿泉膺、……饭罢出旧契一包,……	晨颂阁来,与商房事,请其作中,约燮兄来。午正黄麓泉膺、……饮罢出旧契一包,……	2212页倒6行、倒5行	五十页十六行
廿五日(8月2日)	腹泄止,孙兄送止泄丸得力。	腹泄止,孙兄送止泻丸得力。	2213页5行	五十一页四行
廿六日(8月3日)	他达屋金四两,即作所记,□仪。	他达屋金四两,即作所记,燕仪。	2213页倒9行	五十二页一行
三十日(8月7日)	昨夜风雷,南海含之殿,上寝宫也,殿前天篷为风所摧,……	昨夜风雷,南海含元殿,上寝宫也,殿前天篷为风所摧,……	2214页倒11行	五十三页三行
七月初一日(8月8日)	……向来皆于寅刻上癸,此次独迟,祝文二刻。	……向来皆于寅刻上祭,此次独迟,祝文二刻。	2214页倒5行	五十三页十一行
初五日(8月12日)	径归,坐雨读苏诗、水心外集、望溪集,胸中稍舒。	径归,坐雨读苏诗《水心外集》、《望溪集》,胸中稍舒。	2215页倒2行	五十四页十六行
初九日(8月16日)	写张蓉轩梦之,福藩。信,为丁宝英说。	写张蓉轩梦元,福藩。信,为丁宝英说。	2216页14行	五十五页九行
廿二日(8月29日)	归后写书谱。	归后写《书谱》。	2219页12行	五十八页十七行
廿三日(8月30日)	来时早,讲不多,出题。补考拔贡,文一诗一。	来时早,讲不多,出题。补考拔贡,文一诗一。	2219页倒11行	五十八页十九行
同日	归龙芝生来,欲收考拔贡用知县者。	归,龙芝生来,欲收考拔贡用知县者。	2219页倒10行	五十九页一行
廿八日(9月4日)	土深羸踣,策马归。	土深羸[骡]踣,策马归。	2220页倒12行	五十九页十八行
廿九日(9月5日)	湖南解腊委员王国椿号寿籛。	湖南解腊委员王国椿号寿籛。	2220页倒8行	六十页二行
八月朔(9月6日)	各省学政:……河南陈秀莹,……	各省学政:……河南陈琇莹,……	2220页倒2行	六十页八行
初二日(9月7日)	沈子培曾植来长谈,此人博雅,惜稍騃气。	沈子培曾植来长谈,此人博雅,惜稍騃[呆]气。	2221页7行	六十页十六行
初四日(9月9日)	……则已请安矣,两方皆凉散,今日仍进缮见起。	……则已请安矣,云两方皆凉散,今日仍进缮见起。	2221页倒11行	六十一页四行

十一日 (9月16日)	……余起与监临语,甚斥其非,盖外帘委员随意藏匿,向来如此。	……余起与监临语,甚斥其非,盖外帘委官随意藏匿,向来如此。	2222页倒4行	六十二页十三行
十三日 (9月18日)	辰正三进卷,遂恭发安折、题筒交外帘。	辰正三进卷,遂恭发安摺、题筒交外帘。	2223页1行	六十二页十七行
十四日 (9月19日)	……安折回,跪接。	……安摺回,跪接。	2223页4行	六十二页二十行
十六日 (9月21日)	午初余写宗室钦命题,辰初送安折及三场题筒。	午初余写宗室钦命题,辰初送安摺及三场题筒。	2223页11行	六十三页五行
十七日 (9月22日)	卯初二刻听外帘鼓后发出。	卯初二刻听外帘鼓乃发出。	2223页13行	六十三页七行
十九日 (9月24日)	泄不止,服药,夜数起。	泄不止,服丸药,夜数起。	2223页倒8行	六十三页十二行
廿八日 (10月3日)	三场卷始进单。	三场卷始进毕。	2224页倒9行	六十四页十一行
九月初七日 (10月11日)	……见副榜上次实取二十一名,……	……见副榜上次实取廿一名,……	2225页13行	六十五页十行
初八日 (10月12日)	……此事竟弗一日之力。	……此事竟费一日之力。	2225页倒11行	六十五页十二行
十二日 (10月16日)	……分别中几、副几、誊几、落几归来,每束写一条,……	……分别中几、副几、誊几、落几归束,每束写一条,……	2226页6行	六十六页五行
十六日 (10月20日)	天未明至西苑门,辰初二刻起下来叫。薛允升。	天未明至西苑门,辰初二刻起下未叫。薛允升。	2226页倒2行	六十七页一行
十九日 (10月23日)	入署事稍繁,云南司不应收而收之文书一件。……旋以全完开复,……	入署事稍繁,云南司有不应收而收之文书一件。……旋已全完开复,……	2227页倒11行	六十八页七行
二十日 (10月24日)	午后未编论,仅间繙书史而已。	午后未编论,仅闲繙[翻]《书史》而已。	2227页倒2行	
廿三日 (10月27日)	见江南题名,弗屺怀中矣,昭文中一名。	见江南题名,费屺怀中矣,昭文中一名。	2228页倒7行	六十九页十三行
廿四日 (10月28日)	是日丑刻覆看秀女,奉旨留十五名,……	是日丑刻复看秀女,奉旨留十五名,……	2228页倒3行	六十九页十六行

三十日 (11月3日)	巳初到书房,午后作论甚匆匆。	巳初到书房,午后作论甚怱怱[匆匆]。	2229页倒1行	七十页十九行
十月初三日 (11月6日)	夜解之张坪来,器宇秀发而静极,……	夜解元张坪来,器宇秀发而静极,……	2230页倒10行	七十一页十三行
初四日 (11月7日)	入署,事极冗,带复见门生一人。	入署,事极冗,归后见门生一人。	2230页倒3行	七十二页一行
十六日 (11月19日)	杂投沉香未等,痛略减……	杂投沉香末等,痛略减……	2233页6行	
廿四日 (11月27日)	……夜食面皮甚适。夜不寐。	……夜吃面皮甚适。夜不寐。	2234页倒9行	七十六页六行
廿五日 (11月28日)	看古文,终日愦愦无所事。	看古文,终日愦愦无所事。	2234页倒7行	七十六页七行
廿九日 (12月2日)	颂阁新得廉州画册涣山长卷,极精,又太清楼书潜一册,亦旧榴。	颂阁新得廉州画册渔山长卷,极精,又太清楼《书谱》一册,亦旧拓。	2235页12行	七十七页三行、四行
十一月朔 (12月3日)	颂阁以旧拓《十七帖》见示,吾邑张英川物。	颂阁以旧拓《十七帖》见示,吾邑张芙川物。	2235页倒10行	七十七页八行
初三日 (12月5日)	杨生土燮来呈策稿。	杨生土燮来呈策稿。	2236页6行	七十八页一行
十一日 (12月13日)	……闻有铜佛一遵,今移置山后……	……闻有铜佛一遵〈尊〉,今移置山后……	2238页2行	八十页三行
十九日 (12月21日)	……坐帐房中二刻,走一刻,坐陛下。	……坐帐房中二刻,走一刻,坐阶下。	2240页2行	八十二页八行
廿八日 (12月30日)	又看其太□楼三本,尚佳。	又看其太清楼三本,尚佳。	2241页倒6行	八十四页六行
十二月初二日 1889年 (1月3日)	巳正二始毕,先饭后入,编论数行,退较早。	巳正二始毕,先饭后入,编论五行,退较早。	2242页10行	八十五页二行
初九日 (1月10日)	殷厚培李尧,辞者景茀庭……	殷厚培季尧,辞者景茀庭……	2243页倒6行	
十三日 (1月14日)	上祈雪,昨日雪,地白,竟日霏霏不绝,……	上祈雪,昨夜雪,地白,竟日霏霏不绝,……	2244页9行	八十七页十一行
十七日 (1月18日)	晴。有引见,左翼带谴,五起。	晴。有引见,左翼带谱,五起。	2245页倒2行	八十九页七行

同日	入署孙、敬二君，画稿四五百件。	入署遇孙、敬二君，画稿四五百件。	2246页1行	八十九页九行
十八日 (1月19日)	晴，稍暖。二起，军机带见，右翼带谙。	晴，稍暖。二起，军机带见，右翼带谱。	2246页4行	八十九页十一行
十九日 (1月20日)	(赏袍褂料，帽纬)四起。	(赏袍褂料，帽纬)晴寒。四起。	2246页14行	八十九页二十行
同日	入署。夜访颂阁。	入署。夜诣颂阁。	2246页倒10行	九十页二行
二十日 (1月21日)	归，再访燮臣斟酌，删去数语。	归，再诣燮臣斟酌，删去数语。	2246页倒2行	九十页九行
廿三日 (1月24日)	抄丁生《大礼仪辩证》，甚精审，但其中暗驳?议辨祭用天子之礼一句，恐难行耳。	抄丁生《大礼仪辩证》，甚精审，但其中暗驳濮议辨祭用天子之礼一句，恐难行耳。	2247页倒9行	九十一页五行
廿四日 (1月25日)	昨日皇太后赏御书大虎字一张，福、寿字各一张，朱榻鹤字一张。……	昨日皇太后赏御书大"虎"字一张，"福、寿"字各一张，朱拓"鹤"字一张。……	2247页倒4行	九十一页十行
廿五日 (1月26日)	俸饷处汉军四百人请领救火赏银，……	俸饷处护军四百人请领救火赏银，……	2248页2行	九十一页十五行
廿九日 (1月30日)	讫即退，时巳辰初二刻多矣。	讫即退，时已辰初二刻多矣。	2248页倒3行	九十二页十七行
同日	……皆天象示儆，呈郑工合龙为可喜事，然亦不足称述矣。	……皆天象示儆，虽郑工合龙为可喜事，然亦不足称述矣。	2249页1行	九十三页一行
光绪十五年己丑 元月初七日 (1889.2.6)	李君绳、原培之婿。叶茂如。	李君绳厚培之婿、叶茂如。	第四册 2252页倒4行	第二十八卷 三页十行
初八日 (2月7日)	辰正三刻到书房，未及五刻退。	辰正三到书房，未及五刻退。	2252页倒2行	三页十一行
初十日 (2月9日)	是日上诣太庙行孟春时享礼，巳刻宴蒙古于紫光阁，无书房。	是日上诣太庙行孟春时享礼，巳刻宴蒙古[王公]于紫光阁，无书房。	2253页8行	三页十三行
二十日 (2月19日)	……划拨外省制办活计银二十七万，……	……划拨外省制办活计银三十七万，……	2255页14行	六页十行
廿一日 (2月20日)	……余告以尽可，惟初十以后必须复旧。	……余告以尽可，惟初十以后必应复旧。	2255页倒7行	六页十五行
廿三日 (2月22日)	童□庭来见。	童玉庭来见。	2257页9行	八页十行

廿四日(2月23日)	递谢摺。寅正起,二刻入至西馆,……	递谢摺。寅正起,二刻入至西馆,……	2257页12行	八页十二行
廿六日(2月25日)	……恭迎之内大臣等十员朝服站班太行礼,……	……恭迎之内大臣等十员朝服站班不行礼,……	2258页4行	九页九行
廿七日(2月26日)	……派出奉迎十大臣及步军统领等乘马随行,寅亥入宫。	……派出奉迎十大臣及步军统领等乘马随行,寅刻入宫。	2258页7行	九页十一行
同日	入署′画钱粮札稿,……	入署,画钱粮札稿,……	2258页9行	
廿八日(2月27日)	乙酉门人刘瞻汉来,持其尊人黄孙信。名嘉树,诸城令。	乙酉门人刘瞻汉来,持其尊人萱孙信。名嘉树,诸城令。	2258页14行	九页十八行
同日	溥侗□。均全俸。	溥侗公宰?。均全俸。	2259页6行	十页十行
同日	隆勳肃。二子皆侍卫。……福勒赫□。全俸。	隆勳甫。二子皆侍卫。……福勒赫顺。全俸。	2259页8行	十页十一行
廿九日(2月28日)	福中堂翎一,受;玉管二,璧。	福中堂翎一,受;玉管,璧。	2259页倒7行	十页十九行
二月初一日(3月2日)	门人张子彬来见。	门人张士彬来见。	2260页6行	十一页五行
初四日(3月5日)	晚诣夔臣,因偕诣颂阁,在彼便饭,……	晚访夔臣,因偕诣颂阁,在彼便饭,……	2261页5行	十二页九行
初五日(3月6日)	……内廷近支王公皆与棣。	……内廷近支王公皆与。	2261页11行	十二页十六行
同日	盛杏孙函论时事,有彗见语。此间于上月抄曾传有彗,却未睹。	盛杏荪函论时事,有彗见语。此间于上月杪亦曾传有彗,却未睹。	2261页14行	十二页十八行
初九日(3月10日)	张天瓶临苏书寒食帖卷、董画轴皆佳。	张天瓶临苏书《寒食帖》卷、董画轴皆佳。	2262页8行	十三页十四行
十七日(3月18日)	暖和无风。	晴和无风。	2264页2行	十五页三行
十九日(3月20日)	……时福相早到,适它往而传宣急促,比入则乾清门即阖,……	……时福相早到,适它往而传宣匆促,比入则乾清门即阖,……	2264页倒8行	十五页十六行

二十二日(3月23日)	宗湘文观察以褚临张芝帖卷乞题。钱子密以梅道人“竹谱”卷、钱文端谢表册嘱题。	宗湘文观察以褚临《张芝帖》卷乞题。钱子密以梅道人《竹谱》卷、钱文端《谢表》册嘱题。	2265页12行、13行	十六页十一行
廿四日(3月25日)	……一面请汪柳门、贵午桥、廖仲山三君写名单,直至申正始毕,……	……一面请汪柳门、贵午桥、廖仲山三君写名单,直至酉正始毕,……	2265页倒1行	十六页二十三行
同日	次日方知一等名单内漏写一名,以后切忌匆忙。	次日方知一等名单内漏写一名,以后切戒匆忙。	2266页4行	十七页五行
廿六日(3月27日)	南横头街西头又烧堆房一间。	南横头街西头又烧碓房一间。	2266页倒9行	十七页十六行
廿九日(3月30日)	见新门生六人,其馀乙酉及山西门人等又五人。	见新门生六人,其余乙酉及山西门人等又五、六人。	2267页10行	十八页十二行
三月朔(3月31日)	归后诣童宅题主,襄题者张啸篾、……	归后诣童宅题主,襄题者张啸盦[庵]、……	2267页倒9行	十八页二十行
初五日(4月4日)	晴,巳初大风起,扬尘蔽天。(注:以下脱句)卯初上自西苑还宫,……	晴,巳初大风起,扬尘蔽天。是日清明,上诣奉先、寿皇两殿行礼。卯初上自西苑还宫,……	2268页11行	十九页十四行
初六日(4月5日)	卯初三刻上启銮,由西苑进西华门,出午门。	卯初二刻上启銮,由西苑进西华门,出午门。	2268页倒5行	十九页二十四行
初七日(4月6日)	同邑会试者凡二十二人:……蒋观远鹏倬……	同邑会试者凡二十二人:……蒋覲远鹏倬……	2269页倒10行	二十一页一行
十三日(4月12日)	“爻也者”四句;“咨余二三有二人”;……	“爻也者”四句;“咨余二十有二人”;……	2271页1行	二十二页十行
十六日(4月15日)	竢诏下阶始退,出时寅正一刻也。	俟诏下阶始退,出时寅正一刻也。	2271页倒4行	二十三页一行
十九日(4月18日)	吊戴愚卿彬之。	吊戴愚卿彬元。	2272页倒10行	二十三页二十行
廿四日(4月23日)	……并云六房往沪,二三房亦将赴苏。	……并云六房往沪,三房亦将赴苏。	2274页8行	二十五页十一行
廿九日(4月28日)	德宝斋送王石谷《江山纵揽》长卷,恽册有御题十葉……	德宝斋送王石谷《江山纵揽》长卷,恽册有御题十葉[页],……	2275页倒8行	二十六页十七行

四月初一日（4月30日）	约四刻毕。是日陪祭者稍多，汪鸣銮、……	约四刻毕。是日陪祀者稍多，汪鸣銮、……	2276页1行	二十七页三行
同日	吴次萧自肃宁归，傍晚到，尚未晤。	吴次潇自肃宁归，傍晚到，尚未晤。	2276页6行	二十七页九行
初二日（5月1日）	曾君表来长谈。出城拜客，晤杨莘伯。	出城拜客，晤杨莘伯、曾君表长谈。	2276页10行	二十七页十二行
同日	……乃约明晚野服一访。贤人去国，余心怏怏。	……乃约明晚野服一诣。贤人去国，余心怏怏。	2276页14行	二十七页十五行
初七日（5月6日）	……陪祭者汪鸣銮、恩棠、陈学芬及余，凡四人。	……陪祀者汪鸣銮、恩棠、陈学芬及余，凡四人。	2277页倒2行	二十九页八行
初九日（5月8日）	过厂，听报者纷纷，懒看红録，……	过厂，听报者纷纷，懒看红录，……	2278页倒12行	三十页二行
初十日（5月9日）	……会元乃许叶芬，第二王同愈，……	……会元乃许业芬，第二王同愈，……	2278页倒6行	三十页六行
十一日（5月10日）	最在朝房晤崑、廖二君，到直所晤李、潘二公。	晨在朝房晤崑［昆］、廖二君，到直所晤李、潘二公。	2279页3行	三十页十三行
十二日（5月11日）	……同年德生之子，今年会试，……	……同年惪［德］生之子，今年会试，……	2279页8行	三十页十八行
十三日（5月12日）	入署。散访徐相士问赐寿礼节并开销。	入署。散访徐枏［楠］士问赐寿礼节并开销。	2279页13行	三十页二十二行
十四日（5月13日）	吴次潇竟列二等四十七，许叶芬三等五十几矣，四等六名……	吴次潇竟列二等四十七，许业芬二等五十几矣，四等六名……	2279页倒3行	三十一页十行
十六日（5月15日）	到时才卯正三耳，有拟件，讲论数回，……	到时才卯正三耳，有拟件，讲论数四，……	2280页7行	三十一页二十一行
十七日（5月17日）	……以"君策勋今旌于贤"为韵。"赋得渠柳条长水面齐"。得齐字；……	……以"君策勋今旌于贤"为韵。《赋得：渠柳条长水面齐得齐字》；……	2280页倒7行	三十二页八行
廿二日（5月21日）	晏起，与次潇看《娄寿碑》，纵谈甚乐，至晓始散。	晏起，与次潇看《娄寿碑》，纵谈甚乐，至晚始散。	2281页倒12行	三十二页二十四行
廿三日（5月22日）	搭蓬已毕，大厅、后堂、东厨房。借桌橙，广宅。……	搭蓬已毕，大厅、后堂、东厨房。借桌橙〈凳〉，广宅。……	2281页倒8行	三十三页三行

廿四日(5月23日)	先至西苑门,随入,引见者俱入,至桥处候……	先至西苑门,随入,引见者俱入,至桥外候……	2281页倒5行	三十三页六行
廿五日(5月24日)	……一銮庆胡同广西考馆,一谢公祠。一粤东新馆。	……一銮庆胡同广西老馆,一谢公祠。一粤东新馆。	2282页4行	三十三页十三行
廿六日(5月25日)	徐枏士来指挥,……	徐枏[楠]士来指挥,……	2282页11行	三十三页二十行
廿八日(5月27日)	饭后拜客,晤劼刚,归已黑矣。	饭后拜客,晤劼侯,归已黑矣。	2283页4行	三十四页十五行
同日	是日散馆引见,留五十八人,部十人,知县……人。	是日散馆引见,留五十八人,部十……人,知县……人。	2283页6行	三十四页十六行
三十日(5月29日)	……诣司官所坐处一揖谢之,于翔鸾阁碰头。	……诣司官所坐处一揖谢之,入于翔鸾阁碰头。	2283页倒8行	三十五页六行
五月初三日(6月1日)	得见城武庙堂碑元拓本,……	得见《城武庙堂碑》元拓本,……	2284页9行	三十五页二十一行
初七日(6月5日)	今日之事殊不可解,每日请安均在散书房后……	今日之事殊不可解,每日请安皆在散书房后……	2285页7行	三十七页二行
同日	……孙渊如所藏坛山刻石、泰山廿九字凤刻石册。	……孙渊如所藏《坛山刻石》、泰山廿九字《五凤刻石》册。	2285页10行	三十七页五行
十一日(6月9日)	……近有《嵩洛村碑》二十四葉,在费屺怀处,二百馀金始得之。	……近有《嵩洛村碑》廿四葉[页],在费屺怀处,二百余(馀)金始得之。	2286页2行	三十七页二十一行
十三日(6月11日)	二起。入讲如常,颇凉,可袷衣。	三起。入讲如常,颇凉,可袷[夹]衣。	2286页10行	三十八页五行
二十日(6月18日)	本约颂阁泛舟二闸,因热中正。	本约颂阁泛舟二闸,因热中止。	2287页11行	三十九页八行
廿三日(6月21日)	……杨莘伯,莘伯病,君表拉之来。曾君表……	……杨莘伯,莘伯病,而君表拉之来。曾君表……	2288页10行	四十页四行
廿六日(6月24日)	晨聚谈,午后写封条。	晨聚谈,午后写对条。	2289页1行	四十页二十行
廿九日(6月27日)	……未初各携上选聚送徐公处请定甲乙。……	……未初各携上选聚徐公处请定甲乙。……	2289页12行	四十一页九行

六月初二日（6月29日）	以落卷令书吏数清交内监试入箱讫，遂出，时才午正二刻。	以落卷令书吏数清交内监试入箱讫，遂出，时才午初二刻。	2289页倒1行	四十二页三行
初四日（7月1日）	是日至教习庶吉士任，典籍厅小坐，更朝服至穿堂，升公座，圈上任□，诣圣人堂行三跪九叩礼……	是日至教习庶吉士任，典籍厅小坐，更朝服至穿堂，升公座，圈上任保，诣圣人堂行三跪九叩礼……	2290页倒12行	四十二页十九行
初六日（7月3日）	古酝丁丑同轮南下，有倡铏之作，……	古酝丁丑同轮南下，有倡[唱]酬之作，……	2291页6行	四十三页十五行
初七日（7月4日）	余与许、潘均取一等六人，宝八人。	余与许、潘皆取一等六人，宝八人。	2291页13行	四十四页二行
初十日（7月7日）	分教八人：……倪恩灵小舫、庞鸿文絅堂……	分教八人：……倪恩灵小舫、庞鸿文絅堂……	2292页3行	四十四页十八行
十一日（7月8日）	过厂茹古斋，见宋搨《九成宫碑》……	过厂茹古斋，见宋拓《九成宫碑》……	2292页10行	四十五页四行
十二日（7月9日）	……江西沈源深、陆继煇，……	……江西沈源深、陆继辉，……	2292页倒9行	四十五页十三行
十七日（7月14日）	椿孙昨得透汗热始止，……	[德]孙昨得透汗热始止，……	2293页14行	四十六页十二行
同日	入与礼部办考四君谈，入任聚奎堂东间……	入与礼部办考四君谈，入住聚奎堂东间……	2293页倒12行	四十六页十四行
廿二日（7月19日）	写复试诗题，进桌橙极粗，……	写复试诗题，进桌櫈[凳]极粗，……	2294页13行	四十七页十二行
同日	教习题“徵则悠远”三句；“赋得讲易见天心”。得心字。	教习题“征则悠远”三句；《赋得：讲易见天心得心字》。	2294页倒11行	四十八页三行
三十日（7月27日）	略检书籍。热甚。	略检书帖。热甚。	2296页11行	五十页十一行
七月初三日（7月30日）	谭钧培奏，宁洱县土匪肆扰，当将首匪捡获。	谭钧培奏，宁洱县匪肆扰，当将首匪捡[擒]获。	2297页4行	五十一页十二行
初七日（8月3日）	是日邀刚子良毅、高博九万鹏、……	是日邀刚子良毅、高抟九万鹏、……	2297页倒8行	五十二页四行
初八日（8月4日）	热不可支，归略应酬字，……	热不可支，归略写应酬字，……	2297页倒5行	五十二页七行

初十日 (8月6日)	通州马头地方河决南岸,伤一船,……郾抄。	通州郾县马头地方河决南岸,伤一船,……	2298页5行	五十二页十三行
十二日 (8月8日)	照常入,迟时早。	照常入,退时早。	2298页倒12行	
十七日 (8月13日)	是日显庙忌辰,上还宫及两宫行礼,臣于德昌门外碰头递谢摺。谢恩。	是日显庙忌辰,上还宫及两殿行礼,臣于德昌门外碰头递谢摺谢恩。	2299页倒9行	五十四页十四行
十九日 (8月15日)	抵津时雨时作,旋晴,……	抵津时雨作,旋晴,……	2300页倒11行	五十六页一行
二十日 (8月16日)	海晏今日十点钟到白溏口,……	海晏今日十点钟到白塘口,……	2300页倒6行	五十六页六行
廿三日 (8月19日)	……子正过余山……	……子正过佘山……	2301页倒5行	五十七页八行
廿四日 (8月20日)	卯正入吴淞口,泊江中,靠□定船,大雨又至。	卯正入吴淞口,泊江中,靠海定船,大雨又至。	2301页倒3行	五十七页九行
同日	吾既过此,必携以归,及就小寓见之,入门一涕,为安孙也。	吾既过此,必携以归,乃就小寓见之,入门一涕,为安孙也。	2302页4行	五十七页十六行
廿六日 (8月22日)	晴,同起即开行,卯正二刻绕崑山城,二桥甚低,仅仅过。	晴,月起即开行,卯正二刻绕昆山城,二桥甚低,仅仅过。	2302页13行	五十八页四行、五行
八月初五日 (8月30日)	晨步出大车门,访价人长谈,吃点心,坐船归。	晨步出大东门,访价人长谈,吃点心,坐船归。	2303页倒3行	六十页三行
初八日 (9月2日)	晚诣墓,再看周鸿宝地,无用也。	晚谒墓,再看周鸿宝地,无用也。	2304页倒9行	六十一页一行
初十日 (9月4日)	庞伯申、叶翥云先生后来饭而去。	庞伯申、棻[叶]翥云先后来,饭而去。	2305页2行	六十一页十行
十一日 (9月5日)	归家到二姊处吃面,沈太守凤韶号庚虞。	归家到二姊处吃面,沈太守凤韶号赓虞。	2305页8行	六十一页十六行
十三日 (9月7日)	散后至后园散步,薄暮散。	散后至后园散步,薄暮归。	2305页倒7行	六十二页六行
十七日 (9月11日)	……偕价人步入元妙观,至卧龙街寻古董杏,……	……偕价人步入元妙观,至卧龙街寻古董店,……	2306页10行	六十三页二行

廿二日 （9月16日）	张二表姊来，年八十，耳目未襄。	张二表姊来，年八十，耳目未衰。	2307页倒2行	六十五页一行
廿六日 （9月20日）	自辰抵暮写对七八十件，客皆未见。	自辰抵暮写对条七八十件，客皆未见。	2308页倒7行	六十六页六行
廿七日 （9月21日）	宋拓小字《麻姑坛记》，隔沙榻，妙极。	宋拓小字《麻姑坛记》隔沙拓，妙极。	2309页6行	
廿九日 （9月23日）	小二保者土复之子，甚安分，……	小二保者土复之子，甚安分，……	2309页倒9行	六十七页六行
九月朔 （9月25日）	至鸽峰墓次一恸，气不属，自知精力益襄，此生未知能再见邱垄否。	至鸽峰墓次一恸，气不属，自知精力益衰，此生未知能再见邱垄否。	2310页6行	六十八页一行
初三日 （9月27日）	卿热可单衣，恐有大风。余船蕓侄所造，极宽。	郁热可单衣，恐有大风。余船蕓侄所造，极宽。	2310页倒5行	六十八页十七行
初五日 （9月29日）	风止雨又作，自廿五至此未尝日一晴也。	风止雨又作，自廿五至此未尝一日晴也。	2311页6行	六十九页六行
十四日 （10月8日）	屋甚俗，有兽园，……蚦蛇、……	屋甚俗，有兽园，……蚺蛇、……	2313页倒12行	七十一页二十行
二十日 （10月14日）	……张巽之庶常亦在幕中而不在坐。	……张巽之庶常亦在幕中而不在座。	2315页倒8行	七十四页十行
廿一日 （10月15日）	……李相率司道各官集毕，……	……李相率司道各官毕集，……	2315页倒3行	七十四页十四行
廿七日 （10月21日）	聂仲芳，辑榘、曾侯妹夫。	聂仲芳辑榘[矩]，曾侯妹夫。	2317页9行	
廿九日 （10月23日）	……先有燥结，二次皆粘溏，……	……先有燥结，后二次皆粘溏，……	2318页5行	七十七页十行
十月初二日 （10月25日）	子初视病者识清，脉略洪沉部右，……	子初视病者识清，脉略洪沉部有，……	2318页倒9行	七十八页五行
初九日 （11月1日）	签书“新来换得好规模，何用随它步亦趋，……”	签书“新来换得好规模，何用随它步与趋，……”	2320页6行	八十页二行
初十日 （11月2日）	病者子初得大便不畅，皆乾黑，……酉正后复得大便，乾黑者七八块，药甚得力，……	病者子初得大便不畅，皆幹[干]黑，……酉正后得大便，幹[干]黑者七八块，药甚得力，……	2320页14行	八十页十行、十一行
十一日 （11月3日）	南中电信杳然，报悬之。	南中电信杳然，极悬悬。	2320页倒7行	八十页十七行

十三日 (11月5日)	病者今晨又得大便如弹者数枚,胃口尚可。	病者今晨又得大便如弹者数枚[枚],胃口尚可。	2321页5行	
十九日 (11月11日)	延陈君,云桂枝可去,仍用二术,以左脉略数也。	延陈君,云桂枝可去,仍用二术,以左脉略数也。	2322页14行	八十二页十八行
廿二日 (11月14日)	得张炳华书,已派北栈司事,……	得张炳华书,伊已派北栈司事,……	2323页7行	八十三页十五行
廿七日 (11月19日)	得蒉卿十月十八信,似尚在苏。	得蒉卿十月十八日信,似尚在苏。	2324页3行	八十四页十四行
十一月初三日 (11月25日)	寅正一登车,朝房久竣,来晚,退早。	寅正一登车,朝房久俟,来晚,退早。	2325页5行	八十五页十八行
十一日 (12月3日)	……从日本游历归,所著书甚夥。	……从日本游历归,赠所著书甚夥。	2326页倒10行	八十七页七行
十三日 (12月5日)	……陈眉公跋,谓管公无后,松雪夫妇筑楼记,见《吴兴掌故》。……张文相小楷极□,明人盛舜臣研铭无锡人,拓本,……	……陈眉公跋,谓管公无后,松雪夫妇筑楼祀,见《吴兴掌故》。……张文相小楷极精,明人盛舜臣无锡人研铭拓本,……	2327页1行、2行	八十七页十六行、十七行
十八日 (12月10日)	得小山长沙函,十月廿三日。	得小山长沙函,十月三十日。	2327页倒1行	八十八页二十一行
廿三日 (12月15日)	论古斋又送廉州画卷看之,又捡翻宋拓《化度寺碑》,……	论古斋又送廉州画卷看之,又宋翻宋拓《化度寺碑》,……	2328页倒4行	八十九页二十行
廿六日 (12月18日)	是日上入斋宫,自今日至廿九日皆无书房。	是日上入斋宫,自今日至廿九皆无书房。	2329页14行	九十页十一行
同日	服神麯,始悟受寒也。	服神麯[曲],始悟受寒也。	2329页倒11行	
廿九日 (12月21日)	……刚赠鹿筋膏治乾呛。	……刚赠鹿筋膏治幹[干]呛。	2330页3行	九十页二十三行
十二月初七日 (12月28日)	……御笔题目亦以黄纸包,并复命摺均入匣,……	……御笔题目亦以黄纸包,与复命摺均入匣,……	2331页11行	九十二页十二行
初十日 (12月31日)	王询《伯远帖》卷……	王珣《伯远帖》卷……	2332页12行	
十三日 (1890.1.3)	户部两排引见,别衙门凡一百二十人。天明上,到书房晚四刻,即退。	户部两排引见,别衙门凡一百十二人。天明上到书房晚四刻,即退。	2333页1行	九十三页十六行、十七行

十五日 (1月5日)	……贴膏药摄气尤无益,乃尽扬前后膏药,……	……贴膏药摄气尤无益,乃尽揭前后膏药,……	2333页14行	九十四页九行
十九日 (1月9日)	……势且岌岌,嘱电止徵一府云云。	……势且岌岌,嘱电止免征一府云云。	2334页11行	九十五页六行
除夕 (1月20日)	……余于原站处出跪请圣安毕随三叩头,……	……余于原站处出班,跪请圣安毕随三叩头,……	2336页倒6行	九十八页三行
光绪十六年庚寅 正月初八日 (1890.1.28)	微阴,有风,稍冷。	(项师开馆)微阴,有风,稍冷。	第五册 2338页倒9行	第二十九卷 三页二眉批
初九日 (1月29日)	(项师开馆)晴。发南信。	晴。发南信。	同上	同上
初十日 (1月30日)	……先告辞。徐小云、孙子授、许星叔、孙莱山迟未来。	……先告辞。徐小云、孙子授、许星叔、孙莱山,莱山迟未来。	2338页倒3行	三页十一行
同日	……季子周、子固、子陶未到……	……季士周、子固、子陶未到……	2339页1行	三页十五行
十四日 (2月3日)	……寅正一诣北上门恭竢,……	……寅正一诣北上门恭竢[俟],……	2339页倒12行	四页九行
上元日 (2月4日)	户部帮贴三百两,……步军衙五十,费亦甚矣。	户部帮贴三百两,……步军衙门五十,费亦甚矣。	2339页倒1行	四页十九行
同日	两夜未咳,夜祀先,供元宵。	两夕未咳,夜祀先,供元宵。	2340页1行	四页二十行
二十日 (2月9日)	……明人题字,皆吴人。元人芦□,董字卷,……竟未敲定为伪本。	……明人题字,皆吴人。元人芦雁,董字卷,……竟未敢定为伪本。	2340页倒1行	六页四行
同日	前买股票十一两零,今尚需此数。	前买股票十一两零,今尚须此数。	2341页2行	六页五行
廿六日 (2月15日)	午初二刻上至,群臣恭立,……然后坐,一叩,进酒茶,一叩。	午初二刻上至,群臣恭立,……然后坐,一叩,进茶,一叩。	2342页2行	七页十二行
同日	恩旨八条。……余近支王公或赏银,或加恩子弟。	恩旨八条。……余近支[王公]或赏银,或加恩子弟。	2342页10行	七页二十行
同日	各省督抚将军不得来京祝嘏。	各省督抚将军不准来京祝嘏。	2342页12行	八页一行
二月朔 (2月19日)	仆人王炳辞归江南□□镇道黄处。	仆人王炳辞归江南旧常镇道黄处。	2343页11行	九页四行

初四日 (2月22日)	……另糊顶篷，落低尺馀。	……另糊顶篷，落低尺余(馀)。	2343页倒7行	九页十二行
十四日 (3月4日)	昨巴克坦布，今福锟见起，均为此也。	昨巴克坦布，今日福锟见起，均为此也。	2345页倒9行	十一页十二行
同日	现在专治马双福，并斗殴之尹得寿，……	见[现]在专治马双福，并斗殴之尹得寿，……	2345页倒9行	十一页十三行
十五日 (3月5日)	……奉旨拨银二百八十八万五千馀两，……	……奉旨拨银二百八十八万五千余(馀)两，……	2345页倒3行	十一页十八行
十八日 (3月8日)	是日户部带引见。杀虎口监督，奏留四人。	是日户部带引见。杀虎口监督，奏留三人。	2346页7行	十二页五行
廿一日 (3月11日)	倦甚，检字画。	倦甚，检书画。	2346页倒6行	十二页十七行
廿五日 (3月15日)	过厂肆，买石庵字画四幅，才四金耳。	过厂肆，买石庵字四幅，才四金耳。	2347页12行	十三页十二行
廿七日 (3月17日)	弔奎星斋。幛，分八两。	弔[吊]奎星斋。幛，分八两。	2347页倒9行	十三页十六行
廿八日 (3月18日)	其胞姪新佐，戊子门人。	其胞姪[侄]新佐，戊子门人。	2347页倒5行	
闰二月朔 (3月21日)	管岑云……其兄长病废……	管岑云……其长兄病废……	2348页11行	十四页十四行
初二日 (3月22日)	致书刘仲良问其疾。伤口告假一月。	致书刘仲良问其疾。腾口告假一月。	2348页倒10行	十四页十九行
初三日 (3月23日)	是日国子监带引见官七人，有引见，吏部。	是日国子监带引见官七员，吏部，有引见。	2348页倒6行	十五页一行
初四日 (3月24日)	照常入，……后退径归。	照常入，……退后径归。	2348页倒3行	十五页五行
初九日 (3月29日)	出城晤潘伯寅。弔邵小村。	出城晤潘伯寅。弔[吊]邵小村。	2350页4行	十六页十行
同日	得小山函，已交卸二月廿一日。登舟。	得小山函，已交卸二月廿一登舟。	2350页7行	十六页十二行
十三日 (4月2日)	晨出城拜客，弔蔡汉三，幛、分卅。	晨出城拜客，弔[吊]蔡汉三，幛、分卅。	2350页倒2行	十七页六行

同日	周维之到京，带某侄信来并《芳洲图》、《元遗山诗批本》，此二件皆濒行嘱买者，见之极喜，作函答之。	周维之到京，带某侄信来并《芳洲图》、《元遗山诗》批本，此二件皆濒行嘱买者，见之喜极，作函答之。	2351页1行	十七页九行
十四日(4月3日)	旋阴，巳初一登车，……	旋阴，巳初一刻登车，……	2351页5行	十七页十一行
十五日(4月4日)	晴，辰大雾，重裘入。	晴，晨大雾，重裘。	2351页9行	十七页十五行
同日	午初诣宫门敬俟，大风顿热，黄尘塞天。	午初诣宫门敬俟，大风顿热，黄埃塞天。	2351页10行	十七页十六行
同日	通永镇吴育仁来见。……克服常熟有功。	通永镇吴育仁来见。……克复常熟有功。	2351页13行	十七页十九行
同日	风大帐房欲飞，喧聒竟夜未眠。	风大帐房欲飞，喧聒竟夜未睡。	2351页14行	十七页二十行
十六日(4月5日)	……三河镇、段家岑，皆出其背，……	……三河县、段家岭，皆出其背，……	2351页倒9行	十八页二行
同日	巳未间风大如昨，热甚。	巳午间风大如昨，热甚。	2351页倒7行	十八页五行
十七日(4月6日)	寅初二刻蓟州东门饮茶，……外委段瑞云前送礼物，……候此。	寅初二蓟州东门饮茶，……外委段瑞云前送物，……候此。	2351页倒4行、倒3行	十八页七行、九行
同日	外委张来，未见，叩阍三起。	外委张……来，未见，叩阍三起。	2352页1行	十八页十三行
二十日(4月9日)	……愢此因径赶前站，不复往壕门。	……愢此。因径赶前站，不复住壕门。	2353页1行	二十页一行
同日	未正穿蓟州城，食西关店中，大风起，尘砂眯目，积衣盈寸。	未正穿蓟州城，食西关店中，大风起，尘沙眯目，积衣盈寸。	2353页2行	二十页三行
廿一日(4月10日)	……惟毓庆宫诸臣无之，召见军机，……	……惟毓庆[宫]诸臣无之，召见军机，……	2353页6行	二十页七行
廿二日(4月11日)	是日京官接驾者皆于行宫东一里许支帐敬候。	是日京官接驾者皆于行宫东一里许支帐敬俟。	2353页倒8行	二十页十八行
廿三日(4月12日)	……巳正二刻上过大桥，午后三刻太后驾过，……	……巳正二刻上过大桥，午正三刻太后驾过，……	2353页倒3行	二十一页四行

廿四日(4月13日)	早间朝房画稿者多,周径之来见。	早间朝房画稿者多,周维之来见。	2354页7行	二十一页十三行
廿五日(4月14日)	通饬各省绅士不得干预公事。	通饬各省绅士不得干预地方公事。	2354页14行	二十一页二十行
同日	"耕者九一仕者禄","经涂九轨"得塗字。	《耕者九一仕者世禄》,《经涂九轨得涂字》。	2354页倒12行、倒11行	二十二页一行
廿六日(4月15日)	一等沈卫,书荪子。三等末邢向南。失粘者八本,……	一等二沈卫,书荪子。三等末邢向南。失粘者有八本,……	2354页倒3行	二十二页八行、九行
廿七日(4月16日)	邑人席荣邦治,梅生姪孙,浙江典史。来见。	邑人席荣邦治,梅生姪[侄]孙,浙江典史来见。	2355页7行	
廿九日(4月18日)	……闻寅正三请驾,仍请脉。	……闻寅正三请驾,仍请脉也。	2355页倒11行	二十三页六行
同日	……变则讼牒烦兴犹其小者耳,……	……变则讼牒烦兴犹其小小者耳,……	2355页倒6行	二十三页十行
三月初三日(4月21日)	郑苏盦孝胥稍后至,……	郑苏盦[庵]孝胥稍后至,……	2356页11行	
初六日(4月24日)	……闻同考官及同考名,吾邑四人,盛矣哉。	……闻同考官及同考名,吾邑得四人,盛矣哉。	2356页倒3行	二十四页十九行
初七日(4月25日)	常昭应试者十一人:……陆受卿震福、……顾舜臣钟瑞……	常昭应试者十一人:……陆绶卿震福、……顾舜琴钟瑞……	2357页11行、12行	二十五页十三行、十四行
初九日(4月27日)	晴,大风晚止,日日风,雨亦远矣。	晴,大风晚止,日日风,雨益远矣。	2357页倒8行	二十五页十九行
同日	归写扇,为同邑周径之、丁炳卿。至汪小峰中丞信,……	归写扇,为同邑周维之、丁炳卿。至德小峰中丞信,……	2357页倒6行	二十六页一行
同日	……产煤极贱,每百斤一钱二。加脚运价至广东尚合算。	……产煤极贱,每百斤一钱二。加脚价运至广东尚合算。	2357页倒3行	二十六页四行
初十日(4月28日)	……至未正始止,约二寸馀,快雨也,惜犹未透,凉,仍甚阴。	……至未正始止,约二寸余(馀),快雨也,惜犹未透,凉甚,仍阴。	2358页2行	二十六页七行
十四日(5月2日)	归后孙兄招于东馀庆堂,颂阁亦来,……	归后赴孙兄招于东馀[余]庆堂,颂阁亦来,……	2359页2行	二十七页九行

十五日 (5月3日)	谭敬甫继洵中丞来谈西事,云皋兰库积二百馀万,……	谭敬甫继洵中丞来谈西事,云皋兰库积二百余(馀)万,……	2359页7行	二十七页十四行
十七日 (5月5日)	料里请客单,写扇。	料量请客单,写扇。	2359页14行	二十七页十九行
十八日 (5月6日)	写对,晚颂阁、燮臣来饭,点灯散。	写对,晚燮臣、颂阁来饭,点灯散。	2359页倒11行	二十八页二行
十九日 (5月7日)	杜生本荣、翘生来。	杜生本崇、翘生来。	2359页倒6行	二十八页六行
二十日 (5月8日)	……隐隐闻雷,午正洒洒然擔柱下,抵暮约寸余,快哉。	……隐隐闻雷,午正洒洒然檐注下,抵暮约寸余,快哉。	2359页倒3行	二十八页八行
廿一日 (5月9日)	照常入,来时晨初,作诗四韵,退憩朝房。	照常入,来时辰初,作诗四韵,退憩朝房。	2360页4行	二十八页十四行
廿三日 (5月11日)	二十三日	廿三日	2360页15行	二十九页四行
廿六日 (5月14日)	韩椒轩、昌福,定生之子。	韩椒轩、昌福,定生之姪[侄]。	2361页5行	二十九页十七行
廿七日 (5月15日)	至邑馆晤周径之、严海屏、……	至邑馆晤周维之、严海屏、……	2361页倒12行	三十页六行
廿八日 (5月16日)	热极,如四月杪。	晴,热极,如四月杪。	2361页倒8行	三十页十行
同日	又至龙树寺,适有市酒肉者,乃约曾君表、周径之、……及庞劬庵来谈饮,……	又至龙树寺,适有市酒肉者,乃约曾君表、周维之、……及庞劬庵来谈饮,……	2361页倒6行	三十页十二行
三十日 (5月18日)	谭敬甫有赠,受羊皮筩二,馀却之。刘康侯观察来致劼侯夫人意,送貂褂等,峻却之。	谭敬甫有赠,受羊皮筩[筒]二,余(馀)却之。刘康侯观察来致曾侯夫人意,送貂褂等,峻却之。	2362页7行、8行	三十页二十行 三十一页一行
同日	彭雪琴卒,优衈。	彭雪琴卒,优衈[恤]。	2362页倒5行	
四月朔 (5月19日)	戍子门人招翰昭来见。	戊子门人招翰昭来见。	2362页12行	
初四日 (5月22日)	……至国子监朝房,不得眠,径归。	……至国子监朝房,不得眠,径[归]。	2362页倒2行	三十一页十六行

同日	以毛龟赠伯寅。得镇箪闰二月廿四日函，到任举一女，平安。	以毛龟赠伯寅。得镇箪闰二月廿日函，到任举一女，平安。	2363页1行	三十一页十六行
同日	周又褚、遂良，新选楚雄县。莫凤五、……	周又褚、遂良，新选楚雄县。庚辰庶常。莫凤五、……	2363页4行	三十一页十八行
同日	得张雨生函，寄王注苏诗娱园十种。	得张雨生函，寄王注《苏诗娱园》十种。	2363页6行	三十二页一行
初十日 (5月28日)	孙兄之胞侄中矣。	孙兄之胞侄孙中矣。	2364页4行	三十二页十八行
十二日 (5月30日)	得菉姪本月四日函，……	得菉姪[侄]本月四日函，……	2364页12行	
十三日 (5月31日)	发电讯问荣侄妇病。……罗一疋。	发电信问荣侄妇病。……罗一疋[匹]。	2364页倒7行	三十三页十二行
十七日 (6月4日)	辰正三毕，徐公归，……余与伯寅、柳门力赞以犊山所取本为压卷，除十二卷外挨宪纲排。遂定……	辰正三毕，徐公归总，……余与伯寅、柳门力赞以犊山所取为压卷，除十二卷外挨宪纲排。遂定……	2365页13行	三十四页十行
同日	归得荣侄电复，云近小愈馀详信复慰，八字。	归得荣侄电复，云"近小愈，余(馀)详信，复慰"，八字。	2365页倒10行	三十四页十二行
十八日 (6月5日)	与烔堂同至上驷院，坐门罩下谈良久门开……	与絅堂同至上驷院，坐门罩下谈良久，门开……	2365页倒4行	三十四页十八行
同日	诣六部朝房，引见八十馀。照常入。……	诣六部朝房，引见八十余。照常入。……	2365页倒1行	三十五页一行
二十日 (6月7日)	至万善殿南书房拟策问目八条，向四字，此次改二字，省得牵强。	至万善殿南书房拟策问目八条，向四字，此次改二字，省得牵强。	2366页倒10行	三十五页十五行
廿二日 (6月9日)	衣冠答收掌，卯初上殿，常服褂珠。	衣冠答收掌，卯初上殿，常服挂珠。	2367页8行	三十六页十二行
廿六日 (6月13日)	晨入署，巳初诣礼部恩荣筵，朝衣敬竢，……	晨入署，巳初诣礼部恩荣筵，朝衣敬竢[俟]，……	2368页14行	三十八页二行
廿八日 (6月15日)	退诣署挥，汗治事，……晚诣颂阁。	退诣署，挥汗治事，……晚访颂阁。	2368页倒3行、倒2行	三十八页十三行

廿九日（6月16日）	晴，极热，朝房阅卷听宣，……	（亮纱）晴，极热，朝考阅卷听宣，……	2369页1行	三十八页十四行
五月朔（6月17日）	日食三分四十三秒初亏酉正二刻一分，食甚戌正一刻三分，复圆戌正初刻三分。	日食三分四十三秒初亏酉正二刻一分，食甚戌初一刻三分，复圆戌正初刻三分。	2369页12行	三十九页五行
初三日（6月19日）	吴雪岑来长谈，馀客未见。	雪岑来长谈，余（馀）客未见。	2369页倒6行	三十九页十一行
初四日（6月20日）	今夜丑刻即请驾也，归料理俗事。	今夜丑刻即请驾也，径归，料理俗事。	2369页倒3行	三十九页十四行
初五日（6月21日）	午祀先，宜孙来叩行礼。	午祀先，宜孙来同行礼。	2370页3行	三十九页二十行
初六日（6月22日）	晨阴，颇有凉风，并微雨数滴，……	晨阴，颇有凉风，并微雨数点，……	2370页5行	四十页二行
十二日（6月28日）	阴，晚风，放晴。引见百馀。	阴，晚风，放晴。引见百余。	2371页10行	四十一页十行
十三日（6月29日）	新贵来见者十馀人。……若农始以所阅住学卷卅本送来，……	新贵来见者十余（馀）人。……若农始以所阅住学卷三十本送来，……	2371页倒12行、倒11行	四十一页十四行、十五行
十七日（7月3日）	阴云往来，申未间雷声轰然，……	阴云往来，未申间雷声轰然，……	2372页7行	四十二页八行
十八日（7月4日）	……乃入船，襟袖为湿，船无蔽且漏也。	……乃入船，襟袖都湿，船无蔽且漏也。	2372页倒12行	四十二页十四行
二十日（7月6日）	阴。本拟至西苑门，而大雨适至，遂止。	本拟至西苑门，而大雨适至，遂止。	2372页倒3行	四十三页一行
廿一日（7月7日）	……一日之中可四寸馀，可深透矣。	……一日之中可四寸余（馀），可深透矣。	2373页2行	四十三页四行
同日	是日南学生复试，卯正二刻到成均，王祭酒先在，……	是日南学生复试，卯正二到成均，王祭酒先在，……	2373页3行	四十三页五行
廿二日（7月8日）	……恐通州河、永定河放溢也，……	……恐通州河、永定河泛溢也，……	2373页13行	四十三页十三行
廿三日（7月9日）	……以书一本交之，出至公所，事下即行，……	……以书一本交之，出坐公所，事下即行，……	2373页倒11行	四十三页十六行
廿五日（7月11日）	定出团复试日期，三十日、初一。	定出团复试日期，三十、初一。	2374页2行	四十四页六行

廿七日(7月13日)	看《庄子》、苏诗,写扇十馀。	看《庄子》、苏诗,写扇十余(馀)。	2374页11行	四十四页十四行
同日	是日阅卷三十本,亥初二刻睡。共进卷五百十本。	是日阅卷三十本,亥初二刻睡。共进卷五百十一本。	2374页12行	四十四页十五行
廿八日(7月15日)	……看十馀本,毕,重检一过,定取廿八本。	……看十余(馀)本,毕,重检一过,定取二十八本。	2374页倒12行	四十四页十七行
三十日(7月16日)	进桌橙,不堪之至。	进桌凳,不堪之至。	2374页倒2行	四十五页五行
六月朔(7月17日)	午初三刻交卷讫,随收随对笔跡,令书吏粘名次黄签,……	午初三刻交卷焉,随收随对笔跡,令书吏粘名次黄签,……	2375页6行	四十五页十一行
初三日(7月19日)	……畊甿之言也。	……畊[耕]甿之言也。	2376页11行	
初六日(7月22日)	通州里外河皆通宝坻鲍邱水,溃隄,……	通州里外河皆通宝坻鲍邱水,溃隄[堤],……	2376页倒1行	
同日	涿州冲大桥,此六州京兆所说。	涿州冲大桥,此六舟京兆所说。	2377页1行	四十七页十二行
同日	炯生廿生朝,吃面。	炯生二十生朝,吃面。	2377页2行	四十七页十三行
初七日(7月23日)	……此数日皆夹衣,并薄棉衣亦可。	……此数日皆夹衣,并薄棉亦可。	2377页4行	四十七页十五行
十三日(7月29日)	派京堂六员分驻,孙河、采育、定福庄、黄村、卢沟桥。	派京堂六员分驻,孙河、采育、定福庄、庞格庄、黄村、卢沟桥。	2378页倒5行	四十九页十七行
十七日(8月2日)	晨醒欲入而疲苶,乃不入。	晴。晨醒欲入而疲茶,乃不入。	2379页11行	五十页十行
同日	遇乐姓配食者在此,云数里外用船尚行。	遇乐姓配食者在此,云数里外用船南行,……	2379页13行	五十页十二行
同日	今日又调到四船,难民渡而来五百人,所见不过百馀。附近村落水深者尚有丈馀,浅者四尺。	今日又调到四船,难民渡而来五百人,所见不过百余(馀)。附近村落水深者尚有丈许,浅者四尺。	2379页倒11行、倒10行	五十页十五行
十八日(8月3日)	户部加班,始入值。	户部加班,始入直日。	2379页倒4行	五十页二十行

廿三日 (8月8日)	……上头面有湿瘰十馀日矣,用药敷之,早退。	……上头面有湿瘰十余(馀)日矣,用药敷之,早退。	2380页倒4行	五十二页三行
廿五日 (8月10日)	……果食、奶茶照旧。……列坐凡十馀桌,……	……果合、奶茶照旧。……列坐凡十余(馀)桌,……	2381页倒12行、倒11行	五十二页十九行、二十行
廿七日 (8月12日)	凡卅三刻五分。退后列坐林次,……	凡三十三刻五分。退时列坐林次,……	2381页倒1行	五十三页八行
廿八日 (8月13日)	早阴午晴,热甚。晏起不入值,写扇十馀,……	早阴午晴,热甚。晏起不入直,写扇十余(馀),……	2382页3行	五十三页十一行
廿九日 (8月14日)	福馀庵送礼,……馀皆璧,赠金亦璧。	福余庵送礼,……余(馀)皆璧,赠金亦璧。	2382页9行	五十三页十五行
七月朔 (8月16日)	朔日 ……卅二刻,加一出。	初一日 ……三十二刻,加一出。	2382页倒11行、倒8行	五十四页二行、五行
同日	复入三叩如前。果子一叩,奶茶一叩,皆就坐行礼。	复入三叩如前。果合一叩,果子一叩,奶茶一叩,皆就坐行礼。	2382页倒4行	五十四页八行
同日	退时却未叩首,径起立而去,……	退时却未叩首,径起立而出,……	2382页倒3行	五十四页九行
初二日 (8月17日)	……因雨移入听鸿楼廊下,……	……因雨移于听鸿楼廊下,……	2383页5行	五十四页十四行
同日	赐果合后即颁盘子赏,在坐三叩首,退时又三叩首而出,……凡三十三刻馀,添一出。	赐果合后即颁盘子赏,在坐三叩头,退时又三叩头而出,……凡三十三刻余(馀),添一出。	2383页7行、8行	五十四页十六行
初五日 (8月20日)	得菉卿六月廿函,侄妇发厥,伊病略瘳。	得菉卿六月二十函,侄妇发厥,伊病略瘳。	2384页1行	五十五页十七行
初八日 (8月23日)	麟芝庵来信,云申正至酉正驾南未回,亥初多始回。	麟芝庵来信,云申正至酉正驾尚未回,亥初多始回。	2384页倒4行	五十六页十五行
初十日 (8月25日)	诣醇邸问疾,见昨日按方,……	诣醇邸问疾,见昨、今按方,……	2385页9行	五十七页七行
十一日 (8月26日)	是日国子监带引见。四排,吏部等六处。	是日国子监带引见。四排,吏部等共六处。	2385页13行	五十七页十行

十三日 (8月28日)	李筱詮赐寿,余联曰:"……"	李筱詮赐寿,余赠联曰:"……"	2386页2行	五十八页五行
十四日 (8月29日)	又福堃……又部库提交春赈款,殷李尧谓顺属办赈不力。	又福堃[坤]……又部库提奉春赈款,殷季尧谓顺属办赈不力。	2386页12行	五十八页十四行
十九日 (9月3日)	……午露日光,晚又轻雷薄雨,……	……午露日,晚又轻雷薄雨,……	2387页5行	五十九页十二行
同日	乌梁海三部有前唐奴,后唐奴中唐奴。中唐奴最沃饶,地气暖。	乌梁海三部有前唐努,中、后唐努。中唐努最沃饶,地气暖。	2387页9行	五十九页十五行
廿一日 (9月5日)	作诗题欧公画像,新郑守冢子孙携来,书于卷中。	作诗题欧公画像,新郑守冢景子孙携来,书于卷中。	2387页倒10行	六十页一行
同日	晚风一阵。	晚雷,风一阵,□乃雨。	2387页倒7行	六十页四行
廿二日 (9月6日)	来晚三刻,退如昨。	来晚二刻,退如昨。	2387页倒6行	六十页五行
廿三日 (9月7日)	以新刻《通商出入表》钱恂本。余令户部孙显家重刻。进,甚留意,……	以新刻《通商出入表》钱恂本。余令户部孙显家重刻之进,甚留意,……	2387页倒1行	六十页八行
廿四日 (9月8日)	归写条幅,笔气稍振矣。客来未见。	归写条幅,笔气稍振矣。腹泄无亟,客来未见。	2388页倒1行	六十页十三行
廿七日 (9月11日)	便红犹未已,头昏腿软。	便红仍未已,头晕腿软。	2388页倒10行	六十一页四行
同日	……与次潇皆讲求刻书者也。	……与次潇皆讲究刻书者也。	2388页倒7行	六十一页七行
廿八日 (9月12日)	由后门入,步行里许,查得后殿中间、西次间直梁断,……	由后门入,步行里许,查得后殿中间、西次间直梁中断,……	2388页倒4行	六十一页十三行
同日	归薄暮,乏极头昏,苦矣。	归薄暮,乏极头晕,苦矣。	2389页1行	六十一页十六行
廿九日 (9月13日)	函致江容方。先兄祠堂事,汤福深事,……荅端午桥……	函致江容方[舫]。先兄祠堂事,汤福琛事,……答端午桥……	2389页5行	六十二页一行
八月初二日 (9月15日)	复奏顺直赈务,徐小云云原奏专指顺天,……	复奏顺直赈务,徐小云云原摺专指顺天,……	2389页倒9行	六十二页十三行

同日	……言语气怯神倦,症未减轻,……	……言语气怯神倦,症未轻减,……	2389页倒7行	六十二页十五行
初三日(9月16日)	又沈石田赠吴匏庵《山东图》长数丈,系一诗绝妙,……	又沈石田赠吴匏庵《东山图》长数丈,系一诗绝妙,……	2390页2行	六十三页二行
初五日(9月18日)	得祥侄七月十九杭州函,月杪赴广信盐局。	得祥侄七月十七杭州函,月杪赴广信盐局。	2390页9行	六十三页八行
初七日(9月20日)	值日,候福公语未得,遂入,照常退。	值日,俟福公语未得,遂入,照常退。	2390页倒10行	六十三页十五行
十二日(9月25日)	入署,闻有封交速议之件,福公携去。禄米仓事。	入署,闻有封交速议之件,福相携去。禄米仓事。	2391页倒11行	六十四页十六行
十四日(9月27日)	知会各堂,商派司员廿人,……	知会各堂,商派司员二十人,……	2392页13行	六十五页十四行
中秋日(9月28日)	无月,回忆去年已如隔世,悽怆。	无月,回忆去年已如隔世,悽恻。	2392页倒9行	六十五页十九行
十六日(9月29日)	阴。以查仓米入值。	阴。以查仓未入直。	2392页倒8行	六十五页二十行
同日	……仓书花户皆逸矣。	……仓堂花户皆逸矣。	2392页倒6行	六十六页一行
同日	仓内不准住人而有更夫十人,以为看仓兵,非也,……	仓内不准住人而有更夫十名,以为看仓兵,非也,……	2392页倒2行	六十六页六行
同日	……司员廿馀人皆枵腹露立,苦哉。	……司员廿余(馀)人皆枵腹露立,苦哉。	2393页1行	六十六页七行
十七日(9月30日)	……此即馀党搜不尽者。	……此必余(馀)党搜不尽者。	2393页6行	六十六页十一行
同日	点灯后斌告得熙电,……	灯后斌告得熙电,……	2393页10行	六十六页十五行
二十日(10月3日)	今日盘一万九百馀石,昨一万七千馀。	今日盘一万九百余(馀)石,昨一万七千余(馀)。	2394页7行	六十七页十六行、十七行
廿二日(10月5日)	过厂,携石谷小卷,梁玉立之兄子揖石图归,皆可观。	过厂,携石谷小卷,梁玉立之兄子《揖石图》归,皆可观。	2394页倒7行	六十八页七行
廿三日(10月6日)	……此廒廒底无板,黑米有三寸许,约百馀石,……	……此廒廒底无板,黑米有三寸许,约百余(馀)石,……	2395页2行	六十八页五行
廿四日(10月7日)	程军门文炳送礼,受笔墨,馀却之。	程军门文炳送礼,受笔墨,余(馀)却之。	2395页9行	六十八页十九行

廿七日 (10月10日)	上左颊微肿,左目皆发涩,……	上左颊微肿,左目皆发涩,……	2395页倒4行	六十九页十行
廿八日 (10月11日)	今日后半日似不能盘米,然犹得九千四百馀石,勇哉。	今日后半日似不能盘米,然犹得九千四百余(馀)石,勇哉。	2396页11行	七十页二行
九月朔 (10月14日)	九月朔(10月14日)晴。有引见,户部值日本有引见,撤,值日。	九月初一日(10月14日)晴。有引见,户部本有引见,撤,值日。	2397页3行	七十页十八行
初三日 (10月16日)	是日,延胡君以霖,号润青,国子监典薄。为之润、之廉塾师。	是日,延胡君以霖,号润青,国子监典薄。为之润、之廉塾师。	2397页倒3行	七十一页十一行
初四日 (10月17日)	极次及土米、霉变併计在内,亦不过十六万……	极次及土米、霉变併[并]计在内,亦不过十六万……	2398页2行	
初五日 (10月18日)	……计三十一万石,止得十五万三千馀石耳,遂散。	……计三十一万石,止得十五万三千余(馀)石耳,遂散。	2398页9行	七十二页八行
初七日 (10月20日)	……见石如《来鹤图》,绢本青丝。……	……见石谷《来鹤图》,绢本青绿。……	2398页倒6行	七十二页十九行
初九日 (10月22日)	午邀马植轩观察、思培,永安道。……	午邀马植轩观察、思培,江安道。……	2399页9行	七十三页十一行
十四日 (10月27日)	……颂阁、樵野在座,点灯入座,散时亥初一刻。	……颂阁、樵野在座,点灯入坐,散时亥初一刻。	2400页7行	七十四页十行
十六日 (10月29日)	寅初起,寅正二刻到苑门。	寅初起,寅正二到苑门。	2400页14行	七十四页十五行
二十日 (11月2日)	司员、算房带道差弁皆候于此。	司员、算房带道差弁皆候此。	2401页11行	七十五页十五行
廿一日 (11月3日)	……与诸君再涉旷然亭。	……与诸君再陟旷然亭。	2401页倒8行	七十六页三行
同日	……其后辟一巷曰"韬光",楼观甚丽,崇厚所建也。白塔,恭王府何长奎所建。	……其后辟一庵曰"韬光",楼观甚丽,崇厚所建也。白塔,恭王府何长奎所修。	2401页倒5行、倒4行	七十六页六行
同日	崇厚亦称主持,号纯一。	崇厚亦称住持,号纯一。	2401页倒3行	七十六页七行
同日	……日落始罢,脚乏不能登涉矣。	……日落始罢,脚乏不能登陟矣。	2402页1行	七十六页十行
廿二日 (11月4日)	……雇小轿一,四人。	……雇山轿一,四人。	2402页6行	七十六页十三行

同日	小轿每人四千，酒钱一千，驴每头四吊。	山轿每人四千，酒钱一千，驴每头四吊。	2402页13行	七十六页二十行
廿三日（11月5日）	……六年中利钱多出四百馀万。	……六年中利钱多出四百余(馀)万。	2402页倒11行	七十七页三行
廿六日（11月8日）	赵十三札，佳。宋揭《怀仁圣教》，……	赵十三札佳，宋拓《怀仁圣教》，……	2403页8行	七十七页十九行
廿七日（11月9日）	……偃卧片时，汗如麻，渐渐止。	……偃卧片时，汗出，麻渐渐止。	2403页13行	七十八页四行
廿八日（11月10日）	归后尚生其源，荫生，弼臣，行五。同其兄其亨来谒。	归后尚生其源，荫生，号弼臣，行五。同其兄其亨来谒。	2403页倒8行	七十八页八行
十月初二日（11月13日）	晨起看韩诗，午后出城，……	晨起看韩诗，午初出城，……	2404页5行	七十九页一行
同日	赴李若农招，吃鱼生甚妙，馀肴精美，……	赴李若农招，吃鱼生甚妙，余(馀)肴精美，……	2404页8行	七十九页三行
初四日（11月15日）	午后入署，归再写对，倦矣。	午后入署，归再写对，甚倦矣。	2404页倒8行	七十九页十三行
初五日（11月16日）	退后摩抄书画，小饮一杯径醉倦卧。	退后摩抄［挲］书画，午饮一杯径醉倦卧。	2404页倒6行	七十九页十六行
同日	……言欲来京有所求，开上海处差使求挂名。	……言欲来京有所求，开上海等处差使求挂名。	2404页倒3行	七十九页十九行
初六日（11月17日）	入署，遇孙公，归看肃公嘱题之《九成宫碑》。	入署，遇孙公，归看肃邸嘱题之《九成宫碑》。	2405页3行	八十页三行
初七日（11月18日）	……得见南楼老人径进画册，……	……得见南楼老人经进画册，……	2405页10行	八十页九行
同日	何士青年八十二。之孙蔚绅号石来湖北知县，介甫之子。来未见。	何士青年八十二。之孙蔚绅号石来，湖北知县，介甫之子。来未见。	2405页12行	八十页二十一行
十一日（11月22日）	不入直，晏起，督仆人清理厅西里间，尘积如山。	不入直，晏起，督仆人清理厅西里间，尘坌积如山。	2406页5行	八十一页七行
十二日（11月22日）	入直，卯正入，巳还含元殿也。	入直，卯正入，巳巳含元殿也。	2406页10行	
十三日（11月24日）	胸次忽不适，类怔忡又发，寒噤微咳，可虑也。	胸次忽不适，大类怔忡又发，寒噤微咳，可虑也。	2406页14行	八十一页十四行

十五日 (11月26日)	吉林案结，……将军长顺、伯多纳厅同知孙逢源均降一级留。	吉林案结，……将军长顺、伯多纳厅均降一级留。	2407页6行	八十二页十行
廿四日 (12月5日)	终日颓废，体亦觉倦。来慰者季姑爷子固，……馀未见。	终日颓废，体亦觉疲。来慰者季姑爷子固，……余(馀)未见。	2408页倒11行、倒10行	八十三页十九行、二十行
廿五日 (12月6日)	汪柳门来。差次眩晕，甚病。得湘书……	汪柳门来。差次眩晕，甚痛。得湘信……	2408页倒6行	八十四页三行
廿七日 (12月8日)	来时晚矣，照常退。	来时晚矣，成例矣，照常退。	2409页1行	八十四页九行
廿八日 (12月9日)	……军机一起，辰初三刻始见。	……军机一起，辰初二刻始见。	2409页5行	八十四页十二行
同日	……荒忽疏慢，一至如此，归祠堂叩头。	……荒忽疏慢，一至于此，归祠堂叩头。	2409页8行	八十四页十六行
三十日 (12月11日)	馀事为写一单，嘱同乡办。	余(馀)事为写一单，嘱同乡办。	2409页倒2行	八十五页九行
十一月初三日 (12月14日)	……不意同乡诸君、各科门生并户部曹司多有至者，……	……不意同乡诸君及各科门生并户部曹司多有至者，……	2410页11行	八十五页二十行
同日	……余所晤者十馀人而已，日暮归。	……余所晤者十余(馀)人而已，日暮归。	2410页12行	八十五页二十一行
初六日 (12月17日)	毓春宫一节竟未叙及，子孙未赏官。	毓庆宫一节竟未叙及，子孙未赏官。	2411页3行	
十四日 (12月25日)	……于阶下立待四刻，霜气侵人，手指僵矣。	……于阶下立待四刻，霜气侵人，手指僵矣。	2412页3行	八十七页二十一行
同日	记咸丰朝有板屋，备召对带引见诸臣落坐，……	记咸丰朝有板屋，备召对带引见诸臣坐落，……	2412页4行	八十八页一行
十六日 (12月27日)	陆渔笙廷绂、……汪镜清渠……	陆渔笙廷绂、……汪镜青渠……	2412页14行	八十八页十行
十八日 (12月29日)	出城过厂肆，以旧藏晋唐小帖与英相辅本对勘而不得，遂归。	出城过厂肆，欲以旧藏晋唐小帖与英相辅本对勘而不得，遂归。	2413页2行	八十九页三行
廿四日 1891年 (1月4日)	翻闲书，颂阁来，……	闲翻书，颂阁来，……	2414页倒3行	九十一页十六行

廿五日 (1月5日)	卯初一刻到朝房,辰初二上出乃散……	卯初到朝房,辰初二上出乃散……	2415页5行	九十二页三行
十二月朔 (1月10日)	送镜湖叔银廿两,……	送镜湖银廿两,……	2416页4行	九十三页九行
初二日 (1月11日)	摹抄藏画……频年赏鹿尾皆专送余,孙公未与,故熟以饷孙兄。	摹抄[挲]藏画……频年赏鹿尾皆专送余,孙松未与,故熟以饷孙兄。	2416页9行、11行	九十三页十五行
初四日 (1月13日)	户部值日,江苏同乡官谢恩……到者十馀人。	户部值日,江苏同乡官谢恩……到者十余(馀)人。	2416页倒7行	九十四页二行
初六日 (1月15日)	回至横街,茂如请吃点心,……	回至横街,茂如留吃点心,……	2417页2行	九十四页十一行
同日	诣龙泉寺独坐一时许,复待至申正杠到,……	诣龙泉寺独坐一时,复待至申正杠到,……	2417页3行	九十四页十二行
初七日 (1月16日)	勉强入值,绕景山行,引见六十馀名。	勉强入直,绕景山行,引见六十余(馀)名。	2417页8行、9行	九十四页十七行
初十日 (1月19日)	辰正一刻上至,入至东角门,……	辰正一刻上至,入自东角门,……	2418页1行	九十五页十行
同日	诸臣皆站班,上入东门,少坐即回宫,内皆退。	诸臣皆站班,上入东内门,少坐即回宫,皆退。	2418页3行	九十五页十二行
十一日 (1月20日)	是日引见一百六十馀。	是日引见一百六十余(馀)。	2418页9行	九十五页十八行
十二日 (1月21日)	以供桌撤至簷外……	以供桌撤至簷[檐]外……	2418页倒11行	
十三日 (1月22日)	入署,画稿五六百,臂痛。……腰病早卧。	入署,画稿五六百,臂疼。……腰痛早卧。	2418页倒2行、倒1行	九十六页八行、九行
十六日 (1月25日)	大保喉疼痛未愈。	大保喉痛未愈。	2419页倒12行	九十六页二十一行
十八日 (1月27日)	是日得小山从武昌来电。	是日得小山由武昌来电。	2419页倒5行	九十七页五行
二十日 (1月29日)	皇后供桌。内侍奠。	皇后供桌。内监奠。	2420页11行	九十七页二十行
廿二日 (1月31日)	……有阳山外史跋,年九十五矣,然是旧横褉。	……有阳山外史跋,年九十五矣,然是旧璜褉。	2420页倒11行	九十七页二十四行

廿三日(2月1日)	两西席假馆。一桌,令赋等陪。	两西席假馆。一桌,令斌等陪。	2420页倒2行	九十八页十行
廿五日(2月3日)	退归时晤福公,……已奉御旨矣,……	退时晤福公,……已奉俞[谕]旨矣,……	2421页5行	九十八页十五行
廿六日(2月4日)	是日立春,体中觉之。	是日立春,体中觉乏。	2421页12行	九十八页二十一行
廿七日(2月5日)	是日同乡官谢苏、松、常等属蠲缓钱粮恩,卯初事下,……	是日同乡官谢苏、松、常等属蠲缓钱粮恩,卯初事已下,……	2421页倒12行	九十八页二十三行
同日	归后作长歌题豫锡之尊人禹民先生铭德字卷,……	归后作长歌题豫锡之尊人禹民先生铭悳[德]字卷,……	2421页倒11行	九十八页二十三行
光绪十七年辛卯 正月初二日 (1891.2.10)	早寒午暖,晚更融融。	晴,早寒午暖,晚更融融。	第五册 2423页7行	第三十卷 一页十一行
同日	余升堂行释典礼毕,复谒启圣祠,复谒韩文公祠毕,坐敬思堂,复诣彝伦堂团拜吃饭,……	余升堂行释典礼毕,后谒启圣祠,复谒韩文公祠毕,坐敬思堂,复诣彝伦堂团拜讫,饭,……	2423页9行	一页十三行、十四行
同日	是日起跪凡五十四叩头。	是日起跪廿六,凡五十四叩头。	2423页10行	一页十五行
初三日(2月11日)	晏起,看《复初集》甚无谓。	晏起,看《复初[斋]集》甚无谓。	2423页11行	一页十六行
初六日(2月14日)	寅正起,时正辛祈行礼之际,和气冲融,意丰年之兆乎。	寅正起,时正享祈行礼之际,和气冲融,意丰年之兆乎。	2424页5行	二页十三行
同日	……、季士固、子陶、叶茂如。	……、季子固、子陶、叶茂如。	2424页10行	二页十八行
初九日(2月17日)	晴,无风,午甚暖,早晚馀寒。	晴,无风,午甚暖,早晚余(馀)寒。	2424页倒5行	三页七行
十二日(2月20日)	巳初赴总署,各国公使来贺年,凡十国,有二十九人,……去岁至各馆亦如是。	巳初赴总署,各国公使来贺年,凡十国,有廿九人,……去岁至各馆亦如此。	2425页10行、11行	三页二十行、二十一行
十九日(2月27日)	……无风不寒。顺天府报雪三寸馀。	……无风不寒。顺天府报雪三寸余(馀)。	2426页倒10行	四页二十四行
同日	户部奏已革铎洛仑捐赈一案,奉旨销去永不叙用革职处分。	户部奏已革铎洛仑捐赈一万,奉旨销去永不叙用革职处分。	2426页倒5行	五页六行

二十日 (2月28日)	午邀诸友饮,晚散。微感冒,背冷,吃梨、葡萄汁。	午邀诸友饮,晚散。微感冒,背冷,吃梨、萝葡汁。	2427页5行	五页十四行
廿二日 (3月2日)	……整工,巳初三刻退。	……整工,巳初二刻退。	2427页12行	五页十九行
廿四日 (3月4日)	晴,来时晚,数刻即返,归小憩,入署。	晴,来时晚,数刻即退,归小憩,入署。	2427页倒7行	六页三行
同日	是日京察谕旨下,……馀照旧供职。	是日京察谕旨下,……余(馀)照旧供职。	2427页倒6行	六页四行
廿五日 (3月5日)	……并各带翻译,撤去面前黄案等,惟紫光阁一层未允,馀皆允。	……并各带翻译,撤去面前黄案等,惟紫光阁一层未允,余(馀)皆允。	2428页1行	六页十行
同日	……午归饭,邀孙、徐两公食黄花鱼,……	……午归饭,晚邀孙、徐两公食黄花鱼,……	2428页2行	六页十一行
廿六日 (3月6日)	该夷使訾慄成礼。	该夷使訾慄[栗]成礼。	2428页5行	
廿七日 (3月7日)	入时稍早,巳初二刻退矣,径归未出。	入时稍早,巳初一刻退矣,径归未出。	2428页11行	六页二十行
二月初四日 (3月13日)	那琴轩来,为各省未题款项事。	那琴轩来,为各省未提款项事。	2429页倒8行	七页二十三行
初七日 (3月16日)	阴,晨起积雪寸馀,……	阴,晨起积雪寸余(馀),……	2430页5行	八页八行
十五日 (3月24日)	赴国子监定十九日带教习,王云舫未来,馀人皆在。	赴国子监定十九日带教习,王云舫未来,余(馀)人皆在。	2431页倒7行	九页十五行
十八日 (3月27日)	晴,极暖,未刻大风起。	晴,奇暖,未刻大风起。	2432页4行	九页二十三行
十九日 (3月28日)	退归小憩,右腿痛楚。	退归小息,右腿瘦楚。	2432页13行	十页五行
同日	……亦颇谈人才消竭,民生困顿,相与嗟叹。	……亦颇谈人才消歇,民生困顿,相与嗟叹。	2432页14行	十页五行
同日	……此卅年前旧雨也,论时事犹切至……	……此三十年前旧雨也,论时事尤切至……	2432页倒12行	十页六行
二十日 (3月29日)	在成均朝房卧片刻,故精神有馀,……	在成均朝房卧片刻,故精神有余(馀),……	2432页倒8行	十页九行

廿一日 (3月30日)	晨抄《萍洲》十馀页,午后入署。送额裕如行。	晨抄《萍洲》十余页,午后入署。送额王裕如,已行。	2432页倒2行	十页十三行
廿二日 (3月31日)	辰正三刻传撤书房,饭而出。	辰正二刻传撤书房,饭而出。	2433页1行	十页十五行
廿三日 (4月1日)	留官喉病发热,延董剑秋诊脉。	留官喉痛发热,延董剑秋诊脉。	2433页7行	十页二十行
廿五日 (4月3日)	得吴匏庵研,斌所物色,大慰老□矣。	得吴匏庵研,斌所物色,大慰老擘矣。	2433页倒10行	十一页四行
廿六日 (4月4日)	晴霁,晨雾,巳初而大风起,退时不能坐船。	晴霁,晨雾,巳初大风起,退时不能坐船。	2433页倒7行	十一页七行
廿八日 (4月6日)	户部带引见,吏部及各处凡百馀人。	户部带引见,吏部各处凡百余(馀)人。	2434页4行	十一页十五行
廿九日 (4月7日)	登宝珠洞寻肉身相,南望莽然。	登宝珠洞寻肉身像,南望莽然。	2434页14行	十二页一行
同日	……轿一大钱十六千,驴三九吊,……二日二十吊……	……轿一大钱十六千六钱,驴三九吊,……二日廿吊……	2434页倒3行、倒2行	十二页十一行、十二行
三十日 (4月8日)	小憩出城,赴高阳相国召,许筠庵、……	小憩出城,赴高阳相公招,许筠庵、……	2435页1行	十二页十三行
三月朔 (4月9日)	归后筠庵来谈,定初五日巳初会商。	归后筠庵来谈,定初五巳初会商。	2435页5行	十二页十八行
初二日 (4月10日)	黎莼斋送汉简、日本花笺等,受之。	黎莼斋送汗简、日本花笺等,受之。	2435页11行	十三页一行
初七日 (4月15日)	退吊吴燮臣,拜两客文焕(子彰)、裕昆(竹村)。皆未晤。	退吊吴燮臣,拜两客文焕子彰、裕昆竹村。皆未晤。	2436页4行	十三页二十行
十三日 (4月21日)	归过南定王冢,……在屋中,作两石屋,奇甚,荒草断碑而已。	归过定南王冢,……在屋中,作两石屋,奇甚,荒草断碑而已。	2437页11行	十五页五行
同日	得廷寄,将办吉林铁路,责户部款一百廿万元,各省八十万。	得廷寄,将办吉林铁路,责户部款一百廿万,各省八十万。	2437页倒11行	十五页十行
十五日 (4月23日)	晴,昨雨子正止,凡得一寸馀,……	晴,昨雨子正止,凡得一寸余(馀),……	2437页倒4行	十五页十六行
十六日 (4月24日)	住学官陶侃如来辞差,面折之。此人騃甚。	住学官陶侃如来辞差,面折之。此人騃[呆]甚。	2438页2行	十五页二十行

十七日（4月25日）	新放热河道廷邵民雍来见。	新放热河道廷劭民雍来见。	2438页6行	十五页二十四行
同日	尹左威彦钺送字画来，未受，受茶叶。	尹左威彦钺送字画，未受，受茶叶。	2438页7行	十五页二十五行
十八日（4月26日）	余以颂阁召饮辞不获，遂赴之，……	余以颂阁招饮辞不获，遂赴之，……	2438页9行	十五页二十六行
十九日（4月27日）	孔目题："合纵连横论"。	孔目题：《合纵连衡论》。	2438页倒8行	十六页十行
廿一日（4月29日）	得松侄函，平安。二月廿一日发。	得松侄函，平安。二月廿一发。	2439页8行	十六页二十二行
廿三日（5月1日）	……凡十廒，仁字一廒系揭瓦，后簷已坍矣，祥茂工也。	……凡十廒，仁字一廒系揭瓦，则后簷已坍矣，祥茂工也。	2439页倒9行	十七页九行
同日	……恐伯述来斥言，乃以赵姓属其叔诚一斋者保任之。	……恐伯述来责言，乃以赵姓属其叔诚一斋者保任之。	2439页倒6行	十七页十二行
廿八日（5月6日）	赵仲图执诒来见，伊由主事就直牧，分发直隶。	赵仲固执诒来见，伊由主事就直牧，分发直隶。	2440页倒6行	十八页八行
廿九日（5月7日）	又云扶桑丸能和肝脾，桑叶砂锅炒。、芝麻，均研末随意食。	又云扶桑丸能和肝脾，桑叶砂锅炒、芝麻，均研末，随意食。	2441页1行	十八页十四行
同日	彼村中马姓人皆九十馀，得此法。	彼村中马姓人皆九十余(馀)，得此法。	2441页3行	十八页十六行
四月初二日（5月9日）	……来时不早，退归腹泻。	……来时不早，退归腹泄。	2441页12行	十八页二十三行
初四日（5月11日）	……是日起初七皆无书房，上入斋宫。	……是日起[至]初七皆无书房，上入斋宫。	2441页倒6行	十九页五行
初六日（5月13日）	晴，微风，极热。	晴，微风，热极。	2442页1行	十九页十一行
同日	归后谭生辅宸来见。字抚辰，文卿之孙，年廿岁。	归后谭生辅宸来见。字抚辰，文卿之孙，年二十岁。	2442页6行	十九页十五行
初八日（5月15日）	朱桂卿福诜自南来见，长谈，伊从沈仲复幕一年馀。	朱桂卿福诜自南来见，长谈，伊从沈仲复幕一年余(馀)。	2442页倒10行	二十页二行
同日	今日有旋风从北来，麟家排子飞过房脊。	今日有旋风从北来，麟家柑子飞过房脊。	2442页倒8行	二十页三行

初九日 (5月16日)	始搭凉棚。去年之席归兴隆,今日新买并绳,已七十馀金矣。	始搭凉棚。去年之席归兴隆,今年新买并绳,已七十余(馀)金矣。	2442页倒2行	二十页九行
十四日 (5月21日)	午访陈百双于禁城寓所,伊作夜痰喘,来索再造丸。	午访陈百双于禁城寓所,伊昨夜痰喘,来索再造丸。	2443页5行	二十一页四行
十五日 (5月22日)	是日考试差于保和殿,……	是日考试试差于保和殿,……	2443页倒2行	二十一页七行
十七日 (5月24日)	(丑刻日食既)……	(丑刻月食既)……	2444页10行	二十一页十四行书眉
十八日 (5月25日)	见宋人画"五星廿八宿像卷"。只有十二宿。	见宋人画《五星廿八宿像》卷,只有十二宿。	2444页倒11行	二十一页十九行
十九日 (5月26日)	徐荫轩、谭文卿、瑞芝庵、钱子密,……	徐荫轩、谭文卿、麟芝庵、钱子密,……	2444页倒5行	二十二页一行
二十日 (5月27日)	……皇太后于四月廿八日前往驻跸,五月初一还宫,……	……皇太后于四月二十八日前往驻跸,五月初一还宫,……	2444页倒1行	二十二页五行
廿一日 (5月28日)	二月寿州临淮镇大火,焚二千馀间。	二月寿州临淮镇大火,焚二千余(馀)间。	2445页8行	二十二页十二行
同日	……从行之知县孔及武弁三人皆没,死者廿馀人。	……从行之知县孔及武弁三人皆没,死者廿余(馀)人。	2445页10行	二十二页十三行
廿四日 (5月31日)	……左右两长案,东西靠墙再长案,包好。东西隔扇内黄案,换套换架。	……左右两长案,东西靠墙两长案,包好。东西隔扇内黄案,换套归架。	2445页倒4行、倒3行	二十三页二行
同日	……余等立视,内监等约三十馀人加袱归次并归架也。	……余等立视,内监等约三十余(馀)人加袱归次并归架也。	2445页倒2行	二十三页三行
廿六日 (6月2日)	臣不胜战慄欣幸。	臣不胜战慄[栗]欣幸。	2446页14行	二十三页十八行
廿七日 (6月3日)	《实录》、《本纪》、《圣训》共二千六百七十九套,玉牒一百包。	《实录》、《本纪》、《圣训》共二千七百六十九套,玉牒一百包。	2447页6行	二十四页十四行
廿八日 (6月4日)	……先送提督官厅,人多,诣一当铺,与孙兄同坐。	……先坐提督官厅,人多,诣一当铺,与孙兄同坐。	2447页11行	二十五页一行

五月朔 (6月7日)	微阴,热,午露日光,夜又阴,雨意杳然,奈何。	微阴,热,午露日,夜又阴,雨意杳然,奈何。	2448页2行	二十五页十五行
同日	崇武军饷六十馀万,……	崇武军饷六十余(馀)万,……	2448页6行	二十五页十九行
初八日 (6月14日)	昨不得寐,今极羸困,写扇。	昨不得寐,今极羸困,写扇。	2449页11行	二十七页七行、八行
初十日 (6月16日)	……书房则益晚矣。	……书房则甚晚矣。	2449页倒7行	二十七页十五行
同日	归后肝气痛,耳鸣稍减,……	归后肝气大痛,耳鸣稍减,……	2449页倒5行	二十七页十七行
同日	得莱卿、小山函,平安。	得莱卿廿九、小山函,平安。	2449页倒3行	二十七页十九行
十一日 (6月17日)	晴,大热。晨晤裕相,户部值日。	晴,大热。晨晤福相,户部值日。	2449页倒2行	二十七页二十行
十二日 (6月18日)	广东:……福建:瞿鸿机、殷友兰;……	广东:……福建:瞿鸿禨[机]、殷友兰;……	2450页8行	二十八页九行
十四日 (6月20日)	先公诞日,是日宜斋不出门,……	先公诞日,是日宜斋,邀不出门,……	2450页倒12行	二十八页十七行
同日	……吊海赞廷之母幛一,分八。疑非礼矣。	……吊海赞廷之母绪幛一,分八。疑非礼矣。	2450页倒11行	二十八页十八行
同日	……叶叔谦从南来见。	……叶叔谦从南来,未见。	2450页倒9行	二十八页十九行
十五日 (6月21日)	……本监肆业生教习共一百七十馀人,坐西廊一堂。	……本监肄业生教习共一百七十余(馀)人,坐西廊一堂。	2450页倒6行	二十九页二行、三行
十八日 (6月24日)	晚邀孙、徐二君饭,戌初散。	晚邀孙、徐二兄饭,戌初散。	2451页9行	二十九页十六行
廿一日 (6月27日)	晴,未中间雷风,雨数点而已。	晴,未申间雷风,雨数点而已。	2451页倒9行	三十页二行
廿三日 (6月29日)	晴。晨未能起,遂不能人。	晴。晨未能起,遂不入。	2452页2行	三十页九行
廿八日 (7月4日)	晚孙、徐两公来,因饭而去,……	晚孙、徐两兄来,因饭而去,……	2453页4行	三十一页十二行
同日	……又闻江南等处焚教堂者六十馀处……	……又闻江南等处焚教堂者六十余(馀)处……	2453页7行	三十一页十四行
廿九日 (7月5日)	出城诣法源寺,许星台开吊,幛一,分六两。	出城诣法源寺,许星台开吊,幛一,分八两。	2453页9行	三十一页十五行

同日	……晦冥中雹如核桃，铮铮有声，可怕也，……	……晦冥中雹如桃核，铮铮有声，可怕也，……	2453页10行	三十一页十七行
六月初二日 (7月7日)	武洞清摹阎立恒“空同问道”，人物古雅，亦大轴。	武洞清摹阎立恒《空同问道》，人物古雅，亦大轴。	2453页倒2行	三十二页九行
初四日 (7月9日)	……延陈伯双为斌侄诊脉，……	……延陈伯双为斌诊脉，……	2454页6行	三十二页十四行
初五日 (7月10日)	径归，泥塗可畏。	径归，泥塗[途]可畏。	2454页11行	三十二页十八行
初七日 (7月12日)	……解饷来京，晤之，不见者十馀年矣。	……解饷来京，晤之，不见者十余(馀)年矣。	2454页倒7行	三十三页四行
初九日 (7月14日)	……顺天府两年息共二千八百馀两，伊接手后用文催来。	……顺天府两年息共二千八百余(馀)两，伊接手后用文催来。	2455页4行	三十三页十四行
十二日 (7月17日)	……并晤庄田，掌司仪郎中也。	……并晤庄田，掌仪司郎中也。	2455页倒12行	三十四页三行
十三日 (7月18日)	得镇署五月十六日函，平安，……	得镇署五月十六函，平安，……	2455页倒2行	三十四页十二行
十五日 (7月20日)	此人操守好，能卹民隐……	此人操守好，能卹[恤]民隐……	2456页5行	
十六日 (7月21日)	……旧游尽矣，为之唏嘘。	……旧游尽矣，为之累欷。	2456页13行	三十五页四行
十七日 (7月22日)	……晓见青天，已而后合，仍大雨，恐如去年景象。	……晓见青天，已而复合，仍大雨，恐如去年景象。	2456页倒12行	三十五页五行
十八日 (7月23日)	早起云尚滃然，……已面晴霁，午间炎光照灼矣，可喜可喜。	晓起云尚滃然，……已而晴霁，巳午间炎光照灼矣，可喜可喜。	2456页倒9行、倒10行	三十五页八行
同日	叶茂如与谈良久，馀客避而不见，亦羸病之一端也。	叶茂如与谈良久，余(馀)客避而不见，亦羸病之一端也。	2456页倒7行	三十五页十行
廿二日 (7月27日)	国子监恩光来，直隶照费减半成赈捐。	国子监恩光来，直隶赈捐照费减半。	2457页14行	三十六页七行
廿六日 (7月31日)	……一品二品及内廷行走人员均在乾清宫内簷下，……行礼讫即退。	……一品二品及内廷行走人员均在乾清门内簷下，……行礼讫遂退。	2458页4行、5行	三十七页二行、三行

七月初六日（8月10日）	晨入……与诸公谈署中事。	晨入……与福公谈署中事。	2459页倒6行	三十八页二十行
初七日（8月11日）	沈文肃儿女姻亲，在船政十馀年，……	沈文肃儿女姻亲，在船政十余（馀）年，……	2460页5行	三十九页八行
十二日（8月16日）	阅昨日卷七十馀，共一百廿馀，无称意者。	阅昨日卷七十余（馀），共一百廿余（馀），无称意者。	2461页8行	四十页十一行、十二行
十三日（8月18日）	阴。燮臣来。	阴。晨燮臣来。	2461页14行	四十页十七行
十六日（8月20日）	……取四百七十四名。其馀二百七十三本未取。	……取四百七十四名。其余（馀）二百七十三本未取。	2462页1行	四十一页七行
廿二日（8月26日）	退入署，事极繁琐，立谈一时许惫矣。	退入署，事极繁极琐，立谈一时，惫矣。	2463页4行	四十二页十一行
廿三日（8月27日）	退后本拟赴成均阅卷，补考到一千馀人，……	退后本拟至成均阅卷，补考到一千余（馀）人，……	2463页9行	四十二页十五行
同日	夜呓语壮热，四支透汗。	夜呓语壮热，四更透汗。	2463页11行	四十二页十八行
廿五日（8月29日）	……无雨，「热不可支，三伏无此也，开窗而卧。	……无雨，热不可支，三伏无此也，开窗而卧。	2463页倒10行	
廿六日（8月30日）	……卯正出堂点名，补录科也，共一千二百四十馀人。……看卷百馀。	……卯正出堂点名，补录科也，共一千二百四十余（馀）人。……看卷百余（馀）。	2463页倒6行、倒5行	四十三页五行
廿七日（8月31日）	晴，仍热。黎明起，……搜出十馀本。	晴，仍热。黎［明］起，……搜出十余（馀）本。	2463页倒4行、倒2行	四十三页六行、七行
廿八日（9月1日）	未明起，是日大收，二百四十馀人，……	未明起，是日大收，二百四十余（馀）人，……	2463页倒1行	四十三页九行
八月朔（9月3日）	山西：王延相；……奉·张英麟。馀留。	山西：王廷相；……奉：张英麟。余（馀）留。	2464页14行	四十四页三行、四行
初二日（9月4日）	奕劻受总统海军，……	奕劻授总统海军，……	2464页倒7行	四十四页八行
初七日（9月9日）	孙毓汶署兵尚，谭钟麟户右，……	孙毓汶署兵尚，谭钟麟户左，……	2465页倒1行	四十五页十五行
初八日（9月10日）	宝相卹典照祁文端。	宝相卹［恤］典照祁文端。	2466页5行	

初九日(9月11日)	晨入,于鸾仪门碰头,……	晨入,于仪鸾门碰头,……	2466页6行	四十五页二十行
同日	得荣侄七月廿五日函,平安,……	得荣侄七月廿五函,平安,……	2466页9行	四十六页二行
十三日(9月15日)	大殿极宏丽,后一层大佛高七丈馀,……	大殿极宏丽,后一层大佛高七丈余(馀),……	2466页倒2行	四十六页十五行
十四日(9月16日)	吴午初来,沈申正来,……	吴午初来,沈申正二来,……	2467页7行	四十七页二行
十六日(9月18日)	复徐见农、蔡绂臣函。	复徐见农、蔡黻臣函。	2467页倒12行	四十七页十行
十九日(9月21日)	钱伊臣、溯耆,直隶知州,由刑部主事保送,调甫子。……厚堃……	钱伊臣、溯耆,直隶直[知]州,由刑部主事保送,调甫子。……厚堃[坤]……	2468页7行、8行	四十八页五行
同日	送藏香、皮箫、红花、氆氌……	送藏香、皮箫[筒]、红花、氆氇……	2468页10行	四十八页八行
廿一日(9月23日)	晚饭送王仲蕃锡晋未晤。……得聂辑榘函。	晚饭后送王仲蕃锡晋未晤。……得聂辑榘[矩]函。	2468页14行、倒10行	四十八页十行
廿三日(9月25日)	……未至者有十馀人。	……未至者有十余(馀)人。	2469页4行	四十九页四行
廿七日(9月29日)	照常入退。出长安门送赵伯远晤之。	照常入退。出西长安门送赵伯远晤之。	2469页倒6行	四十九页十九行
三十日(10月2日)	……因振夔有赔款六万馀不能偿也,可怜。	……因振夔有赔款六万余(馀)不能偿也,可怜。	2470页10行	五十页十二行
九月初三日(10月5日)	……仅收卷四十本,馀令监试者收之。	……仅收卷四十本,余(馀)令监试者收之。	2471页1行	五十一页七行
初五日(10月7日)	得七宝函,即日将到。	得七保函,即日将到。	2471页14行	五十一页十七行
初八日(10月10日)	判定南学卷,取五十二本,落一百二十二本,送国子监。	判定南学卷,取五十二本,落一百廿二本,送国子监。	2472页1行	五十二页八行
初九日(10月11日)	晤枏士弟兄。	晤枏[楠]士弟兄。	2472页7行	五十二页十二行
十一日(10月13日)	……辰正点名,五十二名皆到。	……辰正点名,五十二人皆到。	2472页14行	五十二页十八行

十二日 （10月14日）	自是日起八日上阅宗室箭枝，无书房。	自是日起（八日）上阅宗室箭技，无书房。	2472页倒7行	五十三页四行
十九日 （10月21日）	午后复入署，申初散，拜客即归。	午饭后入署，申初散，拜客即归。	2474页3行	五十四页十一行
廿二日 （10月24日）	……奏稿照余签收，并商醇贤亲王祠堂祭器龛案复奏。	……奏稿照余签改，并商醇贤亲王祠堂祭品、祭器、龛案复奏。	2474页倒3行	五十五页九行
同日	余病由饮食所致，当是以节。	余病由饮食所致，当量以节。	2475页1行	五十五页十二行
廿三日 （10月25日）	是日始入值，不过五刻即下。……馀数件皆未佳。	是日始入直，不过五刻即下。……余（馀）数件皆未佳。	2475页2行、5行	五十五页十三行、十五行
廿四日 （10月26日）	松林号清涛，山东臬。来，未晤。	松林号晴涛，山东臬。来，未晤。	2475页11行	五十五页二十行
廿五日 （10月27日）	……辰初止，约一寸馀，好雨也。	……辰初止，约一寸余（馀），好雨也。	2475页13行	五十六页一行
同日	甚迟，正午一刻递上，名单、奏片。	甚迟，午正一刻递上，名单、奏片。	2475页倒9行	五十六页七行
同日	得湖南信、八月十八日。常熟函，九月十三日。皆安。	得湖南信、八月廿八日。常熟函，九月十三。皆安。	2476页1行	五十六页十六行
廿七日 （10月29日）	（珠皮套，羊皮冠，黑绒领。）	（珠皮一套，羊皮冠，黑绒领。）	2476页6行	五十六页十行书眉
同日	复试门人来见，二人。	复试门生来见，二人。	2476页9行	五十七页二行
廿九日 （10月31日）	张子莼、锡煆，此汤十七之婿也，恐是吏家。……鲍叔衡家鼎：方谷之子，亦世其业，今忽为广东县丞。殷培厚……	张子莼、锡椴，此汤十七之婿也，恐是吏家。……鲍叔衡家鼎：芳谷之子，亦世其业，今忽为广东县丞。殷厚培……	2476页倒8行、倒7行	五十七页十二行、十三行
三十日 （11月1日）	徐筱云送画来，内文秋水《游善卷》、张公《二洞诗画册》，甚佳；	徐筱云送画来，内文秋水《游善卷、张公二洞诗画册》，甚佳；	2476页倒4行	五十七页十五行
十月初五日 （11月6日）	得顺孙廿四日函，时荣侄往梅李。	得顺孙廿四函，时荣侄往梅李。	2477页倒4行	五十八页二十行
初九日 （11月10日）	入署，事极繁。晚吊董醖卿失子，其子莲，号剑夫，……	入署，事极烦。晚吊董醖［酝］卿失子，其子莲，号剑秋，……	2478页倒12行	五十九页十二行

初十日 (11月11日)	卯初入,候于隆宗门外朝房,行礼毕即归。	卯初入,候于隆宗门外朝房,行礼毕即归。	2478页倒9行	五十九页十八行
十一日 (11月12日)	……似廿六旦信已到,初一所发信尚未到也。	……似廿六信已到,初一所发信尚未到也。	2478页倒2行	六十页四行
十二日 (11月13日)	户部值日,至六项公署所与徐君谈。	户部值日,至六项公所与徐君谈。	2479页2行	六十页五行
同日	是日发菉卿函,炯定计南归。	是日发菉卿信,炯定计南归。	2479页3行	六十页七行
十四日 (11月15日)	写扇及对。炯明日行,……	写扁及对。炯明日行,……	2479页10行	六十页十二行
十五日 (11月16日)	夜芝庵召,……非旦夕可慰。	夜芝庵召,……非旦夕可愈。	2479页倒10行	六十页十八行
十六日 (11月17日)	午初三刻赴夕照寺,……	午初二刻赴夕照寺,……	2479页倒7行	六十一页一行
十八日 (11月19日)	……不禁挥涕,二十馀年同值,……	……不禁挥涕,二十余(馀)年同直,……	2480页7行	六十一页十三行
十九日 (11月20日)	陈伯双来,请伊诊,云是痰,未开方,劝余服丝瓜络……	陈伯双来,请伊诊,云是痰,未开方,劝服丝瓜络……	2480页12行	六十一页十七行
二十日 (11月21日)	……谷庭之子,幼穀。	……谷庭之子,幼穀[谷]。	2480页倒7行	六十二页三行
同日	日前为圆通观保办账八人,……	日前为圆通观保办赈八人,……	2480页倒6行	六十二页四行
廿五日 (11月26日)	归后徐世兄敬立来,以当月得廷寄请折封。	归后徐世兄敬立来,以当月得廷寄请拆封。	2481页倒3行	六十三页八行
廿六日 (11月27日)	松廷来号继云,文小山之嗣子也,文进士今为助教。	松廷来号继云,文小云之嗣子也,文进士今为助教。	2482页3行	六十三页十三行
廿八日 (11月29日)	……余见其派H程监督为不受,敬其为人。	……余见其派工程监督为不受,敬其为人。	2482页倒9行	
十一月初四日 (12月4日)	辰正于仪鸾门内碰头,是日具摺令笔帖式递,给钱二十。	辰正于仪鸾门内碰头,是日具摺令笔帖式递,给平钱廿。	2483页倒8行	六十五页九行
初五日 (12月5日)	文秀受都统,崇礼充右翼总管。	文秀授都统,崇礼充右翼总兵。	2483页倒1行	六十五页十二行
初六日 (12月6日)	……朝阳获首贼郭万昌,毙千馀名,馀溃。	……朝阳获首贼郭万昌,毙千余名,余(馀)溃。	2484页倒1行	六十五页二十行

同日	……朝阳巨匪尚未殄除。	……朝阳踞匪尚未殄除。	2484页7行	六十六页一行
初七日(12月7日)	……近且洋文彻于御案矣,伤哉。	……近且洋文彻于玉案矣,伤哉。	2484页11行	六十六页六行
同日	……立三受总管内务府大臣并管奉宸苑事务,……德铭察哈尔都统缺。	……立三授总管内务府大臣并管奉宸苑事务,……悳[德]铭察哈尔都统缺。	2484页倒10行、倒9行	六十六页十行、十一行
初十日(12月10日)	……鲍鹤年、……特选道。	……鲍鹤年、……特任道。	2484页倒1行	六十六页十八行
十一日(12月11日)	……旋一日不麻,拟以太乙针灸肩甲也。	……旋止,一日不麻,拟以太乙针灸肩甲也。	2485页5行	六十七页二行
十二日(12月12日)	汤邦道阿魁来此七月馀,童嬉不向学,……	汤邦道阿魁来此七月余(馀),童嬉不向学,……	2485页11行	六十七页八行
十三日(12月13日)	……吊迈新甫于法华寺。其侄文冲主,十六两,幛。……	……吊迈新甫于法华寺。其侄文冲主,十六两,对、幛。	2485页倒10行	六十七页十三行
十六日(12月16日)	来僧内监也,极是匪赖。……张宝家人二两……赏车夫二人每人四吊,家人二人每六吊。	来僧内监也,极是匪类。……张宅家人二两……赏车夫二人每四吊,拉马二吊,家人二人每六吊。	2486页9行、10行	六十八页十行、十一行
十七日(12月17日)	……又入园门内五间房。	……又入坐园门内五间房。	2486页12行	六十八页十三行
同日	……随同行礼者在中路上饽饽桌旁不过十馀人耳。	……随同行礼者在中路上饽饽桌旁不过十余(馀)人耳。	2486页倒11行	六十八页十七行
二十日(12月20日)	……朝房小坐即出,小憩,……	……朝房小坐即出,并憩,……	2487页5行	六十九页十四行
廿一日(12月21日)	感热喉痛,不克入署,径归。	感热喉疼头痛,不克入署,径归。	2487页11行	六十九页二十行
廿四日(12月24日)	……黄泽生、毓恩,浙臬。……	……黄泽臣、毓恩,浙臬。……	2487页倒3行	七十页十行
廿五日(12月25日)	……又至黄酒馆侍孙兄,……馀惟朱邸数人耳。	……又至黄酒馆待孙兄,……余(馀)惟朱邸数人耳。	2488页1行、2行	七十页十三行
廿七日(12月27日)	成都将军岐元卒,卹典。	成都将军岐元卒,卹[恤]典。	2488页12行	

廿九日 (12月29日)	陶侃如来,告南学事交夏桐华请讫。……夜在燮翁饭,颂阁不至。	陶侃如来,告南学事交夏桐华清讫。……夜在燮翁处饭,颂阁不至。	2488页倒4行	七十一页十行、十一行
三十日 (12月30日)	……来见,谈伯述颓唐滥交,贫益甚,品并卑矣。	……来见,谈伯述颓唐滥交,贫益甚,品益卑矣。	2489页1行	七十一页十四行
十二月朔 (12月31日)	……有两卷应议,一浑字仄用,一六韻写八韻,草稿越幅。余曰可免议,画奏稿。	……有两卷应议:一"浑"字仄用;一六韵写八韵,草稿越幅。余曰此可免议,画奏稿。	2489页5行、6行	七十一页十九行
同日	其父善宝,行五,……余荐之王荫棠,……荫棠来京……	其父善宝,行五,……余荐之王荫堂,……荫堂来京……	2489页13行、14行	七十二页七行
初四日 (1892.1.3)	……血证且缓画,用附子、泡姜、……	……血证且缓图,用附子、泡姜、……	2490页4行	七十二页十九行
同日	蓺芳与两君最熟,近来樵与文甚不洽,……	艺芳与两君最熟,而近来樵与文甚不洽,……	2490页6行	七十二页二十行
初五日 (1月4日)	……子刻服李方稍好,今日吃半碗,……	……子刻服李方稍好,今日吃半碗饭,……	2490页12行	七十三页七行
初六日 (1月5日)	松鹤龄送物,受食物四种,璧皮箭。	松鹤龄送物,受食物四种,璧皮箭[筒]。	2490页倒6行	七十三页十四行
初八日 (1月7日)	归闻叶姑奶奶病益急,发喘,医皆回覆不治矣,奈命何!	归闻叶姑奶奶病益急,发喘,医皆回复不治矣,奈命何!	2491页6行	七十四页四行
同日	……悬宝星,馀各国皆黑衣,与走街无异。	……悬宝星,余(馀)各国皆黑衣,与走街无异。	2491页8行	七十四页五行
初九日 (1月8日)	午始到,安位读祝,……	午正始到,安位读祝,……	2491页14行	七十四页十一行
初十日 (1月9日)	……未入值。黎明登车至彼,门无人,堂无火,待至六刻始得一炉。	……未入直。黎明登车至彼,门无人,堂无火,待六刻始得一炉。	2491页倒7行	七十四页十七行、十八行
同日	……并摺交笔帖式全崑,令今夜递。	……并摺交笔帖式全崑[昆],今夜递。	2491页倒5行	七十四页十九行
同日	……适叶侄孙女病不减,吐一次。	……适叶侄孙女病不减,吐一次也。	2491页倒2行	七十五页二行

十一日 (1月10日)	……午正雪初作,初微后密,……初更得一寸馀矣,……	……午正雪作,初微后密,……初更得一寸余(馀)矣,……	2491页倒1行 2492页1行	七十五页三行
十二日 (1月11日)	丑初风声吼空,闻打更者曰晴矣,……	丑初风声吼空,问打更者曰晴矣,……	2492页7行	七十五页八行
十三日 (1月12日)	诣敬子斋处送分。八两、幛。	诣敬子斋处送分八两、幛。	2492页倒11行	七十五页十六行
同日	晨与凤辉堂秀语,伊言能画,……	晨与凤辉堂秀语,伊自言能画,……	2492页倒9行	七十五页十七行
十四日 (1月13日)	德使巴兰德至柬总署,延恩相国、熙溆庄及孙、徐与余饮,告总署辞之。	德使巴兰德至柬于总署,延恩相国、熙溆庄及孙、徐与余饮,告总署辞之。	2493页1行	七十六页五行
十六日 (1月15日)	……引见九十馀名,左翼带谱。	……引见九十余(馀)名,左翼带谱。	2493页9行	七十六页十二行
同日	……太岁殿收工。西两间揭瓦,换柁一根。满油饰彩画。	……太岁殿收工。西两间揭宽,换柁一根。满油饰彩画。	2493页11行	七十六页十四行
同日	先诣祠官公所,往返步行一里馀。	先诣祠官公所,往返步行一里余(馀)。	2493页12行	七十六页十五行
十七日 (1月16日)	……未初二刻到俄馆,貂,挂珠。	……未初二刻到俄馆,貂袿、珠。	2493页倒9行	七十七页一行
同日	……妾及斌昨日往。	……妾及斌妇昨日往。	2493页倒7行	七十七页三行
十八日 (1月17日)	送胡云楣,拜龚仰蘧未晤。	送胡芸楣,拜龚仰蘧未晤。	2493页倒4行	七十七页五行
十九日 (1月18日)	午正赴徐荫轩相国之招作东坡生日,……	午正赴徐荫轩相国之招作坡公生日,……	2494页3行	七十七页十行
廿一日 (1月20日)	是日所写廿馀,只二三佳者,然颇悟笔法。	是日所写廿余(馀),只二三佳者,然颇悟笔法。	2494页14行	七十七页二十行
廿三日 (1月22日)	皇太后赐御书益寿二大字,福寿各一方,……次日以四两交懋勤殿。	皇太后赐御书"益寿"二大字,"福"、"寿"字各一方,……次日以四金交懋勤殿。	2494页倒6行、倒5行	七十八页五行、六行
廿四日 (1月23日)	双玉如意、竹寿星象。	双玉如意、竹寿星像。	2495页4行	七十八页十二行
廿五日 (1月24日)	午部奏事。……闻是日奏事摺八十馀件也。	户部奏事。……闻是日奏事摺八十余(馀)件也。	2495页5行	七十八页十三行、十四行

同日	……请其饭,余不能陪也。	……请其饭,余不赐陪也。	2495页8行	七十八页十五行
廿六日(1月25日)	……待福相天明来,谈一时许。	……待福相天明来,谈一刻许。	2495页13行	七十八页十九行
同日	吊松峻峰之妻。送龚仰蘧方伯。	吊松峻峰之妻。出城送龚仰蘧方伯。	2495页14行	七十八页二十行
廿八日(1月27日)	……易元吾画猴轴亦佳。	……易元吉画《猴》轴亦佳。	2496页1行	七十九页十行
廿九日(1月28日)	悬挂真容,与斌孙、之善敬礼将事。	悬挂真容,与斌孙、之善敬谨将事。	2496页3行	七十九页十三行
同日	……奎孙同饭。	……奎孙来同饭。	2496页7行	七十九页十八行
光绪十八年壬辰 正月初一日(1892.1.30)	辰正三刻长信门行庆贺礼,……	辰初三刻长信门行庆贺礼,……	第五册 2497页3行	第三十一卷 一页四行
初二日(1月31日)	……待同人至,至巳正二刻多君未到,乃行礼。	……待同人至,巳正二刻多君未到,乃行礼。	2497页10行	一页十一行
初三日(2月1日)	后至万柳堂,……	复至万柳堂,……	2497页倒6行	一页十八行
初四日(2月2日)	……入夜未止,约得寸馀矣,寒甚。晨起即登车,从东至西北,绕紫禁城而南,……	……入夜未止,约得寸余(馀)矣,寒甚。晨起即登车,从东至西北,绕禁城而南,……	2497页倒1行	二页三行、四行
同日	诸公集,张相未到,续君在假。	诸公皆集,张相未到,续君在假。	2498页1行	二页五行
初五日(2月3日)	五更闻击柝者曰小雪止见星矣。	五更问击柝者,曰小雪止,见星矣。	2498页6行	二页十行
初六日(2月4日)	寅正起,入内,见起者下,……闻徐荫轩等在咸安宫敬竢……	寅正起,入内,见起者已下,……闻徐荫轩等在咸安宫敬竢[俟]……	2498页14行	二页十八行、十九行
同日	……则在右门外磕头也,是甚。	……则在右门外磕头也,甚是甚是。	2498页倒11行	二页二十行
同日	……摩挱字画,忘疲茶也。得张哲卿函,……	……摩挱[挲]字画,忘疲茶也。是日申初立春。得张哲卿函,……	2498页倒9行	三页三行
初八日(2月6日)	……许尚书先后来,遂同坐总纂堂,诸君来见,……	……许尚书先后来,遂同坐总裁堂,诸君来见,……	2499页2行	三页十二行

同日	李醞斋。培元，署司业。	李醞[酝]斋培元，署司业。	2499 页 7 行	
初九日（2 月 7 日）	是日祠堂行礼慢忽无可贷。	是日未至祠堂行礼慢忽无可贷。	2499 页 13 行	三页二十行
初十日（2 月 8 日）	曩潘文勤主其事，今将废矣，……	曩潘文勤主其事，今将废矣，……	2499 页倒 10 行	四页七行
十二日（2 月 10 日）	晨谒祠堂，即出拜客，徧东北一角。	晨谒祠堂，即出拜客，徧[遍]东北一角。	2500 页 10 行	五页二行
十三日（2 月 11 日）	是日上至西请安毕回宫宴宗亲，……	是日上至西请安毕还宫宴宗亲，……	2500 页倒 7 行	五页十行
同日	……相国初五寿，将吏云集，……	……相国初五日寿，将吏云集，……	2500 页倒 5 行	五页十一行
十五日（2 月 13 日）	……又至景运门朝房恭竢，天未明上殿，设明灯四对。	……又至景运门朝房恭竢[俟]，天未明上殿，殿设明灯四对。	2501 页 4 行、5 行	六页一行
十六日（2 月 14 日）	……旋至乾清门内总管处坐，……	……旋至乾清门内总管坐处，……	2501 页 14 行	六页十行
同日	……昨保和殿亦减去乐舞数节。	……昨日保和殿亦减去乐舞数节。	2501 页倒 10 行	六页十三行
十八日（2 月 16 日）	近来士大夫专以此为乐，……可知风尚矣。遣范升至通州送杨宅寿礼。	近来士大夫专以此为乐，……可以知风尚矣。遣范升往通州送杨宅寿礼。	2502 页 7 行	七页六行
二十日（2 月 18 日）	松溎署户右，昨日事。	松溎署户左，昨日事。	2502 页倒 9 行	七页十四行
廿六日（2 月 24 日）	余请二桌，客薄暮散，……	余请客二桌，客薄暮散，……	2503 页倒 12 行	八页十三行
廿七日（2 月 25 日）	优贡门人王会中来见。……其兄出少鹤后。	优贡门人王会中来见。……其兄为少鹤后。	2503 页倒 7 行	八页十八行
同日	昨日夜归，今日犹早起，自喜又自儆也。	昨日夜归，今犹早起，自喜又自儆也。	2503 页倒 6 行	八页十八行
廿八日（2 月 26 日）	到西苑门巳辰初，而孙兄犹未来。	到西苑门巳辰初，而孙兄犹未来。	2503 页倒 2 行	九页二行
廿九日（2 月 27 日）	尤寒，甚懔慄。……归憩，乏极。归作画，……	尤寒，甚懔慄[栗]。……归憩，乏极。入署，归作画，……	2504 页 2 行、3 行	九页六行

二月初一日(2月28日)	李西园,……解饷米,本科分房。	李西园,……解饷来,本科分房。	2504页12行	九页十五行
初四日(3月2日)	……申刻风气矣,颇念转海者。	……申刻风起矣,颇念转海者。	2504页倒1行	十页七行
初五日(3月3日)	……颂阁曰不可,遂止,谅直哉!	……颂阁曰不可,遂止,真谅直哉!	2505页6行	十页十二行
十二日(3月10日)	闻大沽冰未化,轮船十二初八到,……	闻大沽冰未化,轮船十二,初八日到,……	2506页倒11行	十二页三行
十三日(3月11日)	……结算等尚须数百也。	……结费等尚须数百也。	2506页倒8行	十二页五行
十四日(3月12日)	夜谈乏甚,冒风不适。	夜谈乏甚,冒寒不适。	2506页倒1行	十二页十二行
十六日(3月14日)	……只三百馀人。	……只三百余(馀)人。	2507页13行	十三页二行
十八日(3月16日)	余主祭,二庞赞,李……读祝,馀陪位,……	予主祭,二庞赞,李……读祝,余(馀)陪位,……	2507页倒6行	十三页八行、九行
同日	访晤许筠安,偕往安徽会馆,……	访晤许筠安,偕往安徽馆,……	2507页倒4行	十三页十行
十九日(3月17日)	……以带引见也。八处共六十二人,户部九排。	……以带引见也。八处共六十二人,户部九排。	2508页1行	十三页十四行
同日	归少憩,入署。	归小憩,入署。	2508页2行	十三页十五行
廿三日(3月21日)	……询悉刘姓者责五百馀板,……	……询悉刘姓者责五百余(馀)板,……	2508页倒1行	十四页十五行
廿四日(3月22日)	孙莱山来长谈,为碑字也。	孙莱山来长谈,为碑事也。	2509页6行	十四页二十行
廿五日(3月23日)	……即出朝房。	……即出至朝房。	2509页11行	十五页四行
同日	……若以常式分行抬写,……	……若依常式分行抬写,……	2509页13行	十五页五行
同日	先是,司务厅有怡贤亲王祭田百馀亩,……	先是,司务厅有怡贤亲王祭田百余(馀)亩,……	2509页倒7行	十五页十二行
廿八日(3月26日)	得菉卿二月二十一函,尚好。	得菉卿二月十一函,尚好。	2510页12行	十六页九行
廿九日(3月27日)	枢廷折封,……馀诸公分任之。	枢廷拆封,……余(馀)诸公分任之。	2510页倒4行	十六页十七行

同日	申初递上,酉初多传散,归日落矣。	申正递上,酉初多传散,归日落矣。	2510页倒2行	十六页十九行
三月初二日(3月29日)	阎相遗表上,卹典照大学士例,加宫少保衔。	阎相遗表上,卹[恤]典照大学士例,加宫少保衔。	2511页倒9行	
初四日(3月31日)	卯初二刻上由右翼门至后隔扇降舆,……	卯初二刻上至,由右翼门至后隔扇降舆,……	2511页倒1行	十八页七行
同日	既退,司员负农具青箱及案于太和殿下,……	既退,司员捧农具青箱及案于太和殿下,……	2512页4行	十八页十一行
初五日(4月1日)	……余等未站班,诣观耕台下竢,……	……余等未站班,诣观耕台下竢[俟],……	2512页11行	十八页十七行
同日	……在戈爱班后,衽相接也。……非从耕者皆不脱袿。	……在戈什爱班后,衽相接也。……非从耕皆不脱袿。	2512页12行、13行	十八页十九行、二十行
初六日(4月2日)	内收掌:毛□望、张铭坤。	内收掌:毛慈望、张铭坤。	2513页4行	十九页十五行
初七日(4月3日)	商定请某房写摺,……	晴。商定请某房写摺,……	2513页5行	十九页十六行
初八日(4月4日)	……宗室题并在匣内。门闭,……	……宗室题并在匣内。门闭,……	2513页9行	十九页十九行
初九日(4月5日)	商策题未定。……	晴。商策题未定。……	2513页倒12行	二十页四行
初十日(4月6日)	暖,写对极多。	晴,暖。写对极多。	2513页倒11行	二十页五行
十一日(4月7日)	……无一破损模糊,此委官等饰词也。	……无一破损模糊,此委官等饰说也。	2513页倒5行	二十页十行
同日	五经题:“为大涂”;……	五经题:《为大塗[涂]》;……	2513页倒3行	二十页十二行
十七日(4月13日)	寅正刷毕,一百廿张。	寅正刻刷毕,一百廿张。	2514页倒7行	二十一页七行
同日	……因今日考试必放牌,乃接旨也。	……因今日考试必放牌,乃接摺也。	2514页倒6行	二十一页九行
廿三日(4月19日)	晨无风,午未仍大风,旱像可惧。	晨无风,午未乃大风,旱象可惧。	2515页倒8行	二十二页八行
廿六日(4月22日)	自亥连寅,两声潺潺,欣然不寐。	自亥连寅,雨声潺潺,欣然不寐。	2516页7行	二十二页十九行

廿八日 (4月24日)	收补荐卷三场卷两本。十三、四房。	收补荐三场卷两本。十三、四房。	2516页11行	二十三页三行
四月初二日 (4月28日)	阅补荐之卷,每本必五六刻。	阅补荐之卷,每一本必五六刻。	2516页倒2行	二十三页十四行
初七日 (5月3日)	……昨外帘提调赵君因病出闱。	……昨日外帘提调赵君因病出闱。	2517页倒10行	二十四页九行
初十日 (5月6日)	令供事制誊录名次,……	令供事判誊录名次,……	2518页7行	二十五页二行
十三日 (5月9日)	……在六项公所候叫起,祁公有起。……须在勤政殿碰头否?庆邸云仍在仪鸾门内可也,遂入。	……在六项公所候,未叫起,祁公有起。……须在勤政[殿]碰头否?庆邸云仍在仪鸾门内可耳,遂入。	2518页倒5行、倒4行	二十六页三行、四行
同日	……十八房皆集,……三跪九叩入席。	……十八房皆集,……先三跪九叩入席。	2518页倒2行	二十六页六行
同日	时堂上杯盘铮然坠地矣。俗谓之抱宴。还坐客台,更衣出,……归家乏甚。	时堂上杯盘铮然坠地矣。俗谓之抢宴。还坐客台,更衣出,……归家甚乏。	2519页1行、2行	二十六页九行、十行
十六日 (5月12日)	见麓台小幅却医者,甚好。	见麓台小幅□却医者,甚好。	2519页倒5行	二十七页六行
十七日 (5月13日)	……超谥惠壮。	……超谥忠壮。	2519页倒1行	二十七页九行
十九日 (5月15日)	……余与孙兄门外西乡站班,随入行礼,……	……余与孙兄门外西向站班,随入行礼,……	2520页倒12行	二十八页八行
二十日 (5月16日)	看永乐年华严经钟,钟约高三丈,经六七尺,……	看永乐年华严经钟,钟约高三丈,径六七尺,……	2521页1行	二十九页一行
廿一日 (5月17日)	出城拜客二十馀处,皆未见。	出城拜客二十余(馀)处,皆未见。	2521页5行	二十九页五行
廿二日 (5月18日)	检策题。复宜昌镇罗笏臣?绅信,交来弁去。	检策题。复宜昌镇罗笏臣搢绅信,交来弁去。	2521页12行	二十九页十一行
廿八日 (5月24日)	另引折一件,不用安折。	另引摺一件,不用安摺。	2522页14行	三十页十四行
同日	邀同事诸君余寓夜饭。	邀同事诸公余斋夜饭。	2522页倒12行	三十页十五行
廿九日 (5月25日)	……无更动,折弥封,退写名单。	……无更动,拆弥封,退写名单。	2522页倒10行	三十页十七行

同日	晚访燮臣。……	晚诣燮臣。……	2522页倒7行	三十页二十行
五月朔 (5月26日)	上升殿传胪，寅正入敬竢。	上升殿传胪，寅正入敬竢[俟]。	2522页倒5行	三十一页三行
初六日 (5月31日)	……共三百二十本，鼎甲另束，馀三百十七本，余分得廿七本。	……共三百二十本，鼎甲另束，余(馀)三百十七本，余分得廿七本。	2523页倒8行	三十二页三行
十七日 (6月11日)	新庶常来见者十馀人，……	新庶常来见者十余(馀)人，……	2525页倒4行	三十四页十四行
十八日 (6月12日)	李醞斋……醞斋办，极丰腆……合家留滞梁园，可悯也。	李醞[酝]斋……醞[酝]斋办，极丰腆……全家留滞梁园，可悯也。	2526页3行、4行、7行	三十五页二行
廿一日 (6月15日)	杨蓺芳送轿一乘，作函答之。	杨艺芳送轿一乘，作函答之。	2526页倒10行	
廿四日 (6月18日)	自今日起至廿日皆无书房。	自今日起至廿……日皆无书房。	2527页1行	三十六页一行
廿五日 (6月19日)	门人祥瑸、连捷，仲三来告霍慎斋同年昨日未刻故矣，为之虚欷，……	门人祥瑸、连捷，仲三来告霍慎斋同年昨日未刻故矣，为之絫[累]欷，……	2527页11行	三十六页十行
六月初一日 (6月24日)	卯正赴福华门裒裒玉? 桥，逐借当铺坐，……	卯正赴福华门襄裒玉蛛桥，遂借当铺坐，……	2528页11行	三十七页十三行
初六日 (6月29日)	……卯初正约得二寸馀。	……卯初正约得二寸余(馀)。	2529页9行	三十八页十五行
初八日 (7月1日)	李慈铭之友张行孚，号□伯，诏南大使。	李慈铭之友张行孚，号乳伯，诏南大使。	2529页倒5行	三十九页六行
初九日 (7月2日)	午邀嵩镇青中丞饭，……	午邀嵩镇青中丞饮，……	2530页1行	三十九页十三行
同日	是日三兄文勤公生日，设奠。嵩镇青、张樵野、孙燮臣、徐颂阁。	嵩镇青、张樵野、孙燮臣、徐颂阁。是日三兄文勤公生日，设奠。	2530页3行	三十九页十一行、十五行
十五日 (7月8日)	与同官商定南学住学官派刘钜。……	与同官商定南学住学官派刘钜[巨]。	2531页8行	
十七日 (7月10日)	……考尝恐才不逮耳。	……考当恐才不逮耳。	2531页倒7行	四十一页十行
二十日 (7月13日)	……云草桥水势浩浩，路无人跡矣。	……云草桥水势浩浩，路无人迹矣。	2532页倒12行	四十二页二行

廿一日 (7月14日)	上祈晴，晨东方霞，已而雾合，……	上祈晴，晨东方霞，已而雾合，……	2532页13行	四十二页五行
廿二日 (7月15日)	……因报销有积欠二百十万一语也。	……因报销册有积欠二百十万一语也。	2532页倒8行	四十二页十行
廿六日 (7月19日)	……其法曲则在高腔昆腔间别有一调，……	……其法曲则在略如高腔、崑[昆]腔间，别有一调，……	2533页倒5行	四十三页十六行
闰六月初五日 (7月28日)	……香火二人十六吊，切面十三吊。	……香火二人十六吊，切面十三吊，□□四百。	2535页倒11行	四十五页二十行
初八日 (7月31日)	……以霍慎斋赙分交来，集至四千一百馀，……刘钜……	……以霍慎斋赙分交来，集至四千一百余(馀)，……刘钜[巨]……	2536页5行	四十六页十二行
同日	得慕侄廿二函报姊丧，……	得慕侄廿二日函报姊丧，……	2536页7行	四十六页十三行
十五日 (8月7日)	闻董醖卿将不起。	闻董醖[酝]卿将不起。	2537倒12行	
十六日 (8月8日)	江苏粮道景星月汀，行大。来谈。言每千两有十二两平馀，又言运脚必馀数千，皆实话也。	江苏粮道景星月汀，行大。来谈。言每千两有十二两平余(馀)，又言运脚必余(馀)数千，皆实话也。	2537页倒9行	四十八页六行
十八日 (8月10日)	写镜湖二叔信，屡来求致抚藩书要好差也。	写复镜湖二叔信，屡来求致抚藩书要好差也。	2538页1行	四十八页十二行
廿四日 (8月16日)	……以苏州人陆廉夫恢所画山水见赠，……	……以苏州人陆廉夫恢所画山水小帧见赠，……	2539页5行	四十九页十八行
廿八日 (8月20日)	……与人落落寡合，余与踪跡疏而敬其为人。	……与人落落寡合，余与踪迹疏而敬其为人。	2540页4行	五十页十八行
七月初二日 (8月23日)	……馀客未见。	……余(馀)客未见。	2540页倒5行	五十一页十三行
初六日 (8月27日)	浙江举人纯伯树藩，以其父存斋所刻各种书见赠，凡二百四册，巨观也，人亦温雅，……	浙江举人纯伯树藩，以其父存斋所刻数种书见赠，凡二百四册，巨观也。人亦温雅，……	2541页倒11行	五十二页十一行
初七日 (8月28日)	……墓在十八里店第穆穴，与引达合葬。	……墓在十八里店第……穆穴，与引达合葬。	2541页倒3行	五十二页十七行

十五日 (9月5日)	张樵野来谈,留点心,亥初一始去。	张樵野来长谈,留点心,亥初一始去。	2543页13行	五十四页十四行
十六日 (9月6日)	……馀姚人,朱肯甫之弟子。	……馀[余]姚人,朱肯甫之弟子。	2543页倒12行	五十四页十七行
十七日 (9月7日)	归写对,吊董醞卿翁。分八两,幛一。	归写对,吊董醞[酝]〈卿〉翁。分八两,幛一。	2543页倒6行	五十五页三行
同日	是日辰正炯孙偕唐蔚之起身。小车回,巳则坐船。	是日辰正炯孙偕唐蔚之起身。小车回,已则坐船。	2543页倒4行	五十五页六行
十九日 (9月9日)	……作函复之,交来人康姓。	……作函复之,交来价康姓。	2544页6行	五十五页十三行
二十日 (9月10日)	写篆字,夜昨画。	写篆字,夜作画。	2544页10行	
廿一日 (9月11日)	入署。归后俗事纷积,摒挡不尽。	入署。归后俗事坌积,摒挡不尽。	2544页倒11行	五十六页四行
廿八日 (9月18日)	……奉廷寄一道,申刻送军机封来摺看。	……奉廷寄一道,申刻送军机封来拆看。	2545页倒5行、	五十七页十六行
三十日 (9月20日)	……刘笏云钜先后来白事。	……刘笏云钜[巨]先后来白事。	2546页3行	
八月初六日 (9月26日)	……尚馀四十二本,不能待矣。	……尚余(馀)四十二本,不能待矣。	2547页8行	五十九页十四行
初八日 (9月28日)	照常入退,小憩。	照常入退,归小憩。	2547页9行	六十页四行
初九日 (9月29日)	晚访芝庵谈。	晚诣芝庵谈。	2547页倒4行	六十页七行
十六日 (10月6日)	……晤许筠安,馀皆未晤。	……晤许筠安,余(馀)皆未晤。	2548页倒1行	六十一页十四行
十九日 (10月9日)	……触旧事,不觉潸涕。	……触旧事,不觉潸涕。	2549页13行	六十二页六行
廿一日 (10月11日)	满助教文洙浦联为余治耳疾,……	满助教文洙浦联来为余治耳疾,……	2550页3行	六十三页一行
廿三日 (10月13日)	写江客方信,托杨献臣事;	写江容方[舫]信,托杨献臣事;	2550页倒12行	六十三页十行
廿四日 (10月14日)	诸葛君宝华、那君桐午后来宅面商,……	请葛君宝华、那君桐午后来宅面商,……	2550页倒7行	六十三页十五行
廿六日 (10月16日)	……归写晋甫对条,明日行也,乏甚。	……晤子密。归写晋甫对条,明日行也,乏甚。	2551页8行	六十四页八行

廿九日 (10月19日)	得菉卿八月十八日函,辑夫添一男。	得菉卿八月十八函,辑夫添一男。	2552页2行	六十五页七行
九月初三日 (10月23日)	……同治七年即保记总兵,……	……同治七年即保记名总兵,……	2552页倒10行	六十五页十九行
初六日 (10月26日)	感寒头痛。	感寒头疼。	2553页12行	六十六页十八行
二十日 (11月9日)	晚赴颂阁招,燮兄、伯羲、连生在坐,戌正三刻归。	晚赴颂阁招,燮兄、伯羲、莲生在坐,戌正三刻归。	2556页8行	七十页十三行
廿三日 (11月12日)	……云上谕严审此案,今日入陈,未然也。	……云上谕严审此案,今日入陈,殊未然也。	2557页5行	七十一页三行
同日	得杭守陈琼函。	得杭守陈璚函。	2557页8行	七十一页六行
廿五日 (11月14日)	……亦称怀公与余皆言须加刑讯云,请示办法,……	……亦称怀公与余皆言须加刑讯云云,请示办法,……	2557页倒12行	七十一页十四行
廿六日 (11月15日)	归小睡,不能却倦。	归小睡,不能著却倦。	2557页倒8行	七十一页十七行
十月朔 (11月19日)	……太和殿下无人。	……太和殿下无一人。	2558页倒5行	七十三页六行
初三日 (11月21日)	晨起,积雪过许,已止。寅正二刻诸公集余处饭。	晨起,积雪寸许,已止。寅初即起,寅正二刻诸公集余处饭。	2559页8行	七十三页十八行
初四日 (11月22日)	……即传旨须速,如是再三,且十馀次,……	……即传旨须速,如是再三,且十余(馀)次,……	2559页倒8行	七十四页十行
同日	……按省分排出,直至申初三刻……	……按省分排出,直待至申初三刻……	2559页倒2行	七十四页十七行
初五日 (11月23日)	草草三传宣,……至吏部公所,四刻始天明也。	草草三传宣,……回至吏部公所,四刻始天明也。	2560页6行	七十五页四行
同日	检《刑律众鉴》,明日条示承审诸君。	检《刑律众证》,明日条示承审诸君。	2560页9行	七十五页六行
初六日 (11月24日)	福建候补县孙,……	福建候补县,……	2560页14行	七十五页十行
同日	……三适陆,其子号自牧者,在台湾寄馆。	……三适陆,其子号自牧者,在台湾处馆。	2560页倒11行	七十五页十二行
初七日 (11月25日)	……公所在四牌楼北大街西,锡之所创连也,……	……公所在四牌楼北大街西,锡之所创建也,……	2561页1行	七十六页二行

初十日（11月28日）	……尚有四十三刻。又传赏灯，……	……尚有十三刻。辰巳间风止，夜月好。又传赏灯，……	2561页倒4行	七十七页六行
同日	……先看福禄寿图，继以龙灯，四刻毕。	……先看“福禄寿图”，继以龙灯，四刻毕。	2561页倒1行	七十七页八行
同日	同龢于姊丧未敢忘，今日为安葬之期，……	同龢于姊丧未之敢忘，今日为安葬之期，……	2562页1行	七十七页十行
十二日（11月30日）	晨初三刻到苑门，策马径入，……	辰初三刻到苑门，策马径入，……	2562页7行	七十七页十五行
十四日（12月2日）	……余后至，在西厢敬候。	……余后至，在西厢敬俟。	2562页倒10行	七十八页三行
同日	……一次精果，一次饼糕，馄饨。	……一次糖果，一次饼糕，馄饨。	2562页倒9行	七十八页五行
十五日（12月3日）	辰正三刻入坐，赐克什两次，如作。	辰正三刻入座，赐克什两次，如昨。	2562页倒4行	七十八页九行、十行
同日	……入坐总以巳初为度，……	……入座总以巳初为度，……	2563页3行	七十八页十六行
同日	每日赐克什两次，即在座次排三桌，立而饮食。	每日赐克什两次，即在坐处排三桌，立而饮食。	2563页4行	七十八页十八行
同日	近支王公、御前大臣、四人军机、四人内务府、五人毓庆宫、三人南书房、一人，席次如此。凡廿九人。……载泽、……	近支王公、御前大臣四人、军机四人、内务府五人、毓庆宫三人、南书房一人，席次如此。凡二十九人。……载津、……	2563页6行	七十八页二十行
十七日（12月5日）	入时如昨，孙兄腹病未入，退未饭而出。	入时如昨，孙兄腹疾未入，退未饭而出。	2563页倒5行	七十九页十五行
同日	许筠安来长谈，……寄杨处联幛并单数行去。	许筠安来长谈，……寄杨处联、幛并草数行去。	2563页倒4行、倒3行	七十九页十七行、十八行
十八日（12月6日）	晴，尤暖，无风，雾浓。	晴，尤暖，无风，霜浓。	2563页倒1行	七十九页十九行
十九日（12月7日）	归晚饭，赴生霖哭之，三十年师弟，不堪为怀。	归饭，晚赴生霖哭之，三十年师弟，不堪为怀。	2564页12行	八十页九行
二十日（12月8日）	……七处六十馀员。……有旨照侍郎例议卹。	……七处六十余（馀）员。……有旨照侍郎例议卹［恤］。	2564页倒12行、倒7行	八十页十二行
廿二日（12月10日）	薙头工任姓者前数年事余，早遣去矣，……	薙［剃］头工任姓前数年事余，早遣去矣，……	2565页3行	八十一页五行

廿四日(12月12日)	散后贺徐荫轩其子枏士升常少。	散后贺徐荫轩其子枏[楠]士升常少。	2565页12行	八十一页十二行
廿五日(12月13日)	……午正与四司员诣都察院,……	……午正与四司员同诣都察院,……	2565页倒10行	八十一页十六行
同日	未初犯证始齐,余与怀公至京畿道列案坐,……	未初犯证始齐,余与怀公至京畿道列两案坐,……	2565页倒8行	八十一页十八行
同日	归后徐枏士来谈义仓事。	归后徐枏[楠]士来谈义仓事。	2565页倒6行	八十一页二十行
廿八日(12月16日)	先祖母许太夫人诞日,设奠。	先祖妣许太夫人诞日,设奠。	2566页8行	八十二页十三行
廿九日(12月17日)	本家郎生思铭解饷米,送物。	本家郎生思铭解饷来,送物。	2566页倒9行	八十三页二行
十一月初二日(12月20日)	……昨日在署催付库,又托麟公,今日未收,……	……昨日在署催付库,又托麟公,麟公今日未收,……	2567页14行	八十四页七行
初四日(12月22日)	归访莱山,未晤,又晤南皮相国晤谈。	归访莱山,未晤,又访南皮相国晤谈。	2567页倒5行	八十四页十三行
初五日(12月23日)	上曰可,并命无庸具折,……	上曰可,并命无庸具摺,……	2568页1行	八十四页十九行
同日	……主人为徐荫轩、……与余而已,……由北城拏获。	……主人为徐荫轩、……与余而七,……由北城拏[拿]获。	2568页3行、4行	八十五页二行
初六日(12月24日)	辰正二刻上至,谕臣云查件已改派徐相矣。	辰正二刻上至,谕臣云查件已改派徐桐矣。	2568页7行	八十五页七行
同日	吊陈伯双。分廿两。	吊陈伯双。分廿[两]。	2568页9行	八十五页八行
同日	归国子监堂月官松廷来见。	归国子监当月官松廷来见。	2568页10行	八十五页九行
初十日(12月28日)	贺徐枏士得理少,……	贺徐枏[楠]士得理少,……	2568页倒1行	八十六页四行
十八日(1893.1.5)	英馆曲折百馀步,……馀公服。	英馆曲折百余(馀)步,……余(馀)公服。	2570页倒9行、倒8行	八十八页二行、三行
同日	……不致词者但祝平安而已,申初归。	……不致词者但祝其平安而已,申初归。	2570页倒7行	八十八页四行
十九日(1月6日)	……旋作雪,戌正可二寸馀,见星矣。	……旋作雪,戌正可二寸余(馀),见星矣。	2570页倒5行	八十八页六行

廿二日 (1月9日)	……申正止，约寸馀，仍阴。	……申正止，约寸余(馀)，仍阴。	2571页13行	八十八页二十行
廿三日 (1月10日)	雪止，不甚寒。	雪止，晴，不甚寒。	2571页倒10行	八十九页四行
廿八日 (1月15日)	杜权杖六十徙一年，满后解籍管束。	杜权杖六十、徒一年，满后解籍管束。	2572页倒10行	
廿九日 (1月16日)	(注：此处脱句)夜牙疼止而耳仍痛，不得眠。	昨夕牙疼耳疼，彻夜不安，疑牛汁太热，又新换羊皮小袄故也。夜牙疼止而耳仍痛，不得眠。	2573页1行	九十页十六行
同日	石庵乙亥年书卷。乙亥年三十八。	石庵乙亥年书卷。乙亥年三十八。论古斋。	2573页6行	九十页十九行、二十行脚注
同日	论古斋定武《兰亭卷》；……	定武《兰亭》卷；……	2573页7行	九十一页一行脚注
同日	黄鹤山樵画幅。	黄鹤山樵画幅。张樵野送来。	2573页8行、9行	九十一页一至五行脚注
腊月朔 (1月18日)	福字从身搭过，谓之满身都是福也。	福字从身上搭过，谓之满身都是福也。	2573页倒6行	九十一页十七行
同日	计写字时约二刻馀，……	计写字时约二刻余(馀)，……	2573页倒3行	九十二页一行
同日	人数：御前、四人。军机、三人，馀二人在假，亦赏。毓庆宫、三人。内务府、五人。协办、二人。尚书、四人。总宪。二人。	人数：御前四人、军机三人，余(馀)二人在假，亦赏。毓庆宫三人、内务府五人、协办二人、尚书四人、总宪二人。	2574页2行	九十二页四行
同日	凡五百两，按到者人数匀摊，尚欠一两馀。	凡五百两，按到者人数匀摊，尚欠一两余(馀)。	2574页5行	九十二页七行
同日	幸早到无误，馀未站者多矣。	幸早到无误，余(馀)未站者多矣。	2574页7行	九十二页八行
初三日 (1月20日)	晴，暖。引见百馀名。	晴，暖。引见百余(馀)名。	2574页倒8行	九十二页十九行
初四日 (1月21日)	初四	初四[日]	2574页倒5行	九十三页一行
十一日 (1月28日)	引见百馀人。	引见百余(馀)人。	2575页倒1行	九十四页七行
十三日 (1月30日)	有引见，百馀名。	有引见，百余(馀)名。	2576页11行	九十四页十六行
十四日 (1月31日)	併集此数日也。……为己酉年侄贺郧山仁源荐厘馆。	併[并]集此数日也。……为己酉年侄贺郧仙仁源荐厘馆。	2576页倒5行、倒4行	九十五页七行

十七日 (2月3日)	晨偕福相、燮兄及南斋诸君与内右门外西向叩头谢春帖。	晨入,偕福相、燮兄及南斋诸君与内右门外西向叩头谢春帖。	2577页8行	九十五页十七行
廿四日 (2月10日)	于是以两次蒙赐併叙入摺……	于是以两次蒙赐併[并]叙入摺……	2578页倒7行	
廿六日 (2月12日)	是日各省京官具折谢皇太后颁赐各省银二万两。	是日各省京官具摺谢皇太后颁赐各省银二万两。	2579页6行	九十八页一行
同日	……二刻折下,……	……二刻摺下,……	2579页7行	九十八页三行
廿九日 (2月15日)	阅完登云社大卷。薄暮祀先,俛仰流光,……	阅定登云社大卷。薄暮祀先,俯仰流光,……	2579页倒6行	九十八页十五行、十六行
光绪十九年癸巳 元日 (1893.2.17)	……出神武门敬诣贤良词,于先公神位前行礼,……	……出神武门敬诣贤良祠,于先公神位前行礼,……	第五册 2581页4行	第三十二卷 一页七行
初二日 (2月18日)	……次崇圣词;次文公词。	……次崇圣祠;次文公祠。	2581页倒9行	一页十七行
同日	寻伦堂团拜,……	彝伦堂团拜,……	2581页倒8行	一页十七行
初四日 (2月20日)	余定查派韩毓霖稿与仓场各一折,……	余定查派韩毓霖稿与仓场各一摺,……	2582页6行	二页九行
初五日 (2月21日)	归后发兴抄董香光与王烟客札卷,凡十通二千字。	归发兴抄董香光与王烟客札卷,凡十通二千字。	2582页9行	二页十四行
初六日 (2月22日)	巳初二刻有风即止。上启銮,……	巳初二刻略有风即止。上启銮,……	2582页12行	二页十六行
同日	得湘信,平安,惟红姑于十一月十日午化去,……	得湘信,平安,惟红姑于十一月十日化去,……	2582页倒7行	三页四行
初八日 (2月24日)	……馀客次第集,……	……余(馀)客次第集,……	2583页2行	三页十一行
同日	张、陈二客先出城,馀客谈至戌初二刻始散,……	张、陈二客先出城,余(馀)客谈至戌初二刻始散,……	2583页4行	三页十二行
初十日 (2月26日)	是日同人集馆拈香,盖年例也。	是日同人集馆中拈香,盖年例也。	2583页倒8行	四页四行
十一日 (2月27日)	今日两折,一奉明发,……	今日两摺,一奉明发,……	2584页3行	四页十四行
十二日 (2月28日)	卯初二刻登车,是日上到书房,……	卯初二刻登车,是日上第一日到书房,……	2584页5行	四页十八行

同日	余等在西边桌，馀散坐者多，未初二刻散。	余等在西边桌，余(馀)散坐者多，未初二刻散。	2584页9行	五页二行
同日	……晤麟芝庵。	……晤麟芝庵。发南信。	2584页10行	四页十七行
十三日(3月1日)	礼部于开篆后先奏崇上徽号，馀次第举行，……	礼部于开议后先奏崇上徽号，余(馀)次第举行，……	2584页12行	五页六行
上元日(3月3日)	……卯正上早一刻。御保和殿宴蒙古王公，……	……卯正早一刻，上御保和殿宴蒙古王公，……	2584页倒6行	五页十四行
同日	……率斌孙及之善、之廉、之润饮福，子初始睡。	……率斌孙及之善、之润、之廉饮福，子初始睡。	2584页倒2行	五页十九行
十六日(3月4日)	未至巳初即入，先在传心殿与李、麟、孙会齐后，……	未至巳初即入，先在传心殿与徐、李、麟、孙会齐后，……	2585页1行	六页一行
十八日(3月6日)	……谈至戌正三刻散。	……谈至戌正二刻散。	2585页14行	六页十二行
二十日(3月8日)	归作画不休，自叹亦自悔也。	归作画不休，自笑亦自悔也。	2585页倒4行	七页二行
廿三日(3月11日)	忽发騃摹苏斋油纸《化度寺》，……	忽发騃[呆]摹苏斋油纸《化度寺》，……	2586页10行	七页十三行
廿四日(3月12日)	午阴，未风先霾，已而风作。	午阴，未风先霾，巳而风作。	2586页13行	七页十五行
廿五日(3月13日)	紫翔有未刻震川文集百馀篇，牧斋《明史草》两巨册，许为钞寄。	紫翔有未刻震川文集百余(馀)篇，牧斋《明史草》两巨册，许为钞寄。	2586页倒6行	八页三行
廿六日(3月14日)	……翟廷韶、瞿鸿机学使、……	……瞿廷韶、瞿鸿機[禨]学使、……	2586页倒1行	八页六行
廿八日(3月16日)	衰甚矣，其騃也。	衰甚矣，其騃[呆]也。	2587页9行	八页十二行
二月初三日(3月20日)	午初赴成均饭，同仁皆集，……	午初赴成均饭，同人皆集，……	2588页5行	九页九行
同日	……如无起即递片对奏。	……如无起即递片封奏。	2588页9行	九页十四行
初四日(3月21日)	……缤纷极密，约得三寸馀，融剩尚有数分。	……缤纷极密，约得三寸余(馀)，融剩尚有数分。	2588页11行	九页十五行

初五日 (3月22日)	……内阁拟八字:崇熙、恒祐、隆□、雍泰。	……内阁拟八字:崇熙、恒祜、隆熾、雍泰。	2588页倒6行	十页八行
同日	……阅天文图并天星表,销签五十馀卷,惟一二签未改,馀皆遵改。	……阅天文图并天星表,销签五十余卷,惟一二签未改,余(馀)皆遵改。	2588页倒3行	十页九行
初六日 (3月23日)	晴,无风而暖,京兆报雪四寸馀。……准良对奏。	晴,无风而暖,京兆报雪四寸余(馀)。……准良封奏。	2589页1行、2行	十页十三行、十四行
初七日 (3月24日)	午正访许星叔,……	午正诣许星叔,……	2589页10行	十一页二行
十一日 (3月28日)	过厂肆无所见。	过厂无所见。	2589页倒1行	十一页十四行
十三日 (3月30日)	终日略吃面片及面星,顷觉轻快。	终日略吃面片及面星,顿觉轻快。	2590页8行	十二页一行
同日	……前日得香涛函,来单言铁厂事,……	……前日得香涛函,夹单言铁厂事,……	2590页11行	十二页四行
十四日 (3月31日)	见残断《皇甫碑》,索重价,实亦细瘦无足观。……	见线断《皇甫碑》,索重价,实亦细瘦无足观。……	2590页倒11行	十二页九行
十六日 (4月2日)	数年无此春雨天,麦苗沾润,可喜可喜。	数年无此春雨矣,麦苗沾润,可喜可喜。	2590页倒4行	十二页十四行
十九日 (4月5日)	……义仓积小米谷四万,欲粜将摺本,……	……义仓积小米谷四万,欲粜将折本,……	2591页倒8行	十三页十二行
廿一日 (4月7日)	庆麟,蕙舫之子,开学时余为上书,今三十馀矣。……馀姚支只此一人矣。	庆麟,蕙舫之子,开学时余为上书,今三十余(馀)矣。……馀[余]姚支只此一人矣。	2592页6行、8行	十四页四行、五行
廿四日 (4月10日)	归后看闲书,春补诸君著。	归后看闲书,青浦诸君著。	2593页1行	十五页一行
同日	……此次奉旨日起,一概不准再收,盖出圣意也。	……此次奉旨之起,一概不准再收,盖出圣意也。	2593页5行	十五页五行
三月初二日 (4月17日)	景晓楼方昇,剑隶子。来见……	景晓楼方昇[升],剑隶子来见……	2594页倒8行	
三月十五日 (4月30日)	寅刻二起,寅正一刻入,……	寅初二刻起,寅正一刻入,……	2597页2行	十九页五行

同日	过厂与松竹斋掌柜谈，抵家日暮矣。	过厂与松竹生掌柜谈，抵家日暮矣。	2597 页 6 行	十九页八行
十七日 （5 月 2 日）	朋友中惟高阳、锡之季和而已，余门生廿馀人。	朋友中惟高阳、锡之、季和而已，余（馀）门生廿余（馀）人。	2597 页倒 12 行	十九页十八行
廿一日 （5 月 6 日）	……邑南门外火，延烧三十馀户，……	……邑南门外火，延烧三十余（馀）户，……	2598 页倒 12 行	二十页十九行
廿二日 （5 月 7 日）	作诗题赵梓芳藏阳明书扇，烟客书。	作诗题赵梓芳藏阳明书扇，烟客画。	2598 页倒 7 行	二十一页四行
廿八日 （5 月 13 日）	写潭文卿函，为张子和。	写谭文卿函，为张子和。	2599 页倒 2 行	二十二页十行
同日	王朗音联……从左相幕上起家，今住贵藩。	王朗青联……从左相幕下起家，今任贵藩。	2599 页倒 1 行 2600 页 1 行	二十二页十一行
四月朔 （5 月 16 日）	晴，无风，竟日写字，碑样两纸讫，未妥。	晴热，无风，竟日写字，碑样两纸讫，未妥。	2600 页倒 11 行	二十三页三行
初二日 （5 月 17 日）	午初上入斋室，站班，……	午初上入斋宫，站班，……	2600 页倒 5 行	二十三页十行
初四日 （5 月 19 日）	……戌正一刻闻雷，今年第一声也。	……戌正一刻闻雷，今年第一声也。	2601 页 8 行	二十三页十九行
初五日 （5 月 20 日）	拜唐纬之仁治，……	拜唐纬之仁诒（注：查无仁治、仁诒此字号，存疑），……	2601 页 13 行	二十四页二行
初六日 （5 月 21 日）	夜写吉卿、小山两信。	夜写吉卿、小山两侄信。	2601 页倒 8 行	二十四页八行
初十日 （5 月 25 日）	有松江人童迴踏门投书，……	有松江人童迴踏门投书，……	2602 页倒 11 行	二十五页八行
十四日 （5 月 29 日）	……以言语支解，奉旨回原衙行走。	……以言语支离，奉旨回原衙行走。	2603 页 14 行	二十六页七行
十五日 （5 月 30 日）	……斌寅正一刻登车，酉正二刻回家。	……斌寅正一刻登车，酉正二刻回寓。	2603 页倒 8 行	二十六页十二行
十六日 （5 月 31 日）	看陈确庵先生集……其诗文乃继而秀。	看《陈确庵先生集》……其诗文乃健而秀。	2603 页倒 2 行	二十六页十五行
十七日 （6 月 1 日）	……晤徐少癸北纬于邑馆，时正动工。	……晤徐少癸兆纬于邑馆，时正动工。	2604 页 5 行	二十七页一行
同日	……为宝东山先生所夺。今从其嗣子绍彝借来，意欲尽力点一过。	……为宝东山先生所夺珣。今从其嗣子绍彝借来，意欲尽力点一过。	2604 页 8 行	二十七页四行

十九日(6月3日)	(單袍褂)雨,……	(单袍褂)雨,……	2604页倒12行	二十七页九行书眉
同日	邀王新之叔铭、本家咏星、……三人未来。	邀王新之叔铭、本家咏笙、……三人未来。	2604页倒9行	二十七页十二行
二十日(6月4日)	……乡人云麦已长丹矣。黄丹尤可,黑丹最害禾。	……乡人云麦已长丹矣。黄丹尤可,黑丹最害稼。	2604页倒5行	二十七页十四行
同日	退后访关防衙门,会商庆典,……	退后诣关防衙门,会商庆典,……	2604页倒4行	二十七页十五行
廿三日(6月7日)	……因雨尚未开坊……	……因雨尚未开场……	2605页倒11行	二十八页十一行
廿四日(6月8日)	为王新之写扇、对、匾,凡十馀件,……	为王新之写扇、对、匾,凡十余(馀)件,……	2605页倒7行	二十八页十六行
廿五日(6月9日)	……四宝者,唐拓《庙堂》虞、《启法师》丁远谟、《孟法师》褚、《善才寺碑》魏栖桂也。	……四宝者,唐拓《庙堂》虞、《启法师》丁道谟、《孟法师》褚、《善才寺碑》魏栖桂也。	2606页1行	二十九页二行
廿七日(6月11日)	龢生朝也,晨起祠堂行礼。同邑诸君留面,馀一二熟人同,……	龢生朝也,晨起祠堂行礼。同邑诸君留面,余(馀)一二熟人同,……	2606页9行	二十九页八行
廿八日(6月12日)	晴,东风,照常入,于义鸾门内磕头谢赏。	晴热,东风,照常入,于仪鸾门内磕头谢赏。	2606页14行	二十九页十三行
五月朔(6月14日)	三人同,一牡丹,一蒲桃。又给懋勤四两。即写奏稿……	三人同,一牡丹,一蒲桃。又给懋勤殿四两。即草奏稿……	2607页2行	三十页六行、七行
同日	……同坐者钱子密、……张文卿,……	……同坐者钱子密、……洪文卿,……	2607页2行	三十页九行
初三日(6月16日)	陆存斋送字画,再却,又送别敬,亦却之;……	陆存斋送字画,再却,又送别敬,亦却;……	2607页倒10行	三十页十九行
初四日(6月17日)	退过陆存斋长谈。	退送陆存斋长谈。	2607页倒7行	三十一页一行
初六日(6月19日)	感觉不适,盖昨夕发病委顿,……	感冒不适,盖昨夕发病委顿,……	2608页5行	三十一页十一行
初八日(6月21日)	上诣地坛行礼。寅正上祭,卯初二刻还西苑。	上诣地坛行礼。寅正上祭,卯初三刻还西苑。	2608页10行	三十一页十八行

初十日 (6月23日)	……凡四刻过，雨三寸馀矣，颇凉。	……凡四刻过，雨三寸余(馀)矣，颇凉。	2608页倒3行	三十二页十一行
同日	……遇吴广庵长谈。	……送吴广庵长谈。	2608页倒2行	三十二页十一行
十二日 (6月25日)	广西:张亨嘉、……	广西:张亨嘉、……	2609页10行	三十三页一行
十五日 (6月28日)	作五古一首，题富海帆《弢光□屐图》，……	作五古一首，题富海帆《弢光蟒屐图》，……	2609页倒2行	三十三页十七行
十六日 (6月29日)	于荐厂商者纷纷矣，本部及各部司颇有来求随带者，……	于荐厂商者纷纷矣，本部及各部司官颇有来求随带者，……	2610页6行	三十四页六行
十七日 (6月30日)	匠役郑姓同入署安排桌橙，……	匠役郑姓同入署安排桌凳，……	2610页12行	三十四页十一行
十九日 (7月2日)	子初雷声隆隆，阵雨一刻过。	子初雷声隆然，阵雨一刻过。	2611页12行	三十五页八行
二十日 (7月3日)	是日内阁考选军机，亦八人，惟杨寿枢乃蓺芳之子，馀不熟。	是日内阁考送军机，亦八人，惟杨寿枢乃蓺[艺]芳之子，余(馀)不熟。	2611页14行	三十五页十二行
廿一日 (7月4日)	……馀皆暑药，故不甚谬。……国子监忽得交片考选军机章京，同官来问，答以十馀年来未尝经此，……	……余(馀)皆暑药，故不甚谬。……国子监忽得交片考送军机章京，同官来问，答以十余(馀)年来未尝经此，……	2611页倒9行	三十五页十六行、十七行
廿五日 (7月8日)	径归，看《会典》，写信，写对，喘汗而已。	径归，写信，看《会典》，写对，喘汗而已。	2612页10行	三十六页十二行
廿六日 (7月9日)	……午正始归甚热，不办一事，……	……午正始归，毒热，不办一事，……	2612页倒12行	三十六页十七行
廿七日 (7月10日)	晨入，无所事，喘汗而已，进讲三刻馀。	晨入，无所事，喘汗而已，进讲三刻余(馀)。	2612页倒5行	三十七页二行
同日	题钱子密藏其曾祖母陈太夫人画水仙长卷，作七绝一首。	题钱子密藏其曾祖母陈太夫人画水仙长卷，作五古一首。	2612页倒3行	三十七页三行
廿九日 (7月12日)	早间匆匆退，入署，路难行，午后归。	早间匆匆退，入署，路难行，午正归。	2613页6行	三十七页九行
同日	江建霞送扇两柄，其画及篆皆精。	江建霞送扇两柄，皆其画及篆，皆精。	2613页7行	三十七页十一行

六月朔(7月13日)	……比退时衣袜尽湿,地滑如油。	……比退时衣袂尽湿,地滑如油。	2613页11行	三十七页十五行
同日	吊,湫隘无容足地,芝庵巳归矣。	吊,湫隘无容足地,芝庵已归矣。	2613页14行	三十七页十七行
初二日(7月14日)	……连日功夫不过三刻馀耳,坐成均朝房。	……连日功夫不过三刻余(馀)耳,坐成均朝房。	2613页倒11行	三十七页十九行
初四日(7月16日)	晚闻雷,雨数点即过,微阴。	晴,晚闻雷,雨数点即过,微阴。	2613页倒4行、倒3行	三十八页五行
同日	……工头云未曾翻过,约厚一尺馀,宽三尺许。	……工头云未曾翻过,约厚一尺余(馀),宽三尺许。	2614页1行	三十八页八行
初五日(7月17日)	……未正雷雨大至,至三刻始过,……	……未正雷雨大至,二三刻始过,……	2614页8行	三十八页十四行
同日	是日庆典处会奏臣工报效折,留中。	是日庆典处会奏臣工报效摺,留中。	2614页9行	三十八页十五行
同日	得荣侄三月十四日函,平安,……	得荣侄五月十四函,平安,……	2614页12行	三十八页十八行
初六日(7月18日)	江西临江府王小初来见之藩,……	江西临江府王小初之藩来见,……	2614页倒6行	三十九页七行
初七日(7月19日)	报效折昨日奉旨依议,……	报效摺昨日奉旨依议,……	2615页2行	三十九页十二行
同日	卯正三刻福相到,又谈良久。步行至西直门看穹桥工甚重,……	卯正三刻福相到,又谈良久。乃步行出西直门看穹桥工甚重,……	2615页4行	三十九页十四行
同日	……并为监督、监修治具于颐和园司房公所,上下不下百馀矣。	……并为监督、监修治具于颐和园司房公所,上下不下百人矣。	2615页9行	三十九页二十行
同日	雇班儿车,廿吊。每人给饭钱一串,……	雇班儿车,廿吊。每人给饭钱一吊,……	2615页倒7行	四十页十二行
初八日(7月20日)	晚晴露日,禾黍奋长,幸毋伤我穑事。	晚晴露日,禾黍奋张,幸毋伤我穑事。	2615页倒1行	四十页十八行
同日	……王逸候、恂,太仓人,文肃之后,史竹孙。恩培,未坐先散。	……王逸侯恂,太仓人,文肃之后。史竹孙恩培,未坐先散。	2616页2行、3行	四十页十九行、二十行
初九日(7月21日)	入署事多,路上极难,归小憩。	入署事多,路又极难,归小憩。	2616页10行	四十一页八行

同日	……志一百六十卷,此仅五十馀卷,……	……志一百六十卷,此仅五十余(馀)卷,……	2616 页 12 行	四十一页十行
初十日 (7月22日)	……未正二刻黑云忽合,大雨一刻馀,……	……未正二刻黑云忽合,大雨一刻余(馀),……	2616 页 14 行	四十一页十一行
同日	国子达寄物,……藤□一对,……	国子达寄物,……藤镯一对,……	2616 页倒 9 行	四十一页十五行
十二日 (7月24日)	先有雷声,继而无声	先有雷,继而无声……	2616 页倒 1 行	四十二页三行
同日	……忧惧交併……余舍南墙……街亦然,……	……忧惧交併[并]……余舍南墙□街亦然,……	2617 页 1 行、4 行	四十二页七行
同日	……凡此皆一家小事,奈此何千万姓何,……	……凡此皆一家小事,奈此河干万姓何,……	2617 页 5 行	四十二页八行
十三日 (7月25日)	……乘舆缘小甬过霞公府,仆陷于淖,乃归,……	……乘舆缘小甬路过霞公府,仆陷于淖,乃归,……	2617 页 12 行	四十二页十四行
同日	是日先祖母张太夫人诞忌日,午设奠。	是日先祖母张太夫人忌日,午设奠。	2617 页 14 行	四十二页十七行
十五日 (7月27日)	疑与惊併……急以狗毛煅灰塗之,……	疑与惊併[并]……急以犬毛煅灰塗[涂]之,……	2618 页 5 行	四十三页十五行
同日	……其父江苏县,曾为吾邑彭家桥隄工,……	……其父江苏县,曾办吾邑彭家桥隄工,……	2618 页 8 行	四十三页十七行
同日	写衢言,明日发。	写衢信,明日发。	2618 页 11 行	四十三页二十行
同日	是日退时访关防衙门,……	是日退时诣关防衙门,……	2618 页 12 行	四十四页一行
同日	……修理房三千四百馀间。	……修理房三千四百余[馀]间。	2618 页 13 行	四十四页二行
十六日 (7月28日)	照常入,上觉额疼,早退。	照常入,上觉头疼,早退。	2618 页倒 10 行	四十四页七行
同日	弢昨尚得睡,伤处疼时作时止,看来无事,恐馀毒未清耳。	弢昨尚得睡,伤处疼时作时止,看来无事,恐余(馀)毒未清耳。	2618 页倒 6 行	四十四页十行
十七日 (7月29日)	……徐寿师领绿回回在清真寺设局。	……徐寿师领缘回回在清真寺设局。	2619 页 2 行	四十四页十七行

同日	……言十二三通州北门、东门村庄全行漂没，毙者无算，……	……言十二三通州北门、东门村庄全行漂没，死者无算，……	2619 页 3 行	四十四页十八行
同日	亥卯雨一阵，才湿地，旋晴。	亥初雨一阵，才湿地，旋晴。	2619 页 10 行	四十五页五行
十八日(7月30日)	照常入，溽暑早退，朝房小坐。	照常退[入]，溽暑早退，朝房小坐。	2619 页 12 行	四十五页八行
同日	……以银五千拨交翰林陈竹香往通州急赈。兰孙言于荫轩。归写大字不惬意，乏甚。晚与俞景臣、沈颂棠谈。	……以银五千拨交翰林陈竹香往通州急赈。兰孙言之于荫轩。归写大字不惬意。晚与俞景臣、沈颂棠谈。	2619 页倒 12 行	四十五页十行、十一行
同日	得黎璧侯学使函。	得黎璧侯学使函。	2619 页倒 13 行	四十五页十一行
十九日(7月31日)	……金甫谨守而循私，不免痛诋沈似竹，……	……金甫谨守而徇私，不免痛诋沈似竹，……	2619 页倒 5 行	四十五页十七行
二十日(8月1日)	晨在公所，荫轩以请米折底示我，午复之，改数句，……	晨在公所，荫轩以请米摺底示我，午复之，改数句，……	2620 页 3 行	四十六页三行
同日	……今闻城中住户无端水自地涌出，闻有地软屋塌者，……	……今闻城中住户无端水自地涌出，并闻有地软屋塌者，……	2620 页 8 行	四十六页八行
同日	张樵野送蛇额角一斤，磨敷犬啮伤。	张樵野送蛇额角一片，磨敷犬啮伤。	2620 页 11 行	四十六页十一行
廿一日(8月2日)	……问南路灾状，云永定河五号、七号皆决，略如庚寅，水汹涌过之，……	……问南路灾状，云永定河东五号、七号皆决，略如庚寅，而汹涌过之，……	2620 页倒 11 行	四十六页十八行
廿二日(8月3日)	(请米奏折依议。)……寅正入递折，……	(请米摺奉旨依议。)……寅正入递摺，……	2621 页 1 行、2 行	四十七页八行
廿三日(8月4日)	晨起西北风，顿有秋意。	宴起，西北风，顿有秋意。	2621 页 11 行	四十七页十七行
同日	……令户部筹费二千两，派京堂大员监放。	……令户部筹费二千两，派京堂六员监放。	2621 页倒 11 行	四十八页一行
廿五日(8月6日)	向来所无也，接时一叩头。	向来所无也，接时一叩头。	2622 页 4 行	四十八页十五行

同日	……菜篮四碟，不用水果，李、徐皆带蒸食来。	……菜八篮四碟，不用水果，李、徐皆带蒸食来。	2622页8行	四十八页二十行
廿八日 （8月9日）	……寿师索款为赈，荫痛诋之，……	……寿师索款办赈，荫痛诋之，……	2622页倒6行	四十九页十一行
七月初二日 （8月13日）	是日入值，有引见。入讲三刻而退。	是日入直，有引见。入讲三刻即退。	2623页倒5行	五十页十六行
初三日 （8月14日）	……殷雷奇云，或离或合，似环阓门而发。	……殷雷奇云，或离或合，似环……阓门而发。	2623页倒2行	五十页十九行
同日	……与徐柑士论六厂放粥，……	……与徐柑［楠］士论六厂放粥，……	2624页2行	五十一页二行
同日	……看来竟成大灾，而势与六月十二日相埒。	……看来竟成大灾，而势与六月十二相埒。	2624页4行	五十一页四行
初四日 （8月15日）	……幸风不止，入夜雨又潺潺然。	……幸风不止，入夜雨潺潺然。	2624页7行	五十一页七行
同日	……查稿甚多。	……画稿甚多。	2624页8行	五十一页九行
初五日 （8月16日）	……巳午间云开露日，午后暗矣，此真晴也，……	……巳午间云开露日，午后晴矣，此真晴也，……	2624页13行	五十一页十三行
同日	季膺，荣仲华之堂兄，有九十馀岁老母。	季膺，荣仲华之堂兄，有九十余(馀)岁老母。	2624页14行	五十一页十四行
同日	……云有湖丝四箱贴内阁翁封条，来报税，……	……云有湖丝四箱贴内阁翁封条，未报税，……	2624页倒9行	五十一页十八行
初六日 （8月17日）	写湘信，复南信。	写湘信，发南信。	2624页倒2行	五十二页五行
初八日 （8月19日）	王莲生来见懿荣。	王莲生懿荣。来见。	2625页8行	五十二页十四行
同日	山西：薛宝辰、高柑。	山西：薛宝辰、高柑［楠］。	2625页10行	五十二页十五行
初九日 （8月20日）	归已晚，感热头痛。	归已晚，感热头疼。	2625页14行	五十二页十九行
初十日 （8月21日）	……曰无，然则门生不与闻可也。退后拜汪柳门、樵野皆未晤。	……曰无，曰然，则门生不与闻可也。退后拜柳门、樵野皆未晤。	2625页倒9行	五十三页一行、二行
同日	山西典试高柑来见。	山西典试高柑［楠］来见。	2625页倒4行	五十三页六行

十一日(8月22日)	……于仪鸾门磕头谢燕窝,即退。	……于仪鸾门磕头谢赏燕窝,即退。	2625页倒1行	五十三页十行
十三日(8月24日)	十三日(8月14日)	十三日(8月24日)	2626页倒10行	
同日	郭子钧庚平来见……	郭子钧赓平来见……	2626页倒8行	五十四页七行
同日	晚邀孙、徐二君饭,畅谈。	晚邀孙、徐二公饭,畅谈。	2626页倒7行	五十四页七行
十四日(8月25日)	十四日(8月15日)	十四日(8月25日)	2626页倒5行	
同日	嵩崑。书农,新升贵藩。	嵩崑[昆]书农,新升贵藩。	2626页倒1行	
十五日(8月26日)	出结官乌质义检举监生严光第踪跡诡秘,……	出结官乌质义检举监生严光第踪迹诡秘,……	2627页8行	五十五页一行
同日	……乃草一折奏明收录。	……乃草一摺奏明收录。	2627页11行	五十五页三行
十六日(8月27日)	……伊尚须找足一千二百馀金,……	……伊尚须找足一千二百余(馀)金,……	2627页倒12行	五十五页七行
十八日(8月29日)	……南路看丹村一处,有数千人来乞赈,……	……南路看丹村一处,有数十人来乞赈,……	2627页倒2行	五十五页十九行
二十日(8月31日)	……尚馀三千五百在百川通生息,每月四厘利。	……尚余(馀)三千五百在百川通生息,每月四厘利。	2628页12行	五十六页十行
廿一日(9月1日)	新进江西安仁县左秉钧菊生,三,……来见,……	新选江西安仁县左秉钧菊生,三,……来见,……	2628页倒10行	五十六页十四行
同日	……内第五廒情形最重,馀渗漏或灌水或墙塌或檐坏。	……内第五廒情形最重,余(馀)渗漏或灌水或墙塌或檐坏。	2628页倒5行	五十六页十九行
廿四日(9月4日)	……六月初……日来,二十日出城。	……六月初……日来,三十日出城。	2629页8行	五十七页八行
廿六日(9月6日)	……雨大作,不减于六月十二日也,六刻始过。	……雨大作,不减六月十二日也,六刻始过。	2629页倒4行	五十八页一行
廿七日(9月7日)	……胡翔林之妹婿,应北闱也。	……胡翔林之妹婿,应北闱者也。	2630页3行	五十八页七行
廿八日(9月8日)	晴,未入值,晨略看书。……凡三百馀人。	晴,未入直,晨略看书。……凡三百余(馀)人。	2630页5行	五十八页九行

同日	……共一百馀本，……	……共一百余(馀)本，……	2630页7行	五十八页十行
同日	……定后请太学刘笏云写之，……	……定后请南学刘笏云写之，……	2630页11行	五十八页十三行
廿九日 (9月9日)	……递广东录科全行录送折，奉旨依议。	……递广东录科全行录送摺，奉旨依议。	2630页倒11行	五十八页十七行
八月初二日 (9月11日)	……阿魁见其父三次矣，而伯述必归谋诸侄乃来迎。	……阿魁见其父三次矣，而伯述必归谋诸妇乃来迎。	2631页1行	五十九页九行脚注
同日	曾广汉以四五品京堂用。	曾伯广汉以四五品京堂用。	2631页2行	五十九页十一行
初五日 (9月14日)	晚访廖穀似未见……刘笏云钜来辞，拟暂归。	晚访廖穀[谷]似未见……刘笏云钜[巨]来辞，拟暂归。	2631页倒8行	
初六日 (9月15日)	孙毓汶、陈学棻为副考官。	孙毓汶、陈学棻、裕德为副考官。	2631页倒4行	六十页九行
初八日 (9月17日)	酉初一刻板齐，子正刷起，……	酉初一刻板齐，子正刷齐，……	2632页5行	六十页十七行
十二日 (9月21日)	申刻雷雨，庭中积水。	申刻雷雨，庭下积水。	2632页12行	六十一页二行
十三日 (9月22日)	辰正发安摺，二场题简，进卷。……阅卷四十本。	辰正发安摺，二场题简，进卷。……阅卷四本。	2632页13行	六十一页三行
十四日 (9月23日)	巳正安折回。	巳正安摺回。	2632页倒11行	六十一页四行
十七日 (9月26日)	天明写题，戌正接安摺。	天明送题，戌正接安摺。	2632页倒6行	六十一页九行
九月初八日 (10月17日)	……曰中几、副几、誊几、馀几。	……曰中几、副几、誊几、余(馀)几。	2634页倒12行	六十三页二行
初九日 (10月18日)	昨夕大风几拔大树，可怕。	昨夕大风几拔树，可怕。	2634页倒10行	六十三页四行
同日	发落卷，请房考写头榜尾，……	发落卷，请房考写榜头榜尾，……	2634页倒8行	六十三页六行
十三日 (10月22日)	……署中回事者纷集，即入。	……署中回事者坌集，即入。	2635页2行	六十三页十二行
十四日 (10月23日)	归见新门生十馀人。	归见新门生十余(馀)人。	2635页11行	六十三页二十行
十五日 (10月24日)	归见新门生十馀人。	归见新门生十余(馀)人。	2635页14行	六十四页二行

同日	……意或可得副车欤。	……意或可得副车耶。	2635页倒11行	六十四页四行
十六日(10月25日)	致南信。闻上海机器局被焚无馀,……	发南信。闻上海机器局被焚无(馀)余,……	2635页倒6行	六十四页八行
二十日(10月29日)	……乃命凡榆尽伐之,于是百馀年之树无孑遗矣。	……乃命凡榆尽伐之,于是百余(馀)年之树无孑遗矣。	2636页13行	六十五页二行
廿一日(10月30日)	照常入退,与福公晤于南厅,归憩。	照常入退,与福公[晤]于南厅,归憩。	2636页倒11行	六十五页六行
同日	……余因议价不协还之,二百仍不肯,须二百一。	……余因议价不协还之,二百尚不肯,须二百一。	2636页倒7行	六十五页九行
廿三日(11月1日)	访芝庵小谈。	访芝庵小语[谈]。	2637页1行	六十五页十七行
同日	谕,御史联陞奏科场舞弊,……	上谕,御史联衔奏科场舞弊,……	2637页4行	六十六页一行
廿四日(11月2日)	是日顺天举人复试,一百十馀人。	是日顺天举人复试,一百十余(馀)人。	2637页14行	六十六页九行
同日	黄村一带百馀村人来乞冬赈,……	黄村一带百余(馀)村人来乞冬赈,……	2637页倒11行	六十六页十一行
廿六日(11月4日)	……王镜逸、倣,凉州府。……袁渭渔宝潢、……	……王镜逸傚,凉州府。……袁渭渔宝璜、……	2638页8行、10行	六十七页七行、九行
廿七日(11月5日)	饭后同箴亭至牌楼复查续修之新石路一百十馀丈,……	饭后同箴亭至牌楼复查续修之新石路一百十余(馀)丈,……	2638页倒7行	六十七页十九行
同日	自宫门由东西如意桥接至牌楼前。	自宫门外由东西如意桥接至牌楼前。	2638页倒6行	六十七页二十行
廿八日(11月6日)	夜访芝庵,……	夜诣芝庵,……	2639页3行	六十八页九行
廿九日(11月7日)	卯正上至中和殿阅祝板,……	卯初上至中和殿阅祝板,……	2639页9行	六十八页十三行
十月朔(11月8日)	……坐朝房恭候,……	……坐朝房恭俟,……	2639页倒12行	六十八页二十行
初二日(11月9日)	……监临孙,皆到,馀未见,晚归将上灯矣。	……监临孙,皆到,余(馀)未见,晚归将上灯矣。	2639页倒2行	六十九页八行

初六日 （11月13日）	……竟夕辗转，觉发胀而痛，疑药力通达也。	……竟夕辗转，觉发胀而瘦，疑药力通达也。	2640页倒7行	七十页五行
初九日 （11月16日）	……亥初始散，较昨又晚二刻。	……亥初散，较昨又晚二刻。	2641页倒12行	七十一页六行
初十日 （11月17日）	……今日四喜部，馀多新班，……	……今日四喜部，余（馀）多新班，……	2641页倒2行	七十一页二十行
十一日 （11月18日）	巳正入座，戌正散。	巳初入座，戌正散。	2642页3行	七十二页五行
十三日 （11月20日）	酒果竣颁赏尺头等，……	酒果后颁赏尺头等，……	2642页14行	七十二页十五行
同日	礼节略与上年同而增四五人。	礼节略与上年同而稍有出入。	2642页倒3行	七十三页八行
十四日 （11月21日）	……辰初雪作，极寒，……	……辰初雪作，极密，……	2642页倒1行	七十三页十行
同日	申正止，约五寸馀，……明日交小雪节，此应晴矣，……	申正止，约五寸余（馀），……明日交小雪节，此应时矣，……	2643页1行	七十三页十一行
同日	……今明两日颐年殿仍演戏也。	……今明两日颐年殿仍演剧也。	2643页3行	七十三页十二行
二十日 （11月27日）	解元马镇桐……冀州书院肄业，吴质甫门人也。	解元马镇桐……冀州书院肄业，吴质甫门人也。	2644页11行	七十五页三行
廿一日 （11月28日）	晚访孙燮臣。邀工部诸君谈河事。	晚访孙燮臣。遇工部诸君谈河事。	2644页倒11行	七十五页八行
廿二日 （11月29日）	晨晤兰孙、柳门于朝房，以折底还庆邸。	晨晤兰孙、柳门于朝房，以摺底还庆邸。	2644页倒8行	七十五页十行
廿三日 （11月30日）	至郑邸处听戏，始知其母福普寿辰，……	至郑邸处听戏，始知其母福晋寿辰，……	2644页倒1行	七十五页十六行
廿五日 （12月2日）	巳初即至内务府他达恭竢，……	巳初即至内务府他达恭竢［俟］，……	2645页11行	七十六页七行
同日	午张樵野来，馀客陆续来，……	午张樵野来，余（馀）客陆续来，……	2645页12行	七十六页八行
廿六日 （12月3日）	晴。入直，内侍笼烛于景运门竢，……	晴。入直，内侍笼烛于景运门竢［俟］，……	2645页倒12行	七十六页十一行
同日	今早书房仍在东室，晓窗稍暖，……	今年书房仍在东室，晓窗稍暖，……	2645页倒10行	七十六页十三行

同日	致德骁峰函,为门人李墨林也。	致德晓峰函,为门人李墨林也。	2645页倒7行	七十六页十五行、十六行
廿七日(12月4日)	……户部与李相国会议抽淮军三千,部筹津贴六万馀。夜坐惓怆怀往事。	……户部与李相国会议抽淮练军三千,部筹津贴六万余(馀)。夜坐悽怆怀往事。	2646页1行	七十七页一行
廿八日(12月5日)	得南信,此月十六日发。	得南信,此月十六发。	2646页8行	七十七页七行
廿九日(12月6日)	……然新工无人看守,亦地方官之疎也。……蓺芳兄弟无分。	……然新工无人看守,亦地方官之疎[疏]也。……艺芳兄弟无分。	2646页13行	七十七页十一行
三十日(12月7日)	坐车出城拜员悟岗同年……未晤。	坐车出城拜员梧冈同年……未晤。	2646页倒9行	七十七页十五行
同日	过厂携书画两件,……	过厂携书画数件,……	2646页倒8行	七十七页十六行
十一月朔(12月8日)	写……廖穀似信……得盛杏荪书,力言挑浚北运河请部筹二十万,馀由振局拨二十万。	写……廖穀[谷]似信……得盛杏荪书,力言挑浚北运河请部筹二十万,余(馀)由振局拨二十万。	2646页倒1行	七十八页五行
初三日(12月10日)	夜大风,不成寐。	夜大风,不寐。	2647页9行	七十八页十二行
初四日(12月11日)	……户部皆出语会去,一会直督有函牍并去未得回信,……	……户部皆出语会去,一会直督者函牍并言未得回信,……	2647页13行	七十八页十五行
初六日(12月13日)	……西直门外城洞为最小低之处,尚馀四寸也。……康纬之代撰乡试录前序。	……西直门外城洞为最小最低之处,尚余(馀)四寸也。……唐纬之代撰乡试录前序。	2648页1行、2行	七十九页四行、五行
初七日(12月14日)	……皆以治舜臣夫人有遗业万余金交其表亲德姓管理,……	……皆以治舜臣之夫人有遗业万余金交其表亲德姓管理,……	2648页5行	七十九页七行
初八日(12月15日)	卯正一刻上至,二刻馀退,天犹未明也。	卯正一刻上至,二刻余(馀)退,天犹未明也。	2648页11行	七十九页十二行
初九日(12月16日)	改署中所拟会奏永定河事,改为一折一片,……早晨两腿转筋,盐熨始愈。	改署中所拟会奏永定河事,改为一摺一片,……早晨有腿转筋,盐熨始愈。	2648页倒10行	七十九页十七行、十八行

初十日 (12月17日)	……王公等先交一万两,而百官亦拟呈交一万余,……	……王公等先交一万两,因而百官亦拟呈交一万余,……	2648页倒4行	八十页三行
十三日 (12月20日)	晴,晚有云气,月好,甚暖,无风。	晴,晚有云气,夜月好,甚暖,无风。	2649页14行	八十页十九行
同日	……卯二刻,熙、张、陈三君皆到。	……卯初二刻,熙、张、陈三君皆到。	2649页倒12行	八十页二十行
十六日 (12月23日)	五更风起,冒风入,衣薄如叶,地冰,犹未懔慄。	五更风起,冒风入,衣裘如叶,地冰,犹未懔慄[栗]。	2650页3行	八十页十五行
同日	……而余乃迟迟未交,慢事之咎不能辞矣。	……而余尚迟迟未交,慢事之咎不能辞矣。	2650页7行	八十一页八行
十七日 (12月24日)	出西长安门访吴絅斋与商进呈经策,……	出西长安门诣吴絅斋与商进呈经策,……	2650页8行	八十一页十九行
同日	终日鹿鹿,尚不觉乏。今早起吃羊肉汁一杯。	终日鹿鹿,尚不觉乏。早起吃羊肉汁一杯。	2650页10行	八十二页一行
十八日 (12月25日)	兰畦名学本,馀姚派迁善化,……	兰畦名学本,馀[余]姚派迁善化,……	2650页倒12行	八十二页五行
廿一日 (12月28日)	归检馀姚家谱,……馀姚脱何公,……馀则四十一世也。	归检馀[余]姚家谱,……馀[余]姚脱何公,余(馀)则四十一世也。	2651页3行、4行	八十二页十六行、十七行
同日	广东门人沈士鑅少潜,……	庚辰门人沈士鑅少潜,……	2651页6行	八十二页二十行
同日	广西道员谢……绮来,未见,……	广西道员谢□绮来,未见,……	2651页10行	八十三页三行
三十日 (1894.1.6)	照常入,以黄折紫毫及拟件进。	照常入,以黄摺紫毫及拟件进。	2653页4行	八十五页四行
同日	……馀二十六段十三人分办,……	……余(馀)二十六段十三人分办,……	2653页6行	八十五页六行
同日	……此余一人私也。……看遗折,酌数语,……	……此余一人之私也。……看遗摺,酌数语,……	2653页12行、13行	八十五页十一行
十二月朔 (1月7日)	辰正三刻皇太后入座,乐作,有例戏。	辰正二刻皇太后入座,乐作,有例戏。	2653页倒10行	八十五页十八行
同日	……仍入至西厢房赏饭饱。尝讫,……	……仍入至西厢房赏饭,饱尝讫,……	2653页倒5行	八十六页五行

同日	……未正三始坐，晚先散。……麟芝庵、钱子密、……	……未正三始坐，傍晚散。……麟芝庵、敬子斋、……	2654页1行	八十六页九行
同日	……捧福字一两，亦御笔亲书。南书房朱监一两。……	……捧寿字一两，亦御笔亲书。南书房朱监四两。……	2654页3行、4行	八十六页一行
同日	被赐者二十五人：……额勤和布、……	初赐者二十五人：……额勤和布、……	2654页5行	八十六页十三行
初二日(1月8日)	入至陛下，手战不已，……聂辑槼浙臬。	入至阶下，手战不已，……聂辑槼[矩]浙臬。	2654页14行、倒12行	八十六页二十行
同日	许星叔遗折上，恩恤极优。	许星叔遗摺上，恩恤极优。	2654页14行	八十七页二行
初三日(1月9日)	……南学生李稷勋、伍毓松、……	……南学生李稷勋、伍毓崧、……	2654页倒6行	八十七页八行
初四日(1月10日)	未正归，看《盐志》一函。	未正归，看《盐法志》一函。	2655页6行	八十七页十九行
初五日(1月11日)	……是日穆庙忌辰，叩首怀怆。	……是日穆庙忌辰，叩首悽怆。	2655页10行	八十八页四行
初八日(1月14日)	午正三刻到署，福，崇，张三公先在矣，本传未刻。	午正三刻到署，福、崇、张三公先在矣，本约未刻。	2656页1行	八十八页十九行
初十日(1月16日)	……九处一百六十馀员。	……九处一百六十余(馀)员。	2656页倒7行	八十九页十七行
同日	到会典馆销签，凡一百十馀本，……	到会典馆销签，凡一百十余(馀)本，……	2656页倒7行	八十九页十八行
十二日(1月18日)	得蓂卿冬月二十四扬州函，欲游金、焦未果。	得蓂卿冬月廿四扬州函，欲游金、焦未果。	2657页11行	九十页十三行
十三日(1月19日)	……打到百馀件，阅稿十馀件，惫甚。	……打到百余(馀)件，阅摺十余(馀)件，惫甚。	2657页倒8行	九十页二十行
十五日(1月21日)	……定二十二日下午时到馆，交收掌润昌。	……定二十二日午时到馆，交收掌润昌。	2658页5行	九十一页十二行
廿二日(1月28日)	午初坐小轿入东华门至国史馆到任，……	午初坐小椅[轿]入东华门至国史馆到任，……	2660页1行	九十三页十四行
同日	……供事请安，呈事宜单而已，……汉股无一人来者。	……供事请安，呈事宜单宜单而已，……汉服无一人来者。	2660页3行	九十三页十六行

廿三日 (1月29日)	……计两夜三日,前后尺馀矣。	……计两夜三日,前后尺余(馀)矣。	2660页12行	九十四页四行
同日	……言当代人材,……	……言当代人材[才],……	2660页倒12行	九十四页八行
廿五日 (1月31日)	……受端砚两方,馀物却之,并却其炭敬。	……受端砚两方,余(馀)物却之,并却其炭敬。	2660页倒3行	九十四页十六行
廿六日 (2月1日)	……坐车颠簸,走十馀处,……	……坐车颠簸,走十余(馀)处,……	2661页2行	九十四页二十行
同日	……一造办处修理匾对等万馀件,请销银九万二千馀;……请先提银三十五万馀,……	……一造办处修理匾对等万余(馀)件,请销银九万二千余(馀);……请先提银三十五万余(馀),……	2661页4行、5行	九十五页二行、三行
同日	……且巨款漫消,无为考究,骇人听闻。	……且巨款漫消,无可考究,骇人听闻。	2661页6行	九十五页五行
光绪二十年甲午 元月初一日 (1894.2.6)	早晴,午后雪气滃发,……	早晴,午后云气滃发,……	第五册 2663页1行	第三十三卷 一页一行
同日	……交部议叙议,三人连衔具二摺,……	……交部议叙,议三人连衔具二摺,……	2663页5行	一页七行
同日	……皇太后御慈宁宫,上来进贺表,……	……皇太后御慈宁宫,上亲进贺表,……	2663页6行	一页十行
初五日 (2月10日)	饮莱菔黎汁一盂,顿清爽。	饮莱菔梨汁一盂,顿清爽。	2664页倒9行	三页五行
初七日 (2月12日)	是日有旨斥兆珏告假二百馀日,……承荫告假六十馀日,交部议处,……	是日有旨斥兆珏告假二百余(馀)日,……承荫告假六十余(馀)日,交部议处,……	2665页5行	三页十五行
初九日 (2月14日)	……翁泳笙,馀姚本家,蕙舫之子。	……翁咏笙,(馀)[余]姚本家,蕙舫之子。	2665页倒6行	四页十二行
初十日 (2月15日)	……携一墨竹册颇古四两。馀无所得。	……携一墨竹册颇古四两。余(馀)无所得。	2665页倒2行	四页十五行
十一日 (2月16日)	……遂赴许筠庵约,……	……遂赴许筠庵之约,……	2666页5行	五页二行
十二日 (2月17日)	踰沟倾跌……阅复奏查办库书樊常星折,当面封口讫。	踰[逾]沟倾跌……阅复奏查办库书樊常星摺,当面封口讫。	2666页倒9行	五页十五行

十四日 (2月19日)	熙敬以谢摺不用黄摺,交部讲处。	熙敬以谢摺不用黄摺,交部议处。	2667页3行	六页四行
上元日 (2月20日)	卯初偕同人登保和殿后阶,就东边第五列。	卯初偕同人登保和殿后阶,就东边第五列坐。	2667页7行	六页十一行
同日	得江海道聂辑椝函,以各家两分薪水寄来,凡四百馀两,意甚愧之。……	得江海道聂辑椝[矩]函,以各家两分薪水寄来,凡四百余(馀)两,意甚愧之。……	2667页14行	六页十八行
十六日 (2月21日)	(赏件:如意、蟒袍袍料、瓶、炉、大胜于常年。)	(赏件:如意、蟒袍袍褂料、瓶、炉、大胜于常年。)	2667页倒12行	七页书眉
二十日 (2月25日)	臣等于辰初至西朝房祇候。	臣等于辰初至西朝房祗候。	2669页5行	
同日	午后入署,事多,看折数件,……	午后入署,事多,看摺数件,……	2669页7行	九页四行
廿一日 (2月26日)	是日吏、户复奏董舒明案,内务府检举折上。	是日吏、户复奏董舒明案,内务府检举摺上。	2669页14行	九页十一行
廿三日 (2月28日)	剥落而精纯,张樵野物。……上唇忽起泡……	剥落而精绝,张樵野物。……上腭忽起泡……	2670页1行、2行	十页三行
廿五日 (3月2日)	……皇上西向设高坐待,……	……皇上西向设高坐侍,……	2670页倒8行	十一页一行
同日	次日午刻太和殿前领颁赏,各部院具印领之。	次日午刻太和殿前颁赏,各部院具印领之。	2671页1行	十一页十二行
廿七日 (3月4日)	街西小屋数楹,隙地纵十丈横六丈,价千金,……	街西有小屋数楹,隙地纵十丈横六丈,价千金,……	2671页倒1行	十二页十八行
同日	……包衣有寿某,才二十馀,今秋屏望六矣,……	……包衣有寿某,才二十余(馀),今秋屏望六矣,……	2672页3行	十二页二十行
同日	前日外调各员均至宁寿宫乐寿堂碰头,……	前日升调各员均至宁寿宫乐寿堂碰头,……	2672页3行	十三页一行
廿八日 (3月5日)	……高澄兰,枏,山西。	……高澄兰,相[楠],山西。	2672页倒12行	十三页十四行
廿九日 (3月6日)	……画点景一小张毕。	……画《点景图》一小张毕。	2672页倒3行	十四页三行
同日	卯初至乾清门内敬俟,徒倚良久。	卯初至乾清门内敬俟,徒倚良久。	2673页3行	

二月朔 (3月7日)	余在第六列第二,凡七列,四十二人。二刻馀毕。	余在第六列第二,凡七列,四十二人。二刻余(馀)毕。	2673页4行	十四页十行
同日	(图)	(注:2673页12行后缺图一幅)		十四页十八行书眉
初二日 (3月8日)	信资二吊。	信资三吊。	2673页倒3行	十五页四行
初三日 (3月9日)	辰初二刻上至,辰初二刻退。	辰初二刻上至,辰初二刻退。(注:此处"辰初二刻"相同,疑原稿笔误。)	2673页倒8行	十五页六行、七行
初七日 (3月13日)	并有交片,凡折内均书降几级字样。	并有交片,凡摺内均书降几级字样。	2675页3行	十六页十八行
初九日 (3月15日)	午饭后诣国子监,坐刻许,遂诣大成殿恭视演礼。	午饭后诣国子监,坐二刻许,遂诣大成殿恭视演礼。毕,……	2675页11行	十七页五行
十一日 (3月17日)	见新门生七人,又广东戌子副贡门人,……	见新门生七人,又广东戊子副贡门人,……	2675页倒2行	十七页二十行
十二日 (3月18日)	日前论古斋贾人自南来,挟书数十件,……袁重其霜哺四卷,皆佳,……	日前论古斋贾人自南来,挟书画数十件,……袁重其《霜哺》四卷,皆佳,……	2676页5行	十八页四行、五行
十三日 (3月19日)	出城拜吴君俊卿,其人曾在吴平斋家处馆,年四十馀,……	出城拜吴君俊卿,其人曾在吴平斋家处馆,年四十余(馀),……	2676页9行	十八页九行
十四日 (3月20日)	新授浙抚廖毂似来晤。昨日到。午后写对十馀副,稍有所悟。	廖毂[谷]似来晤,昨日到。午后写对十余(馀)副,稍有所悟。	2676页13行、14行	十八页十四行
十五日 (3月21日)	写对十馀,看国志。亥初月食二分有馀,……	写对十余,看《国志》。亥初月食二分有余(馀),……	2676页倒10行、倒9行	十八页十六行、十七行
十六日 (3月22日)	祝廖毂似五十九寿。	祝廖毂[谷]似五十九寿。	2676页倒8行	
十七日 (3月23日)	晚饭后芝庵来邀,因访彼谈。	晚饭后芝庵来邀,因诣彼谈。	2677页1行	十九页六行
十八日 (3月24日)	寅正二刻馀等站班,补褂。	寅正二刻余(馀)等站班,补褂。	2677页4行	十九页八行

同日	顺天府报雨二寸有馀，此甘雨也，……山西南路及陕西西之同、凤半年未雨，……	顺天府报雨二寸有余(馀)，此甘雨也，……山西南路及陕西之同、凤半年未雨，……	2677页6行、7行	十九页十行
同日	国学肄业南学中者徐乃昌来见，……徐仁山之胞姪。	国学肄业南学中者徐乃昌来见，……徐仁山之胞姪[侄]。	2677页7行、9行	十九页十一行
廿一日 (3月27日)	并邀廖穀似、仲山、龙芝生同坐，……	并邀廖穀谷似、仲山、龙芝生同坐，……	2677页倒5行	
同日	……钱玉炘严议，馀州县降革数人，……	……钱玉炘严议，余(馀)州县降革数人，……	2678页1行	二十页七行
廿二日 (3月28日)	见新门生十馀人。	见新门生十余(馀)人。	2678页5行	二十页十行
廿四日 (3月30日)	湖广会馆有一井，……突出盛沸高尺馀。……光禄寺折未粘黄面，……光禄卿堃岫、鸿胪舒普皆议处。	湖广会馆有一井，……突出盛沸高尺余(馀)。……光禄寺摺未粘黄面，……光禄卿堃[坤]岫、鸿胪舒普皆议处。	2678页倒3行、倒2行	二十一页八行、十行
廿五日 (3月31日)	晴。照常入直，四刻多退。……馀皆照改矣。	晴，风。照常入直，四刻多退。……余(馀)皆照改矣。	2679页1行、2行	二十一页十一行、十二行
廿七日 (4月2日)	……崑冈、……徐会沣。	……崑[昆]冈、……徐会澧。	2679页倒10行、倒9行	二十二页六行、七行
同日	“壮哉崑仑方壶图”，得山字。	“壮哉昆仑方壶图”得“山”字。	2679页倒8行	二十二页八行
三月朔 (4月6日)	是日食七分三十二秒，巳正三刻初亏，……	是日日食七分三十二秒，巳正三刻初亏，……	2680页14行	二十三页七行
同日	夜肝痛不可当①。	①注脚为:原稿天头有一图，画七分三十二秒时日食情况，现删。(注:此图应补入)	2680页倒8行	二十三页八行书眉
初二日 (4月7日)	徐午阁、丰幼农、国子达之姪孙、……孙川壬辰剩录第一，在予手。	徐午阁、丰幼农国子达之姪[侄]孙、……孙川壬辰誊录第一，在予手。	2680页倒2行	二十三页十六行
初三日 (4月8日)	……应乙酉通家之约，坐十馀刻散。新放江西粮道刘毅吉少鼒来见。	……应乙酉通家之约，坐十余(馀)刻散。新放江西粮道刘毅吉鼒来见。	2681页4行	二十三页二十行

初四日 (4月9日)	晚王廉生看画,留点心。……借余晋唐小楷两本去。	晚王廉生来看画,留点心。……借余晋唐小楷两本去。乏甚。	2681页7行、8行	二十四页三行、四行
初五日 (4月10日)	送廖穀士行,并晤仲山。归见门生数人。	送廖穀[谷]士行,并晤仲山。归见旧门生数人。	2681页10行、11行	二十四页六行
同日	……研生絜眷来应试也。……翁泳笙来辞行,初八发。	……研生絜[挈]眷来应试也。……翁咏笙来辞行,初八发。	2681页12行、13行	二十四页八行
初九日 (4月14日)	卯初二刻上中和殿阅祝版,……	卯初二刻上中和殿阅祝板[版],……	2682页9行	二十五页十行
十一日 (4月16日)	发南信第六号,又以京足纹五百两由百川汇常交熙孙,……	发第六号南信,又以京足纹五百两由百川通汇常交熙孙,……	2683页1行	二十六页七行
十二日 (4月17日)	自初八日街南屋开工,每日匠役五十馀,……	自初八日街南屋开工,每日匠役五十余(馀),……	2683页11行	二十六页十五行
十三日 (4月18日)	备菜四蒌送总布胡同同邑诸子。……	备菜四篮送总布胡同同邑诸子。……	2683页倒12行	二十六页十八行
十四日 (4月19日)	……泥涂乘车行。……	……泥塗[途]乘车行。……	2683页倒9行	二十六页二十行
十九日 (4月24日)	到书房晚,不及三刻退。饭罢昭仁殿晾书,……	到书房晚,不及三刻退。饭罢至昭仁殿晾书,……	2684页倒5行	二十八页九行
廿三日 (4月28日)	各省中额下,江苏二十五名,安徽十七名。	各省中额下,江苏廿五名,安徽十七名。	2685页倒3行	二十九页十六行
廿四日 (4月29日)	饭后复入署,画钱粮稿。	饭后入署,画钱粮稿。	2686页3行	二十九页二十行
同日	……伊壬戌举人,年六十五矣,会试十馀科,今年截取到班。	……伊壬戌举人,年六十五矣,会试十余(馀)科,今年截取到班。	2686页5行	三十页二行
廿五日 (4月30日)	比彼散而福公拉余见请期摺稿,……	比彼散而福公拉余具请期摺稿,……	2686页9行	三十页六行
廿六日 (5月1日)	良久李公苾园始至,申正二遂散。	良久李公苾园始至,坐至申正二遂散。	2686页倒8行	三十页十三行
廿七日 (5月2日)	阅大考卷:崑冈、……徐会沣、……	阅大考卷:崑[昆]冈、……徐会澧、……	2687页6行、7行	三十一页五行、六行

廿八日 (5月3日)	……细看除第一及另束五本毋动外,馀皆可动;……	……细看除第一及另束五本毋动外,余(馀)皆可动;……	2687页11行	三十一页十一行
廿九日 (5月4日)	余对云,故事不完者不列等,……	余对云,故事惟不完者不列等,……	2687页倒9行	三十一页十七行
同日	请军机章京二人写名单、名次签,重粘一遍,……	请军机章京二人写名单、名次签,重粘一过,……	2687页倒4行	三十二页四行
四月初一日 (5月5日)	访晤迟庵。	访晤芝庵。	2688页1行	
初二日 (5月6日)	得蒉信,于三月二十日归里,……	得蒉信,于三月廿……日归里,……	2688页6行	三十二页十二行
初七日 (5月11日)	孙兄入。进讲四刻馀,冒雨出,……	孙兄入。进讲四刻余(馀),冒雨出,……	2689页9行	三十三页十九行
初八日 (5月12日)	……二等前二侍讲,馀中赞,至二十名,惟张百熙侍讲;……	……二等前二侍讲,余(馀)中赞,至廿名,惟兆百熙侍讲;……	2689页倒11行	三十四页五行
同日	……今日奉旨召见,询问政事,未能谙悉,……	……今日奉旨召见,询问政事,未能谙悉,……	2689页倒8行	三十四页九行
初十日 (5月14日)	左子异、孝同,文襄四子。……罗舆三崇龄、……	左子异孝同,文襄四子、……罗与三崇龄、……	2690页5行、8行	三十四页十九行;三十五页二行
十一日 (5月15日)	……酉初斌始出,体中无恙,欣喜,……	……丑初斌始出,体中无恙,欣喜,……	2690页倒12行	三十五页八行
十二日 (5月16日)	王承洛,父辅,己酉拔,……	王承洛,父辅,号……书,己酉拔,……	2690页倒8行	三十五页十三行
同日	司官尹序长来,今日奉旨延寄一件,……	司官尹序长来,今日奉旨廷寄一件,……	2690页倒7行	三十五页十四行
十四日 (5月18日)	观寺内方缸,似元时物,琉璃轴,光采焕然。	观寺内方缸,似元时物,琉璃釉,光采焕然。	2691页7行	三十六页四行
同日	答次侯,告经修难位置。	答次侯,告君修难位置。	2691页10行	三十六页九行
十五日 (5月19日)	是日考试差,斌寅初二起身,……	是日考试试差,斌寅初二起身,……	2691页倒11行	三十六页十五行
同日	"槐阴清酒麦风凉得清字"。	《槐阴清润麦风凉得清字》。	2691页倒9行	三十六页十六行
十六日 (5月20日)	写对十馀,扇七。	写对十余(馀),扇七。	2691页倒4行	三十六页二十行

同日	致江蓉舫，为李兆孙，……欲寻其戚□海州盐大使也。	致江蓉舫，为李兆孙，……欲寻其戚盖海州盐大使也。	2691页倒3行	三十七页一行
十七日 (5月21日)	……是日军机复看昨日考差卷，余与荫翁避出就西房。	……是日军机复看昨日考差卷，余与荫翁避出就西屋。	2692页5行	三十七页七行
同日	……第一名弥封拆，诗片夹入，馀未拆，……	……第一名弥封拆，诗片夹入，余(馀)未拆，……	2692页7行	三十七页十行
同日	徐桐、翁同龢、崑冈、……徐会沣。	徐桐、翁同龢、崑[昆]冈、……徐会澧。	2692页13行	三十七页十六行
十八日 (5月22日)	致徐星槎书，为李兆麟书，……	致徐星槎书，为李麟书，……	2692页倒6行	三十八页三行
十九日 (5月23日)	……对诗片，折弥封，午初二刻再递，传散。	……对诗片，拆弥封，午初二刻再递，传散。	2692页倒3行	三十八页六行
同日	"职贡图赋"；以写其形貌，从为图为韵。"壁闻丝竹声"。堂。	《职贡图赋》以写其形貌，以为图为韵。《壁闻丝竹声堂》。	2693页3行	三十八页十行
二十日 (5月24日)	……拟题八道，两字。有引折，圈出四道，拟策问。	……拟题八道，两字。有引摺，圈出四道，拟策问。	2693页9行	三十八页十五行
同日	南皮八十有五矣，耳目步履如常人，今日南斋尚为余画扇并小幅。	南皮八十有五矣，耳目步履如常人〔入〕，今日南斋尚为余画扇并小幅。	2693页倒11行	三十九页二行
廿一日 (5月25日)	二十一日	廿一日	2693页倒9行	三十九页三行
廿二日 (5月26日)	二十二日	廿二日	2693页倒4行	三十九页九行
廿三日 (5月27日)	二十三日	廿三日	2694页2行	三十九页十三行
同日	馀卷入箱，交收掌，各散。	余(馀)卷入箱，交收掌，各散。	2694页9行	三十九页二十行
廿四日 (5月28日)	……以硃笔标十本，柳门书之。持卷出，……	……以硃笔标十本，柳门书之。捧卷出，……	2694页倒10行	四十页8行
廿六日 (5月30日)	二十六日	廿六日	2695页2行	四十页十七行
同日	周生锡恩来。……十馀年无此局矣。	周生锡恩来。……十余(馀)年无此局矣。	2695页4行	四十页十九行、二十行

廿七日 (5月31日)	二十七日	廿七日	2695页6行	四十一页一行
廿九日 (6月2日)	申初二刻毕，递名单，食顷传散。	申初二刻毕，递名单，召顷传散。	2696页3行	四十二页六行
同日	……汪鸣銮、徐会沣、……	……汪鸣銮、徐会澧、……	2696页8行	四十二页十一行
五月初七日 (6月10日)	而刘岘庄以人材荐，……	而刘岘庄以人材[才]荐，……	2697页倒5行	
初八日 (6月11日)	族人翁道鸿之子寿，号钖九，年廿九，……	族人翁道鸿之子寿，号锡九，年廿九，……	2698页10行	四十五页五行
初十日 (6月13日)	余答以君位天下之重，当尽言。	余答以君任天下之重，当尽言。	2698页倒9行	四十五页十二行
同日	凡朝考一等皆庶常，二等尚有卅馀人，共七十九人。	凡朝考一等皆庶常，二等尚有卅余(馀)人，共七十九人。	2698页倒4行	四十五页十八行
十一日 (6月14日)	……北洋电来，请递止[上]。	……北洋电来，请进止。	2699页6行	四十六页八行
十二日 (6月15日)	照常入，进讲四刻馀，……	照常入，进讲四刻余(馀)，……	2699页8行	四十六页十行
同日	广西：曹裕元、汪凤梁。	广西：曹福元、汪凤梁。	2699页13行	四十六页十一行
十三日 (6月16日)	户部带引见，寅初起，……	户部带引见，寅初二起，……	2699页倒12行	四十六页十六行
同日	毕，至直庭，写扇数柄，进讲三刻退。	毕，至直庐，写扇数柄，进讲三刻退。	2699页倒9行	四十六页二十行
同日	见新庶常十馀人，见斌孙所取士第六房二十人，……	见新庶常十余(馀)人，见斌孙所取士第六房二十人，……	2699页倒8行	四十七页一行
同日	魏达文、尊山，通经。(中)……王叔谦、益山，明白。〈部〉	魏达文尊山，通经。〈以上〉中。……王叔谦益山，明白。〈以上〉部。	2699页倒2行、倒1行	四十七页八行、十行
同日	刘锦藻、澄如，瘦麻，(归原班。)	刘锦藻澄如，瘦麻，〈以上〉归原班。	2700页2行	四十七页十三行
同日	谢远涵。镜虚，秀静，未朝考。	谢远涵镜虚，秀静，〈以上〉未朝考。	2700页3行	四十七页十三行
十四日 (6月17日)	见新庶常十馀人。曹再韩来辞行。	见新庶常十余(馀)人。曹再韩来辞行。	2700页5行	四十七页十六行
十五日 (6月18日)	晨起看孙兄折稿。……	晨起看孙兄摺稿。……	2700页13行	四十八页三行

十九日 (6月22日)	勘馆中画一字体六本,下十馀签,乏极矣。	勘馆中画一字体六本,下十余(馀)签,乏极矣。	2701页倒10行	四十九页十三行
廿五日 (6月28日)	壬辰门人叶大年庶常初次见。騃气,然真挚,……致廖縠似函。	壬辰门人叶大年庶常初次见。騃[呆]气,然真挚,……致廖縠[谷]似函。	2703页8行、9行	五十一页十一行
六月初三日 (7月5日)	……勤殿改南向后余,第一回带引见也。	……勤〈政〉殿改南向后,余第一回带引见也。	2704页倒1行	五十三页十二行
同日	吏部、刑部、太仆、八旗共八十馀人。	吏部、刑部、太仆、八旗共八十余(馀)人。	2705页2行	五十三页十三行
初五日 (7月7日)	退至成均房。	退至成均朝房。	2705页倒10行	五十四页七行
初六日 (7月8日)	写湖信。……	写湘信。……	2705页倒4行	五十四页十三行
初七日 (7月9日)	晨晤庆邸,商定折稿。入讲四刻馀,……	晨晤庆邸,商定摺稿。入讲四刻余(馀),……	2706页2行	五十四页十七行
初十日 (7月12日)	《永乐大典》剩八百馀本。	《永乐大典》剩八百余(馀)本。	2707页7行	五十六页十行
同日	前月将军恭寿劾其私带兵卒九名。	前月将军恭寿劾其私带兵丁十九名。	2707页13行	五十六页十六行
十五日 (7月17日)	临河坐待,约六刻馀军机始来请。	临河坐待,约六刻余(馀)军机始来请。	2709页1行	五十八页十七行
同日	北洋电。派卫汝贵带六千人进平壤,冯[马]玉崑带二千人进义州,……	北洋电。派卫汝贵带六千人进平壤,冯玉崑[昆]带二千人进义州,……	2709页8行	五十九页四行
十七[十六]日 (7月18日)	以余所见,南海瀛台内外树仆者十馀矣。	以余所见,南海瀛台内外树仆者十余(馀)矣。	2709页倒5行	五十九页十六行
二十日 (7月22日)	李若农来谈时事,不騃,饭而去。	李若农来谈时事,不騃[呆],饭而去。	2710页倒1行	六十一页四行
廿一日 (7月23日)	……同到军机处看折并电。	……同到军机处看摺并电。	2711页7行	六十一页十一行
廿四日 (7月26日)	"从仙同日咏霓裳"八韵诗。	"众仙同日咏霓裳"八韵诗。	2712页6行	六十二页十七行
廿五日 (7月27日)	……伤亡数人,馀皆星散。拘王之说未确。	……伤亡数人,余(馀)皆星散。拘王之说未确。	2712页倒6行	六十三页11行

廿七日 (7月29日)	黎明雷电大雨，旋止，卯正后雷，又大雨一阵止，……	黎明雷电大雨，旋止，卯正复雷，又大雨一阵止，……	2713页倒12行	六十四页十三行
同日	余至月华门与庆邸谈后出。	余至月华门与庆邸谈，复出。	2713页倒9行	六十四页十六行
廿八日 (7月30日)	沉阴，西北风，露日，旋又合。	沉阴，早晨西北风，露日，旋又合。	2713页倒3行	六十五页二行
同日	……张樵野亦来谈，至巳初散。	……张樵野亦来谈，至巳初方散。	2713页倒1行	六十五页四行
同日	……杀俄[倭]千馀，我兵亡百馀，……	……杀俄〔倭〕千余(馀)，我兵亡百余(馀)，……	2714页2行	六十五页六行
七月朔 (8月1日)	……知廿五、六牙军又捷，杀敌二千馀，……	……知廿五、六牙军又捷，杀敌二千余(馀)，……	2714页倒7行	六十六页五行
初二日 (8月2日)	……看电报廿馀件，要者只两三件耳，……	……看电报廿余(馀)件，要者只两三件耳，……	2714页倒2行	六十六页八行
同日	……海军乃生息之款，一时未能遽拨者也。	……海军乃生息之款，一时未能遽提者也。	2715页1行	六十六页十行
初三日 (8月3日)	北路卫、左军距平壤二百馀里，……	北路卫、左军距平壤二百余(馀)里，……	2715页12行	六十六页十九行
初四日 (8月4日)	筱润胞姪，兰庄堂姪。	筱润胞姪[侄]，兰庄堂姪[侄]。	2715页倒8行	
初六日 (8月6日)	辰正撤书房，遂偕庆邸同至军机处，……	辰正撤书房，遂偕庆邸同赴军机处，……	2716页3行	六十七页十七行
初十日 (8月10日)	……威海间，吴、浙、闽皆可虑，……	……威海间，齐、吴、浙、闽皆可虑，……	2717页12行	六十九页六行
十二日 (8月12日)	……责成丁汝昌截倭船于旅顺，……	……责令丁汝昌截倭船于旅顺，……	2717页倒1行	六十九页十八行
十三日 (8月13日)	……以为孙、徐尚办事，馀则般乐忘返，……	……以为孙、徐尚办事，余(馀)则般乐忘返，……	2718页7行	七十页五行
十四日 (8月14日)	巳正二刻入署。	巳正二刻退，入署。	2718页倒3行	七十一页二行
十五日 (8月15日)	至成均朝房小憩，蒸不可当。	至成均朝房小憩，湿蒸不可当。	2719页5行	七十一页七行

十六日(8月16日)	……勿盼外援而疎本务。	……勿盼外援而疏本务。	2719页14行	七十一页十六行
十七日(8月17日)	其馀各摺皆驳,惟余、褚请神机兵勿扎通州摺准行。	其余(馀)各摺皆驳,惟余、褚请神机兵勿扎通州摺准行。	2720页3行	七十二页十行
同日	……一办临清以南铁路二百六十馀里运粮。	……一办临清以南铁路二百六十余(馀)里运粮。	2720页8行	七十二页十六行
二十日(8月20日)	叶军有的信,在平康。距平壤二百馀里,尚有二千馀人。	叶军有的信,在平康。距平壤二百余(馀)里,尚有二千余(馀)人。	2720页倒3行、倒2行	七十三页十二行
廿一日(8月21日)	……又报快船三只已汇银二百十馀万,……	……又报快船三只已汇银二百十余(馀)万,……	2721页4行	七十三页十六行
廿五日(8月25日)	……馀则皆置不议。退时午正。	……余则皆置不议。退时午正。	2722页倒12行	七十五页十一行
廿六日(8月26日)	……而复奏片中叙明前敌不可轻云云。	……而复奏片中叙明前敌不可轻进云云。	2723页4行	七十六页七行
廿八日(8月28日)	午初归,入门小卧一,……	午初归,入门即卧一,……	2723页倒11行	七十六页十九行
同日	……下利者十馀次,……	……下利者十余(馀)次,……	2723页倒9行	七十七页一行
同日	是日广东录科有九百馀,取七百人,……	是日广东录科有九百余(馀),取七百人,……	2723页倒7行	七十七页三行
三十日(8月30日)	……午进白饭数匙,犹不善食。	……午进白饭数匙,犹不喜食。	2724页2行	七十七页八行
八月朔(8月31日)	顺:徐会沣。	顺:徐会澧。	2724页倒12行	七十八页三行
初二日(9月1日)	……遂由櫺星门逐一查勘,金殿地基筑黄土,方二丈馀,……	……遂由櫺星门逐一查勘,金殿地基筑黄土,方二丈余(馀),……	2724页倒7行	七十八页八行
初三日(9月2日)	……昨夜有广东监生百馀人乘车来学,……	……昨夜有广东监生百余(馀)人乘车来学,……	2725页倒7行	七十九页二十行
同日	又,大成殿内正中进北,有级一层,……	又,大成殿内正中近北,有级一层,……	2725页倒3行	八十页五行
同日	看国史小传。	看《国史》四传。	2726页3行	八十页十一行

初五日(9月4日)	午初散,约明日并集。	午初散,约明日再集。	2726页倒8行	八十一页七行
初六日(9月5日)	同考官:……刘启端△……	同考官:……刘启瑞△……	2727页4行	
初八日(9月7日)	……雨甚大,两阵,洒洒彻晓。	……雨甚大,两阵,潇潇彻晓。	2727页倒10行	八十二页十行
十三日(9月12日)	申间入署一次。归,晤台湾人许论华,谈台事,……	申间入署一次。归,晤台湾人许榆华,谈台事,……	2728页倒7行	八十三页十七行
十四日(9月13日)	天意如斯,可惧哉!(注:以下脱句)	天意如斯,可惧哉!读邸抄知十五、六日传王大臣等听戏,赏饭。	2729页3行	八十四页六行
十五日(9月14日)	……臣等随入,在长信门外敬竢。	……臣等随入,在长信门外敬竢[俟]。	2729页6行	八十四页十行
同日	……彼使臣者尚燕侃自若欤。	……彼使臣者尚燕侃自若耶。	2729页倒9行	八十五页六行
十六日(9月15日)	……入至殿廷敬竢,与诸公谈。	……入至殿廷敬竢[俟],与诸公谈。	2729页倒3行	八十五页十二行
廿五日(9月24日)	吁!可怕哉。不知东师如何?	吁!可怕哉。不知东师何如?	2732页5行	八十八页九行
同日	旨左宝贵卹典。	旨左宝贵卹[恤]典。	2732页8行	
廿六日(9月27日)	又黄翼升卹典。	又黄翼升卹[恤]典。	2732页倒10行	
廿七日(9月26日)	……且不安眠,乃馀波耳。	……且不安眠,乃余(馀)波耳。	2732页倒8行	八十九页六行
廿八日(9月27日)	申初庆邸入,二刻。军机一刻,会李公同入。	申初庆邸入,二刻。军机一刻,余与李公同入。	2733页5行	八十九页十九行
同日	……北距兴京六百馀里,永陵在焉,……	……北距兴京六百余(馀)里,永陵在焉,……	2733页7行	九十页二行
九月初二日(9月30日)	电京初四以马车来候于通。	电京初四以车马来候于通。	2735页1行	九十二页九行
初三日(10月1日)	酉初二过西务,裕泽生船泊此。……是日得一百七十馀里。	酉初二过河西务,裕泽生船泊此。……是日得一百七十余(馀)里。	2735页5行、6行	九十二页十三行、十四行

初五日（10月3日）	小轮三只，慈航、吃水二尺馀。……	小轮三只，慈航、吃水二尺余(馀)。……	2735页倒2行	九十三页十三行
初八日（10月6日）	归未见客，与子侄谈。	归未见客，与子姓谈。	2736页倒6行	九十四页十八行
十三日（10月11日）	诣枢看折，……	诣枢看摺，……	2737页倒4行	九十六页二行
二十日（10月18日）	……用葛二钱、柴钱半、草果等，似治虐也。	……用葛二钱、柴一钱五分、草果等，似治虐也。	2739页倒4行	九十八页十一行
廿三日（10月21日）	“疎篱带晚花”秋。阅卷：……陈学芬、……	《疎[疏]篱带晚花秋》。阅卷：……陈学棻、……	2741页5行、6行	一百页六行
廿五日（10月23日）	……余及邸枢皆未及饭即回军机处，……	……余及邸枢皆未及饭即回军机处办，……	2742页1行	一百一页七行
廿六日（10月24日）	恭邸云不必磕头。军机云已具摺不磕矣。	恭邸云不必磕头。军机云已具摺不磕头。	2742页倒10行	一百二页五行
同日	……嗣传余带班率九人叩头于廷，……并卹阵亡者。	……嗣传余带班率九人入，叩头于廷，……并卹[恤]阵亡者。	2742页倒8行、倒1行	一百二页八行
廿七日（10月25日）	……冯煦摺同。……	……冯煦摺略同。……	2743页7行	一百二页二十行
廿八日（10月26日）	退至成均朝房小憩。……庆演荦未来。	退至成均〈朝〉房小憩。……庆演荦未来。	2743页倒12行	一百三页八行
三十日（10月28日）	孙云脉稍数，一刻馀退。	孙云脉稍数，一刻余(馀)退。	2744页14行	一百四页十三行
十月朔（10月29日）	卯初至祥晖楼下，与孙兄因召入见。	卯初至祥晖楼下，与孙兄因召入殿。	2745页1行	一百五页八行
初二日（10月30日）	寅正二刻至西华门外恭竢。	寅正二刻至西华门外恭竢[俟]。	2745页11行	一百五页十九行
初七日（11月4日）	四刻退，到直房，巳正先散。	四刻退，至直房，巳正先散。	2747页8行	一百八页十四行
初八日（11月5日）	后与庆邸、李公同起一刻许，……	后与庆邸、李公同起一刻余(馀)，……	2747页14行	一百八页十八行
初九日（11月6日）	……谢皇太后御笔久寿一幅、大小荷包一对，即退饭。	……谢皇太后御笔“久寿”一幅、大小荷包一对，即退饭。	2747页倒3行	一百九页十二行
初十日（11月7日）	同诣皇极门外敬竢，……	同诣皇极门外敬竢[俟]，……	2748页11行	一百十页三行
同日	立玉夫代办贡物。……花费二十二两，……	立玉夫代办贡物。……花费廿二两，……	2748页倒11行	一百十页十行

十二日 (11月9日)	寅正偕孙兄入见,旋见起,二刻馀。	寅正偕孙兄入见,旋见起,二刻余(馀)。	2749页2行	
十三日 (11月10日)	穆隆阿、兴斋,钖伯领队,……	穆隆阿、兴斋,锡伯领队,……	2749页倒9行	一百十二页一行
同日	旨定安练兵不力,严议;……	旨定安练兵不得力,严议;……	2749页倒5行	一百十二页五行
十七日 (11月14日)	辰初至咸安宫恭竢,……	辰初至咸安宫恭竢[俟],……	2750页倒7行	一百十三页十行
同日	……大学士、尚书、侍郎至西华门排至栅栏,……	……大学士、尚书、侍郎自西华门排至栅栏,……	2750页倒6行	一百十三页十二行
十八日 (11月15日)	命以后日日于寅正一刻在楼下敬竢,……	命以后日日于寅正一刻在楼下敬竢[俟],……	2751页4行	一百十三页二十行
同日	……函中述倭语,狂悖发指,不可言状。……致廖觳似。	……函中述倭语,狂悖发指,不堪言状。……致廖觳[谷]似。	2751页7行、10行	一百十四页三行
十九日 (11月16日)	饭后至督办处,恭邸病未入内,……	饭后到督办处,恭邸病未入内,……	2751页倒10行	一百十四页十二行
二十日 (11月17日)	一、昭陵总管等廿馀人告急,请议和。	一、昭陵总管等廿余(馀)人告急,请议和。	2752页1行	一百十五页三行
廿一日 (11月18日)	上于盛京三陵总管等廿馀人连名电报,颇为动容,……	上于盛京三陵总管等廿余(馀)人连名电报,颇为动容,……	2752页5行	一百十五页六行
同日	……大汗淋漓,几不支,盖十馀年未习长跪,……	……大汗淋漓,几不支,盖十余(馀)年未习长跪,……	2752页7行	一百十五页九行
廿二日 (11月19日)	……入时未雨,未明雨作,趋瀛台,路极滑。入讲一刻,见起二刻馀。	……入时未雨,未黎明雨作,趋瀛台,路极滑。入讲一刻,见起二刻余(馀)。	2752页13行、14行	一百十五页十五行、十六行
廿九日 (11月26日)	……河南抚裕宽欲营福州将军未果。	……河南抚裕宽欲营求福州将军未果。	2754页倒8行	一百十八页十一行
十一月初三日 (11月29日)	照常入,讲一刻馀,起四刻,无甚要事。	照常入,讲一刻余(馀),起四刻,无甚要事。	2755页倒7行	一百二十页二行
初八日 (12月4日)	即以志锐充鸟里雅苏台参赞大臣。	即以志锐充乌里雅苏台参赞大臣。	2757页10行	
同日	……其馀皆常语,三刻退。	……其余(馀)皆常语,三刻退。	2757页12行	一百二十二页七行

初九日 (12月5日)	卯初三刻至书房，上色不怡，谓正典学，奈何辍讲?	卯初三刻始至书房，上色不怡，谓正典学，奈何辍讲?	2757页倒10行	一百二十二页十一行
初十日 (12月6日)	午初入见仪鸾殿，上亦在坐。	午初入见仪鸾殿，上未在座。	2758页3行	一百二十三页六行
同日	因论人材贤否，……	因论人材［才］贤否，……	2758页7行	一百二十三页十行
十三日 (12月9日)	见起一刻馀，无会议，已正散。	见起一刻余(馀)，无会议，已正散。	2759页1行	一百二十四页八行
十七日 (12月13日)	见起三刻馀，到书房数语即退。	见起三刻余(馀)，到书房数语即退。	2760页13行	一百二十六页六行
十九日 (12月15日)	……未及徧阅而起已下。	……未及遍阅而起已下。	2761页1行	一百二十六页二十行
二十日 (12月16日)	……臣等奏辽沈紧急情形，……臣罪可胜诛欤。	……臣等奏陈辽沈紧急情形，……臣罪可胜诛耶。	2761页10行、11行	一百二十七页八行、九行
同日	小饮醇卧。	小饮酣卧。	2761页13行	
廿二日 (12月18日)	国子监引见三名，共一百十馀。……见起二刻馀，到书房。	国子监引见三名，共一百十余(馀)。……见起二刻余(馀)，到书房。	2761页倒5行	一百二十七页十九行、二十行
廿三日 (12月19日)	初发时徧体疼痛，至暮稍止，腹泄如故。	初发时遍体疼痛，至暮稍止，腹泄如故。	2762页2行	一百二十八页六行
廿五日 (12月21日)	……卯初上阅版，军机来站班，盖此礼久废矣。卯正一刻见起，二刻馀，……	……卯初上阅版，军机未站班，盖此礼久废矣。卯正一刻见起，二刻余(馀)，……	2762页8行	一百二十八页十行
廿六日 (12月22日)	卯正还宫，见起一刻馀。	卯正还宫，见起一刻余(馀)。	2762页倒11行	一百二十九页一行
廿七日 (12月23日)	亳州人，其姪宝珠……	亳州人，其姪［侄］宝珠……	2763页1行	
廿八日 (12月24日)	入见于乾清宫，以上摺同递请呈慈览后发下，明日再办。写摺片叙明。	入见于乾清宫，以七摺同递请呈慈览后发下，明日再办。写奏片叙明。	2763页5行	一百二十九页十八行
三十日 (12月26日)	到书房一刻馀，复至直房，递事后散。	到书房一刻余(馀)，复至直房，递事后散。	2763页倒5行	一百三十页十五行
十二月朔 (12月27日)	又三等侍卫永山死事卹典。	又三等侍卫永山死事卹［恤］典。	2764页13行	

同日	大学士等十一人。……崑冈、……	大学士等十一人。……崑[昆]冈、……	2764页倒8行	一百三十二页四行
初三日(12月29日)	晴,无风。照常入,……	晴,无风,暖。照常入,……	2765页7行	一百三十二页二十行
初五日(12月31日)	先至孔雀房敬竢,……	先至孔雀房敬竢[俟],……	2765页倒6行	一百三十三页十四行
初六日(1895.1.1)	晴,稍暖。照常入,……黎明见起一刻馀,书房一刻馀,无事早散。	晴,稍暖。照常入,……黎明见起一刻余(馀),书房一刻余(馀),无事早散。	2765页倒2行、倒1行	一百三十三页十七行
初七日(1月2日)	照常入,见起一刻馀,书房一刻。	照常入,见起一刻余(馀),书房一刻。	2766页6行	一百三十四页三行
初九日(1月4日)	国子监引见二名,助教,各衙门一百八十馀人。	国子监引见二名,助教,各衙门一百八十余(馀)人。	2766页倒9行	一百三十四页十三行
同日	……客散戌正,乏可言欤。	……客散戌正,乏可言耶。	2766页倒7行	一百三十四页十五行
十一日(1月6日)	……自上月廿一日起,无日不三四遍,……	……自上月廿一起,无日不三四遍,……	2767页4行	一百三十五页四行
十六日(1月11日)	……尚有书稿八百馀不及画,……	……尚有书稿八百余(馀)不及画,……	2768页8行	一百三十六页十四行
十七日(1月12日)	画户部书稿六百馀、钱粮稿一百馀。	画户部书稿六百余(馀)、钱粮稿一百余(馀)。	2768页倒11行	一百三十七页一行
廿一日(1月16日)	刘坤一起六刻,庆邸起三刻馀。午一刻余等入见四刻,……	刘坤一起六刻,庆邸起三刻余(馀)。午正一刻余等入见四刻,……	2769页倒11行	一百三十八页七行、八行
同日	……臣亦别有论说甚多,二刻许始定。	……臣亦别有论说,语甚多,二刻许始定。	2769页倒8行	一百三十八页十二行
廿二日(1月17日)	……郑恩贺,皆留未议。	……郑思贺,皆留未议。	2769页倒2行	一百三十八页十七行
同日	书房二刻馀。再到直房,……	书房二刻余(馀)。再到直房,……	2769页倒1行	一百三十八页十八行
廿三日(1月18日)	皇太后赏松寿两大字、福寿字、吉祥语四方。	皇太后赏"松寿"两大字、"福、寿"字、吉祥语四方。蕴萃含章。	2770页11行	一百三十九页十一行

廿五日 (1月20日)	见起三刻馀,书房二刻。……荣告假,馀毕集,……以埊岫代,……	见起三刻余(馀),书房二刻。……荣告假,余(馀)毕集,……以埊[坤]岫代,……	2770页倒7行、倒6行	一百三十九页十九行、二十行
廿七日 (1月22日)	……五十馀艘,二万五千人。	……五十余(馀)艘,二万五千人。	2771页8行	一百四十页十二行
除日 (1月25日)	(皇太后赏八宝荷包一个、元宝式平盒。内十馀件。)	(皇太后赏八宝荷包一个、元宝式平盒。内十余(馀)件。)	2772页3行	一百四十二页书眉
光绪二十一年乙未 正月初一日 (1895.1.26)	……趋太和殿前俟。	……趋太和殿前敬俟。	第五册 2773页7行	第三十四卷 一页十一行
初二日 (1月27日)	……一刻馀退。递事后,电旨二。	……一刻余(馀)退。递事后,电旨二。	2773页倒5行	二页四行
初三日 (1月28日)	晴,无风而寒,气凛冽,……	晴,无风而寒气凛冽,……	2773页倒1行	二页八行
同日	……请王夔石来,以今日俞联沅一片催起程,与刘和衷。	……请王夔石来,以今日余联沅一摺一片催起程,与刘和衷。	2774页3行	二页十二行
初五日 (1月30日)	腹疾渐止,若农方,柿饼、苡米、通草并服。	腹疾渐止,若农方,柿饼、苡米、通草煎服。	2774页倒11行	三页五行
初六日 (1月31日)	复召,以续到五电同看,则南三台尽失,……	复召,以续到五电令看,则南三台尽失,……	2774页倒7行	三页八行
同日	巳初多散,偕高阳到会典馆,再到书房,于圣人前行礼。	巳初多散,再到书房,偕高阳到会典馆,于圣人前行礼。	2774页倒5行	三页十行
初九日 (2月3日)	……封奏余联沅二件,杨福臻一件六片。	……封奏余联沅二件六片,杨福臻一件。	2775页12行	四页六行
十二日 (2月6日)	……旨谕战事屡挫,……	……首谕战事屡挫,……	2776页6行	五页八行
上元日 (2月9日)	退而拟旨,皆孙、徐草也。	退而拟旨,皆孙、徐笔也。	2777页11行	七页一行
廿一日 (2月15日)	美国教士李佳白来求见,拒之。	美国教士李佳白求见,拒之。	2779页9行	九页十八行
廿二日 (2月16日)	是日各国护使馆兵入城,共二百馀。	是日各国护使馆兵入城,共二百余(馀)。	2779页倒12行	十页三行
廿三日 (2月17日)	无封奏,电报十馀件。	无封奏,电报十余(馀)件。	2779页倒10行	十页五行

廿五日 (2月19日)	德馨电催曾桂到任，上不谓然，覆电旨“江西现无防务，新任臬司翁曾桂俟陛见后再赴新任。”	德馨电催曾桂到任，上不谓然，复电旨“江西现无防务，新任臬司翁曾桂俟陛见后再赴新任。”	2780页4行	十页十七行
晦日 (2月24日)	至传心殿，李相、庆邸及枢廷七人议事。	到传心殿，李相、庆邸及枢廷七人议事。	2781页倒7行	十二页十七行
二月初三日 (2月27日)	……是日各处引见一百十馀名。	……是日各处引见一百十余(馀)名。	2782页12行	十三页十三行
初四日 (2月28日)	……午始霁，计三寸馀矣。	……午始霁，计三寸余(馀)矣。	2782页倒10行	十三页十七行
初八日 (3月4日)	见起二刻馀，……	见起二刻余(馀)，……	2783页12行	十五页一行
初九日 (3月5日)	见起一刻，书房一刻，无多事，遂早散。	见起二刻，书房一刻，无多事，遂早散。	2783页倒10行	十五页五行
初十日 (3月6日)	……营口岌岌，宋、吴皆北移矣。	……营口岌岌，宋、吴皆欲北移矣。	2784页1行	十五页十四行
十一日 (3月7日)	见起三刻，书房一刻，莱山未人。	见起三刻，书房一刻，莱山未入。	2784页6行	十五页十九行
十二日 (3月8日)	……退后改摺稿台湾借款速议。	……退后改摺稿台湾借林款速议。	2784页11行	十六页四行
十五日 (3月11日)	见起二刻馀，恭邸仍未到。	见起二刻余(馀)，恭邸仍未到。	2785页7行	十七页四行
十六日 (3月12日)	再到书房，巳正散。……遂忌睡。	再到直房，巳正散。……遂忘睡。	2785页13行	十七页十一行、十二行
十七日 (3月13日)	……吴近駯，……	……吴近駯[呆]，……	2785页倒5行	十七页十九行
十八日 (3月14日)	见起二刻馀，书房一刻。	见起二刻余(馀)，书房一刻。	2785页倒1行	十八页三行
廿一日 (3月17日)	书房一刻馀，巳正退小憩。	书房一刻余(馀)，巳正退小憩。	2786页倒10行	十八页十六行
廿五日 (3月21日)	保和殿举人补复试，凡四百馀人。	保和殿举人补复试，凡四百余(馀)人。	2787页倒11行	十九页十八行
廿六日 (3月22日)	书房一刻馀，到直房递东朝奏片一件，……	书房一刻余(馀)，到直房递东朝奏片一件，……	2787页倒6行	二十页六行
廿八日 (3月24日)	……借题以去，盖应酬世故也。	……借题以去，盖皆应酬世故也。	2788页倒10行	二十一页四行

同日	……海行八日抵津,……	……海行八日始抵津,……	2788页倒8行	二十一页五行
廿九日（3月25日）	书房一刻馀,再至直房,恭邸亦来……	书房一刻余(馀),再至直房,恭邸亦来……	2788页倒2行	二十一页十二行
三月初四日（3月29日）	……军机呈进四书,书房二刻馀,再到直房,……	……军机呈进四书,书房二刻余(馀),再到直房,……	2789页倒1行	二十二页十九行
初五日（3月30日）	……仅电有二道,廷寄。	……仅电旨二道,廷寄一道。	2790页5行	二十三页三行
初六日（3月31日）	见起二刻馀,书房一刻。	见起二刻余(馀),书房一刻。	2790页11行	二十三页九行
初七日（4月1日）	出时未正一刻,入署亦晚,因径归。	出时未正一刻,入署太晚,因径归。	2791页3行	二十四页七行
初八日（4月2日）	……因与秉笔者削去廿馀字,……	……因与秉笔者削去廿余(馀)字,……	2791页8行	二十四页十一行
初九日（4月3日）	……前月廿日面奏,饬令来京,……	……前月廿……日面奏,饬令来京,……	2791页倒8行	二十五页二行
初十日（4月4日）	……庆邸先退,凡二刻馀。	……庆邸先退,凡二刻余(馀)。	2791页倒5行	二十五页六行
同日	退而拟电,又删去秉笔之稿十馀行,巳正退。	退而拟电,又删去秉笔之稿十余(馀)行,巳正退。	2791页倒3行	二十五页九行
十二日（4月6日）	同诸公散直径访恭王府,以稿呈阅,……	同诸公散直,径诣恭王府,以稿呈阅,……	2792页倒11行	二十六页六行
同日	盐课处分杭州府革,其实续充文书在提塘耽阁九十馀日也。	盐课处分杭州府革,其实续充文书在提塘耽阁[搁]九十余(馀)日也。	2792页倒9行	二十六页九行
十四日（4月8日）	后入署,熙、张、长皆集,晚归。	复入署,熙、张、长皆集,晚归。	2792页倒1行	二十六页十六行
十五日（4月9日）	袁君祚娘,号道园,随文勤公十年,今在直隶防军梅秉益营中,号如筠。求吹嘘。	袁君祚娘,号道园,随文勤公十年,今在直隶防军梅秉益营邓号如筠处,求吹嘘。	2793页6行	二十七页一行
十六日（4月10日）	是日上祀农坛,行耕籍礼。	是日上祀农坛,行耕藉礼。	2793页7行	二十七页三行
同日	……用膳后召见,一刻馀退。	……用膳后召见,一刻余(馀)退。	2793页11行	二十七页七行

同日	入署,后至吏部,申正归。	入署,复至吏部,申正归。	2793页13行	二十七页九行
十七日(4月11日)	见起一刻馀,书房片刻。	见起一刻余(馀),书房片刻。	2793页倒10行	二十七页十三行
十八日(4月12日)	退而偕庆邸及诸公诣恭邸,恭邸稍愈矣,……	退而偕庆邸及诸公同诣恭邸,恭邸稍愈矣,……	2793页倒4行	二十七页十七行
同日	……亦匿名之流也,然其居官可知也。	……亦匿名之流也,然其居官可知矣。	2794页1行	二十八页二行
十九日(4月13日)	见起二刻,书房亦二刻,再至书房,已初散。	见起二刻,书房亦二刻,再至直房,已初散。	2794页3行	二十八页四行
廿一日(4月15日)	……李电一,馀电七,封奏二。	……李电一,余(馀)电七,封奏二。	2794页倒5行	二十九页一行
同日	……到督办处,后至户部、吏部,申正归。	……到督办处,复至户部、吏部,申正归。	2794页倒4行	二十九页二行
廿二日(4月16日)	答以今日未及进呈,并明日请旨后再复,……	答以今日未及进呈,明日请旨后再复,……	2795页4行	二十九页八行
廿三日(4月17日)	见起一刻馀,仍至书房,……	见起一刻余(馀),仍至书房,……	2795页11行	二十九页十五行
廿五日(4月19日)	见起二刻馀,……	见起二刻余(馀),……	2795页倒5行	三十页七行
廿六日(4月20日)	得廖穀似电。	得廖穀[谷]似电。	2796页7行	
廿九日(4月23日)	(换戴棉帽)	(换戴纬帽)	2796页倒7行	三十一页九行
三十日(4月24日)	归后文云阁来,谈至黑,此人毕竟多材。	归后文云阁来,谈至黑,此人毕竟多材[才]。	2797页倒10行	三十二页十三行
四月初二日(4月26日)	……令枢臣妥商一策以闻。	……令枢臣妥商一策以闻。	2798页3行	三十三页八行
初三日(4月27日)	后至户部,申初归。	复至户部,申初归。	2798页12行	三十三页十七行
初七日(5月1日)	……又九刻始传军机散,想奏片语必颇斟酌耳。	……又九刻始传军机散,于奏片语必颇斟酌耳。	2799页倒9行	三十五页九行
同日	……游说欤,抑实情欤?	……游说耶?抑实情耶?	2799页倒8行	三十五页十一行

初八日(5月2日)	……计六十馀营被其害,……	……计六十余(馀)营被其害,……	2799页倒4行	三十五页十四行
十一日(5月5日)	见起二刻,书房一刻馀。	见起二刻,书房一刻余(馀)。	2800页倒4行	三十六页二十行
十二日(5月6日)	见起三刻馀,书房一刻,颇有所陈说。	见起三刻余(馀),书房一刻,颇有所陈说。	2801页6行	三十七页七行
十三日(5月7日)	莱山遇余,告今日偕庆、荣诣喀使馆,……	莱山过余,告今日偕庆、荣诣喀使馆,……	2801页倒12行	三十七页十八行
十四日(5月8日)	……而敬子斋特见恭邸,絮语刻馀,……	……而敬子斋特见恭邸,絮语刻余(馀),……	2801页倒3行	三十八页六行
同日	三人者即赴俄馆,……	三人者谓即赴俄馆,……	2802页1行	三十八页八行
十五日(5月9日)	伊藤先不肯接办,论良久始接。	伊东[藤]先不肯接办,论良久始接。	2802页13行	三十九页一行
十七日(5月11日)	……翁同龢、崑冈、……李瑞棻今日请假,……	……翁同龢、崑[昆]冈、……李端棻今日请假,……	2802页倒3行	三十九页十二行
十九日(5月13日)	……馀书画等皆还之。次日复来,受良常行书十二幅。	……余(馀)书画等皆还之。次日复来,受良常行书十二幅。	2803页倒8行	四十页十二行
二十日(5月14日)	……见起二刻馀,……	……见起二刻余(馀),……	2803页倒5行	四十页十四行
廿一日(5月15日)	见起一刻馀,书房片刻。	见起一刻余(馀),书房片刻。	2804页2行	四十一页一行
廿二日(5月16日)	见起一刻馀,书房数语而退。	见起一刻余(馀),书房数语而退。	2804页7行	四十一页六行
廿三日(5月17日)	见起二刻馀,电八。	见起二刻余(馀),电八。	2804页11行	四十一页九行
廿八日(5月22日)	……此生騃而沉挚。……	……此生騃[呆]而沉挚。……	2805页倒4行	四十三页四行
廿九日(5月23日)	……阅数卷又至小屋同坐。见起二刻馀,……	……阅数卷又至小屋同坐。见起二刻余(馀),……	2805页倒2行	四十三页七行
同日	……饭未毕已下并诗片,拆弥封,……	……饭未毕已发下并诗片,拆弥封,……	2806页1行	四十三页九行
五月端五日(5月28日)	……二刻馀退,电三,无书房。	……二刻余(馀)退,电三,无书房。	2807页7行	四十四页十九行

初七日 (5月30日)	不敢踰臣节云云。	不敢踰[逾]臣节云云。	2807页倒9行	
初九日 (6月1日)	……见起三刻馀，书房如昨。	……见起三刻余(馀)，书房如昨。	2808页1行	四十五页十六行
十七日 (6月9日)	看字画。(注:书眉处缺一印。)	看字画。(书眉处钤一印，白文，旁注"玉印"二字。印文为"宋汶之印"。)	2809页倒6行	四十七页十七行书眉
十八日 (6月10日)	见起刻馀，书房匆匆。	见起刻余(馀)，书房匆匆。	2809页倒4行	四十七页十八行
二十日 (6月12日)	见起一刻馀，书房亦一刻馀。	见起一刻余(馀)，书房亦一刻余。	2810页8行	四十八页九行
廿一日 (6月13日)	见起二刻馀，恭邸仍未入。	见起二刻余(馀)，恭邸仍未入。	2810页13行	四十八页十三行
廿三日 (6月15日)	见起一刻馀，书房不及刻也。	见起一刻余(馀)，书房不及刻也。	2810页倒2行	四十九页二行
廿六日 (6月18日)	新授惠州府陈维秋声，亦号荄卿。来见，……	新授惠州府陈维秋声，亦号芰卿。来见，……	2811页倒11行	四十九页十八行
同日	……住西城水窖胡同黑塔寺，平则所内。	……住西城水窖胡同黑塔寺，平则门内。	2811页倒8行	四十九页二十行
廿七日 (6月19日)	未初到督办处，两邸、诸君皆到，……	未初到督办庐[处]，两邸、诸君皆到，……	2811页倒3行	五十页四行
廿九日 (6月21日)	书房三刻，再到直房，巳刻退。	书房三刻，再到直房，巳初退。	2812页倒12行	五十一页一行
闰五月朔 (6月25日)	书房一刻，特传臣脱袿，馀则未传。	书房一刻，特传臣脱袿，余(馀)则未传。	2813页4行	五十一页十六行
初六日 (6月28日)	见起三刻，书房一刻馀，再到直房，巳初二散。	见起三刻，书房一刻余(馀)，再到直房，巳初二散。	2814页8行	五十三页三行
初九日 (7月1日)	……吏部及各处共八十馀人，摺五，电四。	……吏部及各处共八十余(馀)人，摺五，电四。	2814页倒4行	五十三页十九行
十五日 (7月7日)	见起一刻馀，恭邸未到。	见起一刻余(馀)，恭邸未到。	2816页10行	五十五页十四行
十八日 (7月10日)	见起二刻馀，书房一刻，……	见起二刻余(馀)，书房一刻，……	2816页倒3行	五十六页九行
二十日 (7月12日)	见起一刻馀，书房同，再至直房，……	见起一刻余(馀)，书房同，再至直房，……	2817页8行	五十六页十六行

廿二日(7月14日)	照常入,见起二刻馀,书房一刻,……	照常入,见起二刻余(馀),书房一刻,……	2817页倒8行	五十七页五行
廿八日(7月20日)	……看《通鉴》三十馀叶。	……看《通鉴》三十余(馀)叶[页]。	2819页5行	五十九页二行
六月初四日(7月25日)	户部奏筹款摺内裁米折一条,……	户部奏筹款摺内裁米摺一条,……	2820页10行	六十页十五行
同日	交八旗都统议,馀六条交各省。	交八旗都统议,余(馀)六条交各省。	2820页11行	六十页十六行
初六日(7月27日)	书房一刻馀,再到直房,……	书房一刻余(馀),再到直房,……	2820页倒2行	六十一页十行
初七日(7月28日)	……是日带者共七十馀,……	……是日带者共七十余(馀),……	2821页7行	六十一页十七行
初九日(7月30日)	暍热,殚于奔走,看书三十叶,……	暍热,惮于奔走,看书三十叶[页],……	2821页倒8行	六十二页十行
同日	得筱侄五月廿日函,合署平安,……	得筱侄五月廿……函,合署平安,……	2821页倒7行	六十二页十一行
十二日(8月2日)	阴。事不早,见起一刻馀,封奏一,电二。	阴。事下早,见起一刻余(馀),封奏一,电二。	2822页12行	六十三页八行
十三日(8月3日)	……二等皆教职,见起一刻馀。……二刻馀再至直房,……	……二等皆教职,见起一刻余(馀)。……二刻余(馀)再至直房,……	2822页倒7行	六十三页十四行
十五日(8月5日)	至内阁大堂会议从祀两庑;吕□叔、王船山,吕准王驳。	至内阁大堂会议从祀两庑;吕与叔、王船山,吕准王驳。	2823页6行	六十四页七行
十六日(8月6日)	命麟书为大学士管工部,崑冈以礼部尚书协办大学士。	命麟书为大学士管工部,崑[昆]冈以礼部尚书协办大学士。	2823页倒12行	六十四页十六行
二十日(8月10日)	……偕兰孙相国同到总署,更衣蟒袍褂。	……偕兰孙相国同到总署,更衣蟒袍补褂。	2824页12行	六十五页十七行
廿三日(8月13日)	……旋又露晴光,又復阴,……	……旋又露晴光,又复阴,……	2825页1行	六十六页九行
廿四日(8月14日)	……馀馆皆寒暄,申正二刻毕归。	……余(馀)馆皆寒暄,申正二刻毕归。	2825页11行	六十七页一行
廿六日(8月16日)	其领于内务府者曰昇平署……昇平署遂封禁矣。	其领于内务府者曰昇[升]平署……昇[升]平署遂封禁矣。	2826页6行、8行	

廿八日 (8月18日)	一刻退,辰二刻散。	一刻退,辰初二刻散。	2826页倒6行	六十九页二行
廿九日 (8月19日)	客未见,腹泄白沫,羸敝不耐对客也。	客未见,腹泄皆白沫,羸敝不耐对客也。	2827页2行	六十九页十一行
七月初三日 (8月22日)	见起二刻,书房三刻,再到书房,辰正三退,……	见起二刻,书房三刻,再到直房,辰正三退,……	2827页倒10行	七十页七行
同日	……皆不谈公事,英,德有卑辞。	……皆不谈公事,英使有卑辞。	2827页倒7行	七十页十行
初四日 (8月23日)	……比入微雨,已初大雨。	……比入微雨,已而大雨。	2827页倒2行	七十页十三行
初五日 (8月24日)	行礼而去,未见一人。饽饽三桌、……	行礼而出,未见一人。饽饽一桌、……	2828页6行	七十一页一行
初九日 (8月28日)	……旋诘责以身为重,凡两万万之款从何筹措,台湾一省送予外人,失民心伤国体,词甚骏厉。	……旋诘责以身为重臣,凡两万万之款从何筹措,台湾一省送予外人,失民心伤国体,词甚骏厉。	2829页10行	七十二页九行
十三日 (9月1日)	……其人面不沉静,而语甚平安,……	……其人面不沉静,而语甚平实,……	2830页13行	七十三页十六行
十四日 (9月2日)	再到直房,巳传散矣,……	再到直房,已传散矣,……	2830页倒11行	七十四页一行
廿七日 (9月15日)	派阅考试御史卷。崑冈、翁同龢、……崑九本……郑杲亦在崑手,列十九名矣。	派阅考试御史卷。崑[昆]冈、翁同龢、……崑[昆]九本……郑杲亦在崑[昆]手,列十九名矣。	2833页2行、3行、6行	七十七页一行
廿八日 (9月16日)	见起二刻多,书房一刻馀,巳初退。	见起二刻多,书房一刻余(馀),巳初退。	2833页10行	七十七页十行
同日	野山,出云南图及姚文栋《筹边记》,申言怒江下流非缅也。	野山,出云南图及姚文栋《筹边记》,申言怒江下流非缅地。	2833页倒10行	七十七页十七行
八月朔 (9月19日)	……午正赴督办处,复至译署。	……午正赴督办处,复至总署。	2834页9行	七十八页十七行
初三日 (9月21日)	……馀则铁路及会哨也,酉正始去。	……余(馀)则铁路及会哨也,酉正始去。	2834页倒2行	七十九页十二行
初六日 (9月24日)	见起一刻馀,无书房。	见起一刻余(馀),无书房。	2835页14行	八十页七行

初八日 (9月26日)	渠仅驳丝棉一事,馀尚无说。	渠仅驳丝棉一事,余(馀)尚无说。	2835页倒2行	八十页十九行
初九日 (9月27日)	……馀谈文事,樽俎清雅,……	……余(馀)谈文事,樽俎清雅,……	2836页8行	八十一页九行
十五日 (10月3日)	见起才一刻馀,辰初三散。	见起才一刻余(馀),辰初三散。	2837页倒7行	八十三页五行
十六日 (10月4日)	……其馀烦琐侮慢,令人短气,……	……其余(馀)烦琐侮慢,令人短气,……	2838页3行	八十三页十五行
十七日 (10月5日)	陈煦印波,一,广东东莞人,在浙四十馀年,……	陈煦印波,一,广东东莞人,在浙四十余(馀)年,……	2838页倒10行	八十四页九行
同日	……后在江苏办江缉私,……	……后在江苏外江缉私,……	2838页倒9行	八十四页十行
二十日 (10月8日)	……彼益狡辩,继以要胁,可恶之至,十刻始去。	……彼益狡辩,继以要挟,可恶之至,十刻始去。	2839页11行	八十五页九行
廿一日 (10月9日)	……良久始散,巳初二刻矣,憩毕饭。	……良久始散,巳初二矣,憩毕饭。	2839页倒11行	八十五页十四行
廿二日 (10月10日)	……自知膏火山木竭尽无馀耳。	……自知膏火山木竭尽无余(馀)耳。	2839页倒3行	八十五页二十行
廿九日 (10月17日)	六人者……邵恒濬、刘崇惠、翟青松。	六人者……邵恒濬[浚]、刘崇惠、翟青松。	2841页8行	
九月初三日 (10月20日)	辨论抵暮,不能让分毫……	辩论抵暮,不能让分毫……	2842页7行	
初四日 (10月21日)	再到直房,巳初散,小憩,饭后归。……嗽物不便。	再到直房,巳正散,小憩,饭后归。……嗽[啖]物不便。	2842页12行、倒12行	八十九页六行
初五日 (10月22日)	事下早,无封,电一。	事下早,无封奏,电一。	2842页倒11行	
初六日 (10月23日)	访芝庵,谈至戌初,伊伤足未愈。	访芝庵,谈至戌初,伊伤足未全愈。	2842页倒2行	八十九页十八行
初七日 (10月24日)	见起一刻馀,无电,封奏三件。	见起一刻余(馀),无电,封奏三件。	2843页1行	八十九页二十行
初九日 (10月26日)	九日(10月26日)晴。	初九日(10月26日)晴。	2843页倒10行	九十页十六行
十三日 (10月30日)	晴,晚霜地润。	晴,晓霜地润。	2844页倒3行	九十二页六行
十四日 (10月31日)	余未携雨具,冒雨入殿庐,尽湿。	余未携雨具,冒雨入殿庐,衣尽湿。	2845页3行	九十二页十一行

同日	英商贸易于中者,皆愿中国富强无危险;……	吾英商贸易于中者,皆愿中国富强无危险;……	2845页倒8行	九十三页八行
十六日(11月2日)	国子监带引见一员,吏部等九十馀员。见起二刻馀。	国子监带引见一员,吏部等九十余(馀)员。见起二刻余(馀)。	2846页9行	九十四页二行
十八日(11月4日)	适杨昌濬报……	适杨昌濬[浚]报……	2846页倒2行	
十九日(11月5日)	午入署,画稿极多,立一时许,实不支也。定南漕不能改折电复苏抚。	午入署,画稿极多,立一时许,实不支矣。定南漕不能改摺电复苏抚。	2847页7行	九十五页四行
二十日(11月6日)	见起二刻馀,书房一刻。	见起二刻余(馀),书房一刻。	2847页12行	九十五页八行
廿一日(11月7日)	大侄妇病亦未减而音忽哑,……	大侄妇病未减而音忽哑,……	2847页倒8行	九十五页十四行
廿五日(11月11日)	伊犁,二十八站,塔尔巴哈台,廿二站。	伊犁,廿八站,塔尔巴哈台,廿二站。	2849页倒12行	九十七页十八行
廿七日(11月13日)	访恽松云于沙滩庙,明日请安。	访恽松耘于沙滩庙,明日请安。	2850页1行	九十八页九行
三十日(11月16日)	……见者恽松云祖翼、杨艺芳宗濂……	……见者恽松耘祖翼、杨艺芳宗濂……	2850页倒6行	九十九页十行
十月朔(11月17日)	于次棠方伯署安藩,从□□起,荫霖。来,……	于次棠方伯署安藩,从荆籍起,荫霖。来,……	2851页2行	九十九页二十行
初三日(11月19日)	午到督办处,李、长两君先来,恭邸亦上,……	午到督办处,李、长两君先来,恭邸亦止[至],……	2851页13行	一百页十行
初四日(11月20日)	见起一刻馀,无书房。	见起一刻余(馀),无书房。	2851页倒9行	一百页十五行
同日	……馀五人大卷二、缨一,其一人大卷二。	……余(馀)五人大卷二、缨一,其一人大卷二。	2851页倒1行	一百一页四行
初七日(11月23日)	力疾入,热止气弱,独畏寒也。	力疾入,热止气弱,犹畏寒也。	2852页倒10行	一百二页一行
同日	……臣在上前补行礼,面奏候散后恭诣仪鸾殿叩头。	……臣在上前补行礼,面奏俟散后恭诣仪鸾殿叩头。	2852页倒7行	一百二页五行
同日	……崑冈带尚书等一起。	……崑[昆]冈带尚书等一起。	2852页倒5行	一百二页九行

同日	……钱应溥、崑冈、熙敬、……	……钱应溥、崑[昆]冈、熙敬、……	2852页倒1行	一百二页十四行
初八日 (11月24日)	……以宋刊《赛氏联珠集》为最,……	……以宋刊《窦氏联珠集》为最,……	2853页7行	一百三页一行
初九日 (11月25日)	恭邸入直,卯初见起一刻馀。	恭邸入直,卯初见起一刻余(馀)。	2853页10行	一百三页四行
同日	李鸿章、……崑冈、……	李鸿章、……崑[昆]冈、……	2853页倒9行	一百三页十四行
同日	次日添醇王载沣、其兄载洵。	次日添醇王载澧、其兄载洵。	2853页倒7行	一百三页十六行
同日	……札拉丰阿、……	……扎拉丰阿、……	2853页倒5行	一百三页十九行
同日	……戈什爱班西厢饭,馀皆在暖篷饭。	……戈什爱班西厢饭,余(馀)皆在暖篷饭。	2854页1行	一百四页六行
十三日 (1月29日)	晚邀恽松云饭,……	晚邀恽松耘饭,……	2855页6行	一百五页十九行
十五日 (12月1日)	许云已集股千馀万。	许云已集股千余(馀)万。	2855页倒5行	一百六页十二行
十六日 (12月2日)	……宾朋送者卅馀人,余先至寺候之,……	……宾朋送者卅余(馀)人,余先至寺候之,……	2856页4行	一百六页二十行
十九日 (12月5日)	……引见一百廿馀人。无封奏,电一。	……引见一百廿余(馀)人。无封奏,电一。	2856页倒5行	一百七页十四行
二十日 (12月6日)	……拟旨二,电旨二。	……拟旨一,电旨二。	2856页倒1行	一百七页十八行
同日	归后邀伯述、晦茹便饭。	归后邀伯述、晦若便饭。	2857页4行	一百八页一行
廿二日 (12月8日)	若农衈典尚厚。	若农衈[恤]典尚厚。	2857页倒10行	
廿三日 (12月9日)	见起二刻,书房一刻,再到直房,旋散。	见起二刻,书房一刻,再到〈直房〉,旋散。	2857页倒8行	一百八页十五行
同日	昨客约三百馀。……归途谢客十馀家。	昨客约三百余(馀)。……归途谢客十余(馀)家。	2857页倒7行、倒5行	一百八页十六行、十七行
廿四日 (12月10日)	见起二刻馀,……	见起二刻余(馀),……	2857页倒1行	一百八页二十行
廿六日 (12月12日)	见起二刻馀,书房一刻。	见起二刻余(馀),书房一刻。	2858页10行	一百九页十一行
廿七日 (12月13日)	……海澜者,会文书院总办也,在京廿馀年,颇揽借账事。	……海澜者,会文书院总办也,在京廿余(馀)年,颇揽借账事。	2858页倒10行	一百九页十七行

廿九日 (12月15日)	见起一刻馀,书房同,……	见起一刻余(馀),书房同,……	2859页4行	一百十页八行
十一月朔 (12月16日)	见起一刻馀,是日上诣西苑问安,……	见起一刻余(馀),是日上诣西苑问安,……	2859页11行	一百十页十四行
同日	……无书房,致云南司南漕改折稿。	……无书房,致云南司南漕改摺稿。	2859页12行	一百十页十六行
初二日 (12月17日)	国子带引见,四名。见起二刻馀,书房一刻馀,……	国子〈监〉带引见,四名。见起二刻余(馀),书房一刻余(馀),……	2859页倒9行	一百十页二十行
初三日 (12月18日)	见起二刻馀,书房半刻,……	见起二刻余(馀),书房半刻,……	2859页倒4行	一百十一页四行
初五(六)日 (12月19日)	午初赴署画稿,段与敬君来,未正归。	午初赴署画稿数百,敬君来,未正归。	2860页倒1行	一百十二页十四行
初九日 (12月24日)	见起一刻馀,书房一刻,……	见起一刻余(馀),书房一刻,……	2861页倒9行	一百十三页十三行
十一日 (12月26日)	见起一刻馀,书房同,比退,诸公已散,……	见起一刻余(馀),书房同,比退,诸公已散,……	2862页2行	一百十四页二行
同日	……历时十七刻,反复千言,为龙州铁路,……	……历时十七刻,反复数千言,为龙州铁路,……	2862页5行	一百十四页五行
十五日 (12月30日)	见起一刻馀毕,……	见起一刻余(馀)毕,……	2863页3行	一百十五页八行
十七日 (1896.1.1)	见起一刻馀,引见一百十四人。	见起一刻余(馀),引见一百十四人。	2863页倒11行	一百十五页十九行
十八日 (1月2日)	晨微雪,天明日出矣。	晨微云,天明日出矣。	2863页倒8行	一百十六页三行
十九日 (1月3日)	一刻馀退,书房一刻,……	一刻余(馀)退,书房一刻,……	2864页1行	一百十六页十一行
二十日 (1月4日)	……封奏四(二城下),电二。	……封奏四(二城上),电二。	2864页5行	一百十六页十四行
廿二日 (1月6日)	见起二刻馀,书房不及一刻,……	见起二刻余(馀),书房不及一刻,……	2864页14行	一百十七页一行
廿三日 (1月7日)	见起二刻馀,书房一刻,比退则军机已散矣。	见起二刻余(馀),书房一刻,比退则军机已散矣。	2864页倒8行	一百十七页六行

同日	是日户部带员外、主事等凡三排,馀衙门不少。	是日户部带员外、主事等凡三排,余(馀)衙门不少。	2864页倒5行	一百十七页九行
廿七日(1月11日)	见起二刻馀,封奏一,电二。	见起二刻余(馀),封奏一,电二。……	2865页倒9行	一百十八页十行
廿八日(1月12日)	夜阴,无风。	晴,夜阴,无风。	2865页倒3行	一百十八页十五行
廿九日(1月13日)	见起二刻馀,论菩陀峪工程事。	见起二刻余(馀),论菩陀峪工程事。	2866页5行	一百十九页一行
十二月初一日(1月15日)	……麟书、崑冈、徐桐、……	……麟书、崑[昆]冈、徐桐、……	2867页1行	一百二十页五行
初二日(1月16日)	见起二刻馀,先与岘庄见于小屋谈商务,……	见起二刻余(馀),先与岘庄见于小屋谈商务,……	2867页5行	一百二十页九行
初四日(1月18日)	……其馀诸公皆有吉地差矣。	……其余(馀)诸公皆有吉地差矣。	2867页倒1行	一百二十一页九行
初五日(1月19日)	……匆匆入,即叫起,一刻馀,……	……匆匆入,即叫起,一刻余(馀),……	2868页7行	一百二十一页十七行
初六日(1月20日)	见起一刻馀,书房同,……	见起一刻余(馀),书房同,……	2868页倒9行	一百二十二页七行
初七日(1月21日)	入署,鹄立以待各司之鸿鹭行,腰脚不支矣。	入署,鹄立以待各司之雁鹭行,腰脚不支矣。	2868页倒4行	一百二十二页十二行
初十日(1月24日)	……中间挑十馀人,试以语言,……	……中间挑十余(馀)人,试以语言,……	2869页倒11行	一百二十三页九行
十二日(1月26日)	……各衙门共一百八十馀人,凡十六处。	……各衙门共一百八十余(馀)人,凡十六处。	2869页倒1行	一百二十三页十七行
十七日(1月31日)	恩四两,桂二十两。	恩四两,桂廿两。	2871页14行	一百二十五页十五行
廿四日(2月7日)	吊倜将军丧妻,十两。	吊倜将军妻丧,十两。	2873页2行	一百二十七页十四行
廿五日(2月8日)	照常入,事极多,见面摺廿馀件,……	照常入,事极多,见面摺廿余(馀)件,……	2873页5行	一百二十七页十六行
廿九日(2月12日)	……恭、庆二邸来,递报齐,时午正二刻也。	……恭、庆二邸来,遂报齐,时午正二刻也。	2874页12行	一百二十九页十二行
光绪二十二年丙申元旦(1896.2.13)	(注:2875页光绪二十二年丙申(1896年)标题下无印章)	原稿三十五卷第一页第一行、第二行右下钤"延年"鹤印。	第五册2875页	第三十五卷一页一行、二行

同日	恭邸"福寿宜春"四字,馀同。……	恭邸"福"、"寿"、"宜"、"春"四字,余(馀)同。……	2875页5行	一页九行
同日	……王公百官行礼如仪,趋前殿敬竢。	……王公百官行礼如仪,趋前殿敬竢[俟]。	2875页7行	一页十一行
同日	西边方略馆更蟒袍补祛,即出西华门,……寿皇殿孔雀房敬竢。	西边方略馆更蟒袍补褂,即出西华门,……寿皇殿孔雀房敬竢[俟]。	2875页9行	一页十三行、十四行
同日	染貂帽、白斗风、蟒袍补祛。	染貂帽、白斗风、蟒袍补褂。	2875页倒7行	二页一行
初二日(2月14日)	明日闻礼邸云,目睹日旁气系五色。	明日问礼邸云,目睹日旁气系五色。	2876页2行	二页十行
初四日(2月16日)	外摺一件,江西蠲缓。馀无事。	外摺一件,江西蠲缓。余(馀)无事。	2876页9行	二页十五行
同日	是日晨与高阳论借款,语不合,颇动意气。	是日早晨与高阳论借款,语不合,颇动意气。	2876页倒12行	三页一行
初五日(2月17日)	上阅祝版,巳正南郊斋宿,……	上阅祝版,巳正诣南郊斋宿,……	2876页倒5行	三页三行
初八日(2月20日)	见起一刻馀,退时辰正,……	见起一刻余(馀),退时辰正,……	2877页12行	四页一行
同日	林董欲与另见谈公事,辞之,……	林董本欲与另见谈公事,辞之,……	2877页14行	四页四行
初十日(2月22日)	是日皇后千秋节,百官蟒袍补祛。	是日皇后千秋节,百官蟒袍补褂。	2877页倒3行	四页十四行
同日	退后酣眠,起赴督办处发电。	退后酣眠,午赴督办处发电。	2878页1行	四页十七行
十一日(2月23日)	……登楼凭眺,俛仰悽然,怱怱归。	……登楼凭眺,俛[俯]仰悽然,怱怱[匆匆]归。	2878页8行	五页四行
十二日(2月24日)	直隶记名总督李大霆。号震斋,……	直隶记名总兵李大霆。号震斋,……	2878页倒10行	五页十四行
十三日(2月25日)	……见起一刻馀,一起,是日宗亲宴,……	……见起一刻余(馀),一起,是日宗亲宴,……	2878页倒4行	六页一行
十六日(2月28日)	馀皆浆船,至排云殿宫门,……	余(馀)皆浆船,至排云殿宫门,……	2879页倒3行	七页十一行
十七日(2月29日)	……崑冈、……	……崑[昆]冈、……	2880页5行	七页十八行

同日	……传恩佑带诸臣偏游园中诸胜。	……传恩佑带诸臣遍游园中诸胜。	2880页9行	八页五行
二十日（3月3日）	……馀四起，皆章京带。……馀以次立，……	……余(馀)四起，皆章京带。……余(馀)以次立，……	2880页10行、11行	九页十八行、十九行
廿一日（3月4日）	晴，昨夜风稍定，……见起一刻馀，……	晴，昨夜风，晨稍定，……见起一刻余(馀)，……	2881页倒11行、倒10行	十页五行、六行
廿二日（3月5日）	……未正始坐，凡四十人，……	……未正始坐，凡四十……人，……	2882页2行	十页十六行
廿六日（3月9日）	顺道看工部公所，有屋七十馀间，……	顺道看工部公所，有屋七十余(馀)间，……	2883页1行	十一页二十行
同日	又看畊烟画册……	又看畊[耕]烟画册……	2882页倒2行	
三十日（3月13日）	辰初见起一刻馀，……	辰初见起一刻余(馀)，……	2884页1行	十三页五行
二月初三日（3月16日）	……右项著寒不能俛。	……右项著寒不能俛[俯]。	2884页倒11行	十四页二行
初四日（3月17日）	……融积并计三寸馀矣，……	……融积并计三寸余(馀)矣，……	2884页倒7行	十四页六行
同日	……余等每月帖十二两。共六十。	……余等每月各帖[贴]十二两，共六十。	2884页倒3行	十四页十行
初五日（3月18日）	雪止仍阴，午露日光，簷际点滴，……	雪止仍阴，午露日光，簷[檐]际点滴，……	2884页倒1行	十四页十二行
初六日（3月19日）	刘铭传病故，卹典。	刘铭传病故，卹[恤]典。	2885页5行	
初九日（3月22日）	……余定居北房。还至至户部公所少憩，起饭。	……余定居北房。还至户部公所少憩，起饭。	2886页1行	十五页十七行
十一日（3月24日）	照常入。无电，封奏二。	照常入。电无，封奏二。	2886页8行	十六页三行
十五日（3月28日）	见起一刻馀，巳初散，……	见起一刻余(馀)，巳初散，……	2887页2行	十七页三行
十七日（3月30日）	……安发遣，佥银万馀送行。	……安发遣，敛银万余(馀)送行。	2887页倒10行	十七页十八行
十八日（3月31日）	子良来同饭，与商驳南漕改折奏稿，……	子良来同饭，与商驳南漕改摺奏稿，……	2887页倒7行	十八页一行

廿二日 (4月4日)	见起一刻馀。是日清明节,……	见起一刻余。是日清明节,……	2888页14行	十八页十九行
同日	归寓后入署,牙痛亟归。	归寓,复入署,牙痛亟归。	2888页倒12行	十九页一行
廿三日 (4月5日)	……而库门前通户部大堂者因炙热已洞开,……	……而库前门通户部大堂者因炙热已洞开,……	2888页倒3行	十九页九行
同日	明日奏闻,自请处分。	明日奏闻,自请处。	2889页5行	十九页十六行
同日	午正到署,徧历火所,……使灭馀烬,……	午正到署,徧[遍]历火所,……使灭余(馀)烬,……	2889页7行	十九页十七行
同日	……甘军新勇百馀营请裁撂,皆传依议未留。	……甘军新勇百余(馀)营请裁撂,皆传依议未留。	2889页12行	二十页三行
廿七日 (4月9日)	阴,无风而黄,可怕也,昨夜雨数点。……以五十金卹救火破头而死者潘福。	阴,无风而黄,可怕也。昨夜雨数点。……以五十金卹[恤]救火破头而死者潘福。	2890页10行、14行	二十一页六行
廿八日 (4月10日)	……刻馀退,即传散。	……刻余(馀)退,即传散。	2890页倒11行	二十一页十二行
三十日 (4月12日)	策马趍朝房,电一。见起一刻馀,……	策马趍[趋]朝房,电一。见起一刻余(馀),……	2890页倒2行	二十一页二十行
三月初三日 (4月15日)	见起一刻馀,电旨一。	见起一刻余(馀),电旨一。	2891页倒10行	二十二页十八行
初四日 (4月16日)	胸中若有大鲠,……	胸中若茹大鲠,……	2891页倒1行	二十三页七行
初六日 (4月18日)	校《乙瑛碑》,怱忙辛苦,聊乐我负。	校《乙瑛碑》,怱[匆]忙辛苦,聊乐我负。	2892页14行	二十三页十九行
初七日 (4月19日)	卯初见起电一。一刻馀退,……	卯初见起电一。一刻余(馀)退,……	2892页倒11行	二十三页二十行
十三日 (4月25日)	巳初二刻始散,到方略馆不得憩。	巳初二始散,到方略馆不得憩。	2893页倒3行	二十五页十二行
同日	……又祝麟芝庵寿,送四果、四点,急就章也。	……又祝麟芝庵寿,送四菜、四点,急就章也。	2893页倒2行	二十五页十三行
十五日 (4月27日)	小坐噉茶而去。	小坐噉[啖]茶而去。	2894页9行	

同日	……北与宝藏寺相近,高在山腰,今中人居之矣。……长谈嗷茗。	……北与宝藏寺相近,寺在山腰,今中人居之矣。……长谈嗷[啖]茗。	2894 页 14 行、倒 12 行	二十六页六行
十六日 (4 月 28 日)	……辰初一刻见起,怱怱退,巳初二刻散。	……辰初一刻见起,怱怱[匆]匆退,巳初二刻散。	2895 页 1 行	二十六页十七行
十七日 (4 月 29 日)	……路平无尘,十刻馀抵家,……	……路平无尘,十刻余(馀)抵家,……	2895 页 7 行	二十七页四行
十八日 (4 月 30 日)	……此路汝省八百馀里,我无分毫之利,……	……此路汝省八百余(馀)里,我无分毫之利,……	2895 页倒 11 行	二十七页十五行
十九日 (5 月 1 日)	晴,暖,可夹衣。无电,电旨一,兖州教案。……钱犀盦之仆陆祥来京求荐……	晴,暖,可夹衣。电无,电旨一,兖州教案。……钱犀盦[庵]之仆陆祥来京求荐……	2895 页倒 4 行、倒 1 行	二十八页一行
廿二日 (5 月 4 日)	……彭刚直保,在皖卅馀年。	……彭刚直保,在皖卅余(馀)年。	2896 页倒 7 行	二十八页二十行
廿三日 (5 月 5 日)	恭邸在孔雀房敬竢。	恭邸在孔雀房敬竢[俟]。	2896 页倒 4 行	二十九页二行
廿四日 (5 月 6 日)	俞君实来辞行,惓惓有馀意。	俞君实来辞行,惓惓有余(馀)意。	2897 页 4 行	二十九页十一行
廿六日 (5 月 8 日)	恭邸未入,昨晚宣召至园也。数分下,……	恭邸未入,昨晚宣召至园也。卯初见起,数分下,……	2897 页 14 行	三十页一行
廿八日 (5 月 10 日)	炯孙吐红十馀口,可忧。	炯孙吐红十余(馀)口,可忧。	2898 页 5 行	三十页十七行
廿九日 (5 月 11 日)	见起一刻馀,巳初散,……	见起一刻余(馀),巳初散,……	2898 页 7 行	三十页十八行
同日	……王爷不来,我有要话不能说。径辞去。	……王爷不来,我有要话不能说。径起辞去。	2898 页 10 行	三十页二十行
同日	南电回,云风湿肝肠,倦懒神识不清。	南电回,云风湿肝阳,倦懒神识不清。	2898 页 14 行	三十一页四行
四月初二日 (5 月 14 日)	昨刘坤一等复奏交拏内监未获,……	昨刘坤一等复奏交拏[拿]内监未获,……	2899 页 4 行	
初三日 (5 月 15 日)	晴,午后风起,熯热。	晴,午后风起,熯[暵]热。	2899 页 12 行	
初六日 (5 月 18 日)	辰初见起,以二电呈览,另二电。	辰初见起,以二电呈览,另电二。	2900 页 8 行	三十三页六行

初九日 (5月21日)	……共二百五十馀字。	……共二百五十余(馀)字。	2900页倒2行	三十四页一行
初十日 (5月22日)	阴,早寒而棉。	阴,早寒两棉。	2901页2行	三十四页三行
十一日 (5月23日)	发电一。	发一电。	2901页12行	三十四页十二行
十二日 (5月24日)	无外摺,递李电一,馀电二。	无外摺,递李电一,余(馀)电二。	2901页14行	三十四页十三行
十三日 (5月25日)	……又有郑僖跋,干为常熟人,仕至尚书云云,……	……又有郑僖跋,别有跋。干为常熟人,仕至尚书云云,……	2901页倒3行	三十五页一行
同日	电云:一年共用一千三百馀万。	电云:一年共用一千三百余(馀)万。	2902页1行	三十五页三行
十五日 (5月27日)	……将有所密电录稿公阅,遂议照办。	……将所有密电录稿公阅,遂议照办。	2902页13行	三十五页十五行
同日	……前日面奉慈谕,今日上宣是旨。	……前日恭邸面奉慈谕,今日上宣是旨。	2902页倒11行	三十五页十八行
十六日 (5月28日)	晴,尤热,晚间闻雷,……	晴,尤热,晚阴闻雷,……	2902页倒5行	三十六页四行
十九日 (5月31日)	见起一刻馀,巳初一散,……	见起一刻余(馀),巳初一散,……	2903页11行	三十六页十七行
廿日 (6月1日)	晴,热,微有雨。	晴,热,微有风。	2903页倒11行	三十七页二行
廿一日 (6月2日)	廪贡,其子亦入学,其弟已故,有母七十馀岁。	廪贡,其子亦入学,其弟已故,有母七十余(馀)岁。	2904页1行	三十七页十一行
廿三日 (6月4日)	是日宣麻,崑冈有服而大拜,……	是日宣麻,崑[昆]冈有服而大拜,……	2904页9行	三十七页十六行
廿四日 (6月5日)	见起一刻馀,无述旨,……	见起一刻余(馀),无述旨,……	2904页12行	三十八页二行
同日	是日蒙皇太后赏蓝实地纱一疋,天青实纱一疋、酱色实纱一疋、……	是日蒙皇太后赏蓝实地纱一疋[匹],天青实纱一疋[匹]、酱色实纱一疋[匹]、……	2904页倒5行	三十八页八行
廿五日 (6月6日)	……崑冈管工部,……怱怱递述旨,……	……崑[昆]冈管工部,……怱怱[匆匆]递述旨,……	2905页1行、2行	三十八页十二行、十三行
同日	……分送诸公。张中丞、立豫甫、……	……分送诸公。张中堂、立豫甫、……	2905页6行	三十八页十七行

廿六日（6月7日）	见起一刻馀，电二（李）。	见起一刻余（馀），电二，李。	2905页8行	三十八页十九行
同日	守径之士，惜有老态矣。	守经之士，惜有老态矣。	2905页12行	三十九页二行
廿七日（6月8日）	晨初出西安门……	辰初出西安门……	2905页倒12行	
同日	……坐车游厂肆，略步两三家，……	……坐车游厂肆，略涉两三家，……	2905页倒10行	三十九页七行
廿八日（6月9日）	……闻木气，……见起一刻馀。……纱葛等十二疋……	……闻焦木气，……见起一刻余（馀）。……纱葛等十二疋[匹]……	2905页倒8行、倒7行	三十九页八行、九行
廿九日（6月10日）	浙江副将，壬午年文……之子。	浙江副将，壬午年文……之子。	2905页倒1行	三十九页十四行
五月朔（6月11日）	……曰人材当求耐苦、耐烦者；……	……曰人材[才]当求耐苦、耐烦者；……	2906页6行	四十页一行
同日	问以留官气弱不思饮食，曰先服香砂六君子，……	问以留官气弱不思食，曰先服香砂六君子，……	2906页9行	四十页三行
初二日（6月12日）	见起刻馀。……见旧榻《中兴颂》……	见起刻余（馀）。……见旧拓《中兴颂》……	2906页11行、14行	四十页五行
端五日（6月15日）	……顺天府报雨四寸馀。	……顺天府报雨四寸余（馀）。	2907页5行	四十一页一行
初六日（6月16日）	……退时亦言之，怱怱而退。	……退时亦言之，怱怱[匆匆]而退。	2907页12行	四十一页八行
初七日（6月17日）	预备卹件，颇忙。	预备卹[恤]件，颇忙。	2907页倒7行	
初九日（6月19日）	一定名称，一褒卹，……	一定名称，一褒卹[恤]，……	2908页9行	
十四日（6月24日）	见起一刻馀，因放护军统领等缺甚迟疑，辰正散。	见起一刻余（馀），因放护军统领等缺甚迟疑，辰正散。	2909页倒9行	四十四页二行
同日	景月汀，星，陕安道。桂月亭春，……来见。	景月汀星，陕安道来谈。桂月亭春，……来见。	2909页倒5行	四十四页六行
十五日（6月25日）	辰初二刻散，都虞司小憩饭。	辰初二散，都虞司小憩饭。	2909页倒2行	四十四页九行
十八日（6月28日）	叶茂从南中昨日来……	叶茂〈如〉从南中昨日来……	2910页倒5行	
十九日（6月29日）	见起一刻馀，事少，辰初散。	见起一刻余（馀），事少，辰初散。	2910页倒3行	四十五页十行

二十日 (6月30日)	见起早二刻,数语即退,偕礼邸同舟出福华门诣府门,……	见起早二刻,数语即退,卯正二散。偕礼邸同舟出福华门诣府门,……	2911页7行	四十五页十六行
同日	上立竢,遣官出门奠酒毕,……	上立竢[俟],遣官出门奠酒毕,……	2911页10行	四十五页二十行
同日	……至潘宅题主,叶菊农、吴蔚若、……	……至潘宅题主,叶菊[鞠]裳、吴蔚若、……	2911页12行	四十六页二行
廿一日 (7月1日)	见起一刻馀。	见起一刻余(馀)。	2911页倒10行	四十六页七行
同日	递事极迟,未候散先退,已巳初二刻矣。	递事极迟,未候散先退,已巳初二矣。	2911页倒9行	四十六页九行
廿二日 (7月2日)	见起一刻馀,外起张荫桓。	见起一刻余(馀),外起张荫桓。	2911页倒2行	四十六页十五行
廿三日 (7月3日)	商铁路合同,驳四条。	商铁路合同,驳语四条。	2912页8行	四十七页二行
同日	道员夏峕号莜孙……朴实恳挚,谈四川事中肯。	道员夏峕[时]号莜孙……朴实恳挚,谈川事中肯。	2912页8行、9行	四十七页三行
廿五日 (7月5日)	……其弟文枬,举人,亦名士也。	……其弟文枏[楠],举人,亦名士也。	2912页倒7行	四十七页十二行
廿六日 (7月6日)	见起一刻馀,上腹疾未平,……	见起一刻余(馀),上腹疾未平,……	2912页倒2行	四十七页十六行
同日	……换车访兰孙,与徐枏士同入内见之,……	……换车访兰孙,与徐枏[楠]士同入内见之,……	2912页倒1行	四十七页十八行
同日	嘱达恭邸求恩卹……	嘱达恭邸求恩卹[恤]……	2913页5行	
廿九日 (7月9日)	一刻馀退,辰初二散。	一刻余(馀)退,辰初二散。	2913页倒9行	四十八页十三行
同日	徐庆璋来,……统团练万馀人,有青天之目。此人甚粗疎幕气而有血性。	徐庆璋来,……统团练万余(馀)人,有青天之目。此人甚粗疎[疏],幕气而有血性。	2913页倒7行、倒6行	四十八页十五行
六月朔 (7月11日)	见起一刻馀,谢燕窝赏叩头。	见起一刻余(馀),谢燕窝赏叩头。	2914页10行	四十九页九行
初三日 (7月13日)	面摺八件,见起二刻馀。	面摺八件,见起二刻余(馀)。	2914页倒7行	四十九页十八行

初四日 (7月14日)	不雨而雾，仍露日，而云又合，郁蒸。	不雨而雾，偶露日，而云又合，郁蒸。	2914页倒1行	五十页四行
同日	在都虞司小卧，喧阒可厌，起入署。	在都虞[司]小卧，喧阒可厌，起入署。	2915页3行	五十页六行
初六日 (7月16日)	见起刻馀，……一时併集……	见起刻余(馀)，……一时併[并]集……	2915页倒3行、倒1行	五十一页五行
同日	……一时始过。彻底辗转。	……一时始过。彻夜辗转。	2916页1行	五十一页八行
初七日 (7月17日)	……天明雾濛濛然，微凉。	……天明后雾濛濛然，微凉。	2916页2行	五十一页九行
初八日 (7月18日)	……皇上诣府恭送，复由间道至倚虹堂跪送，……	……皇上诣府恭送，后由间道至倚虹堂跪送，……	2916页8行	五十一页十六行
初十日 (7月20日)	卯正散。都虞司小憩。	卯正三散。都虞司小憩。	2916页倒6行	五十二页十一行
十四日 (7月24日)	……即如怡和洋行，洋不过十分之四，馀皆华股，……	……即如怡和洋行，洋不过十分之四，余(馀)皆华股，……	2918页1行	五十三页十九行
十五日 (7月25日)	……乃入署，午正馀归。	……乃入署，午正余(馀)归。	2918页10行	五十四页七行
同日	冬心札致朱筠谷，请其代笔，前后十馀通，可见当时已作伪矣。	冬心札致朱筠谷，请其代笔，前后十余(馀)通，可见当时已作伪矣。	2918页11行	五十四页八行
十七日 (7月27日)	见起一刻，诸臣皆油鞾橐橐，……	见起一刻，诸臣皆油靴橐橐，……	2918页倒3行	
十八日 (7月28日)	见起一刻馀，……	见起一刻余(馀)，……	2919页3行	五十五页四行
二十日 (7月30日)	因暑气，不踈畅。	因暑气，不疏畅。	2919页倒7行	五十五页十八行
廿三日 (8月2日)	……各三排，各处共一百五十馀人。	……各三排，各处共一百五十余(馀)人。	2920页5行	五十六页九行
廿六日 (8月5日)	坐轿入西华门，至直房敬竢，……	坐轿入西华门，至直房敬竢[俟]，……	2921页1行	五十七页十行
同日	……交章京阿克新送隆宗门外方略馆。	……交章京阿克敦送隆宗门外方略馆。	2921页4行	五十七页十三行
同日	……而十二年一本无正本，昨日始令供事写之，故迟迟。	……而十二年一本无正本，昨始令供事写之，故迟迟。	2921页5行	五十七页十四行

同日	未正雨至,簷溜如悬,……	未正雨至,簷[檐]溜如悬,……	2921页9行	五十七页十七行
廿七日(8月6日)	……乃递上,有电旨询情形。	……乃递上,有旨电询情形。	2921页倒12行	五十八页三行
廿八日(8月7日)	德堃、翟青松、宝兴。……又起而祝曰大皇帝福寿。	德堃[坤]、翟青松、宝兴。……又起立而祝曰:"大皇帝福寿。"	2921页倒4行、倒3行	五十八页十二行
同日	其馀谈船厂,率御史,……余等皆花衣不穿袿。	其余(馀)谈船厂,率御史,……余等皆花衣不穿褂。	2922页2行、3行	五十八页十六行、十七行
廿九日(8月8日)	……以为宛平只有一村十馀家房塌,其馀未报有伤人者,……	……以为宛平只有一村十余(馀)家房塌,其余(馀)未报有伤人者,……	2922页12行	五十九页六行
七月初二日(8月10日)	都虞司小憩,……	都虞[司]小憩,……	2922页倒5行	五十九页十八行
同日	……或传在青城山学剑,殆未成也,送我诗画扇。	……或传在青城山学剑术,殆未成也。送我诗画扇。	2923页1行	六十页一行
初三日(8月11日)	……黄承乙,长芝生,行二,馀姚人,……	……黄承乙,长芝生,行二,馀[余]姚人,……	2923页6行	六十页六行
初四日(8月12日)	见起二刻馀,极热,……黄在申畊莘……	见起二刻余(馀),极热,……黄在申畊[耕]莘……	2923页11行	六十页十一行
初五日(8月13日)	……彼欲提义仓存秈米千馀石发急赈,……	……彼欲提义仓存秈米千余(馀)石发急赈,……	2923页7行	六十页十九行
同日	……决口处有白举人一家十馀口尽付洪流。	……决口处有白举人一家十余(馀)口尽付洪流。	2923页倒4行	六十一页一行
初九日(8月17日)	写对十馀,聊发胸中郁结。	写对十余(馀),聊发胸中郁结。	2925页2行	六十二页十四行
初十日(8月18日)	……德国新使海靖来见,……□从未到华也。	……德国新使海靖来见,……乂从未到华也。	2925页6行	六十二页十九行
十二日(8月20日)	聂辑椝升苏藩。	聂辑椝[矩]升苏藩。	2925页倒4行	
十四日(8月22日)	……折尾仍有请旨语,……盖恶其先执一而复又双请也。	……摺尾仍有请旨语,……盖恶其先执一而后又双请也。	2926页5行、7行	六十四页一行、二行

十五日 (8月23日)	晴,酷热不可当,寒暑针至九十馀度,无风,微阴。	晴,酷热不可当,寒暑针至九十余(馀)度,无风,微阴。	2926页8行	六十四页三行
同日	……酷暑走红海,同舟为日本王爵某,极费周防也。	……酷暑走红海,同舟有日本王爵某,极费周防也。	2926页14行	六十四页十行
同日	……老冯云荣仲华家托售,仲华却未向余提过。	……老冯云荣仲华家托售,仲华却[未]向余提过。	2926页倒2行	六十四页二十一行
十七日 (8月25日)	……随同行礼,时正大雨,在泥涂拜跪,……	……随同行礼,时正大雨,在泥塗[途]拜跪,……	2927页10行	六十五页十一行
十九日 (8月27日)	见起一刻馀。……决一人,缓一人,减二人,……馀照旧。	见起一刻余(馀)。……决一人,缓一人,减二人,……余(馀)照旧。	2927页倒8行、倒7行	六十五页十九行、二十行
二十日 (8月28日)	晨东方电光煜煜,……	晨东光[方]电光煜煜,……	2927页倒1行	六十六页五行
同日	见起二刻馀。	见起二刻余(馀)。	2928页1行	六十六页六行
廿一日 (8月29日)	……午后云黑如墨,雷隆隆,……洒洒二阵,……	……午后黑云如墨,雷隆隆,……洒洒一二阵,……	2928页7行、8行	六十六页十一行
同日	晚樵野来,长谈喀事,伊从俄馆来。	晚樵野来,谈喀事,伊从俄馆来。	2928页10行	六十六页十四行
廿三日 (8月31日)	新放广西遗缺府沈维城立山,……来见,……	新放广西遗缺府沈维城立山,……总署章京,来见,……	2928页倒6行	六十七页三行
同日	延陆竹君为鹿姪、景官诊脉,……	延陆竹君为鹿姪[侄]、景官诊脉,……	2928页倒4行	
廿六日 (9月3日)	……早起淡食一碗犹可,否则终朝倦闷。	……早起淡食一碗犹可,否则终朝饱闷。	2929页12行	六十七页二十行
八月朔 (9月7日)	新授贵西道王恒久峰,从前军机章京,朔平道丁忧回旂。	新授贵西道王恒久峰,从前军机章京,由朔平道丁忧回旂。	2930页倒3行	六十九页十八行
初三日 (9月9日)	先荐丹国人林的,能以五千金堵永定河缺口;	先荐丹国人林的,能以五千金堵永定河决口;	2931页14行	七十页十三行
初八日 (9月14日)	今晨四鼓南院炯孙屋被窃,失衣物直百馀金,……	今晨四鼓南院炯孙屋被窃,失衣物直百余(馀)金,……	2932页倒5行	七十二页三行
初九日 (9月15日)	……此一条又牵连俄国矣,馀皆欲与法一体均沾。	……此一条又牵连俄国矣,余(馀)皆欲与法一体均沾。	2933页8行	七十二页十六行

初十日 (9月16日)	恭邸至孔雀房敬竢。……是日寿皇殿行礼,……	恭邸至孔雀房敬俟。……是日上诣寿皇殿行礼,……	2933页12行、13行	七十二页十九行、二十行
十二日 (9月18日)	恭邸未入,折不多,……	恭邸未入,摺不多,……	2934页1行	七十三页四行
同日	晚内务府堂送到皇太后赏绸缎四疋,……	晚内务府堂送到皇太后赏绸缎四疋[匹],……	2934页6行	七十三页二十行
十三日 (9月19日)	是日卯正上自颐和园启行,辰正二还宫,……	是日卯正上自颐和园启行,辰正二刻还宫,……	2934页9行	七十四页二行
同日	蔡乂臣……送宜兴茶壶一,……	蔡乂臣……送宜兴旧茶壶一,……	2934页14行	七十四页八行
十四日 (9月20日)	户部带引见,三人两排,吏部等共四十馀人。	户部带引见,三人两排,吏部等共四十余(馀)人。	2934页倒10行	七十四页十一行
中秋日 (9月21日)	夜半雨,晓起皎月当空,无纖翳。	夜半雨,晓起皎月当空,无纤翳。	2934页倒5行	七十四页十五行
十七日 (9月23日)	写南信予缉夫侄孙函,其子之循为德孙后。	写南信予缉夫侄孙函,以其子之循为德孙后。	2935页倒5行	七十六页二行
十八日 (9月24日)	自辰二刻起,直至酉正散,……馀皆小船无蓬。	自辰正二刻起,直至酉正散,……余(馀)皆小船无蓬。	2936页5行、6行	七十六页十二行、十三行
同日	如红线系隄上,……	如红线系隄[堤]上,……	2936页8行	
十九日 (9月25日)	……恭邸亦来,余等同入竢。	……恭邸亦来,余等同入竢[俟]。	2936页13行	七十七页二行
同日	连日恭邸跪迎时,慈圣必俛语一晌。	连日恭邸跪迎时,慈圣必俛[俯]语一晌。	2936页倒10行	七十七页七行
廿二日 (9月28日)	南书房三人十二两,奏事处四人十六两。	南书房三人十二两,奏事处四人十六两。	2937页倒6行、倒4行	七十八页十四行、十五行
廿四日 (9月30日)	退后递请留之封奏,无馀事,遂散。	退后递请留之封奏,无余(馀)事,遂散。	2938页7行	七十九页二行
廿五日 (10月1日)	令书吏送钱粮稿及两日稿来画,三百馀件。写篆字,仲华以书画十馀件见示。……馀皆赝,……	令书吏送钱粮稿及两日稿来画,三百余(馀)件。写篆字,仲华以书画十余(馀)件见示。……余(馀)皆赝,……	2938页11行、12行、13行	七十九页六行、八行

廿六日 (10月2日)	仅递明发,馀明日述旨。	仅递明发,余(馀)明日述旨。	2938页倒12行	七十九页九行
同日	卯初二见起,一刻多退,……	卯初二刻见起,一刻多退,……	2938页倒11行	七十九页十行
廿七日 (10月3日)	(夹短袿)	(夹袍袿)	2938页倒8行	七十九页十三行书眉
廿八日 (10月4日)	写毕交匠蠟印……翻贴于匣中蠟上……	写毕交匠蠟[蜡]印……翻贴于匣中蠟[蜡]上……	2939页4行、5行	
同日	……前十本颇可,馀奏数而已,……	……前十本颇可,余(馀)奏数而已,……	2939页9行	八十页七行
九月初二日 (10月8日)	较城中晚起四刻,寅行三刻到直房……	较城中晚起四刻,寅初三刻到直房……	2940页6行	八十一页七行
初三日 (10月9日)	晴朗,为旬馀第一日,顿凉。	晴朗,为旬余(馀)第一日,顿凉。	2940页6行	八十一页十五行
初四日 (10月10日)	卹典甚优……	卹[恤]典甚优……	2940页倒2行	
初五日 (10月11日)	卯正一见起,一刻馀,辰初二散。	卯正一见起,一刻余(馀),辰初二散。	2941页3行	八十二页八行
初六日 (10月12日)	见起一刻馀,辰初散。	见起一刻余(馀),辰初散。	2941页14行	八十二页十九行
初八日 (10月14日)	邀二邸及钱、刚二公饮,悤悤传觞,午初即散。……体卹周至。	邀二邸及钱、刚二公饮,悤悤[匆匆]传觞,午初即散。……体卹[恤]周至。	2942页3行、6行	八十三页十二行
初九日 (10月15日)	恭邸先往卧佛寺未入,辰初一见起,……	恭邸先往卧佛寺,未入,辰初见起,……	2942页9行	八十三页十九行
同日	……墙内垦种,陈根徧地,……	……墙内垦种,陈根徧[遍]地,……	2942页14行	八十四页五行
十一日 (10月17日)	……余昨抄林所携文凭,彼悤悤一观纳袖中,……	……余昨抄林所携文凭,彼悤悤[匆匆]一观纳袖中,……	2943页3行	八十四页十七行
十二日 (10月18日)	无应述之件,见起一刻馀,……	无应述之件,见起一刻余(馀),……	2943页10行	八十五页三行
同日	余则有谘询事。	余则有谘[咨]询事。	2943页倒4行	
十四日 (10月20日)	见起二刻馀,恭邸询咸丰十年事,此有益者也。	见起二刻余(馀),恭邸询咸丰十年事,此有益者也。	2943页倒1行	八十五页十九行
十五日 (10月21日)	二刻馀始退,巳初一刻散。	二刻余(馀)始退,巳初一刻散。	2944页8行	八十六页六行

十六日(10月22日)	……二班仅领到李玉坡一人,馀两人则头班值班者。	……二班仅领到李玉坡一人,余(馀)两人则头班值班者。	2944页倒11行	八十六页十五行
十七日(10月23日)	……辰初见起,三刻始退,拟旨递上,……	……辰初见起,三刻退,拟旨递上,……	2944页倒5行	八十七页一行
二十日(10月26日)	……使者往复,又受牛肉汁四匣。	……使者往复,又受牛汁四匣。	2945页倒10行	八十七页二十行
廿一日(10月27日)	见起一刻馀,辰正散。	见起一刻余(馀),辰正散。	2945页倒8行	八十八页一行
同日	此三人先后来。	此三人先来。	2945页倒4行	八十八页五行
廿二日(10月28日)	晴,事简如昨,无电。	晴,事简如昨,电一。	2946页2行	八十八页十行
廿五日(10月31日)	《庙堂》四百馀字,《大观》三开,……	《庙堂》四百余(馀)字,《大观》三开,……	2946页倒4行	八十九页九行
廿六日(11月1日)	……李相到任,怱怱一见。	……李相到任,怱怱[匆匆]一见。	2947页1行	八十九页十二行
同日	归后黄公度来……,馀物却之。	归后黄公度来……,余(馀)物却之。	2947页3行	八十九页十三行
廿八日(11月3日)	早入,外摺多而无要事,无电,封奏一。	入早,外摺多而无要事,无电,封奏一。	2947页12行	九十页一行
十月朔(11月5日)	晴朗无风。	晴,无风。	2947页倒6行	九十页九行
初四日(11月8日)	拟明日一併发。……南学住学官刘笏云钜来见……	拟明日一併[并]发。……南学住学官刘笏云巨来见……	2948页倒11行、倒8行	
初七日(11月11日)	弄墨学画,无聊之极也。	弄墨学画,无聊之极思也。	2949页11行	九十二页十行
初八日(11月12日)	午访樵野及合肥。	午访晤樵野及合肥。	2949页倒11行	九十二页十四行
初十日(11月14日)	……至隆宗门直庐更朝衣敬竢。	……至隆宗门直庐更朝衣敬竢[俟]。	2950页5行	九十三页八行
同日	是日听戏五十八人,共集二千两,每个(人)三十四两五钱付卅五两,……莊健回堂。	是日听戏五十八人,共集二千两,每分三十四两五钱付卅五两,……庄健回堂。	2950页10行、11行	九十三页十五行
十一日(11月15日)	……报初九卯时永定河合戈。	……报初九卯时永定河合龙。	2950页倒6行	九十四页八行
十四日(11月18日)	饭后芝庵以住班来访,怱怱数语,……	饭后芝庵以住班来访,怱怱[匆匆]数语,……	2951页倒5行	九十五页十四行

十五日 (11月19日)	在直庐对月而坐，清景殊佳，惜忽忽耳。	在直庐对月而坐，清景殊佳，惜忽忽[匆匆]耳。	2952页1行	九十五页十八日
十八日 (11月22日)	到馆憩，一刻馀起饭。	到馆憩，一刻余(馀)起饭。	2952页倒6行	九十六页十六行
廿二日 (11月26日)	见起一刻馀退，……	见起一刻余(馀)退，……	2953页倒8行	九十七页十五行
廿四日 (11月28日)	引见多至百三十馀人，……	引见多至百三十余(馀)人，……	2954页1行	九十八页二行
廿七日 (11月30日)	见起一刻馀，兰孙仍未入，起下即散。	见起一刻余(馀)，兰孙仍未入，起下即散。	2954页13行	九十八页十三行
三十日 (12月4日)	见起一刻馀，兰孙调天官，……	见起一刻余(馀)，兰孙调天官，……	2955页9行	九十九页十四行
同日	徐会沣转左，张英麟礼右。	徐会澧转左，张英麟礼右。	2955页倒12行	
十一月初一日 (12月5日)	见起刻馀，日前恭邸请赏李某椅……	见起刻余(馀)，日前恭邸请赏李某椅……	2955页倒9行	一百页五行
初三日 (12月7日)	见起刻馀，兰孙未入。	见起刻余(馀)，兰孙未入。	2956页7行	一百页十八行
初四日 (12月8日)	见起刻馀，述旨下，巳初散。	见起刻余(馀)，述旨下，巳初散。	2956页11行	一百一页一行
初六日 (12月10日)	到西馆看国史划一传四册。	到西馆看国史画一传四册。	2956页倒5行	一百一页十行
初八日 (12月12日)	引见百馀人，无电。见起一刻馀，巳初散。	引见百余(馀)人，无电。见起一刻余(馀)，巳初散。	2957页7行、8行	一百二页二行
同日	由西长安门入署，申初归。	由长安门入署，申初归。	2957页9行	一百二页三行
初十日 (12月14日)	见起一刻馀，电一封奏一。	见起一刻余(馀)，电一封奏一。	2957页倒12行	一百二页十行
同日	(赏大卷两疋，此代皮张。)	(赏大卷两疋[匹]，此代皮张。)	2957页14行	一百二页十一行书眉
十三日 (12月17日)	忽忽趋入，外摺仅三件，……	忽忽[匆匆]趋入，外摺仅三件，……	2958页9行	一百三页七行
十七日 (12月21日)	……二刻趋昌德门待。	……二刻趋德昌门待。	2959页5行	一百四页十行
十八日 (12月22日)	内务府堂官管宁寿宫者吏议革职，馀议降三级调。	内务府堂官管宁寿宫者吏议革职，余(馀)议降三级调。	2959页12行	一百四页十七行

廿一日(12月25日)	……所谓洋枅木者,经湿收乾,……十成中只选得一成馀,……	……所谓洋楠木者,经湿收干,……十成中只选得一成余(馀),……	2960页1行、2行	一百五页十一行、十二行
廿三日(12月27日)	见起一刻馀,退而拟旨,巳正散。	见起一刻余(馀),退而拟旨,巳正散。	2960页14行	一百六页一行
廿四日(12月28日)	颐性养寿,纪候预占年谷熟,迎春喜值岁华新。	颐性养寿,纪候豫占年谷熟,迎春喜值岁华新。	2960页倒4行	一百六页十行
廿五日(12月29日)	事不多,见起一刻馀,……	事不多,见起一刻余(馀),……	2960页倒1行	一百六页十一行
廿八日(1897.1.1)	见起一刻馀,退拟旨讫,……	见起一刻余(馀),退拟旨讫,……	2961页倒2行	一百七页十五行
廿九日(1月2日)	见起刻馀,起下即散,……	见起刻余(馀),起下即散,……	2962页5行	一百七页二十行
同日	余见之,朴愿人也……	余见之,朴厚人也……	2962页8行	
十二月朔(1月3日)	……崑冈……	……崑[昆]冈……	2962页倒2行	一百九页三行
初六日(1月8日)	……盖疑别国干预而盛京卿欲偏徇也。	……盖疑别国干预而盛京卿欲偏徇也。	2964页7行	一百十页十七行
初七日(1月9日)	关门定等第,惟笔帖式新定,馀皆旧一等,备一。	关门定等第,惟笔帖式新定,余(馀)皆旧一等,备一。	2964页13行	一百十一页三行
初八日(1月10日)	……见起刻馀,递事六刻多始下,……	……见起刻余(馀),递事六刻多始下,……	2964页倒11行	一百十一页六行
同日	留樵野商量畞捐奏稿,……	留樵野商量畞[亩]捐奏稿,……	2964页倒10行	
初九日(1月11日)	实缺一百馀人,五刻讫,……	实缺一百余(馀)人,五刻讫,……	2964页倒3行	一百十一页十三行
初十日(1月12日)	见起一刻馀,兰翁来,……汉六人:……余九穀……	见起一刻余(馀),兰翁来,……汉六人:……余九谷……	2965页2行、8行	一百十一页十八行
十一日(1月13日)	昨夜积雪寸许,……	昨夜雪积寸许,……	2965页10行	一百十二页五行
十二日(1月14日)	内摺提督衙门拏获著名巨匪康八。	内摺提督衙门拏[拿]获著名巨匪康八。	2965页倒7行	
十三日(1月15日)	都虞司憩,至户部,申初归。	都虞憩,至户部,申初归。	2966页3行	一百十三页二行

十四日 （1月16日）	见起一刻馀，看拟稿即先散，巳正二矣。	见起一刻余（馀），看拟稿即先散，巳正二矣。	2966页倒7行	一百十三页六行
十六日 （1月18日）	……卒未许一字，遂去，仍未可也。	……卒未许一字，遂去，仍不可也。	2966页倒7行	一百十四页一行
十七日 （1月19日）	画正月钱粮稿二百馀件，乏甚。	画正月钱粮稿二百余件，乏甚。	2967页2行	一百十四页九行
十九日 （1月21日）	比未入直，太平庐无宿火，晓寒不可当。	比来入直，太平庐无宿火，晓寒不可当。	2967页12行	一百十四页十九行
同日	入署，稿虽画毕，馀事繁琐，……	入署，稿虽画毕，余（馀）事繁琐，……	2967页14行	一百十五页一行
廿一日 （1月23日）	见起一刻馀，巳正始散。	见起一刻余（馀），巳正始散。	2967页倒5行	一百十五页八行
廿二日 （1月24日）	晴，丑初二起，较平日早四刻入，……	晴，丑初二刻起，较平日早四刻入，……	2967页倒2行	一百十五页十行
廿三日 （1月25日）	外摺不多，内摺百馀件，……	外摺不多，内摺百余（馀）件，……	2968页6行	一百十五页十八行
同日	枢廷具会摺两分，恭邸领衔。	枢廷具合摺两分，恭邸领衔。	2968页8行	一百十五页十九行
同日	上昨日初还西苑，……	上昨日未初还西苑，……	2968页14行	一百十六页七行
廿五日 （1月27日）	将六七两案併为一摺……	将六、七两案併［并］为一摺……	2969页9行	
廿七日 （1月29日）	……陈米二匣，收之，馀璧。	……陈米二匣，收之，余（馀）璧。	2969页倒5行	一百十七页十九行
除日 （2月1日）	夹板一（依将军），明日一（亦依将军），併发下。	夹板一，依将军；明日一併［并］发下，亦依将军。	2970页倒11行	
同日	午初诣蹈和门小屋敬竢，同直皆集。	午初诣蹈和门小屋敬竢［俟］，同直皆集。	2970页倒7行	一百十九页二行
同日	花衣补褂不拘风毛、红朝珠。	花衣补褂不拘风毛、红朝珠。	2970页倒4行	一百十九页七行
光绪二十三年丁酉 正月初三日 （1897.2.4）	如余言行皆不允，独于施牵连两鸟事肯为我辩。	如余言行皆不允，独于施牵连两乌事肯为我辩。	第六册 2972页8行	第三十六卷 二页十七行
初六日 （2月7日）	归访李相，遇诸涂，午李相来谈。	归访李相，遇诸塗［途］，午李相来谈。	2972页倒3行	三页十二行

十一日 (2月12日)	乙未诗艸四册	乙未诗艸[草]四册	2974页14行	
十二日 (2月13日)	未初施鬼来,所要求者百色铁路也,三省开矿也。	未初施鬼来,所要求者百色铁路也,云南通路也,三省开矿也。	2974页倒9行	五页十六行
十五日 (2月16日)	(花衣补褂,染貂帽。)	(花衣补褂,染貂帽。)	2975页6行	六页八行眉批
二十日 (2月21日)	饭后访颂阁,遇诸涂。	饭后访颂阁,遇诸塗[途]。	2976页8行	七页十三行
廿五日 (2月26日)	敬带班,张押后。	敬带班,张押班。	2977页倒10行	九页六行
二月初九日 (3月11日)	引见老人班皆熙旧。	引见老人班皆照旧。	2980页倒3行	
十三日 (3月15日)	是日内务府一等圈单下,引见二日。	是日内务府一等圈单下,引见三日。	2981页倒4行	十四页五行
十四日 (3月16日)	未正日本内田康哉、郑永邦携其国书来,述其国书告哀。	未正日本内田康哉、郑永邦携其国书来,述其国意告哀。	2982页6行	十四页十三行
廿五日 (3月27日)	予持折奏事,一刻馀退,递事下,即传散。	予持折奏事,一刻余(馀)退,递事即下传散。	2984页倒5行	十七页十二行
同日	余极言黄耆腻,补非宜,荐内阅朱文震诊脉。	余极言黄耆腻,补非宜,荐内阁朱文震诊脉。	2984页倒2行	十七页十五行
廿七日 (3月29日)	出神武门,车行泥涂甚难。临竹坨本《诗经》。验看房常姓十两,五个月,二月止。	出神武门,车行泥塗[途]甚难。临竹坨本《诗经》。给看房常姓十两,五个月,二月止。	2985页10行、11行	十八页四行、五行
三月朔 (4月2日)	恭邸未入,外摺少,明发三。	恭邸未入,外摺多,明发三。	2986页2行	十九页一行
同日	又传法国所送花毯不必递,此件留总署封固。	又传法国所进花毯不必递,此件留总署封固。	2986页4行	十九页二行
初二日 (4月3日)	余不谓然,旋欲铺棕毯,余力斥之。又欲东华门内降舆或骑马,余力驳之。	余不谓然,施欲铺棕毯,余力斥之。又欲东华门内降舆或骑马,又力驳之。	2986页倒8行	十九页十六、十七行

初四日 （4月5日）	旋霁。户部引见四排，廷寄五，户部裁冗员。	旋霁。户部引见四排，廷寄五，户部裁冗员。	2986页倒1行	二十页三行
初六日 （4月7日）	外起九人，封一（徐树铭），明二。	外起九人，封奏一（徐树铭），明二。	2987页8行	二十页九行
初七日 （4月8日）	向午冒风乘舆而行，舆几覆，到园几十二刻。	向午冒风乘舆而行，舆几覆，到园凡十二刻。	2987页倒9行	二十页十八行
十二[一]日 （4月12日）	进法国礼物。留两毯在军机处，奏明奉旨，毯不雅驯也。	进法国礼物。留两毯中军机处，奏明奉旨，因毯不雅驯也。	2988页9行	二十一页一行
十二日 （4月13日）	饭而散，虽难行，到家过午，不能赴署。	饭而散，路难行，到家过午，不能赴署。	2988页倒6行	二十二页二行
同日	庆邸贺礼：如意……茶十斤。	庆邸贺礼：如意……茶十斤。	2988页倒2行	
十三日 （4月14日）	号柟桢……父锦瑞，顺天辛亥举，曾文正幕，道员，今尚存。	号柟[楠]桢……父锦瑞，顺天辛亥举，曾文正幕，道员，今尚在。	2989页7行、8行	二十二页十四行
十八日 （4月19日）	季凤台，山东人，在海参崴为大铺。	季凤台，山东人，在海参崴有大铺。	2990页13行	二十四页二行
廿一日 （4月22日）	视兰翁疾，稍减于前，谈良久。归巳申初，未见客。	视兰翁疾，稍减于前，谈良久。归已申初，未见客。	2991页10行	二十五页四行
廿五日 （4月26日）	俄路改道，许使寄图来，看之烦闷，此岂可许，又岂不可许耶？	俄路改道，许使寄图来，看之烦闷，此岂可许，又岂可不许耶？	2992页12行	二十六页九行
廿六日 （4月27日）	巳初散。仲华邀请，遂诣之，谈良久。	巳初散。仲华邀谈，遂诣之，谈良久。	2992页倒11行	二十六页十二行
四月初二日 （5月3日）	巳酉同年惟此而已。	己酉同年惟此而已。	2993页倒6行	
初四日 （5月5日）	见起刻馀……午邀谭敬甫……钱子密陪，仍巳酉同年之集也。	见起刻余（馀）……午邀谭敬甫……钱子密陪，仍己酉同年之集也。	2994页9行、10行	二十八页十三行
初十日 （5月11日）	伊坚不允，翻译者语不清，亦甚狡猾，往复良久，始准其在帐房内等候。	伊坚不允，翻译者语不清，亦甚狡猾，往复良久，姑准其在帐房内等候。	2995页倒7行	三十页十六行

同日	贺崑小峰娶儿媳……	贺崑[昆]小峰娶儿媳……	2995页倒5行	
十六日 (5月17日)	发补廔电	发补楼电。	2997页9行	
十九日 (5月20日)	卯正见起,刻馀退,辰初三散。	卯正三见起,刻余(馀)退,辰初三散。	2998页9行	三十二页十九行
同日	潘学祖来苏道回避捐机器局,能制造,芸阁先生孙也。	潘学祖来,苏道回避捐浙机器局,能制造,芸阁先生孙也。	2998页12行	三十三页二行
廿一日 (5月22日)	外摺无见面者,明一。晨初散,归后倦卧。	外摺无见面者,明一。辰初散,归后倦卧。	2998页倒3行	三十三页十三行
同日	款以酒食,单开王爵乌和他木斯科。	款以酒食,单开王爵乌和他木斯科。	2998页倒1行	三十三页十五行
廿六日 (5月27日)	出西长安门拜客,晤尹生铭授。	出西长安门拜客,晤尹生铭绶。	3000页10行	三十五页九行
廿七日 (5月28日)	昨署中只李一人与施辨驳也。	昨署中只李一人与施辩驳也。	3001页2行	
廿八日 (5月29日)	"一谿雪转松凉阴",得凉字。	《一谿[溪]雪转松阴凉得凉字》。	3001页13行	三十六页十四行
廿九日 (5月30日)	云南:周克宽、余堃。	云南:周克宽、余堃[坤]。	3001页倒5行	
五月初二日 (6月1日)	晴,天明入,外摺无多,而见面起特长。	晴,天明入,外摺无多,而见起特长。	3002页2行	三十七页六行
初十日 (6月9日)	上御文华殿见之,鬼之递国书,极小。	上御文华殿见之,递国书,极小。	3004页13行	四十页三行
十六日 (6月15日)	张相遗摺。褒卹如祁公例。	张相遗摺。褒卹[恤]如祁公例。	3006页11行	
十九日 (6月18日)	伊带营驻许浦。貌极魁梧,辨有口者也。	伊带营驻浒浦。貌极魁梧,辩有口者也。	3007页12行	
二十日 (6月19日)	连陞等封奏。	连陞[升]等封奏。	3007页倒6行	
廿二日 (6月21日)	礼邸未入,二刻退。端公要予西馆略谈。	礼邸未入,二刻退。麟公要予西馆略谈。	3008页倒8行	四十五页二行
廿三日 (6月22日)	薄暮散步里许,值小雨急归。晚雷一阵。	薄暮散步里许,值小雨急归。晚雷雨一阵。	3009页1行	四十五页七行
廿七日 (6月26日)	电报二,吉、江俄路事,明一。	电报二,吉、江复俄路事,明一。	3010页倒11行	四十七页二行

六月初三日(7月2日)	外折无要事,张樵野电一,拟署复电一。……余力与辨驳,竟语塞而罢。	外摺无要事,张樵野电一,拟署复电一。……余力与辩驳,竟语塞而罢。	3012页4行、8行	四十八页十八行
初五日(7月4日)	令当月、钱粮截然为二差,当月松廷专擅浮冒,每年多费六七百金也。	令当月钱、粮截然为二,盖当月松廷专擅浮冒,每年多费六七百金也。	3012页倒6行	四十九页三行
初七日(7月6日)	函致李相电罗,再与辨论。……因告馆来京找斌荐馆,辗转托人。	函致李相电罗,再与辩论。……因告馆来京求斌荐馆,辗转托人。	3013页7行、8行	五十页二行、三行
初九日(7月8日)	伊亦辨论二条。晚访颂阁。亥子间云从西南起,大雨两次,达旦尚濛濛。	伊亦辩论二条。晚访颂阁。亥子间雷从西南起,大雨两次,达旦尚濛濛。	3013页倒2行、倒1行	五十一页一行
十五日(7月14日)	三事海军用守不用战。合船无用,郎喊哩亦无用。……论人材	三事海军用守不用战。合船无用,郎威哩亦无用。……论人材[才]	3015页倒12行、倒9行	五十二页十四行
十六日(7月15日)	外摺不少。……福藩黄敏恩交议,电旨。	外摺不少。……福藩黄毓恩交议,电旨。	3015页倒6行	五十二页十七行
十七日(7月16日)	如此晴雨相间,定是半年。	如此晴雨相间,定是丰年。	3015页倒1行	五十三页二行
廿二日(7月21日)	戊[戌]正二鹿得大解,溏而泄,甚多。余得甘寝。	戊[戌]正二鹿得大解,溏而臭,甚多。余得甘寝。	3017页倒8行	五十五页一行
廿四日(7月23日)	作江西函,交折弁。	作江西函,交摺弁。	3018页13行	
廿六日(7月25日)	退诣阅是楼恭竢。	退诣阅是楼恭竢[俟]。	3019页1行	
廿七日(7月26日)	是日皇太后还西苑,上在宫斋宿。	是日皇太后还西苑,上在宫齐[斋]宿。	3019页15行	五十七页九行
七月初三日(7月31日)	凡褒卹之典皆具。	凡褒卹[恤]之典皆具。	3021页2行	
初四日(8月1日)	委散秋大臣荣颐请开缺停俸,旨照准。	委散秩大臣荣颐请开缺停俸,旨照准。	3021页13行	五十九页十二行
初六日(8月3日)	恭邸率四人同磕头谢,在垫。	恭邸率四人同碰头谢,在垫。	3022页7行	六十页八行
同日	李相论此事,并比较算法,即复之。	李相信论此事,并比较算法,即复之。	3022页10行	六十页十一行

十三日(8月10日)	左额上牙又堕其一,衰老可叹,盖叹世事方艰难也。	左颊上牙又堕其一,衰老可叹,盖叹世事方艰难也。	3024页11行	六十二页十五行
十四日(8月11日)	访贻蔼人看参未遇,因遇麟公长谈。	访贻蔼人看参未遇,因过麟公长谈。	3024页倒9行	六十三页二行
同日	而蔼人待余归,在家久候,看参了然,托其购数两。	而蔼人待余归,在斋久候,看参了然,托其购数两。	3024页倒8行	六十三页三行
十五日(8月12日)	刚、钱两公在蕉园门外磕头,慈驾至寿皇殿也。	刚、钱两公在蕉园门外碰头,慈驾至寿皇殿也。	3024页倒3行	六十三页八行
廿三日(8月20日)	外摺十处,而见面者仅四件,明一。	外摺十处,而见面者止四件,明一。	3026页倒6行	六十五页十一行
廿四日(8月21日)	寅正至直屋,外摺少,亦无见面者,无述件。	寅正至直房,外摺少,亦无见面者,无述件。	3027页1行	六十五页十五行
八月初七日(9月3日)	卯正三见起,命臣署吏部尚书,即磕头谢。地窄不能退立,不过起立在垫叩头。	卯正三见起,命臣署吏部尚书,即碰头谢。地窄不能退立,不过起立在垫叩头。	3030页13行	六十九页十四行
初八日(9月4日)	退后递事即散。归家小憩。是日递谢摺。	退后递事即散。归寓小憩。是日递谢摺。	3030页倒9行	六十九页二十行
初九日(9月5日)	徐会沣封奏……	徐会澧封奏……	3030页倒4行	
十一日(9月7日)	皇太后赏蓝宫紬一匹,……	皇太后赏蓝宫紬[绸]一匹,……	3031页倒2行	
十三[四]日(9月10日)	驰归,与总办吴君说大概,即入至直房,会齐同赴德和园敬竢。	驰归,与总办吴君说大概,即入至朝房,会齐同赴德和园敬竢[俟]。	3032页倒4行	七十二页十行
十五日(9月11日)	当即离席磕头,力陈材力驽下,无一称职者。	当即离席碰头,力陈材[才]力驽下,无一称职者。	3033页10行	七十三页三行
同日	辛首领跪奏,臣于阶下偏东摘帽碰头讫趋出,脱褂入坐。午初回家小憩。未初再入。	辛首领跪奏,臣即于阶下偏东摘帽碰头讫趋出,脱褂入坐。午初回寓小憩。未初再入。	3033页13行	七十三页七行
十六日(9月12日)	适户部送堂稿来,画之。堂书三人八吊。	适户部送堂稿来,画之。堂书二人八吊。	3034页2行	七十四页五行

十八日 (9月14日)	马镇玉崑来见……马玉崑……	马镇玉崑[昆]来见……马玉崑[昆]……	3034页倒5行、倒2行	
二十日 (9月16日)	麟公约余话,至会典馆,刚、徐二公亦在,谈至巳初散。	麟公约余话,至会典馆,徐、刚二公亦在,谈至巳初散。	3035页9行	七十五页十五行
同日	写江西信,得小山八月初六日函,平安。	写西江[江西]信,得小山八月初六函,平安。	3035页倒3行	七十六页十一行
廿二日 (9月18日)	写江西信、笏信。	写西江[江西]信、笏信。	3036页7行	七十六页十七行
廿八日 (9月24日)	桂铭球、星垣师之孙。裘宪琦辛卯顺天世兄绍箕号 六子,先后来见,旧家可喜。	桂铭球、星垣师之孙。裘宪琦辛卯顺天世兄绍箕,号□□之子,先后来见,旧家可喜。	3037页倒11行	七十八页九、十行
同日	桂鸣球、号朴庵,清劲不染俗,治经。	桂鸣球,号璞庵,清劲不染俗,治经。	3037页倒8行	七十八页十三行
同日	今其后人不能振拔,深愧之。知县用候选县丞裘宪琦。韩侯,行三,……	今其后人不能振拔,深愧之。知县用候选县丞。裘宪琦韩侯,行三,……	3037页倒7行	七十八页十四行
九月初三日 (9月28日)	薛浚罚俸九月,其余堂司或降或罚俸。	薛浚罚俸九月,其余堂司或降留或罚俸。	3039页2行	八十页五行
初五日 (9月30日)	到会典馆,麟今日阅荫生卷。徐、熙、庞数公亦来,似明日奏闻,看摺稿,归时曛黑矣,乏甚。……以钜价三百五十……	到会典馆,麟今日阅荫生卷。徐、熙、启数公亦来,似明日奏闻,看摺稿,归时曛黑矣,乏甚。……以钜[巨]价三百五十……	3040页1行、5行	八十一页九行
初八日 (10月3日)	工部已奉传知,礼部尚尚未奉到,题本仍照旧。	工部已奉传知,礼部尚未奉到,题本仍照旧。	3040页倒3行	八十二页八行
初九日 (10月4日)	函致子密,劝其先进延续请款。	函致子密,劝其先进匠续请款。	3041页7行	八十二页十八行
十一日 (10月6日)	万里远意不能却,作函复之,以红紬袍褂两套附寄。	万里远意不能却,作函复之,以江紬[绸]袍褂两套附寄。	3042页2行	八十三页十九行
十七日 (10月12日)	传依议。明二,浙学放陈桂芬,杭织放诚全。	传依议。明二,浙学放陈桂棻,杭织放诚全。	3044页2行	八十六页六行

同日	玉澜堂召见一刻馀,退后辰正二散。回家饭,不能睡。	玉澜堂召见一刻余(馀),退后辰正二散。回寓饭,不能睡。	3044页2行	八十六页七行
同日	成均笔帖式来,告以备文知照国子监向总署领取。	成均笔帖式来,告以已备文知照国子监向总署领取。	3044页4行	八十六页八行
二十日 (10月15日)	归舍小憩,病后緜缀,幸昨夜安眠。	归舍小憩,病后緜惙,幸昨夜安眠。	3045页11行	八十七页二十行
廿一日 (10月16日)	右足心酸痛,或夜受寒欤。	右足心酸痛,或夜受寒耶?	3045页倒6行	八十八页八行
廿四日 (10月19日)	礼邸入,外摺多,电二,土司。封奏一。明一,电旨一。	礼邸入,外摺多,电二,土司。封奏一,潘茹格等。明一,电旨一。	3046页13行	八十九页三行
同日	阅卷八人:……崑冈、……徐会沣……	阅卷八人:……崑[昆]冈、……徐会澧……	3046页倒6行	
廿六日 (10月21日)	饭罢即行,遇庆邸谈两刻。	饭罢即行,过庆邸谈两刻。	3047页3行	八十九页十九行
廿七日 (10月22日)	封奏一,崇荫考放带见。辰正散。	封奏一,崇荫参散汉王。辰正散。	3047页11行	九十页四行
十月朔 (10月26日)	余散后径归,午祀先,与之廉将事,撤俎后乏甚,腹泻不止,莫解其故。	余散后径归,午祀先,与之廉将事,撤俎后乏甚,腹泄不止,莫解其故。	3049页8行	九十二页十一行
同日	答谭文谭函。发津函,嘱俟风后行。	答谭文卿函。发津函,嘱俟风后行。	3049页11行	九十二页十三行
初五日 (10月30日)	入见于乐寿堂,上侍侧,所进两分,命以一分送玉澜堂。	入见于乐寿堂,上侍侧,所进两分,即命以一分送玉澜堂。	3051页12行	九十四页二十行
初六日 (10月31日)	是日呈进贡物,令朱监送内,余等在直房恭竣。	是日呈进贡物,令朱监送内,余等在直房恭俟。	3051页15行	九十五页二行
同日	易花衣补褂,入至宫门内北屋,即当时候起处。	易花衣补褂,入至宫门内北屋,即常时候起处。	3051页倒11行	九十五页三行
初七日 (11月1日)	传散后即在直房恭竢。	传散后即在直房恭竢[俟]。	3052页4行	

同日	中夜闻雨声。自初七至十五花衣,九日推班九日。	中夜闻雨声。自初七至十五花衣九日,推班九日。饮吴收汗方。	3052页7行	九十五页十五行
初十日（11月4日）	灰鼠袍褂,海龙冠,由棉即换此不用珠毛、银鼠等地。	灰鼠袍褂,海龙冠,由棉即换此不用珠毛、银鼠等也。	3052页倒2行	九十六页二十行
同日	恭邸亦云此次礼节为筵宴毕在坐三叩谢筵谢盘赏矣,因告同官撤摺不递。	恭邸亦云此次礼节内筵宴毕,在坐三叩谢筵谢盘赏矣,因告同官撤摺不递。	3053页倒8行	九十八页二行
十一日（11月5日）	竢良久,慈驾乘船来……	竢［俟］良久,慈驾乘船来……	3054页5行	
十三日（11月7日）	卯正见起二刻馀……辰正二入,竢于彩蓬下……	卯正见起二刻余（馀）……辰正二入,竢［俟］于彩蓬下……	3055页10行、13行	
十五日（11月9日）	诸臣跪于丹陛下三叩,应谢者上丹陛磕头。	诸臣跪于丹陛下三叩,应谢者上丹陛碰头。	3056页10行	一百一页九行
十九日（11月13日）	外摺皆批。济澄封奏,另行片,山东文登劣绅。	外摺皆批。济澄封奏,牙行○片,山东文登劣绅。	3057页倒3行	一百三页四行
同日	归访樵野谈借款,伊力言八五扣之谬。	归访樵野谈借款,伊力言八五五扣之谬。	3058页2行	一百三页七行
廿六日（11月20日）	已而邸、郡公毕集……	已而邸、群公毕集……	3060页2行	
廿七日（11月21日）	高燮曾封奏,胶事,片保举太优,又唐心口堤工。	高燮曾封奏,存,胶事,写片保举太优,又唐心口堤工。	3060页10行	一百六页三行
十一月朔（11月24日）	（貂褂,本色冠。）晴,大风,寒,晚风止。	（貂袿,本色冠。）晴,大风,寒,晚风止。	3061页14行	一百七页十行
同日	传恭亲王穿补褂不穿貂褂。上在园,每日请安皆补褂,明日随从诸臣亦补褂。	传恭亲王穿补袿不穿貂袿。上在园,每日请安皆补袿,明日随从诸臣亦补袿。	3061页倒7行	一百七页十六行
初三日（11月26日）	文海处置德,格一案甚妥。	文海处置德格一案甚妥。	3062页4行	

同日	……余正词谢绝之，伊亦翻然不复谈此。其谓各国狼吞之状，则伊在德行闻见较悉，不可以人废言也，明日行。	……余正词谢绝之，伊亦翻然不复谈此。其论各国狼吞之状，则伊在德行闻见较悉，不可以人废言也，明日行。	3062页9行	一百八页八行
初五日 (11月28日)	总署画图知县陈文祺，号纯文，闽人，甚笃实，专精舆地。	总署画图知县陈文祺，号纯友，闽人，甚笃实，专精舆地。	3063页9行	一百九页十行
初十日 (12月3日)	午访樵野，皆赴总署，未正同至德馆。……携六条照会与一一辨论，……	午访樵野，偕赴总署，未正同至德馆。……携六条照会与一一辩论，……	3064页倒12行、倒11行	一百十页十八行
十九日 (12月12日)	明一，王鹏运、高燮臣皆论胶事，片二。	明一，王鹏运、高燮曾皆论胶事，片二。	3068页7行	一百十五页八行
二十日 (12月13日)	李沧桥又来说福禄寿借款实有押款，可电问英德驻使。	李沧桥又来说福禄寿借款，谓实有押款，可电问英德驻使。	3068页倒7行	一百十五页十九行
廿七日 (12月20日)	夜祀先，与子侄团坐而饮，目前欢娱也。	夜祀先，与子姓团坐而饮，目前欢娱也。	3071页13行	一百十九页三行
三十日 (12月23日)	余亦送景泰蓝瓶一，红龙瓶，皆珍贵之品。大局既定，区区不惜也。	余亦送景泰蓝瓶一，红龙瓶，皆珍贵之品。大局既定，区区不吝也。	3072页倒4行	一百二十页十六行
十二月朔 (12月24日)	俄图君电，谢我待俄船，昨日问答。……辰正入德昌门敬竢……	俄国君电，谢我待俄舰，昨日问答。……辰正入德昌门敬竢[俟]……	3072页倒2行、倒1行	一百二十页十九行
同日	史绳之信，以藩职不平讦臬司蔡希邠。	史绳之信，以落职不平，讦臬司蔡希邠。	3073页4行	一百二十一页四行
初五日 (12月28日)	樵公过余饮，问答彂书之。	樵公过余饮，问答两分彂书之。	3074页倒3行	一百二十三页九行
初九日 1898年 (1月1日)	余等力持南岸归中，北岸归德，海不允，则让齐伯山予彼，而我占陈家岛，不允。	余等力持南岸归中，北岸归德，不允，则让齐伯山予彼，而我占陈家岛，不允。	3076页10行	一百二十五页四行
十一日 (1月3日)	张星吉，战。杨劭悫，四条，亦战。皆存。	张星吉，战。代，杨劭悫，四条，亦战。皆存。	3076页倒2行	一百二十五页十七行

十二日 (1月4日)	后晤庆邸于月华门。旨三，张香涛二，皆论英、倭……	后晤庆邸于月华门。电三，张香涛二，皆论英、倭……	3077页倒11行	一百二十六页十二行
十四日 (1月6日)	日日本矢野文雄、日日斯巴尼牙葛络干、	日日本矢野文雄、日日尼巴斯牙葛络干、	3078页倒9行	一百二十七页十七行
十七日 (1月9日)	晴暖无风。董福祥封奏，饷事。济澄封奏，钞法。	晴暖无风。董福祥封奏，饷事。济澄封奏，钱法。	3079页11行	一百二十八页十四行
廿一日 (1月13日)	廖仲仙、崇受之、……看灯影戏……	廖仲山、崇受之、……看灯影戏……	3080页倒9行	一百三十页三行
廿二日 (1月14日)	(……貂皮八张。)	(……貂皮八张。太后赏御笔。)	3080页倒6行	
廿四日 (1月16日)	上颇诘问时事所宜先，并以变法为急，恭邸默然，谓从内政根本起。臣颇有敷对，诸臣亦默然也。……荐人材之旨，……	上颇诘问时事所宜先，并以变法为急，恭邸默然，臣颇有敷对，谓从内政根本起。诸臣亦默然也。……荐人材[才]之旨，……	3081页倒6行、倒5行	一百三十一页七行
同日	我又献策，我可借银五千万磅，除还日本外尚馀一千……百磅。	我又献策，我可借银五千镑，除还日本外尚余(馀)一千……百镑。	3082页5行	一百三十一页十七行
廿八日 (1月20日)	外摺不多。电一，张辩未派员赴日。	外摺不多。电一，张办未派员赴日。	3083页12行	一百三十三页五行
全年结语处	胶澳事奋力与争……何时雪此耻耶。	胶澳事奋力与争……何时雪此耻耶！(注：最后应有一枚印章：□□老人)	3084页4行	一百三十四页末行
光绪二十四年戊戌 正月初一日 (1898.1.22)	正月朔	正月乙酉朔	第六册 3085页1行	第三十七卷 一页二行
同日	两班章京上堂旅揖。……更朝衣……诣孔雀房敬竢……	两班章京上堂旋揖。……更朝服……诣孔雀房敬竢[俟]……	3085页2行、5行、8行	一页八行
初二日 (1月23日)	吃肉补褂，见起貂袿。	吃肉补褂，见起貂褂。	3085页倒7行	一页十九行
人日(初七) (1月28日)	至龙树寺登高，其东楼已空。	因至龙树寺登高，其东楼已空。	3087页倒9行	四页七行
十一日 (2月1日)	极言李某全不以迭次旨谕为意。	极言李某全不以迭次谕旨为意。	3088页倒4行	五页十五行

十二日 (2月2日)	明发,斥冒昧,交议。	明发,斥其冒昧,交议。	3089页6行	六页四行
十三日 (2月3日)	琴樽五欲继……	琴樽吾欲继……	3089页倒2行	六页二十行
上元日 (2月5日)	蟒袍貂袍,即见起矣。	蟒袍貂褂,即见起矣。	3090页13行	七页十四行
十七日 (2月7日)	复邓小赤,江容舫函,皆交子密。	复邓小赤,江蓉舫函,皆交子密。	3091页倒6行	九页七行
十八日 (2月8日)	故蟒袍补褂……	故蟒袍补褂……	3091页倒3行	九页十行
二十日 (2月10日)	届时偕刚、钱两公至廷中敬竢。……三刻馀退。	届时偕刚、钱两公至廷中敬竢[俟]。……三刻余(馀)退。	3092页倒9行、倒8行	
廿五日 (2月15日)	未初坐,合肥后来。	未初一坐,合肥后来。	3093页倒1行	十一页十八行
廿七日 (2月17日)	大风,先暖后阴,寒甚,似有雪意。	大风,先晴后阴,寒甚,似有雪意。	3094页12行	十二页九行
廿九日 (2月19日)	文书填妥,暮散。	文书填委,暮散。	3095页7行	十三页八行
二月初二日 (2月22日)	商量胡燏棻练兵摺。	商量议胡燏棻练兵摺。	3096页3行	十四页七行
初四日 (2月24日)	又过芝莽,所延外科朱时斋在坐。	又过芝莽,所延外科朱时斋在座。	3096页倒5行	十五页八行
初九日 (3月1日)	昨吃油苏饼,终夕涨闷欲呕。	昨吃油酥饼,终夕涨闷欲呕。	3098页6行	十六页十九行
初十日 (3月2日)	荣陞等,参侍卫志兴。	荣陞[升]等,参侍卫志兴。	3098页9行	
十六日 (3月8日)	李云不可,张云可。(注:以下脱句。)	李云不可,张云可。遂由署电许、杨会同商办。	3100页6行	十九页七行
廿一日 (3月13日)	径归。访野未起,访仪公晤之。	径归。访樵野未起,访仪公晤之。	3101页11行	二十页十二行
廿二日 (3月14日)	八十余件,新旧真伪杂置,然足快目,苦中一乐也。	八十余件,新旧真伪杂糅,然足快目,苦中一乐也。	3101页倒6行	二十一页三行
廿三日 (3月15日)	见起三刻馀。	见起二刻余(馀)。	3102页1行	二十一页八行
廿四日 (3月16日)	晚饭后入总署,英使余未见。	晚饭后赴总署,英使余未见。	3102页12行	二十一页十八行

廿五日 (3月17日)	廷劭民雍辞行……	廷劭民雍来辞行……	3102页14行	二十一页二十行
同日	与樵野发裕电，令询伊藤。	与樵野商发裕电，令询伊藤。	3102页倒5行	二十二页六行
三月初三日 (3月24日)	发鹿卿信……	发鹿、筱信……	3105页14行	二十五页十二行
初六日 (3月27日)	正考官：……徐会沣……张荫桓吏左，溥颐户右。	正考官：……徐会澧……张荫桓吏右，溥颐户右。	3106页10行、14行	二十六页十四行
初七日 (3月28日)	退后摩抄字画。	退后摩抄[挲]字画。	3106页倒6行	
初九日 (3月30日)	依留马玉崑与寿长同守金州，	依留马玉崑[昆]与寿长同守金州，	3107页6行	
十九日 (4月9日)	催北洋裁兵。上还宫。	催北洋裁兵。二刻退，是日上还宫。	3111页7行	三十二页十四行
二十日 (4月10日)	摩抄书画，聊乐我负。	摩抄[挲]书画，聊乐我负。	3111页倒5行	
廿三日 (4月13日)	又将恽片留下未写。	又将恽片牛留下未写。	3112页倒3行	三十四页十四行
廿四日 (4月14日)	吴光奎封奏，口北厅教案。……伺侯慈圣起。	吴光奎封奏，江北厅教案。……伺候慈圣起。	3113页4行、5行	三十四页十九行
闰三月初一日 (4月21日)	电二，王、张、盛，兴路借定美款。	电二，王、张、盛，和。粤路借定美款。	3115页倒6行	三十七页二十行
初三日 (4月23日)	芝相卹典甚厚，……	芝相卹[恤]典甚厚，……	3116页9行	
初五日 (4月25日)	余堃送川半夏曲，……	余堃[坤]送川半夏曲，……	3116页倒5行	四十四页十二行
初八日 (4月25日)	一饬……并偿卹带结。	一饬……并偿卹[恤]带结。	3117页倒10行	
十二日 (5月2日)	……卹商、救灾……	……卹[恤]商、救灾……	3119页2行	
二十日 (5月10日)	王大臣等皆补褂，入操官兵皆补褂。	王大臣等皆补褂，入操官兵皆补褂。	3121页倒8行	四十四页十九行
廿二日 (5月12日)	日本馆、趸船、扦杆船皆被焚。	日本馆、趸船、扦手船皆被焚。	3122页5行	四十五页九行
同日	广西所杀教士为梧州人……	广西所杀教士乃梧州人……	3122页6行	四十五页九行

廿四日 (5月14日)	济徵封奏……	济徵[征]封奏……	3122页倒1行	
廿五日 (5月15日)	并带至南配殿陛下排列矣。	并带至南配殿阶下排列矣。	3123页倒9行	四十七页一行
同日	伊等先致颂词,次进大瓷瓶两个。	伊等先致颂词,次而进大瓷瓶两个。	3123页倒7行	四十七页四行
同日	命亨利坐于右偏,有垫高凳。	命亨利坐于右偏,有垫高杌。	3123页倒6行	四十七页五行
同日	此屡经辨论始定,庆邸之力。	此屡经辩论始定,庆邸之力。	3124页8行	
廿六日 (5月16日)	摩抄书帖忽已日暮。	摩抄[挲]书帖,忽已日暮。	3124页倒5行	
四月初二日 (5月21日)	电旨饬张汝梅速查即毁像事。	电旨饬张汝梅速查即墨毁像事。	3126页倒10行	五十页十八行
初三日 (5月22日)	余等有二公,彼置弗答。……过小庙助小庙香赀八两。憩,……	余等有言,彼置弗答。……过小庙助小庙香赀[资]八两。憩,……	3127页5行、9行	五十一页十三行
十一日 (5月30日)	余等换雨缨青袿入哭。	余等换雨缨青褂入哭。	3129页倒5行	五十五页五行
十四日 (6月2日)	微闻簷滴,子正止。	微闻簷[檐]滴,子正止。	3130页14行	五十五页十九行
十五日 (6月3日)	辰初散,回家酣睡。	辰初散,回寓酣睡。	3130页倒10行	五十六页一行
十八日 (6月6日)	出西长安门礼邸长谈。	出西长安门访礼邸长谈。	3131页9行	五十六页十六行
十九日 (6月7日)	参山东安济县金崇礼办昭信股殃民。	参山东安邱县金崇礼办昭信股殃民。	3131页15行	五十七页一行
同日	廖公阅散馆卷……	廖公派阅散馆卷……	3131页倒11行	五十七页二行
廿七日 (6月15日)	晚与三公痛谈,明日须磕头,姑留一宿。	晚与三公痛谈,明日须碰头,姑留一宿。	3134页倒12行	六十页十三行
廿八日 (6月16日)	午正二驾出,余急趋赴宫门,在道右磕头。	午正二驾出,余急趋赴宫门,在道右碰头。	3134页倒8行	六十页十六行
廿九日 (6月17日)	拆前门大街摊及占屋,限廿日。	于前门大街摊及占屋,限廿日。	3135页3行	六十一页脚注
五月初六日 (6月24日)	王莲生送周东邨为吴匏翁《咏雪图》、受。	王莲生送周东邨[村]为吴匏翁《咏雪图》,受、	3136页13行	

十三日 (7月1日)	徐午阁、言酉山皆至唐沽。	徐午阁、言酉山皆宿唐沽。	3138页7行	六十五页一行
廿一日 (7月9日)	偕婿丁郎同来见……	偕婿丁郎同来见……	3141页6行	六十八页九行
廿三日 (7月11日)	调卿夫人、(侯氏)金门夫人、(钱三小姐)张姑奶奶、(老宅五小姐)严姑奶奶、(老宅六小姐)咏春妇,(严氏)锡少奶奶、(五大小姐)吴儒卿来,年八十二矣。	调卿夫人(侯氏)、金门夫人(钱三小姐)、张姑奶奶(老宅五小姐)、严姑奶奶(老宅六小姐)、咏春妇(严氏)、锡少奶奶(五大小姐)。吴儒卿来,年八十二矣。	3141页倒11行	六十八页十七、十八行
廿四日 (7月12日)	凌晨起呼小舟出南门,至所谓五老峰者(注:此中漏句)有荷花,花虽无多,风景绝胜。	凌晨起,呼小舟出南门,至所谓五老峰者(水乡,在小东门外),看荷花,花虽无多,风景绝胜。	3141页倒4行	六十九页五行
三十日 (7月18日)	余等在第二例行礼……	余等在第二列行礼……	3143页4行	
六月初六日 (7月24日)	暖云垂垂,……	阴云垂垂,……	3144页14行	七十二页十三行
初十日 (7月28日)	夜为蚊所扰……	彻夜为蚊所扰……	3145页15行	七十四页一行
十一日 (7月29日)	退至丙舍看徐屋基,丙舍甲辰兼寅申……	退至丙舍看徐屋基,寅申,丙舍甲辰兼寅申……	3145页倒8行	七十四页三行
十二日 (7月30日)	霞开,拓汉碑数字。	早霞开,拓汉碑数字。	3146页1行	七十四页十一行
十五日 (7月30日)	绕道至孙祠涘……龙殿涘……	绕道至孙祠涘[俟]……龙殿涘[俟]……	3146页倒11行	
十六日 (8月3日)	还寅丞贾物钱十一元亦交带。	还寅丞买物钱,十一元亦交带。	3146页倒4行	七十五页十三行
同日	钱甥女三姑奶、携二子来,对之怆然。	钱甥女之姑奶携二子来,对之怆然。	3146页倒4行	七十五页十四行
七月朔 (8月17日)	刘君号摰卿,行三……	刘君号摰卿,行三……	3149页倒5行	
初二日 (8月18日)	但云十卷刻有秋壑小章长字方印,贾似道家物。	但云十卷刻有秋壑小章,长字方印,盖贾似道家物。	3150页6行	七十九页十二行
初三日 (8月19日)	雨止日将出,云从南来。	雨止,日将出,雷从南来。	3150页9行	七十九页十四行

初五日 (8月21日)	鹿侄发瘩子即疥子遍身,请学如诊。	鹿侄发疥子即瘩子遍身,请学如诊。	3150页倒4行	八十页六行
初六日 (8月22日)	宝贤堂尚旧,钱选人持示看。	宝贤书尚旧,钱选人物可看。	3151页1行	八十页九行
初八日 (8月24日)	为畊烟真迹,……非畊烟其谁能之,……	为畊[耕]烟真迹,……非畊[耕]烟其谁能之?……	3151页倒10行	
十一日 (8月27日)	山东黄河决口,淹廿馀县。	山东黄河决口,淹廿余(馀)州县。	3152页7行	八十一页十六行
十三日 (8月29日)	次秦坡,磋礤,须修。	次秦坡,礓礤须修。	3152页13行	八十二页二行
同日	鹿正发疥流脂……	鹿正苦疥流脂……	3152页倒8行	八十二页八行
十六日 (9月1日)	饭每客十,□住日每日一元二角……又马、金二孙……	饭每客十,若住日每日一元二角……又马、金二人……	3153页6行	八十二页十九行
十七日 (9月2日)	昨日送信共粘二分,不肯寄,今加二分。	昨日送信只粘二分,不肯寄,今加二分。	3153页14行	八十三页五行
廿四日 (9月9日)	午初一刻至湖口县,县令徐元升……	午初一刻至湖口,县令徐元升……	3155页倒2行	八十五页十八行
廿五日 (9月10日)	薄暮涉山脊,望德公船不到……	薄暮陟山脊,望德公船不到……	3156页倒8行	八十六页十六行
廿六日 (9月11日)	自姑塘至此湖行百五十四里……	自姑塘至此湖行百五十里……	3157页10行	八十七页十一行
同日	许表侄联桂,海防试用县臣,从吴越追至。	许表侄联桂,从吴越追至。	3157页倒13行	八十七页十四行
八月初五日 (9月20日)	头重不思食,吃青鹿茶。	头重不思食,吃青庶茶。	3159页6行	八十九页十八行
初八日 (9月23日)	闻之颇慰,稻望雨矣。	闻之颇慰,晚稻望雨矣。	3159页倒1行	九十页十七行
十二日 (9月27日)	夜至园眺月,江山渺然。	夜至后园眺月,江山渺然。	3160页倒3行	九十一页二十行
十九日 (10月4日)	以赀斧赠,却之。……捐赀才千余金……	以赀[资]斧赠,却之。……捐赀[资]才千余金……	3162页12行、14行	
二十日 (10月5日)	在江西时与文勤公笔墨往来甚熟。	在山西时与文勤公笔墨往来甚熟。	3162页倒2行	九十四页五行
廿一日 (10月6日)	伤者千馀,计赀千万,……	伤者千余(馀),计赀[资]千万,……	3163页倒8行	

廿五日 (10月10日)	安宅记:是月廿五日,松禅老人。	安宅记:是月二十五日,松禅老人。	3165页10行	九十七页五行
同日	无楼,焚香叩宅神。	无楼。炷香叩宅神。	3165页12行	九十八页二行
廿六日 (10月11日)	舖厅房一间地板。	铺厅房一间地板。	3165页倒11行	
九月十三日 (10月27日)	下谓耘莘正办唐心堤工也。	下谓莘耘正办唐心堤工也。	3168页倒6行	一百二页六行
十四日 (10月28日)	谢王炳十元。	酬王炳十元。	3168页倒1行	一百二页十一行
廿二日 (11月5日)	与知客陈湘渔谈,……	与知数陈湘渔谈,……	3170页10行	一百四页五行
同日	沿街哓哓,可厌亦可悯矣。	沿街咣咣,可厌亦可悯矣。	3170页11行	一百四页七行
廿三日 (11月6日)	晨沈颂堂来……	晨沈颂棠来……	3170页倒10行	一百四页十二行
廿六日 (11月9日)	又诣小石洞吉卿茔	又诣小石洞吉卿姪[侄]茔	3171页10行	一百五页十行
同日	伊于廿六起身回常,廿八可到。	伊于廿六日起身回常,廿八可到。	3171页13行	一百五页十三行
十月廿三(二)日 (12月6日)	呼小舟剥行李	呼小船剥行李	3176页倒12行	一百十一页十五行
十一月初四日 (12月16日)	《刘丑双墓志》、《张迁碑》……	《刘丑奴墓志》、《张迁碑》……	3178页7行	一百十四页五行
十二月初二日 (1899.1.13)	又到鹿处一坐,得留子京信。	又到鹿处一坐,寒甚。得留子京信。	3181页12行	一百十七页十七行
十一日 (1月22日)	为伊处葬分金,亦相地也。	为伊处葬分金,亦为余相地也。	3182页倒3行	一百十九页十五行
十二日 (1月23日)	秀家山甚可用。	季家山甚可用。	3182页倒1行	一百十九页十七行
十八日 (1月29日)	知汪郎亭来吊候,余未见,在茂如处,	知汪郎亭来吊,候余未见,在茂如处,	3184页8行	一百二十一页八行
廿一日 (2月1日)	夜饭复上山一次	夜饭后上山一次	3185页1行	一百二十二页四行
廿二日 (2月2日)	山人苏桂松领着茅柴庵地三处,	山人苏桂松领看茅柴庵地三处,	3185页6行	一百二十二页八行
廿五日 (2月5日)	过剑门严氏山居小坐饭茶,	过剑门严氏山居小坐饮茶,	3185页倒10行	一百二十二页十九行
廿七日 (2月7日)	晴,仍暖。筱侄自苏归,访之。	晴,仍暖。写对。筱侄自苏归,访之。	3185页倒5行	一百二十三页四行

廿九日 (2月9日)	同筱侄舟赴西山墓前叩头,住丙舍。	同筱侄舟赴西山墓前叩谒,住丙舍。	3186页4行	一百二十三页十四行
同日	松声叟叟,极幽闲之致。	松声謏謏,极幽闲之致。	3186页4行	一百二十三页十四行
光绪二十五年己亥 正月十四日 (1899.2.23)	看碑甚乐,晚归。适季孙女来。	看碑甚乐,晚归。三姪[侄]妇适季孙女来。	第六册 3188页倒2行	第三十八卷 上部 第三页五行
二十日 (3月1日)	西北风,湿为滃郁,薄寒,入夜霁朗。	西北风,湿云滃郁,薄寒,入夜霁朗。	3189页倒8行	四页四行
廿二日 (3月3日)	晴,午后入舟,未正抵山谒墓。	晴,饭后入舟,未正抵山谒墓。	3189页倒1行	四页十行
二月初六日 (3月17日)	《张叔未入关斋》并旧拓颜书《东方画象赞》三种见示,……	张叔未《八关斋》并旧拓颜书《东方画象赞》三种见示,……	3192页12行	七页五行
廿二日 (4月2日)	待新裕,廿三日准开。	待新裕,廿三早准开。	3195页6行	十页十五行
廿五日 (4月5日)	节物感人,凄恻不已。	节物感人,凄恻无已。	3195页倒9行	十一页七行
三月朔 (4月10日)	在烧香滨郑家桥买粽子糖、豆腐干。	在烧香浜郑家桥买粽子糖、豆腐干。	3196页倒3行	十二页十七行
初九日 (4月18日)	……东皋归隐古考迈。	……东皋归隐古槃薖。	3198页6行	十四页
十五日 (4月24日)	且末水最宜右旁小池,靠罗城做亦好。	且未水最宜右旁小池,靠罗城做亦好。	3199页13行	十六页三行
同日	铺石子路东至谢家滨,尚未毕工。	铺石子路东至谢家浜,尚未毕工。	3199页倒10行	十六页七行
十六日 (4月25日)	又余沉杏村,无锡人,已故矣,漫记之。	又余治杏村,无锡人,已故矣,漫记之。	3199页倒1行	十六页十四行
二十日 (4月29日)	是日胡田龙舟,举国若狂。	是日湖田龙舟,举国若狂。	3200页9行	十七页三行
廿三日 (5月2日)	是日景子至季家抄穴。	是日景子至季家山抄穴。	3200页倒1行	十七页十八行
廿四日 (5月3日)	金门来为处方,云风湿扰动肝肠。	金门来为处方,云风湿扰动肝阳。	3201页5行	十八页二行
三十日 (5月9日)	缉夫函则云笏定初八日起行。	缉夫函则云笏定初八起程。	3202页3行	十九页七行

四月初四日 (5月13日)	春游可恨,而学前至屋亦可怖矣。	春游可恨,而学前之屋亦可怖矣。	3202页倒7行	二十页四行
初六日 (5月15日)	与茂如谈,力劝学前居不可住,筹权厝之计以便移居。	与茂如谈,力劝学前屋不可住,筹权厝之计以便移居。	3203页1行	二十页十一行
十一日 (5月20日)	晚至南泾,妾氏亦往。	午至南泾,妾氏亦往。	3203页倒2行	二十一页十三行
十二日 (5月21日)	江西有三仆归,人给两元、一扇。	江西有三仆告归,人给两元、一扇。	3204页4行	二十一页十九行
十九日 (5月28日)	一时许去,云卿解维也。	一时许去,云即解维也。	3205页10行	二十三页十行
二十日 (5月29日)	笏一戕云媒人请恽叔伦孟乐之弟。	笏一笺云媒人请恽叔伦孟乐之弟。	3205页倒11行	二十三页十六行
同日	夜步访金门谈。	夜步访金门长谈。	3205页倒10行	二十三页十七行
同日	仆人姚锁、俞铁随笏南来,以麦油北物献。	仆人姚锁、俞铁随笏南来,以面油北物献。	3205页倒9行	二十三页十七行
廿一日 (5月30日)	钱子密寄缎障,……	钱子密寄缎幛,……	3205页倒3行	
廿八日 (6月6日)	晚入城,筱侄、斌孙、康孙皆来。	晚入城,筱山、斌孙、康孙皆来。	3207页1行	二十五页六行
廿九日 (6月7日)	顾皞民亦号缉庭、缝熙。	顾皞民亦号缉庭、肇熙。	3207页3行	二十五页八行
五月初三日 (6月10日)	渊侄厝平平,湖桥未购之地则云甚好。	渊侄厝处平平,湖桥十亩未购之地则云甚好。	3207页倒11行	二十六页一行
初五日 (6月12日)	晴热,写对。	晴热,有风。写对。	3207页倒4行	二十六页八行
初八日 (6月15日)	是日新进诸生谒俞彩生来,以文呈阅。庙,……	是日新进诸生谒庙,俞彩生来,以文呈阅。……	3208页9行	二十六页十八行
十五日 (6月22日)	昨夜雨,(注:此处漏句)既而雨势如倾。……和儒卿七截一首。	昨夜雨,黎明雷电大雨,既而雨势如倾。……和儒卿七绝一首。	3209页倒12行、倒11行	二十八页七行
十七日 (6月24日)	田歌遍野。菉入城。	田歌遍野。遣仆回城,菉入城。	3209页倒5行	二十八页十四行
廿一日 (6月28日)	农谚分龙杳一日雨主丰,虹主旱。	农谚分龙后一日雨主丰,虹主旱。	3210页10行	二十九页五行

三十日 (7月7日)	晨晴,旋阴,午后数点,无雷。	晨晴,旋阴,午雨数点,无雷。	3211页倒9行	三十页十七行
六月初二日 (7月9日)	邹苍航船邹关金。日必来往,……	邹巷航船邹关金日必来往,……	3212页1行	
初三日 (7月10日)	夜间雷。	夜闻雷。	3212页7行	三十一页十三行
初四日 (7月11日)	饭罢而儒钦挈其孙……	饭罢而儒卿挈其孙……	3212页8行	
初五日 (7月12日)	由谢家滨登岸上山。	由谢家浜登岸上山。	3212页倒11行	三十二页二行
初十日 (7月17日)	……巳初先后,因看《长江万里图》,欢笑移时。	……巳初先后,因看《长江万里图》卷,欢笑移时。	3213页10行	三十二页十八行
同日	老鹰滨李大大者,农夫也。	老鹰浜李大大者,农夫也。	3213页12行	三十二页十九行
同日	竟日苦热。	竟夕苦热。	3213页14行	三十三页二行
廿一日 (7月28日)	发芴信。	发笏信。	3215页6行	
廿八日 (8月4日)	吴甥女疾见起。	吴甥女疾渐起。	3216页10行	三十六页八行
七月初二日 (8月7日)	又得寅函信,病愈,其妇疖亦渐收。	又得寅丞信,病愈,其妇疖亦渐收。	3216页倒3行	三十六页二十行
初四日 (8月9日)	邀蒋医,疏方运中阳左甘酸,稳扎稳守。	邀蒋医,疏方运中阳佐甘酸,稳扎稳守。	3217页8行	三十七页十一行
初六日 (8月11日)	晚诣彩衣堂,与笏剧谈。	晚诣綵[彩]衣堂,与一笏剧谈。	3217页倒12行	三十七页十六行
初七日 (8月12日)	笏偕景来此竟日。	一笏偕景来此竟日。	3217页倒8行	三十八页一行
十一日 (8月16日)	有时微雨。	仍阴,有时微雨。	3218页4行	三十八页十行
十四日 (8月19日)	午后又微雨。	又阴,午又微雨。	3218页倒10行	三十九页一行
同日	并对[封]一油纸包。	并对一,油纸包。	3218页倒9行	三十九页一行
十八日 (8月23日)	徐季和联。(注:以下脱二句)……	徐季和联。彭叔才以岳麓碑来,有司寇公印。夜隔墙更楼有人声。……	3219页倒10行	四十页七行

廿一日 (8月26日)	晴,有云,午仍烈日。	晴,有云,午乃烈日。	3220页1行	四十页十六行
三十日 (9月4日)	阴晦,细雨终日,天象如此,吁,可畏者。	阴晦,细雨终日,天象如此,吁,可畏哉。	3221页倒7行	四十二页十四行
八月初五日 (9月9日)	乃便服出见之,号……。慈溪人,年四十馀,优贡。其父泰亨,戊午举,乙丑翰林。其弟亦翰林……,又一部曹。	乃便服出见之,号……。其父泰亨,戊午举,乙丑翰林。其弟亦翰林……,又一部曹慈溪人,年四十余(馀),优贡。	3222页倒7行	四十三页二十行
初七日 (9月11日)	得袁爽秋函并寿言一则。	得袁爽秋函并寿言一册。	3223页4行	四十四页九行
同日	有屈赓云者小农之孙,宝生之子,来山,虞臣,浙江县丞,辞以疾。	有屈赓云者小农之孙,宝生之子来山,虞臣,浙江县丞。辞以疾。	3223页7行	四十四页十一行
十一日 (9月15日)	令定坤艮兼未丑。	今定坤艮兼未丑。	3223页倒1行	四十五页九行
十四日 (9月18日)	宋拓《隶均》六册……	宋拓《隶韵》六册……	3224页倒10行	
同日	孰夫先生所藏《隶韵》半部,道光丙申毁于火。	敦夫先生所藏《隶韵》半部,道光丙申毁于火。	3225页6行	四十六页十六行
十七日 (9月21日)	初拓《白石神君》、《开毋庙》下截……	初拓《白石神君》、《开母庙》下截……	3226页10行	四十八页五行
廿一日 (9月25日)	晚泛舟大义桥小泊,观者塞岸,送归。	晚泛舟大义桥小泊,观者塞岸,遂归。	3227页6行	四十九四行
廿五日 (9月29日)	菉侄感寒数日,前夕寒噤,今仍微热,委顿。	菉侄感寒数日,前夕寒噤,今乃微热,委顿。	3227页倒6行	四十九页十五行
廿六日 (9月30日)	写蒲鞵山新茔碑,怅触余怀。	写蒲鞵[鞋]山新茔碑,怅触余怀。	3227页倒1行	
廿八日 (10月2日)	……购得司寇公所藏《岳麓诗碑》。	……购得司寇公所藏《岳麓寺碑》。	3228页8行	
九月初三日 (10月7日)	于宝慈寺野饮。	于宝慈野饮。	3229页5行	五十一页九行
重九日 (10月13日)	茶果面食甚精,导游海藏寺。	茶果面食甚精,导游藏海寺。	3230页3行	五十二页十行

廿一日 (10月25日)	又吃蟹腹泻,固未愈也,乏甚。	又吃蟹腹泄,固未愈也,乏甚。	3232页8行	五十五页六行
廿九日 (11月2日)	饭前到山,鸡冠半萎矣。	饭后到山,鸡冠半萎矣。	3233页10行	五十六页十三行
十月朔 (11月3日)	备筵诣暮哭奠,余亦叩头。	备筵诣墓哭奠,余亦叩头。	3233页13行	五十六页十八行
初十日 (11月12日)	筱侄、惠夫来。再延学如。	筱侄、惠夫来,弢夫、大宝来。再延学如。	3235页4行	五十八页十五行
廿四日 (11月26日)	曰苏州阊门外信人某造,末有似永乐四年二月。	曰"苏州阊门外信人某造",末行似是"永乐四年二月"。	3236页倒2行	六十页十五行
同日	巳初潮上涨,帆行,午过谢家桥。	巳初潮上,张帆行,午过谢家桥。	3237页3行	六十页十九行
廿八日 (11月30日)	题先五兄手拓《养侯钟铭》	题先五兄手拓《齐侯钟铭》	3237页倒5行	六十一页十七行
廿九日 (12月1日)	金门言钱幼楞今午厝其于石虎滨。	金门言钱幼楞今午厝其〈妻〉于石虎浜。	3238页4行	六十二页四行
十一月朔 (12月3日)	早晴晚阴,夜大风起。	早晴晚阴,入夜大风起。	3238页13行	六十二页十五行
初四日 (12月6日)	再看毕贾残本《开毋庙》,	再看毕贾残本《开母庙》,	3238页倒4行	六十三页三行
廿一日 (12月23日)	二十一日	廿一日	3241页12行	
廿三日 (12月25日)	一笏与两张皆集,发京信。	一笏与两孙皆集,发京信。	3241页倒6行	六十六页十五行
廿八日 (12月31日)	亡儿棺盖及棱均有削痕,深二三分,用漆补之。	亡儿棺盖及棱均微有削痕,深二三分,用漆补之。	3242页倒7行	六十七页十九行
十二月朔 (1900.1.1)	巳正抵菱塘,沿北门,杠夫候此。	巳正抵菱荡沿,北门杠夫候此。	3243页6行	六十八页十一行
初五日 (1月5日)	知筱侄一痔破,又生一痔,难于起坐。	知筱侄一痔破,又生一痔,艰于起坐。	3244页1行	六十九页十三行
初六日 (1月6日)	五更闻钲声,晨起知南市小火,毁屋一椽。	五更闻钟声,晨起知南市小火,毁屋一椽。	3244页3行	
十二日 (1月12日)	仍画扇,竟日不看书,然胸中一段奇趣,正不借书也。刘福祥者,从周家码头来。	仍画扇,竟不看书,然胸中一段奇趣,正不借书也。有刘福祥者,从周家码头来。	3244页倒2行	七十页十六行

十五日 (1月15日)	北屋向阳,初作一板屋,可坐作画。	北屋向阳,初作一板房,可坐作画。	3245页12行	七十一页十行
二十日 (1月20日)	叶茂如自杭州归,送冬笋、金腿、并带徐颖士物。	叶茂如自杭州归,送冬笋、金腿、并带徐颖士送物。	3246页6行	七十二页八行
廿二日 (1月22日)	次儒卿韵七截二首。	次儒卿韵七绝二首。	3246页倒11行	
廿三日 (1月23日)	阴,大风甚寒。	(送灶)阴,大风甚寒。	3246页10行	七十二页二十行
廿六日 (1月26日)	饭后舟至石虎滨,	饭后舟至石虎浜,	3247页2行	七十三页七行
廿七日 (1月27日)	以火锅二、桶饭二令孙熹、老张冒雪送石虎滨。	以火锅二、桶饭二令孙熹、老张冒雪送石虎浜。	3247页9行	七十三页十五行
廿八日 (1月28日)	谈次知其志节,可异也。	谈次知其有志节,可异也。	3247页14行	七十三页十八行
光绪二十六年庚子 正月初三日 (1900.2.2)	立端郡王载漪之子溥儁为毅庙皇嗣。	立端郡王载漪之子溥儁[俊]为毅庙皇嗣。	第六册 3249页8行	第三十八卷 下部
初六日 (2月5日)	晴,雨濛濛,日淡淡。	晴,云濛濛,日淡淡。	3249页倒5行	二页二行
初七日 (2月6日)	为当商集赀构十余楹,可眺远。	为当商集赀[资]构十余楹,可眺远。	3249页倒2行	
十一日 (2月10日)	笏怜其穷,集赀为了钱粮包户……	笏怜其穷,集赀[资]为了钱粮包户……	3250页倒8行	
十八日 (2月17日)	误药而死,卹以四元。	误药而死,卹[恤]以四元。	3251页倒11行	
廿五日 (2月24日)	昨夜大风,午止稍寒。看旧日记,甚闷。	昨夜大风,午止稍寒。终日看旧日记,甚闷。	3252页8行	五页五行
廿八日 (2月27日)	略赠船赀而去。	略赠船赀[资]而去。	3252页倒9行	
二月朔 (3月1日)	晚霞晴。筱侄来,咏春同饭。	晚霞晴。筱侄来,咏春来同饭。	3252页倒4行	五页二十行
初八日 (3月8日)	云沈事已结,发省[籍]永远监禁。	云沈事已结,发省[原籍]永远监禁。	3254页6行	七页十六行
十三日 (3月13日)	以徐武子所著《杜诗执鞭录》无刻本、向拓《礼器碑》付之缮。	以徐武子所著《杜诗执鞭录》无刻本、响拓《礼器碑》付之缮。	3255页1行	八页十五行

十四日 (3月14日)	晚指金门问之,云渐止矣。	晚诣金门问之,云渐止矣。	3255页4行	
十九日 (3月19日)	菉侄气不舒,遍身刻酸,不食。	菉侄气不舒,遍身酸,不食。	3255页倒2行	九页二十行
廿三日 (3月23日)	又题赵价人摹浙江画册七古一首。	又题赵价人摹淅江画册七古一首。	3256页倒8行	十页二十行
廿五日 (3月25日)	本欲访公,又遇诸涂,因至小普陀。	本欲访次公,又遇诸塗[途],因至小普陀。	3257页3行	十一页九行
三月初四日 (4月3日)	日尚未,绕至西山丙舍,坐船入城。	日向未,绕至西山丙舍,坐船入城。	3258页倒8行	十三页十一行
十四日 (4月13日)	住杨蓺芳处	住杨蓺[艺]芳处	3260页倒3行	
十八日 (4月17日)	昨夜雨有声,今犹具濛。	昨夜雨有声,今犹其濛。	3261页13行	十六页十五行
二十日 (4月19日)	闻根作钟鼓也,服三方第一方。	闻根作钟鼓也,服三方之第一方。	3261页倒5行	十七页四行
廿六日 (4月25日)	苏州有徐子静,久幕上海,有巨赀,富收藏……	苏州有徐子静,久幕上海,有巨赀[资],富收藏……	3262页倒7行	
廿七日 (4月26日)	惟屡发可忧,服后仍昨也。	惟屡发可忧,服后仍如昨也。	3262页倒3行	十八页八行
四月初八日 (5月6日)	遣向塔前,知笏甫归。	遣问塔前,知笏甫归。	3264页倒8行	二十页十八行
初十日 (5月8日)	观者阒咽,仍入舟,泊僻处。	观者阗咽,仍入舟,泊僻处。	3265页2行	二十一页五行
十四日 (5月12日)	汤美士到墓庐游览,令孙熹陪往。	汤美士到余墓庐游览,令孙熹陪往。	3266页倒10行	二十三页三行
十八日 (5月16日)	晨出南门,于坛上茶肆饭茶,归写对。	晨出南门,于坛上茶肆饮茶,归写对。	3267页6行	二十三页十六行
十九日 (5月17日)	乘舟绕城至白龙港,入宝慈滨。	乘舟绕城至白龙港,入宝慈浜。	3267页10行	二十三页十九行
廿四日 (5月22日)	俞君实送菜、二掛面等,送次公。	俞君实送菜二、挂面等,送次公。	3268页10行	二十五页五行
廿六日 (5月24日)	晴热,舟诣三峰下院。	晴热,晨舟诣三峰下院。	3268页倒10行	二十五页十一行
廿九日 (5月27日)	景子昨夜又痉,比前为轻,稍低眠。	景子昨夜又痉,比前为轻,稍得眠。	3269页6行	二十六页四行
五月朔 (5月28日)	诊景用息风镇逆降火,云是肝横,甚不易治。	诊景用息风镇逆降火,云全是肝横,甚不易治。	3269页12行	二十六页十行

初二日 （5月29日）	马挈一门人来，开方神宇闭定，有名医举动。	马挈一门人来，开方，神宇闲定，有名医举动。	3269页倒7行	二十六页十七行
初四日 （5月31日）	壬辰门人陈凤藻，崑山人，户主，翰丹，来见，服阙，将入部也。	壬辰门人陈凤藻，崑[昆]山人，户主，翰丹，来见，服阙，将入都也。	3270页4行	二十七页七行
同日	筱侄父子来，夜皆往看景，语清而气弱。	筱侄父子来，夜偕往看景，语清而气弱。	3270页8行	二十七页十行
十三日 （6月9日）	筱山父子来，大保来，得寅信。	筱山父子来，大保来，得寅信。十一，发寅信。	3272页2行	二十九页十一行
十五日 （6月11日）	康妇患疔并发厥。得寅信，即复之。	康妇患疔并发厥，幸平复。得寅信，即复之。	3272页8行	二十九页十七行
十八日 （6月14日）	据云无碍，仍以日二陈、旋覆、菊花、白芍治之。	据云无碍，仍以二陈、旋覆、菊花、白芍治之。	3272页倒7行	三十页九行
廿九日 （6月25日）	无人来，检旧书。孙大愈，自云热未净。	无人来，检旧书。景大愈，自云热未净。	3274页10行	三十二页五行
六月初四日 （6月30日）	斌来，终日恍惚，以发怔冲旧疾。	斌来，终日恍惚，似发怔冲旧疾。	3275页3行	三十三页三行
二十六日 （7月22日）	又有求书“良夜何”三字。	又有人求书“良夜何”三字。	3278页7行	三十六页十八行
七月初二日 （7月27日）	见飞蝗成阵，农云二十八日始，从西北来。	见飞蝗成阵，农云二十八日始，见从西北来。	3278页倒2行	三十七页十六行
初十日 （8月4日）	妾氏小恙，留在楼居，未见轩爽。	妾氏小恙，留住楼居，未见轩爽。	3279页倒3行	三十八页二十行
十八日 （8月12日）	归后风大起，枕簟皆凉。	归后大风起，枕簟皆凉。	3281页2行	四十页十行
八月初四日 （8月28日）	长途炎熟，六飞在道，如何如何。	长途炎热，六飞在道，如何如何！	3283页7行	
八月初五日 （8月29日）	又载紫薇补种山庐。	又载紫薇补种于山庐。	3283页10行	四十三页六行
十三日 （9月6日）	夜微雨，梦浴太原温泉。	夜微雨，梦浴于太原温泉。	3284页13行	四十四页十三行
中秋 （9月8日）	得一古陶罂于茶楼。夜月不甚明。	得一古陶罂于茶楼。夜月不甚朗。	3284页倒5行	四十五页三行

十九日 (9月12日)	七月……初十日联军一万六千由津起程赴京。	七月……初十日联军一万六千人由津起程赴京。	3285页倒5行	四十六页一行
廿五日 (9月18日)	始得见昨日《新闻纸》,今日无。	始得见昨日《新闻》纸,今日无。	3286页倒2行	四十七页二行
闰八月初三日 (9月26日)	有卹典……李秉衡军败自尽,亦蒙卹。	有卹[恤]典……李秉衡军败自尽,亦蒙卹[恤]。	3288页7行、8行	
十四日 (10月7日)	无甚可取,帷田赋按语证实。其杂记则太芜,于瞿忠宣事亦载《行在阳秋》五条。	无甚可取,惟田赋按语证实。其杂记则太芜,于瞿忠宣事迹载《行在阳秋》五条。	3290页2行、3行	五十一页一行
同日	书石谷来青阁联,其八世孙。庆芝,号瑞峰。题榜钤画;喜见新堂杨,长留小印泥。	书石谷来青阁联,其八世孙庆芝,号瑞峰。题榜钤画;喜见新堂构,长留小印泥。	3290页5行	五十一页三行
闰中秋 (10月8日)	久客杨蓺芳处。	久客杨蓺[艺]芳处。	3290页8行	
十六日 (10月9日)	黄昏楼莱浜田家火,在七水六桥西。	黄昏楼莱浜田家火,在七水六桥西。	3290页12行	五十一页十行
廿八日 (10月21日)	闻惠夫下乡踏田,未知泊河处,为之悬悬。	闻惠夫下乡踏田,未知泊何处,为之悬悬。	3291页倒2行	五十三页三行
九月初八日 (10月30日)	又萨天锡诗山草堂抄。	又萨天锡诗《小草堂抄》。	3293页13行	五十四页十六行
初十日 (11月1日)	风止,晴,稍寒。(注:此处漏句)晨展墓毕至小石洞下。	风止,晴,稍寒。今日祠堂秋祭,不克与。晨展墓毕,至小石洞下。	3293页倒9行	五十五页三行
同日	蟹大如巨碗,毛大买来,每斤百廿枚。	蟹大如巨碗,毛大买来,每斤百廿文。	3293页倒7行	五十五页六行
十一日 (11月2日)	厚培李尧兄弟同来,二君皆解组归来者也,怡之可羡,饭而去。	厚培季尧兄弟同来,二君皆解组归来者也,怡怡可羡,饭而去。	3293页倒4行	五十五页九行
十三日 (11月4日)	枭死五六十人,民亦伤二三十人。	枭死五六十人,民亦伤亡二三十人。	3294页6行	五十五页十六行
十七日 (11月8日)	赵以张皋文《说文谐声》手稿五册嘱题。	赵以张皋父《说文谐声》手稿五册嘱题。	3294页倒4行	五十六页十一行

十八日（11月9日）	在城饭，待笏斋来，遂回舟。	在城饭，待笏斋未来，遂回舟。	3295页3行	五十六页十七行
廿三日（11月14日）	发苏信，嘱言语慎重。	发苏函，嘱言语慎重。	3295页倒2行	五十七页十七行
三十日（11月21日）	询汤氏后人，凋寒殆尽。	询汤氏后人，凋零殆尽。	3296页倒2行	五十九页一行
十月初二日（11月23日）	书来称余屡次问及，实无此事也。	书来称余屡次问及，实无其事也。	3297页14行	五十九页十五行
初三日（11月24日）	惟见京师殉难诸臣褒卹，为之陨涕……。	惟见京师殉难诸臣褒卹[恤]，为之陨涕……。	3297页倒9行	
初九日（11月30日）	遂同同夜饭，菉卿治具。	遂同夜饭，菉卿治具。	3298页13行	六十页十八行
十一日（12月2日）	谈京师事令人不忍闻。	谈京城事令人不忍闻。	3298页倒1行	六十一页十行
十二日（12月3日）	画牡丹立轴，重装也，拟付之缮藏之。	画牡丹立轴，重装讫，拟付之缮藏之。	3299页2行	六十一页十三行
十五日（12月6日）	是入儒珍侄孙枢由皖归，可伤。	是日儒珍侄孙枢由皖归，可伤。	3299页12行	六十二页一行
十七日（12月8日）	晚访金门，遇赵君石农，可喜。金村人，能篆刻。廿七岁，朴实可喜。	晚访金门，遇赵君石农，可喜。金村人，能篆刻。廿七岁，朴实。	3299页倒6行	六十二页十行
廿三日（12月14日）	《水利全书》抄本，金门送看，索五十元，力不能。	《水利全书》抄本，金门送看，索五十元，力不能致。	3300页14行	六十三页八行
廿六日（12月17日）	题小诗于无照画卷，先五兄所藏。	题小诗于元照画卷，先五兄所藏。	3300页倒5行	六十三页十四行
廿九日（12月20日）	字奇伟，类鲁公三表，其语皆治家之要。	字奇伟，类鲁公三表，其语皆治身、治家之要。	3301页11行	六十四页九行
十一月初六日（12月27日）	又廷蒋君薇，方略同。	又延蒋君薇，方略同。	3302页14行	六十五页十八行
同日	咏春来，大保来，痰吐不畅。	咏春来，景来，大保来，痰吐不畅。	3302页15行	六十五页十九行
初八日（12月29日）	子戴函，云苏信称议定即回銮，景行。	子戴函，云苏信称议定即景行回銮。	3302页倒2行	六十六页七行
十九日（1901.1.9）	此地不结望空一也，阴阳不支二也。	此地不结望空一也，阴阳不交二也。	3304页11行	六十八页二行
廿三日（1月13日）	题金酉叔《慈乌村圆》。	题金酉叔《慈乌村图》。	3305页5行	

十二月初十日(1月29日)	摩抄徐所示碑,无事可办也。	摩抄[挲]徐所示碑,无事可办也。	3308页1行	
十七日(2月5日)	晴,有风,卯正轿行,月色朦胧。	晴,有风,卯正乘轿行,月色朦胧。	3309页7行	七十四页一行
同日	晨祭土神并敬告兄茔,凄怆不能已已。	晨祭土神并敬告兄茔,凄怆不能已已。	3309页12行	七十四页六行
廿五日(2月13日)	午后乘轿至两甥家致谢,皆晤谈。	午后乘轿诣两甥家致谢,皆晤谈。	3310页倒1行	七十六页二行
廿八日(2月16日)	又撤消五月二十日至七月二十日诸王娇传之旨。	又撤消五月二十日至七月二十日诸王所娇传之旨。	3311页倒11行	七十六页十七行
光绪二十七年辛丑元月十四日(1901.3.4)	筱侄、惠夫来。写恽母张太夫人挽对,并作榜书。	筱侄、惠夫、景子来。写恽母张太夫人挽对,并作榜书。	第六册 3314页倒4行	第三十九卷 三页一行
同日	而子恒仍在押所不肯出,夜梦甚奇。	而子恒仍在押所不肯出,昨梦甚奇。	3314页倒2行	三页三行
廿二日(3月12日)	光上山谒五兄墓,告坟丁须盘墩。	先上山谒五兄墓,告坟丁须盘墩。	3315页倒1行	四页十行
廿四日(3月14日)	薄暮与诸孙饮,筱侄馈肴馔。	薄暮与诸侄诸孙饮,筱侄馈肴馔。	3316页8行	四页十九行
廿七日(3月17日)	报传如此,夜风大。	报传如此,夜大风。	3316页倒6行	五页十一行
廿九日(3月19日)	以为集赀必成也。	以为集赀[资]必成也。	3317页9行	
二月初二日(3月21日)	以四菜二点,佐以本地酒二坛,红糯一斗,橙糕、春笋十斤送杨临士。	以四菜二点,佐以本地酒二小坛,红糯一斗,橙糕、春笋十斤送杨临士。	3317页13行	六页十行
初三日(3月22日)	午刻看种石岩树于茔,衣为之湿。	午刻看种石岩树于新茔,衣为之湿。	3317页倒11行	六页十二行
初九日(3月28日)	看《段注说文》,夜大风。	看段注《说文》,夜大风。	3318页7行	七页八行
十二日(3月31日)	凡九人,联欢甚欢,前日甚寒,得酒而解。	凡九人,联饮甚欢,前日感寒,得酒而解。	3318页倒9行	七页十八行
十六日(4月4日)	此人丝业,年五十三,家小康,于我为侄孙。	此人丝业,年五十三,家小康,于余为侄孙。	3319页10行	八页十六行
十七日(4月5日)	大风,稍寒,犹濛濛,已三日矣,可诧也。	(清明)大风,稍寒,犹濛濛,已三日矣,可诧也。	3319页14行	八页二十行

廿一日 (4月9日)	至山庐种松于盆,四、西厅移来。	至山庐种松于盆,四面厅移来。	3320页7行	十页一行
廿三日 (4月11日)	晴,晨严寒,午热。	晴,晨薄寒,午热。	3320页倒11行	十页九行
廿七日 (4月15日)	见鲍吉卿手抄诗一本,本朝人多,鲍为环林之舅母。	见鲍吉卿手抄诗一本,本朝人多,鲍为环林之母舅。	3321页9行	十一页八行
廿九日 (4月17日)	至汤宅五棺,上海信云已搬去。	至汤氏五棺,上海信云已搬去。	3321页倒3行	十二页三行
三月朔 (4月19日)	惠夫来,景子来,大宝自无锡归。	惠夫来,景子来。与菉侄谈。大宝自无锡归。	3322页6行	十二页十一行
初五日 (4月23日)	余诣之园并到塔前,令留即日行,长庆随往。	余诣之园并至塔前,令留即日行,长庆随往。	3322页倒7行	十三页二行
初八日 (4月26日)	巳正张季直自常州来访,情意拳拳,谈至酉正始去,张赞辰办萍乡矿,季直称其朴练。塔前来,疲极矣,以食物送之。南枣、虾鲞、洋荔、肉饺。留一饭。得辑初大函。	巳正张季直自常州来访,情意拳拳,谈至酉正始去,张赞辰办萍乡矿,季直称其朴练。疲极矣,以食物送之。南枣、虾鲞、洋荔、肉饺。留一饭。得辑初六函,塔前来。	3323页4行	十三页十三行
初九日 (4月27日)	由汤蛰仙等集赀送回萧山……	由汤蛰仙等集赀[资]送回萧山……	3323页倒11行	
十二日 (4月30日)	牡丹已残,唯周祠紫藤极胜。	牡丹已残,唯周祠紫藤极盛。	3324页3行	十四页十四行
十三日 (5月1日)	申正屺怀来,以所藏碑拓见示,皆精妙。	申正屺怀来,以所藏碑板见示,皆精妙。	3324页9行	十四页二十行
十六日 (5月4日)	又看湖桥先茔傍地,朱姓产,太皁有水。	又看湖桥先茔傍地,朱姓产,太庳有水。	3324页倒7行	十五页十一行
廿五日 (5月13日)	金林以出土造像看,像高一尺宽一寸。	金林以出土造像送看,像高一尺宽一寸。	3326页8行	十七页六行
廿六日 (5月14日)	从前次公告余在郡见一一本,疑即此。	从前次公告余在郡见一本,疑即此。	3326页13行	十七页十一行
同日	夜雨有声。	夜雨五更有声。	3326页14行	十七页十二行
廿七日 (5月15日)	得沪信,云赵方稍腻。	得笏信,云赵方稍腻。	3326页倒10行	十七页十五行

廿八日(5月16日)	热甚,夹衣。黄昏闻雷而无风。	热甚,夹衣。黄昏闻雷而无雨。	3326页倒8行	十七页十七行
四月初三日(5月20日)	得沪函,赵季迪已归。	得笏函,赵季迪已归。	3327页7行	十八页十一行
初四日(5月21日)	三十年前吾从先五兄树碑薙草,……	三十年前吾从先五兄树碑薙[剃]草,……	3327页倒10行	
初六日(5月23日)	因诊脉处方,云肝肾火上潜。	因诊脉处方,云肝肾之火上僭。	3328页2行	十九页十五行
初七日(5月24日)	以沪信交两仆。得沪信,服金方,头重减一半。	以沪信交两仆。得笏信,服金方,头重减一半。	3328页7行	十九页二十行
初九日(5月26日)	行脚僧义耕者寿州刘氏十子,方诵《法华经》也。	行脚僧义耕者寿州刘氏子,方诵《法华经》也。	3328页15行	二十页十七行
十五日(6月1日)	今日从新会杨炳震送来,凡三十八本。	今日从新令杨炳震送来,凡三十八本。	3329页8行	二十一页五行
廿二日(6月8日)	汪送食物甚夥,答以四菜。	汪送食物极夥,答以四菜。	3330页倒7行	二十二页十九行
廿四日(6月10日)	看报本会,在内厅立竢。	看报本会,在内厅立竢[俟]。	3330页倒1行	
廿七日(6月13日)	竟日看志稿,偶画扇题诗。	竟日看志稿,偶画扇题词。	3331页10行	二十三页十三行
同日	余生朝也,仆辈为具素面。	今日余生朝也,仆辈为具素面。	3331页11行	二十三页十五行
廿八日(6月14日)	山云蓬蓬,未正抵岸。	山云蓬蓬,卯正抵岸。	3331页13行	二十三页十六行
同日	筱侄、鼎臣、惠夫、大宝、留、景毕集,灯后散。	筱侄、鼎臣、惠夫、大宝、留子、景子毕集,灯后散。	3331页14行	二十三页十八行
廿九日(6月15日)	来者亦如昨也。	来集者亦如昨也。	3331页倒11行	二十三页二十行
同日	函言长安街头条胡同皆为洋人圈入界内矣,闻堂子亦圈入,我屋安足论哉。	函言长安街头条胡同皆为洋人圈入界内矣,闻堂子亦被圈入,我屋安足论哉。	3331页倒9行	二十四页二行
五月初二日(6月17日)	今年麦秧幸熟,当此分秧之际,复获透雨,农夫之庆也。	今年麦秋幸熟,当此分秧之际,复获透雨,农夫之庆也。	3331页倒4行	二十四页七行

初六日 (6月21日)	苏菊圃来告行，望后将曾倬如之子寿于同赴湘。	苏菊圃来告行，望后将偕曾倬如之子寿于同赴湘。	3332页10行	二十五页三行
十五日 (6月30日)	桑叶一钱，小红山梔[栀]皮一钱五。	桑叶一钱，小红山梔[栀]皮一钱五。姜汁少。	3333页倒2行	二十七页四行
廿四日 (7月9日)	今在湖北殷培处，次即菊圃。	今在湖北殷厚培处，次即菊圃。	3335页9行	二十八页十七行
六月初五日 (7月20日)	是日出使之醇邸自沪放行。	是日出使之醇邸自沪启行。	3337页13行	三十一页十一行
初六日 (7月21日)	求题其父淮生春藜墓门字。	求题其父淮生春藜墓门字。	3337页倒12行	三十一页十三行
十二日 (7月27日)	疾风，夜见星。	疾风，夜见月。	3338页11行	三十二页十四行
十四日 (7月29日)	昨日之电即在隔河击稻。	昨日之雷即在隔河击稻。	3338页倒10行	三十三页一行
十七日 (8月1日)	今在古里村瞿元炳处，价高还之，文似小家数，亦吾邑中故事。	今在古里村瞿元炳处，价高还之，文似小家数，亦无邑中故事。	3339页5行	三十三页十五行
同日	《西舍图》乃秀水计枏《寿乔片图》。	《西舍图》乃秀水计枏[楠]《寿乔片图》。	3339页9行	
二十日 (8月4日)	如是竟日，亦洒雨矣。	如是竟日，亦洒雨点。	3339页倒7行	三十四页十行
廿四日 (8月8日)	因烧香人甚众，遂出北门，饭茶肆。	因烧香人甚众，遂出北门，饮茶肆。	3340页7行	三十五页二行
廿五日 (8月9日)	陈必谦字一方款玉宇，王丹杍□簪扇面各一，汪在林诗数首。	陈必谦字一方，款玉宇，王丹杍、学簪扇面各一，汪杜林诗数首。	3340页15行	三十五页七行
廿六日 (8月10日)	是日城中书房铺砖。	是日城中书房院铺砖。	3340页倒7行	三十五页十二行
廿九日 (8月13日)	晨风尚小，巳午复大风。	晨风尚小，巳午后大风。	3341页5行	三十六页四行
七月初四日 (8月17日)	《虞山书院志》，明耿桔辑。	《虞山书院志》，明耿橘辑。	3341页倒6行	三十六页十八行
十二日 (8月25日)	山东黄河决，南章邱、北惠民被淹。	山东黄河决，南章邱、北惠氏被淹。	3342页倒2行	三十八页五行
十四日 (8月27日)	晴，又热，八十八度。	晴，又热，八十六度。	3343页3行	三十八页九行

中元节 (8月28日)	饮茶于四照楼，坐啸清迴。	饮茶于四照楼，坐啸清迴。	3343页8行	三十八页十二行
十九日 (9月1日)	昨吃鲜沙沙参，腹中不安。	昨吃鲜沙参，腹中不安。	3344页1行	三十九页九行
廿三日 (9月5日)	晴晨赴石洞，凭栏默坐，惟闻四野桔槔声。	清晨赴石洞，凭栏默坐，惟闻四野桔槔声。	3344页13行	
三十日 (9月12日)	登阁一览旷然，此地即元宫旧址也。	登阁一览旷然，此地即乾元宫旧址也。	3345页9行	四十页十九行
八月朔 (9月13日)	长庆服金方似好。	长庆服余方似好。	3345页15行	四十一页四行
十四日 (9月26日)	菉侄与祭，归尚为四侄妇忌日，设奠。	菉侄与祭，归而为四侄妇忌日，设奠。	3347页7行	四十三页六行
十九日 (10月1日)	西正梅李东市稍法云寺址。	西正泊梅李东市稍法云寺址。	3348页3行	四十四页七行
二十日 (10月2日)	登岸看阁老坊李家祠堂。阁老坊、青龙桥。……镇澜桥。	登岸看阁老坊李家祠堂、青龙桥。……锁澜桥。	3348页8行、9行	四十四页十一行
廿四日 (10月6日)	晚复来山。瞿良士□甲以刊本书目赠。	晚复来山。瞿良士启甲以刊本书目赠。	3349页1行	四十五页十行
九月十一日 (10月22日)	常州赵仲固执诒，冀州直隶县，竟卒于任，为之惋叹。	常州赵仲固执诒，冀州直隶州，竟卒于任，为之惋叹。	3350页倒5行	四十七页十三行
同日	其子仪年，戊子门人亦卒矣，也。	其子仪年，戊子门人也，亦卒矣。	3350页倒4行	四十七页十四行
十四日 (10月25日)	其人爽朗，先在广西带兵，所论皆中宜。	其人爽朗，先在广西带兵，所论皆中肯。	3351页11行	四十八页五行
十七日 (10月28日)	晨入船，诣河玚山，……过河玚桥，……泊山墩滨。……读书台在山顶处。	晨入船，诣河阳山，……过河阳桥，……泊山墩浜。……读书台在山顶平处。	3351页倒7行、倒5行、倒1行	四十八页十三～十八行
同日	土人云老蒋坟也，二墓距此半里。	土人云老蒋坟也，二相墓距此半里。	3352页5行	四十九页二行
廿五日 (11月5日)	其孙在东乡试，刻苦力学，予曾识之。	其孙在京乡试，刻苦力学，予曾识之。	3353页8行	五十页十行
三十日 (11月10日)	见李相卹典。	见李相卹[恤]典。	3354页2行	
十月初四日 (11月14日)	是日凌晨又至南门外三层楼茗茶。	是日凌晨又至南门外三层楼茗饮。	3354页倒6行	五十二页九行

初五日（11月15日）	子姓至者两侄及宜孙、炯孙、秉孙、之善、之廉也。	子姓至者两侄及宜孙、炯孙、康孙、之缮、之廉也。	3355页1行	五十二页十五行
初八日（11月18日）	乘舟入城，此舟行而风止，沉阴，巳正抵岸。见同年薛云阶衈典。	乘舟入城，比舟行而风止，沉阴，巳正抵岸。见同年薛云阶衈[恤]典。	3355页10行、12行	五十三页四行
十一日（11月21日）	药以卫墨斋赠鼻烟一瓶，甚好，却之。墨斋者好佛。	药以卫默斋赠鼻烟一瓶，甚好，却之。默斋者好佛。	3355页倒6行	五十三页十四行
十七日（11月27日）	题沈石友《西冷觅句图》，闲坐而已。	题沈石友《西冷砚句图》，闲坐而已。	3356页14行	五十四页十一行
十九日（11月29日）	大宝来，昨亦来，阻其此行。	大宝来，昨亦来，阻其北行。	3356页倒6行	五十四页十六行
廿二日（12月2日）	晨陈湘渔为择廿三日上午上梁竖柱，告木工使知。	晨陈湘渔为择廿三日午上梁竖柱，告木工使知。	3357页4行	五十五页五行
同日	金门来，饭而去，谈碑其乐。	金门来，饭而去，谈碑甚乐。	3357页4行	五十五页六行
廿八日（12月8日）	是日祖母许太夫人忌。	是日先祖母许太夫人忌。	3357页倒5行	五十六页三行
十一月初三日（12月13日）	十一月初三月	十一月初三日	3358页13行	
初七日（12月17日）	辄题数字。以祭馀馈言友山尚珍。	辄题数字以祭，余(馀)馈言友山尚珍。	3359页11行	
十四日（12月24日）	深至二丈馀，凡三池，不可解也。有渊，非吾茔之夹涧。	深至二丈余（馀），凡三池，不可解也。有涧，非吾茔之夹涧。	3360页12行	五十九页十行
二十日（12月30日）	敬拟奉于墓庐之楼，先灵其垂鉴手。	敬拟奉于墓庐之楼，先灵其垂鉴乎。	3361页1行	六十页五行
廿三日（1902.1.2）	炯孙送梅树两盎、天竹两盎来。	炯孙送梅椿[桩]两盎、天竹两盎来。	3361页倒12行	六十页十六行
廿五日（1月4日）	恭闻廿一日銮舆抵正定，驻跸两日。	恭闻廿一日銮舆安抵正定，驻跸两日。	3361页倒2行	六十一页四行
廿七日（1月6日）	而江北人亦自蒡其面，乃以数语鲜之，各扬帆去。	而江北人亦自蒡其面，乃以数语解之，各扬帆去。	3362页7行	六十一页十一行
十二月十三日（1月22日）	沉阴无雨。张耽伯诵乐送擦酥两罐。	沉阴无雨无风。张耽伯诵乐送擦酥两罐。	3365页4行	六十五页九行

十五日 (1月24日)	摘录《周官政要》毕,而费店掌柜韩霞孙适至。	摘录《周官政要》毕,而费店掌柜韩雯孙适至。	3365页12行	六十五页十五行
廿六日 (2月4日)	父钜砺臣、……	父钜[巨]砺臣、……	3367页4行	
光绪二十八年壬寅 元月初六日 (1902.2.13)	炯孙来辞,初八入舟,契全眷行,作诗三首送之。	炯孙来辞,初八入舟,挈全眷行,作诗三首送之。	3369页倒3行	
同日	迴旋于庭除篱落之际,倏然而去。	回旋于庭除篱落之际,倏然而去。	3370页4行	
谷日 (2月15日)	穀日	穀[谷]日	3370页6行	
初九日 (2月16日)	北山木工王姓三眼二郎来,令作松木凳四张。	北山木工王姓三眼二郎来,令做松木凳四张。	第六册 3370页14行	第三十九卷下部 二页十九行
上元 (2月22日)	季迪携门人顾香远莲信并松江邦彦画□石刻《黄庴堂集》,即覆之。	季迪携门人顾香远莲信并松江邦彦画价石刻《黄庴堂集》,即复之。	3371页13行	四页三行
十九日 (2月26日)	昨夜南门外船厂火,烧三十馀间。	昨夜南门外船厂火,烧三十余(馀)间。	3372页4行	
廿八日 (3月7日)	看邵松阿先生《隐几山房集》。	看邵松阿先生《隐几山房集》。	3373页9行	
二月初二日 (3月11日)	匠作承溜锡管。	匠做承溜锡管。	3373页倒1行	七页二行
初六日 (3月15日)	呼唐本大令佐湖桥墓门工。	呼唐本大令估湖桥墓门工。	3374页倒5行	八页二行
十二日 (3月21日)	晨写扇对,中气不能收摄,时欲便旋。	晨写对、扇,中气不能收摄,时欲便旋。	3375页倒10行	九页一行
十三日 (3月22日)	神甸作旬,深以为愧,深水旁不复一点。	神甸作旬,深以为愧,深水旁不识一点。	3375页倒4行	九页七行
十六日 (3月25日)	仅算工钱,每工百五十……	仅算工钱,每工要五十……	3376页8行	九页十七行
十九日 (3月28日)	昨丑寅间闻菉侄又吐四五口,来势甚涌。	昨丑寅间菉侄又吐四五口,来势甚涌[汹]。	3376页倒7行	十页八行

同日	得壬辰门人夏孙桐闰枝，一，广东试差旋。	得壬辰门人夏孙桐闰枝，一，翰林，广东试差旋。	3376页倒3行	十页十二行
廿四日（4月2日）	晨雾，旋阴，风大，稍暖。	晨霞，旋阴，风大，稍暖。	3377页倒9行	十一页十一行
廿九日（4月7日）	雨止，仍阴，乍阴乍暖，晚湿烟蓊郁。	雨止，仍阴，乍暖，晚湿烟蓊郁。	3378页15行	十二页十二行
三月初二日（4月9日）	仇十洲赠冷起敬《蓬莱仙弈图卷》，临张三丰者，后有休承兄弟摹跋。	仇十洲赠冷起敬《蓬莱仙弈图》卷，临张三丰者赠某，后有休承兄弟摹跋。	3379页3行	十三页六行
初三日（4月10日）	余亦回舟入城，孙熹小恙。	余亦回舟入城，孙熹小疾。	3379页9行	十三页十行
初七日（4月14日）	翁坟乃青果巷翁者，非本家人也。	翁坟乃青果巷翁者，非本家也。	3380页7行	十四页五行
初八日（4月15日）	常州赵衡年君权，行二，来谢。其父仲园，其兄辑年，乙酉门人。	常州赵衡年君权，行二，来谢。其父仲固，其兄仪年，乙酉门人。	3380页9行	十四页十六行
初九日（4月16日）	午药龛和尚来，以杨子亭画幅为赠，辞之。留素饭去。	午药龛和尚来，以杨西亭画幅为赠，辞之。留素饭去。	3380页13行	十四页二十行
初十日（4月17日）	访药龛题《衡山林亭》朱小梅物，并西亭画。	为药龛题《衡山林亭》朱小梅物，并西亭画。	3380页倒12行	十五页二行
十四日（4月21日）	横浜白茆等处有广蛋客民恣横。	横泾、白茆等处有光蛋客民恣横。	3381页8行	十五页十八行
十九日（4月26日）	金门尚未归。乘舟诣墓庐，幸无见。夜仍有雨意，麦伤矣，函盼晴。	金门尚未归。乘舟诣墓庐，幸无风。夜仍有雨意，麦伤矣，亟盼晴。	3382页1行	十六页十六行
四月初六日（5月13日）	年四十，有两兄，长曰三郎，次曰金郎，皆居别处。	年四十，有两兄，长曰三郎，次曰全郎，皆居别处。	3386页4行	二十页十六行
同日	来往约三十馀里，甚乏。另画一图详记文。	来往约三十余（馀）里，甚乏。另画一图详记之。	3386页9行	二十页二十行
同日	地别无从辨，何劳说转闻。	地蒴无从辨，何劳说轶闻。	3386页12行	二十一页十行
初八日（5月15日）	晚复诣湖桥收工，舆往。亦修沿路积水石坏处。	晚复诣湖桥收工，舆往。并修沿路积水石坏处。	3386页倒9行	二十一页十四行

十七日 (5月24日)	晚散步田间,绶带鸟或红或白,群飞集庭树。	晚散步田间,绶带鸟或红或白,群飞集庭树。	3388页5行	二十三页十行
二十日 (5月27日)	西蠡有家藏《寒灯课读图卷》……	西蠡有家藏□林《寒灯课读图》卷……	3388页倒8行	二十四页五行
五月初二日 (6月7日)	余不谓然,嘱句操切。	余不谓然,嘱勿操切。	3390页1行	二十六页二行
端午日 (6月10日)	午祀先,曾、荣、斌孙执事。	午祀先,曾荣、斌孙执事。	3390页7行	二十六页九行
廿日 (6月25日)	(住成都西玉龙街小福建营)晴,较昨为凉矣。……得炯孙四月廿日成都函。	晴,较昨为凉矣。……得炯孙四月廿日成都函,住成都西玉龙街小福建营。	3392页7行	二十九页一行
廿四日 (6月29日)	尝携李、鲜荔皆佳,然于腹不宜。	尝槜李、鲜荔皆佳,然于腹不宜。	3393页2行	
六月初十日 (7月14日)	少谷旋至,登山相度,乃如庚子年之说,大略向不动。	少谷旋至,登山相度,仍如庚子年之说,大略向不动。	3395页12行	三十三页五行
十八日 (7月22日)	晨金门来,跋罗填斋与苏园公书。	晨金门来,跋罗慎斋与苏园公书。	3397页1行	三十五页六行
同日	……园公之曾孙曰曾诰,号芝青。	……园公之曾孙曰曾诰,号芝青。	3397页2行	三十五页七行
七月初六日 (8月9日)	外墙颓一坏,即修之。	外墙颓一坯,即修之。	3400页3行	
初七日 (8月10日)	申初忽大雨,已而又晴,盖秋候如此。	申初忽大雨,已而又晴朗,盖秋候如此。	3400页5行	三十九页四行
初八日 (8月11日)	湖桥先生茔新修坟顶略有坍卸,即令补全。	湖桥先茔新修坟顶略有坍卸,即令补全。	3400页13行	三十九页十三行
初九日 (8月12日)	钜鹿匪首景廷宾就获正法。	钜[巨]鹿匪首景廷宾就获正法。	3400页倒11行	
十三日 (8月16日)	终日摘紫桃轩笔迹,可称无益。	终日援紫桃轩笔,緅可称无益。	3401页9行	四十页十二行
十五日 (8月18日)	由其家淮城将入京,过此来谒,即以食物来,复为作鱼翅。	由其家淮城将入京,过此来谒,既以食物来,复为作鱼翅。	3401页倒8行	四十一页一行
十六日 (8月19日)	阴,转热,九十度,浑汗不已。	阴,转热,九十度,挥汗不已。	3401页倒4行	四十一页五行
十八日 (8月21日)	午未间电从西起,大雨一阵旋止。	午未间雷从西起,大雨一阵旋止。	3402页5行	四十一页十二行

廿七日 (8月30日)	八月朔行，新选河南拓城县。	八月朔行，新选河南柘城县。	3403页14行	
八月初四日 (9月5日)	较之早间百呼不应者有转机矣，大好大好。予连夕不寐，亦殊惫。	较之早间百呼不应者有转机矣，大好大好。旋又上床不语。予连夕不寐，亦殊惫。	3404页倒8行	四十四页十七行
十六日 (9月17日)	送经三日，今日僧经一日。	道经三日，今日僧经一日。	3407页7行	四十八页一行
廿九日 (9月30日)	延蒋医，因用桂枝、白芍，孙照昨方。	延蒋医，田用桂枝、白芍，孙照昨方。	3409页4行	五十页七行
九月十一日 (10月12日)	其墨本曰于义则顾复于情……□树云云。	其墨本曰"于义则顾复，于情……拟树"云云。	3410页倒12行	五十一页二十行
十六日 (10月17日)	邀王士翘同金门诊，闻处一方轻香泻浊。	邀王士翘同金门诊，同处一方轻香泻浊。	3411页9行	五十二页十九行
十月初十日 (11月9日)	晴和无风，恭逢皇太后万圣节，北向叩头。	晴和无风，恭逢皇太后万寿节，北向叩头。	3414页9行	五十六页二行
三十日书眉	光绪二十八年壬寅(1602年)	光绪二十八年壬寅(1902年)	3417页书眉	
十一月初六日 (12月5日)	前日季姑爷处妾住两日。	前日季姑爷处妾往两日。	3418页6行	六十一页九行
十六日 (12月15日)	(力二元，船一元)	(力二元，姚一元)	3419页倒11行	六十二页八行
廿四日 (12月23日)	无风浓阴，报传苏州雪四五寸。	无风阴浓，报传苏州雪四五寸。	3420页倒12行	六十四页六行
廿六日 (12月25日)	见一剪雨楼印，许伯玑丈印也。	见一"翦雨楼"印，许伯玑丈印也。	3420页倒7行	六十四页十行
三十日 (12月29日)	其人有肝胆识力，留意人材，眼中落落……	其人有肝胆识力，留意人材[才]，眼中落落……	3422页3行	
十二月初四日 (1903.1.2)	聋爷之子曾堃来见，……	聋爷之子曾堃[坤]来见，……	3423页9行	
初五日 (1月3日)	又访金门，遇沈幼园、赵石农于座。	又访金门，遇沈功周、赵石农于座。	3423页14行	六十七页二十行
十五日 (1月13日)	灰隔须今晚十一点钟始毕。	灰隔须今晚十一点钟乃毕。	3425页13行	七十页十三行

廿二日 (1月20日)	而族谱亦未见湘谷之字,岂当时匆匆,今遂记忆不的耶?季宗二云,卅年前随我寻得此坟。	而族谱亦未见湘谷之字,岂当时匆匆,今遂记忆不的耶?季宗二云,卅年前伊随我寻得此坟。	3427页6行	七十二页十七行
廿五日 (1月23日)	郭令以公事过此,与斌谈于舟次。	郭令以公事过此,与斌谈于舟次。	3427页倒8行	七十三页十一行
廿八日 (1月26日)	前夕塘桥劫当铺,昨日野塘劫民家,大和左近。	前日塘桥劫当铺,昨日野塘劫民家,大和左近。	3428页12行	七十四页十一行
除夕 (1月28日)	买米五斗,糕十片,并洋十元送素姊。	买米五斗,糕十斤,并洋十元送素姊。	3428页倒6行	七十五页一行
光绪二十九年癸卯 元月十六日 (1903.2.13)	许善蓺兰,郭年才十六耳。郭之文名似壎。	许善蓺[艺]兰,郭年才十六耳。郭之父名似壎。	第六册 3431页10行、11行	第四十卷 四页六行
十九日 (2月16日)	两峰长子喜保自江西归,……	雨峰长子喜保自江西归,……	3431页倒6行	
廿七日 (2月24日)	晚惠夫由江西归,廿二日行,九江乘轮无滞。	晚惠夫从江西归,廿二日行,九江乘轮无滞。	3433页倒12行	七页一行
二月廿二日 (3月20日)	陈姓与广元之妻,俨成家室。	陈姓占广元之妻,俨成家室。	3438页5行	十三页四行
廿四日 (3月22日)	此人有肝胆,读芋盦出涕也。	此人有肝胆,谈芋盦[庵]出涕也。	3438页12行	十三页十行
三月初三日 (3月31日)	得震泽本家志国〈信〉,……泛云其象贤病卒。	得震泽本家志国〈信〉,……信云其象贤病卒。	3439页倒6行	十五页六行
同日	药龛荐一花匠曰徐拍大来,云一月可来数日。	药龛荐一花匠曰徐柏大来,云一月可来数日。	3439页倒5行	十五页八行
初八日 (4月5日)	巳初三刻赴程家山茔,门未启钥,归恩永堂。	巳初三刻赴程家山茔,门未启钥,归思永堂。	3440页11行	十五页十九行
初九日 (4月6日)	约地师朱少徵同去也。……馀如昨日,添一咏春耳。	约地师朱少徵[征]同去也。……余(馀)如昨日,添一咏春耳。	3440页倒3行、倒2行	
二十日 (4月17日)	独服李澄中,字渔邨,……邱元武、号柯邨。	独服李澄中,字渔邨[村],……邱元武、号柯邨[村]。	3343页8行、10行	

廿三日（4月20日）	看《山左诗》毕，凡六十卷，可谓博矣，然不精也。	看《山左诗》毕，凡六十卷，可谓博矣，然不精也。	3443页倒1行	二十页十九行
廿六日（4月23日）	太约双挂号较速，廿日所发函，彼处已接到。	大约双挂号较速，廿日所发函，彼处已接到。	3444页倒12行	二十一页十二行
四月初五日（5月1日）	言之父名家鹍，亦在河南陆健辉处书启，号泮芹。	言之父名家鹍，号泮芹，亦在河南陆健辉处书启。	3445页倒4行	二十三页五行
十五日（5月11日）	有小字三行，曰“施王曹宅舍财添砌，福有所归，……”	有小字三行，曰“施主曹宅舍财添砌，福有所归，……”	3447页倒5行	二十五页十八行
十七日（5月13日）	闻杨蓺芳患心疾。	闻杨蓺[艺]芳患心疾。	3448页9行	
十八日（5月14日）	伯衡终兖沂通，闻其归装无一钱，可敬也。	伯衡终兖沂道，闻其归装无一钱，可敬也。	3448页14行	二十六页十八行
五月初三日（5月29日）	检得新刻石鼓琅琊刻石、晓方墓志各一纸。	检得新刻石鼓琅玡刻石、晓方墓志各一纸。	3450页倒2行	二十九页十九行
初八日（6月3日）	得杭信。初四发，极言筹饷之难。微同。	得杭信。初四发，极言筹饷之难。微月。	3451页倒11行	三十页十四行
初九日（6月4日）	仍漠漠，仍落沙非落沙，可绵衣。	仍漠漠，似落沙非落沙，可绵衣。	3451页倒10行	三十页十五行
十三日（6月8日）	自晚抵未申雨浪浪，可虑也。杨献叔来，便饭后去。其兄□南，捐中书赴京当差。	自晓抵未申雨浪浪，可虑也。杨献叔来，便饭后去。其兄疴南，捐中书赴京当差。	3452页11行、12行	三十一页十二行
廿二日（6月17日）	以王圆照青孙山水卷面交裱工顾子畲。	以王圆照青绿山水卷面交裱工顾子畲。	3453页倒4行	三十三页九行
廿五日（6月20日）	《黄琴六诗文集》其祖文集并刊，……南楼遣范女经师，即写即寄饮马□，并幛。	《黄琴六诗文集》其祖父集并刊，……南楼遗范女经师，即写即寄饮马桥，并幛。	3454页8行、9行、10行	三十四页十九行、二十行
廿七日（6月22日）	南乡李库张姓被盗杀人。	南乡李厍张姓被盗杀人。	3454页倒8行	三十四页七行
廿九日（6月24日）	宋拓敕字本《十七帖》一册，�请馆翻刻两种来求题。	宋拓敕字本《十七帖》一册，�晴馆翻刻两种来求题。	3455页3行	三十四页十九行

六月十六日 (8月8日)	热至九十四度,气不散,如何,夜不得眠。	热至九十四度,气不敌,如何,夜不得眠。	3462页9行	四十四页五行
十八日 (8月10日)	日出由西山,俗号霸王鞭。石路下,至鸽峰丙舍,时辰正三耳。	日出由西山俗称"霸王鞭"石路下,至鸽峰丙舍,时才辰正三耳。	3462页倒8行	四十四页十四行
七月初四日 (8月26日)	季宗来,定十五日开工修石某石磴。	季宗来,定十五日开工修石梅石磴。	3465页7行	四十八页一行
初五日 (8月27日)	景子初一信,云初三发,昨风甚急。	景子初一信,云初三发,昨风,甚念。	3465页11行	四十八页四行
初七日 (8月29日)	独不解顾太淑人述则俑祔虞山北市桥也,岂始葬北山后迁西山欤?	独不解顾太淑人述则俑祔虞山北市桥也,岂始葬北山后迁西山耶?	3465页倒9行	四十八页十一行
十一日 (9月2日)	忽欲为顾山之行,卯二行。	忽欲为顾山之行,卯正二行。	3466页6行	四十九页五行
十四日 (9月5日)	曾堃聋弟之子,号舫孙。来,……	曾堃[坤]聋弟之子,号舫孙来,……	3466页倒1行	
廿二日 (9月13日)	作函令姚升赴苏,由苏而杭,明日可达。	作函令姚升乘轮赴苏,由苏而杭,明日可达。	3468页11行	五十二页二行
廿四日 (9月15日)	延王医,总不肯重药,数日来皆拨趟,每晨两元。	延王医,总不肯重药,数日来皆拨趟,每晨两元。	3468页倒5行	五十二页十四行
廿八日 (9月19日)	又云杨藝芳病愈将赴京。	又云杨藝[艺]芳病愈将赴京。	3469页倒7行	
八月初四日 (9月24日)	宏治中割隶太仓……为杨藝芳书堂联两副,前廿日书而未落款者也。	宏[弘]治中割隶太仓……为杨藝[艺]芳书堂联两副,前廿日书而未落款者也。	3670页14行、倒10行	
初七日 (9月27日)	腰病尤甚,扶持尚不能立,几同废矣。	腰痛尤甚,扶持尚不能立,几同废矣。	3471页3行	五十五页十九行
初八日 (9月28日)	邀王君,仍劝服活络丹,因腰病十减三四也。……笏与辨论,……	邀王君,仍劝服活络丹,因腰痛十减三四也。……笏与辩论,……	3471页8行、10行	五十六页三行
初十日 (9月30日)	秋分后气候如此,焉得不多病人。	秋分后气候如此,乌得不多病人。	3471页倒7行	五十六页十六行
十一日 (10月1日)	余佑莱来长谈,余亦藉以排遣。	俞佑莱来长谈,余亦藉以排遣。	3471页倒1行	五十六页十九行

十三日(10月3日)	得景子月廿四汴梁书，十六趁火车至正定，……	得景子七月廿四汴梁书，十六趁火车至正定，……	3472页6行	五十七页七行
廿七日(10月17日)	延王士翘服发散温中药，已止，未发热。仍延王医，专用温中法。彩衣堂曾孙女喉病，亦延王医。	延王士翘服发散温中药，已止，未发热。仍延王君，专用温中法。綵[彩]衣堂曾孙女喉病，亦延王君。	3474页15行	六十页十行
九月初三日(10月22日)	晚访药龛、金门，至石某祠堂，方油饰正厅也。	晚访药龛、金门，至石某[梅]祠堂，方油饰正厅也。	3475页10行	六十一页十五行
初十日(10月29日)	其余陆续至，最后者之润。	其余陆续至，最后者之润也。	3476页11行	六十三页四行
同日	胡仁山在石某，因同饭。	胡仁山在石某[梅]，因同饭。	3476页倒8行	六十三页十三行
十三日(11月1日)	并与同游小石洞，看落日，戌初一刻去，船泊谢滨，明早再晤。	并与同游小石洞，看落日，戌初一刻去，船泊谢浜，明早再晤。	3477页10行	六十四页七行
廿一日(11月9日)	与墓丁鱼南荣丈量左方隙地，	与坟丁鱼南荣丈量左方隙地，	3478页倒7行	六十六页二十行
廿六日(11月14日)	照从九赐卹。	照从九赐卹[恤]。	3479页倒11行	
廿九日(11月17日)	丁朱小五，绂墓丁陶根子，又至蒋家桥墓一奠，退食于丙舍。	丁朱小五，绂墓丁陶根二，又至蒋家桥墓一奠，退食于丙舍。	3480页8行	六十八页四行
同日	是日到者家珍、景子、长官、富官、采官儒珍子、二保……	是日到者家珍、景子、长官、富官、綵[彩]官儒珍子、二保……	3480页倒12行	六十八页十四行
十月初五日(11月23日)	(小雪)晴	(小寒[雪])晴	3481页倒12行	六十九页十八行
初八日(11月26日)	屺怀所示之件，略记于此，徇为快事。	屺怀所示之件，略记于此，洵为快事。	3482页9行	七十页十七行
同日	文徵仲仿石田临梅花道人山水长卷，程端伯有跋，又有长题。	文徵仲仿石田临梅花道人山水长卷，程端伯有跋四，又有长题。	3482页倒12行	七十一页二行
十三日(12月1日)	距天庭约一里，去年余修石桥，今坦坦矣。	距天庭约一里，去年余修一石桥，今坦坦矣。	3483页倒8行	七十二页十行

十七日 (12月5日)	张令之只晓东携京信并《鹤铭》照本。	张令之兄晓东携京信并《鹤铭》照本。	3484页倒12行	七十三页十行
二十日 (12月8日)	(大雪)晴,尤暖。	(大寒［雪］)晴,尤暖。	3485页3行	七十四页三行
同日	罗小畊送喜幛、喜烛并信。	罗小畊［耕］送喜幛、喜烛并信。	3485页5行	
廿二日 (12月10日)	杨西亭《□網图》,题数行。	杨西亭《礼纲图》,题数行。	3485页10行	七十四页九行
廿七日 (12月15日)	写扇,为聋弟之子曾堃,由常州寄来。	写扇,为聋弟之子曾堃［坤］,由常州寄来。	3486页9行	
三十日 (12月18日)	付清宗石匠九元,仁荡界十二块,楼下柱础等。	付清宗石匠九元,仁荡界十二块,楼下柱磉等。	3486页倒5行	七十六页六行
十一月初四日 (12月22日)	……糟蟖八罐。	……糟蟖［蟹］八罐。	3487页倒9行	
初七日 (12月25日)	长官今廿岁,宸官今十五,头角森森矣。	长〔良〕官今廿岁,宸官今十五,头角森森矣。	3488页5行	
十一日 (12月29日)	晨起题旧藏石田赠尚古先生画一卷。	晨起题旧藏石田赠尚古先生画卷。	3488页倒4行	七十九页一行
十二日 (12月30日)	自此以下记亡妾陆病状,皆补写者也。	自此以下记亡妾陆氏病状,皆补写者也。	3489页6行	七十九页十一行
十五日 (1904.1.2)	沉阴,欲雪不雪,渐寒。	沉阴,欲雪不雪,颇寒。	3489页倒10行	八十页二行
廿四日 (1月11日)	梦回忽闻叩门大呼之声。	梦回忽闻叩耳大呼之声。	3491页倒11行	八十三页十二行
十二月十三日 (1月29日)	晚邀陈二彭及仁甫饮,印荣筵也。	晚邀陈、二彭及仁甫饮,印荣筵也。	3493页倒3行	八十七页十八行
十六日 (2月1日)	归途两霏微,到家晚饭去。	归途雨霏微,到家晚饭去。	3494页14行	八十九页八行
同日	亦云劳矣,(注:以下脱句。)	亦云劳矣,得柳门函并蒙书輓［挽］联。得惠夫函。	3494页15行	八十九页九行
十七日 (2月2日)	因往彩衣看屋,云门皆合法,堆双桂房门移北。	因往綵［彩］衣看屋,云门皆合法,惟双桂房门移北。	3494页倒10行	八十九页十一行
廿四日 (2月9日)	俗例以五七提前也,俗例可增如此。	俗例以五七提前也,俗例可憎如此。	3496页4行	九十一页十三行

廿九日（2月14日）	火腿十只，受之，炭敬璧，来人裘姓。	火腿十只，受之，炭敬璧，交来人裘姓。	3497页2行	九十二页十五行
同日	得寅信，云据传单云俄船被日人击沉拘去者已有三十一艘。	得寅信，云据传单云俄舰被日人击沉、拘去者已有三十一艘。	3497页3行	九十二页十五行
光绪三十年甲辰 元月元日（1904.2.16）	敬谒石梅先祠，登徒不愆于仪。	敬谒石梅先祠，登陟不愆于仪。	3499页2行	第四十卷
	二日、三日、四日、五日、六日、九日、十日	〈初〉二日、〈初〉三日、〈初〉四日、〈初〉五日、〈初〉六日、〈初〉九日、〈初〉十日	3499页5行、8行、12行、倒7行、倒3行 3500页12行、倒7行	
初五日（2月20日）	黄昏簷溜下矣。	黄昏簷［檐］溜下矣。	3499页倒7行	
人日（2月22日）	段玉来，复得杭函并代纸壹百元。	段玉来，复得杭函并代楮［纸］壹百元。	3500页5行	二页十一行
谷日（2月23日）	佑莱送诗并息盦和均〔韵〕，息盦者邵伯英也，……	佑莱送诗并息盦［庵］和均〔韵〕，息盦［庵］者邵伯英也，……	3500页8行	
十一日（2月26日）	晚梅李张蔼堂。年七十三，理堂之弟也。	晚梅李张蔼堂来。年七十三，理堂之弟也。	3500页倒5行	三页九行
十六日（3月2日）	献臣来。晚辑夫到双桂轩小坐。	献臣来。晚偕辑夫到双桂轩小坐。	3501页倒12行	四页八行
十七日（3月3日）	寅有田在横沙，又有店名翁盛昌，亦葭司之。	寅有田在横沙，又有店名翁盛昌，六葭司之。	3501页倒9行	四页十二行
二十日（3月6日）	闻佑莱、伯英诸君往复和韵，余者告疲矣。	闻佑莱、伯英诸君往复和韵，余则告疲矣。	3502页5行	五页五行
廿六日（3月12日）	仍阳，天气如此，可惧也。	仍阳，天气如此，可怪也。	3503页2行	六页六行
廿八日（3月14日）	视漆工施第五次漆，用碗砂八九升，漆十升。	视漆工施第五次漆，用碗砂八九斤，漆十斤。	3503页12行	六页十五行
三十日（3月16日）	有吴馨声者号吉卿。持史竹孙函属荐盛杏孙求差，辞未见。	有吴馨者号吉卿。持史竹孙函属荐盛杏孙求差，辞未见。	3503页倒5行	七页六行
二月十三日（3月29日）	据琴谱序，又称为能诗画。酬二元四角。	据《琴谱》序，人称为能诗画。酬二元四角。	3506页12行	十页十九行

二十日(4月5日)	女眷:三太太、太少奶奶、二少奶奶、新娘娘、宝保……	女眷:三太太、太少奶奶、三少奶奶、新娘娘、宝保……	3507页倒8行	十二页十二行
廿一日(4月6日)	贺俞大甥妇未见,贺金门夫人见。	贺俞大甥妇未见,贺金门夫人见。	3507页倒1行	十二页十九行
三月初六日(4月21日)	其小黑沙则假货,湿而粘,姑留十担。	其小里沙则假货,湿而粘,姑留十担。	3510页倒6行	十七页十三行
同日	献臣入城,余留此,匆匆百馀日未至矣,感慨不已。	献臣入城,余留此,忽忽百余日未至矣,感慨不已。	3510倒5行	十七页十四行
初八日(4月23日)	所储土窑灰、小黑沙似好。	所储土窑灰、小里沙似好。	3511页8行	十七页五行
同日	沙七分一担,大致定灰廿五担沙四十担。	沙七分一挽,大致定灰廿五担沙四十挽。	3511页8行	十七页五行、六行
十二日(4月27日)	晨偕献臣入山,即秤石灰,献云尚好,遂秤之。共得二十四担零……两,除担子计,……又沙三十担。	晨偕献臣入山,即秤石灰,献云尚好,遂秤之。共得二十四担零……两,除挽子计,……又沙三十挽。	3512页1行	十八页七行
十三日(4月28日)	易云正位凝命去无不到矣。	易云正位凝命去无不利矣。	3512页11行	十八页二十行
十五日(4月30日)	巳初二刻先定汤夫人分金,巳初二刻引陆淑人登位,哭而送之。	巳初二刻先定汤夫人分金,巳初三刻引陆淑人登位,哭而送之。	3512页倒6行	十九页十二行
同日	强子章来,不及用饭而去,景子陪之东游三岸。	强子章来,不及用饭而去,景子陪之东游三峰。	3513页2行	二十页二行
廿一日(5月6日)	寄火腿、鸽蛋、紬料,一概璧之。	寄火腿、鸽蛋、紬[绸]料,一概璧之。	3514页倒12行	
廿四日(5月9日)	云被人欺,求援助,助以两元,辞未见。	云被人欺,求援,助以两元,辞未见。	3515页13行	二十三页九行
四月初三日(5月17日)	阊阎扑地。绕而至惠山浜泊。	阊阎扑地。绕而西至惠山浜泊。	3517页1行	二十五页十一行
初四日(5月18日)	并石影照僧衣像。	并西蠡石影照僧衣像。	3517页10行	二十五页二十行
初六日(5月20日)	咏春、家诊同来,饭而去。	咏春、家珍同来,饭而去。	3517页倒8行	

十一日 （5月25日）	昨夜感寒，中宵发噤，晨按摩得汗而愈。	昨夜感寒，中宵发噤，晨按摩得微汗而愈。	3518页12行	二十七页九行
十五日 （5月29日）	晴。晨于祠堂叩头……	晴。闻吾邑会试中张鸿一人。晨于祠堂叩头……	3519页4行	二十八页十行
同日	噫，余岂不达观而猥杂者欤。	噫！余岂不达观而猥杂者耶。	3519页8行	二十八页十四行
廿四日 （6月7日）	烟霞洞名，见《□堂杂记》，又《曝书亭集》。	烟霞洞名见《二老堂杂记》，又《曝书亭集》。	3521页5行	三十一页眉批
廿六日 （6月9日）	复游龙寿山房，与俭安和尚《华严》。	复游龙寿山房，与俭安和尚检《华严》。	3522页2行	三十二页五行
五月朔初二日 （6月15日）	寅臣明日赴申，寅妇携三子今早回里。	寅臣明日赴申，寅妇挈三子今早回里。	3523页9行	三十三页二十行
初九日 （6月22日）	彩衣、思永皆送夏至鬻。	綵[彩]衣、思永皆送夏至鬻[粥]。	3524页13行	
十四日 （6月27日）	金门□□□而云可到书房，又云痎病，嘱其忽受风，勿劳心，切不可出门也。	金门发腰疲而云可到书房，又云痎病，嘱其勿受风，勿劳心，切不可出门也。	3525页2行	三十六页七行
同日	以叶处租簿纸交还严海平。	以叶处租簿交还严海平。	3525页5行	三十六页十行

军机处日记

注：表格栏中“陈本”为陈义杰整理本简称；“稿本”为翁同龢军机处日记影印本简称。误、正对照词、句均用下划线标示。

农历年月日 公历年月日	内容：误	内容：正	陈本册数页码行数	稿本卷数页码行数
光绪九年癸未 二月初二日 (1883.3.10)	并欲将宝海撤回，反复无常，宜申警备。	并欲将宝海撤回，反复无常，宜申儆备。	第六册 3529页12行	上册 一页十二行
初三日 (3月11日)	寄顺天府、五城：郑溥元奏……	寄顺天府、五城御史：郑溥元奏……	3530页倒9行	二页十二行
同日	直东流民来京请饬抚卹。	直东流民来京请饬抚卹[恤]。	3530页4行	
同日	妥筹抚卹……饬吴全美带轮船在廉琼带巡哨。	妥筹抚卹[恤]……饬吴全美带轮船在廉琼一带巡哨。	3530页倒8行、倒4行	二页十四行
初六日 (3月14日)	英煦摺：八旗积弊：混入旗籍，克扣俸饷，顶替挑补，私卖甲米。	英煦摺：八旗积弊：混入旗籍，克扣俸饷，顶替挑缺，私卖甲米。	3531页7行	三页五行
同日	法人欲于保胜设关，意在驱逐刘永福，此层断不可许。	法人欲于保胜设关，意在驱逐刘永福，此层断不可轻许。	3531页倒11行	三页十三行
同日	片。保副将谭碧理。 片。添亲兵六营。	片。保副将谭碧理。存记。 片。添亲兵六营。存记。	3531页倒9行	三页五行
初七日 (3月15日)	(召见。)广寿等、都察院联衔。 都察院联衔摺。……	(召见。)广寿等、都察院联衔。 发下封奏二件。 都察院联衔摺。……	3531页倒6行	三页七行
同日	向借二千，并非一万，俊启未经借出。	向借二千，并非一万，俊启未经借给。	3531页倒4行	三页十九行
同日	任道鎔片。……一冲城墙二十六丈入徒骇。	任道鎔[镕]片。……一冲城墙二十六丈，一入徒骇。	3532页5行	四页五行
初八日 (3月16日)	伯彦诺谟祜、阎敬铭摺。……王甲三等十人极边足四，千里充军。	伯彦诺谟祜、阎敬铭摺。……王甲三等十人极边足四千里充军。……	3532页10行	四页九行
同日	……革职并分赔一万四千馀两。	……革职并分赔一万四千余(馀)两。	3532页14行	四页十三行
初九日 (3月17日)	涂宗瀛摺。请假四十日。批赏假四十日。	涂宗瀛摺。请病假四十日。批赏假四十日。	3532页倒5行	五页一行

初十日 (3月18日)	旨:扎拉丰阿调正蓝旗满副都统,所遗镶蓝蒙副都统英廉补授。	扎拉丰阿调正蓝满副都统,所遗镶蓝蒙副都统英廉补授。	3533页12行	五页十四行
十一日 (3月19日)	旨:奕劻等奏整顿幼官学事务,著大学士宝鋆等并入前议妥议。	旨:奕劻等奏整顿幼官学事务,著大学士宝鋆等并入前奏妥议。	3533页倒9行	五页十七行
十五日 (3月23日)	片。刻罗大春拥兵縻费,并王德榜嗜利粗犷,皆不足用。	片。劾罗大春拥兵縻费,并论王德榜嗜利粗犷,皆不足用。	3534页倒9行	七页一行
同日	任道熔请假三个月。批赏三个月。	任道镕请假三个月。批赏假三个月。	3535页1行	七页八行
十六日 (3月24日)	片。举劾文武。……劾……丁□扬。	片。举劾文武。……劾……载丁庶协。	3535页12行	七页十八行
十七日 (3月25日)	庄予桢摺。山东被水,民生困苦,请筹款赈抚。	庄予桢摺。山东被水,民生困苦,请饬筹款赈抚。	3535页倒7行	八页五行
同日	旨:方大湜交部议处。嗣后来京另候简人员,如再借词逗留,或地方官代为陈请者,均一并严惩。	旨:方大湜交部议处。嗣后来京另候简用人员,如再有借词逗留,或地方官代为陈请者,均一并严惩。	3535页倒1行	八页十一行
同日	寄陈士杰:据庄予桢奏武定等州被灾甚重,著即筹款赈抚。	寄陈士杰:据庄予桢奏武定等府被灾甚重,著即筹款赈抚。	3536页2行	八页十三行
二十日 (3月28日)	又摺。臣子章奏,……又一摺数片,语意不伦。	又摺。臣子章奏,……又一摺内数片,语意不伦。	3536页倒6行	九页八行
二十一日 (3月29日)	李鸿章等摺。……吴有仁暂署。	李鸿章等摺。……吴育仁暂署。	3536页倒4行	九页十一行
二十七日 (4月4日)	旨:库伦办事大臣喜昌著准其开缺,候新任到后再行交卸回旗。	旨:库伦办事大臣喜昌著准其开缺,俟新任到后再行交卸回旗。	3538页倒8行	十一页十四行
同日	旨:张观准著勒令回籍,不准在京城居住。……赐卹……应得卹典……	旨:张观准著勒令回籍,不准在京居住。……赐卹[恤]……应得卹[恤]典……	3538页倒6行、倒4行	十一页十五行

同日	寄曾国荃、裕宽：高州府钟秀、茂名县王之澍互讦一案，一并查奏。……抚衈蒙、哈。	寄曾国荃、裕宽：高州府钟秀、茂名县王之澍互讦，一并查奏。……抚衈[恤]蒙、哈。	3539 页 9 行、10 行	十二页六行
同日	吐嘎尔车凌多尔济、桂祥摺。	杜嘎尔车凌多尔济、桂祥摺。	3539 页倒 8 行	十二页十四行
二十九日（4 月 6 日）	二十九日（4 月 6 日）	二十九日（4 月 6 日）（召见。）	3540 页 4 行	十三页四行
三月初一日（4 月 7 日）	旨：世序著留京当差，热河副都统著文佩去。	旨：世序著留京当差，热河副总管著文佩去。	3540 页倒 4 行	十四页三行
同日	旨：云南报销一案，著派阎敬铭会同办理。	旨：云南报销一案，著派阎敬铭会同查办。	3540 页倒 3 行	十四页四行
初二日（4 月 8 日）	批：此案业经刑部审结，著毋庸议。	批：此案业经刑部审结，所奏著毋庸议。	3541 页 6 行	十四页十二行
初三日（4 月 9 日）	刘锦棠摺。……并迅简重臣督办诸务。	刘锦棠摺。……并请迅简重臣督办诸务。	3541 页 8 行	十四页十四行
初四日（4 月 10 日）	梅启照摺。陈明张亨嘉于胡体浛一案实系一同画押。	梅启照摺。陈明知县张亨嘉于胡体浛一案实系一同画押。	3541 页 16 行	十四页十九行
同日	承德知府著嵩林补授。	承德府知府著嵩林补授。	3541 页倒 10 行	十五页一行
初七日（4 月 13 日）	寄刘锦棠、金顺……：张曜现驻兵喀什噶尔，……	寄刘锦棠、金顺……：张曜现驻兵在喀什噶尔，……	3541 页倒 2 行	十五页八行
初八日（4 月 14 日）	（注：此处脱一节） 发下封奏二件。都察院，楼誉普。	游百川摺。察看黄河酌拟治法三条：一疏通河道，用舢板混江龙数具，一分减黄流，先徒骇，次马颊，次鬲津，一亟筑缕隄（缕隄即民埝），共需银二百四五十万，请简大臣督办。 发下封奏二件。都察院，楼誉普。	3542 页 2 行后	十五页十二、十三行
同日	旨：内务府奏齐克森布派充银库，系照例办案，原奏所称夤缘一语，究竟夤缘何人，著俊乂指实具奏。	旨：内务府奏齐克森布派充银库，系照例案办理，原奏所称夤缘一语，究竟夤缘何人，著俊乂指实具奏。	3542 页倒 8 行	十六页十一行

十一日 (4月17日)	又片：粤海关欠解南洋经费四十馀万，请饬催。	又片：粤海关欠解南洋经费四十余(馀)万，请饬催。	3543页13行	十七页十一行
同日	俊乂摺。复奏参劾齐克森布，系凭众人之议，至夤缘之事，何能共知。	俊乂摺。复陈参劾齐克森布，系凭众人之议，至夤缘之事，何能共知。	3543页倒10行	十七页十四行
同日	旨：俊乂奏……，著该堂官察看，嗣后该御史亦不得以毫无实据之词率行入告。	旨：俊乂奏……，仍著该堂官察看，嗣后御史亦不得以毫无实据之词率行入告。	3543页倒3行、倒2行	十八页一、二行
十三日 (4月19日)	倪文蔚摺。密保人材：编修秦树春。	倪文蔚摺。密保人才：编修秦澍春。	3544页9行	十八页十一行
同日	又片。保荐州县，……赵毓熙。	又片。保荐州县，……赵敏熙。	3544页11行	十八页十三行
同日	片。永康州属都结土州官农良被笺，业经获犯讯办。	片。永康州属都结土州官农良辅被戕，业经获犯讯办。	3544页13行	十八页十五行
同日	旨：……卞宝第……	旨：……卞宝第……	3544页倒13行	
十五日 (4月21日)	旨：彭玉麟奏收回成命一摺，……俟病体稍愈即来京陛见。	旨：彭玉麟奏收回成命一摺，……俟病体少愈即来京陛见。	3544页倒5行	十九页四行
同日	……力保北沂……	……力保北圻……	3545页1行	
十八日 (4月24日)	礼部奏请宗室会试中额(二十七人)，旨可取中二人。	礼部奏请宗室会试中额(二十七人)，旨取中二人。	3545页8行	十九页十七行
十九日 (4月25日)	又。因病请开缺。批赏假一个月调理，毋庸开缺。	又。因病请开缺。批赏假一月调理，毋庸开缺。	3545页12行	二十页二行
二十日 (4月26日)	片。希元年轻不知兵，恐难胜任吉林将军之任。	片。希元年轻不知兵，恐难胜吉林将军之任。	3545页倒10行	二十页七行
同日	旨：正白旗满洲奏……，仍著礼部议奏。	旨：正白旗满洲奏……，仍著该部议奏。	3545页倒3行	二十页十五行
二十二日 (4月28日)	卞宝第摺。杨昌浚续假两年。(廿四日见面。)	卞宝第摺。杨昌浚续假两月。(廿四日见面。)	3546页倒9行	二十一页十五行
二十六日 (5月2日)	片：徐延旭遵□出关。	片：徐延旭遵旨出关。	3547页倒5行	二十三页二行

二十七日 (5月3日)	……出此重案,尤应及早讯究,免生枝节。(注:此后脱句)	……出此重案,尤应及早讯究,免生枝节。 旨:崇绮奏查办吉林案内知府刘光煜,著沿途督抚催令迅赴奉天。	3548页5行后	二十三页十二行
二十八日 (5月4日)	寄倪文蔚:……著遵前旨进札,……	寄倪文蔚:……著仍遵前旨进札,……	3548页14行	二十三页十八行
二十九日 (5月5日)	林肇元摺。保荐人员:……编修钟德祥、(注:此后脱数人)贵州提督陶茂林、提督刘鹤龄。	林肇元摺。保荐人员:……编修钟德祥、编修刘宗标、礼部主事罗文彬、定番州来震、候补州张正煃、贵州提督陶茂林、提督刘鹤龄。	3548页倒10行	二十四页三行
四月初一日 (5月7日)	旨:江苏常州知府英敏、云南宝庆府蒋常垣、……云南普洱府孙逢沅……送部引见。	旨:江苏常州知府英敏、湖南宝庆府蒋常垣、……云南普洱府孙逢源……送部引见。	3549页3行、4行	二十四页十七、十八行
同日	寄云贵、云南:……(注:此后脱句)	寄云贵、云南:…… 寄陕甘、陕西:陕西凤翔府王赞襄著察看。	3549页9行后	二十五页五行
初二日 (5月8日)	左宗棠、庆裕、卫荣光摺:……	庆裕、左宗棠、卫荣光摺:……	3549页倒7行	二十五页十六行
初四日 (5月10日)	陈士杰摺:查明任道熔参款皆无实据,……	陈士杰摺:查明任道镕参款皆无确据,……	3550页8行	二十六页八行
初九日 (5月15日)	旨:洞阔尔呼图克图圆寂,派那尔苏赐奠,并颁发赏件。	旨:洞阔尔呼图克图圆寂,派那尔苏赐奠,并颁发赏件。	3551页倒2行	二十八页十一行
十一日 (5月17日)	片。黄梅县教匪于天保传习龙华会,……	片。黄梅县教匪于天保传习华龙会,……	3552页9行	二十八页十八行
同日	存。光熙摺。论法越。撤李鸿章回天津。……	存。光熙摺。论法越。撤李鸿章回 [天]津。……	3552页倒10行	二十九页四行
同日	寄彭、涂:所办迅速,准其择尤酌保,失察地方官也应参处。前饬拿匪王觉一,著上紧辑拿。	寄彭、涂:所办迅速,准其择尤酌保,失察地方官亦应参处。前饬拿匪王觉一,著上紧辑拿。	3552页倒5行	二十九页八行
十四日 (5月20日)	发下封奏三件:	发下封奏二件:	3553页8行	三十页一行

同日	陈启泰摺。整顿学校。……一书院院长不许上司压荐。	陈启泰摺。整顿学校。……一书院院长不准上司压荐。	3553页11行	三十页四行
同日	旨：书院院长不准地方官压荐，……馀二条该部奏议。	旨：书院院长不准地方官压荐，……余(馀)二条该部议奏。	3553页13行	三十页五行
二十日(5月26日)	旨：张兆栋奏参庸劣各员鲍复康、王沅、金联，均著革职；……勒休。	旨：张兆栋奏庸劣各员鲍复康、王沅、金联，均革职；……勒休。	3554页倒1行	三十二页三行
二十五日(5月31日)	旨：河南候补府刘元煜崇绮奏参。	旨：河南候补府刘光煜崇绮奏参。	3556页2行	三十三页二行
二十七日(6月2日)	曾国荃、裕宽摺。力言广东水师出洋无益，不如仍驻虎门。	曾国荃、裕宽摺。力言粤东水师出洋无益，不如仍驻虎门。	3556页倒10行	三十四页六行
二十八日(6月3日)	片。奉天栋选告假不到者至三十六员之多。	片。奉天拣选告假不到者至三十六员之多。	3556页倒2行	三十四页十四行
同日	旨：广东高要镇总兵莫云成著革职，所遗员缺张得禄补授。	旨：广东高州镇总兵莫云成著革职，所遗员缺张得禄补授。	3557页1行	三十四页十六行
五月初四日(6月8日)	旨：教习、誊录等项考试，顶替甚多，著该衙门明定章程，责成出结官查核。	旨：教习、誊录等项考试，顶替甚多，著该部明定章程，责成出结官查核。	3558页4行	三十六页四行
同日	旨：新进士分别用。庶吉士七十六人……	旨：新进士分别用。庶吉士七十八人……	3558页6行	三十六页五行
初十日(6月14日)	色楞额、崇纲片。攒招期内喇嘛抢夺巴勒布商民财物现在妥为办理。	色楞额、崇纲片。攒招期内喇嘛等抢夺巴勒布商民财物，现在妥为办理。	3559页10行	三十七页十五行
同日	杜戛尔等摺。……难于应差……	杜戛尔等摺。……难以应差……	3559页11行	三十七页十六行
同日	都察院连衔摺。教习王尔珏、告江阴县派充甲长病民。	都察院连衔摺。教习王尔珏、告江阴县派充甲长扰民。	3559页倒12行	三十七页十九行
同日	旨：敬信奏右翼正额无亏云云。(注：此后脱句)	旨：敬信奏右翼正额无亏云云。旨：阿克敦等奏南城副指挥陈福绪著即革职。	3559页倒9行后	三十八页四行

同日	旨:丁振铎棍徒横行,著步军统领衙门严拿。	旨:丁振铎棍徒横行,著步军统领等严拿。	3559页8行	三十八页五行
十二日 (6月16日)	(召见。)延茂等。	(召见。)延茂、安祥。	3560页1行	三十八页十三行
二十三日 (6月27日)	寄倪文蔚:……李璲前奏民团、储粮米二条,著查照办理。	寄倪文蔚:……李璲前奏集民团、储粮米二条,著查照办理。	3563页13行	四十二页十三行
廿九日 (7月3日)	志和照尚书例赐卹。	志和照尚书例赐卹[恤]。	3565页2行	
同日	著查明妥为抚卹。	著查明妥为抚卹[恤]。	3565页9行	
六月初一日 (7月4日)	文绪、禄彭摺。……现在枪队一千七百五十名,炮队二百名。	文绪、禄彭摺。……现洋枪队一千七百五十名,炮队二百名。	3565页13行	四十四页十九行
初二日 (7月5日)	游百川、陈士杰摺。……齐东利津、历城齐河冲决数十次……	游百川、陈士杰摺。……齐东利津、历城齐河冲决数十处……	3565页倒9行	四十五页三行
同日	字游、陈:著在部拨一百万内先提应用。……	寄游、陈:著在部拨一百万内先提应用。……	3565页倒6行	四十五页五行
初三日 (7月6日)	岑毓英等摺。唐炯现在驻兵新安所。	岑毓英等摺。唐炯现驻新安所。	3565页倒3行	四十五页七行
同日	批。片。昭通会匪李添元谋逆。	批。片。昭通会匪李添沅谋逆。	3566页1行	四十五页九行
初五日 (7月8日)	旨:吏部左侍郎邵亨豫照侍郎议卹。	旨:吏部左侍郎邵亨豫照侍郎例议卹[恤]。	3566页倒6行	四十六页九行
初七日 (7月10日)	恽彦彬。 无事。	恽彦彬。(未入直。) 无事。	3566页倒3行	四十六页十三行
初八日 (7月11日)	(召见。)	(召见。)(未入直。)	3566页倒1行	四十六页十五行
同日	寄。恽彦彬摺。江浙土客怨日深,……	寄。恽彦彬摺。江浙垦荒土客怨日深,……	3567页2行	四十六页十七行
同日	旨:祁世长转吏部左侍郎,孙家鼐署。许应骙调吏部,……	旨:祁世长转吏部左侍郎,孙家鼐署。许应骙调吏右,……	3567页9行	四十七页三行
同日	旨:刘秉璋奏参庸劣各员。……同知余宝森,汪炳超、尤鉷、……	旨:刘秉璋奏参庸劣各员。……同知余宝森,通判汪炳超、尤鉷、……	3567页14行	四十七页八行

同日	旨：李鸿章署直隶总督北洋事务大臣，……	旨：李鸿章署理直隶总督北洋事务大臣，……	3568页4行	四十八页一行
初十日（7月13日）	请拨款抚卹。	请拨款抚卹[恤]。	3568页2行	
同日	寄。左宗棠：现在湖北湘楚各营毋须调拨，新募九营酌量裁撤。王德榜留江差委，王诗正著仍勒令回籍。	寄。左宗棠：现在湘楚各营毋须调拨，新募九营酌量裁撤。王德榜留江差委，王诗正著仍勒令回籍。	3568页6行	四十八页二行
十二日（7月15日）	批。张树声摺。交卸北洋，仍请假回籍。	批。张树声摺。交卸北洋，仍请开缺回籍。	3568页倒10行	四十八页九行
同日	交：片。殉难文童鄢锡绶等三人。	交：片。殉难文生鄢锡绶等三人。	3568页倒6行	四十八页十三行
十五日（7月18日）	明。片。王树汶一案覆勘之臬司豫山、河北道陈宝箴，应与麟春一体议处。	明。片。王树汶一案复勘之臬司豫山、河北道陈宝箴，应与麟椿一体议处。	3569页14行	四十九页九行
同日	旨：陕西凤翔府知府王赞襄著开缺留省另补。谭钟麟摺。	旨：陕西凤翔府知府王赞襄著开缺留省另补。谭钟麟等摺。	3569页倒11行	四十九页十二行
十六日（7月19日）	……办理赈卹……黄体芳摺。……痛诋用事诸臣，以为漠然坐视。李鸿章不宜驻扎上海。……著妥为赈卹……	……办理赈卹[恤]……黄体芳摺。……痛诋在事诸臣，以为漠然坐视。李鸿章不宜驻上海。……著妥为赈卹[恤]……	3570页2行、3行、5行	五十页二行
十七日（7月20日）	曾国荃摺。广西提督冯子才假满请开缺。	曾国荃摺。广西提督冯子材假满请开缺。	3570页10行	五十页七行
十九日（7月23日）	旨：冯子才准其开缺回籍。	旨：冯子材准其开缺回籍。	3571页6行	
	徐延旭摺。……都司田福志以四百人扎泊北岸。……	徐延旭摺。……都司田福志以四百人扎浪泊北岸。……	3571页12行	五十一页十一行
同日	陈士杰摺。参革州县茅方廉八人等均革，广全降府经县丞。	陈士杰摺。参革州县茅方廉等八人均革，广全降府经县丞。	3571页倒12行	五十一页十四行
同日	丰绅绥远将军摺。	丰绅绥远城将军摺。	3571页倒9行	五十一页十七行

二十一日 (7月24日)	三月中项君根、蔡吉求四十馀人投诚……	三月中项君根、蔡吉求四十余(馀)人投诚……	3572页3行	
同日	批户部议奏。……原立之限,初二限不加,三限酌加示罚。后经部议,以年内为初二两限,年外为三限,从此相率迁延。	批户部议奏。……原立三限,初、二两限不加,三限酌加示罚。后经部议,以年内为初、二两限,年外为三限,从此相率迁延。	3572页8行	五十二页八行
二十二日 (7月25日)	旨:吏部奏议遵议云南报销一案处分,……	旨:吏部奏遵议云南报销一案处分,……	3573页2行	五十三页四行
同日	旨:王树汶一案,……陈宝箴照部议降三级调用,馀依议。	旨:王树汶一案,……陈宝箴均照部议降三级调用,余(馀)依议。	3573页12行	五十三页十二行
七月初一日 (8月3日)	并量加褒卹……	并量加褒卹[恤]……	3575页7行	
初二日 (8月4日)	……陈国瑞褒卹摺……	……陈国瑞褒卹[恤]摺……	3575页倒9行	
同日	寄倪文蔚、徐延旭:昨截广东军饷二十万,著妥慎筹防。	寄倪文蔚、徐延旭:昨截广东京饷二十万,著妥慎筹防。	3575页倒4行	五十六页六行
初三日 (8月5日)	交旨步军统领、顺天府……物价日昂,著即会同妥议,晓谕平价,毋任奸商把持。	交旨步军统领、顺天府……物价日昂,著会同妥议,晓谕平价,毋任奸商把持。	3576页4行	五十六页十二行
初五日 (8月7日)	批该衙门知。片。给银五万两,由正主教古若望自行经理,从此结案。……	批该衙知。片。给银五万两,由正教主[主教]古若望自行经理,从此结案。……	3576页13行	五十六页十九行
同日	存。又摺。复奏五常堡以东并未闲荒可垦。	存。又摺。复奏五常堡以东并无闲荒可垦。	3576页倒11页	五十七页二行
初七日 (8月9日)	崇绮等摺。派员验收草仓河。批照例委员验收。	崇绮等摺。派员验收草仓河。批照例委员验收。批。	3577页12行	五十八页一行
同日	恩麟摺。	恩霖摺。	3577页倒4行	五十八页二行
同日	张之洞摺。参不职各员:……通判纳勒。	张之洞摺。参不职各员:……通判纳勒。明。	3577页14行	五十八页三行
同日	寄两广督抚:……总兵驻龙江,是否可行,查奏。	寄两广督抚:……总兵驻龙州,是否可行,查奏。	3578页3行	五十八页十六行

同日	寄步军、顺天、五城：……恩麟请饬限开发……	寄步军、顺天、五城：……恩霖请饬限开发……	3578页7行	五十八页十八行
初八日(8月10日)	长顺摺。南界所分与红线无误，贡古鲁克路险，……	长顺摺。南界所分与红线无误，贡古鲁克路极险，……	3578页10行	五十九页一行
同日	李鸿章摺。清河、北运河皆有漫溢，请截留江北漕粮备秋赈。	李鸿章摺。清河、北运河皆有漫溢，请截留江北漕粮留备秋赈。	3578页13行	五十九页三行
同日	又摺。送保人才：……总兵谭拔萃、提督张俊……备直隶赈卹。	又摺。遵保人才：……总兵谭拔萃、提督董福祥、提督张俊……备直隶赈卹[恤]。	3578页倒12行、倒6行	五十九页五行
初九日(8月11日)	照……病故例议卹。	照……病故例议卹[恤]。	3578页倒1行	
同日	……筹款抚卹。旨：德福奏拿获向开设烟馆之太监阎连成、民人索儿，交刑部严审。	……筹款抚卹[恤]。旨：德福奏拿获内开设烟馆之太监阎连成、民人索儿，交刑部严审。	3579页2行、3行	五十九页十六行
初十日(8月12日)	山东赈卹。	山东赈卹[恤]。	3579页12行	
同日	照阵亡例赐卹。……著照提督例议卹。	照阵亡例赐卹[恤]。……著照提督例议卹[恤]。	3579页倒9行、倒3行	
十三日(8月15日)	……刘式榖……旨：台湾府知府仍准程起鹗补授。	……刘式榖[谷]……旨：台湾府知府仍准以程起鹗补授。	3580页倒5行、倒3行	六十一页十八行
十四日(8月16日)	……照副都统例赐卹。	……照副都统例赐卹[恤]。	3581页13行	
十六日(8月18日)	以筹款抚卹。	以筹款抚卹[恤]。	3581页倒9行	
同日	张之洞摺。平、蒲等县欠考生员请免斥革。批照所请。	张之洞摺。平、蒲等处欠考生员请免斥革。批照所请。	3581页倒4行	六十三页二行
十八日(8月20日)	寄倪文蔚等：……昨又拨广东军饷二十万应用。	寄倪文蔚等：……昨又拨广东京饷二十万应用。	3582页倒9行	六十四页二行
十九日(8月21日)	毓橚等奏。东陵……又孝陵大碑楼于六月十六日被风刋去垂脊一道。上下层檐瓦伤损。	毓橚等奏。东陵……又孝陵大碑楼于六月十六日被风刮去垂脊一道。上下层檐瓦伤损。	3583页1行	六十四页八行

二十日 (8月22日)	左宗棠摺。泛论法越南。……即募越东兵数营,……	左宗棠摺。泛论法越事。……即募粤东兵数营,……	3583页12行	六十四页十六行
同日	又摺。江宁织造……并由部指拨的饷。存议。	又摺。江宁织造……并由部指拨的饷。存。	3583页15行	六十四页十八行
同日	旨:文绪等奏呼兰垦荒一案……英俊著本旗看管,听候质讯。……	旨:文绪等奏呼兰垦荒一案……英俊著本旗看管,听候质审。……	3583页倒6行	六十五页五行
二十二日 (8月24日)	卞宝第摺。益阳县……,又桃源人李征学,龙阳人……(黄卓儿案逸犯)。(注:以下脱句)	卞宝第摺。益阳县……,又桃源人李怔学,龙阳人……(黄卓儿案逸犯)。均即正法。保前署提督王永章等出力。	3584页5行后	六十五页十五行
二十八日 (8月30日)	寄李鸿章、德谦:……著李鸿章筹款交德谦抚卹。	寄李鸿章、谦德:……著李鸿章筹款交谦德抚卹[恤]。	3586页8行	六十七页十七行
二十九日 (8月31日)	旨:世铎等奏明离等侍卫赓音布并未来京。	旨:世铎等奏查明离等侍卫赓音布并未来京。	3586页倒11行	六十八页六行
同日	寄左宗棠:都察院现修台规,所有两淮欠解饭银,著提八千两解交该衙门应用。	寄左宗棠:都察院现修台规,所有两淮欠解饭银(一百一万),著提八千两解交该衙门(工) 应用。	3586页倒3行	六十八页十一行
八月初一日 (9月1日)	游百川、陈士杰摺。于杜家沟决口开引河六十馀里通徒骇河,马颊河亦委员查勘,并请豁河流所过钱粮。	游百川、陈士杰摺。于杜家沟决口就开引河六十馀里通徒骇河,马颊河亦委员查勘,并请豁河流所过地亩钱粮。	3587页4行、5行	六十八页十六行
初二日 (9月2日)	旨:继格等奏偷米人犯照部议罪名量为变通,六十石以上弃船逃走者绞候,三四石以下一杖徒加监禁。	旨:继格等奏偷米人犯照部议罪名酌量变通,六十石以上弃船逃走者绞候,三四石以下一杖徒加监禁。	3587页倒12行	六十九页四行
初三日 (9月3日)	黄兆柽摺。教习提前考试,于会试后举行。	黄兆柽摺。教习提前考试,于会试场后举行。	3587页倒5行	六十九页十一行
同日	寄卫荣元:有人奏元和县……	寄卫荣光:有人奏元和县……	3588页7行	七十页一行

初四日 (9月4日)	倪文蔚摺。……唐景崧往来边营,颇能出力。	倪文蔚摺。……唐景崧往来边营,颇能得力。	3588页倒12行	七十页七行
同日	旨:李鸿章等奏请款发赈。……著李鸿章等核实收放。	旨:李鸿章等奏请款发赈。……著李鸿章等核实扣放。	3589页3行	七十页十九行
初七日 (9月7日)	涂宗瀛摺。……记名总兵贺播绅……	涂宗瀛摺。……记名总兵贺播[缙]绅……	3590页14行	七十二页六行
初八日 (9月8日)	刘秉璋摺。四百。海宁、海盐两处海塘于九月初二日冲决数次。批。	刘秉璋摺。四百。海宁、海盐两处海塘于九月初二日冲决数处。批。	3590页倒10行	七十二页八行
同日	寄左、潘:内务府奏请暂借部库银十五万两,……	寄左、潘:内务府奏请暂借部库银十五万两,……	3591页8行	七十三页三行
十二日 (9月12日)	延茂免。一慎民本,一勤稽核,一严申儆,……	延茂摺。一慎民命,一勤稽核,一严申儆,……	3593页10行	七十五页七行
十三日 (9月13日)	批。游百川等摺。秋汛甚旺,续有冲没。	批。游百川等摺。秋汛甚旺,续有冲决。	3593页倒1行	七十五页十九行
十四日 (9月14日)	陈启泰摺:劾陈宝箴哓辨。	陈启泰摺:劾陈宝箴哓辩。	3594页8行	
同日	寄岑、唐、倪、张、裕:边防孔亟,所有粮械军火须择精利者接济,毋任缺之。	寄岑、唐、倪、张、裕:边防孔亟,所有粮械军火须择精利者接济,毋任缺乏。	3594页倒5行	七十六页十六行
十五日 (9月15日)	徐延旭摺。南圻土民已将河仙、安定两省克复。	徐延旭摺。南圻土民已将河仙、定安两省克复。	3595页4行	七十七页三行
十六日 (9月16日)	藩习任道熔……	藩习任道镕……	3595页10行	
十七日 (9月17日)	倪文蔚摺。七月十四刘团续胜,法退回河内。	倪文蔚摺。七月十四日刘团续胜,法退回河内。	3595页倒10行	七十七页十三行
同日	发下文海摺。文武官员吸食烟片者,令自行陈明开缺戒瘾。	发下文海摺。文武官员吸食鸦片者,令自行陈明开缺戒瘾。	3595页倒7行	七十七页十六行
同日	片。严禁烟馆赌局,三月报一次。(注:以下脱句。)	片。严禁烟馆赌局,三月报一次。 寄步、顺、五:辇毂重地,岂容有烟馆赌局,著严禁。	3595页倒6行后	七十七页十八行

十九日(9月19日)	……应如河奖叙。	……应如何奖叙。	3596页8行	
二十日(9月20日)	殉难等官请卹。	殉难等官请卹[恤]。	3597页5行	
二十一日(9月21日)	旨:卫荣光参劾州县。照写。	旨:卫荣光奏参劾州县。照写。	3597页14行	七十九页十八行
八月二十八日(9月28日)	批。倪文蔚报。七月十三日后未接仗。……至前查越败仗失去枪炮越境,通无其事。	批。倪文蔚报。七月十三、四后未接仗。……至前奉查越败仗失去枪炮越境,通无其事。	3599页13行、15行	下册 二页五行、六行
同日	存。何璟摺。保举人材:……	存。何璟摺。保举人材[才]:……	3599页倒11行	二页七行
同日	刘恩溥摺。法越事,力言法之恫喝,不可迁就;广东塞海;山东……有李鸿章负国语。存。	刘恩溥摺。法越事,力言法之恫喝,不可迁就;广东塞海口;山东……有李鸿章负国语。存。	3599页倒4行	二页十四行
同日	旨:湖北宜昌镇兵贺搢绅补授。	旨:湖北宜昌镇总兵贺搢[缙]绅补授。	3600页4行	三页一行
三十日(9月30日)	寄桂祥:据寿昌奏,……	寄桂祥:据喜昌奏,……	3601页14行	四页十一行
九月初六日(10月6日)	存。片。复奏山西荒地段落不齐,于移居旗户不甚相宜。	暂存。片。复奏山西地段落不齐,于移居旗户不甚相宜。	3603页8行	六页十三行
同日	片。殿试修卷之弊。请将交卷等官移于中左门内。	片。殿试修卷之弊。请将受卷等官移于中左门内。	3603页倒12行	六页十九行
同日	旨:四川重庆府恒龄补授。	旨:四川重庆府知府恒龄补授。	3603页倒5行	七页六行
初七日(10月7日)	……泸谿县杜绍斌,降县丞府经……	……泸溪县杜绍斌,降县丞府经……	3604页13行	
初十日(10月10日)	片。和约虽成,越之外臣黄佐炎、张登坛均无和意。	片。和约虽成,越之外臣黄佐炎、张登檀均无和意。	3605页倒6行	九页八行
同日	批。李鸿章摺。拨米四万石交顺天府严平粜。	批。李鸿章摺。拨米四万石交顺天府尹平粜。	3605页倒4行	九页九行
十五日(10月15日)	寄刘秉璋:杭嘉湖三府被水,湖州尤重,著查勘赈抚,分别蠲缓。	寄刘秉璋:杭嘉湖三府被水,湖州尤重,著查勘赈抚,并分别蠲缓。	3607页倒13行	十一页十二行

十八日 (10月18日)	存。发下谢谦亨摺一件。再请复日讲旧制,引宋仁宗御经筵故事。	存。发下谢谦亨摺一件。再请复日讲旧制,引宋仁宗日御经筵故事。	3608页倒7行	十二页十六行
同日	旨:维庆调补锦州副都,……	旨:维庆调补锦州副都统,……	3608页倒5行	十二页十八行
二十日 (10月20日)	寄岑、唐、倪、徐:滇军撤退,……相机援。	寄岑、唐、倪、徐:滇军撤退,……相机援应。	3609页倒8行	十三页十七行
二十四日 (10月24日)	二十日	二十四日	3610页11行	
二十五日 (10月25日)	批。希元摺。明年打牲乌拉应否采进东珠。	批。希元摺。明年打牲乌拉应否采进东珠。	3610页14行	十四页十七行
二十六日 (10月26日)	藩习梁肇煜优叙。	藩习梁肇煌优叙。	3610页倒4行	
二十七日 (10月27日)	批。鹿传霖摺。……	批。鹿传霖摺。……	3611页4行	十五页八行
二十八日 (10月28日)	崇智摺。六年,请陛见。批:毋庸来见。	崇志摺。六年,请陛见。批:毋庸来见。	3611页倒9行	十六页一行
二十九日 (10月29日)	批。张树声等摺。	批户。张树声等摺。	3611页倒7行	十六页三行
三十日 (10月30日)	热河都统恩福照都统例赐衈。	热河都统恩福照都统例赐衈[恤]。	3613页2行	
十月初二日 (11月1日)	片。崇文门……罚银二千两□□。(注:以下脱句)	片。崇文门……罚银二千两。 片。监督向不到任,因惑于火灾之说,其实皆该吏家人所为。	3613页倒5行后	十八页七行
初三日 (11月2日)	礼部左侍郎张沄卿照侍郎例赐衈。	礼部左侍郎张沄卿照侍郎例赐衈[恤]。	3614页11行	
初四日 (11月3日)	寄彭玉麟、张树声……此时总以守北圻为主。……	寄彭玉麟、张树声……此时总以固守北圻为主。……	3615页倒10行	二十页四行
初六日 (11月5日)	又摺。醴泉县相沅杰命案有改供徇私等事。	又摺。醴泉县相沅杰命案有改供徇庇等事。	3616页8行	二十页九行
同日	旨:额勒克布等奏醴泉县命案有改供等事,著叶伯英督臬司张煦研讯。	旨:额勒和布等奏醴泉县命案有改供等事,著叶伯英督臬司张煦研讯。	3617页1行	二十一页十四行

初七日（11月6日）	岑毓英、唐炯摺。……水落，轮船不能上驶，一时当无战争。	岑毓英、唐炯摺。……水落，轮船不能上驶，一时当无战事。	3617页倒12行	二十二页三行
十四日（11月13日）	片。王德榜军火数船已至永州。	片。闻王德榜军火数船已至永州。	3618页倒1行	二十三页十二行
十五日（11月14日）	并加赈卹……量加抚卹……	并加赈卹[恤]……量加抚卹[恤]……	3619页倒8行、倒7行	
十八日（11月17日）	潘衍桐摺。广东宜用土兵不宜用客兵，张募西勇、皖勇，彭带楚勇。寄。	潘衍桐摺。广东宜用土兵不宜用客兵，张募西勇、皖勇，彭带楚勇。均无益。寄。	3620页10行	二十五页三行
同日	寄陈士杰：……多开引河，筑成水坝，是否可采，著查奏。	寄陈士杰：……多开引河，筑减水坝，是否可採[采]，著查奏。	3620页14行	二十五页七行
同日	寄彭、张：客兵与土兵宜分段驻扎，……	寄彭、张：客兵与土兵宜分段驻劄[札]（注：应为"扎"）……	3620页倒11行	二十五页八行
十九日（11月18日）	旨：东城御史拿获盗犯祥海等，……	旨：东城御史奏拿获盗犯祥海等，……	3620页倒4行	二十五页十三行
二十日（11月19日）	殷兆镛在上书房行走有年，著照侍郎例赐卹。	殷兆镛在上书房行走有年，著照侍郎例赐卹[恤]。	3621页5行	
二十四日（11月23日）	小九处驻防旗兵可否量加抚卹。	小九处驻防旗兵可否量加抚卹[恤]。	3622页倒3行	
同日	著赶紧抚卹。……户部侍郎崑冈署理。	著赶紧抚卹[恤]。……户部侍郎崑[昆]冈署理。	3623页6行、8行	
二十六日（11月25日）	批。色楞额等摺。……檄廓尔喀王派头目妥办。	批。色楞额等摺。……檄廓尔喀王派头目妥商。	3624页4行	二十九页二行
同日	旨：永定河合龙，李鸿章、游开智均开复处分，出力员弁分别奖叙。	旨：永定河合龙，李鸿章、游智开均开复处分，出力员弁分别奖叙。	3624页11行	二十九页七行
二十七日（11月26日）	批。私议。又摺。刑部侍郎许庚身捐义田二千亩，援案请颁扁额。	批。私议。又摺。刑部侍郎许庚身捐置义田二千亩，援案请颁扁额。	3624页倒7行	二十九页十五行
二十九日（11月28日）	寄。片。请调商都牧群马四百匹。交户。	寄。片。请调商都牧群马四百匹。	3625页9行	三十页七行
同日	片。京官俸米，请照章由通仓放给。	片。京官俸米，请照章由通仓放给。交户。	3625页12行	三十页十一行

同日	吴煦摺。……宝近八旬。	吴煦摺。……宝年近八旬。	3625页14行	三十页十二行
同日	屠仁守摺。郧西县余琼芳被毒毙案，……	屠仁守摺。郧西县余琼芳被差役毒毙案，……	3625页倒7行	三十页十八行
同日	片。房县黎云峰被陈添清抢去女子、杀死一家八命案。	片。房县黎云峰被陈添清抢去女子、杀死一家八命案。寄下。	3625页倒5行	三十一页一行
同日	寄李、吴：吴大澂请添练炮队，……并酌保熟悉边务海防将弁。	寄李、吴：吴大澂请添练炮队，……并酌保熟悉边务海防将才。	3626页4行	三十一页七行
三十日 （11月29日）	寄彭玉麟、张树声：……尤不可别出事端。……各国通二十余年，……此信由电摘寄。	寄彭玉麟、张树声：……尤不可别生事端。……各国通商二十余（馀）年，……此信由电摘寄。	3626页倒6行、倒5行	三十一页十九行
十一月初一日 （11月30日）	请将刘盛藻照军营立功后病故例议卹。	请将刘盛藻照军营立功后病故例议卹［恤］。	3627页4行	
初四日 （12月3日）	片。日本窥视台湾。何璟、张兆栋皆不知兵。存。	片。日本窥伺台湾。何璟、张兆栋皆不知兵。存。	3628页5行	三十三页十三行
同日	旨：宗室近光侵蚀蓝甲，经宗人府奏考部议革职该御史所奏应无庸议。	旨：宗室近光侵蚀蓝甲，经宗人府奏参部议革职，该御史所奏应无庸议。	3628页12行	三十三页十八行
初五日 （12月4日）	寄。徐延旭报。……河内城内外地雷密布。……	寄。徐延旭报。……河内城外地雷密布。……	3628页倒9行	三十四页二行
同日	旨：前任额鲁特领队大臣额尔广阿，……	旨：前任额鲁特领队大臣额尔庆阿，……	3628页倒3行	三十四页七行
初九日 （12月8日）	旨：陈士杰奏秋禾被灾，请将漕粮蠲缓，著照所请。照写。	旨：陈士杰奏秋禾被灾，请将漕粮分别蠲缓，著照所请。照写。	3629页倒2行	三十五页九行
十五日 （12月14日）	批。金顺、升泰、锡纶摺。勘分塔城西南界……随员可酌保？	批。金顺、升泰、锡纶摺。勘分塔城西南界……随员可否酌保？	3632页倒3行	三十八页十一行
同日	批。俟逸犯拿获再降旨。林肇元摺。威宁州谋逆人犯王科、杨茂亭正法，……	批。俟逸犯拿获再降旨。林肇元摺。威宁州谋逆人犯王科、杨茂亭正法，……	3632页倒1行	三十八页十二行

十八日 (12月17日)	叶荫昉摺。劾河内县徐本华……	叶荫昉摺。劾河内县徐本华……	3634页13行	四十页三行
同日	旨:西安将军恒训赐卹。	旨:西安将军恒训赐卹[恤]。	3634页倒9行	
同日	寄李鸿章、吴大澂……此电摘要电寄。	寄李鸿章、吴大澂……此件摘要电寄。	3635页9行	四十一页二行
同日	邓承修摺:……方濬师……	邓承修摺:……方濬[浚]师……	3635页倒12行	
十九日 (12月18日)	旨:致仕大学士载龄赐卹。 旨:吏部左侍郎崑冈转补……	旨:致仕大学士载龄赐卹[恤]。 旨:吏部左侍郎崑[昆]冈转补……	3635页倒6行、倒5行	
二十日 (12月19日)	潘蔚摺:……	潘霨摺:……	3636页倒11行	四十二页八行
二十二日 (12月21日)	旨:岑毓英奏查贵州学政孙宗锡参款,孙宗锡著革职。	旨:岑毓英奏贵州学政孙宗锡参款,孙宗锡著革职。	3637页倒11行	四十三页十二行
二十三日 (12月22日)	左宗棠、杨昌濬摺。清江设赈厂,留养山东等流民。	左宗棠、杨昌濬[浚]摺。清江设赈厂,留养山东等处流民。	3637页倒1行	四十三页十九行
同日	懿旨:左宗棠等奏请清江养流民,实深悯恻。……	懿旨:左宗棠等奏请清江留养流民,实深悯恻。……	3638页7行	四十四页七行
二十五日 (12月24日)	(召见,又一次。)	(召见,又一次。)刘恩溥	3638页13行	四十四页十二行
二十八日 (12月27日)	寄鹿传霖:河南藩库积有馀平三十万,可提十万充赈,著查办。	寄鹿传霖:河南藩库积有余(馀)平三十余(馀)万,可提十万充赈,著查奏。	3640页倒2行	四十七页十一行
同日	寄岑毓英:越南山西被法攻破,该督即迅前进,仍揆度情形相机办理。	寄岑毓英:越南山西被法攻破,该督即迅速前进,仍揆度情形相机办理。	3641页2行	四十七页十三行
同日	寄左宗棠:王德榜八营月饷,……并由上海、金陵拨后膛枪二十杆……迅解关外。	寄左宗棠:王德榜八营月饷,……并由上海、金陵拨后膛枪二千杆……迅解关外。	3641页5行	四十七页十四行
十二月初一日 (12月29日)	旨:浙江按察使著国英调补,广西按察使李秉衡调补。均即赴言新任。	旨:浙江按察使著国英调补,广西按察使李秉衡调补。均即赴新任。	3641页倒7行	四十八页八行

初六日 1884年 (1月3日)	赵增荣摺。法越事。一言进剿,劾唐炯畏葸,……	赵增荣摺。法越事。一意进剿,劾唐炯畏葸,……	3643页倒6行	五十页十四行
同日	刘恩溥摺。有外来少妇具呈步军统领不收,次日赤身死于冰上有伤。	刘恩溥摺。有外来少妇具呈步军统领不收,次日赤身死于冰上,有伤。寄。	3643页倒4行	五十页十五行
十三日 (1月10日)	发下封二件	发下封奏二件	3647页12行	五十四页十九行
同日	秦钟简摺。劾广西全州知州陈宗亲。存。	秦钟简摺。劾广西全州知州陈宗亲。寄。	3647页13行	五十五页一行
同日	片。刑部审拟强盗及立决各犯罪由,应明发谕旨宣示。寄。	片。刑部审拟强盗及立决各犯罪由,应明发谕旨宣示。存。	3647页倒10行	五十五页五行
同日	寄左、杨、……并著山东妥筹额款……	寄左、杨、……并著山东妥筹赈款……	3648页2行	五十五页十二行
十四日 (1月11日)	寄。又摺。"开济"船遇风,……饬劾船政大臣张梦元,请申饬。	寄。又摺。"开济"船遇风,……劾船政大臣张梦元,请申饬。	3648页14行	五十六页四行
同日	寄左、张……康国器在广东开办捐输,是否行。	寄左、张……康国器在广东开办捐输,是否可行。	3648页倒4行	五十六页十二行
十五日 (1月12日)	寄。彭玉麟报。到粤日期并防守情。……	寄。彭玉麟报。到粤日期并防守情形。……	3649页3行	五十六页十六行
同日	明。都察院摺。杨文滢、金保泰为其故父母建立专祠并殉难族人祔祀。	明。都察院摺。杨文滢、金保泰为其故父母建立专祠并其殉难族人祔祀。	3649页9行	五十七页二行
十七日 (1月14日)	片。一万人编二十七营,每月饷五万馀两。	片。一万人编二十七营,每月饷五万余(馀)千[两]。	3650页6行	五十八页一行
同日	批。彭玉麟、张树声、……广州团练叶衍兰……龙元禧。	批。彭玉麟、张树声、……广州团练叶衍兰……龙元僖。	3650页9行	五十八页三行
同日	批。张摺。由广州展电至梧州商办。由梧州至龙州官办,约十万饷两。	批。张摺。由广州展电至梧州商办。由梧州至龙州官办,约十万两。	3650页11行	五十八页五行
同日	旨:左宗棠等奏江苏被灾州县分别减缓钱粮。照写。	旨:左宗棠等奏江苏被灾州县分别减缓钱漕[粮]。照写。	3650页倒2行	五十八页十八行

同日	寄锡纶：海防水灾，需用正急，……所调乌尔萨额等亦毋庸发往。	寄锡纶：海防水灾，需用正急，……所调乌尔洪额等亦毋庸发往。	3651页3行	五十九页一行
十八日 (1月15日)	寄卞、彭、刘：山东黄河堤工经费，……浙江只解三万……	寄卞、彭、刘：山东黄河堤工经费，……浙江欠解三万……	3651页8行	五十九页七行
十九日 (1月16日)	曾培祺摺。劾奉天东边道陈本植。交。	曾培祺摺。劾奉天东边道陈本植。交查。	3651页14行	五十九页十三行
同日	片。劾营员左宝贵。交。	片。劾营员左宝贵。交查。	3651页15行	五十九页十四行
同日	旨：派徐桐、薛元升驰驿前往奉天查办事件。	旨：派徐桐、薛允升驰驿前往奉天查办事件。	3651页倒8行	五十九页十八行
二十二日 (1月19日)	片。长清以上至曹州先筑缕堤。	片。长清以上至曹州先筑缕堤。寄。	3652页倒7行	六十一页四行
二十三日 (1月20日)	片。复奏用火攻，请拨闽省大轮十五只扼海防，焚洋楼云云。	片。复奏用火攻策，请拨闽省大轮十五只扼海防，焚洋楼云云。	3653页倒10行	六十二页三行
同日	并拟调陶宝昇湘军六营。	并拟调陶宝昇[升]湘军六营。	3653页倒9行	
同日	继格摺。石坝、宫墙、泊岸、堆拨原估三十七万……	继格摺。石坝、宫墙、泊岸、堆拨原估二十七万……	3653页倒6行	六十二页七行
二十六日 (1月23日)	寄岑、唐：岑计到防，著妥筹调度。唐炯报山西失守，何以不知唐、刘下落？	寄岑、唐：岑计到防，著妥筹调度。唐报山西失守，何以不知唐、刘下落？	3655页倒12行	六十四页七行
二十七日 (1月24日)	批。又摺。复奏道员等捐工免开衔名一案系遵旨办理。同知郭堃，休。	批知。又摺。复奏道府等捐工免开衔名一案系遵旨办理。同知郭堃[坤]，休。	3655页倒4行、倒2行	六十四页十五行
同日	批。希元摺。请保剿办马贼出力员弁。	批准。希元摺。请保剿办马贼出力员弁。	3656页1行	六十四页十八行
同日	片。京城钱粮。禁官吏勒索。禁私钱。掺用铸钱。又。	片。京城钱粮。禁官吏勒索。禁私钱。搭用铸钱。又。	3656页6行	六十五页四行
同日	交户部：俊乂奏请赏西城粥厂粟米，著户部查明现在仓储应否足放。	交户部：俊乂奏请赏西城粥厂粟米，著户部查明现在仓储是否足放。	3656页倒6行	六十五页十六行

光绪十年甲申 正月初四日 (1884.1.31)	明。又单。参劾属员：……巡检杨恩孚……运使周星誉……	明。又单。参劾属员：……巡检杨惠孚……运使周星誉……	3659页倒1行、3660页2行	六十八页一行
同日	旨：薛允升现在出差，刑部左侍郎孙毓汶署理，其所署兵部侍左郎许应骙暂署。	旨：薛允升现在出差，刑部左侍郎孙毓汶署理，其所署兵部左侍郎许应骙暂署。	3660页8行	六十八页七行
初六日 (2月2日)	旨：丁宝桢参劾属员。照写。	旨：丁宝桢奏参劾属员。照写。	3660页倒10行	六十八页十五行
初十日 (2月6日)	发下封奏件：	发下封奏二件：	3661页5行	六十九页九行
十一日 (2月7日)	片：保裕禄、杨昌濬、曾国荃可任两江……	片：保裕禄、杨昌濬[浚]、曾国荃可任两江……	3661页倒12行	
同日	片。引淮仍由云梯入海，……至盐厘充工，其实清江、安徽仍恃以充饷。	片。引淮仍由云梯入海，……至提盐厘充工，其实清江、安徽仍恃以充饷。	3661页倒9行	七十页一行
十三日 (2月9日)	单三件：……一文员；一请卹。下宝第片。保举人才：……皆记名提督。	单三件：……一文员；一请卹[恤]。下宝第片。保举人才：……皆记名提镇。	3662页8行、9行	七十页六行
十五日 (2月11日)	批。俟母病稍愈，即速赴闽。潘鼎新报。杨岳斌因母病垂危，不克赴闽。	批。俟伊母病稍愈，即速赴闽。潘鼎新报。杨岳斌因母病垂危，不克赴闽。	3662页倒5行	七十一页七行
同日	至刘军应奖应卹各员，暂行存记……	至刘军应奖应卹[恤]各员，暂行存记……	3663页7行	
十八日 (2月14日)	光熙摺。法越事。用人屡误，责枢臣无学无力，请召张之洞入参机务。	光熙摺。法越事。用人屡误，责枢臣无学无才，请召张之洞入参机务。	3663页倒8行	七十二页七行
二十日 (2月16日)	旨：礼部尚书毕远署理。	旨：礼部尚书毕道远署理。	3664页倒7行	七十三页九行
二十一日 (2月17日)	存。片。河南汝宁府于七年冬拿获教匪萧凤仪等，即供系王觉为首。	存。片。河南汝宁府于七年冬拿获教匪萧凤仪等，即供系王觉一为首。	3664页倒1行	七十三页十六行
正月廿二日 (2月18日)	旨：和硕额驸马品极文熙著赏给委散秩大臣。	旨：和硕额驸品极文熙著赏给委散秩大臣。	3665页11行	七十四页五行

廿四日 (2月20日)	旨:顺府奏通州王恕园等粥厂不敷开放著再添赏粟米一千石。	旨:顺天府奏通州王恕园等粥厂不敷开放,著再添赏粟米一千石。	3665页倒10行	七十四页十二行
廿九日 (2月20日)	请饬滇粤各军体卹越民……	请饬滇粤各军体卹[恤]越民……	3667页1行	
二月初十日 (3月7日)	旨:前都统穆腾阿卹典。陀罗经被、派载澜奠醊、照都统赐卹。	旨:前都统穆腾阿卹[恤]典。陀罗经被、派载澜奠醊、照都统赐卹[恤]。	3670页11行	
同日	交步、顺:方学伊奏严禁钱摊并将地面官参处等处,著查禁。	交步、五、顺:方学伊奏严禁钱摊,并将地面官参处等处,著查禁。	3670页12行	八十页一行
十五日 (3月12日)	批。永德摺。戌员河南知府马永修捐银一千五百两,可否释回?准其释。馀依议。	批。永德摺。戌员河南知府马永修捐银一千五百两,可否释回?准其释回。余(馀)依议。	3672页9行	八十二页一行
十七日 (3月14日)	旨:镶白汉副都统丰陞阿补授。	旨:镶白汉副都统丰陞[升]阿补授。	3673页2行	
二十日 (3月17日)	发下都察院摺。四川四县民人呈控重隄不宜修筑事。明。	发下都察院摺。一州四县民人呈控重隄不宜修筑事。明。	3673页倒4行	八十三页十四行
同日	寄陈士杰:民人王雪堂等控废地弃地[民]等语,长隄是否有利无害,著再行筹商办理。	寄陈士杰:民人王雪堂等控废地弃地等语,长隄是否有利无害,著再行筹商办理。	3674页2行	八十三页十八行
二十二日 (3月19日)	旨:潘霨奏贵溪县龙神显应,著南书房恭书扁额一方;请加加封号,礼部议奏。	旨:潘霨奏贵溪县龙神显应,著南书房恭书扁额一方;所请敕加封号,礼部议奏。	3674页倒7行	八十四页十三行
二十四日 (3月21日)	批。李用清摺。请陛见。批:毋庸来见。	批。李用清摺。请陛见。毋庸来见。	3675页7行	八十五页三行
同日	交户部。片。内阁候补中书应一体给津贴。	交户议。片。内阁候补中书应一体给津贴。	3675页11行	八十五页六行
同日	旨:丁振铎奏各部汉主事应题题选各半,馀缺归题,著吏部议奏。	旨:丁振铎奏各部汉主事应题选各半,馀缺归题,著吏部议奏。	3675页14行	八十五页九行
二十五日 (3月22日)	冯应寿摺。法越事。助刘团。(助而不助,不助而助云云)。	冯应寿摺。法越事。助刘团。(助而不助,不助而助云云)。存。	3675页倒7行	八十五页十四行

同日	片。琼州不必添兵，宜练乡团。	片。琼州不必添兵，宜练乡团。存。	3675页倒6行	八十五页十五行
二十九日（3月26日）	冯应寿摺。劾唐炯、徐延旭，均革戴罪自劾。存。	冯应寿摺。劾唐炯、徐延旭，均革戴罪自効。存。	3676页倒6行	八十六页十八行
同日	片。陕西机总局宜停。存。	片。陕西机器局宜停。存。	3676页倒3行	八十七页二行
三月初二日（3月28日）	片。出使人员只宜用顶戴，不应先给崇衔。交总署。	片。出使人员只宜准用顶戴，不应先给崇衔。交总署。	3677页倒11行	八十七页十七行
同日	片：保将材。暂存。寄户部：周德润奏……是否可以，著议奏。	片：保将材[才]。暂存。寄户部：周德润奏……是否可行，著议奏。	3677页倒6行、倒4行	八十八页三行
初七日（4月2日）	丁宝桢四日摺。前岁喇嘛抢夺巴勒布商民财物一案，……	丁宝桢四日摺。前藏喇嘛抢夺巴勒布商民财物一案，……	3678页倒10行	八十九页一行

附录：甲午日记

日记第一[①]

光绪二十年六月十三日起(1894 年 7 月 15 日起)

六月十三日(7 月 15 日)交片

军机大臣面奉谕旨："本日据奕劻面奏朝鲜之事，关系重大，亟须集思广益，请简派练达之大臣数员会商等语，著派翁同龢、李鸿藻与军机大臣、总理各国事务大臣会同详议，将如何办理之处妥筹具奏。钦此。"

十四日(7 月 16 日)

辰刻议。未到书房，在河沿露坐四刻。是日庆邸〈在〉书房陈说讲事。上未置可否。军机见起，上意专主战，并云"不欲各国调处，不准借洋债"。懿旨亦如是。并谓臣与李某前此法越事未办妥，此番尤宜奋发。又云即日明发谕旨，布告天下。枢廷委婉陈奏，退后再商。

余谓添兵之议断不可缓，宜令东三省练兵调四五千由鸭绿江进，宋庆军酌调四五营由海口进。余谓更改朝鲜政事一节，日以此商我，我当正当任起，庶不致权落一国，且所以收利权、崇国体也。应派员迅赴朝鲜，或即电袁世凯就商。

电信一厚本，大略皆讲论事。

封奏一匣，皆主战事。文廷式劾北洋、枢臣。志锐，电信未全呈。张仲炘保刘锦棠、岑春荣。

问答一本：英使欧格讷第一次语，未见。第二次立约四端：一撤兵；二朝鲜待日人如中国；三遣使到朝鲜议改内政；四两国公护即两属。

日本小村照会一件，词近谩。此件未答，即另钞之十三日来文。

十五日(7 月 17 日)

先到书房，上问昨事，对："添兵是第一应办之事，惟开仗后可虑之事亦多。"又奏："派员往高丽清理政治未始非待属国之礼，此节似未行。"又奏："许其讲解否？"上曰："可，惟须撤兵再讲，不撤不讲。"又曰："皇太后谕诸臣所行照会不准有示弱之语。"臣即退出，偕庆邸乘舟诣北河沿昨所住处在军机直房南门外。少顷，兰孙、受之来同坐待至六刻，军机始来请看今日志锐一摺一片，看电报一件，北洋调兵赴韩。电报十余件在庆邸手中看过，军机则止以一件见示。

看昨英使到署问答：亦谓日本照会措词失当，应今日问小村。坐谈良久，小云改会奏摺，已正毕，余节两句改二字"调停"，高阳添数句，定明日奏人。乃散。

北洋电：卫汝贵盛军六千人进平壤，马玉昆庆军二千人进义州，皆雇商船由海路。左宝贵八营由奉天旱路。叶志超移平壤。丁汝昌以铁甲一艘为游弋援兵。

志〈锐〉摺：总署因循，北洋颓唐。参叶志超、丁汝昌不扼仁川而屯牙山无人之处，人称为"败叶残丁"云云。片：保姜桂题、贾起胜、郑崇义、卫汝成。皆分别查。

吉林电此从庆邸处见：闻俄人集库页、海参崴，兵船八只在图们江口大操，将于二十日与日交战，云云。

袁世凯电，同上，但称病，求回津，并云日本兵殴打英公使夫妇[英国驻华公使欧格讷]。

[十六日](7月18日)复奏摺,臣翁○○等跪奏:

“为遵旨会同详议恭摺复陈,仰祈圣鉴事:本月十三日大臣面奉谕旨:‘本日据奕劻面奏朝鲜之事,关系重大,亟须集思广益,并派翁同龢、李鸿藻与军机大臣、总理各国事务大臣会同详议,将如何办理之处妥筹具奏,钦此。’当于十四日臣翁、臣李同至军机处,与军机大臣、总理各国事务大臣会同详议。倭人以重兵驻韩,日久未撤,和商迄无成议,不得不速筹战事,此乃一定办法。迭奉谕旨,令李鸿章派兵进发,妥筹布置,并据电称:历来中国进兵朝鲜皆由平壤北路进发,现派总兵卫汝贵统盛军六千余人进平壤,提督马玉昆统毅军二千人进义州,均由海道前往,并咨商盛京将军派左宝贵马步八营进平壤,又调提督叶志超一军移扎平壤、旅顺等处,海口亦已准备等语,所筹尚属周密。应请谕令李鸿章即饬派出各军迅速前往,勿稍延缓。既经厚集兵力,声势较壮。中国本有保护朝鲜之权,此次派兵前往,先以护商为名,不明言与倭失和,稍留余地,以观动静。现在倭兵在韩颇肆猖獗,而英使在京仍进和商之说。我既预备战事,如倭人果有悔祸之意,情愿就商,但使无碍大局,仍可予以转圜,此亦不战而屈人之术也。盖国家不得已而用兵,必须谋出万全,况与洋人决战,尤多牵制。刻下各国皆愿调停而英人尤为着力,盖英最忌俄,恐中倭开衅,俄将从中取利也。我若遽行拒绝,恐英将暗助倭人,资以船械,势焰益张,且兵端一启,久暂难定,中国沿海地势辽阔,乘虚肆扰,防不胜防。又,当经费支绌之时,筹款殊难为继,此皆不可不虑者也。然果事至无可收束,则亦利钝有所勿计。现察倭人之意以整理朝鲜内治,保其土地为主,只以中国允其商议,不甚切实,但催令先行撤兵,是以未能就范。此时既派大兵前往与之相持,亦可不必催令撤兵。彼如仍请派员与议,则倭人所请各条如有不妥,我可议驳,如果有裨政务,亦可由我饬行,既收保护利权,亦不失上国体制,届时再当请旨遵行。倘仍要求必不可行之事,或竟先逞凶锋,则大张达伐,声罪致讨师直为壮,各国当亦晓然共喻矣。

“所有臣等会议缘由谨会同复奏,是否有当,伏祈皇上圣鉴。谨奏。光绪二十年六月十六日。”

摺上,有“廷寄予北洋”。

是日进讲,谕以后仍会同阅电报,恳辞再三,未允。

十七日(7月19日)

晨晤庆邸,约此后逐日到戈什坐处看电报,惟高阳不能来,俟枢廷知会。

欧云欲令倭兵扎汉城南,华兵扎汉城北。

龚[即驻英公使龚照玙(瑗)]电:见英外部金,亦云欲倭退掷汉城至浅莫坡再议。北洋谓浅莫坡即仁川口。

叶电:我兵不可轻移,请添兵。

龚电有“倭若战将索兵费”,北洋驳之,谓此无稽之言。

袁电:俄韦贝云“中日若和,我不予闻;若有战,我不能不问”。八船大操,云备边境。

又一电有云:“中国力大而难动,倭力小而灵动。”此二语是洋人评量,颇切当,是伦敦人语。

十八日(7月20日)

先在庆[庆亲王奕劻]处看电七八件,无关系。递上者一件,发北洋斟酌牙山添兵恐为倭困。

到军机处看摺。

余联沅摺：三策。上策攻其东京，中策严我海口，下策在朝鲜开仗。请廷臣密议。

片：保刘铭传、刘锦棠、刘永福、陈湜。请发庆典款备兵。

安维峻片：参军机、总署。

是日翰林院代递曾广钧摺，上携至书房交阅，对军机言之。

曾广钧摺：灭兴师灭日本七条，过万言。谓中国办洋务，督抚被汉奸欺，又以汉奸□欺朝廷，议款偿费贻误至今。严罚盐斤加价，每斤二百文。勒捐，铺户分派，不交者杀。惟选将一条、计日本兵船之数二条可采。

十九日(7月21日)

北洋电：抽盛军二千余，十九、廿一登轮赴牙山，使叶军成五千，可当一面。高[即高丽，朝鲜]信叶恶倭，叶军不至为倭所困。又仁川今倭早退。

龚电：可遣使整韩内政。

汪[指驻日公使汪凤藻]电：倭闻中添兵似内沮。

庞[指庞鸿书]摺：宣谕战事以一众志。攻东京以伐其谋，谓倭兵新练不足惧。

二十日(7月22日)

北洋电：各军于十九、二十、二十三日陆续登轮，轮已雇招商三只、英二只。左军三千五百，定派丰绅额[即丰升阿]带一千五百，克日起行。

唐绍仪电：大鸟[即大鸟圭介]问韦贝：若改韩政，囚韩王，各国如何？韦不答，但云问美、法使，美、法使之答：若如此，必下旗归国。韦云须俟本国电，岂可擅专。

准良摺：宣战、封港，余二条攻东京、备海防，语皆简老。亦言倭铁甲只两艘，我北洋八艘，南洋五艘可用。

廿一日(7月23日)

巳初二刻到军机处，午正二刻始散。

北洋电：大鸟行文韩廷，谓倭所定教条廿六条不能改，韩如大典，日中皆应平等，如韩不遵，中日共勒令遵改，中若添兵，便以杀倭人论。中高所定通商约应罢废。又云，俄使云现有十船在图们〈江〉，如调往仁川甚便。北洋答以中国水师提督亦可带船会办。并云，俄动公愤，未必要渔人之利。喀[指俄驻华公使喀希尼]使在津颇通情理。

唐绍仪电：大鸟行文唐使，大略亦谓教条不能改，并勒该国五日速复，如不复，自有办法云云。伊不敢决，请北洋示。

汪电：日有兵轮窥台湾。

北洋电：牙口恐不能进。

上意深恶大鸟所云而以北洋引俄相助为失策，命会商时可电北洋：不得倚仗俄兵。又，懿旨饬思法越打仗旧人。

奏片一件本列前衔，去之：仍饬北洋妥筹进战机。保姜桂题、郑崇义，又保刘永福渡台，又请福建饬杨歧珍渡台，又拟电旨：饬北洋谓俄兵固不能阻，亦不可倚以为重。会办一节甚不妥，应再酌。且谓俄无渔利，其谁信之。又，袁世凯情形较熟，请令来京，由臣等详询。此片递上，留，明日办。电旨发下，今日即发。

钟德峻摺：请重整船政局，历诋从前办事诸人而自荐。

片：劾汪凤藻荐贿误国。

片：劾叶志超、丁汝昌，谓东国腾笑，必偾事，见日报。

片：谓贤才见阨，宜召对中外臣工。自言年已五十，止御史何所图，然更事已多。

片：谓气须先振。摺寄，片未办。

廿四日[原稿无廿二、廿三日](7月26日)

辰正至军机直房，巳初散。时上还宫，故余等至隆宗门直房议事。

北洋电：但言左宝贵兵启行，未及援牙山兵，入口与否，闻电线断三日，此必有故矣。

欧格讷到总署问答，云：此日本无理，我仍欲调停。闻俄使亦欲与其事，我所甚愿。今约英、法、俄、德、义五国公电该日本，责以退出汉城，务令中兵、日兵不聚一处，仍按从前四条之说讲论，云云。

端方摺：东三省练军无用，请将定安移驻通化县。起刘锦棠，限一月来京。将巨文岛借与英国驻兵。请饬新授安抚李秉衡回籍办理吉、奉团练。请募咸镜、平安两道之民善用鸟枪者二百人。请提四成洋税，全行解京，以后不准外省留用，并请○○○庆典用款挪充军需。

杨晨片：以利益啖英人使发兵，谓台湾、山东抚皆不知兵。

奏片一件：端方摺惟刘锦棠已电令来京。巨文岛经总署屡讲始还朝鲜，不能由中国擅借。四成洋税均由要需拨用，嗣后能否提京，由户部核办。至办团募勇各条皆缓不济急。杨晨未谙各国条约情形，应毋庸议。

是日退后，申初二刻，闻北洋电：仁川委员刘永庆由烟台电，称倭兵廿一围宫拘王，华电局、使署员皆散云。想拘王勒令背华。我兵已到义州，催令前进。本日午发。

廿五日(7月27日)

在阅是楼听戏，遇枢廷问大概。

欧格讷到署问答：将合英、法、俄、德、义五国电致日本，勒令将日兵撤至仁川，并请中国兵撤至平壤，此数日且勿宣布，失此机会可惜。又英电，但言日兵过韩王宫，彼卫兵先开枪，伤日兵，因而争斗，无拘王之说。

北洋称电线被毁，消息不通。

是日樵野信，言我兵船在牙山口外被击，败退。

廿六日(7月28日)

偕兰翁晨至军机直房，午初散，午正二散。有旨令商。

北洋电：派队二千余援牙山，雇英轮，挂英旗，并派"济远"、"广乙"二船迎护。顷"济远"管驾方伯谦报：廿一、二日英轮"爱仁"、"飞鲸"抵牙山，兵俱上岸。廿三晨突有倭船多只在牙山口外拦截。彼先开炮攻"济远"，战四点钟之久，"济远"中弹三四百个，多打在望台、烟筩、舵机、铁炮等处，弁兵死十三，伤廿七，机器未损，倭船伤亡亦多。午时我船整理炮台，倭船紧追，我开后炮伤其望台、船头、船腰，彼即转船逃去。但见"广乙"中两炮歪侧，未知能保否。又，运送军械之"操江"船被倭击掉。英轮"高升"装兵续至，在近牙寸峻西南被击三炮，遂沉云云。鸿[指李鸿章]查华倭现未宣战，倭遽来扑，彼先开炮，实违公法，我船甚单，赖"济远"苦战，未至大损。"广乙"系闽所造，中炮即歪，未知下落。"高升"系怡和租船，上挂英旗，倭敢无故击毁，英必不答应。除详细情形查奏外，已饬丁汝昌统带铁快各船驰赴朝鲜洋面相机迎击，续再驰报。有辰。

奏片称与臣某、臣某商酌，明日面奏。

是日赫德到署，云兵须慎重，处处办妥，始可宣战。昨欧使到署不复言五国公商事矣。

廿七日(7月29日)

到直房，巳初散。

南洋电：现用机器引电，众炮齐发，猝不及防，请一见倭船即迎头先击。又云“图南”一船亦毁。

看宣示稿一件。

是日军机见起，南北洋帮办并福建请借德华银行五十万，不照寻常洋债镑价，此二事皆俯允。又，留林维源在台，亦准。

廿八日(7月30日)

入内一次，未见诸公。俞君实、张樵野先后来告。

北洋电：牙军廿三日鏖战，杀敌千余，我军伤亡过百，拟移扎水原，云平壤已为倭踞。丁提督带战舰往返汉江口，未遇敌而返，云顾威海卫。

廿九日(7月31日)

入内遇庆王于途。庆邸云：廿四日牙山又有战事，未审胜负。前此胜信系商人某所述，此信是外国人所传。平壤电信尚通，被据之信不确。左、卫各军陆续到义州，已催令前进。大同江口铁岛所泊倭兵船亦开去。北洋电，廿八日。

七月初一日(8月1日)

内阁奉今日始见，故书初一，上谕：朝鲜为我大清藩属二百余年，岁修职贡，为中外所共知。近十数年来，该国时多内乱，朝廷字小为怀，迭次派兵前往勘定，并派员驻扎该国都城，随时保护。本年四月间，朝鲜又有土匪变乱，该国王请兵援剿，情词迫切，当即谕令李鸿章拨兵赴援，甫抵牙山，匪徒星散。乃倭人无故派兵突入汉城，嗣又增兵万余，迫令朝鲜更改国政，种种要挟，难以理喻。我朝抚绥藩服，其国内政事向令自理，日本与朝鲜立约系属与国，更无以重兵欺压强令革政之理。各国公论皆以日本师出无名，不合情理，劝令撤兵，和平商办。乃竟悍然不顾，迄无成说，反更陆续添兵，朝鲜百姓及中国商民日加惊扰，是以添兵前往保护。讵至中途，突有倭船多只乘我不备，在牙山口外海面开炮轰击，伤我运船，变诈情形，殊非意料所及。该国不遵条约，不守公法，任意鸱张，专行诡计，衅开自彼，公论昭然。用特布告天下，俾晓然于朝廷办理此事，实已仁至义尽，而倭人渝盟肇衅，无理已极，势难再予姑容。著李鸿章严饬派出各军迅速进剿，厚集雄师，陆续进发，以拯韩民于涂炭，并著沿江沿海各将军、督抚及统兵大臣整饬戎行，遇有倭人轮船驶入各口，即行迎头痛击，悉数歼除，毋得稍有退缩，至干罪戾。将此通谕知之。

初二日(8月2日)

辰初二刻入，与庆邸、诸公坐雨小屋中。辰正二至军机处，巳初一散。

电报廿余件，不能悉记。

北洋初一电：雇英商小轮往探仁川，英领事与税口书云廿五、六日牙军又捷，杀敌二千余，我兵伤亡二百余，现进扎距汉城八十里。倭兵在汉城者撤出来御，仅留围王宫兵在城。现促卫、左、马三军速进平壤。

北洋电：据龚使报，倭购快船三，我亦宜添购快船，请饬海军、户部筹款。南洋电：倭称不犯上海，至长江则仅称不犯崇明以南，崇明以北则不保，请亟长江之防。

汪使电："广乙"船到牙山前云逃系误。倭"吉野"船被"济远"击伤。又，不记谁电，称倭"睿山"船被"靖远"击伤，恐是错字。

北洋电：平壤电局无恙，倭探路者距平壤廿里折回，又倭船在铁岛者亦去。"高升"船装兵九百五十名，今德船援救一百四十二名。

其余皆催兵催饷电报，浙添十营，沈添五营。至欧使问答，皆恫喝之辞。

奏片一件：海、户两衙门各筹百万购快艇，并拟电旨同递。

初三日(8月3日)

入值，军机来请。进讲时，略陈一二，先退。偕庆邸到苑门，李兰翁亦来。巳正二刻递奏片，事下始退。

长麟摺：请派恭亲王任事。

奏片：事体重大，臣等未敢妄拟，此摺拟请留中。

丁立钧摺：请饬北洋驻威海，令刘锦棠带旧部二三十营来直拱卫，李鸿章应严议，台湾等处宜派员防守。

志锐摺：一意主战，所论甚多，往往陈醇贤亲王商略之语，谓庆亲王、李鸿章未能善体斯意，不得谓为无过。末言袁世凯何以不来京。

片：请令丁汝昌来京陛见，即交刑部治罪，以示不测之威，并追论吴安康凿船事，谓宜一体示儆。

片：裁东三省练军二成，以其款充饷。

奏片：丁摺李鸿章驻津，断无移在威海〈卫〉之理，且威望夙著，方将奖励责成，岂可加以严处？沿海海防疆臣专责派员会办，徒多掣肘。刘锦棠已起用。

志摺：一意主战，现在办法即是如此，惟进退机宜，不容遥制。袁世凯已令病痊速来。至片奏丁汝昌退缩，现已饬查，俟查复请旨。东三省正在征调，岂可遽议裁兵，均毋庸议。

北洋电：叶军仍驻牙山，倭从釜山添兵，恐牙受敌。卫军抵宣州廿九日。马军在前六七十里，距平壤约二百里。平壤以东倭兵设伏防守。拟破站赶至平壤。

余与李公力言速援牙山，枢廷言昨已电北洋从牙口设法往援矣。午后得盛杏孙电，谓倭从釜山、元山入，牙必重围，北军进甚迟，黄州已为倭踞，应严饬海军全队由威海送子药，选千人由牙山之南觅口上岸，但责其接济，不责其进攻，然非全队亦难尝试，云云。

懿旨："据李鸿章电称：直隶提督叶志超一军在朝鲜牙山一带地方于六月二十五、六等日与倭人接仗，击毙倭兵二千余人，实属奋勇可嘉，加恩著赏给该军将士银二万两，以示鼓励戎行至意。钦此。"

初四日(8月4日)

访庆邸。旋军机来请，至隔壁看摺，此非发下者，乃先一商也，无所可否。见电报一。

北洋电一件：据丁汝昌电，倭于朝鲜各口皆有鱼雷、水雷，我船只有七只，势难一掷。北洋出语谓是老成之见。今令该提督带船六只游弋大同江、汉江口外，遇敌船北来，即可奋击，彼船速甲薄，我炮大甲厚，尚堪一战。至牙山一军距海口百余里，无从应援，只得另设他法云。

高爕曾摺：留米天津，保李秉衡、于荫霖办团。余联沅摺：似有劾庆王语。

初五日（8月5日）

书房交看北洋电：马玉昆、卫汝贵两军初四日均抵平壤，左、聂亦到。又，龚使谓倭告英，谓"高升"船主降从，华兵不降，故开炮击。法因救我兵四十二名，请宝星。德救一百五十名。同。

初六日（8月6日）

无书房。辰集军机处看摺。李公来。福、崇、张［指福锟、崇礼、张荫桓］亦来。北洋电：廿八牙军大挫，叶有他往之信。初三闻牙山有大炮声，或海军六舰在彼开仗。倭废韩王，逼大院君下令不属中国。又，复查丁汝昌，力言七舰不能轻掷，且初三开仗，胜负未可知，功罪难遽定。

黑龙江将军依克唐阿电奏：请率八营由珲春入咸境道，以辅平壤西北之不足。竟是摺子。

吉林将军长顺电奏：俄兵三艘约三百人，人持一斧，载大炮八尊赴元山口。

龙湛霖：直捣东京，保刘锦棠、陈湜、谭△，参丁汝昌。

褚成博摺：参李合肥，请示薄惩，参丁汝昌。

文廷式摺：论台湾守口形势，请撤邵友濂，参丁汝昌。

钟德祥摺：沿海防务炮台宜派员巡视。

瑞洵摺：八条，亦有直捣东京语，办渔团。

熊亦奇摺：六条。罗应旒摺：△条，末论开矿。

曹志清摺：空论。

奏片：略言各摺多直捣东京之说，现在兵舰太少，力有未及。至丁汝昌折回威海，臣等亦谓其退缩。今李鸿章电称已带六舰赴朝鲜洋面，且初三牙山开炮或即此六舰打仗，胜负未知，功罪难定，应俟李鸿章续查到日再行请旨。其余各摺或迂远难行，或空言无济，毋庸置议。臣等拟有急办者五条：一平壤后路当筹接济；一大同江口为运路所关，当悉力扼守；一山海关等处添兵严守；一调腹地劲兵及该督旧部；一台湾孤悬可虑，请派藩司唐景崧、总兵刘永福帮办防务。

电旨六件：饬李鸿章探叶志超下落，设法接济；饬陈湜募勇旧部数营北来；饬张之洞查刘锦棠何日起程；准依克唐阿带兵赴韩，此四件军机承旨；饬李鸿章妥筹平壤后路等，即奏片所拟；命唐景崧、刘永福春帮同邵友濂办理台湾防务。

退后，连得盛电：一言牙军覆没，韩境海口尽为倭占，初五发；一言牙山人来，廿八叶一营被袭，叶退扎公州，倭兵往围。

朝鲜王遣闵尚能改西人服赴津乞援，且告被胁，不能自主。

初七日（8月7日）

未入，无事。

初八日（8月8日）

入直，于庆王处见数电，无要紧。南洋言兵轮皆木壳钢甲，不能海战，仅能守口，且调往台二只，甚单。北洋谓南洋宜速添快船。

初九日（8月9日）

入直数语。诣军机处，兰孙、福相、崇君、张君俱到。

摺四件。

张百熙摺：空，片筹饷六条，交户部。

叶庆增摺：空。

岑春煊摺：直捣东京。

安维峻摺：见闻不的多讹传。马玉昆在"高升"船被沉云云。

奏片一件：张百熙片请交议，安维峻摺尤多讹，余皆无可采。

北洋电：牙山商人来云：叶退公州倭往围，初三日牙山炮声，不知何事。丁带六艘往大同江口外。又，不记何处，英带六船责倭击坏英船事。又，卫汝贵等电：廿五日叶专弁到平壤，消息甚好；初七，赏韩人往探。平壤后路由丰都统[即丰升阿]派兵两旗、步一营分扎安州、定州驻防。

电旨：平壤各军署行宜调护，须稳扎稳进，后路粮运尤宜妥办。南路叶军退至公州，须密探消息，设法接济。

[原稿无初十日]

十一日(8月11日)

庆、李、福、崇、张同至军机处，巳正一散。

洪良品摺：六条。

户部司员聂兴圻摺：六条。

奏片：洪摺：禁米接济一条已行，余条及聂摺均无取。责成李鸿章饬七船护威海迎剿，"济远"管带前此有功传旨嘉奖。南洋添快船二只，户部筹款。

电旨：同前。

电：北洋报威海于初十卯刻，倭船廿一只开炮。又，据成山头报，船廿一只由威海败回开炮，午刻。又，成山又报六船往东南，一船往东，十四船尚在成山、威海间。余电甚多，不悉记。

归得盛道两电：一报威海事，云开四炮未中要害。一报今日船到旅顺开炮，恐西窥渝关，东断鸭绿，请调嵩武八、九营赴津。

十二日(8月12日)

是日上还宫行礼。先与军机商数事。军机下，即命无庸到书房，赴军机处会商。余将地图及开呈八条交懋勤殿递，即与庆邸同赴枢曹商定奏片、电旨即散，时辰正也。

奏片：令李严饬丁速赴山海截击，若能毁其数舰尚可以逭前愆并添兵赴关陁；调大同、宣化、正定兵赴通；饬神机营调马步赴通；饬曹克忠津勇数营、八旗操防扎天津后路。命依克唐阿八营折赴奉天。命定安调吉、江[指吉林、黑龙江]兵赴奉。饬李办营口水雷。准张之洞派吴凤柱带五百人赴津。又，上海禁米出洋。李电以为不可，饬南洋照办。确探旅顺所过倭船今往何处。

电旨四道：北洋，即前说。依克唐阿、安定、南洋米。交神机营。

北洋电：十一日丑刻旅顺有倭船开炮，黑夜不知几船。又闻对面△△沙炮台回炮数声，天明时越铁岛而去。

十三日(8月13日)

照常入，命毋庸到书房，即偕庆、李、福、崇、张同至军机处。礼王传旨，云翁某云电信随时递，咸丰时军机散直极晚。又云福润宜予处分，因登州无备也。又云旨稿只改一二字如何办事？又云李鸿章爱卧，可与翁某面商，如意相间则递奏片，否则或请起，或另递，不得于奏片外别有陈说。余对云：书房非大廷可比，某所陈说岂止此数事，然如福润仅指为疏懈，并未请加处分，此亦不必辩。但奏片外不准再有陈说，则奏片就事论事，挂漏极多，某之所陈或据所闻，或出臆见，或责难于上，或引咎于躬，事有万端，不能悉数。既在论思之地，即以言语为职，非罢斥屏逐之，则臣舌犹在，断不能缄默不言。群公相顾亦无以难也。

余联沅摺：山海关设备，请付都统招兵。李秉衡办东三省练兵。安劾枢臣，谓惟孙、徐尚办事，余盘乐忘返，凡所为老成人皆如此。张荫桓人称为汉奸。

余片：电报匿不以闻，并有改字句处，请饬庆邸查奏。

安维峻摺：劾李相、劾丁汝成，谓山海关、大沽均见倭船。末请两宫同御便殿面授机宜，翁、李等同枢臣进见，以免欺蒙。

瑞洵摺：劾汪凤藻。

北洋电：十二日倭船又到威海、成山，山海无警报。丁在海，电不通，已专船去调。又，龚使请购四快船，三船七万镑，余一船四十万镑，提川盐副本四十万。又，叶、聂皆觅路北行，距汉城百余里，通信平壤。又，倭船挂英旗。

裕禄电：倭船至大连湾放炮，遥望有二三十只，拖带民船数只，请饬刘盛休协同防守大孤山各口。

是日，李秉衡到京见起，旨著军机及翁某等面询海防办法及东三省练兵，李云：海防须厚集兵力，海船不宜调向远去，至东三省情形不熟，伊自幼随任，仅回籍两次不及半年，罢官后寄居满城，实不能募兵办练。

奏片一件：余联沅摺山海设备及练宣大[指宣化、大同]兵一节已奉旨饬办，于片奏二件皆未提。安维峻摺山海、大沽见倭船，交李鸿章查复，余亦未提。瑞洵摺亦未提，云且俟再办。面询李秉衡语照写。丁汝昌出洋数日未见寸功，若再因循观望，致令窜扰近畿，定必重治其罪。快船准购三只。巴西一只，行迟价重，无从筹此巨款，川盐副本亦无庸提。饬李鸿章严防山海关一带，并饬大连湾刘盛休协助防守大孤山各口。又，电报如有应行请旨者，如在臣等未散直以前，可即行缮呈；如已散直而无甚紧要者仍于次日面递，云云。

电旨三件：一北洋，一奉督，一东抚。

十四日(8 月 14 日)

未直书斋，偕庆、福两诣军机处，容贵有他事，传旨亦同往，异哉！

端王载漪摺：请加李鸿章统帅节制提督。

片：练外三营及八旗汉军。

郑思贺摺：筹饷六条，铁路一条奉旨毋庸议。

户部筹饷摺：内停工一条，命福与臣商酌而已，工匠失业也。

奏片：载漪摺意在一事权而责成功，俟召见时请旨。户部摺，臣福锟、臣翁同龢查系指以后寻常工程，若业经兴修之工，毋庸停止，拟旨呈览。郑思贺摺除铁路一条外，交该部议。

北洋电：丁汝昌回威海往西剿捕再至山海，山海添兵可无虑，奉天各口亦严防。

南洋电：禁米一事不能不办，除北洋一处有即照来则可，余仍禁。商略李秉衡位置，答以此用人行政大纲，不敢参预。

山海关付都统宜贵摺：请由北洋拨银一万，洋枪二百五十杆。

[原稿无十五日]

十六日(8月16日)

书房入见后，赴军机商事。李公来，福、崇、张亦来。

张伯熙摺：保许振祎赴津。未行。

长麟摺：工匠人多，另练一营扎南苑。未行。

定安摺：添足二千人，请海军仍拨三十万。准。

北洋电：俄使喀希尼来言，奉其君教条，言十二年拉德仁面订之约，李中堂既承认，此时仍宜守此约，不取朝鲜土地云云。查拉德仁约，从前曾允，今俄有兴兵逐倭意，我不能拒；如照前约似于国体尚无大损，乞代奏。

又，龚使电：智利二船运费甚巨，连前订一船则二百万，断不敷。乞酌。

南洋电：获倭奸细，美国不肯交出。

复奏片：许振祎正办秋汛未可调。定安添兵照准。智利二船饬龚查实数速电。至俄欲兴兵固不能拒，亦不可联为外援，致将来难于偿酬，此时惟当严饬水陆各军极力进剿，若能得胜乃居先著，毋得虚盼强援至疏本计。

电旨：李鸿章即照奏片语。又饬平壤一军迅进，定安准添兵。

旨：李秉衡调山东抚。福润调安抚。载漪管神机营。

十七日(8月17日)

正趋朝，中途得军机交片，遂晤庆邸。撤书房。巳初李公来，同至军机处，未正散。无译署诸公。

北洋电：据马、卫、左、丰电，平壤距王京，中隔峻岭，而大同江、临津江小轮可入，我若进兵则后路须处处留兵看守，此时必得二万余进剿，一万人分布后路方可云云。李相意直省俟新勇到后尚可分调五千人，尚欠万人，无从添拨，饷需亦不资。

湖北电：接湘抚七月十三函，刘锦棠因病物故。

曾广钧摺：历诋丁汝昌等罪状，虽未明参北洋而皆为北洋发，请将海军队中分出"靖远"、"致远"两船，伊愿统带，前往在牙山一带攻剿，用北洋军火，不归北洋节制，使天下知世臣中尚有效死之臣云云，其言极壮。

钟德祥一摺四片：大略言宜另简大臣临边。

片：参邵友濂。

片：请断和议，恐大臣壅蔽阻阏。

片：南洋亦请简伟略重臣巡察。

片：参盛宣怀、袁世凯、汪凤藻。

易俊摺：请派刘锦棠或刘铭传出任统帅。

片：请土药厘归户部。王鹏运摺：保恭亲王专办海军剿倭事。奏片同，未写。

片：请捐海防加级。

片：请派船游弋。周承光摺：抽直省绿营四成赴津。

余联沅、褚成博摺：请收回神机营赴通驻扎之命。

奏片：北洋电请添兵往韩，拟令俟宣化及晋豫各军到齐后，酌量若干派赴朝鲜，为平壤后路。曾广钧奋勇可嘉，惟海军船少，且以二船往，实未敢轻于一掷。钟德祥指邵友濂布置尚妥未便遽易。长顺军营出身，现无劣迹，拟暂留察看。此似非钟摺，姑记于此。请除壅蔽盖指和议，此时并无议和之说，简员行边实难其选。易俊摺请派刘锦棠、刘铭传统帅，现在一故一病，无胜此任之人。土药厘金归户部，交议。王鹏运摺请捐海防加级，交部议。周承光摺抽绿营四成，窒碍难行。余联沅、褚成博摺神机营兵拟请驻南苑操防，毋庸赴通驻扎。

电旨：北洋酌添兵赴平壤，仍以后路为急，尤以运道为急。

交旨：土药厘税该衙门。海防加级吏部、户部。神机营暂不赴通。

昨志锐劾孙、徐两君，斥为把持，故今日奏片令顾渔溪写。

[原稿无十五日]

十九日(8月19日)

中途得交片，先到书房后，偕庆邸到军机处，李公及崇、孙两君皆在。巳正散。

北洋电：税务司得十五日函，叶志超带兵二千五百人，今在黄海道，已过王京三百山里，聂无到平信。闻釜山口过倭兵一万五千，将赴平壤，元山口亦有倭兵七八千云云。

张仲炘摺：六条，一严海防，保云南总兵马柱、贵州总兵和耀曾；一请派懿亲重臣赴韩督师；一顾平壤安设台站；一收海军各船守北洋各口；一△△△；一办沿海渔团。

奏片：饬北洋办平壤后路粮台于张仲炘摺皆条具，如海防则云现办，正如此。惟云贵将弁难调，于请派重臣则云前已函致李某，令举帮办，俟奏到请旨。于海军船守口亦称正在办理，惟于渔团则云法防时曾办无效，无庸置。是日兰翁出片纸，请以姜桂题、△△△所募勇交袁世凯带往平壤，并访闻已革知州陈长庆，曾随吴长庆带兵往韩，颇称奋勇，请交袁世凯差遣委用，商之枢廷，庆邸皆以为然，遂于奏片末叙入此段，称臣等公同商酌，云云。

电旨二道：一饬北洋设台站，并袁世凯带兵。一准吴大澂北上，仍询湘境是否全谧，王濂能否胜任，令先复奏。

吴大澂电：请带三四营航海赴津。

二十日(8月20日)

无会商之事。是日奏事处太监文德兴因私看封奏发打牲[在黑龙江，全称打牲乌拉。为犯罪太监流放之地]，十年还。

北洋电：左、卫、丰、马公电：十九日接叶手函，自六月二十六夜倭偷营，相持两时，倭败，聂镇等追至嵇山，毙倭千数百人。黎明倭大至，约万六千，水陆来攻，炮多地熟，不能狠追，因于天安伏两营诱击，彼已探知不来。倭又调釜山兵来围，我军且战且走，退至忠、清两州，我兵共伤二百余。后由险窄小径退至平康，三五天可到平壤云云。职前派周鼎甲探迎，在遂安等候。现又派一千四百人迎接云。鸿按图，计平康至平壤三百余里，该统领派队探迎，二三日当有续报。

是日得盛电四次：一与丁提督约，如倭船入北洋门户即与海战；一贾起胜八营、潘万才马队两营扎秦皇岛洋河口一带；一聂到金川；一即北洋今日电。

廿一日(8月21日)

先进讲，退至枢直，庆、李、福、崇、张皆集。

北洋电：叶志超电现住平康，大略与昨电同。惟称治军无状，请加处分，并军士劳苦及异国言语不通，问讯不易。

又，龚电：先订之快船难运，后订智利二快船二十日画押，计行十六日可抵旅顺。又，智利又有一大快船须四十万镑云云。北洋以为西谚谓如今是船炮天下，彼倭人现新买七快船，各国惊羡。况巴西前日欲卖之大快船已为倭人定去，未可惜费忘患，请饬部筹款。并云前此二百万海军息放之银尚难一时取回，户部则丝毫未发。又言部议停购船炮，故数年未添。

鄂抚谭继洵电：请带刘锦棠旧部数营，再募四营驰赴朝鲜。

樊恭煦摺四条：一条威海、烟台、旅顺责之李鸿章；一以李秉衡办高丽粮台；一禁止米谷接济倭人；一各省严防海口。

奏片一件：购订大快船现在帑项支绌，军饷、船价势难兼筹，俟数日定议请旨。谭继洵具见悃忱，惟将军藩司提督皆已北来，拟毋庸带营前来。

樊恭煦摺：三口本是北洋所辖，现已设访。朝鲜后路粮台必当设立。禁米及防海皆已次第办理。

刘坤一摺：保举将材[才]，除陈湜已饬募兵北上，刘永福业经渡台外，魏光焘可酌募刘锦棠旧部数营北上，程文炳本是淮军宿将，令李鸿章酌量应否奏调。

电旨三件：北洋、粮台、购船，问"吕顺"是否"旅顺"？"十六日"是否"十六天"？鄂抚令不必来，湘抚令魏光焘募勇。

余电甚多，大抵南洋索倭奸于美，美不交出事。

退后得津电，言运粮由津用局船运旅顺，雇民船沿海北行入鸭绿江达义州。

廿二日(8 月 22 日)

见李相裁河运十三万充兵糈摺，已允行。

廿三日(8 月 23 日)

书房进讲退食，始知有会议事，兰翁亦从城赶来，总署惟崇一人，适奏事有起也。

北洋电：龚购船云智利大快船实外洋奇货，今尚有一快可购，拟购定三轮并行而无价值若干。

志锐摺：恐八九月间乘我弛懈猛力来突，北洋举止改常，其子李经方、其婿张佩纶皆因论朝鲜事被斥，属员季邦桢亦然。请派重臣视师兼察其病，如竟不起可留津统其军。

陈存懋摺：派知兵大员三人往津，派刘永福带船伐倭，令各省捐输，每州县七千，通天下可得千万。

奏片：重臣视师一节，现在李鸿章调度一切，阅其电报尚属周匝，且未请病假，应毋庸议。乘弛来突一节，臣等亦虑及此，应责丁汝昌严扼威海、大连等处来往逡巡，毋得远离，致倭船阑入，倘有疏虞定重治其罪。陈存懋摺多窒碍，毋庸置议。闻津郡多倭奸，一经拿获，不得轻予纵释云云。

电旨：李鸿章饬丁云云，倭奸云云。李瀚章与冯子材妥商，该提督能否北来助剿。昨奉上谕严催平壤进兵，并丁汝昌巡查洋面，凡数百言。晚知叶军今日到平，聂军明日可到。余今日进讲，不知昨有严旨论平壤，则以稳扎稳进为要，论海防则以扼守门户为要，皆与昨旨稍有违戾。

廿四日(8 月 24 日)

所见电：叶、聂到平壤。伦敦报日本借英五千万元。又，倭所购伊士兰一船，英已扣。使俄大臣杨[指杨儒]报俄廷断不助倭，无出兵之意。

廿五日(8月25日)

偕译署及李公，午正一散。

钟德祥摺：保张其元、王之杰，余府道甚多。牙山被倭，杀我兵二万余。昨日事。片：内务赃罚库有银八百万，查无其事，另片复。

易俊摺：参丁汝昌。两片。

高燮曾摺：撤点景。此摺留中，奏片未写。

片：程文炳总统在平壤淮军。

长麟摺：请长顺、依克唐阿两人中派一钦差，并派人帮办驻通州。

片：劾吴大澂不知兵，止其北来。

湖督电：保张春发、潘瀛。又，丁槐、已革镇覃修纲、蒋宗汉，又保袁世凯、黄遵宪来京。

复奏片：钟德祥摺全驳，倭兵船载水雷入大沽拿获放去，所保知府等皆无所闻。长麟摺全未行。易俊摺、高燮曾摺片参劾丁汝昌，查该提督畏葸迁延，诸臣所奏，异口同声，拟将丁汝昌革职带罪自效，如蒙谕允明日请明发施行。又臣等公商拟请派叶志超总统全军，相机进剿。又张之洞电，张春发、潘瀛均令北来。丁槐等三员皆在云贵，拟无庸调派。袁世凯已赴韩，黄遵宪在新加坡，窎远难调。

电旨两道：一令叶志超总统各军，一切机宜仍电商李某；一令李瀚章转电张春发、潘瀛北来，军械由苏军、广省分拨。

仁川税司电：倭以兵轮五、护兵四千由仁川上岸。

朝鲜闵尚爽电：倭于京畿、临津、松山留兵三千，黄海、瑞安、平山等处各四五百，中帅带兵攻平壤。

龚电：智两快轮勿毁议，前订阿轮英亦欲扣，又盛称智大快之精，又智另一快须价三百卅万，语极模糊，可憎也。有电询明日复。

发电问谭文卿，德华借银如不论磅定五百万。

廿六日(8月26日)

偕庆邸诣枢廷看摺，诸公未往。

余联沅摺：李鸿章贻误大局六端，请易置。片。

文廷式摺：劾李鸿章略与余摺同。

片：李某病状灼然，请派李秉衡往查。又盛宣怀把持密电。

片：福建船厂另设大臣整理。

北洋电：龚使电南美有五快船可售，请照台湾前例，勿电商致失事机。前两快虽添价，亦不售，云是倭人阻挠。今日已有电旨问船价式样。后又发电信，谓宜问定价值电商，俟复不得援台湾之例。

又，卫、左、马、丰等电：倭兵续添三万，图扑平壤，元山、仁川陆续来兵，欲截后路，现在分兵于要隘扎营。后路之义州、安州、定州亦分营往扼，就此兵力到齐后不过一万六千人，分则见单，若待其来扑尚可迎头痛剿，若争图躁进，恐致挫失云云。鸿谓平壤三面受敌，我兵不及二万，后路尤须兼顾。现在晋豫各军未到，正定马队亦尚在途，若后路空虚，为患甚大，拟请暂勿催战，俟布置周妥再行进扎，较为稳著，请代奏。此电六七百字，午刻到，即日递。

户部代递裕绂摺七条：严军律，固根本，停工作，广捐输，求贤才，开矿务。

奏片：余摺疆臣贻误一节，查临敌易将，兵家所忌。该给事中亦既知之，李鸿章身膺重寄已数十年，虽年逾七旬尚未衰眊，且环顾盈廷实无人能代是任者，所奏应无庸置议。文摺与余摺大略相同，惟请派员察看李某病状一节，查李秉衡尚未出京，请寄谕该抚俟过津时面晤李某，察其精神气体有无衰病情状，据实复奏。裕绂摺捐输一条交户部议，余皆勿庸置议。龚使电购船一节，当查明价值多寡、行驶迟速、船身长短，电商俟复。

正在商办间，接北洋大臣电云云：臣等熟思审处用兵之道、进止机宜，瞬息百变，倭兵三万图攻平壤，自宜稳扎坚守，倘冒昧轻进，使倭人绕截后路，退无可守，关系非轻，本日所奉催战电旨拟暂缓发，俟布置周匝再令进剿。

廿七日(8月27日)

庆、李、福、崇、张皆集。巳正散。

北洋电：聂电称到平壤，叶电长极云：江水发，桥冲，聂尚在中和。两电追叙六月廿七苦战，实杀倭三千。叶云在金化，沿途遇倭从元山来，一战即遁。现在休息，并云不可轻进。李云现以三路分兵甚是，彼利速战，我须谋定后动云云，如昨电也。聂叙成欢之事六月廿四事。

叶电：汉城南北贼布置已满，朝鲜招讨洪启薰降贼为铁原使，今愿导我兵。袁世凯有惠政，朝鲜颂之，请令办粮。又拟派统领一二人募韩勇六千，保将士十余人。

龚使电：有大快船名"拉马赛"，索廿六万镑。南美阿坚[根]廷有一快船长廿五丈，行十八迈，价九万五千镑，问要定否?

电旨三道：催陈湜、程文炳、张春发、潘瀛、魏光焘、△△。又令龚使详查阿坚[根]廷国名所造船如果精良，即定。

昨日革丁汝昌之旨呈慈圣后，即留中，云现在此人无罪可科，俟李鸿章奏保有人再定。今日枢廷拟旨却甚严切，饬北洋不得藉口临敌易将，曲为弥缝。严催布置后路办粮台者何人?

廿八日(8月28日)

李公及译署皆到。

余联沅、褚成博摺：黄面红里，以倭事正殷，援康熙时成例，请皇太后宫内受贺，摺甚委婉曲至，佳文也。

奏片：谓该给事所奏备见敬慎之忱，思虑亦甚周密，惟典礼崇隆可否恭呈慈览，伏俟圣裁。今晨入直时，传谕此事斟酌不敢上闻也。

余摺四条：立高丽王、严东三省。片：北洋刘姓窝奸，南洋鬼奴捐道员。

安维峻摺：禁止前敌骚扰韩民，有电旨严禁。

片：闽粤等关及东边木税可提交户部。

片：劾丁汝昌。

长顺摺：亦电来，请添兵五千，令部筹数十万，交户、兵部。

奏片于余摺多驳，片倭奸等饬南北洋严查。安摺禁韩军[指在韩之清军]毋扰，有严切电旨。片关税，交部议。余则悉不记忆矣。

是日，明发谕旨，褒叶志超。

电旨：谓六月廿七日在成欢接仗，倭兵死亡甚众，而移兵经过清州、忠州、全州，沿途遇倭兵拦截皆经击退，全军既抵平壤等语，此次叶志超以少击众，自六月廿三日以后迭次殄毙兵不下五千余人，该军将弁奋勇御敌，异常出力云云。

聂士成、江自康、谭清远、叶玉标以上提镇、冯义和、许兆贵以上副参、魏家训、毛殿飏、孙礼达、聂鹏程以上参将游击、徐兆德、戴长荣以上游击、解俊卿、王臣以上都司、吴学廉道、张云锦府、刘长英、金庆慈县、史云龙同知、范汝康县、任家佑县丞，共廿一员或勇号，或黄袿，或超升。阵亡付将李大本、游击吴添培、王治国，守备闫起龙，千总许义友、李玉祥均加等赐恤凡六人。

廿九日(8 月 29 日)

因病未能到班，嗣闻未会议。

莱山函云：北洋电，大东沟外见红船二只，丁提督率八舰往，因奉不可远离之谕，故声明。

三十日莱〈山〉函又云昨日会议上命侯翁某出再议，故诸公皆到而未议。

八月初五日[此前数日翁同龢因病未记。](9 月 4 日)

李、总署诸公，敬、汪两君[即敬信、汪鸣銮]初次与议。

是日看摺六七件，电报无数，不能悉记，即如蒯摺已上数日，今日始发交枢廷也。约明日递奏片。

夏时济摺万余言，凡三条：一朝鲜地势；二人事，保一二十人。三天文壬辰金星昼见，谓夷狄灭之征。

蒯光典摺：二万言，凡八条，于时政无不诋祺，然切至条畅，得未曾有，排和议，筹饷需，练陆军，添海舰，改则例。

徐树铭摺：专保黄翼升，请抽调长江水师三千，五省兵勇各三成得万八千人赴韩督战，以为兵可集而饷不增。

片：十二利，亦指用黄翼升而言。

张伯熙摺：宜查倭奸，警跸加严并请开福锟步军统领。

安维峻摺：专论购船之失计。

马丕瑶摺：未见，闻请停庆典。

陆学源摺：六条，严守北洋各口，如乐亭等处。

电信：叶两次长电，后一次昨日到，称倭兵密布祥原等处，临津等处，各留一万，各州县或千，或数百。现元山又到万二千，马数百，牛数百，意在大举。并载木板为桥梁之用，计已有四万余人，我兵在平仅万人，余数千分扎安、定等州。倭尚称欲截我粮道，断我援师须得四万人方能进战。前一次电云须分三路进，黄州为正路，其两路皆在东偏进。

龚电：阿轮需加三万二千镑始能运送。余尚称有数船可买而游移其词。另有北洋与海军总署文，称英人某教习称，须购鱼雷猎及雷艇各样四只，庶可补海军之乏，今有鱼雷猎六只，每只卅二万余。雷艇四只，每只廿万余。至少须每样四只或二只，或猎船四只。

杨电：美廷谓美使护倭奸非是，已饬速交办。

北洋电：谓无倭奸，惟刘五等系军械所自行查出，会县协拿，审未承认，惟形迹可疑，交县收禁。又，丁某在洋巡视，今遵旨守威海门户。

伦敦电：谓中倭之事，英俄未能劝解，实属可惜，意在从中调处而未明言，盖设词尝试也。

电旨一道：叶在牙山气颇壮，何以到平后颇形退沮？黄州一带既称倭兵欲造浮桥，何不半渡击之？必须分兵踞守，毋坐待其来攻。前此马玉琨[昆]等须兵三万，今称须四万，何也？且李鸿章倏据来电转达，并无断语，恐前敌诸将未能和衷，或各不相下。聂仕成何以欲回津募勇，著不准行。周馥即催赴平壤。枢廷云此皆出上意，故详询之。

又，粤电：冯子材年逾八旬，须数十营方行，请毋庸调。从之。又，张春发、潘瀛须十一月方到北洋，未习北方水土，请留广东。亦从之。

初六日(9月5日)

偕李公及译署诣枢直。

易俊摺：六条，皆常言。

奏片：惟陆摺[指陆润庠]防滦州、乐亭等处，俟楚军到后再分拨。易摺卫汝贵畏葸庸鄙，交北洋查，此外皆驳。徐摺保黄翼升亦驳，谓长江紧要，且三成勇丁不能抽调也。

初七日(9月6日)

偕庆王、李公诣枢堂。

言有章摺：六条，多陈言，语却激烈，同人指为非所宜言。

北洋文：龚使谓有船可买，洋人某云至少须猎船四号，每船三十二万，一点钟行廿八迈。

又摺：截留洋铜到津者三十八万零，铅二十二万零，就平壤铸钱发饷，两钱可抵彼处三钱。若银价每两只换七百五十钱，军士太吃亏也。

叶电：倭兵三千到临津，倭船十六只到仁川，凤山、瑞安皆有兵，贼势浩大。

奏片：于言摺皆驳。购船请定四只。截铜铸钱请照准。

电旨二道：一令购船，问何人经手，并是否准行二十八迈；一批旨：著照所请，户部知道，截铜铸钱。

初八、初九日(9月7日、9月8日)

八、九两日皆未往议。

初九见北洋、叶电：初七日左军至黄州侦探，遇倭数百，杀倭百余，我兵亡一伤四。是日报倭兵陆续向平壤来者约五六千，叶布置粗定，惟后路安州四营太单，已九连城营扎安州，而以依军四千进扎九连城。

伦敦报：俄两大铁舰赴倭。南洋电：倭奸两名，一悯△，系小村所使；一△△认传暗字。

初十日(9月9日)

李公及译署皆先酌，已正散。

张仲炘摺：劾李经方与倭宫眷往来，认倭王女为义女，并订娶倭女为儿妇。以八百方[万]开行于倭，在上海以三千米资倭，张鸿禄为之侩，亦及盛宣怀。又劾北洋获倭奸不办，倭人藏水雷八箱得而纵之，并资助使去。刘姓之奸有地图，有口供，请派大臣密查并请会议诸臣评其可否，末请天津办团练。又劾张士珩军械所所办侵吞窳败，平壤不战职是之故。

片：办临清至陶城埠铁路运粮。奏片：谓所参李经方事或疑似之词，或暧昧之事，碍难查办。电旨查张士珩，令李不得回护。嗣复奏毫无弊病，今已奔丧南归。天津办团可扩充。天津倭奸须严办昨日电。

南洋电：倭奸在上海，各国希冀从轻，拟提至江宁惩办。

十一日(9月10日)

叶电：德阳、成川皆有贼，明系南北并来，调二千队[人]回防北面，后路可虑。平壤民迁，米难购。子药才至义州，须十日方能到。

伦敦报谓倭告英将攻上海，意在胁英使出调停。又云倭占旅顺左近一岛，则查无其事。

叶电：大鸟在韩传檄各郡，使备牛马车驮。

十二日[原稿无内容]

十三日(9月12日)

未入。次日亦无知会来请。

盛电：倭南踞黄州，逼平壤；东至阳德，逼安州；后路危急。刘盛休四千人上轮，蒋尚钧将到，程之伟无信。

叶电：我粮五艘于大同江被倭劫去，现在平壤不足五日之粮。樵野函如此。

自十一日起至十八日，此七日中如坐瓮底，所传一二皆友朋传示者也。十八日方会议，得见前后电报十余件。大约平壤两次小胜仗，而叶病，左中风[指叶志超、左宝贵]已狼狈。至十七日，三电则一步紧一步，黄州已被占去，而一股从元山来径抄后路，安州、平壤两面受敌，呼号告急，李但令力支危局而已。

十八日[十四至十七日无记](9月17日)

与邸、李及总署偕。十七日戌刻一电则言是日两三次接仗，不能胜，城圮而卑，敌在高山俯击数百炮，城中人马糜烂，水源又乏，万难守住。安州电线已被割断。

是日，李公抗言："北洋事事贻误，非严予处分不可，尤非拔花翎褫黄褂不可。"枢廷不谓然，南皮动色相争。余曰："李公正论，不可没也。"遂拟奏片：一谕叶与聂将后路打通，一请将北洋严处。而拟旨两道：一严议，一拔翎褫褂，请上择一发下。待至未初，竟俯如所请将拔翎一道发出，真明决哉！李公直诋北洋为意在讲和，有心贻误，词气俱厉。户部代递谷如墉摺，捐厘金一条抄交。

十九日(9月18日)

与李公偕。早晨得信，庆有事。总署未请。

宋庆电：带四营岂得御数万之贼，若驻义州尤可，若催令进剿则俱糜耳！若令在朝鲜剿办，须募足三十营，尤不可以某营某将归其统辖，徒有虚名，语甚激切。李谓老成之论，请准募三十营，而户部供月饷每月十五万。又论零星凑款不能济，此时德华、汇丰皆肯论镑借银，六厘行息，请饬户部熟商。

电旨：准宋庆募三十营，先驰赴义州驻扎。

电信：闽浙督拟在香港借二百万，不论镑，八厘息，令速定，无为他人所先。

交片：镑价借银户部议，又专指闽款供宋军。

② 收北洋大臣电八月十九日：旅顺龚照玙[瑗]效卯急电：丑刻"济远"回旅，据称昨上午十一点钟，我军十一舰在大东沟外遇倭船十二只，彼此开炮，先将彼队冲散，战至下午三点钟，我队转被彼船冲散，但见击沉敌船四只，我军"定远"头桅持，"致远"被(击沉)，"来远"、"平远"、"超勇"、"扬威"四舰时已不见。该轮阵亡七人，伤处甚多，船头裂漏水，均不能施放，驶回修理，余船仍在交战等语。刻下胜负不知，候有确开[闻]再续禀云。鸿。效辰。

[二十日至二十一日无记]

廿二日(9月21日)

扶病入,仅商重借款事。先退。自是请假五日。无所闻见,但知平壤已失,安州、定州不能守。叶尚云扼搏川江,其实作退避计。已而闻义州亦不可保,刘盛休八营虽到,扎义州东,未入城也。台湾获倭船装军火。

[二十三日至二十七日无记]

廿八日(9月27日)

销病假,看电报、摺件甚多,不能悉记,不外败闻而已。败兵已令陆续渡江,并搬运军火粮械,而苦无船。桂祥带神机营赴山海关。吴大澂欲令余虎恩募十余营,合魏光焘、刘树元共廿六营而已统之。

旨:准令添足廿营,而发余虎恩随吴大澂办事,催湘军速北来。是日申正皇太后、皇上同召见于便殿。命臣赴津与李鸿章商饷械,仍责其商定战事有何把握。

九月初六日[以上数日未记](10月4日)

归自东。始入。病未愈,勉强入,看摺极草草。始见恭邸于枢直,旋有起,见二刻。散后又入,酉初二刻始抵家。

吴俊章摺:内城团防,会同水会。

郑思贺摺:保荣禄练神机兵。

管廷献摺:论接济倭米、械。似参津局卖前膛枪,又东海道所治有以米面出洋者。

钟德祥摺:仍系请缨与依克唐阿剿倭,语气郁律。

懿旨:令传办二事:一地营,一△△。

初七日(10月5日)

群公皆集,总署未来。

翰林院代奏编检庶常三十五人连衔摺丁立钧、尹铭绶:参李鸿章大罪八条,目之曰:贪庸骄蹇,有心贻误。

又,张謇摺:极长而不甚警,亦极〈诋〉李鸿章。

贵铎摺:请投效。准。

高燮曾摺:论事和平,不可议和。

陈彝摺:保刘永福。恭邸有起。

懿旨:北洋无人可易,且缓办。

初八日(10月6日)

先入讲,后会议。李公未到。恭邸来。未看奏片即散。

志锐摺交恭邸办。未发看奏片,恭邸单衔,令孙、徐二君今日先与赫德商,明日恭自见赫议之。微闻言赫〈德〉之友为述英有战船五十二只,可朝发夕至,但须三四千万可购也,再缓无及云。是日,孙、徐见赫,云并无此语,西法向无受货兴兵之事。

易俊摺:和平,亦云不可和。

丁之栻摺不记。

初九日(10月7日)

先入讲,后会商。李公、二邸来,无译署。

电报:初八四件皆"威远"成山见倭船八只,兵船只一。凡四报,最后酉刻报"威远"云而东北去，成山云向东南去，卒不知何往也。

文廷式等三十八人连衔摺：大约联英伐日，如昨志〈锐〉摺，而云张之洞曾有成说。

戴鸿慈摺：调度一切，李秉衡出关。

片：刘永福带兵击长崎，亦及海盗可用。

余传旨令枢廷照行者二事：一张之洞奏请余虎恩、熊铁山两军归吴大澂节制，并准熊募足十营。一催依克唐阿赴九连城。昨已催。又令恭亲王今日传赫德询问一切。

旨令邵友濂问刘永福能否带兵赴日本。

旨令余、熊两军归吴节制。张之洞请挪库款购快枪，由部筹款补还，照准。

初十日(10月8日)

会商，无总署，余皆到，庆未来，午正二散。

翰林徐世昌摺：召张之洞来京决大计。

余联沅摺：劾叶志超、丁汝昌、卫汝贵、孙显寅。

片：办京团练一劲旅。

洪良品摺：与余同。

准良摺：关外形势。

陈其璋摺：恭邸为大帅，李某往山海。似如此，不甚记忆。

奏片：张之洞已奉旨陛见，叶已撤总统，卫已交查，孙已革职，丁现受伤，俟病痊责其后效，余置勿议。团练劲旅难，应否次日派团防大臣未派。明日请旨。另请饬北洋将已到兵勇先奏，续到兵勇人数日期随时电奏。

龚电：英调四兵轮来华护商，又法国诸事肯让，吕案偿款减一半，越界早定，实心与华交好，倭事颇代不平。

北洋电：成山报倭船往南去，已电南洋设防。

十一日(10月9日)

庆未至，敬来。

安维峻摺：劾叶未打仗，卫弃城，丁伤轻妄报，卫、贾同统盛军，李经迈向索三万，卫应之，故令独统。

片：催粮台。

廷寄：叶、卫、丁交宋庆查，李经迈交吴大澂查，恭邸意如此。

电旨：汉纳根赏二等第一宝星。

十二日(10月10日)

庆未到，敬来，巳正三散。

文廷式摺：保玉庚明日召见、徐建寅引见、黄绍宪未行。又，谭文焕未行。

唐景崧电：与邵友濂不协，诸事不令与闻，请改京秩带兵，又献策四条，实三条。

邵友濂电：刘永福不能北来，只三百人，闻命一军皆惊，若回粤募勇需数月。

电旨：刘永福驻台，无庸北来。询邵友濂何以军事不与唐景崧知。李经迈改交宋庆查。昨递后留，未发，今日改。昨日余等散后礼邸有起。上意不以查李经迈为然，又不以吴大澂为然，故今日特改。昨催依克唐阿电中，上朱笔改添数十字，有如“放倭人过江”，“该统帅均按军法从事”。

十三日(10月11日)

庆告病,诸公毕集。恭邸有起四刻。

张仲炘摺:劾徐用仪授意浙人上书言和,前日有上书恭邸者,孙宝琦一十余人,皆杭人也。

片:闻宫内节省银四千万当思处置之法。

张百熙摺:申军律将卫正法。

片:地营。

翰林院代奏徐受廉摺:六条,保岑春煊、曾广钧。

电信:宋庆请饬依八营防蒲石河、长甸河。杨昌浚请带八营来京。唐景崧又劾邵抚。

电旨:依克唐阿仍赴九连城,蒲石、长甸令分兵严守。杨昌浚毋庸来京,八营令董福祥统带。台湾抚藩交谭钟麟查复。

恭邸见起,将赫德所递节略,有孙莱山改驳,面递,此件余等皆未见。参徐摺不报,片亦未说四千万。地营,发电寄依、宋各营,余皆不报。

十四日(10月12日)

诸公皆集,汪来。军机有起,巳初散。

李文田等摺:请停点景。此件在上前见过,请懿旨,故有军机起。次日,礼王传一切点景均停办,彩绸灯只均收好,俟补祝时用,每段四万仍领。

电报:倭兵大队循江而北,蒲石河、长甸河吃重,饬宋、依严防。

又,龚请买钢甲一快船六,李极言当买而无价值,到华时日。请旨询明再买。余等创论谓叶、卫两军败衅之余卒,应归聂士成统带,枢有难色,允明日请旨。

十五日(10月13日)

诸公皆集,译署张、汪来。巳初三散。

电报:邵唐互讦,下闽督查复,至是复云:邵未谙兵事,朝令暮改;唐师心自用,遇事张皇。

旨:邵友濂调署湖南巡抚,唐景崧署台湾巡抚。

电旨:叶志超不得力、卫汝贵劣迹甚多,均撤去统带,两军均归聂仕成统带。

电旨:关外小洋河、芦台盐滩、山东利津均严防偷突,此志锐致恭邸书云然,并云此伊细作得来密信,故有此电。

是日以赫德节略交看,首言“属国”二字本不能认,十一年约中已落此权矣。次言西例本有各国保护之法,可照土耳其、瑞士置朝鲜于局外,末言庆典届期宜停战事,以迓祥和,云云。

日记第二[③]

光绪二十年甲午九月十六日起(1894年10月14日)

至十二月三十日(1895年1月25日)止

九月十六日(10月14日)

未初散。自赫德有豫筹之议,恭邸及孙、徐两君催令速办。十五日英使欧格讷由燕台抵京，即日到译署促邸会商，以两事要挟：一以朝鲜为各国保护之国；一日本须偿兵费，限明日三〈点〉钟回复。是日恭邸有起，次余与李公，次军机。

圣意于首一事固俯允，即第二事亦可商。余等入对，力陈允兵费不知为数多少，且驷舌难追。谕以若多仍不允。对曰：如此则备兵益急，固请饬九连兵如能固守加懋赏，又旅顺船已修竣，饬北洋量遣侦击，皆允行而退。是日孙、徐两君意气甚盛，谓不如是则沈阳可危也。

曹志清摺：直捣长崎。劾定安。

十七日(10月15日)

巳正散。闻昨日译署诸君见赫德问所索之数不能得。访欧使则傲慢殊甚，孙公遽以朝廷允许二事告之矣。

钟德祥摺：参余与张荫桓先后赴津议和，张尤丑诋。劾李文田、陈学棻移家南走，劾邵友濂，劾陈湜，劾魏光焘，而仍自保。凡八片。

电甚多，可取者：许使谓倭畏寒，利速战，请固守持之，俟冰冻可得手。张之洞请购船八九〈只〉，每只百余万。余等奏片：俟伊来面议，现在问龚船事未暇也。宋再请依防长甸、蒲石，依已到，允之。刘铭传坚请病假，置弗问。

十八日(10月16日)

巳初散。是日无书房。译署无回信，看摺及电，递奏片而已。

安维峻摺：劾李文田、顾璜、陆宝忠移家，丑诋之，有"腼然人面"语，不报。

王鹏运摺：请断山海关铁路，防贼乘机入关。

片：北洋改电报。两事皆交北洋查复。

电数件：周、袁[指周馥、袁世凯。]探报义州贼万人，又有廿船载兵在龙川登岸，又有三千人添往。

电旨：交宋、依严备。

十九日(10月17日)

巳正散。

齐兰摺：沿海团练禁米出洋，未办。

袁、周电：大鸟二万人到安州，有大马二千，非倭产。

宋电：九连、沙河或可守而兵单，依位较崇，未敢请赴长甸等处，盖未接十七电旨也。皆分电令防范，以蒋尚钧四营归依。

译署无回信，传赫德询以他事。

二十日(10月18日)

无会议。

廿一日(10月19日)

午初散。庆昨销假，今又未来。

翰林王荣商摺：十条，保张佩纶，皆不报。

管廷献摺：甚刻。挑旗兵一万，令董福祥、陈湜教练。未行。

片：请办平粜，交户部。

文廷式摺：力排和议，谓枢臣与北洋先有和谱，坐视兵败，乃坚和说。

片：劾盛宣怀买米得数十万金。天津招商局被焚，恐为冒销地步。交北洋查奏。

片：瑞洵摺未下，军机看过不肯说。

祥麟摺：请通州驻兵。未行。通州办团，交顺天府议。

电旨：以蒋尚钧四营、刘世俊五营三哨两军归宋前日本归依节制，仍拨防长甸、蒲石一带。张之洞派吴元恺带炮队四营归吴大澄[澂]调遣，允之。

译署无回信。次日同。

廿二日(10月20日)

巳正散。

会章摺六条：粮台、功罪、驿站、乡团，其一忘，此条本不交议。恭王为经略。

片：花衣一日，军报勿稽迟。皆不报。

宋电：叶、卫残军恐聂士成一人难整顿，又派二人分带。

刘盛休电：倭二万于义州西门搭浮桥，声言廿九过江。

廿三日(10月21日)

阅卷散后，未初到枢直商量别事。

张仲炘摺：由旅顺进攻仁川。未行。

廿四日(10月22日)

早散。

徐树钧摺：保唐仁廉统淮军数营扎山海以南，俟召见后再请旨。

宋电：布置情形，亦有廿九过江之说，旨策励之。

廿五日(10月23日)

巳正散。

余联沅二摺三片：劾依克唐阿，未行。劾台、浙两抚，唐欲悉改邵所派营员，廖[寿丰]书生不谙军旅。交谭钟麟查。劾张士珩卖军械得银四十万，与张佩纶瓜分，又天津招商局失火，洋货先搬空，疑有弊，交王文锦查。令南洋、闽、广分船捣日本，或募沿海渔户扰之，未行。劾枢曹等电信不尽以闻，未行。

志锐摺：劾枢臣主和议欺上，未交议。

文郁摺片，隔膜语多，无可采。

宋电：虎耳山在爱河中，虽可筑土炮垒而山下浮沙不能扎营，仍在西岸立垒扼守以游兵往来。

电旨：加意防扼。

电旨：汉纳根打仗勇往，总理衙门有面询之件，即著来京，此李公意。

电旨：拨吉林兵三四千驰往长甸，交依统带，此语发之余已久，今始行。

廿六日(10月24日)

巳初散。

电旨：饬依不得推诿，如有疏虞，惟该将军是问。

依电：长甸上游兵单，请派大臣带重兵驰往帽儿山以护山陵。

廿七日(10月25日)

巳正散。

戴鸿慈、樊恭煦并编检六十人连衔摺：斥和议，又四条。

冯煦摺：八条，是日某某，颇好，大旨斥和。又四条。

张鸿翊摺：八条，并善后办法，内一条不必专用洋枪，即抬枪、线枪皆可敌洋械。

丁立瀛摺：依军少，请以熊铁山十营派往。

陈鼎摺：论北路军务而自请投效南洋。未行。

宋电：布置虎耳山，令马金叙扼守，聂士成、宋得胜佐之。

张之洞电：一巴西两铁舰价一百八十万两可购。电旨询杨使。一奥国快枪二万枝，美五万枝，请急买。电旨询价若干。

宋又电：廿五日倭渡江，击却。又从鼓楼渡。倭恒额正在战时，而使统领报倭从东洋河、蒲石河等小口渡一二千人，倭恒额退扎红石磊子，距九连三十里，现派马队往援，依隔断，云云。

电旨：责依退葸。又饬定安、裕禄派兵守兴京门户。

廿七日［此日应为廿八日，原稿记为廿七日］（10 月 26 日）

申正二始散。

高燮曾摺：斥和议。片：集船择将，未行。

扎拉丰阿摺：请招万人为一军，并保十余员，除朱洪间外，皆不知名。指拨各省饷，明正成军东渡云云。驳：未娴行阵，远募无期。

庞鸿书摺：筹南粮由运河，末请招商采买。采买寄直督酌办。片不记。

北洋电：九连城电线断，旅顺见倭船二只。

余电极多，不悉记。

宋电：廿六夜大雾，义州贼结三浮桥渡，我兵奋击，刘盛休亦出精锐夹攻，伤贼甚多。贼拼命猛扑，我枪炮不及彼之利，伤亡太多，凭垒奋击不退，我无后援，莫可如何。且我生力只新陈四营、马玉昆疮痍二千，实不能敌，惟有竭尽心力以报两朝之恩，请先行严议云云。

电旨：令宋择要扼扎，相机雕剿，毋得株守一隅，当思变计云云。

电旨：饬定、裕派兵严堵，倾一省之力以防东南。

电旨：南北洋各抽调兵数千入卫畿疆。

电旨：催蒋尚钧、刘世俊速赴宋营。

电旨：李鸿章、吴大澂妥筹山海防务。

依、宋之败久在意中，后路无援，新兵未集，必危之道也。昨恭邸拜各国使臣，俄使喀托病不谈，他国皆泛谈，不及东事。最后与英使欧格讷语，询以有无回信，答云日本所志甚大，不在赔款，各国私议，至少须二千千万元犹不能保无它索，中国果能致死，则将倭打入海去，更无它法。又云中国喜事似可不办，何暇更及筵宴事耶？又云倭布置已好，中竟是瞎子，语皆奚落狂悖。赫语亦决绝，云只可拼死打仗，他国友邦爱莫能助也。

今日樵野与莱［指张荫桓、孙毓汶］在枢直密语，旋告恭邸，匆匆寻赫去。赫有奥国来福后膛枪十八万杆，价八十万，带子。只得订定。

廿八日［此日应为廿九日］（10 月 27 日）

午正散。先见上起，后见于仪鸾殿，与恭、庆邸、李公同见。

刘盛休电：苦战自辰至午，势难抵敌，退至九连城，不过守一二日。余与昨宋电同，然未提宋一字。

徐邦道等电：大连湾之北沙窝子倭兵上岸二千余人。

周馥等电：凤凰城溃兵甚多，伤残者半，九连已失。

安维峻、王鹏运摺：痛劾北洋。

片：保崇绮、盛煜。又单衔摺，未见。

瑞洵摺：力斥和议。

片：言倭俄私约。又请亟联英、德。

电旨：斥李鸿章于东事败衄一字未加议论，并责保守畿疆门户。

电旨：定安等。

电旨：李鸿章拨营交唐仁廉及胡燏棻办粮台。

廷寄：命唐仁廉赴津，令李鸿章多拨数营驻山海一带。

廷寄：命张汝梅赴河南募旧部数营北来。廷寄命胡燏棻赴津办后路粮运军械。

三十日(10 月 28 日)

午初散。

文廷式二摺：一劾军机，未见；一劾龚照瑗。

樊恭熙一摺：未见。

余联沅、褚成博摺：似前敌布置。

易俊摺、张仲炘摺：地营筑垒，仍申前攻长崎之说。

片：招沿海及各省义勇，给以印照。

宋电：详述廿七日战状，今退至摩天岭，收合[拾]余烬。周馥等亦往摩天〈岭〉。

定、裕电：请大枝兵援辽阳。

电旨：以吴凤柱马队及新募四营并以卫汝成五营交吴凤柱迅赴辽阳一带。

电旨：催各军前进，凡七道。

电旨：申斥龚照瑗购船迟钝。电报模糊。

是日申刻抵暮在译署见汉纳根，询战状及方法，语极长。一曰援宋军，并令徐退；一曰购快船，盛言智利七船之佳，内一船旧。其人尚诚实激昂。

十月初一日(10 月 29 日)

未初散。无摺。

金州付都统电：请留陈之伟于金州。准。

是日唐仁廉召见，传至军机问话，伊云赴奉天同将军办城守，须得三万人，方能平朝鲜、打日本云云。

初二日(10 月 30 日)

无会议。推班一日。在恭邸处见电不少，惟旅顺、大连告急，余不记。

又，盛宣怀条陈长电：买船、买枪、练洋队、借洋镑。

初三日(10 月 31 日)

先到养心殿。又同恭邸、庆王、李公见一起。所见多昨电。

北洋电：旅大后路可危。

高夔曾摺：袁祖礼能造鳞甲牌执以避炮，今在神机营。

志锐摺：美、法人觐可准在禁城内。准。请召对汉纳根。驳。

电旨：饬北洋巡历海口。又准留吴凤柱、卫汝成营援旅顺。

奏片两事：一请设巡防团防；一请借洋款，仍借镑。发下无说。

初四日(11 月 1 日)

慈圣召见。庆王、恭王、军机及余与李公。午正先散。摺甚多，电亦然，皆不记忆。志锐请赴朝阳募勇，未准。是日庆邸请派恭亲王督办军务。允之。诸臣入见。孙毓汶首以与各国照会，请其公断。为言，朝鲜不为属国，赔偿兵费。并称翁某昨与臣商云云。余对以臣等办事如此，万死不足塞责。臣与孙某商者战事，亦兼及美国调处事，至偿款二千万万，中夏何以为国？臣不敢知，语甚长，不记。命偕李公再见汉纳根，盖余力保此人无贰心也。退后往总署见汉、德两洋人，议稍有头绪。

初五日(11 月 2 日)

先与恭邸见一起，庆、李同。又至宁寿宫见起，仍系四人。礼邸另一起。

余联沅连衔摺：四十二人皆台谏。请照盛宣怀所请速办。借款已准。船械正在与汉纳根商量。

张之洞电：新枪万杆比国；又八千杆本二万，已被人买去万二千矣。

电旨：速定。

旨：派恭亲王督办军务，奕劻帮办，余与李公、荣禄、长麟会商办理。

旨：派巡防王大臣，即前六人。

旨：派团防大臣：敬信、怀塔布、李文田、汪鸣銮。

旨：卫汝贵革职拿问，交刑部治罪，丁汝昌撤议叙。

初六日(11 月 3 日)

裕禄电：倭离金州七十里，旅顺告急。

电旨：调登州防兵夏辛酉四营援旅顺，昨日事。尚有数件不记。

电旨：饬宋庆毋得避贼远守，并派员押卫汝贵来京。

是日奉懿旨：擢同龢、李鸿藻、刚毅为军机大臣。

初七日(11 月 4 日)

入直。

高燮曾摺：恭王不能出关，请派董福祥、彭楚汉分队出。

洪良品摺。

电旨：再饬夏辛酉拔营赴旅，李抚留之也。尚有二三道，不记。无紧要电，然窃虑贼日进矣。

初八日(11 月 5 日)

入直。

钟德祥摺：八条，语皆切直。

片：自愿赴南洋招渔户，有高路子者，奉边匪徒，可招。参交督办处。代奏条陈二件，玉贵、胡某。

电旨：唐仁廉调中，允。文焕，不准。

电旨：饬依克唐阿、长顺抄截倭贼后路。

电旨：饬山东八营连昨所调四营赴旅顺。

电旨：俟李光久五营到时扎山海关，调桂祥驻蓟州。鹿传霖请入卫，不准。

初九日(11 月 6 日)

钟德祥摺：论兵事，语多偃蹇。一半遗忘。

长萃摺：风闻幸长安乞止，未发看。

旨：令恭亲王会神机营查点八旗枪炮。

旨：奕劻前往南苑试挖地营及验鳞甲牌。

得季邦桢电：旅大万紧，乞东军[指驻山东清军]东渡，并汉纳根带兵轮往援。适在督办处，即请恭邸发电催东兵，并给汉札，带六舰。又札汉纳根令赴津练兵。伊请十万，札内未定数，此大举也，月需饷一百七十余万。并札胡燏棻同汉妥商。

初十日(11 月 7 日)

北洋电：宋军由摩天岭移队赴复、金[指复州、金州]援旅顺。

又电：大连湾已见仗。西报云两军皆大伤。

徐邦道送信，南关岭接仗。

电旨：饬北洋援救。

十一日(11 月 8 日)

北洋电：旅顺危，徐邦道杀倭六七百，而彼众我寡，退卅里。卫汝成中途折回，程之伟兵单未战。金州已失。旅只可支半月，粮将绝。

宋电：十一拔队，南趋十五〈里〉，可到金。

电旨：饬北洋抽调数营设法东渡。此件余携入缮呈。

北洋致督办〈处〉电：大略同前，请派唐仁廉赴旅统率各军。

电旨：准行。

又北洋电：在督办处见。南关岭又失，各军皆退。

十二日(11 月 9 日)

电甚多，电旨亦多，未记。

钟德祥摺：保董梦兰。

管廷献摺：造铁路运粮。

十三日(11 月 10 日)

摺三件：陈彝请下诏罪己兼劾贪臣。留。

易俊：空谈。片：储火药，调四川、湖北、山西等处造者。准行。

王鹏运：参定安、依克唐阿。准行，见明发。

又，丰升阿倭恒额，未行。

电极多，惟张之洞布置营垒及车炮。一交吴大澂，一询北洋。又，北洋据丁电，"定远"在旅坞中。严电谓丁若不能救此，当于军前正法。李某迭次电谕皆不复，徒以"焦急"二字塞责。

十四日(11 月 11 日)

要电：北洋谓汉纳根亦谓六舰不可轻掷，调丁汝昌来津与议，谓冒险无益。"定远"、"镇远"两船皆出，并"来远"亦带出。

电旨：仍饬丁往援。

明发：彭楚汉署长江提督。

十五日(11月12日)

代奏：陆钟岱连衔摺：十二条，论军事。交军务处。

端良摺：不足取。电多，不甚要，云美允调处。

晚见北洋电：旅不能援，今由营口渡章军，与宋[指章高元、宋庆]合军南向。

十六日(11月13日)

余联沅等摺未下，十六人连名劾枢臣，兼及余与高阳。片四不记。

文廷式摺：劾方恭钊、沈家本，保汪守正、李振鹏。

张百熙摺。

恩溥摺：未下。劾枢。

片：劾刘秉璋潜逃。

良弼摺：告奋勇，未准。

安维峻摺：未下，劾枢。

洪良品摺：北洋左右多奸细。

电：北洋谓海舰不可护兵，惟游弋撞见即击，拟令章八营乘轮由营口进，助宋攻金州。

十七日(11月14日)

无封事。惟王文锦查复张士珩私卖军火属实。廷寄饬拿。电旨不少，惟催援旅顺，并令守旅将领鼓励士卒，舍此别无生路。

十八日(11月15日)

叶庆增摺：渔团。

片：劾田在田。

又，户部代裕祓摺：奉天形势。

翰林院代傅世炜摺：通州团防。

又，冯熙。

又，朱延熙十二条。

电旨：丁汝昌既能到旅顺，则尽可堵截，否则亦须游弋往来。李鸿章称大沽防守妥协，何以不遵旨亲往查看。派唐仁廉带李光久、潘万才、吴凤柱兵与宋庆攻金州。

交督办处传谕：汉纳根准募勇十万，用洋法教练，仍令胡燏棻会同妥商。

交崇礼：令庆裕暂缓赴任，同崇礼会志锐议热河团练事宜。

十九日(11月16日)

戴鸿慈等十六人摺：劾孙[指孙毓汶]。

文廷式摺：劾礼、额、张、徐[指礼亲王世铎、原军机大臣额勒和布、张荫桓、徐用仪]，皆丑诋。两摺未发。

徐致靖摺，片：斥和议。

电旨：饬通旅顺。闻车炮并制合膛炮子。饬宋庆须防凤城之贼来抄后路。削丁汝昌尚书衔，摘去顶带。

交旨：徐建寅赴北洋查看定、镇等船炮位情形，并有合膛炮子。又，青州付都统讷钦，李秉衡称为忠勇一片。

明发：定、安照部议革职留办练兵，依克唐阿革职留营观后效。又，额勒和布才名开展，张子迈年逾八旬，均毋庸在军机大臣上行走。又，道员张鸿禄声名甚劣，革职。

电旨：令道员徐建寅往查定、镇船炮位情形。

二十日(11月17日)

是日张荫桓回京，召见。

都察院代递十余人连衔：有何乃莹力言西迁之不可。

又，已革道员李耀南摺：皆兵书陈言。

杨颐摺：请立粮台，保龙锡庆办粮台。以上三摺皆未行。

电甚多，一见辄忘。电旨亦不少，其非答电者：调海军六船至大沽，令徐建寅查验。催各路兵丁速行。准两淮盐商捐输，奖实官百万。

廷寄：恭、庆两王及北洋，准德璀林赴日本，通伊藤，未明言。

在督办处见电：一奉天昭陵总管十余员电告警，请朝廷主和。一"镇远"船进口触水雷伤底，尚可修补，而林泰曾仰药自尽。一奉天三陵总管等廿余人电求讲和，谓兵无可恃。

廿一日(11月18日)

与恭、庆两王、李公见，第二起。

电廿余件。十七日旅顺炮声不绝，兼有火光。聂仕成等苦守大高岭。

电旨八九道：催兵、援旅、兵差、车船沿途应付，"镇远"被伤情形。

阔普通武摺：无一语可取。

易俊摺七条：内一条立统帅○○○。上深韪之，命议。

片：王恺系马贼，在奉辽为患，宜招抚兼办团练。又，参金州付都统连顺先逃，又去年阅兵索赂。

步军统领摺：拿获倭细高顺、赵二、吴二，交刑部。命恩泽为黑龙江将军，荣禄授正白汉都统。

廿二日(11月19日)

电十四件：聂士成于十八日在大小高岭击退倭兵，我伤廿余人，彼伤十之七八。

电旨：催唐仁廉速带李光久、吴凤柱、潘万才援宋军。

端王载漪封奏：练旗兵三四万，保丰绅、崇善、吉[丰]升阿、穆隆阿。

片：造抬枪。

王鹏运摺：未下，闻劾主和之孙、徐。

松椿二摺：一筹饷七条，片：河运；一保郭宝昌、潘万才、舒永胜。命存记。

廿三日(11月20日)

徐桐摺：未下，劾济、嘉[指山东济宁人孙毓汶、浙江嘉兴人徐用仪。]

安维峻摺：未下，劾小李[指李经方]。又，援宋。

翰林代递王荣商摺：论兵事，一和议摇惑；一畏死心重，罢和须除李，致死必杀卫[指李鸿章、卫汝贵]。敬信等团防随员。

电旨：催唐仁廉，革叶志超职。问韩效忠招致否？

廿四日(11月21日)

戴鸿慈等廿四人连名摺：劾孙，兼及徐。

陆宝忠等连名摺：两斋，惟无徐、李、王及上斋徐耳，劾枢臣十大罪。

钟德祥摺：劾枢。片：劾。

以上三摺皆未下。众论汹汹，奈何。

电旨：革聂桂林、丰升阿职，以岫岩失守，此人不知避何处也。赏旅顺军士一万两，令与宋军夹击，勿株守。廿二日姜桂题率各军出战，卫汝成冲锋杀倭数百。

廿五日(11 月 22 日)

张百熙摺：诋北洋，防南洋海口。

托佛欢摺：论兵不通。

翰林代递陈鼎摺片：皆论兵事，尚畅切。

片：言洋人庆物内监索银五千云云，无此事。

又，贵铎摺：言盛京事，并云危甚。此不应代递声明，所言关系根本重地，不敢不陈。

电信：岫岩廿一失守，盖平告警，势将赴营口。又，赵怀业于金州失守时，连顺等求援不应。

电旨：革〈赵〉怀业职，交宋庆查办，所部归徐邦道统带。

是日美使田贝称奉其国电，为中倭调处，拟一稿，请用总署印以为信，恭、庆两邸见慈圣起。

廿六日(11 月 23 日)

李榕摺：提各省军火。片：勿买洋械。

电旨：皆无紧要事。准张之洞调冯子材募十营赴宁。

廿七日(11 月 24 日)

翰代奏贵铎摺：南洋进兵。

熙麟摺：八条内有可取。

秦绶章摺：援旅。

吴大澂摺：以山海关防自任，谓不使贼越一步。

李秉衡、北洋先后电报：旅顺以廿四日失守，凡三日苦战，卒以东西两海岸俱被占，南面水师雷艇拦截，北面墙失姜营火起，遂失守。姜、赵、徐、张、袁皆不知下落。

廿八日(11 月 25 日)

电：宋报金州接仗，先胜，杀数百人，后铭军遇伏小却，得逃兵知旅顺廿四寅时陷。北洋奏丁查明“镇远”损处十余，仍以触浮鼓擦礁为言。

电旨：饬唐仁廉就所募四营及李光久、吴凤柱出关。伊请拨廿营畀之。

洪良品摺：二条，一避炮法，一保张汝梅、汤△△帮宋。两片。

钟德祥摺：叙徐邦道战功，仍保董、李可用。两片。

张嘉禄摺：浙防空虚，张其光拥兵自从[重]。

片：四川税契加派。美无回电，而德璀林者，总署止其行。李电回：云已放舟大洋，无从追矣。今日李电伦敦报，日浼美调处，惟中须遣使请和云云，盖自圆其遣德[指德璀林，时任津海关税务司]之意，机栝甚精也。

是日余创论遣谭文焕带新募之勇赴锦州相机招剿土匪，奏片言之并电旨予吴大澂。

廿九日(11 月 26 日)

无封奏。自初一起所有逐日封奏均递皇太后慈览，原摺不封，另匣。

十一月初一日(11月27日)

文廷式等七人摺：陈遹声、丁立钧四条，一条罪已，有一条参孙莱山与合肥，并参曰，孙李有怨讟之言盈于道路，跋扈之迹暴于禁廷，君臣之义已离之，诛宜及等语。

余联沅等二十六人摺：末部曹，杀丁汝昌，参龚照玙[瑗]。

徐致靖摺：请将战事明发或下廷议。片。

萨廉摺：未练旗兵，片：论团防，文义不了了。

电旨六七道。

电报：聂士成报夺回连山关，依报得胜仗，与聂通信。丰升阿、聂桂林退出岫岩，失炮七尊。交查，前已革职。胡燏棻报购械一千万，粮台四百万。旅顺已全陷。昨云馒头山、老铁咀尚战。

初二日(11月28日)

褚成博摺：力斥迁都，谓宜宣示，俾邪论不得伸。

四片：一论丁汝昌通李莲英，此件留。

易俊摺：冰未冻，滦、乐宜防，冻后速合大枝出关。

电报：宋退至熊、岳，聂士成，吕本元报分水岭、连山关之战，毙其前锋将军富冈三造，倭兵排队鼓吹焚其尸。

电旨：聂士成、吕本元赏翎管、小刀、大小荷包，余酌保，赏兵〈银〉一万。饬吴大澂速挖长壕。

明发懿旨：以一万五千件皮衣赏宋、聂各军。

初三日(11月29日)

翰林代王荣商摺：旅顺不必顾，东省防要紧，皆空言也。

督办处京城布置摺留中。

外瞿鸿禨摺：不可议和，所言尚在平壤未失时事。

电旨：令宋庆查明三路贼情人数多寡并褒励之。令陈宝箴迅即交代来京陛见。桂祥祥普带神机营四队由蓟州回京，英廉接防。

廷寄：令志锐回京当差，此懿旨，仍写谕旨，四百里寄。

是日见田贝复音昨日在总署面交。日本政事谓未惬，彼意须中国派头等全权大臣一二员赍国书赴日本，日本亦派大员会商，再议和停战，云云。

总署复田贝使函，大旨须日本先说所有之意再议，仍烦美使调处，以符旧约云云，词甚婉也。

恭邸将此两件面呈皇太后，谕照办。孙往总署见田面致。高阳云：张鸿顺子遇自津急回致北洋语，谓洋务惟彼一人最澈，若欲和须费三千万，不割地云。高阳将信将疑，余亦唯唯否否，姑记于此。次日晤子遇云三千万下尚有一字，不肯说。又云若成则平壤或可商，朝鲜若驻日兵则俄必不许。

初四日(11月30日)

王懿荣摺：攻旅顺，斥和议。

丁之栻摺：沿海各省办团。

崑[昆]冈摺：举刘坤一、王文韶督帅，问李鸿章长策。

高燮曾摺：先论今日军情之急，皇上所宜措意。次及昨日二贵[指珍妃、瑾妃]之谕，劾枢臣承旨之非，语多不伦，意似有在。

片：保袁祖礼善制造能将兵。袁有《战守新法》一册。

余联沅摺：攻旅顺，禁骚扰。

电旨二道：一与宋庆，并催唐仁廉、吴凤柱出关；一予依克唐阿，令与聂士成合。依在草河口遇倭，彼此多伤亡也。

初五日(12 月 1 日)

无封奏。与两邸商拟电旨一道：侦探旅顺敌情，并令前敌悬重赏募死士，又加给勇丁口分。

初六日(12 月 2 日)

电报：依仍在草河口接仗。宋初六抵盖平。营口报有贼踪，不过距数十里。

吴报：闻旅顺贼大山岩一股将扑山海，严兵以待。

初七日(12 月 3 日)

溥侗摺：谓廷臣水火，宜别邪正，上过仁厚云云，请面陈。

是日有起。

督办致胡燏棻函，与商汉纳根练兵是否可行。

电报：吴复昌黎、滦、乐海口俱与大沽同时结，永无不封冻之说。

明发：裕禄奏金州失守情形，连顺革职，戴罪图功；赵怀业已革拿交刑部治罪；佟茂荫革职留营。

是日(张荫桓有起)。又恭邸、张荫桓见起于仪鸾殿。

是日田贝得倭信，仍须派员同议，再议停战，再议所欲言。

初八日(12 月 4 日)

电报：刘含芳探旅顺炮台、船坞皆未动，惟杀人甚惨。

宋庆报：盖辽间无山可展布，或能得手。

安维峻摺：吴大澂忠勇，未经战阵，诸将不服，请戒饬之。四百廷寄，抄阅。

明发：志锐补为乌里雅苏台参赞大臣。

懿旨：恭亲王奕〈䜣〉补授军机大臣。是日，恭邸请起，偕孙毓汶、徐用仪、张荫桓同见仪鸾殿。枢臣亦有起。圣意遣员可允，惟不能在京，亦不能赴彼国都，天津、烟台、上海皆可。又，停战不可，恐以和款我误我也。

初九日(12 月 5 日)

无封奏。

电报：长顺请重兵赴辽沈。

吴大澂奏：唐仁廉之营官冯文焕[广?]以利诱其勇入营者十七人，请摘顶。旨革职。

初十日(12 月 6 日)

是日臣独蒙皇太后召见，论书房事。无封奏。

电报：宋称悬赏之难，宜浑括曰：进则重赏，退有大刑。

电旨：称其得当，并指授机宜。

刘含芳探旅顺情形如前日所报。

电旨三道：催各路勇丁在途者速行。

十一日(12月7日)

翰代奏王荣商摺：文甚巧，谓言和言战必衷一是，请廷议。

朱延熙摺：八条，保于荫霖，京城外筑炮台，军机值宿，关陇办团。

冯文蔚等十四人摺：滇省地营并图。

片：保谭[覃]修纲、马维骐、马柱。

片：将士功罪或明发，或否，宜一律。

片：谓和事独委有心误国之李某。良弼摺：宜设侦探等，文冗。

电报：依在三道河不能进与聂仕成合，云打仗伤亡多，聂亦三面受敌，倭添兵，依退至三道河。

十二日(12月8日)

恩溥摺：劾枢臣阿附李相，不发明旨。

片：卫汝贵安坐天津，枢臣何以不催？谓其与王有李、刘子通安置打点。此片未递。

片：劾奕年。

载濂摺：请保卫盛京，择宗室王公一二人前往。未行。

片：保崇志、李云麟、冯武塞参领。皆未行。汤传至督办处查看，其人老钝。

秀林摺：内蒙古祝嘏者请饬回。

电报：依与聂仕成可晤面，倭夜遁，云云。

宋报：旅顺贼不过三千，余悉往金州。

十三日(12月9日)

无封奏。

电报：聂仕成等追贼至草河口，杀数百人。

有明发奖励并准并案保奏。

十四日(12月10日)

都代递道员陈明远摺：勿和先战，末言有引线可办此密事，不能形诸奏牍。交督办处。

电报：宋报初十复州失守，贼由半拉山扎桥北犯。唐仁廉请由津及山海拨炮数十尊，唐在锦州。

电旨：饬宋严备，若北犯当力战，此今日军事要著。

廷寄：李、吴酌拨炮位予唐。

是日督办处札魏光焘、陈湜各将所部迅即出关帮同宋庆剿贼。筹饷十二万给两军，俾利遄行。

十五日(12月11日)

易俊摺：四大支出关。

片：尽此三月速备。

片：吴凤柱添募。

电信：山海关见倭船数只游弋，威海开炮中倭一船烟筒，宋在盖平布置，聂似收复凤凰城。

李秉衡片：参威海统军帅船早回，置旅顺不顾，谓当明赏罚。

电旨：饬北洋查办。有龚照玙[瑗]而未及丁汝昌，却有姜、程。又，聂桂林、丰升额[阿]交裕禄提讯。又，令宋庆与聂仕成等商酌可否合兵盖平。

明发：程文炳补福建陆路提督，程之伟之缺，即其族叔也。

十六日(12 月 12 日)

管廷献摺：山东州县办团不善，骚扰小民。廷寄饬查。

电报：依与聂晤商，拟十六日两路进攻凤凰城，两电略同，似凤城已无贼矣。依小胜，系永山、福山所打仗。贼守长岭炮多，云云。丁汝昌保徐建寅忠勇可为副提或监战大员。

电旨：发宋军银十万两悬赏，如得胜仗即行分赏。又饬王文韶由陆路兼程北上。

是日，张荫桓一起，军机一起，皆蒙皇太后召见，允派员至上海会商办结之事，无他语。即日由总署照会田贝。

十七日(12 月 13 日)

张荫桓起。

王鹏运摺：勿为和议所误，宜及时修战备。

电信：聂、依两军皆败，聂保分水，依退草河。宋欲援聂，又兼顾海城、析木城，南防大石桥，渐渐不支。

电旨五道：于宋饬其稳扎，催陈到锦，合沙克马队。

北洋复奏：龚照玙[瑗]未先逃，革职留营。革，不准留。又奏：并无倭奸假装米船偷运火药事。

十八日(12 月 14 日)

樊恭熙摺：防海口冰冻后，踏冰上岸。祁口、秦皇岛、小洋河三口尤要。

片：俄以四十人护使馆，义十一人，须阻止。

电报：宋退大石桥扼海、盖之冲，章驻盖平。聂、依皆退扎原处。

电旨：明发天寒人杂，著步军统领派人保护各国使馆。

十九日(12 月 15 日)

翰林代三件：

冯煦摺：和六谬，策四：申军律、选锐卒、策胜算、办团防。一片：汉纳根洋队可虑七，可疑三。盛宣怀误国。置汉纳根于闲地。

王荣商摺：驳和议十条，婉转博辩，总之非战不能自强，则非先去李鸿章则不能战。

丁立钧摺：宜去淮军，专用湘军。劾旅顺失守诸将，劾周馥、胡燏棻。四条：派统帅、设湘军粮台，新枪发湘军用，戒湘人浪战。

片：劾张荫桓市侩鄙夫，两次赴津，人言藉藉，李某奴隶视之。

余联沅摺：封冻后宜派劲旅前进。又，营口不冻，宜扎重兵。

片：赵怀业、龚照玙[瑗]、卫汝成、黄仕成[林]应即正法。

片：派钦差督办三省军务，定安、依克〈唐阿〉不可用，长顺亦不可用。

片：汉纳根为胡臬司阻抑。劾胡铺张为开销计。

片：大沽守备单弱，旅顺并未开仗。

片：劾李鸿章为秦桧，其阅大沽北塘，未登炮台。

片：吴大澂大言不惭。

张仲炘摺：劾盛宣怀、胡燏棻皆丑诋之，谓盛持翁某为奥援，翁为其所愚，称人虽不正，其才可用。胡为李某门生，李受其愚，以为可大任，请将盛革职，籍其家私。胡立罢斥。交王文锦查，十二月初六日复奏，语甚空。批："知道了。"

片：胡不欲汉练洋队，请令陈宝箴代。

片：湖北铁厂应令张之洞遥领，闻谭某将厂匠委员停撤。

电旨四道：命程文炳为福建陆路提督，程之伟革。

是日，定与赫德商借洋款。

是日，晚闻十七日海城失守。

二十日(12月16日)

无封奏。

电报：十七日海城失守，宋腹背受敌，贼距营口六七十里矣，电线已断。南洋报海口吃紧。又报北洋枪械不再截留，惟陆运极难。

电旨：慰宋庆，令稳慎。令漕督设转运局。查卫汝贵是否潜往天津。

明发：聂桂林、丰伸额[丰升阿]屡次溃退，拿交刑部治罪。由析木退至海城，不战而溃。

廿一日(12月17日)

无封奏。

是日见美国人毕姓与日本外务笔谈，其索我者五条：一赔款，二朝鲜自主；三割地；四赔南洋所杀人；五沾利益。

电报：宋在纺瓦寨，距牛庄、海城各卅里。

明发三道：宋庆查复卫汝贵、叶志超、丁汝昌，卫催解，叶、丁拿问；旅顺失守龚照玙[瑗]拿问，卫汝成、黄仕林、姜桂题、程允和查明下落复奏。赵怀业速即查拿交刑部治罪；岫岩失守，丰升阿、聂桂林置州城不顾，著刑部归入前案，一并按律定拟。周鼎田、金得凤、张占魁撤勇号，留营效力。

廿二日(12月18日)

电信：宋致善[指善庆]函将攻海城，章[指章高元]驻盖平城外，防复州窜贼，看去似零星小股，正恐一旦大股猛扑耳！

刘含芳电：美国人晏汝德、郝威从日本过，被扣留逃出，此人能作雾。晏开呈十条，大略谓贼不能见我，且能以商船作兵船直攻彼舰云云，并云所费无多，现遣至威海试验云。

电旨：令北洋保海军提督等缺，并以李和徐建寅询之。

廿三日(12月19日)

未入直，因病。

廿四日(12月20日)

军机有起，余以病未入。

懿旨：命张荫桓、邵友濂为全权往彼国议和停战。

张加尚书衔，译署函致田贝，指明长崎。

廿五日(12月21日)

张荫桓见东朝起。

电报：宋退牛庄。章、陈择地守。营口告警。攻海城不利。金后大股，宽十余里。李留丁，谓海军人员难得而力驳李和、杨用霖、徐建寅不称。两美员在威须得多只商船试验。

电旨五道：准吴凤柱抚锦州马贼。饬丁交替速即起解。徐建寅从威海查船归来见，述丁之废弛，保马复恒。

廿六日（12月22日）

孙君未入。

电报：宋连日接仗，由海城退至田庄台。铭、毅各军均在焉。旋报牛庄失守。是役毙倭不少，而愈杀愈进，且早已包抄，竟为所袭，章高元等亦往北退。长在辽阳告急，依在大高与聂、吕皆告急。

电旨：饬陈湜径赴辽阳，饬宋庆顾营口，饬长、依等各坚守。美员之法尚未试验，须先给金洋一千元。

明发：姜桂题、程允和、张光前均革职留宋庆军营效力。

廿七日（12月23日）

早散。

电报：无前敌信。李据威海将令留丁汝昌。另德璀琳等电恭亲王亦请留丁，以为不如此，洋将皆散，此件未递。

电旨：仍遵昨谕，丁汝昌交替即解，不得渎请。准美员先立合同再行试验。昨曾驳以何船试验，令条复。

廿八日（12月24日）

翰代三件：徐世昌等四人，黄绍箕摺，又黄绍箕摺，张仲炘摺，钟德祥摺。七片。管廷献摺：整顿海军八条。瑞洵摺：撤叶志超所保案。片：劾刘铭传、郭宝昌，应问罪。

电报：无要紧者。宋报贼未到牛庄。

电旨。

廿九日（12月25日）

封奏：安维峻摺：万言，力言和之不可。孙、徐遭诋，恭、李及余亦称误国。

阔普通武摺：一开窘极。

片：乐亭有倭奸探水。

廖寿恒摺：招勇四弊。

片：籍卫汝贵。

片：提各省生息款公家予利。

唐椿树摺：保苏元春。片同。

陈其璋摺：令林维原、刘永福捐资召募，捣日本。

电报：辽阳南十里安山站见倭骑。

三十日（12月26日）

封奏：王鹏运摺：力参北洋，语极峻厉。

片：山西借款骚扰。

片：劾李经方不可充使。

片：请留李永芳在京十日。

电报：宋仍在高庄台，而金、旅大股渐渐北趋，并在熊岳，恐章、张两军在盖平者不能支，拟令会合云云。

电旨令酌量。吴大澂撤谭文焕，以左孝同接统五营赴锦。

明发：奉天府尹福裕因病请开缺，著赏假一月，仍赴新任。

十二月朔（12 月 27 日）

刘坤一到京。两边皆有起，恭邸起。

电报：裕留聂、吕守大高岭。

依摺：报草河口等处打仗情形。

电旨二道。

明发：依克唐阿报迭次打仗杀贼二千余，将士恤赏，逃者三人，饬拿正法。

依奏：永山攻凤城阵亡，恤典甚厚，永山，富明阿子也，年廿七，予谥入祀，立传，二子及岁引见。

特旨：停廿三紫光阁、除夕保和殿筵宴及明正一切筵宴。

明发：李秉衡奏，旅顺失守。丁汝昌、龚照玙[瑗]、卫汝成临敌竄[窜]逃。丁、龚前已拿交。刑部卫汝成即行革职拿问，提督黄仕林查明下落复奏。

岑春煊摺：三条：一统帅，一申纪律，△△△。

余联沅摺：恭亲王督师出关后则另派钦差大臣。

片：和议非不可行，特须先战。

初二日（12 月 28 日）

庆邸、孙、徐有起。电报无甚要。

电旨二道。封奏。

岑春煊摺：请发往前敌。

易俊摺：不可和，片：论卫汝贵，片：撤叶保案，片：河南停止分发非是。

杨颐摺：和议之非三端。

秦绶章摺：三十七人，御史、编检、庶常。邪说误国请收回成命，足致危亡者十端：兵费、强倭、割地、效尤、勇难遣、兵空返、纳质并有不忍言，阳和误我，权臣挟以为重，张李小人，李改姓许，有耆钧群辅纤默怀欺语。三误。战事有名无实，奸臣结党营私，溃将稽诛玩法。

片：威海后路见贼即击。

戴鸿慈摺：未和之先，既和之后，皆有可虑，陆军，水军。

都察院代递道员何长清雄辉之子摺：奇兵分两路，一取王京，一取釜山。

安维峻摺：先未下，至殿庐始发。请杀北洋，并论枢臣，谓如在云雾中，故乐闻洋人致雾之法。内有传闻议和乃皇太后旨意，李莲英左右之。市井之谈，原未足信。谓皇太后归政久矣，若遇事牵制，将何以对祖宗天下乎！李莲英何人，而敢○○○乎？一段。

是日，奉上谕：安维峻肆口妄言，毫无忌惮，若不加以惩办，恐开离间之端，著即革职，发往军台效力赎罪，原摺掷还。并戒饬不应具摺之员连衔陈奏，以后若有似此者概行惩处。

上谕：授刘坤一钦差大臣，关内外防剿各军统归节制。明日请收回成命。不允。上谕：太仆寺少卿岑春煊交刘坤一差遣委用。

庆邸、孙毓汶、徐用仪皆有东朝起。昨田贝得电云：日本议在广岛讲和，未派员，并有如日本愿和再议停战语，云俟使臣到广岛四十八点钟内即可会晤。

初三日(12 月 29 日)

电报：宋报南路大股欲出未到，其零星小股避宋而行。

电旨：令其稳扎。

封奏。洪良品摺：李鸿章可内召，有其子经方既与日本姻娅，则其父似宜引嫌云云。

片：李秉衡可任直督。

片：刘铭传可任东抚。

初四日(12 月 30 日)

无封奏。

电报：依赴辽阳与长合。宋仍在田台，欲攻海城，贼在熊岳。

军务处电：扎锦州吴凤柱准招马贼十营，责令东联辽阳，西助宋庆，能否即电复。

初五日(12 月 31 日)

电报：无要紧。

封奏。钟德祥摺：论和战，语含讥刺，实无一策。

片二件：皆言内务府事。

总署拟给张、邵等国书：大清国大皇帝致书于大日本大皇帝，两国本同文之国，素无嫌隙，近因朝鲜之事兵事祸结，今遣某某为全权大臣会商了结，望大皇帝以礼接待云云，大略如此。

初六日(1895 年 1 月 1 日)

电报：章高元电：廿七贼去熊岳向东。廿九贼至石门岭，贼探骑至牵马岭。初一石门贼退向析木城。江抚德馨请北上帮办军务。旨毋庸北来。

初七日(1 月 2 日)

张荫桓起。电报多而无警。倭挖洞藏匿，岭防吃重。沙将察哈尔马队拨还，另募西丹。

张荫桓奏带司员十人：顾肇新、瑞良、伍廷芳、梁诚、沈铎，余五人不记。另聘律师科士达。德璀琳似亦在调中却未奏。见电云以参谋位置之。田贝到署云，日有公电，称所派系至大之官或二或三未说名姓。又有私电，云是陆澳。中国使臣可由长门下关，进口，终未说出条款。用局外船旗。次日递上。

初八日(1 月 3 日)

封奏。准良摺：论和之不可。

片：依捐三万应加奖。

片：保辽阳州徐庆璋。皆存。

刘坤一摺：大致以关外交宋，关防交吴，海口交北洋。不甚透切。亦存。

电报：聂探雪里站添倭万余。宋报同，其营官刘凤清新到四营驻营口，后四营亦将到。北洋谓卫汝成无骚扰事，今与赵怀业均无下落。黄仕林失守炮台，请革职永不叙用。

明发：黄仕林革拿治罪，赵怀业、卫汝成仍查下落速解。

初九日(1 月 4 日)

无封奏。电报：无要事。南洋报英言吴淞不准犯，若犯即击，又言俄有兵九万，五铁甲在日畿、海参崴驻扎。

初十日(1月5日)

张荫桓赴日本,跪安请训,上及东朝皆有起。

封奏:余联沅摺:论和战,斥北洋将掣钦差肘。

片:参汇丰掌柜吴懋鼎。

片:水军、陆军、粮台三项宜饬刘坤一力任,交刘。谓程文炳、阎殿魁、李培荣皆应酬不可用。余虎恩、董福祥可赴前敌。

片:历指拏[拿]问者藏匿不到,末劾周馥、胡燏棻不管湘军。

蒋式芬摺:请撤吴大澂,言大而夸,刚愎自用。

是以张荫桓坐名勅书呈览,内有电,亦总理衙门请旨遵行语,国书内却无之。恭邸带荫桓入见　皇太后,退传懿旨,另拟谕旨一道,用笔纸书之,饬张荫桓、邵友濂如日本所请于国体有碍及中国力所不逮者皆不得擅许,凛之,慎之,云云。又面传不得先许停战:一则疑于求和,一则塞前敌诸将之心也。并饬张某无须汲汲前往,在上海且小停顿,候信。

十一日(1月6日)

无封奏。电报皆不甚紧要。海城添倭二千余,大山岩、山县友朋皆至海城,恐北犯。

十二日(1月7日)

封奏:高燮曾摺:分别和与服之异同,云偿款则屈服矣,非和之谓也,交刘坤一看。

祥霖摺:不可和。

片:过兵骚扰,未指何处。

谢希铨摺:参李瀚章去虎门排桩得贿数十万。

片:参陆维祺,仍以道员发粤。

片:参继格纵旗兵抢劫奸淫,均交巡抚马丕瑶查。

电报:无战事。

孙兄[指孙家鼐]信云,李新吾言倭将由间道扑奉天。

十三日(1月8日)

封奏:庆祥摺:参定安及双纶文格子。

片:乐亭防务。

片:永清团练。

电报:成山有倭船游弋,威海严备。宋兵屯高坎,欲移缸瓦寨,徐邦道带十营亦至高坎而海城大酋并集,恐有诡谋,将并力猛扑。

十四日(1月9日)

封奏:翰代王荣商摺:请刘帅出关驻锦州。语甚尖刻,其切当。交刘阅看。

电报:宋欲进,又接章报,倭攻盖平,添兵二千、炮十余。大鸟等欲报廿三日之挫,由熊岳出兵,于是令章、张仍扎盖平,徐回援,宋在高坎,相机迎击。

十五日(1月10日)

无封奏。

电报:宋在石桥,盖平前后皆敌,章告急,宋亦馁,云盖平若失,营口难守。

电旨:令稳慎防剿。

十六日(1月11日)

封奏：洪良品摺：和议宜慎，极诋李相以资财放倭，条款请交廷议。

电报：伦敦电：谓中国办事无果决之才，田贝所议至今未定，直待取北京再定云云，极狂悖。

依、长报：安山站有贼，荣和与接仗云。

东抚李报：成山金山寨倭船测水，东省十余营不敷防守。

十七日(1月12日)

文廷式摺：令刘驻津。

片：参松椿、邓华熙，交李秉衡查。

片：各省添机器局。

戴鸿慈摺：令刘出关，宜兼北洋，并奉天总督。

片：添造抬枪、劈山炮。

高燮曾摺：刘兵权宜一，应节制宋、吴，即各将军亦归考核。

钟德祥摺：语仍讥讽，三策：收人材[才]、浚利源、修武备。

片：东便门外金家村新开磨面坊，其机器可造枪，而南城坊官王桂棻持票禁止。交都察院查。

电报：袁世凯探，十五日章、张力战未稍却，分统杨寿山阵亡，盖平遂陷。德璀琳探报日本第三支兵出广岛，将于威海上岸。

依、长报：牵马岭小胜，长赴前敌。

电旨五道：宋庆以力保营口为主。催军械赶运。朱淮森降付将。

十八日(1月13日)

陈其璋摺：捐例减二成。

片：未经验看不准派委。

片：民捐宜停。

片：道府捐例宜准实缺同通。

张仲炘摺四条：并海军，并陆军，设粮台，严军律。提镇皆准正法。令刘坤一通盘筹划。交刘阅。

片：劾吴大澂军中作乐，兵饷三两四钱。交吴。

片：商借扰累。

吏部奏司员王荣先、鲍心增摺：阅李鸿章、张荫桓主和议有八条诘责，是否能保云云。

顺天府摺：谓官车局请款二三万。五城保获盗人员。

电旨：依、长牵马岭之小胜，此前事也。宋报十五盖平失，章退回，徐仅到三营亦退，自请治罪，章、刘议处。催刘出关。此电气馁甚矣。

明发：宋庆议处，章高元、徐邦道严议。又，宋朝儒放九江镇。

电旨：令海军各船毋株守威海口内，出口迎击，俾进退自如。又，饬宋庆合兵先剿一路，身在前敌，责无旁贷。

十九日(1月14日)

管廷献摺：买山东、河南杂粮运京。

片：劾吴育仁种种懈废。

片：兵勇搔扰，又行旅被劫。

电旨：成山有倭船二只抛锚，令李鸿章、李秉衡严防，并告以赫德所言二万二千人由海面趋之说。

又，令张荫桓、邵友濂由沪即赴广岛，毋庸再候谕旨。

电报：许景澄言倭畏寒，宜急击，令兵出关，倭愿奢，和议难卜。章高元报盖平失守情形，阵亡统带凡五人，杀倭三千，我亡八百。余尚有六件不甚要。

是日，见慈圣起，谕今日电旨中张荫桓等一道拟撤下。又谕：令吴大澂速带所部出关助宋。又谕令刘坤一进扎山海关。

奏对语甚多，最要者遣使一事不可中止，请少加圣虑，勿使彼族以滞留使事藉口。又力陈敌势日逼，战事未可知。明年开河后虑其冲突畿疆，日前沈阳岌岌。

二十日(1月15日)

电报：宋报十五日贼扑盖平，章、张杀倭甚多，杨寿山、李仁党阵亡，城陷。今章、张在大房牙[山]，徐在二道沟。嵩、铭二军在石桥，毅军在侯油房，皆离营[指营口]十余里、二三十里，所恐由牛庄抄袭。又报贼至石桥十里，恐并股扑营口，李光久五营驻田庄台，请催吴凤柱扎牛庄。吴大澂请于正月初出关与宋庆合，请刘坤一到关镇守。

戴宗骞报：十八倭一艘至威海，我开两炮，一中船面，船北去。

张荫桓报：十八晚到沪，眩晕稍息。电旨：饬宋勿待大股至始剿。饬二李[指李鸿章、李秉衡]防威海。饬北洋于头批枪械五千支交刘坤一。

廿一日(1月16日)

电报：宋报营口更急，牛庄见贼骑。称徐邦道、章高元、张光前苦战。刘含芳报英、法等九艘集烟台，闻倭欲成山登岸。

刘坤一摺：请以宋庆、吴大澂帮办军务，调程、董[指程文炳、董福祥]两军。又八条。

是日，见东朝起，四刻。允宋庆、吴大澂帮办。程、董两军留卫京畿。命明日张荫桓如无电，即发电往询，后日可催令起程赴广岛。刑部奏卫汝贵斩候，情节较重，可否加重请旨。上谕：卫汝贵著即处决。

廿二日(1月17日)

吏代洪嘉舆摺五条：筹饷，烟酒税、择将，保袁祖礼、设局、审局势、推心腹。

翰代王荣商摺：练东三省兵。

郑思贺摺：海军，令闽粤渔团助战，令彭楚汉海军提督，三件皆留。

电信：多无警报。吴凤柱新招三营，连前共七营，索饷三万，由吴大澂先借拨。丁汝昌等布置海军，大略以船依炮台不能出海，丁屡为洋人所留，有电未递。

廿三日(1月18日)

是日恭王因谢赏年物，有东朝起。

准良摺：速易去李鸿章，斥为通倭，语亦无聊。

电报：无紧要。戴道报威海小船不令出海，拉上岸者百余只。依请招猎户二千。

电旨：令张荫桓等即赴广岛，无庸再候旨，起程电复。

廿四日(1月19日)

电报：无要事。

封奏。王鹏运摺：捐借病民，一劾松安。查。一卫汝成、黄仕林、赵怀业案三人交北洋责令交出。未办。无电旨。

廿五日(1月20日)

封奏：杨颐摺：请易去李鸿章。

电信：依、长十九日各出兵大战竟日，似得手。营口报析木、海城次第收复。

宋报：昨倭逼营口并力来图，明日预备战事。

李报：倭船至登州，连发数十炮，城中人有伤者，旋向西北去。又云自登至威海长五百里，只廿营防守。

廿六日(1月21日)

封奏：文廷式摺：请撤使臣示以必战。

片：张春发、覃修纲、刘良生。

片：参北洋及陈湜。

片：饬张之洞筹饷，洋款不可专恃汇丰。

端良摺：请派重臣赴津查炮台。

片：主战实久安之计。

片：天津、海口未有责成。

片：倭奸持金市言官参宋庆。恩溥摺：不甚了了，辅和之策三，曰勉励张荫桓毋妄许偿款；曰李留津转妨和局；一李在津倭必攻津，不如用刘坤一。

片：辽阳官绅宜奖。

外摺：徐致祥劾奕劻、李鸿章，劾奕劻操守不严，用人不当，喜谀悦佞，徇情行私，保王福祥，人所共斥。举冯子材、刘永福。

电信：连报成山有倭船三四十，闻已登岸，威海有洋划扑犯，击沉数只。海城收复不确，依所报胜仗不过贼探。

电旨：饬威海严防，并设法保全海舰。又令张春发带旧部北上。

廿七日(1月22日)

封奏：易俊摺：和议宜罢，请饬刘坤一联络诸将进剿。督办处准胡燏棻练洋队十营。

电信：荣城县于廿五日酉刻失守。倭先游弋于龙须岛等处，继以小轮拖船扑岸。该处驻兵用两炮伏击，毁小轮，死者甚多，旋大轮来，快炮齐发，我不能支，遂由金山咀又名落凤口登岸，各营皆退，荣城遂失。数电悉同。威海守将竭力设法死守。定、镇等船无出口信，但云如万不得已，惟有保全之法。吴大澂报正月初二日亲督队出关。营口尚坚守，贼踞太平山运炮数十，意图扑袭。

电旨：饬海军各船出口进剿，或能断其归路。令陆军悬重赏。

廿八日(1月23日)

宁寿宫见起。

无封奏。南洋请以后调江南各营折赴威海，力言威系南北要地。

电信：威海悬赏，南岸距贼只卅里。南洋请截留北上各营救威。依报：二十攻海城垂得，荣和受伤遂带。张、邵改坐英船于元日开行，由神户火车赴广岛，随员等廿一人，仆从廿三人，行李一百三十件。张、邵报：日本派伊藤博文、陆澳宗光、渡边国武、伊东已企治四人会商，未的。

电旨：令威海各船出口奋击，果有功，即丁亦可赦。调丁槐一军折赴威，令陈凤楼马队五营赴威。刑部奏龚照玙[瑗]解到，交刑部严讯，按律定拟。

旨：云贵总督王文韶著派充北洋帮办事务大臣。又电宋：闻有三万人北趋，即岁除元日令节，皆不可疏懈。

廿九日(1月24日)

电信：刘请江南所调各营助威海，并请宥丁汝昌，责其立功自赎。自请暂驻津，而调程、董赴东。有海城已复，东路较松语。依、长报：攻海城情形，自廿一至廿四屡战。宋言未能先发制人，姑且稳扎。

电旨：准江南各营并昨调丁槐、陈凤楼皆赴威海。催刘速赴山海〈关〉，毋得逗留。程、董留卫近畿，不能调。令宋稳守，待吴至会剿。

除夕日(1月25日)

电信：长顺报廿四日攻海城情形。李报威海有倭船游弋而成山外四十艘皆回东洋，声言装兵再来。张、邵报：定于元日行至神户，会科士达往广岛。闻日酋将返东京或云已返。

电旨：饬威海南岸陆路炮台须固守，出力者破格赏，溃退缩者军法诛。

裕禄奏：查宽甸等厅州县失守之地方等官请革职查办，共五十九员。

明发：令将凤凰城失守，宜麟等四员迅查速奏，宜麟有致书宫闱事。

懿旨：令俟奏到时重惩者也。

日记第三④

乙未正月起(光绪二十一年乙未正月一日1895年1月26日
至光绪二十一年乙未正月二十七日1895年2月21日)止

乙未正月初一日(1月26日)

威海电报小捷。东抚派孙万林、戴道[指戴宗骞]派刘树德于荣城西戻头击毙倭百余，生捡[擒]三。

烟台英领事护商，属中倭均勿开炮。

张、邵报：元日夜子初起程由神户登岸，彼使亦在彼接待。

旨：饬威海防兵毋狃小胜，当俟其大队至并力击之。

总署电：刘含芳告英领事既欲护商，当照上海例勿使倭船驶近口岸，若仅彼此不开炮，则彼乘间登岸，将何以拒之?

初二日(1月27日)

威海报：防守情形。

刘帅报：不敢逗留，谓未知吴抚初二起程。

长、依报：进攻海城四路进扎。

长报：暂留丰升阿带队。无宋报。

旨：荣城至威海重山复岭，我宜守险，不可专守炮台及营墙，仍悬重赏。又，准丰升阿留营。又饬刘坤一迅速部署赴关。

初三日(1 月 28 日)

吴大澂电：威防刘超佩有弃台守营之议，请查确在军前正法。

张之洞以威防紧，设二策：一团练，一海军舰速赴成山断接济。

东抚李催丁、陈、李援军。

北洋二电：一各国兵三五十人在烟台护商。一贼在东盐滩，离南炮台十五里。

依报：廿七攻海城，将及濠遇伏而退。

长报：陈湜在辽布置情形。

封事：余联沅摺：催王文韶迅速起程并将劾李前后各摺交看。

片：与刘坤一同心，勿为李所掣。

片：洋债不可专归赫借，此片留。

王懿荣摺：回籍办团，带其弟鸿发以陕西八营援威海。

明发：准王回籍办登州团练事务，王鸿发带兵援威无庸议。

电旨：有创弃台守营之议者即以军法从事。又催丁、陈、李、杨各军星夜赴援。又以南洋两策：下北洋、东抚。

交片：以余摺片交王文韶阅看。在军务处。

军务处电致刘帅，以马心胜驻乐亭，因陕军不愿归牛师韩节制也。

初四日(1 月 29 日)

电信：戴报威海山岭置炮，贼不敢远出，时来扰。刘超佩守长墙。李报贼船驶进威海北台，我开七炮，中二贼船似歪驶避。长报：廿七日血战海城，贼坚拒，我军左某、周绪科头颅碎，某某皆阵亡。

东抚请添募三十营防登莱一带。

封奏：御史李念兹摺：请山东募数十营防莱、潍、黄县一带，保汤聘珍。

电旨：准汤聘珍募三十营。饬威海守台毋专守墙。英商请中倭两不开炮之说，英提督未奉彼国教条，总署不能与辨，彼船来犯，我即击之，不能顾虑。饬长顺设法进攻海城。

初五日(1 月 30 日)

电报：刘坤一奏调赣镇何明亮。东抚报：威海初三倭至龙泉汤，刘树德迎剿，贼退我追剿过山。孙提督初一、二亦与倭接仗，互有胜负，贼约万人，真倭数千。戴电：中东军因就粮退扎未能折回语，余与上电同。

封奏：御史锺德祥一摺四片：刘坤一迟重孺缓恐胆识随之而减，如准臣赴其军于边局或有益。

片：浙镇海、定海两防仅万人，宜速添募，各口惟宁波为最稳，保张其光，诋虎门提督，未指其名。

片：大将须有威，何不立饬如臣者数人出助刘坤一，使张其威，全局斡旋，非浅近之效。

片：知县应按班轮用，不得将特旨人员掺入酌补。

片：上驷院卿增润与郎中锡麟统同作弊，又厩长炽昌尅扣草价。

明发：钟德祥奏知县班次交吏部议，又上驷院事派怀塔布查。

电旨：询威海电所称东军就粮折回者系何军何人所统，并酌调孙金彪援威。又准刘坤一调何明亮。又闻宋庆何以久无电报，令速复。

是日，又有德璀琳、汉纳根同电：力言丁船未可至成山，又请饬李秉衡赴威等语。此件未递。

初六日(1月31日)

御史管廷献封奏：李瀚章营私纳贿，付将杨安典等开摊纳规，道员杨文骏、知县潘泰谦贪酷。

片：刘坤一火速出关。丁汝昌既拿问，急选良将易之。

御史蒋式芬封奏：龚照玙[瑗]于旅顺失事前半月惊遁。

片：请令刘永福直捣长崎，又不必责李秉衡以死。

片：北塘防将吴育仁部卒羸弱不足恃。

电报：戴报初五早三虎口山失，长墙陷，若南岸两炮台失则以身殉，现扼八里墩。

山东李报：将援威退缩之付将谭得胜军前正法。

宋报：贼踞太平山不出，拟令吴大澂住田庄台，自攻海城。龙殿杨、李家昌十营未到。

南洋张银元厂虽在鄂，仍归其经理。

旋连接五电：南岸三台全失，水师船依刘公岛，击沉倭鱼艇一，兵船一。刘超佩逃往刘公岛。丁力主弃台，反责戴不用其言致败。

明发：龚照玙[瑗]参款交刑部，廷寄交马玉昆、李瀚章。交王文锦查吴育仁。

电旨：饬威海守将力支危局。查刘超佩及退缩兵弁军前正法。催李占椿等兵及丁槐星夜赴援。

初七日(2月1日)

电报：丁报南岸二台未坏，遣王登云往毁之，并烧火药库，免以资敌。因将王登云请奖，亡者抚恤。戴附丁报：独守北三台，若倭四面来抄，万难久存。丁报：电局已散，电线不通矣。东抚报：孙万林、李楹皆退至酒馆、下庄等处，追折回威海已无及。依报廿七以后相持情形。余不能记。

电旨：丁汝昌既攻南岸已失之台，即可护北岸各台，所请王登云保案无庸置议，以水陆各军皆有守台之责也。令李秉衡严饬孙万林、李楹速援北岸炮台。

初八日(2月2日)

恭邸见东朝起，八刻。

电报：东抚报北台尚坚守，孙万林等驻苑家口。宋报催吴诣田庄台，已以剿太平山贼自任。汤聘珍报：招募事，请大枝劲旅援东。

刘坤一查复李培荣参案二件：不理军务坐轿进京皆因病。皮衣发半价属实。调袁祖礼、黄本富以李永芳扎埕子口。

明发：李培荣改革职留任，上年兵部议处，调二级调，摺未下。仍寄杨昌浚察看。

电旨：丁汝昌等海舰能保北台即保，若事急则出口奋击，仍如前电，所谓船沉人尽，总之万不可以我船资敌。饬孙万林、李楹尽力援北台，不得远扎它处。告东抚等无兵可拨赴山东，其枪械可商之刘帅及北洋。

初九日(2月3日)

余联沅封奏摺：直捣倭国，唐有电请刘坤一交翁某，翁某不以为然，遂弃而不留，云云。

又云此议屡经人奏，李某沮于前，翁某格于后，其误国之罪直与李鸿章同科，请饬张之洞、唐景崧速购船。

片：宋庆会诸军奋勇攻剿。

片：龚照瑗先期逃窜，并龚照瑗买船取利，其弟可杀，其兄亦不可恕。

片：查北洋不复奏之件，令明白回奏。

余又摺：北洋应办者五、六条，饬帮办王文韶预为布置。

片：汤聘珍挟诈行私，所募所付李秉衡。

片：张煦老耄昏聩。

片：饬张之洞赶购铁舰。

杨福臻摺：叶志超节节溃退，请饬刑部严讯。

电报：北洋查吴育仁尚可抵挡，请将聂仕成带四营回芦台。聂报：廿八夜袭长岭、陡岭秋木崖之贼，贼惊自残杀，遁归雪里站，除夕来扑，毙一头目而去。章高元请回援威海，宋庆亦为之请。长报：元日以后无战事。吴报：初八抵锦州，十二三日可抵田庄台，魏、吴须廿〈日〉后到。

电旨：令张之洞、唐景崧商捣倭事。命聂仕成人关，令宋、吴酌派营填扎大高岭一带。令海军轰击，如北台不守，须设一保全之法。

是日，申刻督办处接电。

东抚电：初七日倭在羊亭与孙万林接仗而潜由南岸袭北山角炮台，戴宗骞兵溃力竭，为队下拥上定远船，北岸全台俱失，孙万林等退至酒馆。李自请严议，孙万林等苦战救援不力，孙万林、李楹亦请严议，今在宁海州驻扎。又请自扼莱州，登州责成夏辛酉，烟台而成孙金彪、刘含芳，宁海一带责成孙万林等，请旨，并请大枝劲旅来东。丁槐、陈凤楼等军尚未到齐。

初十日(2月4日)

吕本元电：初二车道岭接仗，互有伤亡，并云所驻距大高岭七十余里。

北洋电：威海失守情形。

刘帅电：感冒未痊，十三日起程。

胡燏棻电：连补二商各抵智、美并阿根廷国，船事商有端倪再电。

电旨：直、东两省举办团练。准李秉衡驻莱州，所请严议以兵单改议处，孙万林、李楹严议，调章高元回东，询李需此否。准刘坤一留余、熊[指余虎恩、熊铁山]两军驻关。问海舰能否冲出。

夜柳门信云：张、邵致田贝电，云日人以非十足全权不愿与议，暂留广岛。又以广岛为屯兵之所，属在长崎听信。

十一日(2月5日)

王懿荣摺：登州十属共练十营，每营步饷二千四百，马饷一千五百三两八钱。片：调五员：王守州、王埒、孙葆田、陈阜、周步云。江西游击带一营赴东。

片：借二千两路费。刻关防有钦命字。

片：请兵部勘合。

张百熙摺：力顾山东，请刘派防埕子口、胶州。北洋挟东抚，撤其表弟李正荣之嫌，故将章武等营调出关。

易俊摺：论战守诸法。

片：吴大澂用纨绔之曾、左。

片：保吴凤柱。

片：挑敢死者为选锋，倍其饷，裁老弱补之。

李念兹摺：劾张煦年老健忘，呵斥张汝梅不必练兵。请留张汝梅练晋兵。

片：保张汝梅、汤聘珍、胡聘之聪明过人，诚笃尚欠，辅理有余，专任不足。陈宝箴、赵舒翘。

片：保孙葆田。

片：令李秉衡毋死烟台，并请将其奏全字电寄。此摺文理不甚通畅。

电信：吴报过锦州，吴凤柱病未见，请以吴凤柱四营守锦，而令其部下梁永福带三营赴牛庄。

北洋电：日本以中国议和大臣国书文理不全，不允开议，华使仍不即离倭，倭乃遣员护送前赴长崎。英、法、俄三国驻华驻倭大臣已接该国政府训条，出面调处中倭愤事。胡燏棻报阿根廷有二船可购。

明发：张煦来京陛见。

电旨：李秉衡须全大局中，令各将分守并闻刘公岛情形。饬吴凤柱带兵速赴牛庄。

田贝来信：即昨张、邵之电。末云初十到长崎，拟由便轮回沪。此信今日面递，又递东朝，俟商有办法，明日请起。督办处晚接电，初八日倭以四舰在北口外诱敌，见"定远"驶出，倭即退去。

十二日(2月6日)

军机、庆王同见于养性殿。

谢隽杭摺：撤李鸿章入阁，令董福祥由海援威。

电报：宋、吴等留聂士成守摩天岭。

裕：布置情形，唐新募未到。

东抚李：水师打沉倭船数只。孙万林救文登，调章高元回东。李占椿等归何处节制。

北洋据英观战者盛称威海水师恶战，刘〈公〉岛尚支，戴已自尽。

胡臬司：枪一万五千二月初可到，乞饬汇丰二次枪价勿如初次逾限。

刘坤一：调何明亮江西、黄本富江南各五营北来，饷归部拨，械用南洋。

电旨：多如所请，惟聂士成仍调入关，又调丁槐来津挖地营并饬岑春煊会丁同办。

北洋电：译张、邵致田贝信，大致与昨同而理稍异，略言须便宜行事真全权大臣，毋庸请示者方开议。

是日，太后召见，首言应撤使归国，词色俱厉。恭邸及孙、徐略辩，未允。臣谓不得已可加入，俟批准数字始允。此节在直庐已与孙、徐力辩须加。诸臣唯唯。退后孙具稿致田贝，添入"批准"二字，稿递无说。闻是日洋人来贺年，两邸邀英使别室，未知作何语，而赫德则云若有"批准"字，日本必再驳，孙、徐又为踌躇，未知明日作何办法也。

十三日(2月7日)

军机、庆邸同见东朝起。

高燮曾摺：王文韶不可驻津，应驻芦台，顾北塘，否则恐为北洋的制。

片：曹克忠派守埕子口、母猪河。片。

张仁黼、曹鸿勋摺：聂仕成不可调回，并云此李鸿章诡计，恐其成功。

片：申明前意。

片：另派人守北塘，吴育仁不可恃。

片：山东各军归李秉衡节制行法。

外摺：王文锦奏永、遵两属绅公举张佩纶办团。硃批所请不准行。

电报：北洋：丁槐甚平常。国书未合，使臣无权乃倭人推托之词，非到北京不止。又，丁死守威海，急盼援军。又，倭船在北口被我击沉一只，此英观战者之言。又，拟以聂八营及所招十营，合吴宏洛为一支，曹克忠为一支，程、董备调者二支，力言聂不可留在沈。

刘坤一：以魏光焘为营务处。

张之洞：炽大洋行有款三百万镑可借，一切较赫借为省，请饬总署、户部问赫有无妨碍。

德馨：周步云未带勇营，现守九江炮台。

电旨四道：令丁等冲出威海；周步云无庸调；仍催聂仕成入关；准魏光焘办刘坤一营务。

是日，见起时，恭、孙、徐专论勑书内拟去"批准"二字，盖赫德、欧格讷等同词以进，田贝虽未复信，意亦欲去此二字也，委婉激切，一再陈请，圣意已回，可以俯允。臣则未置一词。

十四日(2月8日)

吏代递笔帖式汇瀛摺：战守十四条，内撤电线一条。

都查复机器磨面事：南城未批准，街道批准，而仍放活指挥王桂芬议处。

片：京城永不准开机器店。

阁读学隆恩摺：保崇志，革道何应钟，川人，鲍超报销事。革，永不叙用。

褚成博摺：战法，地营，保岑春煊。

片：战舰驶回天津。

片：勿调聂仕成。

片：戒军营克扣。

褚又一件：丁汝昌军前正法。

片：美国人奇术安在？请诘李，令复奏。

恩溥摺：召还张荫桓等，立罚李鸿章，和不可成，论李之护丁。

片：撤督办处，归巡防。

片：枢臣宜通盘筹划，不耐观章奏而徒附疆吏所请。

片：王文韶迅赴津，调李培荣所部赴东。

张仲炘摺：购船，速简海军提督，归王文韶整顿，前购之二船限一月来华。

片：勿调回聂士成。

片：查南洋济米奸细。

片：捐烟馆，捐澳门花会。

电信：北洋：倭陆路抵上庄，顷传岛舰凶耗，烟台存亡未定。

又，刘含芳急电：昨威海炮声不绝，今早有大震声，恐船上药舱焚，未知彼此。有倭船一、雷艇五在之罘，向"通伸"仑[轮]开炮，炮台还炮，船尚未去。又，英议院云中倭事有机会劝重归于好。又，倭有订购军火，计价六十余〈万〉镑。东抚请留丁槐一军在东，宁海孟良口已接仗。又,刘公岛已失,水军覆没。倭船西驶,今移扎莱州。

吴抚:请以徐邦道十一营回驻芦台,聂军难移动。

宋:吴未到,请一人督剿,一人督防。

裕:十二月太平山情形及正月三日胜仗,乡团魁福、徐斌等夺回潜家大岭,斩川神社御守织田郎,皆辽阳团长之力。

谭:闽借款不成,请部拨一百万。

明发:严戒各营将领克扣。

电旨:准留丁槐在山东。准以徐邦道回驻芦台,聂士成仍守大高岭。查刘公岛失守情形。饬裕禄查出力团练先奏请奖。

廷寄:查上海运米济倭之奸细,指名有二人。

十五日(2月9日)

电报:北洋:刘含芳十三报,初十彼以雷艇潜入攻沉"定远"。十一沉"来远"、"威远"宝筏。十二各船冲出北口。"镇远"、"靖远"、"广丙"未知如何。丁在"镇远"。我军舰艇已尽,北洋自请罢斥。十四巳。

又,刘十四报:"益生"轮过威,见刘公岛南炮台尚挂黄龙旗,亦未见冲出之"镇"、"靖"、"丙"三船,似张文宣炮台尚未失。未闻炮声。十四戌。

又,力请聂仕成回直,徐邦道溃败未乞当一面。

刘帅:魏为前敌营务处,非行辕营务。

电旨:责成李鸿章防务,若予罢斥转使置身事外。准调聂回直。谕聂仕成,令星速入关。准魏光焘为前敌营务处。

戴鸿慈摺:撤李杀丁。

片:地营、土垒。

片:严赏罚,令督办处定章程。片。

补记昨汇瀛十四条:和议不足恃,进剿宜及时,查各军情形,方略宜筹、先将练兵、振士气、求人才、纪律宜严、赏罚宜当、牵制策应、接济宜断、查奸宄、急保奉天、饷需宜筹。空。电报宜撤。

十六日(2月10日)

北洋电:刘含芳十四电:丁槐到莱州,租界燕市无伤,倭船四十余只,岛舰犹在。

又,刘十五电:"利顺"船沉,"镇远"各口尚在口内。传闻丁提督带五船冲出谅岩。

又,请调陈凤楼马队五营。

又,英教士李提摩太纷[言]有妙法,救目前亦救将来,请酬银百万,不成不取。

又,沪电:张、邵国书无济,须犯北京而后可公论相劝。

又,王之春到俄初九,以头等礼迎。

刘帅电:请饬调郭宝昌来统淮将。

又,请派陈宝箴办湘军东征粮台。

吴抚电:与宋晤,现只到两营,倭添数千。

裕电:查飞骑系卫汝贵所部,请留聂。

唐电:大鸟将攻台,造铁牌车,台北须防。论北方情形,请巡幸热河。悬赏如能夺回地方者予以爵赏。

电旨：准调陈凤楼赴直。谕李、刘严防北塘、乐亭。饬郭宝昌来京陛见。准英教士试法。

又特谕王之春俟事毕约俄相助。

十七日(2月11日)

文廷式摺：保崇绮、黄体芳、盛昱。

又摺：劾海军刘步蟾、罗逢禄、张翼、严浚。

殷如璋摺：沿海各口援浙江例，令西洋各国保险。三件俱存。王莲生[即王懿荣]力言海口可保险。

电信：北洋：十五刘电“镇远”等船尚在，并打沉倭雷数只。

又，英提督致电京使，始称岛尚无恙，旋言十三日雷艇或被拿或沉毁或搁浅。

刘帅：山海一带布置，言滦、乐不可恃，阎尚未到，马三唯未见。

宋帅：贼两支抄营口，现预备大战。

外摺：杨濡：西洋各大国无船可买，南洲小国以废旧船牟利，巴西距美万余里，不能深知底蕴。倭购巴西船，恐非实事。

田贝回信：日本云须从前曾办大事、位望甚尊、声名素著者授为十足全权大臣方能开讲，张、邵不准驻境内。

是日，请东朝起，因慈躬违和，未见。谕一切遵上旨办。

十八日(2月12日)

见东朝起。

电信：北洋：据丁函皆十三以前事，诸舰之毁略同。前报惟言南岸三台之炮可击船岛。又云十雷艇先逃，九被抢，一被沉，请将逃出之管驾拿获正法耳。

东抚：宁海贼已入城，清泉寨逃民已至烟台。烟台之外有倭船，早晚有战事。

王[指王文韶]报：十七日申〈刻〉到津。

电旨：饬东抚须以雕剿法拦腰截击，不可俟其聚处钝攻。

是日见起。定派合肥全权，令来京在谕一切。明日始下。

封奏：顾璜、张仁黼摺：江南盗风大炽。

片：州县送上司节寿。

片：辑捕四参，请宽。

蒋式芬摺：保武举李福明能办木路。

十九日(2月13日)

来电：刘帅：请催聂急行，毋两途贻误。唐军械请催北洋。又，调总兵郑连拔在湖南募五营。

北洋：德璀琳称见俄使喀希尼云，俄、英、法皆电告日本，不得过于得意，现在尚未见日本所索条款，无从调停，须见后方能干预。末言若占奉天，俄不允，若占通商口，英不允，此理甚明，云云。催将国书改好。又，十六寇至清泉寨，去烟十五里，烟市商民一空，旦夕莫保。十六，海宁城内无贼，大股在大庄。

南洋：请不惜巨款速购铁舰五六只、大鱼雷〈艇〉数只，多用粤将，并购公司船数只为运船公司,可装兵千余。现北洋遣"补海"赴美洲,汉纳根在阿根廷定铁快舰等各一,此两船请归南洋,再由南洋添数只可勉成一队。与北洋分为二支,此购费约二千万,将来由廿一省每年筹还一百数十万,尚不为难。

电旨:催聂、催唐械。复南洋准借款购船并告阿根廷两只已定。

蒋式芬摺:武举李福明能制木路。

片:保崇绮办直属团练。

李念兹摺:整顿海军,买铁舰。

片:保崇绮可任清要之职。

二十日(2月14日)

封奏:翰代盛炳纬摺:常州生员某献计于倭,一由海州断清江,一由沾化断德州。廷寄。

翰代孙绍第摺:和议难成,请以董福祥防大沽、北塘一带。存。

高燮曾摺:叶、龚等罪名请从重,有辇金贿通朝贵语。交片。

片:魏光焘替聂士成,聂专摺奏事。

片:利津一带举办渔团。

电信:北洋:十八日亥离烟十三里竹林寺已开仗,烟电已阻。又,十八午"靖远"又沉,而打得甚好,各国皆服。丁提督望援,两眼急得似铜铃云云。戌末倭至距烟廿五里之五台。不金彪拟移福山。

东抚:文登失守,孙万林求援不及,今扎海阳。东军败后不敢战而援兵不至,今惟剩"镇远"一船。又,丁槐留东,陈凤楼北上。

许大臣:王使[指许景澄、王之春]十八抵德今偕赴俄。

电旨:饬东抚保烟台,责孙万林扼剿。

密谕:许景澄:倭势日张,今改遣李某为全权,闻俄廷与倭有宿嫌,可请其由海参崴调船,要倭停战,以尽数百年芗好之谊。倭得志非俄之利也。又,王之春俟庆吊礼毕,俟许有成说再与申说,不必与许同往,转与专使之意彼此牵混也。

廿一日(2月15日)

余联沅等褚成博、刘心源、王鹏运、恩溥、谢希铨、陈其璋九人摺:责枢臣徇私误国,读之深愧。存。

片:保董梦兰,熟东三省情形。发刘坤一。

片:劾胡燏棻,请撤去粮台。存。

片:许景澄所购枪械八千支,七成旧物。交王查。

片:宁河团练,庶吉士王照纪律甚严,请各口仿办。交王。

王鹏运摺:各海口办渔团,电五。

片:劾刘汝翼曾办制造东局,偷减物料,军士切齿,请撤销粮道。交王查。

片:李耀南迭著战功,请发刘坤一。发山东。

电旨二道:一责成王文韶防务。

电信:李鸿章接十九廷寄与王文韶商酌交卸再行起程,并请由总署电倭停战。又,烟台裴税务司劝刘含芳勿开炮,刘不允,自言只守烟台,不能出击。又,聂士成即日拔队。

东抚:文登县之柳花庄因杀倭人,全村屠戮。

王之春：十八到德，廿二可抵俄。

明发：奉尹福裕中途屡次告病开缺，勒令休致。

是日，孙、徐访田贝，令其电日本停战，强之始发。

廿二日(2月16日)

李念兹摺：军营克扣积弊。末参李培荣。

片：申前说，请重办叶、龚等。

洪良品摺：直攻日本，募闽广数万，饬张、边、唐[指张之洞、边宝泉、唐景崧]三督抚会商。

片：保闽中许枋能避炮法。

片：论叶志超朝阳冒功，并龚、卫、赵、张，请查抄。

片：驻藏大臣讷钦尚未出京。

庞鸿书摺：歧河口、乐亭须严防。

片：参阎殿魁、潘万才。

杨颐、戴鸿慈摺：调度各军驻北塘等处。

片：请饬刚毅保粤将并带兵防津。

电信：张、邵四件：一到后情形，自请罢斥。彼言回复旧好，未谓中国求和。一问答。一勅书节略，末言所议条款俟朕亲加查阅，如果妥协批准互换。一彼国宣谕。

东抚：十八日丁汝昌、刘步蟾、张文宣俱尽难，刘公岛挂白旗。令再查。

岑春煊：奉刘派赴东，请专摺奏事。会丁槐防剿，有奏交东抚。又，丁槐勇行至诸城，因饷戕营官。刘派岑往东办调援各军军务。长、依报：拟攻海〈城〉，令宋攻盖平，吴攻岫岩，唐攻凤凰，同时并举。宋、吴廿二日攻海城。

北洋：岛船俱尽，闻添兵扑渝关。

杨儒：请连英、俄击倭，以赔费供彼资粮，余二件未记。今复奏得自西人议论，抑自抒己见?

电旨三道，明发五道。善联放奉尹。宋庆更正叶志超前报保案。电张、邵自请罢斥无庸议，仍在沪候旨。问北洋何日起程。饬刘帅严防乐亭。

廿三日(2月17日)

电信：北洋：威海丁、刘、张已死，尚有三大船、三小船在口内，必被抢。又，据张侍郎电留科士达过三月。索款、索地、索改旧约，索开口岸，及未战前龃龉事。前二款科不能断，余则须科辩论。伍廷芳到日，伊藤留与絮谈：国书可免，敕书照乙酉年式，画押后即应批准，不得将约作为废纸。以上皆见张电。

南洋：拟延郎威理为水师提督。又，令汉纳根往南洋练兵一万人。

北洋：沪电俄王告王之春，与英国力为调护。又，各国闻派李某，皆额手为然。又，报廿五交卸，廿七起程。

东抚报：各兵未到，而不及烟台一字。

王文韶：苏元春可否调令带万人北上。

电旨：令张荫桓回京，邵友濂回署任。郎威理现在英国系实官，不能来华。汉纳根经手船械，不能赴南洋。苏元春毋庸北上。

廿四日(2 月 18 日)

唐景崧摺八条：绝和议为主，防各口，保山东，调良将，魏入关为游击之师。募死士，保董梦兰，以韩效忠、刘忠、王殿魁等为佐。保广东总兵朱国安募广勇。集厘款，买海舰，末言琼州榆林港恐法来窥。

高赓恩摺：歧河口有倭船二三十只聚集。

电报：北洋据张电：伊藤与伍廷芳问答。伍云彼国有三端欲和：一恐英、俄涉手，一虑得胜之兵强横难制，一议院散逾月，经费难筹。伊自夸其国不贫。又，廿五午时交卸，未时起程。又，丁汝昌、刘步蟾、张文宣请从优议恤。又。

南洋：调三员，丁大文在程文炳营。又，调娄云庆五营，令仍招五营填扎。

裕：十八聂拔队，十九陈赴大高岭。吴报同前。

电旨三道：防歧口，准娄五营调江南。丁汝昌等再查死难实据。

是日，刑部审拟叶志超、龚照玙[瑗]皆斩监候。照写，明发。

廿五日(2 月 19 日)

恭王、庆王有东朝起。

端良摺：刘坤一日吸鸦片二三两，体弱病深，人皆不服。

片：滦、乐防宜固。

片：聂调入关，李之子侄怂恿毋再坠诡计。

电：王之春：到俄以头等馆配备，唁贺礼约五万佛[法]郎。

刘帅：复潘万才、阎殿魁尚可用，并一切调度。

南洋、冯子材四十日可到镇江。又，张春发、岑毓宝募勇北上。

江抚德：催翁曾桂迅赴臬任。

东抚：刘公岛二十日失，“镇远”、“平远”、“济远”、“广丙”、小铁甲五只皆为倭得，兵五六千，倭以马队护送往烟台。丁、刘、张、杨国霖皆亡，倭留丁柩祭之，送五柩赴烟。

许使：致外部要倭停战，未允。

杨使：美致谢国书俟日本说明，当饬田贝相助。

张、邵：张回京，邵患病请假。

张荫桓：一伊藤挑我国书语；一驳伊藤语；一所探情形，彼君嗜酒，惟伊藤是听，银币价仍下跌，有一贵族拼死尊中华，欲与新报馆下手。

昨日，田贝致总署书，日本来电，除偿费及朝鲜自主两条外，若所派全权无因交仗商让地土及条约或一或二之权者，即不必派，将来定约随时由日本开议。

廿六日(2 月 20 日)

李念慈摺：保长萃练旗兵。

片：下诏责己，恤兵民之苦。

片：参田在田克扣，刘盛休于九连城拥兵不救。

电报：依廿二日竟日攻海城不得手以。又，是夜贼来扑，互有杀伤。

长：与依报同，亡二哨官。又，停调察哈尔马。

依：请拨足五十万饷，部只拨廿五万也。

王之春：俄、英、法议院为德阻许使以连俄，恐难行，王意欲并连德。

龚：和局俄难独出，非约英不可。王使调在法之庆常不能去。

杨：美真局外，英、俄皆思于中得利，窃恐英、俄以我未求助，俟倭到京城，始行干预，似应密商驻京英、俄使臣酌许重酬，倭必内怯。

署北洋：复吴育仁笃实少英锐，时督饬之。歧口添曹两营，距歧五里之尚古林又扎十营，大沽防已密，曹十八营扎新开路，距大沽三十里。

懿旨：饬长、依、宋、吴及时进剿。

懿旨：饬刘坤一、王文韶严密设防。

懿旨：褒张之洞能顾大局，饬于购船、选将、筹款等事，尽力为之。

旨：令南洋推广炽大借款，并询枪炮厂何时开工，每月出快枪若干。

旨：饬长、依慎重进攻，毋徒恃气攻坚，致有挫失。依保草河岭出力各员，暂存。又所保荣和、韩登举、寿长多隆阿之孙、博多罗、倭勒兴额五员嘉奖，文案程国安存记。

旨：著宋庆查刘盛休被劾罪状。

是日，命孙、徐两公往英、法、德、俄、美五馆与通款曲，盖英、俄、法昨日皆电致日本勿犯直隶不可而北京。而德初不欲与闻者，今首先电日停战，似各国皆欲调停，不独美使居中关说也。

廿七日(2 月 21 日)

电：裕、唐：陈湜到防扎甜水站，令队扎下马塘、老虎岭。大高岭有吕、孙十八营，三家站有奉军守之。

刘帅：复歧口防务，并举刘家河、黑洋河、间河等口。

两广：复榆树港有一营。

许使：俄云如倭要索太过，必立即出约英、法劝其退让等语，似有禁倭占地之意，至胁倭之事碍难行。

电旨：俄既回复许使，王之春即不必再说。

裕、唐：会守奉城，关内无兵可调往。

今日始递田贝信，廿五到总署。廿三日接奉国驻日本大臣来电，内称日本政府请其转达中国政府，云中国另派大臣欲商和议，除先允偿兵费，并朝鲜由其自主外，该大臣若无因交仗，可以商让地土以及定立，与日本日后办理交涉或一条约、或数条约，能以画押之全权，仍归无用，即无庸派其前来，并云另有别事，非如上事之至要者，亦须有权商定。设日后日本想有别事应行整办并应归日本主持开议商办。廿六日，田贝又据日本电称，须按廿三电办理。

注释：

① 日记，第一，甲午六月十三日起。

线装小册，18.5 cm×12 cm。厚素皮纸封面及底，内红双栏框及行界，每页 9 行，版心有鱼尾，下象鼻有“洪胜号”3 字。共 112 页(空 3 页)。中夹一摺(见夹件)。封面翁同龢题并注开始日期。全部(除钞电 9 行外)皆翁手书。光绪二十年甲午六月十三日(1894 年 7 月 15 日)至光绪二十年甲午九月十五日(1894 年 10 月 13 日)。

按：此为《翁同龢日记》(简称《日记》)外之小日记，专记中日战争事。查《日记》在六月十三日载“军机大臣面奉谕旨……交片”一段，与此小册首页之交片全同，可见翁当日感及此事之极端严重，非正常《日记》可包括其细节及事件。见本集戚其章《序》，定此为翁氏第二部《军机处日记》。

② 夹件：钞电。

摺，19.5 cm×9.2 cm，展开全长 61.7 cm。红双栏框及行界，每页 6 行，共 4 页（空 2 页）。素摺面上题“钞电”2 字，与摺内为一人所书。注“八月十九日”。光绪二十年甲午八月十九日（1894 年 9 月 18 日）。

③ 日记，第二。

线装小册，18.5 cm×12 cm。厚素皮纸封面及底，内素纸，共 100 页（空 7 页）。封面翁同龢题内容，全部皆翁手书。光绪二十年甲午九月十六日（1894 年 10 月 14 日）至光绪二十年十二月三十日（1895 年 1 月 25 日）是。

④ 日记，第三，乙未正月起。

线装小册，11.7 cm×18.4 cm，厚素皮纸封面，无封底，上右角受水浸，失订线，内素纸，共 44 页。封面翁同龢题并注开始年月。全部皆翁手书。光绪二十一年乙未正月一日（1895 年 1 月 26 日）至光绪二十一年乙未正月二十七日（1895 年 2 月 21 日）。

后　记

本书缘起，自2007年5月起，我因承担“翁氏丙舍（瓶隐庐）布馆的文字资料工作，为了钩稽翁同龢被黜后的生活等各方面陈迹，利用休息时间通读了《翁同龢日记》第六册，对照《翁文恭公日记》稿本，发现并校勘出错讹数百条。是否继续做费时费工的校勘其他五册的工作，正在举棋未定之际，翁同龢研究会副会长谢俊美先生、理事长钱文辉先生、翁同龢纪念馆（原）馆长周立人等都建议并积极支持我继续进行，因为校勘《翁同龢日记》具有十分重要的意义，人们在使用过程中已经发现了该书中存在不少错讹之处，但至今尚无人做这系统的勘误之事。在勘误工作中，翁同龢纪念馆也提供了诸多方便。

2007年10月2日，翁万戈先生来常熟了解到此情况并看到勘误资料实样，回到美国后给我来信，信中说：“此次回乡，在九月十日与顾佩珊蛭及其家人晚餐时，蒙赐示您最近修正《翁同龢日记》（中华书局版）的初步工作，在其第六集中，已发现数百条错误，使我既惊讶，又佩服，深知这是当今最实际、最迫切的工作，尤其是中华版已成为研究晚清史的‘工具书’，行销甚广，而且推出了新版，扩大流传，势必增加以讹传讹的机会，所以希望您集中精力在今后一、两年中完成此项极有意义及价值的工作。”

在翁老和同人的鼓励下，本着忠实于前人日记著作的原则，利用我比较熟识书法行、草体的专长和比较扎实的古文字基础，我用两年多时间终于完成了参照《翁文恭公日记》对《翁同龢日记》全书六册的校勘。邵宁对1858—1867年的日记、沈愈对1868年的日记作了最初校阅，本人均作了复校和审校。总之，两度寒暑，我几乎达到了废寝忘食的地步，不愿辜负了翁老及学者们的殷切期望，也是为了担负起常熟历史文化研究者的一份责任。

今天，本书被清史资料研究机构认可并正式由上海古籍出版社出版，算是向大家交出的一份答卷。最令我感动的是，著名清史研究专家戴逸先生给予我极大的支持和肯定，钱文辉老师对勘误工作给予了不少指导并欣然作序，他们的鼓励和支持，我将终生铭记！我要深深感谢关心支持我完成这项重要工作的常熟市委宣传部、文化局、翁同龢研究会的领导和同仁们，衷心感谢参与此书校勘的邵宁先生、沈愈先生，也要感谢默默爱护我信任我给我许多帮助的家人和朋友们。